鲁迅杂文集(上)

鲁迅　著

煤炭工业出版社
·北　京·

图书在版编目（CIP）数据

鲁迅杂文集：全2册/鲁迅著. --北京：煤炭工业出版社，2018

ISBN 978-7-5020-6642-0

Ⅰ.①鲁…　Ⅱ.①鲁…　Ⅲ.①鲁迅杂文—杂文集　Ⅳ.①I210.4

中国版本图书馆CIP数据核字(2018)第093573号

鲁迅杂文集（全2册）

著　　者　鲁　迅
责任编辑　马明仁
封面设计　盛世博悦

出版发行　煤炭工业出版社（北京市朝阳区芍药居35号　100029）
电　　话　010-84657898（总编室）　010-84657880（读者服务部）
网　　址　www.cciph.com.cn
印　　刷　北京一鑫印务有限责任公司
经　　销　全国新华书店

开　　本　710mm×1000mm 1/16　**印张**　43　**字数**　650千字
版　　次　2018年7月第1版　2018年7月第1次印刷
社内编号　9522　　**定价**　85.60元（全二册）

目录

坟

诗歌散文

热　风

一九一八年

一九一九年

一九二一年

一九二二年

一九二四年

华盖集

一九二五年

坟

题　记

将这些体式上截然不同的东西，集合了做成一本书样子的缘由，说起来是很没有什么冠冕堂皇的。首先就因为偶尔看见了几篇将近二十年前所做的所谓文章。这是我做的么？我想。看下去，似乎也确是我做的。那是寄给《河南》的稿子；因为那编辑先生有一种怪脾气，文章要长，愈长，稿费便愈多。所以如《摩罗诗力说》那样，简直是生凑。倘在这几年，大概不至于那么做了。又喜欢做怪句子和写古字，这是受了当时的《民报》的影响；现在为排印的方便起见，改了一点，其余的便都由他。这样生涩的东西，倘是别人的，我恐怕不免要劝他“割爱”，但自己却总还想将这存留下来，而且也并不“行年五十而知四十九年非”，愈老就愈进步。其中所说的几个诗人，至今没有人再提起，也是使我不忍抛弃旧稿的一个小原因。他们的名，先前是怎样地使我激昂呵，民国告成以后，我便将他们忘却了，而不料现在他们竟又时时在我的眼前出现。

其次，自然因为还有人要看，但尤其是因为又有人憎恶着我的文章。说话说到有人厌恶，比起毫无动静来，还是一种幸福。天下不舒服的人们多着，而有些人们却一心一意在造专给自己舒服的世界。这是不能如此便宜的，也给他们放一点可恶的东西在眼前，使他有时小不舒服，知道原来自己的世界也不容易十分美满。苍蝇的飞鸣，是不知道人们在憎恶他的；我却明知道，然而，只要能飞鸣就偏要飞鸣。我的可恶有时自己也觉得，即如我的戒酒，吃鱼肝油，以望延长我的生命，倒不尽是为了我的爱人，大大半乃是为了我的敌人——给他们说得体面一点，就是敌人吧——要在他的好世界上多留一些缺陷。君子之徒曰：你何以不骂杀人不眨眼的军阀呢？斯亦卑怯也已！但我是不想上这些诱杀手段的当的。木皮道人说得好，“几年家软刀子割头不觉死”，我就要专指斥那些自称“无枪阶级”而其实是拿着软刀子的妖魔。即如上面所引的君子之徒的话，也就是一把软刀子。假如遭了笔祸了，你以为他就尊你为烈士了么？不，那时另有一番风凉话。倘不信，可看他们怎样评论那死于三一八惨杀的青年。

此外，在我自己，还有一点小意义，就是这总算是生活的一部分的痕迹。所以虽然明知道过去已经过去，神魂是无法追蹑的，但总不能那么决绝，还想将糟粕收敛起来，造成一座小小的新坟，一面是埋藏，一面也是留恋。至于不远的踏成平地，那是不想管，也无从管了。

我十分感谢我的几个朋友，替我搜集，抄写，校印，各费去许多追不回来的光阴。我的报答，却只能希望当这书印钉成工时，或者可以博得各人的真心愉快的一笑。别的奢望，并没有什么；至多，但愿这本书能够暂时躺在书摊上的书堆里，正如博厚的大地，不至于容不下一点小土块。再进一步，可就有些不安分了，那就是中国人的思想，趣味，目下幸而还未被所谓正人君子所统一，譬如有的专爱瞻仰皇陵，有的却喜欢凭吊荒冢，无论怎样，一时大概总还有不惜一顾的人吧。只要这样，我就非常满足了；那满足，盖不下于取得富家的千金云。

一九二六年十月三十大风之夜，鲁迅记于厦门

人之历史

——德国黑格尔氏种族发生学之一元研究诠解

进化之说，黏灼于希腊智者德黎（Thales），至达尔文（Ch. Darwin）而大定。德之黑格尔（E. Haeckel）者，犹赫胥黎（T. H. Huxley）然，亦近世达尔文说之讴歌者也，顾亦不笃于旧，多所更张，作生物进化系图，远追动植之绳迹，明其曼衍之由，间有不足，则补以化石，区分记述，蔚为鸿裁，上自单幺，近迄人类，会成一统，征信历然。虽后世学人，或更上征而无底极，然十九世纪末之言进化者，固已大就于斯人矣。中国迩日，进化之语，几成常言，喜新者凭以丽其辞，而笃故者则病侪人类于猕猴，辄沮遏以全力。德哲学家保罗生（Fr. Paulsen）亦曰，读黑格尔书者多，吾德之羞也。夫德意志为学术渊丛，保罗生亦爱智之士，而犹有斯言，则中国抱残守阙之辈，耳新声而疾走，固无足异矣。虽然，人类进化之说，实未尝渎灵长也，自卑而高，日进无既，斯益见人类之能，超乎群动，系统何昉，宁足耻乎？黑氏著书至多，辄明斯旨，且立种族发生学（Phylogenie），使与个体发生学（Ontogenie）并，远稽人类由来，及其曼衍之迹，群疑冰泮，大闷犁然，为近日生物学之峰极。今乃敷张其义，先述此论造端，止于近世，而以黑氏所张皇者终。

人类种族发生学者，乃言人类发生及其系统之学，职所治理，在动物种族，何所由昉，事始近四十年来，生物学分支之最新者也。盖古之哲士宗徒，无不目人为灵长，超迈群生，故纵疑官品起原，亦彷徨于神话之歧途，诠释率神闷而不可思议。如中国古说，谓盘古辟地，女娲死而遗骸为天地，则上下未形，人类已现，冥昭瞢暗，安所措足乎？屈灵均谓鳌载山抃，何以安之，束怀疑而词见也。西国创造之谭，摩西最古，其《创世记》开篇，即云帝以七日作天地万有，抟埴成男，析其肋为女。当十三世纪时，力大伟于欧土，科学隐耀，妄信横行，罗马法王，又竭全力以塞学者之口，天下为之智昏，黑格尔谥之曰世界史之大欺罔者（Die grossten Gaukler Weltgeschichte），非虚言也。已而宗教改萌，景教之迷信亦渐破，歌白尼（Copernicus）首出，知地实绕日而运，恒动不居，于此地球中心之说隳，而考核人类之士，亦稍稍现，如韦赛黎（A. Vesalius）欧斯泰几（Eustachi）等，无不以钚验之术，进智识于光明。至动物系统论，则以林那出而一振。

林那（K. von Linné）者，瑞典耆宿也，病其时诸国之治天物者，率以方言命名，繁杂而不可理，则著《天物系统论》，悉名动植以腊丁，立二名法，与以属名与种名二。如猫虎狮三物大同，则谓之猫属（Felis）；而三物又各异，则猫曰 Felis domestica，虎曰 Felis tigris，狮曰 Felis leo。又集与此相似者，谓之猫科；科进为目，为纲，为门，为界。界者，动植之判也。且所著书中，复各各记其特点，使一披而了然。惟天物繁多，不可猝尽，故每见新种，必与新名，于是世之欲以得新种博令誉者，皆相竞搜采，所得至多，林那之名大显，而物种（Arten）者何，与其内容界域之疑问，亦同为学者所注目矣。虽然，林那于此，固仍袭摩西创造之说也，《创世记》谓今之生物，皆造自世界开辟之初，故《天物系统论》亦云免诺亚时洪水之难，而留遗于今者，是为物种，凡动植种类，绝无增损变化，以殊异于神所手创云。盖林那仅知现在之生物，而往古无量数年前，尝有生物栖息地球之上，为今日所无有者，则未之觉，故起原之研究，遂不可几。并世博物家，亦笃守旧说，无所发挥，即偶有觉者，谓生物种类，经久久年月间，不无微变，而世人闻之皆峻拒，不能昌也。递十九世纪初，乃始诚有知生物进化之事实，立理论以诠释之者，其人曰兰麻克，而寇伟实先之。

寇伟（G. Cuvier）法国人，勤学博识，于学术有伟绩，尤所致力者，为动物比较解剖及化石之研究，著《化石骨骼论》，为今日古生物学所由昉。盖化石者，太古生物之遗体，留迹石中，历无数劫以至今，其形了然可识，于以知前世界动植之状态，于以知古今生物之不同，实造化之历史，自泐其业于人间者也。揣古希腊哲人，似不无微知此意者，而厥后则牵强附会之说大行，或谓化石之成，不过造化之游戏，或谓两间精气，中人为胎，迷入石中，则为石蛤石螺之属。逮兰麻克查贝类之化石，寇伟查鱼兽之化石，始知化石诚古生物之留蜕，其物已不存于今，而林那创造以来无增减变迁之说遂失当。然寇伟为人，固仍袭生物种类永住不变之观念者也，前说垂破，则别建“变动说”以解之。其言曰，今日生存动物之种属，皆开辟之时，造自天帝之手者尔。特动植之遭开辟，非止一回，每开辟前，必有大变，水转成陆，海坟为山，于是旧种死而新种生，故今兹化石，悉由神造，惟造之之时不同，则为状自异，其间无系属也。高山之巅，实见鱼贝，足为故海之征，而化石为形，大率撑拒惨苦，人可知其变之剧矣。自开辟以至今，地球表面之大故，至少亦十五六度，每一变动起，旧种悉亡，爰成化石，留后世也。其说逞肊，无实可征，而当时力乃至伟，崇信者满学界，惟圣契黎（E. Geoffroy St. Hilaire）与抗于巴黎学士会院，而寇伟博识，据垒极坚，圣契黎动物进化之说，复不具足。于是千八百三十年七月三十日之讨论，圣契黎遂败。寇伟变动之说，盛行于时。

虽然不变之说，遂不足久餍学者之心也，十八世纪后叶，已多欲以自然释其疑问，于是有瞿提（W. von Goethe）起，建“形蜕论”。瞿提者，德之大诗人也，又邃于哲理，故其论虽凭理想以立言，不尽根于事实，而识见既博，思力复丰，则犁然知生物有相互之关系，其由来本于一原。千七百九十年，著《植物形态论》，谓诸种植物，出皆原型，即其机关，亦悉从原官而出；原官者，叶也。次复比较骨骼，造诣至深，知动物之骨，亦当归一，即在人类，更无别于他种动物之型，而外状之异，特缘形变而已。形变之因，有大力之构成作用二：在内谓之求心力，在外谓之离心力，求心力所以归同，离心力所以趋异。归同犹今之遗传，趋异犹今之适应。盖瞿提所研究，为从自然哲学深入官品构造及变成之因，虽谓为兰麻克达尔文之先驱，蔑不可也。所憾者则其进化之观念，与康德（I. Kant）倭堪（L. Oken）诸哲学家立意略同，不能奋其伟力，以撼种族不变说之基础耳。有之，自兰麻克始。

兰麻克（Jean de Lamarck）者，法之大科学家也，千八百二年所著《生体论》，已言及种族之不恒，与形态之转变；而精力所注，尤在《动物哲学》一书，中所张皇，先在生物种别，由于人为之立异。其言曰，凡在地球之上，无间有生无生，决无差别，空间凡有，悉归于一，故支配非官品之原因，亦即支配有官品之原因，而吾党所执以治非官品者，亦即治有官品之途术。盖世所谓生，仅力学的现象而已。动植诸物，与人类同，无不能诠解以自然之律；惟种亦然，决非如《圣书》所言，出天帝之创造。况寇伟之说，谓经十余回改作者乎？凡此有生，皆自古代连绵继续而来，起于无官，结构至简，继随地球之转变，以渐即于高等，如今日也。至最下等生物，渐趋高等之因，则氏有二律，一曰假有动物，雏而未壮，用一官独多，则其官必日强，作用亦日盛。至新能力之大小强弱，则视使用之久暂有差。浅譬之，如锻人之腕，荷夫之胫，初固弗殊于常人，逮就职之日多，则力亦加进，使反是，废而不用，则官渐小弱，能力亦亡，如盲肠者，鸟以转化食品，而无用于人，则日萎，耳筋者，兽以动耳者也，至人而失其用，则留微迹而已：是为适应。二曰凡动物一生中，由外缘所得或失之性质，必依生殖作用，而授诸子孙。官之大小强弱亦然，惟在此时，必其父母之性质相等：是为遗传。适应之说，迄今日学人犹奉为圭臬，遗传之说，则论诤方烈，未有折中，惟其所言，固进化之大法，即谓以机械作用，进动物于高等是已。试翻《动物哲学》一书，殆纯以一元论眼光，烛天物之系统，而所凭借，则进化论也。故进化论之成，自破神造说始。兰麻克亦如圣契黎然，力驳寇伟，而不为世所知。盖当是时，生物学之研究方殷，比较解剖及生理之学亦盛，且细胞说初成，更近于个体发生学者一步，于是萃人心于一隅，遂蔑有致意于物种由来之故者。而一般人士，又笃守旧说，得新见无所动其心，故兰麻克之论既出，应者寂然，即寇伟之《动物学年报》中，亦不为一记，则说之孤立无和，可以知矣。迨千八百五十八年而达尔文暨华累斯（A. R. Wallace）之《天择论》现，越一年而达尔文《物种由来》成，举世震动，盖生物学界之光明，扫群疑于一说之下者也。

达尔文治生学之术，不同兰麻克，主用内籀，集知识之大成，年二十二，即乘汽舰壁克耳，环世界一周，历审生物，因悟物种所由始，渐而搜集事实，融会贯通，立生物进化之大原，且晓形变之因，本于淘汰，而淘汰原理，乃在争存，建《淘汰论》，亦曰《达尔文说》（*Selektionstheori e od. Darwinismus*），空前古者也。举其要旨，首为人择，设有人立一定之仪的，择动物之与相近者育之，既得苗裔，则又育其子之近似，历年既永，宜者遂传。古之牧者园丁，已知此术，赫胥黎谓亚美利加有塈羊者，惧羊跳踉，超圈而去，则留短足者而渐汰其他，递生子孙，亦复如是，久之短足者独传，修胫遂绝，此以人力传宜种者也。然此特人择动植而已，天然之力，亦择生物，与人择动植无大殊，所异者人择出人意，而天择则以生物争存之故，行于不知不觉间耳。盖生物增加，皆遵几何级数，设有动物一偶于此，毕生能产四子，四子又育，当得八孙，五传六十四，十传而千二十八，如是递增，繁殖至迅。然时有强物，灭其耎弱，沮其长成，故强之种日昌，而弱之种日耗；时代既久，宜者遂留，而天择即行其中，使生物臻于极适。达尔文言此，所征引信据，盖至繁博而坚实也。故究进化论历史，当首德黎，继乃局脊于神造之论；比至兰麻克而一进；得达尔文而大成；追黑格尔出，复总会前此之结果，建官品之种族发生学，于是人类演进之事，昭然无疑影矣。

黑格尔以前，凡云发生，皆指个体，至氏而建此学，使与个体发生学对立，著《生物发生学上之根本律》一卷，言二学有至密之关系，种族进化，亦缘遗传及适应二律而来，而尤所置重者，为形蜕论。其律曰，凡个体发生，实为种族发生之反复，特期短而事迅者耳，至所以决定之者，遗传及适应之生理作用也。黑氏以此法治个体发生，知禽兽鱼虫，虽繁不可计，而逖推本原，咸归于一；又以治种族发生，知一切生物，实肇自至简之原官，由进化而繁变，以至于人。盖人类女性之胚卵，亦与他种脊椎动物之胚卵，同为极简之细胞；男性精丝，亦复无异。二性既会，是成根干细胞，此细胞成，而个人之存在遂始。若求诸动物界，为阿弥巴属，构造至简，仅有自动及求食之力而已，继乃分裂，依几何级数成细胞群，如班陀黎那（Pandorina），作桑葚状，葚空其中，渐而内陷，是成原肠，今日淡水沟渠中动物希特拉（Hydra），亦如是也。更进，则由心房生血管四偶，曲向左右，状如鱼鳃，胎儿届此时，适合动物界之鱼类；复次之发达，皆与人类以外之高等动物无微殊，即已有脑髓耳目及足，而以较他种脊椎动物之胎儿，仍无辨也。凡此研究，皆能目击，日审胚胎之发育而得其变化。惟种族发生学独不然，所追迹者，事距今数千万载，其为演进，目不可窥，即直接观察，亦局于至隘之分域，可据者仅间接推理与批判反省二术，及取诸科学所经验荟萃之材，较量研究之而已。故黑格尔曰，此其为学，肄治滋难，决非个体发生学所能较也。

往之言此事者，有达尔文《原人论》，赫胥黎《化中人位论》。黑格尔著《人类发生学》，则以古生物学个体发生学及形态学证人类之系统，知动物进化，与人类胎儿之发达同，凡脊椎动物之始为鱼类，见地质学上太古代之僦罗纪，继为迭逢纪之蛙鱼，为石墨纪之两栖，为二迭纪之爬虫，及中古代之哺乳动物，递近古代第三纪，乃见半猿，次生真猿，猿有狭鼻族，由其族生犬猿，次生人猿，人猿生猿人，不能言语，降而能语，是谓之人，此皆比较解剖个体发生及脊椎动物所明证者也。惟个体发达之序亦然，故曰种族发生，为个体发生之反复。然此仅有脊椎动物而已，若更上溯无脊椎动物而探其统系，为业尤艰巨于前。盖此种动物，无骨骼之存，故不见于化石，特据生物学原则，知人类所始为原生动物，与胎孕时之根干细胞相当，下此亦各有相当之动物。于是黑格尔乃追进化之迹而识别之，间有不足，则补以化石与悬拟之生物，而自单幺以至人类之系图遂成，图中所载，即自穆那罗（Monera）渐进以至人类之历史，生物学上所谓种族的发生者是也。其系图如别幅。

近三十年来，古生物学之发见，亦多有力之证，最著者为爪哇之猿人化石，是石现，而人类系统遂大成。盖往者狭鼻猿类与人之系属，缺不可见，逮得化石，征信弥真，力不逊比较解剖及个体发生学也。故论人类从出，为物至卑，曰原生动物。原生动物出自穆那罗，穆那罗出自泼罗比翁（Probion）；泼罗比翁，原生物也。若更究原生物由来，则以那格黎（Naegeli）氏说为近理，其说曰，有生始于无生，盖质力不灭律所生之成果尔；若物质全界，无不由因果而成，宇宙间现象，亦遵此律，则成于非官品之质，且终转化而为非官品之官品，究其本始，亦为非官品必矣。近者法有学人，能以质力之变，转非官品为植物，又有以毒鸩金属杀之，易其导电传热之性者。故有生无生二界，且日益近接，终不能分，无生物之转有生，是成不易之真理，十九世纪末学术之足惊怖，有如是也。至无生物所始，则当俟宇宙发生学（Kosmogenie）言之。

一九〇七年作

科学史教篇

观于今之世，不瞿然者几何人哉？自然之力，既听命于人间，发纵指挥，如使其马，束以器械而用之；交通贸迁，利于前时，虽高山大川，无足沮核；饥疠之害减；教育之功全；较以百祀前之社会，改革盖无烈于是也。孰先驱是，孰偕行是？察其外状，虽不易于犁然，而实则多缘科学之进步。盖科学者，以其知识，历探自然见象之深微，久而得效，改革遂及于社会，继复流衍，来溅远东，浸及震旦，而洪流所向，则尚浩荡而未有止也。观其所发之强，斯足测所蕴之厚，知科学盛大，决不缘于一朝。索其真源，盖远在夫希腊，既而中止，几一千年，递十七世纪中叶，乃复决为大川，状益汪洋，流益曼衍，无有断绝，以至今兹。实益骈生，人间生活之幸福，悉以增进。第相科学历来发达之绳迹，则勤劬艰苦之影在焉，谓之教训。

希腊罗马科学之盛，殊不逊于艺文。尔时巨制，有毕撒哥拉（Pythagoras）之生理音阶，亚里士多德（Aristoteles）之解剖气象二学，柏拉图（Platon）之《谛妙斯篇》（*Timaeus*）暨《邦国篇》，迪穆克黎多（Demokritos）之《质点论》，至流质力学则昉于亚勒密提士（Archimedes），几何则建于宥克立（Eukleides），械具学则成于希伦（Heron），此他学者，犹难列举。其亚利山德大学，特称学者渊薮，藏书至十万余卷，较以近时，盖无愧色。而思想之伟妙，亦至足以铄今。盖尔时智者，实不仅启上举诸学之端而已，且运其思理，至于精微，冀直解宇宙之元质，德黎（Thales）谓水，亚那克希美纳（Anaximenes）谓气，希拉克黎多（Herakleitos）谓火。其说无当，固不俟言。华惠尔尝言其故曰，探自然必赖夫玄念，而希腊学者无有是，即有亦极微，盖缘定此念之意义，非名学之助不为功也。（中略）而尔时诸士，直欲以今日吾曹滥用之文字，解宇宙之玄纽而去之。然其精神，则毅然起叩古人所未知，研索天然，不肯止于肤廓，方诸近世，直无优劣之可言。盖世之评一时代历史者，褒贬所加，辄不一致，以当时人文所现，合之近今，得其差池，因生不满。若自设为古之一人，返其旧心，不思近世，平意求索，与之批评，则所论始云不妄，略有思理之士，无不然矣。若据此立言，则希腊学术之隆，为至可褒而不可黜；其他亦然。世有哂神话为迷信，斥古教为谫陋者，胥自迷之徒耳，足悯谏也。盖凡论往古人文，加之轩轾，必取他种人与是相当之时劫，相度其所能至而较量之，决论之出，斯近正耳。惟张皇近世学说，无不本之古人，一切新声，胥为绍述，则意之所执，与蔑古亦相同。盖神思一端，虽古之胜今，非无前例，而学则构思验实，必与时代之进而俱升，古所未知，后无可愧，且亦无庸讳也。昔英人设水道于天竺，其国人恶而拒之，有谓水道本创自天竺古贤，久而术失，白人不过窃取而更新之者，水道始大行。旧国笃古之余，每至不惜于自欺如是。震旦死抱国粹之士，作此说者最多，一若今之学术艺文，皆我数千载前所已具。不知意之所在，将如天竺造说之人，聊弄术以入新学，抑诚尸祝往时，视为全能而不可越也？虽然，非是不协不听之社会，亦有罪焉已。

希腊既苓落，罗马亦衰，而亚剌伯人继起，受学于那思得理亚与僦思人，翻译诠释之业大盛；眩其新异，妄信以生，于是科学之观念漠然，而进步亦遂止。盖希腊罗马之科学，在探未知，而亚剌伯之科学，在模前有，故以注疏易征验，以评骘代会通，博览之风兴，而发见之事少，宇宙见象，在当时乃又神秘而不可测矣。怀念既尔，所学遂妄，科学隐，幻术兴，天学不昌，占星代起，所谓点金通幽之术，皆以昉也。顾亦有不可贬者，为尔时学士，实非懒散而无为，精神之弛，因入退守；徒以方术之误，结果乃止于无功，至所致力，固有足以惊叹。如当时回教新立，政事学术，相辅而蒸，可尔特跋暨巴格达德之二帝，对峙东西，竞导希腊罗马之学，传之其国，又好读亚里士多德与柏拉图书。而学校亦林立，以治文理数理爱智质学及医药之事；质学有醇酒硝硫酸之发明，数学有代数三角之进步；又复设度测地，以摆计时，星表之作，亦始此顷，其学术之盛，盖几世界之中枢矣。而景教子弟，复多出入于日斯巴尼亚之学校，取亚剌伯科学而传诸宗邦，景教国之学术，为之一振；递十一世纪，始衰微也。赫胥黎作《十九世纪后叶科学进步志》，论之曰，中世学校，咸以天文几何算术音乐为高等教育之四分科，学者非知其一，不足称有适当之教育；今不遇此，吾徒耻之。此其言表，与震旦谋新之士，大号兴学者若同，特中之所指，乃理论科学居其三，非此之重有形应用科学而又其方术者，所可取以自涂泽其说者也。

时亚剌伯虽如是，而景教诸国，则于科学无发扬。且不独不发扬而已，又进而摈斥夭阏之，谓人之最可贵者，无逾于道德上之义务与宗教上之希望，苟致力于科学，斯谬用其所能。有拉克坦谛（Lactantius）者，彼教之能才也，尝曰，探万汇之原因，问大地之动定，谈月表之隆陷，究星辰之悬属，考成天之质分，而焦心苦思于此诸问端者，犹絮陈未见之国都，其愚为不可几及。贤者如是，庸俗可知，科学之光，遂以黯淡。顾大势如是，究亦不起于无因。准丁达尔（J. Tyndall）言，则以其时罗马及他国之都，道德无不颓废，景教适以时起，宣福音于平人，制非极严，不足以矫俗，故宗徒之遘害虽多，而终得以制胜。惟心意之受婴久，斯痕迹之漫漶也难，于是虽奉为灵粮之圣文，亦以供科学之判决。见象如是，夫何进步之可期乎？至厥后教会与列国政府间之冲突，亦于研究之受妨，与有力也。由是观之，可知人间教育诸科，每不即于中道，甲张则乙弛，乙盛则甲衰，迭代往来，无有纪极。如希腊罗马之科学，以极盛称，迨亚剌伯学者兴，则一归于学古；景教诸国，则建至严之教，为德育本根，知识之不绝者如线。特以世事反复，时势迁流，终乃屹然更兴，蒸蒸以至今日。所谓世界不直进，常曲折如螺旋，大波小波，起伏万状，进退久之而达水裔，盖诚言哉。且此又不独知识与道德为然也，即科学与美艺之关系亦然。欧洲中世，画事各有原则，迨科学进，又益以他因，而美术为之中落，迨复遵守，则輓近事耳。惟此消长，论者亦无利害之可言，盖中世宗教暴起，压抑科学，事或足以震惊，而社会精神，乃于此不无洗涤，熏染陶冶，亦胎嘉葩。二千年来，其色益显，或为路德，或为克灵威尔，为弥耳敦，为华盛顿，为嘉来勒，后世瞻思其业，将孰谓之不伟欤？此其成果，以偿沮遏科学之失，绰然有余裕也。盖无间教宗学术美艺文章，均人间曼衍之要旨，定其孰要，今兹未能。惟若眩至显之实利，摹至肤之方术，则准史实所垂，当反本心而获恶果，可决论而已。此何以故？则以如是种人之得久，盖于文明政事二史皆未之见也。

迄今所述，止于昏黄，若去而求明星于尔时，则亦有可言者一二，如十二世纪有摩格那思（A. Magnus），十三世纪有洛及培根（Roger Bacon 生一二一四年，中国所习闻者生十六世纪与此异），尝作书论失学之故，画恢复之策，中多名言，至足称述；然其见知于世，去今才百余年耳。书首举失学元因凡四：曰摹古，曰伪智，曰泥于习，曰惑于常。近世华惠尔亦论之，籍当时见象，统归四因，与培根言殊异，因一曰思不坚，二曰卑琐，三曰不假之性，四曰热中之性，且多援例以实之。丁达尔后出，于第四因有违言，谓热中妨学，盖指脑之弱者耳，若其诚强，乃反足以助学。科学者耄，所发见必不多，此非智力衰也，正坐热中之性渐微故。故人有谓知识的事业，当与道德力分者，此其说为不真，使诚脱是力之鞭策而惟知识之依，则所营为，特可悯者耳。发见之故，此其一也。今更进究发见之深因，则尤有大于此者。盖科学发见，常受超科学之力，易语以释之，亦可曰非科学的理想之感动，古今知名之士，概如是矣。阑喀曰，孰辅相人，而使得至真之知识乎？不为真者，不为可知者，盖理想耳。此足据为铁证者也。英之赫胥黎，则谓发见本于圣觉，不与人之能力相关；如是圣觉，即名曰真理发见者。有此觉而中才亦成宏功，如无此觉，则虽天纵之才，事亦终于不集。说亦至深切而可听也。弗勒那尔以力数学之研究有名，尝柬其友曰，名誉之心，去已久矣。吾今所为，不以令誉，特以吾意之嘉受耳。其恬淡如是。且发见之誉大矣，而威累司逊其成就于达尔文，本生付其勤劬于吉息霍甫，其谦逊又如是。故科学者，必常恬淡，常逊让，有理想，有圣觉，一切无有，而能贻业绩于后世者，未之有闻。即其他事业，亦胥如此矣。若曰，此累叶之言，皆空虚而无当于实欤？则曰然亦近世实益增进之母耳。此述其母，为厥子故，即以慰之。

前此黑暗期中，虽有图复古之一二伟人出，而终亦不能如其所期，东方之光，盖实作于十五六两世纪顷。惟苓落既久，思想大荒，虽冀履前人之旧迹，亦不可以猝得，故直近十七世纪中叶，人始诚闻夫晓声，回顾其前，则歌白尼（N. Copernicus）首出，说太阳系，开布勒（J. Kepler）行星运动之法继之，此他有格里累阿（Galileo Galilei），于星力二学，多所发明，又善导人，使事斯学；后复有思迭文（S. Stevin）之机械学，吉勒衰德（W. Gilbert）之磁学，哈维（W. Harvey）之生理学。法朗西意大利诸国学校，则解剖之学大盛；科学协会亦始立，意之林舍亚克特美（Accademia dei Lincei）即科学研究之渊薮也。事业之盛，足惊叹矣。夫气运所趣既如此，则桀士自以笃生，故英则有法朗希思培根，法则有特嘉尔。

培根（F. Bacon 1561—1626）著书，序古来科学之进步，与何以达其主的之法曰《格致新机》。虽后之结果，不如著者所希，而平议其业，决不可云不伟。惟中所张主，为循序内籀之术，而不更云征验：后以是多讶之。顾培根之时，学风至异，得一二琐末之事实，辄视为大法之前因，培根思矫其俗，势自不得不斥前古悬拟夸大之风，而一偏于内籀，则其不崇外籀之事，固非得已矣。况此又特未之语耳，察其思惟，亦非偏废；氏所述理董自然见象者凡二法：初由经验而入公论，次更由公论而入新经验。故其言曰，事物之成，以手乎，抑以心乎？此不完于一。必有机械而辅以其他，乃以具足焉。盖事业者，成以手，亦赖乎心者也。观于此言，则《新机论》第二分中，当必有言外籀者，然其第二分未行世也。顾由是而培根之术为不完，凡所张皇，仅至具足内籀而止。内籀之具足者，不为人所能，其所成就，亦无逾于实历；就实历而探新理，且更进而窥宇宙之大法，学者难之。况悬拟虽培根所不喜，而今日之有大功于科学，致诸盛大之域者，实多悬拟为之乎？然其说之偏于一方，视为匡世之术可耳，无足深难也。

后斯人几三十年，有特嘉尔（R. Descartes 1596—1650）生于法，以数学名，近世哲学之基，亦赖以立。尝屹然扇尊疑之大潮，信真理之有在，于是专心一志，求基础于意识，觅方术于数理。其言有曰，治几何者，能以至简之名理，会解定理之繁多。吾因悟凡人智以内事，亦咸得以如是法解。若不以不真者为真，而履当履之道，则事之不成物之不解者，将无有矣。故其哲理，盖全本外籀而成，扩而用之，即以驭科学，所谓由因入果，非自果导因，为其著《哲学要义》中所自述，亦特嘉尔方术之本根，思理之枢机也。至其方术，则论者亦谓之不完，奉而不贰，弊亦弗异于偏倚培根之内籀，惟于过重经验者，可为救正之用而已。若其执中，则偏于培根之内籀者固非，而笃于特嘉尔之外籀者，亦不云是。二术俱用，真理始昭，而科学之有今日，亦实以有会二术而为之者故。如格里累阿，如哈维，如波尔（R. Boyle），如奈端（I. Newton），皆偏内籀不如培根，守籀不如特嘉尔，卓然独立，居中道而经营者也。培根生时，于国民之富有，与实践之结果，企望极坚，越百年，科学益进而事乃不如其意。奈端发见至卓，特嘉尔数理亦至精，而世人所得，仅脑海之富而止；国之安舒，生之乐易，未能获也。他若波尔立质力二学征实之法，巴斯加耳（B. Pascal）暨多烈舍黎（E. Torricelli）测大气之量，摩勒毕奇（M. Malpighi）等精研官品之理，而工业如故，交通未良，矿业亦无所进益，惟以机械学之结果，始见极粗之时辰表而已。至十八世纪中叶，英法德意诸国科学之士辈出，质学生学地学之进步，灿然可观，惟所以福社会者若何，则论者尚难于置对。迨酝酿既久，实益乃昭，当同世纪末叶，其效忽大著，举工业之械具资材，植物之滋殖繁养，动物之畜牧改良，无不蒙科学之泽，所谓十九世纪之物质文明，亦即胚胎于是时矣。洪波浩然，精神亦以振，国民风气，因而一新。顾治科学之桀士，则不以是婴心也，如前所言，盖仅以知真理为唯一之仪的，扩脑海之波澜，扫学区之荒秽，因举其身心时力，日探自然之大法而已。尔时之科学名家，无不如是，如侯失勒（J. Herschel）暨拉布拉（S. de Laplace）之于星学，扬俱（Th. Young）暨弗勒那尔（A. Fresnel）之于光学，欧思第德（H. C. Oersted）之于力学，兰麻克（J. de Lamarck）之于生学，迭亢陀耳（A. de Candolle）之于植物学，威那（A. C. Wemer）之于矿物学，哈敦（J. Hutton）之于地学，瓦特（J. Watt）之于机械学，其尤著者也。试察所仪，岂在实利哉？然防火灯作矣，汽机出矣，矿术兴矣。而社会之耳目，乃独震惊有此点，日颂当前之结果，于学者独恝然而置之。倒果为因，莫甚于此。欲以求进，殆无异鼓鞭于马勒欤，夫安得如所期？第谓惟科学足以生实业，而实业更无利于科学，人皆慕科学之荣，则又不如是也。社会之事繁，分业之要起，人自不得不有所专，相互为援，于以两进。故实业之蒙益于科学者固多，而科学得实业之助者亦非鲜。今试置身于野人之中，显镜衡机不俟言，即醇酒玻璃，亦不可致，则科学者将何如，仅得运其思理而已。思理孤运，此雅典暨亚历山德府科学之所以中衰也。事多共其悲喜，盖亦诚言也夫。

故震他国之强大，栗然自危，兴业振兵之说，日腾于口者，外状固若成然觉矣，按其实则仅眩于当前之物，而未得其真谛。夫欧人之来，最眩人者，固莫前举二事若，然此亦非本柢而特葩叶耳。寻其根源，深无底极，一隅之学，夫何力焉。顾著者于此，亦非谓人必以科学为先务，待其结果之成，始以振兵兴业也，特信进步有序，曼衍有源，虑举国惟枝叶之求，而无一二士寻其本，则有源者日长，逐末者仍立拨耳。居今之世，不与古同，尊实利可，摹方术亦可，而有不为大潮所漂泛，屹然当横流，如古贤人，能播将来之佳果于今兹，移有根之福祉于宗国者，亦不能不要求于社会，且亦当为社会要求者矣。丁达尔不云乎：止属目于外物，或但以政事之感，而误凡事之真者，每谓邦国安危，一系于政治之思想，顾至公之历史，则立证其不然。夫法之有今日也，宁有他因耶？特以科学之长，胜他国耳。千七百九十二年之变，全欧嚣然，争执干戈以攻法国，联军伺其外，内讧兴于中，武库空虚，战士多死，既不能以疲卒当锐兵，而又无粮以济守者，武人抚剑而视太空，政家饮泪而悲来日，束手衔恨，俟天运矣。而时之振作其国人者何人？震怖其外敌者又何人？曰，科学也。其时学者，无不尽其心力，竭其智能，见兵士不足，则补以发明，武具不足，则补以发明，当防守之际，即知有科学者在，而后之战胜必矣。然此犹可曰丁达尔自治科学，因阿所好而立言耳，然证以阿罗戈之所载书，乃益明其不妄，书所记曰，时公会征九十万人，盖御外敌之四集，实非此不胜用尔。而人不如数；众乃大惧。加以武库久空，战备不足，故目前之急，有非人力所能救者。盖时所必要，首为弹药，而原料硝石，曩悉来自印度，至此时遂穷。次为枪炮，而法地产铜不多，必仰俄英印度之给，至今亦绝。三为钢铁，然平日亦取诸外国，制造之术，无知之者。于是行最后之策，集通国学者，开会议之，其最要而最难得者为火药。政府使者皆知不能成，叹曰，硝石安在？声未绝，学者孟耆即起曰，有之。至适当之地，如马厩土仓中，有硝石无量，为汝所梦想不到者。氏禀天才，加以知识，爱国出于至诚，乃睥睨阖室曰，吾能集其土为之！不越三日，火药就矣，于是以至简之法，晓谕国中，老弱妇稚，悉能制造，俄顷间全法国如大工厂也。此外有质学家，以法化分钟铜，用作武器，而炼铁新法亦昉于是时，凡铸刀剑枪械，无不可用国产。柔皮术亦不日竟成，制履之韦，因以不匮。尔时所称异之气球暨空气中之电报，亦均改良扩张，用之争战，前者即摩洛将军乘之探敌阵，得其情实，因制殊胜者也。丁达尔乃论曰，法国尔时，实生二物，曰：科学与爱国。其至有力者，为孟耆（Monge）与加尔诺（Carnot），与有力者，为孚勒克洛，穆勒惠，暨巴列克黎之徒。大业之成，此其枢纽。故科学者，神圣之光，照世界者也，可以遏末流而生感动。时泰，则为人性之光；时危，则由其灵感，生整理者如加尔诺，生强者强于拿破仑之战将云。今试总观前例，本根之要，洞然可知。盖末虽亦能灿烂于一时，而所宅不坚，顷刻可以蕉萃，储能于初，始长久耳。顾犹有不可忽者，为当防社会入于偏，日趋而之一极，精神渐失，则破灭亦随之。盖使举世惟知识之崇，人生必大归于枯寂，如是既久，则美上之感情漓，明敏之思想失，所谓科学，亦同趣于无有矣。故人群所当希冀要求者，不惟奈端已也，亦希诗人如狭斯丕尔（Shakespeare）；不惟波尔，亦希画师如洛菲罗（Raphaelo）；既有康德，亦必有乐人如培得诃芬（Beethoven）；既有达尔文，亦必有文人如嘉来勒（Garlyle）。凡此者，皆所以致人性于全，不使之偏倚，因以见今日之文明者也。嗟夫，彼人文史实之所垂示，固如是已！

一九〇七年作

文化偏至论

中国既以自尊大昭闻天下，善诋諆者，或谓之顽固；且将抱守残阙，以底于灭亡。近世人士，稍稍耳新学之语，则亦引以为愧，翻然思变，言非同西方之理弗道，事非合西方之术弗行，掊击旧物，惟恐不力，曰将以革前缪而图富强也。间尝论之：昔者帝轩辕氏之戡蚩尤而定居于华土也，典章文物，于以权舆，有苗裔之繁衍于兹，则更改张皇，益臻美大。其蠢蠢于四方者，胥蕞尔小蛮夷耳，厥种之所创成，无一足为中国法，是故化成发达，咸出于己而无取乎人。降及周秦，西方有希腊罗马起，艺文思理，灿然可观，顾以道路之艰，波涛之恶，交通梗塞，未能择其善者以为师资。洎元明时，虽有一二景教父师，以教理暨历算质学干中国，而其道非盛。故迄于海禁既开，皙人踵至之顷，中国之在天下，见夫四夷之则效上国，革面来宾者有之；或野心怒发，狡焉思逞者有之；若其文化昭明，诚足以相上下者，盖未之有也。屹然出中央而无校雠，则其益自尊大，宝自有而傲睨万物，固人情所宜然，亦非甚背于理极者矣。虽然，惟无校雠故，则宴安日久，苓落以胎，迫拶不来，上征亦辍，使人茶，使人屯，其极为见善而不思式。有新国林起于西，以其殊异之方术来向，一施吹拂，块然踣傹，人心始自危，而辁才小慧之徒，于是竞言武事。后有学于殊域者，近不知中国之情，远复不察欧美之实，以所拾尘芥，罗列人前，谓钩爪锯牙，为国家首事，又引文明之语，用以自文，征印度波兰，作之前鉴。夫以力角盈绌者，于文野亦何关？远之则罗马之于东西戈尔，迩之则中国之于蒙古女真，此程度之离距为何如，决之不待智者。然其胜负之数，果奈何矣？苟曰是惟往古为然，今则机械其先，非以力取，故胜负所判，即文野之由分也。则曷弗启人智而开发其性灵，使知罟获戈矛，不过以御豺虎，而喋喋誉白人肉攫之心，以为极世界之文明者又何耶？且使如其言矣，而举国犹孱，授之巨兵，奚能胜任，仍有僵死而已矣。嗟夫，夫子盖以习兵事为生，故不根本之图，而仅提所学以干天下；虽兜牟深隐其面，威武若不可陵，而干禄之色，固灼然现于外矣！计其次者，乃复有制造商估立宪国会之说。前二者素见重于中国青年间，纵不主张，治之者亦将不可缕数。盖国若一日存，固足以假力图富强之名，博志士之誉，即有不幸，宗社为墟，而广有金资，大能温饱，即使怙恃既失，或被虐杀如犹太遗黎，然善自退藏，或不至于身受；纵大祸垂及矣，而幸免者非无人，其人又适为己，则能得温饱又如故也。若夫后二，可无论已。中较善者，或诚痛乎外侮迭来，不可终日，自既荒陋，则不得已，姑拾他人之绪余，思鸠大群以抗御，而又飞扬其性；善能攘扰，见异己者兴，必借众以陵寡，托言众治，压制乃尤烈于暴君。此非独于理至悖也，即缘救国是图，不惜以个人为供献，而考索未用，思虑粗疏，茫未识其所以然，辄皈依于众志，盖无殊痼疾之人，去药石摄卫之道弗讲，而乞灵于不知之力，拜祷稽首于祝由之门者哉。至尤下而居多数者，乃无过假是空名，遂其私欲，不顾见诸实事，将事权言议，悉归奔走干进之徒，或至愚屯之富人，否亦善垄断之市侩，特以自长营措，当列其班，况复掩自利之恶名，以福群之令誉，捷径在目，斯不惮竭蹶以求之耳。呜呼，古之临民者，一独夫也；由今之道，且顿变而为千万无赖之尤，民不堪命矣，于兴国究何与焉。顾若而人者，当其号召张皇，盖蔑弗托近世文明为后盾，有佛戾其说者起，辄谥之曰野人，谓为辱国害群，罪当甚于流放。第不知彼所谓文明者，将已立准则，慎施去取，指善美而可行诸中国之文明乎，抑成事旧章，咸弃捐不顾，独指西方文化而为言乎？物质也，众数也，十九世纪末叶文明之一面或在兹，而论者不以为有当。盖今所成就，无一不绳前时之遗迹，则文明必日有其迁流，又或抗往代之大潮，则文明亦不能无偏至。诚若为今立计，所当稽求既往，相度方来，掊物质而张灵明，任个人而排众数。人既发扬踔厉矣，则邦国亦以兴起。奚事抱枝拾叶，徒金铁国会立宪之云乎？夫势利之念昌狂于中，则是非之辨为之昧，措置张主，辄失其宜，况乎志行污下，将借新文明之名，以大遂其私欲者乎？是故今所谓识时之彦，为按其实，则多数常为盲子，宝赤菽以为玄珠，少数乃为巨奸，垂微饵以冀鲸鲵。即不若是，中心皆中正无瑕玷矣，于是拮据辛苦，展其雄才，渐乃志遂事成，终致彼所谓新文明者，举而纳之中国，而此迁流偏至之物，已陈旧于殊方者，馨香顶礼，吾又何为若是其芒芒哉！是何也？曰物质也，众数也，其道偏至。根史实而见于西方者不得已，横取而施之中国则非也。借曰非乎？请循其本——

夫世纪之元，肇于耶稣出世，历年既百，是为一期，大故若兴，斯即此世纪所有事，盖从历来之旧贯，而假是为区分，无奥义也。诚以人事连绵，深有本柢，如流水之必自原泉，卉木之茁于根茇，倏忽隐见，理之必无。故苟为寻绎其条贯本末，大都蝉联而不可离，若所谓某世纪文明之特色何在者，特举荦荦大者而为言耳。按之史实，乃如罗马统一欧洲以来，始生大洲通有之历史；已而教皇以其权力，制御全欧，使列国靡然受圈，如同社会，疆域之判，等于一区；益以梏亡人心，思想之自由几绝，聪明英特之士，虽摘发新理，怀抱新见，而束于教令，胥缄口结舌而不敢言。虽然，民如大波，受沮益浩，则于是始思脱宗教之系缚，英德二国，不平者多，法皇宫庭，实为怨府，又以居于意也，乃并意大利人而疾之。林林之民，咸致同情于不平者，凡有能阻泥教旨，抗拒法皇，无间是非，辄与赞和。时则有路德（M. Luther）者起于德，谓宗教根元，在乎信仰，制度戒法，悉其荣华，力击旧教而仆之。自所创建，在废弃阶级，黜法皇僧正诸号，而代以牧师，职宣神命，置身社会，弗殊常人；仪式祷祈，亦简其法。至精神所注，则在牧师地位，无所胜于平人也。转轮既始，烈栗遍于欧洲，受其改革者，盖非独宗教而已，且波及于其他人事，如邦国离合，争战原因，后兹大变，多基于是。加以束缚弛落，思索自由，社会蔑不有新色，则有尔后超形气学上之发见，与形气学上之发明。以是胚胎，又作新事：发隐地也，善机械也，展学艺而拓贸迁也，非去羁勒而纵人心，不有此也。顾世事之常，有动无定，宗教之改革已，自必益进而求政治之更张。溯厥由来，则以往者颠覆法皇，一假君主之权力，变革既毕，其力乃张，以一意孤临万民，在下者不能加之抑制，日夕孳孳，惟开拓封域是务，驱民纳诸水火，绝无所动于心：生计绌，人力耗矣。而物反于穷，民意遂动，革命于是见于英，继起于美，复次则大起于法朗西，扫荡门第，平一尊卑，政治之权，主以百姓，平等自由之念，社会民主之思，弥漫于人心。流风至今，则凡社会政治经济上一切权利，义必悉公诸众人，而风俗习惯道德宗教趣味好尚言语暨其他为作，俱欲去上下贤不肖之闲，以大归乎无差别。同是者是，独是者非，以多数临天下而暴独特者，实十九世纪大潮之一派，且曼衍入今而未有既者也。更举其他，则物质文明之进步是已。当旧教盛时，威力绝世，学者有见，大率默然，其有毅然表白于众者，每每获囚戮之祸。递教力堕地，思想自由，凡百学术之事，勃焉兴起，学理为用，实益遂生，故至十九世纪，而物质文明之盛，直傲睨前此二千余年之业绩。数其著者，乃有棉铁石炭之属，产生倍旧，应用多方，施之战斗制造交通，无不功越于往日；为汽为电，咸听指挥，世界之情状顿更，人民之事业益利。久食其赐，信乃弥坚，渐而奉为圭臬，视若一切存在之本根，且将以之范围精神界所有事，现实生活，胶不可移，惟此是尊，惟此是尚，此又十九世纪大潮之一派，且曼衍入今而未有既者也。虽然，教权庞大，则覆之假手于帝王，比大权尽集一人，则又颠之以众庶。理若极于众庶矣，而众庶果足以极是非之端也耶？宴安逾法，则矫之以教宗，递教宗淫用其权威，则又掊之以质力。事若尽于物质矣，而物质果足尽人生之本也耶？平意思之，必不然矣。然而大势如是者，盖如前言，文明无不根旧迹而演来，亦以矫往事而生偏至，缘督校量，其颇灼然，犹孑与躄焉耳。特其见于欧洲也，为不得已，且亦不可去，去孑与躄，斯失孑与躄之德，而留者为空无。不安受宝重之者奈何？顾横被之不相系之中国而膜拜之，又宁见其有当也？明者微睇，察逾众凡，大士哲人，乃蚤识其弊而生愤叹，此十九世纪末叶思潮之所以变矣。德人尼佉（Fr. Nietzsche）氏，则假察罗图斯德罗（Zarathustra）之言曰，吾行太远，孑然失其侣，返而观夫今之世，文明之邦国矣，斑斓之社会矣。特其为社会也，无确固之崇信；众庶之于知识也，无作始之性质。邦国如是，奚能淹留？吾见放于父母之邦矣！聊可望者，独苗裔耳。此其深思遐瞩，见近世文明之伪与偏，又无望于今之人，不得已而念来叶者也。

然则十九世纪末思想之为变也，其原安在，其实若何，其力之及于将来也又奚若？曰言其本质，即以矫十九世纪文明而起者耳。盖五十年来，人智弥进，渐乃返观前此，得其通弊，察其黮暗，于是浡焉兴作，会为大潮，以反动破坏充其精神，以获新生为其希望，专向旧有之文明，而加之掊击扫荡焉。全欧人士，为之栗然震惊者有之，芒然自失者有之，其力之烈，盖深入于人之灵府矣。然其根柢，乃远在十九世纪初叶神思一派；递夫后叶，受感化于其时现实之精神，已而更立新形，起以抗前时之现实，即所谓神思宗之至新者也。若夫影响，则眇眇来世，肊测殊难，特知此派之兴，决非突见而靡人心，亦不至突灭而归乌有，据地极固，函义甚深。以是为二十世纪文化始基，虽云早计，然其为将来新思想之朕兆，亦新生活之先驱，则按诸史实所昭垂，可不俟繁言而解者已。顾新者虽作，旧亦未僵，方遍满欧洲，冥通其地人民之呼吸，余力流衍，乃扰远东，使中国之人，由旧梦而入于新梦，冲决嚣叫，状犹狂酲。夫方贱古尊新，而所得既非新，又至偏而至伪，且复横决，浩乎难收，则一国之悲哀亦大矣。今为此篇，非云已尽西方最近思想之全，亦不为中国将来立则，惟疾其已甚，施之抨弹，犹神思新宗之意焉耳。故所述止于二事：曰非物质，曰重个人。

个人一语，入中国未三四年，号称识时之士，多引以为大诟，苟被其谥，与民贼同。意者未遑深知明察，而迷误为害人利己之义也欤？夷考其实，至不然矣。而十九世纪末之重个人，则吊诡殊恒，尤不能与往者比论。试案尔时人性，莫不绝异其前，入于自识，趣于我执，刚愎主己，于庸俗无所顾忌。如诗歌说部之所记述，每以骄蹇不逊者为全局之主人。此非操觚之士，独凭神思构架而然也，社会思潮，先发其朕，则逶之载籍而已矣。盖自法朗西大革命以来，平等自由，为凡事首，继而普通教育及国民教育，无不基是以遍施。久浴文化，则渐悟人类之尊严；既知自我，则顿识个性之价值；加以往之习惯坠地，崇信荡摇，则其自觉之精神，自一转而之极端之主我。且社会民主之倾向，势亦大张，凡个人者，即社会之一分子，夷隆实陷，是为指归，使天下人人归于一致，社会之内，荡无高卑。此其为理想诚美矣，顾于个人殊特之性，视之蔑如，既不加之别分，且欲致之灭绝。更举黮暗，则流弊所至，将使文化之纯粹者，精神益趋于固陋，颓波日逝，纤屑靡存焉。盖所谓平社会者，大都夷峻而不湮卑，若信至程度大同，必在前此进步水平以下。况人群之内，明哲非多，伧俗横行，浩不可御，风潮剥蚀，全体以沦于凡庸。非超越尘埃，解脱人事，或愚屯罔识，惟众是从者，其能缄口而无言乎？物反于极，则先觉善斗之士出矣：德人斯契纳尔（M. Stirner）乃先以极端之个人主义现于世。谓真之进步，在于己之足下。人必发挥自性，而脱观念世界之执持。惟此自性，即造物主。惟有此我，本属自由；既本有矣，而更外求也，是曰矛盾。自由之得以力，而力即在乎个人，亦即资财，亦即权利。故苟有外力来被，则无间出于寡人，或出于众庶，皆专制也。国家谓吾当与国民合其意志，亦一专制也。众意表现为法律，吾即受其束缚，虽曰为我之舆台，顾同是舆台耳。去之奈何？曰：在绝义务。义务废绝，而法律与偕亡矣。意盖谓凡一个人，其思想行为，必以己为中枢，亦以己为终极：即立我性为绝对之自由者也。至勖宾霍尔（A. Schopenhauer），则自既以兀傲刚愎有名，言行奇觚，为世稀有；又见夫盲瞽鄙倍之众，充塞两间，乃视之与至劣之动物并等，愈益主我扬己而尊天才也。至丹麦哲人契开迦尔（S. Kierkegaard）则愤发疾呼，谓惟发挥个性，为至高之道德，而顾瞻他事，胥无益焉。其后有显理伊勃生（Henriklbsen）见于文界，瑰才卓识，以契开迦尔之诠释者称。其所著书，往往反社会民主之倾向，精力旁注，则无间习惯信仰道德，苟有拘于虚而偏至者，无不加之抵排。更睹近世人生，每托平等之名，实乃愈趋于恶浊，庸凡凉薄，日益以深，顽愚之道行，伪诈之势逞，而气宇品性，卓尔不群之士，乃反穷于草莽，辱于泥涂，个性之尊严，人类之价值，将咸归于无有，则常为慷慨激昂而不能自已也。如其《民敌》一书，谓有人宝守真理，不阿世媚俗，而不见容于人群，狡狯之徒，乃巍然独为众愚领袖，借多陵寡，植党自私，于是战斗以兴，而其书亦止：社会之象，宛然具于是焉。若夫尼佉，斯个人主义之至雄桀者矣，希望所寄，惟在大士天才；而以愚民为本位，则恶之不殊蛇蝎。意盖谓治任多数，则社会元气，一旦可隳，不若用庸众为牺牲，以冀一二天才之出世，递天才出而社会之活动亦以萌，即所谓超人之说，尝震惊欧洲之思想界者也。由是观之，彼之讴歌众数，奉若神明者，盖仅见光明一端，他未遍知，因加赞颂，使反而观诸黑暗，当立悟其不然矣。一梭格拉第也，而众希腊人鸩之，一耶稣基督也，而众犹太人磔之，后世论者，孰不云缪，顾其时则从众志耳。设留今之众志，迻诸载籍，以俟评骘于来哲，则其是非倒置，或正如今人之视往古，未可知也。故多数相朋，而仁义之途，是非之端，樊然淆乱；惟常言是解，于奥义也漠然。常言奥义，孰近正矣？是故布鲁多既杀该撒，昭告市人，其词秩然有条，名分大义，炳如观火；而众之受感，乃不如安多尼指血衣之数言。于是方群推为爱国之伟人，忽见逐于域外。夫誉之者众数也，逐之者又众数也，一瞬息中，变易反复，其无特操不俟言；即观现象，已足知不祥之消息矣。故是非不可公于众，公之则果不诚；政事不可公于众，公之则治不郅。惟超人出，世乃太平。苟不能然，则在英哲。嗟夫，彼持无政府主义者，其颠覆满盈，铲除阶级，亦已至矣，而建说创业诸雄，大都以导师自命。夫一导众从，智愚之别即在斯。与其抑英哲以就凡庸，曷若置众人而希英哲？则多数之说，缪不中经，个性之尊，所当张大，盖揆之是非利害，已不待繁言深虑而可知矣。虽然，此亦赖夫勇猛无畏之人，独立自强，去离尘垢，排舆言而弗沦于俗囿者也。

若夫非物质主义者，犹个人主义然，亦兴起于抗俗。盖唯物之倾向，固以现实为权舆，浸润人心，久而不止。故在十九世纪，爰为大潮，据地极坚，且被来叶，一若生活本根，舍此将莫有在者。不知纵令物质文明，即现实生活之大本，而崇奉逾度，倾向偏趋，外此诸端，悉弃置而不顾，则按其究竟，必将缘偏颇之恶因，失文明之神旨，先以消耗，终以灭亡，历世精神，不百年而具尽矣。递夫十九世纪后叶，而其弊果益昭，诸凡事物，无不质化，灵明日以亏蚀，旨趣流于平庸，人惟客观之物质世界是趋，而主观之内面精神，乃舍置不之一省。重其外，放其内，取其质，遗其神，林林众生，物欲来蔽，社会憔悴，进步以停，于是一切诈伪罪恶，蔑弗乘之而萌，使性灵之光，愈益就于黯淡：十九世纪文明一面之通弊，盖如此矣。时乃有新神思宗徒出，或崇奉主观，或张皇意力，匡纠流俗，厉如电霆，使天下群伦，为闻声而摇荡。即其他评骘之士，以至学者文家，虽意主和平，不与世迕，而见此唯物极端，且杀精神生活，则亦悲观愤叹，知主观与意力主义之兴，功有伟于洪水之有方舟者焉。主观主义者，其趣凡二：一谓惟以主观为准则，用律诸物；一谓视主观之心灵界，当较客观之物质界为尤尊。前者为主观倾向之极端，力特著于十九世纪末叶，然其趋势，颇与主我及我执殊途，仅于客观之习惯，无所盲从，或不置重，而以自有之主观世界为至高标准而已。以是之故，则思虑动作，咸离外物，独往来于自心之天地，确信在是，满足亦在是，谓之渐自省其内曜之成果可也。若夫兴起之由，则原于外者，为大势所向，胥在平庸之客观习惯，动不由己，发如机缄，识者不能堪，斯生反动；其原于内者，乃实以近世人心，日进于自觉，知物质万能之说，且逸个人之情意，使独创之力，归于槁枯，故不得不以自悟者悟人，冀挽狂澜于方倒耳。如尼佉伊勃生诸人，皆据其所信，力抗时俗，示主观倾向之极致；而契开迦尔则谓真理准则，独在主观，惟主观性，即为真理，至凡有道德行为，亦可弗问客观之结果若何，而一任主观之善恶为判断焉。其说出世，和者日多，于是思潮为之更张，骛外者渐转而趣内，渊思冥想之风作，自省抒情之意苏，去现实物质与自然之樊，以就其本有心灵之域；知精神现象实人类生活之极颠，非发挥其辉光，于人生为无当；而张大个人之人格，又人生之第一义也。然尔时所要求之人格，有甚异于前者。往所理想，在知见情操，两皆调整，若主智一派，则在聪明睿智，能移客观之大世界于主观之中者。如是思惟，如黑该尔（F. Hegel）出而达其极。若罗曼暨尚古一派，则息孚支培黎（Shaftesbury）承卢骚（J. Rousseau）之后，尚容情感之要求，特必与情操相统一调和，始合其理想之人格。而希籁（Fr. Schiller）氏者，乃谓必知感两性，圆满无间，然后谓之全人。顾至十九世纪垂终，则理想为之一变。明哲之士，反省于内面者深，因以知古人所设具足调协之人，决不能得之今世；惟有意力轶众，所当希求，能于情意一端，处现实之世，而有勇猛奋斗之才，虽屡踣屡僵，终得现其理想：其为人格，如是焉耳。故如勖宾霍尔所张主，则以内省诸己，豁然贯通，因曰意力为世界之本体也；尼佉之所希冀，则意力绝世，几近神明之超人也；伊勃生之所描写，则以更革为生命，多力善斗，即迕万众不慑之强者也。夫诸凡理想，大致如斯者，诚以人丁转轮之时，处现实之世，使不若是，每至舍己从人，沉溺逝波，莫知所届，文明真髓，顷刻荡然；惟有刚毅不挠，虽遇外物而弗为移，始足作社会桢干。排斥万难，黾勉上征，人类尊严，于此攸赖，则具有绝大意力之士贵耳。虽然，此又特其一端而已。试察其他，乃亦以见末叶人民之弱点，盖往之文明流弊，浸灌性灵，众庶率纤弱颓靡，日益以甚，渐乃反观诸己，为之欿然，于是刻意求意力之人，冀倚为将来之柱石。此正犹洪水横流，自将灭顶，乃神驰彼岸，出全力以呼善没者尔，悲夫！

由是观之，欧洲十九世纪之文明，其度越前古，凌驾亚东，诚不俟明察而见矣。然既以改革而胎，反抗为本，则偏于一极，固理势所必然。洎夫末流，弊乃自显。于是新宗蹶起，特反其初，复以热烈之情，勇猛之行，起大波而加之涤荡。直至今日，益复浩然。其将来之结果若何，盖未可以率测。然作旧弊之药石，造新生之津梁，流衍方长，曼不遽已，则相其本质，察其精神，有可得而征信者。意者文化常进于幽深，人心不安于固定，二十世纪之文明，当必沉邃庄严，至与十九世纪之文明异趣。新生一作，虚伪道消，内部之生活，其将愈深且强欤？精神生活之光耀，将愈兴起而发扬欤？成然以觉，出客观梦幻之世界，而主观与自觉之生活，将由是而益张欤？内部之生活强，则人生之意义亦愈邃，个人尊严之旨趣亦愈明，二十世纪之新精神，殆将立狂风怒浪之间，恃意力以辟生路者也。中国在今，内密既发，四邻竞集而迫拶，情状自不能无所变迁。夫安弱守雌，笃于旧习，固无以争存于天下。第所以匡救之者，缪而失正，则虽日易故常，哭泣叫号之不已，于忧患又何补矣？此所为明哲之士，必洞达世界之大势，权衡校量，去其偏颇，得其神明，施之国中，翕合无间。外之既不后于世界之思潮，内之仍弗失固有之血脉，取今复古，别立新宗，人生意义，致之深邃，则国人之自觉至，个性张，沙聚之邦，由是转为人国。人国既建，乃始雄厉无前，屹然独见于天下，更何有于肤浅凡庸之事物哉？顾今者翻然思变，历岁已多，青年之所思惟，大都归罪恶于古之文物，甚或斥言文为蛮野，鄙思想为简陋，风发浡起，皇皇焉欲进欧西之物而代之，而于适所言十九世纪末之思潮，乃漠然不一措意。凡所张主，惟质为多，取其质犹可也，更按其实，则又质之至伪而偏，无所可用。虽不为将来立计，仅图救今日之阽危，而其术其心，违戾亦已甚矣。况乎凡造言任事者，又复有假改革公名，而阴以遂其私欲者哉？今敢问号称志士者曰，将以富有为文明欤，则犹太遗黎，性长居积，欧人之善贾者，莫与比伦，然其民之遭遇何如矣？将以路矿为文明欤，则五十年来非澳二洲，莫不兴铁路矿事，顾此二洲土著之文化何如矣？将以众治为文明欤，则西班牙波陀牙二国，立宪且久，顾其国之情状又何如矣？若曰惟物质为文化之基也，则列机括，陈粮食，遂足以雄长天下欤？曰惟多数得是非之正也，则以一人与众禺处，其亦将木居而芧食欤？此虽妇竖，必否之矣。然欧美之强，莫不以是炫天下者，则根柢在人，而此特现象之末，本原深而难见，荣华昭而易识也。是故将生存两间，角逐列国是务，其首在立人，人立而后凡事举；若其道术，乃必尊个性而张精神。假不如是，槁丧且不俟夫一世。夫中国在昔，本尚物质而疾天才矣，先王之泽，日以殄绝，逮蒙外力，乃退然不可自存。而铨才小慧之徒，则又号召张皇，重杀之以物质而囿之以多数，个人之性，剥夺无余。往者为本体自发之偏枯，今则获以交通传来之新疫，二患交伐，而中国之沉沦遂以益速矣。呜呼，眷念方来，亦已焉哉！

一九〇七年作

摩罗诗力说

求古源尽者将求方来之泉，将求新源。嗟我昆弟，新生之作，新泉之涌于渊深，其非远矣。

——尼佉

一

人有读古国文化史者，循代而下，至于卷末，必凄以有所觉，如脱春温而入于秋肃，勾萌绝朕，枯槁在前，吾无以名，姑谓之萧条而止。盖人文之留遗后世者，最有力莫如心声。古民神思，接天然之閟宫，冥契万有，与之灵会，道其能道，爰为诗歌。其声度时劫而入人心，不与缄口同绝；且益曼衍，视其种人。递文事式微，则种人之运命亦尽，群生辍响，荣华收光；读史者萧条之感，即以怒起，而此文明史记，亦渐临末页矣。凡负令誉于史初，开文化之曙色，而今日转为影国者，无不如斯。使举国人所习闻，最适莫如天竺。天竺古有《韦陀》四种，瑰丽幽敻，称世界大文；其《摩诃波罗多》暨《罗摩衍那》二赋，亦至美妙。厥后有诗人加黎陀萨（Kalidasa）者出，以传奇鸣世，间染抒情之篇；日耳曼诗宗瞿提（W. von Goethe），至崇为两间之绝唱。降及种人失力，而文事亦共零夷，至大之声，渐不生于彼国民之灵府，流转异域，如亡人也。次为希伯来，虽多涉信仰教诫，而文章以幽邃庄严胜，教宗文术，此其源泉，灌溉人心，迄今兹未艾。特在以色列族，则止耶利米（Jeremiah）之声；列王荒矣，帝怒以赫，耶路撒冷遂隳，而种人之舌亦默。当彼流离异地，虽不遽忘其宗邦，方言正信，拳拳未释，然《哀歌》而下，无赓响矣。复次为伊兰埃及，皆中道废弛，有如断绠，灿烂于古，萧瑟于今。若震旦而逸斯列，则人生大戬，无逾于此。何以故？英人加勒尔（Th. Carlyle）曰，得昭明之声，洋洋乎歌心意而生者，为国民之首义。意大利分崩矣，然实一统也，彼生但丁（Dante Alighieri），彼有意语。大俄罗斯之札尔，有兵刃炮火，政治之上，能辖大区，行大业。然奈何无声？中或有大物，而其为大也喑。（中略）迨兵刃炮火，无不腐蚀，而但丁之声依然。有但丁者统一，而无声兆之俄人，终支离而已。

尼佉（Fr. Nietzsche）不恶野人，谓中有新力，言亦确凿不可移。盖文明之朕，固孕于蛮荒，野人狉獉其形，而隐曜即伏于内。文明如华，蛮野如蕾，文明如实，蛮野如华，上征在是，希望亦在是。惟文化已止之古民不然：发展既央，隳败随起，况久席古宗祖之光荣，尝首出周围之下国，暮气之作，每不自知，自用而愚，污如死海。其煌煌居历史之首，而终匿形于卷末者，殆以此欤？俄之无声，激响在焉。俄如孺子，而非喑人；俄如伏流，而非古井。十九世纪前叶，果有鄂戈理（N. Gogol）者起，以不可见之泪痕悲色，振其邦人，或以拟英之狭斯丕尔（W. Shakespeare），即加勒尔所赞扬崇拜者也。顾瞻人间，新声争起，无不以殊特雄丽之言，自振其精神而绍介其伟美于世界；若渊默而无动者，独前举天竺以下数古国而已。嗟夫，古民之心声手泽，非不庄严，非不崇大，然呼吸不通于今，则取以供览古之人，使摩挲咏叹而外，更何物及其子孙？否亦仅自语其前此光荣，即以形迩来之寂寞，反不如新起之邦，纵文化未昌，而大有望于方来之足致敬也。故所谓古文明国者，悲凉之语耳，嘲讽之辞耳！中落之胄，故家荒矣，则喋喋语人，谓厥祖在时，其为智慧武怒者何似，尝有闳宇崇楼，珠玉犬马，尊显胜于凡人。有闻其言，孰不腾笑？夫国民发展，功虽有在于怀古，然其怀也，思理朗然，如鉴明镜，时时上征，时时反顾，时时进光明之长途，时时念辉煌之旧有，故其新者日新，而其古亦不死。若不知所以然，漫夸耀以自悦，则长夜之始，即在斯时。今试履中国之大衢，当有见军人蹀躞而过市者，张口作军歌，痛斥印度波阑之奴性；有漫为国歌者亦然。盖中国今日，亦颇思历举前有之耿光，特未能言，则姑曰左邻已奴，右邻且死，择亡国而较量之，冀自显其佳胜。夫二国与震旦究孰劣，今姑弗言；若云颂美之什，国民之声，则天下之咏者虽多，固未见有此作法矣。诗人绝迹，事若甚微，而萧条之感，辄以来袭。意者欲扬宗邦之真大，首在审己，亦必知人，比较既周，爰生自觉。自觉之声发，每响必中于人心，清晰昭明，不同凡响。非然者，口舌一结，众语俱沦，沉默之来，倍于前此。盖魂意方梦，何能有言？即震于外缘，强自扬厉，不惟不大，徒增欷耳。故曰国民精神之发扬，与世界识见之广博有所属。

今且置古事不道，别求新声于异邦，而其因即动于怀古。新声之别，不可究详；至力足以振人，且语之较有深趣者，实莫如摩罗诗派。摩罗之言，假自天竺，此云天魔，欧人谓之撒旦，人本以目裴伦（G. Byron）。今则举一切诗人中，凡立意在反抗，指归在动作，而为世所不甚愉悦者悉入之，为传其言行思惟，流别影响，始宗主裴伦，终以摩迦（匈加利）文士。凡是群人，外状至异，各禀自国之特色，发为光华；而要其大归，则趣于一：大都不为顺世和乐之音，动吭一呼，闻者兴起，争天拒俗，而精神复深感后世人心，绵延至于无已。虽未生以前，解脱而后，或以其声为不足听；若其生活两间，居天然之掌握，辗转而未得脱者，则使之闻之，固声之最雄桀伟美者矣。然以语平和之民，则言者滋惧。

二

平和为物，不见于人间。其强谓之平和者，不过战事方已或未始之时，外状若宁，暗流仍伏，时劫一会，动作始矣。故观之天然，则和风拂林，甘雨润物，似无不以降福祉于人世，然烈火在下，出为地囱，一旦偾兴，万有同坏。其风雨时作，特暂伏之见象，非能永劫安易，如亚当之故家也。人事亦然，衣食家室邦国之争，形现既昭，已不可以讳掩；而二士室处，亦有吸呼，于是生颢气之争，强肺者致胜。故杀机之昉，与有生偕；平和之名，等于无有。特生民之始，既以武健勇烈；抗拒战斗，渐进于文明矣，化定俗移，转为新懦，知前征之至险，则爽然思归其雌，而战场在前，复自知不可避，于是运其神思，创为理想之邦，或托之人所莫至之区，或迟之不可计年以后。自柏拉图（Platon）《邦国论》始，西方哲士，作此念者不知几何人。

虽自古迄今，绝无此平和之朕，而延颈方来，神驰所慕之仪的，日逐而不舍，要亦人间进化之一因子欤？吾中国爱智之士，独不与西方同，心神所注，辽远在于唐虞，或迳入古初，游于人兽杂居之世；谓其时万祸不作，人安其天，不如斯世之恶浊阽危，无以生活。其说照之人类进化史实，事正背驰。盖古民曼衍播迁，其为争抗劬劳，纵不厉于今，而视今必无所减；特历时既永，史乘无存，汗迹血腥，泯灭都尽，则追而思之，似其时为至足乐耳。傥使置身当时，与古民同其忧患，则颓唐侘傺，复远念盘古未生，斧凿未经之世，又事之所必有者已。故作此念者，为无希望，为无上征，为无努力，较以西方思理，犹水火然；非自杀以从古人，将终其身更无可希冀经营，致人我于所仪之主的，束手浩叹，神质同隳焉而已。且更为忖度其言，又将见古之思士，决不以华土为可乐，如今人所张皇；惟自知良懦无可为，乃独图脱屣尘埃，惝恍古国，任人群堕于虫兽，而己身以隐逸终。思士如是，社会善之，咸谓之高蹈之人，而自云我虫兽我虫兽也。其不然者，乃立言辞，欲致人同归于朴古，老子之辈，盖其枭雄。老子书五千语，要在不撄人心；以不撄人心故，则必先自致槁木之心，立无为之治；以无为之为化社会，而世即于太平。其术善也。然奈何星气既凝，人类既出而后，无时无物，不禀杀机，进化或可停，而生物不能返本。使拂逆其前征，势即入于苓落，世界之内，实例至多，一览古国，悉其信证。若诚能渐致人间，使归于禽虫卉木原生物，复由渐即于无情，则宇宙自大，有情已去，一切虚无，宁非至净。而不幸进化如飞矢，非堕落不止，非著物不止，祈逆飞而归弦，为理势所无有。此人世所以可悲，而摩罗宗之为至伟也。人得是力，乃以发生，乃以曼衍，乃以上征，乃至于人所能至之极点。

中国之治，理想在不撄，而意异于前说。有人撄人，或有人得撄者，为帝大禁，其意在保位，使子孙王千万世，无有底止，故性解（Ceniue）之出，必竭全力死之；有人撄我，或有能撄人者，为民大禁，其意在安生，宁蜷伏堕落而恶进取，故性解之出，亦必竭全力死之。柏拉图建神思之邦，谓诗人乱治，当放域外；虽国之美污，意之高下有不同，而术实出于一。盖诗人者，撄人心者也。凡人之心，无不有诗，如诗人作诗，诗不为诗人独有，凡一读其诗，心即会解者，即无不自有诗人之诗。无之何以能解？惟有而未能言，诗人为之语，则握拨一弹，心弦立应，其声澈于灵府，令有情皆举其首，如睹晓日，益为之美伟强力高尚发扬，而污浊之平和，以之将破。平和之破，人道蒸也。虽然，上极天帝，下至舆台，则不能不因此变其前时之生活；协力而夭阏之，思永保其故态，殆亦人情已。故态永存，是曰古国。惟诗究不可灭尽，则又设范以囚之。如中国之诗，舜云言志；而后贤立说，乃云持人性情，三百之旨，无邪所蔽。夫既言志矣，何持之云？强以无邪，即非人志。许自繇于鞭策羁縻之下，殆此事乎？然厥后文章，乃果辗转不逾此界。其颂祝主人，悦媚豪右之作，可无俟言。即或心应虫鸟，情感林泉，发为韵语，亦多拘于无形之囹圄，不能舒两间之真美；否则悲慨世事，感怀前贤，可有可无之作，聊行于世。倘其嗫嚅之中，偶涉眷爱，而儒服之士，即交口非之。况言之至反常俗者乎？惟灵均将逝，脑海波起，通于汨罗，返顾高丘，哀其无女，则抽写哀怨，郁为奇文。茫洋在前，顾忌皆去，怼世俗之浑浊，颂己身之修能，怀疑自遂古之初，直至百物之琐末，放言无惮，为前人所不敢言。然中亦多芳菲凄恻之音，而反抗挑战，则终其篇未能见，感动后世，为力非强。刘彦和所谓才高者菀其鸿裁，中巧者猎其艳辞，吟讽者衔其山川，童蒙者拾其香草。皆著意外形，不涉内质，孤伟自死，社会依然，四语之中，函深哀焉。故伟美之声，不震吾人之耳鼓者，亦不始于今日。大都诗人自倡，生民不耽。试稽自有文字以至今日，凡诗宗词客，能宣彼妙音，传其灵觉，以美善吾人之性情，崇大吾人之思理者，果几何人？上下求索，几无有矣。第此亦不能为彼徒罪也，人人之心，无不泐二大字曰实利，不获则劳，既获便睡。纵有激响，何能撄之？夫心不受撄，非槁死则缩朒耳，而况实利之念，复黏黏热于中，且其为利，又至陋劣不足道，则驯至卑懦俭啬，退让畏葸，无古民之朴野，有末世之浇漓，又必然之势矣，此亦古哲人所不及料也。夫云将以诗移人性情，使即于诚善美伟强力敢为之域，闻者或哂其迂远乎；而事复无形，效不显于顷刻。使举一密栗之反证，殆莫如古国之见灭于外仇矣。凡如是者，盖不止笞击縻系，易于毛角而已，且无有为沉痛著大之声，撄其后人，使之兴起；即间有之，受者亦不为之动，创痛少去，即复营营于治生，活身是图，不恤污下，外仇又至，摧败继之。故不争之民，其遭遇战事，常较好争之民多，而畏死之民，其苓落殄亡，亦视强项敢死之民众。

千八百有六年八月，拿破仑大挫普鲁士军，翌年七月，普鲁士乞和，为从属之国。然其时德之民族，虽遭败亡窘辱，而古之精神光耀，固尚保有而未隳。于是有爱伦德（E. M. Arndt）者出，著《时代精神篇》（*GeistderZeit*），以伟大壮丽之笔，宣独立自繇之音，国人得之，敌忾之心大炽；已而为敌觉察，探索极严，乃走瑞士。递千八百十二年，拿破仑挫于墨斯科之酷寒大火，逃归巴黎，欧土遂为云扰，竞举其反抗之兵。翌年，普鲁士帝威廉三世乃下令召国民成军，宣言为三事战，曰自由正义祖国；英年之学生诗人美术家争赴之。爱伦德亦归，著《国民军者何》暨《莱因为德国大川特非其界》二篇，以鼓青年之意气。而义勇军中，时亦有人曰台陀开纳（Theoder Körner），慨然投笔，辞维也纳国立剧场诗人之职，别其父母爱者，遂执兵行；作书贻父母曰，普鲁士之鹫，已以鸷击诚心，觉德意志民族之大望矣。吾之吟咏，无不为宗邦神往。吾将舍所有福祉欢欣，为宗国战死。嗟夫，吾以明神之力，已得大悟。为邦人之自由与人道之善故，牺牲孰大于是？热力无量，涌吾灵台，吾起矣！后此之《竖琴长剑》（*Leier und Schwert*）一集，亦无不以是精神，凝为高响，展卷方诵，血脉已张。然时之怀热诚灵悟如斯状者，盖非止开纳一人也，举德国青年，无不如是。开纳之声，即全德人之声，开纳之血，亦即全德人之血耳。故推而论之，败拿破仑者，不为国家，不为皇帝，不为兵刃，国民而已。国民皆诗，亦皆诗人之具，而德卒以不亡。此岂笃守功利，摈斥诗歌，或抱异域之朽兵败甲，冀自卫其衣食室家者，意料之所能至哉？然此亦仅譬诗力于米盐，聊以震崇实之士，使知黄金黑铁，断不足以兴国家，德法二国之外形，亦非吾邦所可活剥；示其内质，冀略有所悟解而已。此篇本意，固不在是也。

三

由纯文学上言之，则以一切美术之本质，皆在使观听之人，为之兴感怡悦。文章为美术之一，质当亦然，与个人暨邦国之存，无所系属，实利离尽，究理弗存。故其为效，益智不如史乘，诫人不如格言，致富不如工商，弋功名不如卒业之券。特世有文章，而人乃以几于具足。英人道覃（E-. Dowden）有言曰，美术文章之桀出于世者，观诵而后，似无裨于人间者，往往有之。然吾人乐于观诵，如游巨浸，前临渺茫，浮游波际，游泳既已，神质悉移。而彼之大海，实仅波起涛飞，绝无情愫，未始以一教训一格言相授。顾游者之元气体力，则为之陡增也。故文章之于人生，其为用决不次于衣食，宫室，宗教，道德。盖缘人在两间，必有时自觉以勤劬，有时丧我而惝恍，时必致力于善生，时必并忘其善生之事而入于醇乐，时或活动于现实之区，时或神驰于理想之域；苟致力于其偏，是谓之不具足。严冬永留，春气不至，生其躯壳，死其精魂，其人虽生，而人生之道失。文章不用之用，其在斯乎？约翰穆黎曰，近世文明，无不以科学为术，合理为神，功利为鹄。大势如是，而文章之用益神。所以者何？以能涵养吾人之神思耳。涵养人之神思，即文章之职与用也。

此他丽于文章能事者，犹有特殊之用一。盖世界大文，无不能启人生之閟机，而直语其事实法则，为科学所不能言者。所谓閟机，即人生之诚理是已。此为诚理，微妙幽玄，不能假口于学子。如热带人未见冰前，为之语冰，虽喻以物理生理二学，而不知水之能凝，冰之为冷如故；惟直示以冰，使之触之，则虽不言质力二性，而冰之为物，昭然在前，将直解无所疑沮。惟文章亦然，虽缕判条分，理密不如学术，而人生诚理，直笼其辞句中，使闻其声者，灵府朗然，与人生即会。如热带人既见冰后，曩之竭研究思索而弗能喻者，今宛在矣。昔爱诺尔特（M. Arnold）氏以诗为人生评骘，亦正此意。故人若读鄂谟（Homeros）以降大文，则不徒近诗，且自与人生会，历历见其优胜缺陷之所存，更力自就于圆满。此其效力，有教示意；既为教示，斯益人生；而其教复非常教，自觉勇猛发扬精进，彼实示之。凡苓落颓唐之邦，无不以不耳此教示始。

顾有据群学见地以观诗者，其为说复异：要在文章与道德之相关。谓诗有主分，曰观念之诚。其诚奈何？则曰为诗人之思想感情，与人类普遍观念之一致。得诚奈何？则曰在据极溥博之经验。故所据之人群经验愈溥博，则诗之溥博视之。所谓道德，不外人类普遍观念所形成。故诗与道德之相关，缘盖出于造化。诗与道德合，即为观念之诚，生命在是，不朽在是。非如是者，必与群法僢驰。以背群法故，必反人类之普遍观念；以反普遍观念故，必不得观念之诚。观念之诚失，其诗宜亡。故诗之亡也，恒以反道德故。然诗有反道德而竟存者奈何？则曰，暂耳。无邪之说，实与此契。苟中国文事复兴之有日，虑操此说以力削其萌孽者，当有徒也。而欧洲评骘之士，亦多抱是说以律文章。十九世纪初，世界动于法国革命之风潮，德意志西班牙意太利希腊皆兴起，往之梦意，一晓而苏；惟英国较无动。顾上下相迕，时有不平，而诗人裴伦，实生此际。其前有司各特（W. Scott）辈，为文率平妥翔实，与旧之宗教道德极相容。迨有裴伦，乃超脱古范，直抒所信，其文章无不函刚健抗拒破坏挑战之声。平和之人，能无惧乎？于是谓之撒旦。此言始于苏惹（R. Southey），而众和之；后或扩以称修黎（P. B. Shelley）以下数人，至今不废。苏惹亦诗人，以其言能得当时人群普遍之诚故，获月桂冠，攻裴伦甚力。裴伦亦以恶声报之，谓之诗商。所著有《纳尔逊传》（*The Life of Lord Nelson*）今最行于世。

《旧约》记神既以七日造天地，终乃抟埴为男子，名曰亚当，已而病其寂也，复抽其肋为女子，是名夏娃，皆居伊甸。更益以鸟兽卉木；四水出焉。伊甸有树，一曰生命，一曰知识。神禁人勿食其实；魔乃侂蛇以诱夏娃，使食之，爰得生命知识。神怒，立逐人而诅蛇，蛇腹行而土食；人则既劳其生，又得其死，罚且及于子孙，无不如是。英诗人弥耳敦（J. Milton），尝取其事作《失乐园》（*The Paradise Lost*），有天神与撒旦战事，以喻光明与黑暗之争。撒旦为状，复至狞厉。是诗而后，人之恶撒旦遂益深。然使震旦人士异其信仰者观之，则亚当之居伊甸，盖不殊于笼禽，不识不知，惟帝是悦，使无天魔之诱，人类将无由生。故世间人，当蔑弗秉有魔血，惠之及人世者，撒旦其首矣。然为基督宗徒，则身被此名，正如中国所谓叛道，人群共弃，艰于置身，非强怒善战豁达能思之士，不任受也。亚当夏娃既去乐园，乃举二子，长曰亚伯，次曰凯因。亚伯牧羊，凯因耕植是事，尝出所有以献神。神喜脂膏而恶果实，斥凯因献不视；以是，凯因渐与亚伯争，终杀之。神则诅凯因，使不获地力，流于殊方。裴伦取其事作传奇，于神多所诘难。教徒皆怒，谓为渎圣害俗，张皇灵魂有尽之诗，攻之至力。迄今日评骘之士，亦尚有以是难裴伦者。尔时独穆亚（Th. Moore）及修黎二人，深称其诗之雄美伟大。德诗宗瞿提，亦谓为绝世之文，在英国文章中，此为至上之作；后之劝遏克曼（J. P. Eckermann）治英国语言，盖即冀其直读斯篇云。《约》又记凯因既流，亚当更得一子，历岁永永，人类益繁，于是心所思惟，多涉恶事。主神乃悔，将殄之。有挪亚独善事神，神令致亚斐木为方舟，将眷属动植，各从其类居之。遂作大雨四十昼夜，洪水泛滥，生物灭尽，而挪亚之族独完，水退居地，复生子孙，至今日不绝。吾人记事涉此，当觉神之能悔，为事至奇；而人之恶撒旦，其理乃无足诧。盖既为挪亚子孙，自必力斥抗者，敬事主神，战战兢兢，绳其祖武，冀洪水再作之日，更得密诏而自保于方舟耳。抑吾闻生学家言，有云反种一事，为生物中每现异品，肖其远先，如人所牧马，往往出野物，类之不拉（Zebra），盖未驯以前状，复现于今日者。撒旦诗人之出，殆亦如是，非异事也。独众马怒其不伏箱，群起而交踶之，斯足悯叹焉耳。

四

裴伦名乔治戈登（George Gordon），系出司堪第那比亚海贼蒲隆（Burun）族。其族后居诺曼，从威廉入英，递显理二世时，始用今字。裴伦以千七百八十八年一月二十二日生于伦敦，十二岁即为诗；长游堪勃力俱大学不成，渐决去英国，作汗漫游，始于波陀牙，东至希腊突厥及小亚细亚，历审其天物之美，民俗之异，成《哈洛尔特游草》（*Childe Harold's Pilgrimage*）二卷，波谲云诡，世为之惊绝。次作《不信者》（*The Giaour*）暨《阿毕陀斯新妇行》（*The Bride of Abydos*）二篇，皆取材于突厥。前者记不信者（对回教而言）通哈山之妻，哈山投其妻于水，不信者逸去，后终归而杀哈山，诣庙自忏；绝望之悲，溢于毫素，读者哀之。次为女子苏黎加爱舍林，而其父将以婚他人，女偕舍林出奔，已而被获，舍林斗死，女亦终尽；其言有反抗之音。迨千八百十四年一月，赋《海贼》（*The Corsair*）之诗。篇中英雄曰康拉德，于世已无一切眷爱，遗一切道德，惟以强大之意志，为贼渠魁，领其从者，建大邦于海上。孤舟利剑，所向悉如其意。独家有爱妻，他更无有；往虽有神，而康拉德早弃之，神亦已弃康拉德矣。故一剑之力，即其权利，国家之法度，社会之道德，视之蔑如。权力若具，即用行其意志，他人奈何，天帝何命，非所问也。若问定命之何如？则曰，在鞘中，一旦外辉，彗且失色而已。然康拉德为人，初非元恶，内秉高尚纯洁之想，尝欲尽其心力，以致益于人间；比见细人蔽明，谗谄害聪，凡人营营，多猜忌中伤之性，则渐冷淡，则渐坚凝，则渐嫌厌；终乃以受自或人之怨毒，举而报之全群，利剑轻舟，无间人神，所向无不抗战。盖复仇一事，独贯注其全精神矣。一日攻塞特，败而见囚，塞特有妃爱其勇，助之脱狱，泛舟同奔，遇从者于波上，乃大呼曰，此吾舟，此吾血色之旗也，吾运未尽于海上！然归故家，则银釭暗而爱妻逝矣。既而康拉德亦失去，其徒求之波间海角，踪迹杳然，独有以无量罪恶，系一德义之名，永存于世界而已。裴伦之祖约翰，尝念先人为海王，因投海军为之帅；裴伦赋此，缘起似同；有即以海贼字裴伦者，裴伦闻之窃喜，则篇中康拉德为人，实即此诗人变相，殆无可疑已。越三月，又作赋曰《罗罗》（*lara*），记其人尝杀人不异海贼，后图起事，败而伤，飞矢来贯其胸，遂死。所叙自尊之夫，力抗不可避之定命，为状惨烈，莫可比方。此他犹有所制，特非雄篇。其诗格多师司各特，而司各特由是锐意于小说，不复为诗，避裴伦也。已而裴伦去其妇，世虽不知去之之故，然争难之，每临会议，嘲骂即四起，且禁其赴剧场。其友穆亚为之传，评是事曰，世于裴伦，不异其母，忽爱忽恶，无判决也。顾窘戮天才，殆人群恒状，滔滔皆是，宁止英伦。中国汉晋以来，凡负文名者，多受谤毁，刘彦和为之辩曰，人禀五才，修短殊用，自非上哲，难以求备，然将相以位隆特达，文士以职卑多诮，此江河所以腾涌，涓流所以寸析者。东方恶习，尽此数言。然裴伦之祸，则缘起非如前陈，实反由于名盛，社会顽愚，仇敌窥覗，乘隙立起，众则不察而妄和之；若颂高官而厄寒士者，其污且甚于此矣。顾裴伦由是遂不能居英，自曰，使世之评骘诚，吾在英为无值，若评骘谬，则英于我为无值矣。吾其行乎？然未已也，虽赴异邦，彼且蹑我。已而终去英伦，千八百十六年十月，抵意大利。自此，裴伦之作乃益雄。

裴伦在异域所为文，有《哈洛尔特游草》之续，《堂祥》（*Don Juan*）之诗，及三传奇称最伟，无不张撒旦而抗天帝，言人所不能言。一曰《曼弗列特》（*Manfred*），记曼以失爱绝欢，陷于巨苦，欲忘弗能，鬼神见形问所欲，曼云欲忘，鬼神告以忘在死，则对曰，死果能令人忘耶？复衷疑而弗信也。后有魅来降曼弗列特，而曼忽以意志制苦，毅然斥之曰，汝曹决不能诱惑灭亡我。（中略）我，自坏者也。行矣，魅众！死之手诚加我矣，然非汝手也。意盖谓己有善恶，则褒贬赏罚，亦悉在己，神天魔龙，无以相凌，况其他乎？曼弗列特意志之强如是，裴伦亦如是。论者或以拟瞿提之传奇《法斯忒》（*Faust*）云。二曰《凯因》（*Cain*），典据已见于前分，中有魔曰卢希飞勒，导凯因登太空，为论善恶生死之故，凯因悟，遂师摩罗。比行世，大遭教徒攻击，则作《天地》（*Heaven and Earth*）以报之，英雄为耶彼第，博爱而厌世，亦以诘难教宗，鸣其非理者。夫撒旦何由昉乎？以彼教言，则亦天使之大者，徒以陡起大望，生背神心，败而堕狱，是云魔鬼。由是言之，则魔亦神所手创者矣。已而潜入乐园，至善美安乐之伊甸，以一言而立毁，非具大能力，曷克至是？伊甸，神所保也，而魔毁之，神安得云全能？况自创恶物，又从而惩之，且更瓜蔓以惩人，其慈又安在？故凯因曰，神为不幸之因。神亦自不幸，手造破灭之不幸者，何幸福之可言？而吾父曰，神全能也。问之曰，神善，何复恶邪？则曰，恶者，就善之道尔。神之为善，诚如其言：先以冻馁，乃与之衣食；先以疠疫，乃施之救援；手造罪人，而曰吾赦汝矣。人则曰，神可颂哉，神可颂哉！营营而建伽兰焉。卢希飞勒不然，曰吾誓之两间，吾实有胜我之强者，而无有加于我之上位。彼胜我故，名我曰恶，若我致胜，恶且在神，善恶易位耳。此其论善恶，正异尼佉。尼佉意谓强胜弱故，弱者乃字其所为曰恶，故恶实强之代名；此则以恶为弱之冤谥。故尼佉欲自强，而并颂强者；此则亦欲自强，而力抗强者，好恶至不同，特图强则一而已。人谓神强，因亦至善。顾善者乃不喜华果，特嗜腥膻，凯因之献，纯洁无似，则以旋风振而落之。人类之始，实由主神，一拂其心，即发洪水，并无罪之禽虫卉木而殄之。人则曰，爰灭罪恶，神可颂哉！耶彼第乃曰，汝得救孺子众！汝以为脱身狂涛，获天幸欤？汝曹偷生，逞其食色，目击世界之亡，而不生其悯叹；复无勇力，敢当大波，与同胞之人，共其运命；偕厥考逃于方舟，而建都邑于世界之墓上，竟无惭耶？然人竟无惭也，方伏地赞颂，无有休止，以是之故，主神遂强。使众生去而不之理，更何威力之能有？人既授神以力，复假之以厄撒旦；而此种人，又即主神往所殄灭之同类。以撒旦之意观之，其为顽愚陋劣，如何可言？将晓之欤，则音声未宣，众已疾走，内容何若，不省察也。将任之欤，则非撒旦之心矣，故复以权力现于世。神，一权力也；撒旦，亦一权力也。惟撒旦之力，即生于神，神力若亡，不为之代；上则以力抗天帝，下则以力制众生，行之背驰，莫甚于此。顾其制众生也，即以抗故。倘其众生同抗，更何制之云？裴伦亦然，自必居人前，而怒人之后于众。盖非自居人前，不能使人勿后于众故；任人居后而自为之前，又为撒旦大耻故。故既揄扬威力，颂美强者矣，复曰，吾爱亚美利加，此自由之区，神之绿野，不被压制之地也。由是观之，裴伦既喜拿破仑之毁世界，亦爱华盛顿之争自由，既心仪海贼之横行，亦孤援希腊之独立，压制反抗，兼以一人矣。虽然，自由在是，人道亦在是。

五

自尊至者，不平恒继之，愤世嫉俗，发为巨震，与对蹠之徒争衡。盖人既独尊，自无退让，自无调和，意力所如，非达不已，乃以是渐与社会生冲突，乃以是渐有所厌倦于人间。若裴伦者，即其一矣。其言曰，硗确之区，吾侪奚获耶？（中略）凡有事物，无不定以习俗至谬之衡，所谓舆论，实具大力，而舆论则以昏黑蔽全球也。此其所言，与近世诺威文人伊孛生（H. Ibsen）所见合，伊氏生于近世，愤世俗之昏迷，悲真理之匿耀，假《社会之敌》以立言，使医士斯托克曼为全书主者，死守真理，以拒庸愚，终获群敌之谥。自既见放于地主，其子复受斥于学校，而终奋斗，不为之摇。末乃曰，吾又见真理矣。地球上至强之人，至独立者也！其处世之道如是。顾裴伦不尽然，凡所描绘，皆禀种种思，具种种行，或以不平而厌世，远离人群，宁与天地为侪偶，如哈洛尔特；或厌世至极，乃希灭亡，如曼弗列特；或被人天之楚毒，至于刻骨，乃咸希破坏，以复仇雠，如康拉德与卢希飞勒；或弃斥德义，蹇视淫游，以嘲弄社会，聊快其意，如堂祥。其非然者，则尊侠尚义，扶弱者而平不平，颠仆有力之蠢愚，虽获罪于全群无惧，即裴伦最后之时是已。彼当前时，经历一如上述书中众士，特未欷歔断望，愿自遯于人间，如曼弗列特之所为而已。故怀抱不平，突突上发，则倨傲纵逸，不恤人言，破坏复仇，无所顾忌，而义侠之性，亦即伏此烈火之中，重独立而爱自繇，苟奴隶立其前，必衷悲而疾视，衷悲所以哀其不幸，疾视所以怒其不争，此诗人所为援希腊之独立，而终死于其军中者也。盖裴伦者，自繇主义之人耳，尝有言曰，若为自由故，不必战于宗邦，则当为战于他国。是时意太利适制于墺，失其自由，有秘密政党起，谋独立，乃密与其事，以扩张自由之元气者自任，虽狙击密侦之徒，环绕其侧，终不为废游步驰马之事。后秘密政党破于墺人，企望悉已，而精神终不消。裴伦之所督励，力直及于后日，起马志尼，起加富尔，于是意之独立成。故马志尼曰，意太利实大有赖于裴伦。彼，起吾国者也！盖诚言已。裴伦平时，又至有情愫于希腊，思想所趣，如磁指南。特希腊时自由悉丧，入突厥版图，受其羁縻，不敢抗拒。诗人惋惜悲愤，往往见于篇章，怀前古之光荣，哀后人之零落，或与斥责，或加激励，思使之攘突厥而复兴，更睹往日耀灿庄严之希腊，如所作《不信者》暨《堂祥》二诗中，其怨愤谯责之切，与希冀之诚，无不历然可征信也。比千八百二十三年，伦敦之希腊协会驰书托裴伦，请援希腊之独立。裴伦平日，至不满于希腊今人，尝称之曰世袭之奴，曰自由苗裔之奴，因不即应；顾以义愤故，则终诺之，遂行。而希腊人民之堕落，乃诚如其说，励之再振，为业至难，因羁滞于克茀洛尼亚岛者五月，始向密淑伦其。其时海陆军方奇困，闻裴伦至，狂喜，群集迓之，如得天使也。次年一月，独立政府任以总督，并授军事及民事之全权，而希腊是时，财政大匮，兵无宿粮，大势几去。加以式列阿忒佣兵见裴伦宽大，复多所要索，稍不满，辄欲背去；希腊堕落之民，又诱之使窘裴伦。裴伦大愤，极诋彼国民性之陋劣；前所谓世袭之奴，乃果不可猝救如是也。而裴伦志尚不灰，自立革命之中枢，当四围之艰险，将士内讧，则为之调和，以己为楷模，教之人道，更设法举债，以振其穷，又定印刷之制，且坚堡垒以备战。内争方烈，而突厥果攻密淑伦其，式列阿忒佣兵三百人，复乘乱占要害地。裴伦方病，闻之泰然，力平党派之争，使一心以面敌。特内外迫拶，神质剧劳，久之，疾乃渐革。将死，其从者持楮墨，将录其遗言。裴伦曰否，时已过矣。不之语，已而微呼人名，终乃曰，吾言已毕。从者曰，吾不解公言。裴伦曰，吁，不解乎？呜呼晚矣！状若甚苦。有间，复曰，吾既以吾物暨吾康健，悉付希腊矣。今更付之吾生。他更何有？遂死，时千八百二十四年四月十八日夕六时也。今为反念前时，则裴伦抱大望而来，将以天纵之才，致希腊复归于往时之荣誉，自意振臂一呼，人必将靡然向之。盖以异域之人，犹凭义愤为希腊致力，而彼邦人，纵堕落腐败者日久，然旧泽尚存，人心未死，岂意遂无情愫于故国乎？特至今兹，则前此所图，悉如梦迹，知自由苗裔之奴，乃果不可猝救有如此也。次日，希腊独立政府为举国民丧，市肆悉罢，炮台鸣炮三十七，如裴伦寿也。

吾今为案其为作思惟，索诗人一生之内閟，则所遇常抗，所向必动，贵力而尚强，尊己而好战，其战复不如野兽，为独立自由人道也，此已略言之前分矣。故其平生，如狂涛如厉风，举一切伪饰陋习，悉与荡涤，瞻顾前后，素所不知；精神郁勃，莫可制抑，力战而毙，亦必自救其精神；不克厥敌，战则不止。而复率真行诚，无所讳掩，谓世之毁誉褒贬是非善恶，皆缘习俗而非诚，因悉措而不理也。盖英伦尔时，虚伪满于社会，以虚文缛礼为真道德，有秉自由思想而探究者，世辄谓之恶人。裴伦善抗，性又率真，夫自不可以默矣，故托凯因而言曰，恶魔者，说真理者也。遂不恤与人群敌。世之贵道德者，又即以此交非之。遏克曼亦尝问瞿提以裴伦之文，有无教训。瞿提对曰，裴伦之刚毅雄大，教训即函其中；苟能知之，斯获教训。若夫纯洁之云，道德之云，吾人何问焉。盖知伟人者，亦惟伟人焉而已。裴伦亦尝评朋思（R. Burns）曰，斯人也，心情反张，柔而刚，疏而密，精神而质，高尚而卑，有神圣者焉，有不净者焉，互和合也。裴伦亦然，自尊而怜人之为奴，制人而援人之独立，无惧于狂涛而大儆于乘马，好战崇力，遇敌无所宽假，而于累囚之苦，有同情焉。意者摩罗为性，有如此乎？且此亦不独摩罗为然，凡为伟人，大率如是。即一切人，若去其面具，诚心以思，有纯禀世所谓善性而无恶分者，果几何人？遍观众生，必几无有，则裴伦虽负摩罗之号，亦人而已，夫何诧焉。顾其不容于英伦，终放浪颠沛而死异域者，特面具为之害耳。此即裴伦所反抗破坏，而迄今犹杀真人而未有止者也。嗟夫，虚伪之毒，有如是哉！裴伦平时，其制诗极诚，尝曰，英人评骘，不介我心。若以我诗为愉快，任之而已。吾何能阿其所好为？吾之握管，不为妇孺庸俗，乃以吾全心全情感全意志，与多量之精神而成诗，非欲聆彼辈柔声而作者也。夫如是，故凡一字一辞，无不即其人呼吸精神之形现，中于人心，神弦立应，其力之曼衍于欧土，例不能别求之英诗人中；仅司各德所为说部，差足与相伦比而已。若问其力奈何？则意太利希腊二国，已如上述，可毋赘言。此他西班牙德意志诸邦，亦悉蒙其影响。次复入斯拉夫族而新其精神，流泽之长，莫可阐述。至其本国，则犹有修黎（Percy Bysshe Shelle）一人。契支（John Keats）虽亦蒙摩罗诗人之名，而与裴伦别派，故不述于此。

六

修黎生三十年而死，其三十年悉奇迹也，而亦即无韵之诗。时既艰危，性复狷介，世不彼爱，而彼亦不爱世，人不容彼，而彼亦不容人，客意太利之南方，终以壮龄而夭死，谓一生即悲剧之实现，盖非夸也。修黎者，以千七百九十二年生于英之名门，姿状端丽，夙好静思；比入中学，大为学友暨校师所不喜，虐遇不可堪。诗人之心，乃早萌反抗之朕兆；后作说部，以所得值飨其友八人，负狂人之名而去。次入恶斯佛大学，修爱智之学，屡驰书乞教于名人。而尔时宗教，权悉归于冥顽之牧师，因以妨自由之崇信。修黎蹶起，著《无神论之要》一篇，略谓惟慈爱平等三，乃使世界为乐园之要素，若夫宗教，于此无功，无有可也。书成行世，校长见之大震，终逐之；其父亦惊绝，使谢罪返校，而修黎不从，因不能归。天地虽大，故乡已失，于是至伦敦，时年十八，顾已孤立两间，欢爱悉绝，不得不与社会战矣。已而知戈德文（W. Godwin），读其著述，博爱之精神益张。次年入爱尔兰，檄其人士，于政治宗教，皆欲有所更革，顾终不成。逮千八百十五年，其诗《阿剌斯多》（*Alastor*）始出世，记怀抱神思之人，索求美者，遍历不见，终死旷原，如自叙也。次年乃识裴伦于瑞士；裴伦深称其人，谓奋迅如狮子，又善其诗，而世犹无顾之者。又次年成《伊式阑转轮篇》（*The Revolt of lslam*）。凡修黎怀抱，多抒于此。篇中英雄曰罗昂，以热诚雄辩，警其国民，鼓吹自由，掊击压制，顾正义终败，而压制于以凯还，罗昂遂为正义死。是诗所函，有无量希望信仰，暨无穷之爱，穷追不舍，终以殒亡。盖罗昂者，实诗人之先觉，亦即修黎之化身也。

至其杰作，尤在剧诗；尤伟者二，一曰《解放之普洛美迢斯》（*Prometheus Unbound*），一曰《煔希》（*The Cencī*）。前者事本希腊神话，意近裴伦之《凯因》。假普洛美迢为人类之精神，以爱与正义自由故，不恤艰苦，力抗压制主者僦毕多，窃火贻人，受絷于山顶，猛鹫日啄其肉，而终不降。僦毕多为之辟易；普洛美迢乃眷女子珂希亚，获其爱而毕。珂希亚者，理想也。《煔希》之篇，事出意太利，记女子煔希之父，酷虐无道，毒虐无所弗至，煔希终杀之，与其后母兄弟，同戮于市。论者或谓之不伦。顾失常之事，不能绝于人间，即中国《春秋》，修自圣人之手者，类此之事，且数数见，又多直书无所讳，吾人独于修黎所作，乃和众口而难之耶？上述二篇，诗人悉出以全力，尝自言曰，吾诗为众而作，读者将多。又曰，此可登诸剧场者。顾诗成而后，实乃反是，社会以谓不足读，伶人以谓不可为；修黎抗伪俗弊习以成诗，而诗亦即受伪俗弊习之夭阏，此十九稘上叶精神界之战士，所为多抱正义而骈殒者也。虽然，往时去矣，任其自去，若夫修黎之真值，则至今日而大昭。革新之潮，此其巨派，戈德文书出，初启其端，得诗人之声，乃益深入世人之灵府。凡正义自由真理以至博爱希望诸说，无不化而成醇，或为罗昂，或为普洛美迢，或为伊式阑之壮士，现于人前，与旧习对立，更张破坏，无稍假借也。旧习既破，何物斯存，则惟改革之新精神而已。十九世纪机运之新，实赖有此。朋思唱于前，裴伦修黎起其后，掊击排斥，人渐为之仓皇；而仓皇之中，即亟人生之改进。故世之嫉视破坏，加之恶名者，特见一偏而未得其全体者尔。若为案其真状，则光明希望，实伏于中。恶物悉颠，于群何毒？破坏之云，特可发自冥顽牧师之口，而不可出诸全群者也。若其闻之，则破坏为业，斯愈益贵矣！况修黎者，神思之人，求索而无止期，猛进而不退转，浅人之所观察，殊莫可得其渊深。若能真识其人，将见品性之卓，出于云间，热诚勃然，无可沮遏，自趁其神思而奔神思之乡；此其为乡，则爱有美之本体。奥古斯丁曰，吾未有爱而吾欲爱，因抱希冀以求足爱者也。惟修黎亦然，故终出人间而神行，冀自达其所崇信之境；复以妙音，喻一切未觉，使知人类曼衍之大故，暨人生价值之所存，扬同情之精神，而张其上征渴仰之思想，使怀大希以奋进，与时劫同其无穷。世则谓之恶魔，而修黎遂以孤立；群复加以排挤，使不可久留于人间，于是压制凯还，修黎以死，盖宛然阿剌斯多之殒于大漠也。

虽然，其独慰诗人之心者，则尚有天然在焉。人生不可知，社会不可恃，则对天物之不伪，遂寄之无限之温情。一切人心，孰不如是。特缘受染有异，所感斯殊，故目睛夺于实利，则欲驱天然为之得金资；智力集于科学，则思制天然而见其法则；若至下者，乃自春徂冬，于两间崇高伟大美妙之见象，绝无所感应于心，自堕神智于深渊，寿虽百年，而迄不知光明为何物，又奚解所谓卧天然之怀，作婴儿之笑矣。修黎幼时，素亲天物，尝曰，吾幼即爱山河林壑之幽寂，游戏于断崖绝壁之为危险，吾伴侣也。考其生平，诚如自述。方在稚齿，已盘桓于密林幽谷之中，晨瞻晓日，夕观繁星，俯则瞰大都中人事之盛衰，或思前此压制抗拒之陈迹；而芜城古邑，或破屋中贫人啼饥号寒之状，亦时复历历入其目中。其神思之澡雪，既至异于常人，则旷观天然，自感神閟，凡万汇之当其前，皆若有情而至可念也。故心弦之动，自与天籁合调，发为抒情之什，品悉至神，莫可方物，非狭斯丕尔暨斯宾塞所作，不有足与相伦比者。比千八百十九年春，修黎定居罗马，次年迁毕撒；裴伦亦至，此他之友多集，为其一生中至乐之时。迨二十二年七月八日，偕其友乘舟泛海，而暴风猝起，益以奔电疾雷，少顷波平，孤舟遂杳。裴伦闻信大震，遣使四出侦之，终得诗人之骸于水裔，乃葬罗马焉。修黎生时，久欲与生死问题以诠解，自曰，未来之事，吾意已满于柏拉图暨培根之所言，吾心至定，无畏而多望，人居今日之躯壳，能力悉蔽于阴云，惟死亡来解脱其身，则秘密始能阐发。又曰，吾无所知，亦不能证，灵府至奥之思想，不能出以言辞，而此种事，纵吾身亦莫能解尔。嗟乎，死生之事大矣，而理至閟，置而不解，诗人未能，而解之之术，又独有死而已。故修黎曾泛舟坠海，乃大悦呼曰，今使吾释其秘密矣！然不死。一日浴于海，则伏而不起，友引之出，施救始苏，曰，吾恒欲探井中，人谓诚理伏焉，当我见诚，而君见我死也。然及今日，则修黎真死矣，而人生之閟，亦以真释，特知之者，亦独修黎已耳。

七

若夫斯拉夫民族，思想殊异于西欧，而裴伦之诗，亦疾进无所沮核。俄罗斯当十九世纪初叶，文事始新，渐乃独立，日益昭明，今则已有齐驱先觉诸邦之概，令西欧人士，无不惊其美伟矣。顾夷考权舆，实本三士：曰普式庚，曰来尔孟多夫，曰鄂戈理。前二者以诗名世，均受影响于裴伦；惟鄂戈理以描绘社会人生之黑暗著名，与二人异趣，不属于此焉。

普式庚（A. Pushkin）以千七百九十九年生于墨斯科，幼即为诗，初建罗曼宗于其文界，名以大扬。顾其时俄多内讧，时势方亟，而普式庚诗多讽喻，人即借而挤之，将流鲜卑，有数耆宿力为之辩，始获免，谪居南方。其时始读裴伦诗，深感其大，思理文形，悉受转化，小诗亦尝摹裴伦；尤著者有《高加索累囚行》，至与《哈洛尔特游草》相类。中记俄之绝望青年，囚于异域，有少女为释缚纵之行，青年之情意复苏，而厥后终于孤去。其《及泼希》（*Gypsy*）一诗亦然，及泼希者，流浪欧洲之民，以游牧为生者也。有失望于世之人曰阿勒戈，慕是中绝色，因入其族，与为婚因，顾多嫉，渐察女有他爱，终杀之。女之父不施报，特令去不与居焉。二者为诗，虽有裴伦之色，然又至殊，凡厥中勇士，等是见放于人群，顾复不离亚历山大时俄国社会之一质分，易于失望，速于奋兴，有厌世之风，而其志至不固。普式庚于此，已不与以同情，诸凡切于报复而观念无所胜人之失，悉指摘不为讳饰。故社会之伪善，既灼然现于人前，而及泼希之朴野纯全，亦相形为之益显。论者谓普式庚所爱，渐去裴伦式勇士而向祖国纯朴之民，盖实自斯时始也。尔后巨制，曰《阿内庚》（*Eugiene Onieguine*），诗材至简，而文特富丽，尔时俄之社会，情状略具于斯。惟以推敲八年，所蒙之影响至不一，故性格迁流，首尾多异。厥初二章，尚受裴伦之感化，则其英雄阿内庚为性，力抗社会，断望人间，有裴伦式英雄之概，特已不凭神思，渐近真然，与尔时其国青年之性质肖矣。厥后外缘转变，诗人之性格亦移，于是渐离裴伦，所作日趣于独立；而文章益妙，著述亦多。至与裴伦分道之因，则为说亦不一：或谓裴伦绝望奋战，意向峻绝，实与普式庚性格不相容，曩之信崇，盖出一时之激越，迨风涛大定，自即弃置而返其初；或谓国民性之不同，当为是事之枢纽，西欧思想，绝异于俄，其去裴伦，实由天性，天性不合，则裴伦之长存自难矣。凡此二说，无不近理；特就普式庚个人论之，则其对于裴伦，仅摹外状，迨放浪之生涯毕，乃骤返其本然，不能如来尔孟多夫，终执消极观念而不舍也。故旋墨斯科后，立言益务平和，凡足与社会生冲突者，咸力避而不道，且多赞诵，美其国之武功。千八百三十一年波阑抗俄，西欧诸国右波阑，于俄多所憎恶。普式庚乃作《俄国之谗谤者》暨《波罗及诺之一周年》二篇，以自明爱国。丹麦评骘家勃阑兑思（G. Brandes）于是有微辞，谓惟武力之恃而狼藉人之自由，虽云爱国，顾为兽爱。特此亦不仅普式庚为然，即今之君子，日日言爱国者，于国有诚为人爱而不坠于兽爱者，亦仅见也。及晚年，与和阑公使子覃提斯迕，终于决斗被击中腹，越二日而逝，时为千八百三十七年。俄自有普式庚，文界始独立，故文史家芘宾谓真之俄国文章，实与斯人偕起也。而裴伦之摩罗思想，则又经普式庚而传来尔孟多夫。

来尔孟多夫（M. Lermontov）生于千八百十四年，与普式庚略并世。其先来尔孟斯（T. Learmont）氏，英之苏格兰人；故每有不平，辄云将去此冰雪警吏之地，归其故乡。顾性格全如俄人，妙思善感，惆怅无间，少即能缀德语成诗；后入大学被黜，乃居陆军学校二年，出为士官，如常武士，惟自谓仅于香宾酒中，加少许诗趣而已。及为禁军骑兵小校，始仿裴伦诗纪东方事，且至慕裴伦为人。其自记有曰，今吾读《世胄裴伦传》，知其生涯有同我者；而此偶然之同，乃大惊我。又曰，裴伦更有同我者一事，即尝在苏格兰，有媪谓裴伦母曰，此儿必成伟人，且当再娶。而在高加索，亦有媪告吾大母，言与此同。纵不幸如裴伦，吾亦愿如其说。顾来尔孟多夫为人，又近修黎。修黎所作《解放之普洛美迢》，感之甚力，于人生善恶竞争诸问，至为不宁，而诗则不之仿。初虽摹裴伦及普式庚，后亦自立。且思想复类德之哲人勖宾赫尔，知习俗之道德大原，悉当改革，因寄其意于二诗，一曰《神摩》（*Demon*），一曰《谟哜黎》（*Mtsyri*）。前者托旨于巨灵，以天堂之逐客，又为人间道德之憎者，超越凡情，因生疾恶，与天地斗争，苟见众生动于凡情，则辄施以贱视。后者一少年求自由之呼号也。有孺子焉，生长山寺，长老意已断其情感希望，而孺子魂梦，不离故园，一夜暴风雨，乃乘长老方祷，潜遁出寺，彷徨林中者三日，自由无限，毕生莫伦。后言曰，尔时吾自觉如野兽，力与风雨电光猛虎战也。顾少年迷林中不能返，数日始得之，惟已以斗豹得伤，竟以是殒。尝语侍疾老僧曰，丘墓吾所弗惧，人言毕生忧患，将入睡眠，与之永寂，第忧与吾生别耳。……吾犹少年。……宁汝尚忆少年之梦，抑已忘前此世间憎爱耶？倘然，则此世于汝，失其美矣。汝弱且老，灭诸希望矣。少年又为述林中所见，与所觉自由之感，并及斗豹之事曰，汝欲知吾获自由时，何所为乎？吾生矣。老人，吾生矣。使尽吾生无此三日者，且将惨淡冥暗，逾汝暮年耳。及普式庚斗死，来尔孟多夫又赋诗以寄其悲，末解有曰，汝侪朝人，天才自由之屠伯，今有法律以自庇；士师盖无如汝何，第犹有尊严之帝在天，汝不能以金资为赂。……以汝黑血，不能涤吾诗人之血痕也。诗出，举国传诵，而来尔孟多夫亦由是得罪，定流鲜卑；后遇援，乃戍高加索，见其地之物色，诗益雄美。惟当少时，不满于世者义至博大，故作《神摩》，其物犹撒旦，恶人生诸凡陋劣之行，力与之敌。如勇猛者，所遇无不庸懦，则生激怒；以天生崇美之感，而众生扰扰，不能相知，爱起厌倦，憎恨人世也。顾后乃渐即于实，凡所不满，已不在天地人间，退而止于一代；后且更变，而猝死于决斗。决斗之因，即肇于来尔孟多夫所为书曰《并世英雄记》。人初疑书中主人，即著者自序，迨再印，乃辨言曰，英雄不为一人，实吾曹并时众恶之象。盖其书所述，实即当时人士之状尔。于是有友摩尔迭诺夫者，谓来尔孟多夫取其状以入书，因与索斗。来尔孟多夫不欲杀其友，仅举枪射空中；顾摩尔迭诺夫则拟而射之，遂死，年止二十七。

前此二人之于裴伦，同汲其流，而复殊别。普式庚在厌世主义之外形，来尔孟多夫则直在消极之观念。故普式庚终服帝力，入于平和，而来尔孟多夫则奋战力拒，不稍退转。波覃勖迭氏评之曰，来尔孟多夫不能胜来追之运命，而当降伏之际，亦至猛而骄。凡所为诗，无不有强烈弗和与踔厉不平之响者，良以是耳。来尔孟多夫亦甚爱国，顾绝异普式庚，不以武力若何，形其伟大。凡所眷爱，乃在乡村大野，及村人之生活；且推其爱而及高加索土人。此土人者，以自由故，力敌俄国者也；来尔孟多夫虽自从军，两与其役，然终爱之，所作《伊思迈尔培》（Ismail－Bey）一篇，即纪其事。来尔孟多夫之于拿破仑，亦稍与裴伦异趣。裴伦初尝责拿破仑对于革命思想之谬，及既败，乃有愤于野犬之食死狮而崇之。来尔孟多夫则专责法人，谓自陷其雄士。至其自信，亦如裴伦，谓吾之良友，仅有一人，即是自己。又负雄心，期所过必留影迹。然裴伦所谓非憎人间，特去之而已，或云吾非爱人少，惟爱自然多耳等意，则不能闻之来尔孟多夫。彼之平生，常以憎人者自命，凡天物之美，足以乐英诗人者，在俄国英雄之目，则长此黯淡，浓云疾雷而不见霁日也。盖二国人之异，亦差可于是见之矣。

八

丹麦人勃阑兑思，于波阑之罗曼派，举密克威支（A. Mickiewicz）斯洛伐支奇（J. Slowacki）克拉旬斯奇（S. Krasinski）三诗人。密克威支者，俄文家普式庚同时人，以千七百九十八年生于札希亚小村之故家。村在列图尼亚，与波阑邻比。十八岁出就维尔那大学，治言语之学，初尝爱邻女马理维来苏萨加，而马理他去，密克威支为之不欢。后渐读裴伦诗，又作诗曰《死人之祭》（*Dziady*）。中数份叙列图尼亚旧俗，每十一月二日，必置酒果于垅上，用享死者，聚村人牧者术士一人，暨众冥鬼，中有失爱自杀之人，已经冥判，每届是日，必更历苦如前此；而诗止断片未成。尔后居加夫诺（Kowno）为教师；二三年返维尔那。递千八百二十二年，捕于俄吏，居囚室十阅月，窗牖皆木制，莫辨昼夜；乃送圣彼得堡，又徙阿兑塞，而其地无需教师，遂之克利米亚，揽其地风物以助咏吟，后成《克利米亚诗集》一卷。已而返墨斯科，从事总督府中，著诗二种，一曰《格罗苏那》（*Grazyna*），记有王子烈泰威尔，与其外父域多勒特迕，将乞外兵为援，其妇格罗苏那知之，不能令勿叛，惟命守者，勿容日耳曼使人入诺华格罗迭克。援军遂怒，不攻域多勒特而引军薄烈泰威尔，格罗苏那自擐甲，伪为王子与战，已而王子归，虽幸胜，而格罗苏那中流丸，旋死。及葬，絷发炮者同置之火，烈泰威尔亦殉焉。此篇之意，盖在假有妇人，第以祖国之故，则虽背夫子之命，斥去援兵，欺其军士，濒国于险，且召战争，皆不为过，苟以是至高之目的，则一切事，无不可为者也。一曰《华连洛德》(*Wallenrod*)，其诗取材古代，有英雄以败亡之余，谋复国仇，因伪降敌陈，渐为其长，得一举而复之。此盖以意太利文人摩契阿威黎（Machiavelli）之意，附诸裴伦之英雄，故初视之亦第罗曼派言情之作。检文者不喻其意，听其付梓，密克威支名遂大起。未几得间，因至德国，见其文人瞿提。此他犹有《佗兑支氏》（*Pan Tadeusz*）一诗，写苏孛烈加暨诃什支珂二族之事，描绘物色，为世所称。其中虽以佗兑支为主人，而其父约舍克易名出家，实其主的。初记二人熊猎，有名华伊斯奇者吹角，起自微声，以至洪响，自榆度榆，自懈至槲，渐乃如千万角声，合于一角；正如密克威支所为诗，有今昔国人之声，寄于是焉。诸凡诗中之声，清澈弘厉，万感悉至，直至波阑一角之天，悉满歌声，虽至今日，而影响于波阑人之心者，力犹无限。令人忆诗中所云，听者当华伊斯奇吹角久已，而尚疑其方吹未已也。密克威支者，盖即生于彼歌声反响之中，至于无尽者夫。

密克威支至崇拿破仑，谓其实造裴伦，而裴伦之生活暨其光耀，则觉普式庚于俄国，故拿破仑亦间接起普式庚。拿破仑使命，盖在解放国民，因及世界，而其一生，则为最高之诗。至于裴伦，亦极崇仰，谓裴伦所作，实出于拿破仑，英国同代之人，虽被其天才影响，而卒莫能并大。盖自诗人死后，而英国文章，状态又归前纪矣。若在俄国，则善普式庚，二人同为斯拉夫文章首领，亦裴伦分支，逮年渐进，亦均渐趣于国粹；所异者，普式庚少时欲畔帝力，一举不成，遂以铩羽，且感帝意，愿为之臣，失其英年时之主义，而密克威支则长此保持，洎死始已也。当二人相见时，普式庚有《铜马》一诗，密克威支则有《大彼得像》一诗为其纪念。盖千八百二十九年顷，二人尝避雨像次，密克威支因赋诗纪所语，假普式庚为言，末解曰，马足已虚，而帝不勒之返。彼曳其枚，行且坠碎。历时百年，今犹未堕，是犹山泉喷水，著寒而冰，临悬崖之侧耳。愿自由日出，薰风西集，寒沍之地，因以昭苏，则喷泉将何如，暴政将何如也？虽然，此实密克威支之言，特托之普式庚者耳。波阑破后，二人遂不相见，普式庚有诗怀之；普式庚伤死，密克威支亦念之至切。顾二人虽甚稔，又同本裴伦，而亦有特异者，如普式庚于晚出诸作，恒自谓少年眷爱自繇之梦，已背之而去，又谓前路已不见仪的之存，而密克威支则仪的如是，决无疑贰也。

斯洛伐支奇以千八百九年生克尔舍密涅克（Krzemieniec），少孤，育于后父；尝入维尔那大学，性情思想如裴伦。二十一岁入华骚户部为书记；越二年，忽以事去国，不能复返。初至伦敦；已而至巴黎，成诗一卷，仿裴伦诗体。时密克威支亦来相见，未几而迕。所作诗歌，多惨苦之音。千八百三十五年去巴黎，作东方之游，经希腊埃及叙利亚；三十七年返意太利，道出曷尔爱列须阻疫，滞留久之，作《大漠中之疫》一诗。记有亚剌伯人，为言目击四子三女，洎其妇相继死于疫，哀情涌于毫素，读之令人忆希腊尼阿孛（Niobe）事，亡国之痛，隐然在焉。且又不止此苦难之诗而已，凶惨之作，恒与俱起，而斯洛伐支奇为尤。凡诗词中，靡不可见身受楚毒之印象或其见闻，最著者或根史实，如《克垒勒度克》（*Król Duch*）中所述俄帝伊凡四世，以剑钉使者之足于地一节，盖本诸古典者也。

波阑诗人多写狱中戍中刑罚之事，如密克威支作《死人之祭》第三卷中，几尽绘己身所历，倘读其“契珂夫斯奇”（Cichowski）一章，或“娑波卢夫斯奇”（Sobolewski）之什，记见少年二十橇，送赴鲜卑事，不为之生愤激者盖鲜也。而读上述二人吟咏，又往往闻报复之声。如《死人祭》第三篇，有囚人所歌者：其一央珂夫斯奇曰，欲我为信徒，必见耶稣马理，先惩污吾国土之俄帝而后可。俄帝若在，无能令我呼耶稣之名。其二加罗珂夫斯奇曰，设吾当受谪放，劳役缧绁，得为俄帝作工，夫何靳耶？吾在刑中，所当力作，自语曰，愿此苍铁，有日为帝成一斧也。吾若出狱，当迎鞑靼女子，语之曰，为帝生一巴棱（杀保罗一世者）。吾若迁居殖民地，当为其长，尽吾陇亩，为帝植麻，以之成一苍色巨索，织以银丝，俾阿尔洛夫（杀彼得三世者）得之，可缳俄帝颈也。末为康拉德歌曰，吾神已寂，歌在坟墓中矣。惟吾灵神，已嗅血腥，一啸而起，有如血蝠（Vampire），欲人血也。渴血渴血，复仇复仇！仇吾屠伯！天意如是，固报矣；即不如是，亦报尔！报复诗华，盖萃于是，使神不之直，则彼且自报之耳。

如上所言报复之事，盖皆隐藏，出于不意，其旨在凡窘于天人之民，得用诸术，拯其父国，为圣法也。故格罗苏那虽背其夫而拒敌，义为非谬；华连洛德亦然。苟拒异族之军，虽用诈伪，不云非法，华连洛德伪附于敌，乃歼日耳曼军，故土自由，而自亦忏悔而死。其意盖以为一人苟有所图，得当以报，则虽降敌，不为罪愆。如《阿勒普耶罗斯》（*Alpujarras*）一诗，益可以见其意。中叙摩亚之王阿勒曼若，以城方大疫，且不得不以格拉那陀地降西班牙，因夜出。西班牙人方聚饮，忽白有人乞见，来者一阿剌伯人，进而呼曰，西班牙人，吾愿奉汝明神，信汝先哲，为汝奴仆！众识之，盖阿勒曼若也。西人长者抱之为吻礼，诸首领皆礼之。而阿勒曼若忽仆地，攫其巾大悦呼曰，吾中疫矣！盖以彼忍辱一行，而疫亦入西班牙之军矣。斯洛伐支奇为诗，亦时责奸人自行诈于国，而以诈术陷敌，则甚美之，如《阑勃罗》（*Lambro*）《珂尔强》（*Kordjan*）皆是。《阑勃罗》为希腊人事，其人背教为盗，俾得自由以仇突厥，性至凶酷，为世所无，惟裴伦东方诗中能见之耳。珂尔强者，波阑人谋刺俄帝尼可拉一世者也。凡是二诗，其主旨所在，皆特报复而已矣。

上二士者，以绝望故，遂于凡可祸敌，靡不许可，如格罗苏那之行诈，如华连洛德之伪降，如阿勒曼若之种疫，如珂尔强之谋刺，皆是也。而克拉旬斯奇之见，则与此反。此主力报，彼主爱化。顾其为诗，莫不追怀绝泽，念祖国之忧患。波阑人动于其诗，因有千八百三十年之举；余忆所及，而六十三年大变，亦因之起矣。即在今兹，精神未忘，难亦未已也。

九

若匈加利当沉默蜷伏之顷，则兴者有裴彖飞（A. Petöfi），沽肉者子也，以千八百二十三年生于吉思珂罗（Kis Körös）。其区为匈之低地，有广漠之普斯多（Puszta 此翻平原），道周之小旅以及村舍，种种物色，感之至深。盖普斯多之在匈，犹俄之有斯第孛（Steppe 此亦翻平原），善能起诗人焉。父虽贾人，而殊有学，能解腊丁文。裴彖飞十岁出学于科勒多，既而至阿瑣特，治文法三年。然生有殊禀，挚爱自繇，愿为俳优；天性又长于吟咏。比至舍勒美支，入高等学校三月，其父闻裴彖飞与优人伍，令止读，遂徒步至菩特沛思德，入国民剧场为杂役。后为亲故所得，留养之，乃始为诗咏邻女，时方十六龄。顾亲属谓其无成，仅能为剧，遂任之去。裴彖飞忽投军为兵，虽性恶压制而爱自由，顾亦居军中者十八月，以病虐吧。又入巴波大学，时亦为优，生计极艰，译英法小说自度。千八百四十四年访伟罗思摩谛（M. Vörösmarty），伟为梓其诗，自是遂专力于文，不复为优。此其半生之转点，名亦陡起，众目为匈加利之大诗人矣，次年春，其所爱之女死，因旅行北方自遣，及秋始归。洎四十七年，乃访诗人阿阑尼（J. Arany）于萨伦多，而阿阑尼杰作《约尔提》（*Joldi*）适竣，读之叹赏，订交焉。四十八年以始，裴彖飞诗渐倾于政事，盖知革命将兴，不期而感，犹野禽之识地震也。是年三月，墺大利人革命报至沛恩德，裴彖飞感之，作《兴矣摩迦人》（*Tol-praMagyar*）一诗，次日诵以徇众，至解末迭句云，誓将不复为奴！则众皆和，持至检文之局，逐其吏而自印之，立俟其毕，各持之行。文之脱检，实自此始。裴彖飞亦尝自言曰，吾琴一音，吾笔一下，不为利役也。居吾心者，爰有天神，使吾歌且吟。天神非他，即自由耳。顾所为文章，时多过情，或与众忤；尝作《致诸帝》一诗，人多责之。裴彖飞自记曰，去三月十五数日而后，吾忽为众恶之人矣，褫夺花冠，独研深谷之中，顾吾终幸不屈也。比国事渐急，诗人知战争死亡且近，极思赴之。自曰，天不生我于孤寂，将召赴战场矣。吾今得闻角声召战，吾魂几欲骤前，不及待令矣。遂投国民军（Honréd）中，四十九年转隶贝谟将军麾下。贝谟者，波阑武人，千八百三十年之役，力战俄人者也。时轲苏士招之来，使当脱阑希勒伐尼亚一面，甚爱裴彖飞，如家人父子然。裴彖飞三去其地，而不久即返，似或引之。是年七月三十一日舍俱思跋之战，遂殁于军。平日所谓为爱而歌，为国而死者，盖至今日而践矣。裴彖飞幼时，尝治裴伦暨修黎之诗，所作率纵言自由，诞放激烈，性情亦仿佛如二人。曾自言曰，吾心如反响之森林，受一呼声，应以百响者也。又善体物色，著之诗歌，妙绝人世，自称为无边自然之野花。所著长诗，有《英雄约诺斯》（János Vitéz）一篇，取材于古传，述其人悲欢畸迹。又小说一卷曰《缢吏之缳》（A Hóhér Kötele），记以眷爱起争，肇生孽障，提尔尼阿遂终陷安陀罗奇之子于法。安陀罗奇失爱绝欢，庐其子垅上，一日得提尔尼阿，将杀之。而从者止之曰，敢问死与生之忧患孰大？曰，生哉！乃纵之使去；终诱其孙令自经，而其为绳，即昔日缳安陀罗奇子之颈者也。观其首引耶和华言，意盖云厥祖罪愆，亦可报诸其苗裔，受施必复，且不嫌加甚焉。至于诗人一生，亦至殊异，浪游变易，殆无宁时。虽少逸豫者一时，而其静亦非真静，殆犹大海漩洑中心之静点而已。设有孤舟，卷于旋风，当有一瞬间忽尔都寂，如风云已息，水波不兴，水色青如微笑，顾漩洑偏急，舟复入卷，乃至破没矣。彼诗人之暂静，盖亦犹是焉耳。

上述诸人，其为品性言行思惟，虽以种族有殊，外缘多别，因现种种状，而实统于一宗：无不刚健不挠，抱诚守真；不取媚于群，以随顺旧俗；发为雄声，以起其国人之新生，而大其国于天下。求之华土，孰比之哉？夫中国之立于亚洲也，文明先进，四邻莫之与伦，蹇视高步，因益为特别之发达；及今日虽彫苓，而犹与西欧对立，此其幸也。顾使往昔以来，不事闭关，能与世界大势相接，思想为作，日趣于新，则今日方卓立宇内，无所愧逊于他邦，荣光俨然，可无苍黄变革之事，又从可知尔。故一为相度其位置，稽考其邂逅，则震旦为国，得失滋不云微。得者以文化不受影响于异邦，自具特异之光彩，近虽中衰，亦世稀有。失者则以孤立自是，不遇校雠，终至堕落而之实利；为时既久，精神沦亡，逮蒙新力一击，即砉然冰泮，莫有起而与之抗。加以旧染既深，辄以习惯之目光，观察一切，凡所然否，谬解为多，此所为呼维新既二十年，而新声迄不起于中国也。夫如是，则精神界之战士贵矣。英当十八世纪时，社会习于伪，宗教安于陋，其为文章，亦摹故旧而事涂饰，不能闻真之心声。于是哲人洛克首出，力排政治宗教之积弊，唱思想言议之自由，转轮之兴，此其播种。而在文界，则有农人朋思生苏格阑，举全力以抗社会，宣众生平等之音，不惧权威，不踞金帛，洒其热血，注诸韵言；然精神界之伟人，非遂即人群之骄子，轗轲流落，终以夭亡。而裴伦修黎继起，转战反抗，具如前陈。其力如巨涛，直薄旧社会之柱石。余波流衍，入俄则起国民诗人普式庚，至波阑则作报复诗人密克威支，入匈加利则觉爱国诗人裴象飞；其他宗徒，不胜具道。顾裴伦修黎，虽蒙摩罗之谥，亦第人焉而已。凡其同人，实亦不必曰摩罗宗，苟在人间，必有如是。此盖聆热诚之声而顿觉者也，此盖同怀热诚而互契者也。故其平生，亦甚神肖，大都执兵流血，如角剑之士，转辗于众之目前，使抱战栗与愉快而观其鏖扑。故无流血于众之目前者，其群祸矣；虽有而众不之视，或且进而杀之，斯其为群，乃愈益祸而不可救也！

今索诸中国，为精神界之战士者安在？有作至诚之声，致吾人于善美刚健者乎？有作温煦之声，援吾人出于荒寒者乎？家国荒矣，而赋最末哀歌，以诉天下贻后人之耶利米，且未之有也。非彼不生，即生而贼于众，居其一或兼其二，则中国遂以萧条。劳劳独躯壳之事是图，而精神日就于荒落；新潮来袭，遂以不支。众皆曰维新，此即自白其历来罪恶之声也，犹云改悔焉尔。顾既维新矣，而希望亦与偕始，吾人所待，则有介绍新文化之士人。特十余年来，介绍无已，而究其所携将以来归者；乃又舍治饼饵守囹圄之术而外，无他有也。则中国尔后，且永续其萧条，而第二维新之声，亦将再举，盖可准前事而无疑者矣。俄文人凯罗连珂（V. Korolenko）作《末光》一书，有记老人教童子读书于鲜卑者，曰，书中述樱花黄鸟，而鲜卑沍寒，不有此也。翁则解之曰，此鸟即止于樱木，引吭为好音者耳。少年乃沉思。然夫，少年处萧条之中，即不诚闻其好音，亦当得先觉之诠解；而先觉之声，乃又不来破中国之萧条也。然则吾人，其亦沉思而已夫，其亦惟沉思而已夫！

一九〇七年作

我之节烈观

“世道浇漓，人心日下，国将不国”这一类话，本是中国历来的叹声。不过时代不同，则所谓“日下”的事情，也有迁变：从前指的是甲事，现在叹的或是乙事。除了“进呈御览”的东西不敢妄说外，其余的文章议论里，一向就带这口吻。因为如此叹息，不但针砭世人，还可以从“日下”之中，除去自己。所以君子固然相对慨叹，连杀人放火嫖妓骗钱以及一切鬼混的人，也都乘作恶余暇，摇着头说道：“他们人心日下了。”

世风人心这件事，不但鼓吹坏事，可以“日下”；即使未曾鼓吹，只是旁观，只是赏玩，只是叹息，也可以叫他“日下”。所以近一年来，居然也有几个不肯徒托空言的人，叹息一番之后，还要想法子来挽救。第一个是康有为，指手画脚的说“虚君共和”才好，陈独秀便斥他不兴；其次是一班灵学派的人，不知何以起了极古奥的思想，要请“孟圣矣乎”的鬼来画策；陈百年钱玄同刘半农又道他胡说。

这几篇驳论，都是《新青年》里最可寒心的文章。时候已是二十世纪了；人类眼前，早已闪出曙光。假如《新青年》里，有一篇和别人辩地球方圆的文字，读者见了，怕一定要发怔。然而现今所辩，正和说地体不方相差无几。将时代和事实，对照起来，怎能不教人寒心而且害怕?

近来虚君共和是不提了，灵学似乎还在那里捣鬼，此时却又有一群人，不能满足；仍然摇头说道，“人心日下”了。于是又想出一种挽救的方法；他们叫作“表彰节烈”！

这类妙法，自从君政复古时代以来，上上下下，已经提倡多年；此刻不过是竖起旗帜的时候。文章议论里，也照例时常出现，都嚷道“表彰节烈”！

要不说这件事，也不能将自己提拔，出于“人心日下”之中。

节烈这两个字，从前也算是男子的美德，所以有过“节士”，“烈士”的名称。然而现在的“表彰节烈”，却是专指女子，并无男子在内。据时下道德家的意见，来定界说，大约节是丈夫死了，决不再嫁，也不私奔，丈夫死得愈早，家里愈穷，他便节得愈好。烈可是有两种：一种是无论已嫁未嫁，只要丈夫死了，他也跟着自尽；一种是有强暴来污辱他的时候，设法自戕，或者抗拒被杀，都无不可。这也是死得愈惨愈苦，他便烈得愈好，倘若不及抵御，竟受了污辱，然后自戕，便免不了议论。万一幸而遇着宽厚的道德家，有时也可以略迹原情，许他一个烈字。可是文人学士，已经不甚愿意替他作传；就令勉强动笔，临了也不免加上几个“惜夫惜夫”了。

总而言之：女子死了丈夫，便守着，或者死掉；遇了强暴，便死掉；将这类人物，称赞一通，世道人心便好，中国便得救了。大意只是如此。

康有为借重皇帝的虚名，灵学家全靠着鬼话。这表彰节烈，却是全权都在人民，大有渐进自力之意了。然而我仍有几个疑问，须得提出。还要据我的意见，给他解答。我又认定这节烈救世说，是多数国民的意思；主张的人，只是喉舌。虽然是他发声，却和四支五官神经内脏，都有关系。所以我这疑问和解答，便是提出于这群多数国民之前。

首先的疑问是：不节烈（中国称不守节作“失节”，不烈却并无成语，所以只能合称他“不节烈”）的女子如何害了国家？照现在的情形，“国将不国”，自不消说：丧尽良心的事故，层出不穷；刀兵盗贼水旱饥荒，又接连而起。但此等现象，只是不讲新道德新学问的缘故，行为思想，全钞旧帐；所以种种黑暗，竟和古代的乱世仿佛，况且政界军界学界商界等等里面，全是男人，并无不节烈的女子夹杂在内。也未必是有权力的男子，因为受了他们蛊惑，这才丧了良心，放手作恶。至于水旱饥荒，便是专拜龙神，迎大王，滥伐森林，不修水利的祸祟，没有新知识的结果；更与女子无关。只有刀兵盗贼，往往造出许多不节烈的妇女。但也是兵盗在先，不节烈在后，并非因为他们不节烈了，才将刀兵盗贼招来。

其次的疑问是：何以救世的责任，全在女子？照着旧派说起来，女子是“阴类”，是主内的，是男子的附属品。然则治世救国，正须责成阳类，全仗外子，偏劳主体。决不能将一个绝大题目，都阁在阴类肩上。倘依新说，则男女平等，义务略同。纵令该担责任，也只得分担。其余的一半男子，都该各尽义务。不特须除去强暴，还应发挥他自己的美德。不能专靠惩劝女子，便算尽了天职。

其次的疑问是：表彰之后，有何效果？据节烈为本，将所有活着的女子，分类起来，大约不外三种：一种是已经守节，应该表彰的人（烈者非死不可，所以除出）；一种是不节烈的人；一种是尚未出嫁，或丈夫还在，又未遇见强暴，节烈与否未可知的人。第一种已经很好，正蒙表彰，不必说了。第二种已经不好，中国从来不许忏悔，女子做事一错，补过无及，只好任其羞杀，也不值得说了。最要紧的，只在第三种，现在一经感化，他们便都打定主意道："倘若将来丈夫死了，决不再嫁；遇着强暴，赶紧自裁！"试问如此立意，与中国男子做主的世道人心，有何关系？这个缘故，已在上文说明。更有附带的疑问是：节烈的人，既经表彰，自是品格最高。但圣贤虽人人可学，此事却有所不能。假如第三种的人，虽然立志极高；万一丈夫长寿，天下太平，他便只好饮恨吞声，做一世次等的人物。

以上是单依旧日的常识，略加研究，便已发见了许多矛盾。若略带二十世纪气息，便又有两层：

一问节烈是否道德？道德这事，必须普遍，人人应做，人人能行，又于自他两利，才有存在的价值。现在所谓节烈，不特除开男子，绝不相干；就是女子，也不能全体都遇着这名誉的机会。所以决不能认为道德，当作法式。上回《新青年》登出的《贞操论》里，已经说过理由。不过贞是丈夫还在，节是男子已死的区别，道理却可类推。只有烈的一件事，尤为奇怪，还须略加研究。

照上文的节烈分类法看来，烈的第一种，其实也只是守节，不过生死不同。因为道德家分类，根据全在死活，所以归入烈类。性质全异的，便是第二种。这类人不过一个弱者（现在的情形，女子还是弱者），突然遇着男性的暴徒，父兄丈夫力不能救，左邻右舍也不帮忙，于是他就死了；或者竟受了辱，仍然死了；或者终于没有死。久而久之，父兄丈夫邻舍，夹着文人学士以及道德家，便渐渐聚集，既不羞自己怯弱无能，也不提暴徒如何惩办，只是七口八嘴，议论他死了没有？受污没有？死了如何好，活着如何不好。于是造出了许多光荣的烈女，和许多被人口诛笔伐的不烈女。只要平心一想，便觉不像人间应有的事情，何况说是道德。

二问多妻主义的男子，有无表彰节烈的资格？替以前的道德家说话，一定是理应表彰。因为凡是男子，便有点与众不同，社会上只配有他的意思。一面又靠着阴阳内外的古典，在女子面前逞能。然而一到现在，人类的眼里，不免见到光明，晓得阴阳内外之说，荒谬绝伦；就令如此，也证不出阳比阴尊贵，外比内崇高的道理。况且社会国家，又非单是男子造成。所以只好相信真理，说是一律平等。既然平等，男女便都有一律应守的契约。男子决不能将自己不守的事，向女子特别要求。若是买卖欺骗贡献的婚姻，则要求生时的贞操，尚且毫无理由。何况多妻主义的男子，来表彰女子的节烈。

以上，疑问和解答都完了。理由如此支离，何以直到现今，居然还能存在？要对付这问题，须先看节烈这事，何以发生，何以通行，何以不生改革的缘故。

古代的社会，女子多当作男人的物品。或杀或吃，都无不可；男人死后，和他喜欢的宝贝，日用的兵器，一同殉葬，更无不可。后来殉葬的风气，渐渐改了，守节便也渐渐发生。但大抵因为寡妇是鬼妻，亡魂跟着，所以无人敢娶，并非要他不事二夫。这样风俗，现在的蛮人社会里还有。中国太古的情形，现在已无从详考。但看周末虽有殉葬，并非专用女人，嫁否也任便，并无什么裁制，便可知道脱离了这宗习俗，为日已久。由汉至唐也并没有鼓吹节烈。直到宋朝，那一班“业儒”的才说出“饿死事小失节事大”的话，看见历史上“重适”两个字，便大惊小怪起来。出于真心，还是故意，现在却无从推测。其时也正是“人心日下，国将不国”的时候，全国士民，多不像样。或者“业儒”的人。想借女人守节的话，来鞭策男子，也不一定。但旁敲侧击，方法本嫌鬼祟，其意也太难分明，后来因此多了几个节妇，虽未可知，然而吏民将卒，却仍然无所感动。于是“开化最早，道德第一”的中国终于归了“长生天气力里大福荫护助里”的什么“薛禅皇帝，完泽笃皇帝，曲律皇帝”了。此后皇帝换过了几家，守节思想倒反发达。皇帝要臣子尽忠，男人便愈要女人守节。到了清朝，儒者真是愈加厉害。看见唐人文章里有公主改嫁的话，也不免勃然大怒道："这是什么事！你竟不为尊者讳，这还了得！"假使这唐人还活着，一定要斥革功名，"以正人心而端风俗"了。

国民将到被征服的地位，守节盛了；烈女也从此着重。因为女子既是男子所有，自己死了，不该嫁人，自己活着，自然更不许被夺。然而自己是被征服的国民，没有力量保护，没有勇气反抗了，只好别出心裁，鼓吹女人自杀。或者妻女极多的阔人，婢妾成行的富翁，乱离时候，照顾不到，一遇"逆兵"（或是"天兵"），就无法可想。只得救了自己，请别人都做烈女；变成烈女，"逆兵"便不要了。他便待事定以后，慢慢回来，称赞几句。好在男子再娶，又是天经地义，别讨女人，便都完事。因此世上遂有了"双烈合传"，"七姬墓志"，甚而至于钱谦益的集中，也布满了"赵节妇""钱烈女"的传记和歌颂。

只有自己不顾别人的民情，又是女应守节男子却可多妻的社会，造出如此畸形道德，而且日见精密苛酷，本也毫不足怪。但主张的是男子，上当的是女子。女子本身，何以毫无异言呢？原来"妇者服也"，理应服事于人。教育固可不必，连开口也都犯法。他的精神，也同他体质一样，成了畸形。所以对于这畸形道德，实在无甚意见。就令有了异议，也没有发表的机会。做几首"闺中望月""园里看花"的诗，尚且怕男子骂他怀春，何况竟敢破坏这"天地间的正气"？只有说部书上，记载过几个女人，因为境遇上不愿守节，据做书的人说：可是他再嫁以后，便被前夫的鬼捉去，落了地狱；或者世人个个唾骂，做了乞丐，也竟求乞无门，终于惨苦不堪而死了！

如此情形，女子便非"服也"不可。然而男子一面，何以也不主张真理，只是一味敷衍呢？汉朝以后，言论的机关，都被"业儒"的垄断了。宋元以来，尤其厉害。我们几乎看不见一部非业儒的书，听不到一句非士人的话。除了和尚道士，奉旨可以说话的以外，其余"异端"的声音，决不能出他卧房一步。况且世人大抵受了"儒者柔也"的影响；不述而作，最为犯忌。即使有人见到，也不肯用性命来换真理。即如失节一事，岂不知道必须男女两性，才能实现。他却专责女性；至于破人节操的男子，以及造成不烈的暴徒，便都含糊过去。男子究竟较女性难惹，惩罚也比表彰为难。其间虽有过几个男人，实觉于心不安，说些室女不应守志殉死的平和话，可是社会不听；再说下去，便要不容，与失节的女人一样看待。他便也只好变了“柔也”，不再开口了。所以节烈这事，到现在不生变革。

（此时，我应声明：现在鼓吹节烈派的里面，我颇有知道的人。敢说确有好人在内，居心也好。可是救世的方法是不对，要向西走了北了。但也不能因为他是好人，便竟能从正西直走到北。所以我又愿他回转身来。）

其次还有疑问：

节烈难么？答道，很难。男子都知道极难，所以要表彰他。社会的公意，向来以为贞淫与否，全在女性。男子虽然诱惑了女人，却不负责任。譬如甲男引诱乙女，乙女不允，便是贞节，死了，便是烈；甲男并无恶名，社会可算淳古。倘若乙女允了，便是失节；甲男也无恶名，可是世风被乙女败坏了！别的事情，也是如此。所以历史上亡国败家的原因，每每归咎女子。糊糊涂涂的代担全体的罪恶，已经三千多年了。男子既然不负责任，又不能自己反省，自然放心诱惑；文人著作，反将他传为美谈。所以女子身旁，几乎布满了危险。除却他自己的父兄丈夫以外，便都带点诱惑的鬼气。所以我说很难。

节烈苦么？答道，很苦。男子都知道很苦，所以要表彰他。凡人都想活；烈是必死，不必说了。节妇还要活着。精神上的惨苦，也姑且弗论。单是生活一层，已是大宗的痛楚。假使女子生计已能独立，社会也知道互助，一人还可勉强生存。不幸中国情形，却正相反。所以有钱尚可，贫人便只能饿死。直到饿死以后，间或得了旌表，还要写入志书。所以各府各县志书传记类的末尾，也总有几卷“烈女”。一行一人，或是一行两人，赵钱孙李，可是从来无人翻读。就是一生崇拜节烈的道德大家，若问他贵县志书里烈女门的前十名是谁？也怕不能说出。其实他是生前死后，竟与社会漠不相关的。所以我说很苦。

照这样说，不节烈便不苦么？答道，也很苦。社会公意，不节烈的女人，既然是下品；他在这社会里，是容不住的。社会上多数古人模模糊糊传下来的道理，实在无理可讲；能用历史和数目的力量，挤死不合意的人。这一类无主名无意识的杀人团里，古来不晓得死了多少人物；节烈的女子，也就死在这里。不过他死后间有一回表彰，写入志书。不节烈的人，便生前也要受随便什么人的唾骂，无主名的虐待。所以我说也很苦。

女子自己愿意节烈么？答道，不愿。人类总有一种理想，一种希望。虽然高下不同，必须有个意义。自他两利固好，至少也得有益本身。节烈很难很苦，既不利人，又不利己。说是本人愿意，实在不合人情。所以假如遇着少年女人，诚心祝赞他将来节烈，一定发怒；或者还要受他父兄丈夫的尊拳。然而仍旧牢不可破，便是被这历史和数目的力量挤着。可是无论何人，都怕这节烈。怕他竟钉到自己和亲骨肉的身上。所以我说不愿。

我依据以上的事实和理由，要断定节烈这事是：极难，极苦，不愿身受，然而不利自他，无益社会国家，于人生将来又毫无意义的行为，现在已经失了存在的生命和价值。

临了还有一层疑问：

节烈这事，现代既然失了存在的生命和价值；节烈的女人，岂非白苦一番么？可以答他说：还有哀悼的价值。他们是可怜人；不幸上了历史和数目的无意识的圈套，做了无主名的牺牲。可以开一个追悼大会。

我们追悼了过去的人，还要发愿：要自己和别人，都纯洁聪明勇猛向上。要除去虚伪的脸谱。要除去世上害己害人的昏迷和强暴。

我们追悼了过去的人，还要发愿：要除去于人生毫无意义的苦痛。要除去制造并赏玩别人苦痛的昏迷和强暴。

我们还要发愿：要人类都受正当的幸福。

一九一八年七月

我们现在怎样做父亲

我作这一篇文的本意，其实是想研究怎样改革家庭；又因为中国亲权重，父权更重，所以尤想对于从来认为神圣不可侵犯的父子问题，发表一点意见。总而言之：只是革命要革到老子身上罢了。但何以大模大样，用了这九个字的题目呢？这有两个理由：

第一，中国的“圣人之徒”，最恨人动摇他的两样东西。一样不必说，也与我辈绝不相干；一样便是他的伦常，我辈却不免偶然发几句议论，所以株连牵扯，很得了许多“铲伦常”“禽兽行”之类的恶名。他们以为父对于子，有绝对的权力和威严；若是老子说话，当然无所不可，儿子有话，却在未说之前早已错了。但祖父子孙，本来各各都只是生命的桥梁的一级，决不是固定不易的。现在的子，便是将来的父，也便是将来的祖。我知道我辈和读者，若不是现任之父，也一定是候补之父，而且也都有做祖宗的希望，所差只在一个时间。为想省却许多麻烦起见，我们便该无须客气，尽可先行占住了上风，摆出父亲的尊严，谈谈我们和我们子女的事；不但将来着手实行，可以减少困难，在中国也顺理成章，免得“圣人之徒”听了害怕，总算是一举两得之至的事了。所以说，“我们怎样做父亲”。

第二，对于家庭问题，我在《新青年》的《随感录》（二五，四十，四九）中，曾经略略说及，总括大意，便只是从我们起，解放了后来的人。论到解放子女，本是极平常的事，当然不必有什么讨论。但中国的老年，中了旧习惯旧思想的毒太深了，决定悟不过来。譬如早晨听到乌鸦叫，少年毫不介意，迷信的老人，却总须颓唐半天。虽然很可怜，然而也无法可救。没有法，便只能先从觉醒的人开手，各自解放了自己的孩子。自己背着因袭的重担，肩住了黑暗的闸门，放他们到宽阔光明的地方去；此后幸福的度日，合理的做人。

还有，我曾经说，自己并非创作者，便在上海报纸的《新教训》里，挨了一顿骂。但我辈评论事情，总须先评论了自己，不要冒充，才能像一篇说话，对得起自己和别人。我自己知道，不特并非创作者，并且也不是真理的发见者。凡有所说所写，只是就平日见闻的事理里面，取了一点心以为然的道理；至于终极究竟的事，却不能知。便是对于数年以后的学说的进步和变迁，也说不出会到如何地步，单相信比现在总该还有进步还有变迁罢了。所以说，“我们现在怎样做父亲。”

我现在心以为然的道理，极其简单。便是依据生物界的现象，一，要保存生命；二，要延续这生命；三，要发展这生命（就是进化）。生物都这样做，父亲也就是这样做。

生命的价值和生命价值的高下，现在可以不论。单照常识判断，便知道既是生物，第一要紧的自然是生命。因为生物之所以为生物，全在有这生命，否则失了生物的意义。生物为保存生命起见，具有种种本能，最显著的是食欲。因有食欲才摄取食品，因有食品才发生温热，保存了生命。但生物的个体，总免不了老衰和死亡，为继续生命起见，又有一种本能，便是性欲。因性欲才有性交，因有性交才发生苗裔，继续了生命。所以食欲是保存自己，保存现在生命的事；性欲是保存后裔，保存永久生命的事。饮食并非罪恶，并非不净；性交也就并非罪恶，并非不净。饮食的结果，养活了自己，对于自己没有恩；性交的结果，生出子女，对于子女当然也算不了恩。——前前后后，都向生命的长途走去，仅有先后的不同，分不出谁受谁的恩典。

可惜的是中国的旧见解，竟与这道理完全相反。夫妇是“人伦之中”，却说是“人伦之始”；性交是常事，却以为不净；生育也是常事，却以为天大的大功。人人对于婚姻，大抵先夹带着不净的思想。亲戚朋友有许多戏谑，自己也有许多羞涩，直到生了孩子，还是躲躲闪闪，怕敢声明；独有对于孩子，却威严十足。这种行径，简直可以说是和偷了钱发迹的财主，不相上下了。我并不是说——如他们攻击者所意想的——人类的性交也应如别种动物，随便举行；或如无耻流氓，专做些下流举动，自鸣得意。是说，此后觉醒的人，应该先洗净了东方固有的不净思想，再纯洁明白一些，了解夫妇是伴侣，是共同劳动者，又是新生命创造者的意义。所生的子女，固然是受领新生命的人，但他也不永久占领，将来还要交付子女，像他们的父母一般。只是前前后后，都做一个过付的经手人罢了。

生命何以必需继续呢？就是因为要发展，要进化。个体既然免不了死亡，进化又毫无止境，所以只能延续着，在这进化的路上走。走这路须有一种内的努力，有如单细胞动物有内的努力，积久才会繁复，无脊椎动物有内的努力，积久才会发生脊椎。所以后起的生命，总比以前的更有意义，更近完全，因此也更有价值，更可宝贵；前者的生命，应该牺牲于他。

但可惜的是中国的旧见解，又恰恰与这道理完全相反。本位应在幼者，却反在长者；置重应在将来，却反在过去。前者做了更前者的牺牲，自己无力生存，却苛责后者又来专做他的牺牲，毁灭了一切发展本身的能力。我也不是说——如他们攻击者所意想的——孙子理应终日痛打他的祖父，女儿必须时时咒骂他的亲娘。是说，此后觉醒的人，应该先洗净了东方古传的谬误思想，对于子女，义务思想须加多，而权利思想却大可切实核减，以准备改作幼者本位的道德。况且幼者受了权利，也并非永久占有，将来还要对于他们的幼者，仍尽义务。只是前前后后，都做一切过付的经手人罢了。

“父子间没有什么恩”这一个断语，实是招致“圣人之徒”面红耳赤的一大原因。他们的误点，便在长者本位与利己思想，权利思想很重，义务思想和责任心却很轻，以为父子关系，只须“父兮生我”一件事，幼者的全部，便应为长者所有。尤其堕落的，是因此责望报偿，以为幼者的全部，理该做长者的牺牲。殊不知自然界的安排，却件件与这要求反对，我们从古以来，逆天行事，于是人的能力，十分萎缩，社会的进步，也就跟着停顿。我们虽不能说停顿便要灭亡，但较之进步，总是停顿与灭亡的路相近。

自然界的安排，虽不免也有缺点，但结合长幼的方法，却并无错误。他并不用“恩”，却给予生物以一种天性，我们称他为“爱”。动物界中除了生子数目太多一一爱不周到的如鱼类之外，总是挚爱他的幼子，不但绝无利益心情，甚或至于牺牲了自己，让他的将来的生命，去上那发展的长途。

人类也不外此，欧美家庭，大抵以幼者弱者为本位，便是最合于这生物学的真理的办法。便在中国，只要心思纯白，未曾经过“圣人之徒”作践的人，也都自然而然的能发现这一种天性。例如一个村妇哺乳婴儿的时候，决不想到自己正在施恩；一个农夫娶妻的时候，也决不以为将要放债。只是有了子女，即天然相爱，愿他生存；更进一步的，便还要愿他比自己更好，就是进化。这离绝了交换关系利害关系的爱，便是人伦的索子，便是所谓“纲”。倘如旧说，抹杀了“爱”，一味说“恩”，又因此责望报偿，那便不但败坏了父子间的道德，而且也大反于做父母的实际的真情，播下乖剌的种子。有人做了乐府，说是“劝孝”，大意是什么“儿子上学堂，母亲在家磨杏仁，预备回来给他喝，你还不孝么”之类，自以为“拼命卫道”。殊不知富翁的杏酪和穷人的豆浆，在爱情上价值同等，而其价值却正在父母当时并无求报的心思；否则变成买卖行为，虽然喝了杏酪，也不异“人乳喂猪”，无非要猪肉肥美，在人伦道德上，丝毫没有价值了。

所以我现在心以为然的，便只是“爱”。

无论何国何人，大都承认“爱己”是一件应当的事。这便是保存生命的要义，也就是继续生命的根基。因为将来的运命，早在现在决定，故父母的缺点，便是子孙灭亡的伏线，生命的危机。易卜生做的《群鬼》（有潘家洵君译本，载在《新潮》一卷五号）虽然重在男女问题，但我们也可以看出遗传的可怕。欧士华本是要生活，能创作的人，因为父亲的不检，先天得了病毒，中途不能做人了。他又很爱母亲，不忍劳他服侍，便藏着吗啡，想待发作时候，由使女瑞琴帮他吃下，毒杀了自己；可是瑞琴走了。他于是只好托他母亲了。

欧“母亲，现在应该你帮我的忙了。”

阿夫人“我吗？”

欧“谁能及得上你。”

阿夫人“我！你的母亲！”

欧“正为那个。”

阿夫人“我，生你的人！”

欧“我不曾教你生我。并且给我的是一种什么日子？我不要他！你拿回去吧!"

这一段描写，实在是我们做父亲的人应该震惊戒惧佩服的；决不能昧了良心，说儿子理应受罪。这种事情，中国也很多，只要在医院做事，便能时时看见先天梅毒性病儿的惨状；而且傲然的送来的，又大抵是他的父母。但可怕的遗传，并不只是梅毒；另外许多精神上体质上的缺点，也可以传之子孙，而且久而久之，连社会都蒙着影响。我们且不高谈人群，单为子女说，便可以说凡是不爱己的人，实在欠缺做父亲的资格。就令硬做了父亲，也不过如古代的草寇称王一般，万万算不了正统。将来学问发达，社会改造时，他们侥幸留下的苗裔，恐怕总不免要受善种学（Eugenics）者的处置。

倘若现在父母并没有将什么精神上体质上的缺点交给子女，又不遇意外的事，子女便当然健康，总算已经达到了继续生命的目的。但父母的责任还没有完，因为生命虽然继续了，却是停顿不得，所以还须教这新生命去发展。凡动物较高等的，对于幼雏，除了养育保护以外，往往还教他们生存上必需的本领。例如飞禽便教飞翔，鸷兽便教搏击。人类更高几等，便也有愿意子孙更进一层的天性。这也是爱，上文所说的是对于现在，这是对于将来。只要思想未遭锢蔽的人，谁也喜欢子女比自己更强，更健康，更聪明高尚——更幸福；就是超越了自己，超越了过去。超越便须改变，所以子孙对于祖先的事，应该改变，“三年无改于父之道可谓孝矣”，当然是曲说，是退婴的病根。假使古代的单细胞动物，也遵着这教训，那便永远不敢分裂繁复，世界上再也不会有人类了。

幸而这一类教训，虽然害过许多人，却还未能完全扫尽了一切人的天性。没有读过“圣贤书”的人，还能将这天性在名教的斧钺底下，时时流露，时时萌蘖；这便是中国人虽然凋落萎缩，却未灭绝的原因。

所以觉醒的人，此后应将这天性的爱，更加扩张，更加醇化；用无我的爱，自己牺牲于后起新人。开宗第一，便是理解。往昔的欧人对于孩子的误解，是以为成人的预备；中国人的误解，是以为缩小的成人。直到近来，经过许多学者的研究，才知道孩子的世界，与成人截然不同；倘不先行理解，一味蛮做，便大碍于孩子的发达。所以一切设施，都应该以孩子为本位，日本近来，觉悟的也很不少；对于儿童的设施，研究儿童的事业，都非常兴盛了。第二，便是指导。时势既有改变，生活也必须进化；所以后起的人物，一定尤异于前，决不能用同一模型，无理嵌定。长者须是指导者协商者，却不该是命令者。不但不该责幼者供奉自己；而且还须用全副精神，专为他们自己，养成他们有耐劳作的体力，纯洁高尚的道德，广博自由能容纳新潮流的精神，也就是能在世界新潮流中游泳，不被淹没的力量。第三，便是解放。子女是即我非我的人，但既已分立，也便是人类中的人。因为即我，所以更应该尽教育的义务，交给他们自立的能力；因为非我，所以也应同时解放，全部为他们自己所有，成一个独立的人。

这样，便是父母对于子女，应该健全的产生，尽力的教育，完全的解放。

但有人会怕，仿佛父母从此以后，一无所有，无聊之极了。这种空虚的恐怖和无聊的感想，也即从谬误的旧思想发生；倘明白了生物学的真理，自然便会消灭。但要做解放子女的父母，也应预备一种能力。便是自己虽然已经带着过去的色彩，却不失独立的本领和精神，有广博的趣味，高尚的娱乐。要幸福么？连你的将来的生命都幸福了。要"返老还童"，要"老复丁"么？子女便是"复丁"，都已独立而且更好了。这才是完了长者的任务，得了人生的慰安。倘若思想本领，样样照旧，专以"勃谿"为业，行辈自豪，那便自然免不了空虚无聊的苦痛。

或者又怕，解放之后，父子间要疏隔了。欧美的家庭，专制不及中国，早已大家知道；往者虽有人比之禽兽，现在却连"卫道"的圣徒，也曾替他们辩护，说并无"逆子叛弟"了。因此可知：惟其解放，所以相亲；惟其没有"拘挛"子弟的父兄，所以也没有反抗"拘挛"的"逆子叛弟"。若威逼利诱，便无论如何，决不能有"万年有道之长"。例如我中国，汉有举孝，唐有孝悌力田科，清末也还有孝廉方正，都能换到官做。父恩谕之于先，皇恩施之于后，然而割股的人物，究属寥寥。足可证明中国的旧学说旧手段，实在从古以来，并无良效，无非使坏人增长些虚伪，好人无端的多受些人我都无利益的苦痛罢了。

独有"爱"是真的。路粹引孔融说，"父之于子，当有何亲？论其本意，实为情欲发耳。子之于母，亦复奚为，譬如寄物瓶中，出则离矣。"（汉末的孔府上，很出过几个有特色的奇人，不像现在这般冷落，这话也许确是北海先生所说；只是攻击他的偏是路粹和曹操，教人发笑罢了。）虽然也是一种对于旧说的打击，但实于事理不合。因为父母生了子女，同时又有天性的爱，这爱又很深广很长久，不会即离。现在世界没有大同，相爱还有差等，子女对于父母，也便最爱，最关切，不会即离。所以疏隔一层，不劳多虑。至于一种例外的人，或者非爱所能钩连。但若爱力尚且不能钩连，那便任凭什么“恩威，名分，天经，地义”之类，更是钩连不住。

或者又怕，解放之后，长者要吃苦了。这事可分两层：第一，中国的社会，虽说“道德好”，实际却太缺乏相爱相助的心思。便是“孝”“烈”这类道德，也都是旁人毫不负责，一味收拾幼者弱者的方法。在这样社会中，不独老者难于生活，即解放的幼者，也难于生活。第二，中国的男女，大抵未老先衰，甚至不到二十岁，早已老态可掬，待到真实衰老，便更须别人扶持。所以我说，解放子女的父母，应该先有一番预备；而对于如此社会，尤应该改造，使他能适于合理的生活。许多人预备着，改造着，久而久之，自然可望实现了。单就别国的往时而言，斯宾塞未曾结婚，不闻他侘傺无聊；瓦特早没有了子女，也居然“寿终正寝”，何况在将来，更何况有儿女的人呢？

或者又怕，解放之后，子女要吃苦了。这事也有两层，全如上文所说，不过一是因为老而无能，一是因为少不更事罢了。因此觉醒的人，愈觉有改造社会的任务。中国相传的成法，谬误很多：一种是锢闭，以为可以与社会隔离，不受影响。一种是教给他恶本领，以为如此才能在社会中生活。用这类方法的长者，虽然也含有继续生命的好意，但比照事理，却决定谬误。此外还有一种，是传授些周旋方法，教他们顺应社会。这与数年前讲“实用主义”的人，因为市上有假洋钱，便要在学校里遍教学生看洋钱的法子之类，同一错误。社会虽然不能不偶然顺应，但决不是正当办法。因为社会不良，恶现象便很多，势不能一一顺应；倘都顺应了，又违反了合理的生活，倒走了进化的路。所以根本方法，只有改良社会。

就实际上说，中国旧理想的家族关系父子关系之类，其实早已崩溃。这也非“于今为烈”，正是“在昔已然”。历来都竭力表彰“五世同堂”，便足见实际上同居的为难；拼命的劝孝，也足见事实上孝子的缺少。而其原因，便全在一意提倡虚伪道德，蔑视了真的人情。我们试一翻大族的家谱，便知道始迁祖宗，大抵是单身迁居，成家立业；一到聚族而居，家谱出版，却已在零落的中途了。况在将来，迷信破了，便没有哭竹，卧冰；医学发达了，也不必尝秽，割股。又因为经济关系，结婚不得不迟，生育因此也迟，或者子女才能自存，父母已经衰老，不及依赖他们供养，事实上也就是父母反尽了义务。世界潮流逼拶着，这样做的可以生存，不然的便都衰落；无非觉醒者多，加些人力，便危机可望较少就是了。

但既如上言，中国家庭，实际久已崩溃，并不如“圣人之徒”纸上的空谈，则何以至今依然如故，一无进步呢？这事很容易解答。第一，崩溃者自崩溃，纠缠者自纠缠，设立者又自设立；毫无戒心，也不想到改革，所以如故。第二，以前的家庭中间，本来常有勃谿，到了新名词流行之后，便都改称“革命”，然而其实也仍是讨嫖钱至于相骂，要赌本至于相打之类，与觉醒者的改革，截然两途。这一类自称“革命”的勃谿子弟，纯属旧式，待到自己有了子女，也决不解放；或者毫不管理，或者反要寻出《孝经》，勒令诵读，想他们“学于古训”，都做牺牲。这只能全归旧道德旧习惯旧方法负责，生物学的真理决不能妄任其咎。

既如上言，生物为要进化，应该继续生命，那便“不孝有三无后为大”，三妻四妾，也极合理了。这事也很容易解答。人类因为无后，绝了将来的生命，虽然不幸，但若用不正当的方法手段，苟延生命而害及人群，便该比一人无后，尤其“不孝”。因为现在的社会，一夫一妻制最为合理，而多妻主义，实能使人群堕落。堕落近于退化，与继续生命的目的，恰恰完全相反。无后只是灭绝了自己，退化状态的有后，便会毁到他人。人类总有些为他人牺牲自己的精神；而况生物自发生以来，交互关联，一人的血统，大抵总与他人有多少关系，不会完全灭绝。所以生物学的真理，决非多妻主义的护符。

总而言之，觉醒的父母，完全应该是义务的，利他的，牺牲的，很不易做；而在中国尤不易做。中国觉醒的人，为想随顺长者解放幼者，便须一面清结旧账，一面开辟新路。就是开首所说的“自己背着因袭的重担，肩住了黑暗的闸门，放他们到宽阔光明的地方去；此后幸福的度日，合理的做人。”这是一件极伟大的要紧的事，也是一件极困苦艰难的事。

但世间又有一类长者，不但不肯解放子女，并且不准子女解放他们自己的子女；就是并要孙子曾孙都做无谓的牺牲。这也是一个问题；而我是愿意平和的人，所以对于这问题，现在不能解答。

一九一九年十月

宋民间之所谓小说及其后来

宋代行于民间的小说，与历来史家所著录者很不同，当时并非文辞，而为属于技艺的“说话”之一种。

说话者，未详始于何时，但据故书，可以知道唐时则已有。段成式（《酉阳杂俎续集》四《贬误》）云：

“予太和末因弟生日观杂戏，有市人小说，呼扁鹊作褊鹊字，上声。予令任道昇字正之。市人言‘二十年前尝于上都斋会设此，有一秀才甚赏某呼扁字与褊同声，云世人皆误。”

其详细虽难晓，但因此已足以推见数端：一小说为杂戏中之一种，二由于市人之口述，三在庆祝及斋会时用之。而郎瑛（《七修类藁》二十二）所谓“小说起宋仁宗，盖时太平盛久，国家闲暇，日欲进一奇怪之事以娱之，故小说‘得胜头回’之后，即云话说赵宋某年”者，亦即由此分明证实，不过一种无稽之谈罢了。

到宋朝，小说的情形乃始比较的可以知道详细。孟元老在南渡之后，追怀汴梁盛况，作《东京梦华录》，于“京瓦技艺”条下有当时说话的分目，为小说，合生，说诨话，说三分，说《五代史》等。而操此等职业者则称为“说话人”。

高宗既定都临安，更历孝光两朝，汴梁式的文物渐已遍满都下，伎艺人也一律完备了。关于说话的记载，在故书中也更详尽，端平年间的著作有灌园耐得翁《都城纪胜》，元初的著作有吴自牧《梦粱录》及周密《武林旧事》，都更详细的有说话的分科：

《都城纪胜》	《梦粱录》（二十）
说话有四家：	说话者，谓之舌辩，虽有四家数，各有门庭：
一者小说，谓之银字儿，如烟粉灵怪传奇；说公案，皆是搏刀赶棒及发迹变态之事；说铁骑儿，谓士马金鼓之事。	且小说，名银字儿，如烟粉灵怪传奇；公案，朴刀杆棒发发踪参（案此四字当有误）之事。……谈论古今，如水之流。
说经，谓演说佛书；说参请，谓宾主参禅悟道等事。	谈经者，谓演说佛书；说参请者，谓宾主参禅悟道等事。……又有说诨经者。
讲史书，讲说前代书史文传兴废争战之事。……	讲史书者，谓讲说《通鉴》汉唐历代书史文传兴废争战之事。
合生，与起令随令相似，各占一事。	合生，与起今随今相似，各占一事也。

但周密所记者又小异，为演史，说经诨经，小说，说诨话；而无合生。唐中宗时，武平一上书言“比来妖伎胡人，街童市子，或言妃主情貌，或列王公名质，咏歌蹈舞，号曰合生。”（《新唐书》一百十九）则合生实始于唐，且用诨词戏谑，或者也就是说诨话；惟至宋当又稍有迁变，今未详。起今随今之“今”，《都城纪胜》作“令”，明抄本《说郛》中之《古杭梦游录》又作起令随合，何者为是，亦未详。

据耐得翁及吴自牧说，是说话之一科的小说，又因内容之不同而分为三子目：

1. 银字儿　所说者为烟粉（烟花粉黛），灵怪（神仙鬼怪），传奇（离合悲欢）等。

2. 说公案　所说者为搏刀赶棒（拳勇），发迹变态（遇合）之事。

3. 说铁骑儿　所说者为士马金鼓（战争）之事。

惟有小说，是说话中最难的一科，所以说话人“最畏小说，盖小说者，能讲一朝一代故事，顷刻间提破”（《都城纪胜》云；《梦粱录》同，惟“提破”作“捏合”），非同讲史，易于铺张；而且又须有“谈论古今，如水之流”的口辩。然而在临安也不乏讲小说的高手，吴自牧所记有谭淡子等六人，周密所记有蔡和等五十二人，其中也有女流，如陈郎娘枣儿，史蕙英。

临安的文士佛徒多有集会；瓦舍的技艺人也多有，其主意大约是在于磨炼技术的。小说专家所立的社会，名曰雄辩社。（《武林旧事》三）

元人杂剧虽然早经销歇，但尚有流传的曲本，来示人以大概的情形。宋人的小说也一样，也幸而借了“话本”偶有留遗，使现在还可以约略想见当时瓦舍中说话的模样。

其话本曰《京本通俗小说》，全书不知凡几卷，现在所见的只有残本，经江阴缪氏影刻，是卷十至十六的七卷，先曾单行，后来就收在《烟画东堂小品》之内了。还有一卷是叙金海陵王的秽行的，或者因为文笔过于碍眼了吧，缪氏没有刻，然而仍有郎园的改换名目的排印本；郎园是长沙叶德辉的园名。

刻本七卷中所收小说的篇目以及故事发生的年代如下列：

卷十	碾玉观音	“绍兴年间。”
十一	菩萨蛮	“大宋高宗绍兴年间。”
十二	西山一窟鬼	“绍兴十年间。”
十三	志诚张主管	无年代，但云东京汴州开封事。
十四	拗相公	“先朝。”
十五	错斩崔宁	“高宗时。”
十六	冯玉梅团圆	“建炎四年。”

每题俱是一全篇，自为起讫，并不相连贯。钱曾《也是园书目》（十）著录的“宋人词话”十六种中，有《错斩崔宁》与《冯玉梅团圆》两种，可知旧刻又有单篇本，而《通俗小说》即是若干单篇本的结集，并非一手所成。至于所说故事发生的时代，则多在南宋之初；北宋已少，何况汉唐。又可知小说取材，须在近时；因为演说古事，范围即属讲史，虽说小说家亦复“谈论古今，如水之流”，但其谈古当是引证及装点，而非小说的本文。如

《拗相公》开首虽说王莽，但主意却只在引出王安石，即其例。

七篇中开首即入正文者只有《菩萨蛮》；其余六篇则当讲说之前，俱先引诗词或别的事实，就是“先引下一个故事来，权做个‘得胜头回’。”（本书十五）“头回”当即冒头的一回之意，“得胜”是吉语，瓦舍为军民所聚，自然也不免以利市语说之，未必因为进御才如此。

“得胜头回”略有定法，可说者凡四：

1. 以略相关涉的诗词引起本文。如卷十用《春词》十一首引起延安郡王游春；卷十二用士人沈文述的词逐句解释，引起遇鬼的士人皆是。

2. 以相类之事引起本文。如卷十四以王莽引起王安石是。

3. 以较逊之事引起本文。如卷十五以魏生因戏言落职，引起刘贵因戏言遇大祸；卷十六以“交互姻缘”转入“双镜重圆”而“有关风化，到还胜似几倍”皆是。

4. 以相反之事引起本文。如卷十三以王处厚照镜见白发的词有知足之意，引起不伏老的张士廉以晚年娶妻破家是。

而这四种定法，也就牢笼了后来的许多拟作了。

在日本还传有中国旧刻的《大唐三藏取经记》三卷，共十七章，章必有诗；别一小本则题曰《大唐三藏取经诗话》。《也是园书目》将《错斩崔宁》及《冯玉梅团圆》归入“宋人词话”门，或者此类话本，有时亦称词话：就是小说的别名。《通俗小说》每篇引用诗词之多，实远过于讲史（《五代史平话》《三国志传》《水浒传》等），开篇引首，中间铺叙与证明，临末断结咏叹，无不征引诗词，似乎此举也就是小说的一样必要条件。引诗为证，在中国本是起源很古的，汉韩婴的《诗外传》，刘向的《列女传》，皆早经引《诗》以证杂说及故事，但未必与宋小说直接相关；只是“借古语以为重”的精神，则虽说汉之与宋，学士之与市人，时候学问，皆极相违，而实有一致的处所。唐人小说中也多半有诗，即使妖魔鬼怪，也每能互相酬和，或者做几句即兴诗，此等风雅举动，则与宋市人小说不无关涉，但因为宋小说多是市井间事，人物少有物魅及诗人，于是自不得不由吟咏而变为引证，使事状虽殊，而诗气不脱；吴自牧记讲史高手，为“讲得字真不俗，记问渊源甚广”（《梦粱录》二十），即可移来解释小说之所以多用诗词的缘故的。

由上文推断，则宋市人小说的必要条件大约有三：

1. 须讲近世事；

2. 什九须有“得胜头回”；

3. 须引证诗词。

宋民间之所谓小说的话本，除《京本通俗小说》之外，今尚未见有第二种。《大唐三藏取经诗话》是极拙的拟话本，并且应属于讲史。《大宋宣和遗事》钱曾虽列入“宋人词话”中，而其实也是拟作的讲史，惟因其系钞撮十种书籍而成，所以也许含有小说分子在内。

然而在《通俗小说》未经翻刻以前，宋代的市人小说也未尝断绝；他间或改了名目，夹杂着后人拟作而流传。那些拟作，则大抵出于明朝人，似宋人话本当时留存尚多，所以拟作的精神形式虽然也有变更，而大体仍然无异。

以下是所知道的几部书：

1. 《喻世明言》。未见。

2. 《警世通言》。未见。王士禛云：“《警世通言》有《拗相公》一篇，述王安石吧相归金陵事，极快人意，乃因卢多逊谪岭南事而稍附益之。”（《香祖笔记》十）《拗相公》见《通俗小说》卷十四，是《通言》必含有宋市人小说。

3. 《醒世恒言》。四十卷，共三十九事；不题作者姓名。前有天启丁卯（1627 年）陇西可一居士序云：“六经国史而外，凡著述皆小说也，而尚理或病于艰深，修词或伤于藻绘，则不足以触里耳而振恒心，此《醒世恒言》所以继《明言》《通言》而作也。……”因知三言之内，最后出的是《恒言》。所说者汉二事，隋三事，唐八事，宋十一事，明十五事。其中隋唐故事，多采自唐人小说，故唐人小说在元既已侵入杂剧及传奇，至明又侵入了话本；然而悬想古事，不易了然，所以逊于叙述明朝故事的十余篇远甚了。宋事有三篇像拟作，七篇（《卖油郎独占花魁》《灌园叟晚逢仙女》《乔太守乱点鸳鸯谱》《勘皮靴单证二郎神》《闹樊楼多情周胜仙》《吴衙内邻舟赴约》《郑节使立功神臂弓》）疑出自宋人话本，而一篇（《十五贯戏言成巧祸》）则即是《通俗小说》卷十五的《错斩崔宁》。

松禅老人序《今古奇观》云:“墨憨斋增补《平妖》,穷工极变,不失本来。……至所纂《喻世》《醒世》《警世》三言,极摹人情世态之歧,备写悲欢离合之致。……”是纂三言与补《平妖》者为一人。明本《三遂平妖传》有张无咎序,云“兹刻回数倍前,盖吾友龙子犹所补也”。而首叶则题“冯犹龙先生增定”。可知三言亦冯犹龙作,而龙子犹乃其游戏笔墨时的隐名。

冯犹龙名梦龙,长洲人(《曲品》作吴县人),由贡生拔授寿宁知县,有《七乐斋稿》;然而朱彝尊以为“善为启颜之辞,时入打油之调,不得为诗家”。(《明诗综》七十一)盖冯犹龙所擅长的是词曲,既作《双雄记传奇》,又刻《墨憨斋传奇定本十种》,多取时人名曲,再加删订,颇为当时所称;而其中的《万事足》《风流梦》《新灌园》是自作。他又极有意于稗说,所以在小说则纂《喻世》《警世》《醒世》三言,在讲史则增补《三遂平妖传》。

4.《拍案惊奇》。三十六卷;每卷一事,唐六,宋六,元四,明二十。前有即空观主人序云:“龙子犹氏所辑《喻世》等书,颇存雅道,时著良规,复取古今来杂碎事,可新听睹,佐谈谐者,演而畅之,得若干卷。……”则仿佛此书也是冯犹龙作。然而叙述平板,引证贫辛,“头回”与正文“捏合”不灵,有时如两大段;冯犹龙是“文苑之滑稽”,似乎不至于此。同时的松禅老人也不信,故其序《今古奇观》,于叙墨憨斋编纂三言之下,则云“即空观主人壶矢代兴,爰有《拍案惊奇》之刻,颇费搜获,足供谈麈”了。

5.《今古奇观》。四十卷;每卷一事。这是一部选本,有姑苏松禅老人序,云是抱瓮老人由《喻世》《醒世》《警世》三言及《拍案惊奇》中选刻而成。所选的出于《醒世恒言》者十一篇(第一,二,七,八,十五,十六,十七,二十五,二十六,二十七,二十八回),疑为宋人旧话本之《卖油郎》《灌园叟》《乔太守》在内;而《十五贯》落了选。出于《拍案惊奇》者七篇(第九,十,十八,二十九,三十七,三十九,四十回)。其余二十二篇,当然是出于《喻世明言》及《警世通言》的了,所以现在借了易得的《今古奇观》,还可以推见那希觏的《明言》《通言》的大概。其中还有比汉更古的故事,如俞伯牙,庄子休及羊角哀皆是。但所选并不定佳,大约因为两篇的题目须字字相对，所以去取之间，也就很受了束缚了。

6.《今古奇闻》。二十二卷；每卷一事。前署东壁山房主人编次，也不知是何人。书中提及“发逆”，则当是清咸丰或同治初年的著作。日本有翻刻，王寅（字冶梅）到日本去卖画，又翻回中国来，有光绪十七年序，现在印行的都出于此本。这也是一部选集，其中取《醒世恒言》者四篇（卷一，二，六，十八），《十五贯》也在内，可惜删落了“得胜头回”；取《西湖佳话》者一篇（卷十）；余未详，篇末多有自怡轩主人评语，大约是别一种小说的话本，然而笔墨拙涩，尚且及不到《拍案惊奇》。

7.《续今古奇观》。三十卷；每卷一回。无编者名，亦无印行年月，然大约当在同治末或光绪初。同治七年，江苏巡抚丁日昌严禁淫词小说，《拍案惊奇》也在内，想来其时市上遂难得，于是《拍案惊奇》即小加删改，化为《续今古奇观》而出，依然流行世间。但除去了《今古奇观》所已采的七篇，而加上《今古奇闻》中的一篇（《康友仁轻财重义得科名》），改立题目，以足三十卷的整数。

此外，明人拟作的小说也还有，如杭人周楫的《西湖二集》三十四卷，东鲁古狂生的《醉醒石》十五卷皆是。但都与几经选刻，辗转流传的本子无关，故不复论。

一九二三年十一月

娜拉走后怎样

——一九二三年十二月二十六日在北京女子高等师范学校文艺会讲

我今天要讲的是“娜拉走后怎样?”

伊孛生是十九世纪后半的瑙威的一个文人。他的著作，除了几十首诗之外，其余都是剧本。这些剧本里面，有一时期是大抵含有社会问题的，世间也称作“社会剧”，其中有一篇就是《娜拉》。

《娜拉》一名 Ein Puppenheim，中国译作《傀儡家庭》。但 Puppe 不单是牵线的傀儡，孩子抱着玩的人形也是；引申开去，别人怎么指挥，他便怎么做的人也是。娜拉当初是满足地生活在所谓幸福的家庭里的，但是她竟觉悟了：自己是丈夫的傀儡，孩子们又是她的傀儡。她于是走了，只听得关门声，接着就是闭幕。这想来大家都知道，不必细说了。

娜拉要怎样才不走呢？或者说伊孛生自己有解答，就是（Die Frau Vom Meev），《海的女人》，中国有人译作《海上夫人》的。这女人是已经结婚的了，然而先前有一个爱人在海的彼岸，一日突然寻来，叫她一同去。她便告知她的丈夫，要和那外来人会面。临末，她的丈夫说，“现在放你完全自由。(走与不走) 你能够自己选择，并且还要自己负责任。”于是什么事全都改变，她就不走了。这样看来，娜拉倘也得到这样的自由，或者也便可以安住。

但娜拉毕竟是走了的。走了以后怎样？伊孛生并无解答；而且他已经死了。即使不死，他也不负解答的责任。因为伊孛生是在做诗，不是为社会提出问题来而且代为解答。就如黄莺一样，因为他自己要歌唱，所以他歌唱，不是要唱给人们听得有趣，有益。伊孛生是很不通世故的，相传在许多妇女们一同招待他的筵宴上，代表者起来致谢他作了《傀儡家庭》，将女性的自觉，解放这些事，给人心以新的启示的时候，他却答道，“我写那篇却并不是这意思，我不过是作诗。”

娜拉走后怎样？——别人可是也发表过意见的。一个英国人曾作一篇戏剧，说一个新式的女子走出家庭，再也没有路走，终于堕落，进了妓院了。还有一个中国人——我称他什么呢？上海的文学家吧——说他所见的《娜拉》是和现译本不同，娜拉终于回来了。这样的本子可惜没有第二人看见，除非是伊孛生自己寄给他的。但从事理上推想起来，娜拉或者也实在只有两条路：不是堕落，就是回来。因为如果是一匹小鸟，则笼子里固然不自由，而一出笼门，外面便又有鹰，有猫，以及别的什么东西之类；倘使已经关得麻痹了翅子，忘却了飞翔，也诚然是无路可以走。还有一条，就是饿死了，但饿死已经离开了生活，更无所谓问题，所以也不是什么路。

人生最苦痛的是梦醒了无路可以走。做梦的人是幸福的；倘没有看出可走的路，最要紧的是不要去惊醒他。你看，唐朝的诗人李贺，不是困顿了一世的么？而他临死的时候，却对他的母亲说，“阿妈，上帝造成了白玉楼，叫我做文章落成去了。”这岂非明明是一个诳，一个梦？然而一个小的和一个老的，一个死的和一个活的，死的高兴地死去，活的放心地活着。说诳和做梦，在这些时候便见得伟大。所以我想，假使寻不出路，我们所要的倒是梦。

但是，万不可做将来的梦。阿尔志跋绥夫曾经借了他所做的小说，质问过梦想将来的黄金世界的理想家，因为要造那世界，先唤起许多人们来受苦。他说，“你们将黄金世界预约给他们的子孙了，可是有什么给他们自己呢?”有是有的，就是将来的希望。但代价也太大了，为了这希望，要使人练敏了感觉来更深切地感到自己的苦痛，叫起灵魂来目睹他自己的腐烂的尸骸。惟有说诳和做梦，这些时候便见得伟大。所以我想，假使寻不出路，我们所要的就是梦；但不要将来的梦，只要目前的梦。

然而娜拉既然醒了，是很不容易回到梦境的，因此只得走；可是走了以后，有时却也免不掉堕落或回来。否则，就得问：她除了觉醒的心以外，还带了什么去？倘只有一条像诸君一样的紫红的绒绳的围巾，那可是无论宽到二尺或三尺，也完全是不中用。她还须更富有，提包里有准备，直白地说，就是要有钱。

梦是好的；否则，钱是要紧的。

钱这个字很难听，或者要被高尚的君子们所非笑，但我总觉得人们的议论是不但昨天和今天，即使饭前和饭后，也往往有些差别。凡承认饭需钱买，而以说钱为卑鄙者，倘能按一按他的胃，那里面怕总还有鱼肉没有消化完，须得饿他一天之后，再来听他发议论。

所以为娜拉计，钱，——高雅的说吧，就是经济，是最要紧的了。自由固不是钱所能买到的，但能够为钱而卖掉。人类有一个大缺点，就是常常要饥饿。为补救这缺点起见，为准备不做傀儡起见，在目下的社会里，经济权就见得最要紧了。第一，在家应该先获得男女平均的分配；第二，在社会应该获得男女相等的势力。可惜我不知道这权柄如何取得，单知道仍然要战斗；或者也许比要求参政权更要用剧烈的战斗。

要求经济权固然是很平凡的事，然而也许比要求高尚的参政权以及博大的女子解放之类更烦难。天下事尽有小作为比大作为更烦难的。譬如现在似的冬天，我们只有这一件棉袄，然而必须救助一个将要冻死的苦人，否则便须坐在菩提树下冥想普度一切人类的方法去。普度一切人类和救活一人，大小实在相去太远了，然而倘叫我挑选，我就立刻到菩提树下去坐着，因为免得脱下唯一的棉袄来冻杀自己。所以在家里说要参政权，是不至于大遭反对的，一说到经济的平匀分配，或不免面前就遇见敌人，这就当然要有剧烈的战斗。

战斗不算好事情，我们也不能责成人人都是战士，那么，平和的方法也就可贵了，这就是将来利用了亲权来解放自己的子女。中国的亲权是无上的，那时候，就可以将财产平匀地分配子女们，使他们平和而没有冲突地都得到相等的经济权，此后或者去读书，或者去生发，或者为自己去享用，或者为社会去做事，或者去花完，都请便，自己负责任。这虽然也是颇远的梦，可是比黄金世界的梦近得不少了。但第一需要记性。记性不佳，是有益于己而有害于子孙的。人们因为能忘却，所以自己能渐渐地脱离了受过的苦痛，也因为能忘却，所以往往照样地再犯前人的错误。被虐待的儿媳做了婆婆，仍然虐待儿媳；嫌恶学生的官吏，每是先前痛骂官吏的学生；现在压迫子女的，有时也就是十年前的家庭革命者。这也许与年龄和地位都有关系吧，但记性不佳也是一个很大的原因。经济法就是各人去买一本 Note - book 来，将自己现在的思想举动都记上，作为将来年龄和地位都改变了之后的参考。假如憎恶孩子要到公园去的时候，取来一翻，看见上面有一条道，“我想到中央公园去”，那就即刻心平气和了。别的事也一样。

世间有一种无赖精神，那要义就是韧性。听说拳匪乱后，天津的青皮，就是所谓无赖者很跋扈，譬如给人搬一件行李，他就要两元，对他说这行李小，他说要两元，对他说道路近，他说要两元，对他说不要搬了，他说也仍然要两元。青皮固然是不足为法的，而那韧性却大可以佩服。要求经济权也一样，有人说这事情太陈腐了，就答道要经济权；说是太卑鄙了，就答道要经济权；说是经济制度就要改变了，用不着再操心，也仍然答道要经济权。

其实，在现在，一个娜拉的出走，或者也许不至于感到困难的，因为这人物很特别，举动也新鲜，能得到若干人们的同情，帮助着生活。生活在人们的同情之下，已经是不自由了，然而倘有一百个娜拉出走，便连同情也减少，有一千一万个出走，就得到厌恶了，断不如自己握着经济权之为可靠。

在经济方面得到自由，就不是傀儡了么？也还是傀儡。无非被人所牵的事可以减少，而自己能牵的傀儡可以增多罢了。因为在现在的社会里，不但女人常作男人的傀儡，就是男人和男人，女人和女人，也相互地作傀儡，男人也常作女人的傀儡，这决不是几个女人取得经济权所能救的。但人不能饿着静候理想世界的到来，至少也得留一点残喘，正如涸辙之鲋，急谋升斗之水一样，就要这较为切近的经济权，一面再想别的法。

如果经济制度竟改革了，那上文当然完全是废话。

然而上文，是又将娜拉当作一个普通的人物而说的，假使她很特别，自己情愿闯出去做牺牲，那就又另是一回事。我们无权去劝诱人做牺牲，也无权去阻止人做牺牲。况且世上也尽有乐于牺牲，乐于受苦的人物。欧洲有一个传说，耶稣去钉十字架时，休息在 Ahasvar 的檐下，Ahasvar 不准他，于是被了咒诅，使他永世不得休息，直到末日裁判的时候。Ahasvar 从此就歇不下，只是走，现在还在走。走是苦的，安息是乐的，他何以不安息呢？虽说背着咒诅，可是大约总该是觉得走比安息还适意，所以始终狂走的吧。

只是这牺牲的适意是属于自己的，与志士们之所谓为社会者无涉。群众——尤其是中国的——永远是戏剧的看客。牺牲上场，如果显得慷慨，他们就看了悲壮剧；如果显得觳觫，他们就看了滑稽剧。北京的羊肉铺前常有几个人张着嘴看剥羊，仿佛颇愉快，人的牺牲能给予他们的益处，也不过如此。而况事后走不几步，他们并这一点愉快也就忘却了。

对于这样的群众没有法，只好使他们无戏可看倒是疗救，正无需乎震骇一时的牺牲，不如深沉的韧性的战斗。

可惜中国太难改变了，即使搬动一张桌子，改装一个火炉，几乎也要血；而且即使有了血，也未必一定能搬动，能改装。不是很大的鞭子打在背上，中国自己是不肯动弹的。我想这鞭子总要来，好坏是别一问题，然而总要打到的。但是从哪里来，怎么地来，我也是不能确切地知道。

我这讲演也就此完结了。

未有天才之前

——一九二四年一月十七日

在北京师范大学附属中学校友会讲

我自己觉得我的讲话不能使诸君有益或者有趣，因为我实在不知道什么事，但推托拖延得太长久了，所以终于不能不到这里来说几句。

我看现在许多人对于文艺界的要求的呼声之中，要求天才的产生也可以算是很盛大的了，这显然可以反证两件事：一是中国现在没有一个天才，二是大家对于现在的艺术的厌薄。天才究竟有没有？也许有着吧，然而我们和别人都没有见。倘使据了见闻，就可以说没有；不但天才，还有使天才得以生长的民众。

天才并不是自生自长在深林荒野里的怪物，是由可以使天才生长的民众产生，长育出来的，所以没有这种民众，就没有天才。有一回拿破仑过 Alps 山，说，“我比 Alps 山还要高！”这何等英伟，然而不要忘记他后面跟着许多兵；倘没有兵，那只有被山那面的敌人捉住或者赶回，他的举动，言语，都离了英雄的界线，要归入疯子一类了。所以我想，在要求天才的产生之前，应该先要求可以使天才生长的民众。——譬如想有乔木，想看好花，一定要有好土；没有土，便没有花木了；所以土实在较花木还重要。花木非有土不可，正同拿破仑非有好兵不可一样。

然而现在社会上的论调和趋势，一面固然要求天才，一面却要他灭亡，连预备的土也想扫尽。举出几样来说：

其一就是“整理国故”。自从新思潮来到中国以后，其实何尝有力，而一群老头子，还有少年，却已丧魂失魄的来讲国故了，他们说，“中国自有许多好东西，都不整理保存，倒去求新，正如放弃祖宗遗产一样不肖”。抬出祖宗来说法，那自然是极威严的，然而我总不信在旧马褂未曾洗净叠好之前，便不能做一件新马褂。就现状而言，做事本来还随各人的自便，老先生要整理国故，当然不妨去埋在南窗下读死书，至于青年，却自有他们的活学问和新艺术，各干各事，也还没有大妨害的，但若拿了这面旗子来号召，那就是要中国永远与世界隔绝了。倘以为大家非此不可，那更是荒谬绝伦！我们和古董商人谈天，他自然总称赞他的古董如何好，然而他决不痛骂画家，农夫，工匠等类，说是忘记了祖宗：他实在比许多国学家聪明得远。

其一是“崇拜创作”。从表面上看来，似乎这和要求天才的步调很相合，其实不然。那精神中，很含有排斥外来思想，异域情调的分子，所以也就是可以使中国和世界潮流隔绝的。许多人对于托尔斯泰，都介涅夫，陀思妥耶夫斯基的名字，已经厌听了，然而他们的著作，有什么译到中国来？眼光囚在一国里，听谈彼得和约翰就生厌，定须张三李四才行，于是创作家出来了，从实说，好的也离不了刺取点外国作品的技术和神情，文笔或者漂亮，思想往往赶不上翻译品，甚者还要加上些传统思想，使他适合于中国人的老脾气，而读者却已为他所牢笼了，于是眼界便渐渐的狭小，几乎要缩进旧圈套里去。作者和读者互相为因果，排斥异流，抬上国粹，哪里会有天才产生？即使产生了，也是活不下去的。

这样的风气的民众是灰尘，不是泥土，在他这里长不出好花和乔木来！

还有一样是恶意的批评。大家的要求批评家的出现，也由来已久了，到目下就出了许多批评家。可惜他们之中很有不少是不平家，不像批评家，作品才到面前，便恨恨地磨墨，立刻写出很高明的结论道，“唉，幼稚得很。中国要天才！”到后来，连并非批评家也这样叫喊了，他是听来的。其实即使天才，在生下来的时候的第一声啼哭，也和平常的儿童的一样，决不会就是一首好诗。因为幼稚，当头加以戕贼，也可以萎死的。我亲见几个作者，都被他们骂得寒噤了。那些作者大约自然不是天才，然而我的希望是便是常人也留着。

恶意的批评家在嫩苗的地上驰马，那当然是十分快意的事；然而遭殃的是嫩苗——平常的苗和天才的苗。幼稚对于老成，有如孩子对于老人，决没有什么耻辱；作品也一样，起初幼稚，不算耻辱的。因为倘不遭了戕贼，他就会生长，成熟，老成；独有老衰和腐败，倒是无药可救的事！我以为幼稚的人，或是老大的人，如有幼稚的心，就说幼稚的话，只为自己要说而说，说出之后，至多到印出之后，自己的事就完了，对于无论打着什么旗子的批评，都可以置之不理的！

就是在座的诸君，料来也十之九愿有天才的产生吧，然而情形是这样，不但产生天才难，单是有培养天才的泥土也难。我想，天才大半是天赋的；独有这培养天才的泥土，似乎大家都可以做。做土的功效，比要求天才还切近；否则，纵有成千成百的天才，也因为没有泥土，不能发达，要像一碟子绿豆芽。

做土要扩大了精神，就是收纳新潮，脱离旧套，能够容纳，了解那将来产生的天才；又要不怕做小事业，就是能创作的自然是创作，否则翻译，介绍，欣赏，读，看，消闲都可以。以文艺来消闲，说来似乎有些可笑，但究竟较胜于戕贼他。

泥土和天才比，当然是不足齿数的，然而不是坚苦卓绝者，也怕不容易做；不过事在人为，比空等天赋的天才有把握。这一点，是泥土的伟大的地方，也是反有大希望的地方。而且也有报酬，譬如好花从泥土里出来，看的人固然欣然的赏鉴，泥土也可以欣然的赏鉴，正不必花卉自身，这才心旷神怡的——假如当作泥土也有灵魂的说。

论雷峰塔的倒掉

听说，杭州西湖上的雷峰塔倒掉了，听说而已，我没有亲见。但我却见过未倒的雷峰塔，破破烂烂的映掩于湖光山色之间，落山的太阳照着这些四近的地方，就是“雷峰夕照”，西湖十景之一。“雷峰夕照”的真景我也见过，并不见佳，我以为。

然而一切西湖胜迹的名目之中，我知道得最早的却是这雷峰塔。我的祖母曾经常常对我说，白蛇娘娘就被压在这塔底下。有个叫作许仙的人救了两条蛇，一青一白，后来白蛇便化作女人来报恩，嫁给许仙了；青蛇化作丫鬟，也跟着。一个和尚，法海禅师，得道的禅师，看见许仙脸上有妖气——凡讨妖怪做老婆的人，脸上就有妖气的，但只有非凡的人才看得出——便将他藏在金山寺的法座后，白蛇娘娘来寻夫，于是就“水满金山”。我的祖母讲起来还要有趣得多，大约是出于一部弹词叫作《义妖传》里的，但我没有看过这部书，所以也不知道“许仙”“法海”究竟是否这样写。总而言之，白蛇娘娘终于中了法海的计策，被装在一个小小的钵盂里了。钵盂埋在地里，上面还造起一座镇压的塔来，这就是雷峰塔。此后似乎事情还很多，如“白状元祭塔”之类，但我现在都忘记了。

那时我唯一的希望，就在这雷峰塔的倒掉。后来我长大了，到杭州，看见这破破烂烂的塔，心里就不舒服。后来我看看书，说杭州人又叫这塔作保俶塔，其实应该写作“保叔塔”，是钱王的儿子造的。那么，里面当然没有白蛇娘娘了，然而我心里仍然不舒服，仍然希望他倒掉。

现在，他居然倒掉了，则普天之下的人民，其欣喜为何如？这是有事实可证的。试到吴越的山间海滨，探听民意去。凡有田夫野老，蚕妇村氓，除了几个脑髓里有点贵恙的之外，可有谁不为白娘娘抱不平，不怪法海太多事的？

和尚本应该只管自己念经。白蛇自迷许仙，许仙自娶妖怪，和别人有什么相干呢？他偏要放下经卷，横来招是搬非，大约是怀着嫉妒吧——那简直是一定的。

听说，后来玉皇大帝也就怪法海多事，以致荼毒生灵，想要拿办他了。他逃来逃去，终于逃在蟹壳里避祸，不敢再出来，到现在还如此。我对于玉皇大帝所做的事，腹诽的非常多，独于这一件却很满意，因为"水满金山"一案，的确应该由法海负责；他实在办得很不错的。只可惜我那时没有打听这话的出处，或者不在《义妖传》中，却是民间的传说吧。

秋高稻熟时节，吴越间所多的是螃蟹，煮到通红之后，无论取哪一只，揭开背壳来，里面就有黄，有膏；倘是雌的，就有石榴子一般鲜红的子。先将这些吃完，即一定露出一个圆锥形的薄膜，再用小刀小心地沿着锥底切下，取出，翻转，使里面向外，只要不破，便变成一个罗汉模样的东西，有头脸，身子，是坐着的，我们那里的小孩子都称他"蟹和尚"，就是躲在里面避难的法海。

当初，白蛇娘娘压在塔底下，法海禅师躲在蟹壳里。现在却只有这位老禅师独自静坐了，非到螃蟹断种的那一天为止出不来。莫非他造塔的时候，竟没有想到塔是终究要倒的么？

活该。

一九二四年十月二十八日

说胡须

今年夏天游了一回长安，一个多月之后，糊里糊涂的回来了。知道的朋友便问我："你以为那边怎样？"我这才栗然地回想长安，记得看见很多的白杨，很大的石榴树，道中喝了不少的黄河水。然而这些又有什么可谈呢？我于是说："没有什么怎样。"他于是废然而去了，我仍旧废然而住，自愧无以对"不耻下问"的朋友们。

今天喝茶之后，便看书，书上沾了一点水，我知道上唇的胡须又长起来了。假如翻一翻《康熙字典》，上唇的，下唇的，颊旁的，下巴上的各种胡须，大约都有特别的名号谥法的吧，然而我没有这样闲情别致。总之是这胡子又长起来了，我又要照例的剪短他，先免得沾汤带水。于是寻出镜子，剪刀，动手就剪，其目的是在使他和上唇的上缘平齐，成一个隶书的一字。

我一面剪，一面却忽而记起长安，记起我的青年时代，发出连绵不断的感慨来。长安的事，已经不很记得清楚了，大约确乎是游历孔庙的时候，其中有一间房子，挂着许多印画，有李二曲像，有历代帝王像，其中有一张是宋太祖或是什么宗，我也记不清楚了，总之是穿一件长袍，而胡子向上翘起的。于是一位名士就毅然决然地说："这都是日本人假造的，你看这胡子就是日本式的胡子。"

诚然，他们的胡子确乎如此翘上，他们也未必不假造宋太祖或什么宗的画像，但假造中国皇帝的肖像而必须对了镜子，以自己的胡子为法式，则其手段和思想之离奇，真可谓"出乎意表之外"了。清乾隆中，黄易掘出汉武梁祠石刻画像来，男子的胡须多翘上；我们现在所见北魏至唐的佛教造像中的信士像，凡有胡子的也多翘上，直到元明的画像，则胡子大抵受了地心的吸力作用，向下面拖下去了。日本人何其不惮烦，孳孳汲汲地造了这许多从汉到唐的假古董，来埋在中国的齐鲁燕晋秦陇巴蜀的深山邃谷废墟荒地里？

我以为拖下的胡子倒是蒙古式，是蒙古人带来的，然而我们的聪明的名士却当作国粹了。留学日本的学生因为恨日本，便神往于大元，说道“那时倘非天幸，这岛国早被我们灭掉了！”则认拖下的胡子为国粹亦无不可。然而又何以是黄帝的子孙？又何以说台湾人在福建打中国人是奴隶根性？

我当时就想争辩，但我即刻又不想争辩了。留学德国的爱国者 X 君——因为我忘记了他的名字，姑且以 X 代之——不是说我的毁谤中国，是因为娶了日本女人，所以替他们宣传本国的坏处么？我先前不过单举几样中国的缺点，尚且要带累“贱内”改了国籍，何况现在是有关日本的问题？好在即使宋太祖或什么宗的胡子蒙些不白之冤，也不至于就有洪水，就有地震，有什么大相干。我于是连连点头，说道：“嗡，嗡，对啦。”因为我实在比先前似乎油滑得多了——好了。

我剪下自己的胡子的左尖端毕，想，陕西人费心劳力，备饭化钱，用汽车载，用船装，用骡车拉，用自动车装，请到长安去讲演，大约万料不到我是一个虽对于决无杀身之祸的小事情，也不肯直抒自己的意见，只会“嗡，嗡，对啦”的吧。他们简直是受了骗了。

我再向着镜子的自己的脸，看定右嘴角，剪下胡子的右尖端，撒在地上，想起我的青年时代来——

那已经是老话，约有十六七年了吧。

我就从日本回到故乡来，嘴上就留着宋太祖或什么宗似的向上翘起的胡子，坐在小船里，和船夫谈天。

“先生，你的中国话说得真好。”后来，他说。

“我是中国人，而且和你是同乡，怎么会……”

“哈哈哈，你这位先生还会说笑话。”

记得我那时的没奈何，确乎比看见 X 君的通信要超过十倍。我那时随身并没有带着家谱，确乎不能证明我是中国人。即使带着家谱，而上面只有一个名字，并无画像，也不能证明这名字就是我。即使有画像，日本人会假造从汉到唐的石刻，宋太祖或什么宗的画像，难道偏不会假造一部木版的家谱么？

凡对于以真话为笑话的，以笑话为真话的，以笑话为笑话的，只有一个方法：就是不说话。

于是我从此不说话。

然而，倘使在现在，我大约还要说："嗡，嗡……今天天气多么好呀？……那边的村子叫什么名字？……"因为我实在比先前似乎油滑得多了——好了。

现在我想，船夫的改变我的国籍，大概和X君的高见不同。其原因只在于胡子吧，因为我从此常常为胡子受苦。

国度会亡，国粹家是不会少的，而只要国粹家不少，这国度就不算亡。国粹家者，保存国粹者也；而国粹者，我的胡子是也。这虽然不知道是什么"逻辑"法，但当时的实情确是如此的。

"你怎么学日本人的样子，身体既矮小，胡子又这样……"一位国粹家兼爱国者发过一篇崇论宏议之后，就达到这一个结论。

可惜我那时还是一个不识世故的少年，所以就愤愤地争辩。第一，我的身体是本来只有这样高，并非故意设法用什么洋鬼子的机器压缩，使他变成矮小，希图冒充。第二，我的胡子，诚然和许多日本人的相同，然而我虽然没有研究过他们的胡须样式变迁史，但曾经见过几幅古人的画像，都不向上，只是向外，向下，和我们的国粹差不多。维新以后，可是翘起来了，那大约是学了德国式。你看威廉皇帝的胡须，不是上指眼梢，和鼻梁正作平行么？虽然他后来因为吸烟烧了一边，只好将两边都剪平了。但在日本明治维新的时候，他这一边还没有失火……

这一场辩解大约要两分钟，可是总不能解国粹家之怒，因为德国也是洋鬼子，而况我的身体又矮小乎。而况国粹家很不少，意见又很统一，因此我的辩解也就很频繁，然而总无效，一回，两回，以至十回，十几回，连我自己也觉得无聊而且麻烦起来了。罢了，况且修饰胡须用的胶油在中国也难得，我便从此听其自然了。

听其自然之后，胡子的两端就显出毗心现象来，于是也就和地面成为九十度的直角。国粹家果然也不再说话，或者中国已经得救了吧。

然而接着就招了改革家的反感，这也是应该的。我于是又分疏，一回，两回，以至许多回，连我自已也觉得无聊而且麻烦起来了。

大约在四五年或七八年前吧，我独坐在会馆里，窃悲我的胡须的不幸的境遇，研究他所以得谤的原因，忽而恍然大悟，知道那祸根全在两边的尖端上。于是取出镜子，剪刀，即刻剪成一平，使他既不上翘，也难拖下，如一个隶书的一字。

"阿，你的胡子这样了？"当初也曾有人这样问。

"唔唔，我的胡子这样了。"

他可是没有话。我不知道是否因为寻不着两个尖端，所以失了立论的根据，还是我的胡子"这样"之后，就不负中国存亡的责任了。总之我从此太平无事的一直到现在，所麻烦者，必须时常剪剪而已。

一九二四年十月三十日

论照相之类

一　材料之类

我幼小时候，在S城——所谓幼小时候者，是三十年前，但从进步神速的英才看来，就是一世纪；所谓S城者，我不说他的真名字，何以不说之故，也不说。总之，是在S城，常常旁听大大小小男男女女谈论洋鬼子挖眼睛。曾有一个女人，原在洋鬼子家里佣工，后来出来了，据说她所以出来的原因，就因为亲见一坛盐渍的眼睛，小鲫鱼似的一层一层积叠着，快要和坛沿齐平了。她为远避危险起见，所以赶紧走。

S城有一种习惯，就是凡是小康之家，到冬天一定用盐来腌一缸白菜，以供一年之需，其用意是否和四川的榨菜相同，我不知道。但洋鬼子之腌眼睛，则用意当然别有所在，惟独方法却大受了S城腌白菜法的影响，相传中国对外富于同化力，这也就是一个证据吧。然而状如小鲫鱼者何？答曰：此确为S城人之眼睛也。S城庙宇中常有一种菩萨，号曰眼光娘娘。有眼病的，可以去求祷；愈，则用布或绸做眼睛一对，挂神龛上或左右，以答神庥。所以只要看所挂眼睛的多少，就知道这菩萨的灵不灵。而所挂的眼睛，则正是两头尖尖，如小鲫鱼，要寻一对和洋鬼子生理图上所画似的圆球形者，决不可得。黄帝岐伯尚矣；王莽诛翟义党，分解肢体，令医生们察看，曾否绘图不可知，纵使绘过，现在已佚，徒令“古已有之”而已。宋的《析骨分经》，相传也据目验，《说郛》中有之，我曾看过它，多是胡说，大约是假的。否则，目验尚且如此糊涂，则S城人之将眼睛理想化为小鲫鱼，实也无足深怪了。

然而洋鬼子是吃腌眼睛来代腌菜的么？是不然，据说是应用的。一，用于电线，这是根据别一个乡下人的话，如何用法，他没有谈，但云用于电线罢了；至于电线的用意，他却说过，就是每年加添铁丝，将来鬼兵到时，使中国人无处逃走。二，用于照相，则道理分明，不必多赘，因为我们只要和别人对立，他的瞳子里一定有我的一个小照相的。

而且洋鬼子又挖心肝，那用意，也是应用。我曾旁听过一位念佛的老太太说明理由：他们挖了去，熬成油，点了灯，向地下各处去照去。人心总是贪财的，所以照到埋着宝贝的地方，火头便弯下去了。他们当即掘开来，取了宝贝去，所以洋鬼子都这样的有钱。

道学先生之所谓“万物皆备于我”的事，其实是全国，至少是 S 城的“目不识丁”的人们都知道，所以人为“万物之灵”。所以月经精液可以延年，毛发爪甲可以补血，大小便可以医许多病，臂膊上的肉可以养亲。然而这并非本论的范围，现在姑且不说。况且 S 城人极重体面，有许多事不许说；否则，就要用阴谋来惩治的。

二　形式之类

要之，照相似乎是妖术。咸丰年间，或一省里，还有因为能照相而家产被乡下人捣毁的事情。但当我幼小的时候——即三十年前，S 城却已有照相馆了，大家也不甚疑惧。虽然当闹“义和拳民”时——即二十五年前，或一省里，还以罐头牛肉当作洋鬼子所杀的中国孩子的肉看。然而这是例外，万事万物，总不免有例外的。

要之，S 城早有照相馆了，这是我每一经过，总须流连赏玩的地方，但一年中也不过经过四五回。大小长短不同颜色不同的玻璃瓶，又光滑又有刺的仙人掌，在我都是珍奇的物事；还有挂在壁上的框子里的照片：曾大人，李大人，左中堂，鲍军门。一个族中的好心的长辈，曾经借此来教育我，说这许多都是当今的大官，平“长毛”的功臣，你应该学学他们。我那时也很愿意学，然而想，也须赶快仍复有“长毛”。

但是，S 城人却似乎不甚爱照相，因为精神要被照去的，所以运气正好的时候，尤不宜照，而精神则一名“威光”：我当时所知道的只有这一点。直到近年来，才又听到世上有因为怕失了元气而永不洗澡的名士，元气大约就是威光吧，那么，我所知道的就更多了：中国人的精神一名威光即元气，是照得去，洗得下的。

然而虽然不多，那时却又确有光顾照相的人们，我也不明白是什么人物，或者运气不好之徒，或者是新党吧。只是半身像是大抵避忌的，因为像腰斩。自然，清朝是已经废去腰斩的了，但我们还能在戏文上看见包爷爷的铡包勉，一刀两段，何等可怕，则即使是国粹乎，而亦不欲人之加诸我也，诚然也以不照为宜。所以他们所照的多是全身，旁边一张大茶几，上有帽架，茶碗，水烟袋，花盆，几下一个痰盂，以表明这人的气管枝中有许多痰，总须陆续吐出。人呢，或立或坐，或者手执书卷，或者大襟上挂一个很大的时表，我们倘用放大镜一照，至今还可以知道他当时拍照的时辰，而且那时还不会用镁光，所以不必疑心是夜里。

然而名士风流，又何代蔑有呢？雅人早不满于这样千篇一律的呆鸟了，于是也有赤身露体装作晋人的，也有斜领丝绦装作 X 人的，但不多。较为通行的是先将自己照下两张，服饰态度各不同，然后合照为一张，两个自己即或如宾主，或如主仆，名曰“二我图”。但设若一个自己傲然地坐着，一个自己卑劣可怜地，向了坐着的那一个自己跪着的时候，名色便又两样了：“求己图”。这类“图”晒出之后，总须题些诗，或者词如“调寄满庭芳”“摸鱼儿”之类，然后在书房里挂起。至于贵人富户，则因为属于呆鸟一类，所以决计想不出如此雅致的花样来，即有特别举动，至多也不过自己坐在中间，膝下排列着他的一百个儿子，一千个孙子和一万个曾孙（下略）照一张“全家福”。

Th. Lipps 在他那《伦理学的根本问题》中，说过这样意思的话。就是凡是人主，也容易变成奴隶，因为他一面既承认可做主人，一面就当然承认可做奴隶，所以威力一坠，就死心塌地，俯首帖耳于新主人之前了。那书可惜我不在手头，只记得一个大意，好在中国已经有了译本，虽然是节译，这些话应该存在的吧。用事实来证明这理论的最显著的例是孙皓，治吴时候，如此骄纵酷虐的暴主，一降晋，却是如此卑劣无耻的奴才。中国常语说，临下骄者事上必谄，也就是看穿了这把戏的话。但表现得最透澈的却莫如“求己图”，将来中国如要印《绘图伦理学的根本问题》，这实在是一张极好的插画，就是世界上最伟大的讽刺画家也万万想不到，画不出的。

但现在我们所看见的，已没有卑劣可怜地跪着的照相了，不是什么会纪念的一群，即是什么人放大的半个，都很凛凛地。我愿意我之常常将这些当作半张“求己图”看，乃是我的杞忧。

三　无题之类

照相馆选定一个或数个阔人的照相，放大了挂在门口，似乎是北京特有，或近来流行的。我在S城所见的曾大人之流，都不过六寸或八寸，而且挂着的永远是曾大人之流，也不像北京的时时掉换，年年不同。但革命以后，也许撤去了吧，我知道得不真确。

至于近十年北京的事，可是略有所知了，无非其人阔，则其像放大，其人“下野”，则其像不见，比电光自然永久得多。倘若白昼明烛，要在北京城内寻求一张不像那些阔人似的缩小放大挂起挂倒的照相，则据鄙陋所知，实在只有一位梅兰芳君。而该君的麻姑一般的“天女散花”“黛玉葬花”像，也确乎比那些缩小放大挂起挂倒的东西标致，即此就足以证明中国人实有审美的眼睛，其一面又放大挺胸凸肚的照相者，盖出于不得已。

我在先只读过《红楼梦》，没有看见“黛玉葬花”的照片的时候，是万料不到黛玉的眼睛如此之凸，嘴唇如此之厚的。我以为她该是一副瘦削的痨病脸，现在才知道她有些福相，也像一个麻姑。然而只要一看那些继起的模仿者们的拟天女照相，都像小孩子穿了新衣服，拘束得怪可怜的苦相，也就会立刻悟出梅兰芳君之所以永久之故了，其眼睛和嘴唇，盖出于不得已，即此也就足以证明中国人实有审美的眼睛。

印度的诗圣泰戈尔先生光临中国之际，像一大瓶好香水似的很薰上了几位先生们以文气和玄气，然而够到陪坐祝寿的程度的却只有一位梅兰芳君：两国的艺术家的握手。待到这位老诗人改姓换名，化为“竺震旦”，离开了近于他的理想境的这震旦之后，震旦诗贤头上的印度帽也不大看见了，报章上也很少记他的消息，而装饰这近于理想境的震旦者，也仍旧只有那巍然地挂在照相馆玻璃窗里的一张“天女散花图”或“黛玉葬花图”。

惟有这一位“艺术家”的艺术，在中国是永久的。

我所见的外国名伶美人的照相并不多，男扮女的照相没有见过，别的名人的照相见过几十张。托尔斯泰，伊孛生，罗丹都老了，尼采一脸凶相，勖本华尔一脸苦相，淮尔特穿上他那审美的衣装的时候，已经有点呆相了，而罗曼·罗兰似乎带点怪气，戈尔基又简直像一个流氓。虽说都可以看出悲哀和苦斗的痕迹来吧，但总不如天女的“好”得明明白白。假使吴昌硕翁的刻印章也算雕刻家，加以作画的润格如是之贵，则在中国确是一位艺术家了，但他的照相我们看不见。林琴南翁负了那么大的文名，而天下也似乎不甚有热心于“识荆”的人，我虽然曾在一个药房的仿单上见过他的玉照，但那是代表了他的“如夫人”函谢丸药的功效，所以印上的，并不因为他的文章。更就用了“引车卖浆者流”的文字来做文章的诸君而言，南亭亭长我佛山人往矣，且从略；近来则虽是奋战忿斗，做了这许多作品的如创造社诸君子，也不过印过很小的一张三人的合照，而且是铜板而已。

我们中国的最伟大最永久的艺术是男人扮女人。

异性大抵相爱。太监只能使别人放心，决没有人爱他，因为他是无性了——假使我用了这“无”字还不算什么语病。然而也就可见虽然最难放心，但是最可贵的是男人扮女人了，因为从两性看来，都近于异性，男人看见“扮女人”，女人看见“男人扮”，所以这就永远挂在照相馆的玻璃窗里，挂在国民的心中。外国没有这样的完全的艺术家，所以只好任凭那些捏锤凿，调采色，弄墨水的人们跋扈。

我们中国的最伟大最永久，而且最普遍的艺术也就是男人扮女人。

一九二四年十一月十一日

再论雷峰塔的倒掉

从崇轩先生的通信（二月份《京报副刊》）里，知道他在轮船上听到两个旅客谈话，说是杭州雷峰塔之所以倒掉，是因为乡下人迷信那塔砖放在自己的家中，凡事都必平安，如意，逢凶化吉，于是这个也挖，那个也挖，挖之久久，便倒了。一个旅客并且再三叹息道：西湖十景这可缺了呵！

这消息，可又使我有点畅快了，虽然明知道幸灾乐祸，不像一个绅士，但本来不是绅士的，也没有法子来装潢。

我们中国的许多人——我在此特别郑重声明：并不包括四万万同胞全部！——大抵患有一种“十景病”，至少是“八景病”，沉重起来的时候大概在清朝。凡看一部县志，这一县往往有十景或八景，如“远村明月”“萧寺清钟”“古池好水”之类。而且，“十”字形的病菌，似乎已经侵入血管，流布全身，其势力早不在“！”形惊叹亡国病菌之下了。点心有十样锦，菜有十碗，音乐有十番，阎罗有十殿，药有十全大补，猜拳有全福手福手全，连人的劣迹或罪状，宣布起来也大抵是十条，仿佛犯了九条的时候总不肯歇手。现在西湖十景可缺了呵！“凡为天下国家有九经”，九经固古已有之，而九景却颇不习见，所以正是对于十景病的一个针砭，至少也可以使患者感到一种不平常，知道自己的可爱的老病，忽而跑掉了十分之一了。

但仍有悲哀在里面。

其实，这一种势所必至的破坏，也还是徒然的。畅快不过是无聊的自欺。雅人和信士和传统大家，定要苦心孤诣巧语花言地再来补足了十景而后已。

无破坏即无新建设，大致是的；但有破坏却未必即有新建设。卢梭，斯谛纳尔，尼采，托尔斯泰，伊孛生等辈，若用勃兰兑斯的话来说，乃是“轨道破坏者”。其实他们不单是破坏，而且是扫除，是大呼猛进，将碍脚的旧轨道不论整条或碎片，一扫而空，并非想挖一块废铁古砖挟回家去，预备卖给旧货店。中国很少这一类人，即使有之，也会被大众的唾沫淹死。孔丘先生确是伟大，生在巫鬼势力如此旺盛的时代，偏不肯随俗谈鬼神；但可惜太聪明了，“祭如在祭神如神在”，只用他修《春秋》的照例手段以两个“如”字略寓“俏皮刻薄”之意，使人一时莫明其妙，看不出他肚皮里的反对来。他肯对子路赌咒，却不肯对鬼神宣战，因为一宣战就不和平，易犯骂人——虽然不过骂鬼——之罪，即不免有《衡论》（见一月份《晨报副镌》）作家TY先生似的好人，会替鬼神来奚落他道：为名乎？骂人不能得名。为利乎？骂人不能得利。想引诱女人乎？又不能将蚩尤的脸子印在文章上。何乐而为之也欤？

孔丘先生是深通世故的老先生，大约除脸子付印问题以外，还有深心，犯不上来做明目张胆的破坏者，所以只是不谈，而决不骂，于是乎俨然成为中国的圣人，道大，无所不包故也。否则，现在供在圣庙里的，也许不姓孔。

不过在戏台上罢了，悲剧将人生的有价值的东西毁灭给人看，喜剧将那无价值的撕破给人看。讥讽又不过是喜剧的变简的一支流。但悲壮滑稽，却都是十景病的仇敌，因为都有破坏性，虽然所破坏的方面各不同。中国如十景病尚存，则不但卢梭他们似的疯子决不产生，并且也决不产生一个悲剧作家或喜剧作家或讽刺诗人。所有的，只是喜剧底人物或非喜剧非悲剧底人物，在互相模造的十景中生存，一面各各带了十景病。

然而十全停滞的生活，世界上是很不多见的事，于是破坏者到了，但并非自己的先觉的破坏者，却是狂暴的强盗，或外来的蛮夷。玁狁早到过中原，五胡来过了，蒙古也来过了；同胞张献忠杀人如草，而满洲兵的一箭，就钻进树丛中死掉了。有人论中国说，倘使没有带着新鲜的血液的野蛮的侵入，真不知自身会腐败到如何！这当然是极刻毒的恶谑，但我们一翻历史，怕不免要有汗流浃背的时候吧。外寇来了，暂一震动，终于请他做主子，在他的刀斧下修补老例；内寇来了，也暂一震动，终于请他做主子，或者别拜一个主子，在自己的瓦砾中修补老例。再来翻县志，就看见每一次兵燹之后，所添上的是许多烈妇烈女的氏名。看近来的兵祸，怕又要大举表扬节烈了吧。许多男人们都哪里去了？

凡这一种寇盗式的破坏，结果只能留下一片瓦砾，与建设无关。

但当太平时候，就是正在修补老例，并无寇盗时候，即国中暂时没有破坏么？也不然的，其时有奴才式的破坏作用常川活动着。

雷峰塔砖的挖去，不过是极近的一条小小的例。龙门的石佛，大半肢体不全，图书馆中的书籍，插图须谨防撕去，凡公物或无主的东西，倘难于移动，能够完全的即很不多。但其毁坏的原因，则非如革除者的志在扫除，也非如寇盗的志在掠夺或单是破坏，仅因目前极小的自利，也肯对于完整的大物暗暗的加一个创伤。人数既多，创伤自然极大，而倒败之后，却难于知道加害的究竟是谁。正如雷峰塔倒掉以后，我们单知道由于乡下人的迷信。共有的塔失去了，乡下人的所得，却不过一块砖，这砖，将来又将为别一自利者所藏，终究至于灭尽。尚在民康物阜时候，因为十景病的发作，新的雷峰塔也会再造的吧。但将来的运命，不也就可以推想而知么？如果乡下人还是这样的乡下人，老例还是这样的老例。

这一种奴才式的破坏，结果也只能留下一片瓦砾，与建设无关。

岂但乡下人之于雷峰塔，日日偷挖中华民国的柱石的奴才们，现在正不知有多少！

瓦砾场上还不足悲，在瓦砾场上修补老例是可悲的。我们要革新的破坏者，因为他内心有理想的光。我们应该知道他和寇盗奴才的分别；应该留心自己堕入后两种。这区别并不烦难，只要观人，省己，凡言动中，思想中，含有借此据为己有的朕兆者是寇盗，含有借此占些目前的小便宜的朕兆者是奴才，无论在前面打着的是怎样鲜明好看的旗子。

一九二五年二月六日

看镜有感

因为翻衣箱，翻出几面古铜镜子来，大概是民国初年初到北京时候买在那里的，“情随事迁”，全然忘却，宛如见了隔世的东西了。

一面圆径不过二寸，很厚重，背面满刻蒲陶，还有跳跃的鼯鼠，沿边是一圈小飞禽。古董店家都称为“海马葡萄镜”。但我的一面并无海马，其实和名称不相当。记得曾见过别一面，是有海马的，但贵极，没有买。这些都是汉代的镜子；后来也有模造或翻沙者，花纹可造粗拙得多了。汉武通大宛安息，以致天马蒲萄，大概当时是视为盛事的，所以便取作什器的装饰。古时，于外来物品，每加海字，如海榴，海红花，海棠之类。海即现在之所谓洋，海马译成今文，当然就是洋马。镜鼻是一个虾蟆，则因为镜如满月，月中有蟾蜍之故，和汉事不相干了。

遥想汉人多少闳放，新来的动植物，即毫不拘忌，来充装饰的花纹。唐人也还不算弱，例如汉人的墓前石兽，多是羊，虎，天禄，辟邪，而长安的昭陵上，却刻着带箭的骏马，还有一匹驼鸟，则办法简直前无古人。现今在坟墓上不待言，即平常的绘画，可有人敢用一朵洋花一只洋鸟，即私人的印章，可有人肯用一个草书一个俗字么？许多雅人，连记年月也必是甲子，怕用民国纪元。不知道是没有如此大胆的艺术家；还是虽有而民众都加迫害，他于是乎只得萎缩，死掉了？

宋的文艺，现在似的国粹气味就熏人。然而辽金元陆续进来了，这消息很耐寻味。汉唐虽然也有边患，但魄力究竟雄大，人民具有不至于为异族奴隶的自信心，或者竟毫未想到，凡取用外来事物的时候，就如将彼俘来一样，自由驱使，绝不介怀。一到衰弊陵夷之际，神经可就衰弱过敏了，每遇外国东西，便觉得仿佛彼来俘我一样，推拒，惶恐，退缩，逃避，抖成一团，又必想一篇道理来掩饰，而国粹遂成为孱王和孱奴的宝贝。

无论从哪里来的，只要是食物，壮健者大抵就无需思索，承认是吃的东西。惟有衰病的，却总常想到害胃，伤身，特有许多禁条，许多避忌；还有一大套比较利害而终于不得要领的理由，例如吃固无妨，而不吃尤稳，食之或当有益，然究以不吃为宜云云之类。但这一类人物总要日见其衰弱的，因为他终日战战兢兢，自己先已失了活气了。

不知道南宋比现今如何，但对外敌，却明明已经称臣，惟独在国内特多繁文缛节以及唠叨的碎话。正如倒霉人物，偏多忌讳一般，豁达闳大之风消歇净尽了。直到后来，都没有什么大变化。我曾在古物陈列所所陈列的古画上看见一颗印文，是几个罗马字母。但那是所谓“我圣祖仁皇帝”的印，是征服了汉族的主人，所以他敢；汉族的奴才是不敢的。便是现在，便是艺术家，可有敢用洋文的印的么？

清顺治中，时宪书上印有“依西洋新法”五个字，痛哭流涕来劾洋人汤若望的偏是汉人杨光先。直到康熙初，争胜了，就教他做钦天监正去，则又叩阍以“但知推步之理不知推步之数”辞。不准辞，则又痛哭流涕地来做《不得已》，说道：“宁可使中夏无好历法，不可使中夏有西洋人。”然而终于连闰月都算错了，他大约以为好历法专属于西洋人，中夏人自己是学不得，也学不好的。但他竟论了大辟，可是没有杀，放归，死于途中了。汤若望入中国还在明崇祯初，其法终未见用；后来阮元论之曰：“明季君臣以大统寖疏，开局修正，既知新法之密，而讫未施行。圣朝定鼎，以其法造时宪书，颁行天下。彼十余年辩论翻译之劳，若以备我朝之采用者，斯亦奇矣！……我国家圣圣相传，用人行政，惟求其是，而不先设成心。即是一端，可以仰见如天之度量矣！”（《畴人传》四十五）

现在流传的古镜们，出自冢中者居多，原是殉葬品。但我也有一面日用镜，薄而且大，规抚汉制，也许是唐代的东西。那证据是：一，镜鼻已多磨损；二，镜面的沙眼都用别的铜来补好了。当时在妆阁中，曾照唐人的额黄和眉绿，现在却监禁在我的衣箱里，它或者大有今昔之感吧。

但铜镜的供用，大约道光咸丰时候还与玻璃镜并行；至于穷乡僻壤，也许至今还用着。我们那里，则除了婚丧仪式之外，全被玻璃镜驱逐了。然而也还有余烈可寻，倘街头遇见一位老翁，肩了长凳似的东西，上面缚着一块猪肝色石和一块青色石，试伫听他的叫喊，就是："磨镜，磨剪刀！"

宋镜我没有见过好的，什九并无藻饰，只有店号或"正其衣冠"等类的迂铭词，真是"世风日下"。但是要进步或不退步，总须时时自出新裁，至少也必取材异域，倘若各种顾忌，各种小心，各种唠叨，这么做即违了祖宗，那么做又像了夷狄，终生惴惴如在薄冰上，发抖尚且来不及，怎么会做出好东西来。所以事实上"今不如古"者，正因为有许多唠叨着"今不如古"的诸位先生们之故。现在情形还如此。倘再不放开度量，大胆地，无畏地，将新文化尽量地吸收，则杨光先似的向西洋主人沥陈中夏的精神文明的时候，大概是不劳久待的吧。

但我向来没有遇见过一个排斥玻璃镜子的人。单知道咸丰年间，汪曰桢先生却在他的大著《湖雅》里攻击过的。他加以比较研究之后，终于决定还是铜镜好。最不可解的是：他说，照起面貌来，玻璃镜不如铜镜之准确。莫非那时的玻璃镜当真坏到如此，还是因为他老先生又带上了国粹眼镜之故呢？我没有见过古玻璃镜。这一点终于猜不透。

一九二五年二月九日

春末闲谈

北京正是春末，也许我过于性急之故吧，觉着夏意了，于是突然记起故乡的细腰蜂。那时候大约是盛夏，青蝇密集在凉棚索子上，铁黑色的细腰蜂就在桑树间或墙角的蛛网左近往来飞行，有时衔一支小青虫去了，有时拉一个蜘蛛。青虫或蜘蛛先是抵抗着不肯去，但终于乏力，被衔着腾空而去了，坐了飞机似的。

老前辈们开导我，那细腰蜂就是书上所说的果赢，纯雌无雄，必须捉螟蛉去做继子的。她将小青虫封在窠里，自己在外面日日夜夜敲打着，祝道“像我像我”，经过若干日，我记不清了，大约七七四十九日吧——那青虫也就成了细腰蜂了，所以《诗经》里说：“螟蛉有子，果赢负之。”螟蛉就是桑上小青虫。蜘蛛呢？他们没有提。——我记得有几个考据家曾经立过异说，以为她其实自能生卵；其捉青虫，乃是填在窠里，给孵化出来的幼蜂做食料的。但我所遇见的前辈们都不采用此说，还道是拉去做女儿。我们为存留天地间的美谈起见，倒不如这样好。当长夏无事，遣暑林阴，瞥见二虫一拉一拒的时候，便如睹慈母教女，满怀好意，而青虫的宛转抗拒，则活像一个不识好歹的毛鸦头。

但究竟是夷人可恶，偏要讲什么科学。科学虽然给我们许多惊奇，但也搅坏了我们许多好梦。自从法国的昆虫学大家发勃耳（Fabre）仔细观察之后，给幼蜂做食料的事可就证实了。而且，这细腰蜂不但是普通的凶手，还是一种很残忍的凶手，又是一个学识技术都极高明的解剖学家。她知道青虫的神经构造和作用，用了神奇的毒针，向那运动神经球上只一螫，它便麻痹为不死不活状态，这才在它身上生下蜂卵，封入窠中。青虫因为不死不活，所以不动，但也因为不活不死，所以不烂，直到她的子女孵化出来的时候，这食料还和被捕当日一样的新鲜。

三年前，我遇见神经过敏的俄国的E君，有一天他忽然发愁道，不知道将来的科学家，是否不至于发明一种奇妙的药品，将这注射在谁的身上，则这人即甘心永远去做服役和战争的机器了？那时我也就皱眉叹息，装作一齐发愁的模样，以示“所见略同”之至意，殊不知我国的圣君，贤臣，圣贤，圣贤之徒，却早已有过这一种黄金世界的理想了。不是“唯辟作福，唯辟作威，唯辟玉食”么？不是“君子劳心，小人劳力”么？不是“治于人者食（去声）人，治人者食于人”么？可惜理论虽已卓然，而终于没有发明十全的好方法。要服从作威就须不活，要贡献玉食就须不死；要被治就须不活，要供养治人者又须不死。人类升为万物之灵，自然是可贺的，但没有了细腰蜂的毒针，却很使圣君，贤臣，圣贤，圣贤之徒，以至现在的阔人，学者，教育家觉得棘手。将来未可知，若已往，则治人者虽然尽力施行过各种麻痹术，也还不能十分奏效，与果赢并驱争先。即以皇帝一伦而言，便难免时常改姓易代，终没有“万年有道之长”；“二十四史”而多至二十四，就是可悲的铁证。现在又似乎有些别开生面了，世上挺生了一种所谓“特殊智识阶级”的留学生，在研究室中研究之结果，说医学不发达是有益于人种改良的，中国妇女的境遇是极其平等的，一切道理都已不错，一切状态都已够好。E君的发愁，或者也不为无因吧，然而俄国是不要紧的，因为他们不像我们中国，有所谓“特别国情”，还有所谓“特殊智识阶级”。

但这种工作，也怕终于像古人那样，不能十分奏效的吧，因为这实在比细腰蜂所做的要难得多。她于青虫，只须不动，所以仅在运动神经球上一螫，即告成功。而我们的工作，却求其能运动，无知觉，该在知觉神经中枢，加以完全的麻醉的。但智觉一失，运动也就随之失却主宰，不能贡献玉食，恭请上自“极峰”下至“特殊智识阶级”的赏收享用了。就现在而言，窃以为除了遗老的圣经贤传法，学者的进研究室主义，文学家和茶摊老板的莫谈国事律，教育家的勿视勿听勿言勿动论之外，委实还没有更好，更完全，更无流弊的方法。便是留学生的特别发见，其实也并未轶出了前贤的范围。

那么，又要“礼失而求诸野”了。夷人，现在因为想去取法，姑且称之为外国，他那里，可有较好的法子么？可惜，也没有。所有者，仍不外乎不准集会，不许开口之类，和我们中华并没有什么很不同。然亦可见至道嘉猷，人同此心，心同此理，固无华夷之限也。猛兽是单独的，牛羊则结队；野牛的大队，就会排角成城以御强敌了，但拉开一匹，定只能牟牟地叫。人民与牛马同流——此就中国而言，夷人别有分类法云——治之之道，自然应该禁止集合：这方法是对的。其次要防说话。人能说话，已经是祸胎了，而况有时还要做文章。所以仓颉造字，夜有鬼哭。鬼且反对，而况于官？猴子不会说话，猴界即向无风潮——可是猴界中也没有官，但这又作别论——确应该虚心取法，反朴归真，则口且不开，文章自灭：这方法也是对的。然而上文也不过就理论而言，至于实效，却依然是难说。最显著的例，是连那么专制的俄国，而尼古拉二世“龙御上宾”之后，罗马诺夫氏竟已“覆宗绝祀”了。要而言之，那大缺点就在虽有二大良法，而还缺其一，便是：无法禁止人们的思想。

于是我们的造物主——假如天空真有这样的一位“主子”——就可恨了：一恨其没有永远分清“治者”与“被治者”；二恨其不给治者生一支细腰蜂那样的毒针；三恨其不将被治者造得即使砍去了藏着的思想中枢的脑袋而还能动作——服役。三者得一，阔人的地位即永久稳固，统御也永久省了气力，而天下于是乎太平。今也不然，所以即使单想高高在上，暂时维持阔气，也还得日施手段，夜费心机，实在不胜其委屈劳神之至……

假使没有了头颅，却还能做服役和战争的机械，世上的情形就何等地醒目呵！这时再不必用什么制帽勋章来表明阔人和窄人了，只要一看头之有无，便知道主奴，官民，上下，贵贱的区别。并且也不至于再闹什么革命，共和，会议等等的乱子了，单是电报，就要省下许多许多来。古人毕竟聪明，仿佛早想到过这样的东西，《山海经》上就记载着一种名叫“刑天”的怪物。他没有了能想的头，却还活着，“以乳为目，以脐为口”——这一点想得很周到，否则他怎么看，怎么吃呢——实在是很值得奉为师法的。假使我们的国民都能这样，阔人又何等安全快乐？但他又“执干戚而舞”，则似乎还是死也不肯安分，和我那专为阔人图便利而设的理想底好国民又不同。

陶潜先生又有诗道："刑天舞干戚，猛志固常在。"连这位貌似旷达的老隐士也这么说，可见无头也会仍有猛志，阔人的天下一时总怕难得太平的了。但有了太多的"特殊知识阶级"的国民，也许有特在例外的希望；况且精神文明太高了之后，精神的头就会提前飞去，区区物质的头的有无也算不得什么难问题。

一九二五年四月二十二日

灯下漫笔

一

有一时，就是民国二三年时候，北京的几个国家银行的钞票，信用日见其好了，真所谓蒸蒸日上。听说连一向执迷于现银的乡下人，也知道这既便当，又可靠，很乐意收受，行使了。至于稍明事理的人，则不必是“特殊知识阶级”，也早不将沉重累坠的银元装在怀中，来自讨无谓的苦吃。想来，除了多少对于银子有特别嗜好和爱情的人物之外，所有的怕大都是钞票了吧，而且多是本国的。但可惜后来忽然受了一个不小的打击。

就是袁世凯想做皇帝的那一年，蔡松坡先生溜出北京，到云南去起义。这边所受的影响之一，是中国和交通银行的停止兑现。虽然停止兑现，政府勒令商民照旧行用的威力却还有的；商民也自有商民的老本领，不说不要，却道找不出零钱。假如拿几十几百的钞票去买东西，我不知道怎样，但倘使只要买一支笔，一盒烟卷呢，难道就付给一元钞票么？不但不甘心，也没有这许多票。那么，换铜元，少换几个吧，又都说没有铜元。那么，到亲戚朋友那里借现钱去吧，怎么会有？于是降格以求，不讲爱国了，要外国银行的钞票。但外国银行的钞票这时就等于现银，他如果借给你这钞票，也就借给你真的银元了。

我还记得那时我怀中还有三四十元的中交票，可是忽而变了一个穷人，几乎要绝食，很有些恐慌。俄国革命以后的藏着纸卢布的富翁的心情，恐怕也就这样的吧；至多，不过更深更大罢了。我只得探听，钞票可能折价换到现银呢？说是没有行市。幸而终于，暗暗地有了行市了：六折儿。我非常高兴，赶紧去卖了一半。后来又涨到七折了，我更非常高兴，全去换了现银，沉垫垫地坠在怀中，似乎这就是我的性命的斤两。倘在平时，钱铺子如果少给我一个铜元，我是决不答应的。

但我当一包现银塞在怀中，沉垫垫地觉得安心，喜欢的时候，却突然起了另一思想，就是：我们极容易变成奴隶，而且变了之后，还万分喜欢。

假如有一种暴力，“将人不当人”，不但不当人，还不及牛马，不算什么东西；待到人们羡慕牛马，发生“乱离人，不及太平犬”的叹息的时候，然后给予他略等于牛马的价格，有如元朝定律，打死别人的奴隶，赔一头牛，则人们便要心悦诚服，恭颂太平的盛世。为什么呢？因为他虽不算人，究竟已等于牛马了。

我们不必恭读《钦定二十四史》，或者入研究室，审察精神文明的高超。只要一翻孩子所读的《鉴略》——还嫌烦重，则看《历代纪元编》，就知道“三千余年古国古”的中华，历来所闹的就不过是这一个小玩意儿。但在新近编纂的所谓“历史教科书”一流东西里，却不大看得明白了，只仿佛说：咱们向来就很好的。

但实际上，中国人向来就没有争到过“人”的价格，至多不过是奴隶，到现在还如此，然而下于奴隶的时候，却是数见不鲜的。中国的百姓是中立的，战时连自己也不知道属于那一面，但又属于无论那一面。强盗来了，就属于官，当然该被杀掠；官兵既到，该是自家人了吧，但仍然要被杀掠，仿佛又属于强盗似的。这时候，百姓就希望有一个一定的主子，拿他们去做百姓——不敢，是拿他们去做牛马，情愿自己寻草吃，只求他决定他们怎样跑。

假使真有谁能够替他们决定，定下什么奴隶规则来，自然就“皇恩浩荡”了。可惜的是往往暂时没有谁能定。举其大者，则如五胡十六国的时候，黄巢的时候，五代时候，宋末元末时候，除了老例的服役纳粮以外，都还要受意外的灾殃。张献忠的脾气更古怪了，不服役纳粮的要杀，服役纳粮的也要杀，敌他的要杀，降他的也要杀：将奴隶规则毁得粉碎。这时候，百姓就希望来一个另外的主子，较为顾及他们的奴隶规则的，无论仍旧，或者新颁，总之是有一种规则，使他们可上奴隶的轨道。

“时日曷丧，予及汝偕亡！”愤言而已，决心实行的不多见。实际上大概是群盗如麻，纷乱至极之后，就有一个较强，或较聪明，或较狡猾，或是外族的人物出来，较有秩序地收拾了天下。厘定规则：怎样服役，怎样纳粮，怎样磕头，怎样颂圣。而且这规则是不像现在那样朝三暮四的。于是便“万姓胪欢”了；用成语来说，就叫作“天下太平”。

任凭你爱排场的学者们怎样铺张，修史时候设些什么“汉族发祥时代”“汉族发达时代”“汉族中兴时代”的好题目，好意诚然是可感的，但措辞太绕弯子了。有更其直捷了当的说法在这里——

一、想做奴隶而不得的时代；

二、暂时做稳了奴隶的时代。

这一种循环，也就是“先儒”之所谓“一治一乱”；那些作乱人物，从后日的“臣民”看来，是给“主子”清道辟路的，所以说：“为圣天子驱除云尔。”

现在入了那一时代，我也不了然。但看国学家的崇奉国粹，文学家的赞叹固有文明，道学家的热心复古，可见于现状都已不满了。然而我们究竟正向着哪一条路走呢？百姓是一遇到莫名其妙的战争，稍富的迁进租界，妇孺则避入教堂里去了，因为那些地方都比较的“稳”，暂不至于想做奴隶而不得。总而言之，复古的，避难的，无智愚贤不肖，似乎都已神往于三百年前的太平盛世，就是“暂时做稳了奴隶的时代”了。

但我们也就都像古人一样，永久满足于“古已有之”的时代么？都像复古家一样，不满于现在，就神往于三百年前的太平盛世么？

自然，也不满于现在的，但是，无须反顾，因为前面还有道路在。而创造这中国历史上未曾有过的第三样时代，则是现在的青年的使命！

二

但是赞颂中国固有文明的人们多起来了，加之以外国人。我常常想，凡有来到中国的，倘能疾首蹙额而憎恶中国，我敢诚意地捧献我的感谢，因为他一定是不愿意吃中国人的肉的!

鹤见祐辅氏在《北京的魅力》中，记一个白人将到中国，预定的暂住时候是一年，但五年之后，还在北京，而且不想回去了。有一天，他们两人一同吃晚饭——

“在圆的桃花心木的食桌前坐定，川流不息地献着山海的珍味，谈话就从古董，画，政治这些开头。电灯上罩着支那式的灯罩，淡淡的光洋溢于古物罗列的屋子中。什么无产阶级呀，Proletariat 呀那些事，就像不过在什么地方刮风。

“我一面陶醉在支那生活的空气中，一面深思着对于外人有着‘魅力’的这东西。元人也曾征服支那，而被征服于汉人种的生活美了；满人也征伐支那，而被征服于汉人种的生活美了。现在西洋人也一样，嘴里虽然说着 Democracy 呀，什么什么呀，而却被魅于支那人费六千年而建筑起来的生活的美。一经住过北京，就忘不掉那生活的味道。大风时候的万丈的沙尘，每三月一回的督军们的开战游戏，都不能抹去这支那生活的魅力。”

这些话我现在还无力否认他。我们的古圣先贤既给予我们保古守旧的格言，但同时也排好了用子女玉帛所做的奉献于征服者的大宴。中国人的耐劳，中国人的多子，都就是办酒的材料，到现在还为我们的爱国者所自诩的。西洋人初入中国时，被称为蛮夷，自不免个个蹙额，但是，现在则时机已至，到了我们将曾经献于北魏，献于金，献于元，献于清的盛宴，来献给他们的时候了。出则汽车，行则保护：虽遇清道，然而通行自由的；虽或被劫，然而必得赔偿的；孙美瑶掳去他们站在军前，还使官兵不敢开火。何况在华屋中享用盛宴呢？待到享受盛宴的时候，自然也就是赞颂中国固有文明的时候；但是我们的有些乐观的爱国者，也许反而欣然色喜，以为他们将要开始被中国同化了吧。古人曾以女人作苟安的城堡，美其名以自欺曰“和亲”，今人还用子女玉帛为作奴的贽敬，又美其名曰“同化”。所以倘有外国的谁，到了已有赴宴的资格的现在，而还替我们诅咒中国的现状者，这才是真有良心的真可佩服的人!

但我们自己是早已布置妥帖了，有贵贱，有大小，有上下。自己被人凌虐，但也可以凌虐别人；自己被人吃，但也可以吃别人。一级一级的制驭着，不能动弹，也不想动弹了。因为倘一动弹，虽或有利，然而也有弊。我们且看古人的良法美意吧——

“天有十日，人有十等。下所以事上，上所以共神也。故王臣公，公臣大夫，大夫臣士，士臣皁，皁臣舆，舆臣隶，隶臣僚，僚臣仆，仆臣台。”（《左传》昭公七年）

但是“台”没有臣，不是太苦了么？无须担心的，有比他更卑的妻，更弱的子在。而且其子也很有希望，他日长大，升而为“台”，便又有更卑更弱的妻子，供他驱使了。如此连环，各得其所，有敢非议者，其罪名曰不安分！

虽然那是古事，昭公七年离现在也太辽远了，但“复古家”尽可不必悲观的。太平的景象还在：常有兵燹，常有水旱，可有谁听到大叫唤么？打的打，革的革，可有处士来横议么？对国民如何专横，向外人如何柔媚，不犹是差等的遗风么？中国固有的精神文明，其实并未为共和二字所埋没，只有满人已经退席，和先前稍不同。

因此我们在目前，还可以亲见各式各样的筵宴，有烧烤，有翅席，有便饭，有西餐。但茅檐下也有淡饭，路旁也有残羹，野上也有饿莩；有吃烧烤的身价不资的阔人，也有饿得垂死的每斤八文的孩子（见《现代评论》二十一期）。所谓中国的文明者，其实不过是安排给阔人享用的人肉的筵宴。所谓中国者，其实不过是安排这人肉的筵宴的厨房。不知道而赞颂者是可恕的，否则，此辈当得永远的诅咒！

外国人中，不知道而赞颂者，是可恕的；占了高位，养尊处优，因此受了蛊惑，昧却灵性而赞叹者，也还可恕的。可是还有两种，其一是以中国人为劣种，只配悉照原来模样，因而故意称赞中国的旧物。其一是愿世间人各不相同以增自己旅行的兴趣，到中国看辫子，到日本看木屐，到高丽看笠子，倘若服饰一样，便索然无味了，因而来反对亚洲的欧化。这些都可憎恶。至于罗素在西湖见轿夫含笑，便赞美中国人，则也许别有意思吧。但是，轿夫如果能对坐轿的人不含笑，中国也早不是现在似的中国了。

这文明，不但使外国人陶醉，也早使中国一切人们无不陶醉而且至于含笑。因为古代传来而至今还在的许多差别，使人们各各分离，遂不能再感到别人的痛苦；并且因为自己各有奴使别人，吃掉别人的希望，便也就忘却自己同有被奴使被吃掉的将来。于是大小无数的人肉的筵宴，即从有文明以来一直排到现在，人们就在这会场中吃人，被吃，以凶人的愚妄的欢呼，将悲惨的弱者的呼号遮掩，更不消说女人和小儿。

这人肉的筵宴现在还排着，有许多人还想一直排下去。扫荡这些食人者，掀掉这筵席，毁坏这厨房，则是现在的青年的使命！

一九二五年四月二十九日

杂　忆

一

有人说 G. Byron 的诗多为青年所爱读，我觉得这话很有几分真。就自己而论，也还记得怎样读了他的诗而心神俱旺；尤其是看见他那花布裹头，去助希腊独立时候的肖像。这像，去年才从《小说月报》传入中国了。可惜我不懂英文，所看的都是译本。听近今的议论，译诗是已经不值一文钱，即使译得并不错。但那时大家的眼界还没有这样高，所以我看了译本，倒也觉得好，或者就因为不懂原文之故，于是便将臭草当作芳兰。《新罗马传奇》中的译文也曾传诵一时，虽然用的是词调，又译 Sappho 为“萨芷波”，证明着是根据日文译本的重译。

苏曼殊先生也译过几首，那时他还没有作诗“寄弹筝人”，因此与 Byron 也还有缘。但译文古奥得很，也许曾经章太炎先生的润色的吧，所以真像古诗，可是流传倒并不广。后来收入他自印的绿面金签的《文学因缘》中，现在连这《文学因缘》也少见了。

其实，那时 Byron 之所以比较的为中国人所知，还有别一原因，就是他的助希腊独立。时当清的末年，在一部分中国青年的心中，革命思潮正盛，凡有叫喊复仇和反抗的，便容易惹起感应。那时我所记得的人，还有波兰的复仇诗人 Adam Mi ckiewicz；匈牙利的爱国诗人 Petöfi sándor；飞猎滨的文人而为西班牙政府所杀的厘沙路——他的祖父还是中国人，中国也曾译过他的绝命诗。Hauptmann，Sudermann，Ibsen 这些人虽然正负盛名，我们却不大注意。别有一部分人，则专意搜集明末遗民的著作，满人残暴的记录，钻在东京或其他的图书馆里，抄写出来，印了，输入中国，希望使忘却的旧恨复活，助革命成功。于是《扬州十日记》《嘉定屠城记略》《朱舜水集》《张苍水集》都翻印了，还有《黄萧养回头》及其他单篇的汇集，我现在已经举不出那些名目来。别有一部分人，则改名"扑满""打清"之类，算是英雄。这些大号，自然和实际的革命不甚相关，但也可见那时对于光复的渴望之心，是怎样的旺盛。

不独英雄式的名号而已，便是悲壮淋漓的诗文，也不过是纸片上的东西，于后来的武昌起义怕没有什么大关系。倘说影响，则别的千言万语，大概都抵不过浅近直截的"革命军马前卒邹容"所作的《革命军》。

二

待到革命起来，就大体而言，复仇思想可是减退了。我想，这大半是因为大家已经抱着成功的希望，又服了"文明"的药，想给汉人挣一点面子，所以不再有残酷的报复。但那时的所谓文明，却确是洋文明，并不是国粹；所谓共和，也是美国法国式的共和，不是周召共和的共和。革命党人也大概竭力想给本族增光，所以兵队倒不大抢掠。南京的土匪兵小有劫掠，黄兴先生便勃然大怒，枪毙了许多，后来因为知道土匪是不怕枪毙而怕枭首的，就从死尸上割下头来，草绳络住了挂在树上。从此也不再有什么变故了，虽然我所住的一个机关的卫兵，当我外出时举枪立正之后，就从窗门洞爬进去取了我的衣服，但究竟手段已经平和得多，也客气得多了。

南京是革命政府所在地，当然格外文明。但我去一看先前的满人的驻在处，却是一片瓦砾；只有方孝孺血迹石的亭子总算还在。这里本是明的故宫，我做学生时骑马经过，曾很被顽童骂詈和投石——犹言你们不配这样，听说向来是如此的。现在却面目全非了，居民寥寥；即使偶有几间破屋，也无门窗；若有门，则是烂洋铁做的。总之，是毫无一点木料。

那么，城破之时，汉人大大的发挥了复仇手段了么？并不然。知道情形的人告诉我：战争时候自然有些损坏；革命军一进城，旗人中间便有些人定要按古法殉难，在明的冷宫的遗址的屋子里使火药炸裂，以炸杀自己，恰巧一同炸死了几个适从近旁经过的骑兵。革命军以为埋藏地雷反抗了，便烧了一回，可是燹余的房子还不少。此后是他们自己动手，拆屋材出卖，先拆自己的，次拆较多的别人的，待到屋无尺材寸椽，这才大家流散，还给我们一片瓦砾场。——但这是我耳闻的，保不定可是真话。

看到这样的情形，即使你将《扬州十日记》挂在眼前，也不至于怎样愤怒了吧。据我感得，民国成立以后，汉满的恶感仿佛很是消除了，各省的界限也比先前更其轻淡了。然而"罪孽深重不自殒灭"的中国人，不到一年，情形便又逆转：有宗社党的活动和遗老的谬举而两族的旧史又令人忆起，有袁世凯的手段而南北的交恶加甚，有阴谋家的狡计而省界又被利用，并且此后还要增长起来！

三

不知道我的性质特别坏，还是脱不出往昔的环境的影响之故，我总觉得复仇是不足为奇的，虽然也并不想诬无抵抗主义者为无人格。但有时也想：报复，谁来裁判，怎能公平呢？便又立刻自答：自己裁判，自己执行；既没有上帝来主持，人便不妨以目偿头，也不妨以头偿目。有时也觉得宽恕是美德，但立刻也疑心这话是怯汉所发明，因为他没有报复的勇气；或者倒是卑怯的坏人所创造，因为他贻害于人而怕人来报复，便骗以宽恕的美名。

因此我常常欣慕现在的青年，虽然生于清末，而大抵长于民国，吐纳共和的空气，该不至于再有什么异族轭下的不平之气，和被压迫民族的合辙之悲吧。果然，连大学教授，也已经不解何以小说要描写下等社会的缘故了，我和现代人要相距一世纪的话，似乎有些确凿。但我也不想湔洗——虽然很觉得惭惶。

当爱罗先珂君在日本未被驱逐之前，我并不知道他的姓名。直到已被放逐，这才看起他的作品来；所以知道那迫辱放逐的情形的，是由于登在《读卖新闻》上的一篇江口涣氏的文字。于是将这译出，还译他的童话，还译他的剧本《桃色的云》。其实，我当时的意思，不过要传播被虐待者的苦痛的呼声和激发国人对于强权者的憎恶和愤怒而已，并不是从什么“艺术之宫”里伸出手来，拔了海外的奇花瑶草，来移植在华国的艺苑。

日文的《桃色的云》出版时，江口氏的文章也在，可是已被检查机关（警察厅?）删节得很多。我的译文是完全的，但当这剧本印成本子时，却没有印上去。因为其时我又见了别一种情形，起了别一种意见，不想在中国人的愤火上，再添薪炭了。

四

孔老先生说过：“毋友不如己者。”其实这样的势利眼睛，现在的世界上还多得很。我们自己看看本国的模样，就可知道不会有什么友人的了，岂但没有友人，简直大半都曾经做过仇敌。不过仇甲的时候，向乙等候公论，后来仇乙的时候，又向甲期待同情，所以片段的看起来，倒也似乎并不是全世界都是怨敌。但怨敌总常有一个，因此每一两年，爱国者总要鼓舞一番对于敌人的怨恨与愤怒。

这也是现在极普通的事情，此国将与彼国为敌的时候，总得先用了手段，煽起国民的敌忾心来，使他们一同去扞御或攻击。但有一个必要的条件，就是：国民是勇敢的。因为勇敢，这才能勇往直前，肉搏强敌，以报仇雪恨。假使是怯弱的人民，则即使如何鼓舞，也不会有面临强敌的决心；然而引起的愤火却在，仍不能不寻一个发泄的地方，这地方，就是眼见得比他们更弱的人民，无论是同胞或是异族。

我觉得中国人所蕴蓄的怨愤已经够多了，自然是受强者的蹂躏所致的。但他们却不很向强者反抗，而反在弱者身上发泄，兵和匪不相争，无枪的百姓却并受兵匪之苦，就是最近便的证据。再露骨地说，怕还可以证明这些人的卑怯。卑怯的人，即使有万丈的愤火，除弱草以外，又能烧掉什么呢?

或者要说，我们现在所要使人愤恨的是外敌，和国人不相干，无从受害。可是这转移是极容易的，虽曰国人，要借以泄愤的时候，只要给予一种特异的名称，即可放心剚刃。先前则有异端，妖人，奸党，逆徒等类名目，现在就可用国贼，汉奸，二毛子，洋狗或洋奴。庚子年的义和团捉住路人，可以任意指为教徒，据云这铁证是他的神通眼已在那人的额上看出一个“十”字？

然而我们在“毋友不如己者”的世上，除了激发自己的国民，使他们发些火花，聊以应景之外，又有什么良法呢。可是我根据上述的理由，更进一步而希望于点火的青年的，是对于群众，在引起他们的公愤之余，还须设法注入深沉的勇气，当鼓舞他们的感情的时候，还须竭力启发明白的理性；而且还得偏重于勇气和理性，从此继续地训练许多年。这声音，自然断乎不及大叫宣战杀贼的大而闳，但我以为却是更紧要而更艰难伟大的工作。

否则，历史指示过我们，遭殃的不是什么敌手而是自己的同胞和子孙。那结果，是反为敌人先驱，而敌人就做了这一国的所谓强者的胜利者，同时也就做了弱者的恩人。因为自己先已互相残杀过了，所蕴蓄的怨愤都已消除，天下也就成为太平的盛世。

总之，我以为国民倘没有智，没有勇，而单靠一种所谓“气”，实在是非常危险的。现在，应该更进而着手于较为坚实的工作了。

一九二五年六月十六日

诗歌散文

论“他妈的！”

无论是谁，只要在中国过活，便总得常听到“他妈的”或其相类的口头禅。我想：这话的分布，大概就跟着中国人足迹之所至吧；使用的遍数，怕也未必比客气的“您好呀”会更少。假使依或人所说，牡丹是中国的“国花”，那么，这就可以算是中国的“国骂”了。

我生长于浙江之东，就是西滢先生之所谓“某籍”。那地方通行的“国骂”却颇简单：专一以“妈”为限，决不牵涉余人。后来稍游各地，才始惊异于国骂之博大而精微：上溯祖宗，旁连姊妹，下递子孙，普及同性，真是“犹河汉而无极也”。而且，不特用于人，也以施之兽。前年，曾见一辆煤车的双轮陷入很深的辙迹里，车夫便愤然跳下，出死力打那拉车的骡子道：“你姊姊的！你姊姊的！”

别的国度里怎样，我不知道。单知道诺威人 Hamsun 有一本小说叫《饥饿》，粗野的口吻是很多的，但我并不见这一类话。Gorky 所写的小说中多无赖汉，就我所看过的而言，也没有这骂法。惟独 Artzybashev 在《工人绥惠略夫》里，却使无抵抗主义者亚拉借夫骂了一句“他妈的”。但其时他已经决计为爱而牺牲了，使我们也失却笑他自相矛盾的勇气。这骂的翻译，在中国原极容易的，别国却似乎为难，德文译本作“我使用过你的妈”，日本译本作“你的妈是我的母狗”。这实在太费解——由我的眼光看起来。

那么，俄国也有这类骂法的，但因为究竟没有中国似的精博，所以光荣还得归到这边来。好在这究竟又并非什么大光荣，所以他们大约未必抗议；也不如“赤化”之可怕，中国的阔人，名人，高人，也不至于骇死的。但是，虽在中国，说的也独有所谓“下等人”，例如“车夫”之类，至于有身份的上等人，例如“士大夫”之类，则决不出之于口，更何况笔之于书。“予生也晚”，赶不上周朝，未为大夫，也没有做士，本可以放笔直干的，然而终于改头换面，从“国骂”上削去一个动词和一个名词，又改对称为第三人称者，恐怕还因为到底未曾拉车，因而也就不免“有点贵族气味”之故。那用途，既然只限于一部分，似乎又有些不能算作“国骂”了；但也不然，阔人所赏识的牡丹，下等人又何尝以为“花之富贵者也”？

这“他妈的”的由来以及始于何代，我也不明白。经史上所见骂人的话，无非是“役夫”，“奴”，“死公”；较厉害的，有“老狗”，“貉子”；更厉害，涉及先代的，也不外乎“而母婢也”，“赘阉遗丑”罢了！还没见过什么“妈的”怎样，虽然也许是士大夫讳而不录。但《广弘明集》（七）记北魏邢子才“以为妇人不可保。谓元景曰，‘卿何必姓王？’元景变色。子才曰，‘我亦何必姓邢；能保五世耶？’”则颇有可以推见消息的地方。

晋朝已经是大重门第，重到过度了；华胄世业，子弟便易于得官；即使是一个酒囊饭袋，也还是不失为清品。北方疆土虽失于拓跋氏，士人却更其发狂似的讲究阀阅，区别等第，守护极严。庶民中纵有俊才，也不能和大姓比并。至于大姓，实不过承祖宗余荫，以旧业骄人，空腹高心，当然使人不耐。但士流既然用祖宗做护符，被压迫的庶民自然也就将他们的祖宗当作仇敌。邢子才的话虽然说不定是否出于愤激，但对于躲在门第下的男女，却确是一个致命的重伤。势位声气，本来仅靠了“祖宗”这唯一的护符而存，“祖宗”倘一被毁，便什么都倒败了。这是倚赖“余荫”的必得的果报。

同一的意思，但没有邢子才的文才，而直出于“下等人”之口的，就是：“他妈的！”

要攻击高门大族的坚固的旧堡垒，却去瞄准他的血统，在战略上，真可谓奇谲的了。最先发明这一句“他妈的”的人物，确要算一个天才——然而是一个卑劣的天才。

唐以后，自夸族望的风气渐渐消除；到了金元，已奉夷狄为帝王，自不妨拜屠沽作卿士，“等”的上下本该从此有些难定了，但偏还有人想辛辛苦苦地爬进“上等”去。刘时中的曲子里说：“堪笑这没见识街市匹夫，好打那好顽劣。江湖伴侣，旋将表德官名相体呼，声音多厮称，字样不寻俗。听我一个个细数：粜米的唤子良；卖肉的呼仲甫……开张卖饭的呼君宝；磨麦登罗底叫德夫：何足云乎？！”（《乐府新编阳春白雪》三）这就是那时的暴发户的丑态。

“下等人”还未暴发之先，自然大抵有许多“他妈的”在嘴上，但一遇机会，偶窃一位，略识几字，便即文雅起来：雅号也有了；身份也高了；家谱也修了，还要寻一个始祖，不是名儒便是名臣。从此化为“上等人”，也如上等前辈一样，言行都很温文尔雅。然而愚民究竟也有聪明的，早已看穿了这鬼把戏，所以又有俗谚，说：“口上仁义礼智，心里男盗女娼！”他们是很明白的。

于是他们反抗了，曰：“他妈的！”

但人们不能蔑弃扫荡人我的余泽和旧荫，而硬要去做别人的祖宗，无论如何，总是卑劣的事。有时，也或加暴力于所谓“他妈的”的生命上，但大概是乘机，而不是造运会，所以无论如何，也还是卑劣的事。

中国人至今还有无数“等”，还是依赖门第，还是倚仗祖宗。倘不改造，即永远有无声的或有声的“国骂”。就是“他妈的”，围绕在上下和四旁，而且这还须在太平的时候。

但偶尔也有例外的用法：或表惊异，或表感服。我曾在家乡看见乡农父子一同午饭，儿子指一碗菜向他父亲说：“这不坏，妈的你尝尝看！”那父亲回答道：“我不要吃。妈的你吃去吧！”则简直已经醇化为现在时行的“我的亲爱的”的意思了。

一九二五年七月十九日

论睁了眼看

虚生先生所做的时事短评中，曾有一个这样的题目：《我们应该有正眼看各方面的勇气》（《猛进》十九期）。诚然，必须敢于正视，这才可望敢想，敢说，敢作，敢当。倘使并正视而不敢，此外还能成什么气候。然而，不幸这一种勇气，是我们中国人最所缺乏的。

但现在我所想到的是别一方面——

中国的文人，对于人生，——至少是对于社会现象，向来就多没有正视的勇气。我们的圣贤，本来早已教人"非礼勿视"的了；而这"礼"又非常之严，不但"正视"，连"平视""斜视"也不许。现在青年的精神未可知，在体质，却大半还是弯腰曲背，低眉顺眼，表示着老牌的老成的子弟，驯良的百姓——至于说对外却有大力量，乃是近一月来的新说，还不知道究竟是如何。

再回到"正视"问题去：先既不敢，后便不能，再后，就自然不视，不见了。一辆汽车坏了，停在马路上，一群人围着呆看，所得的结果是一团乌油油的东西。然而由本身的矛盾或社会的缺陷所生的苦痛，虽不正视，却要身受的。文人究竟是敏感人物，从他们的作品上看来，有些人确也早已感到不满，可是一到快要显露缺陷的危机一髮之际，他们总即刻连说"并无其事"，同时便闭上了眼睛。这闭着的眼睛便看见一切圆满，当前的苦痛不过是"天之将降大任于斯人也，必先苦其心志，劳其筋骨，饿其体肤，空乏其身，行拂乱其所为"。于是无问题，无缺陷，无不平，也就无解决，无改革，无反抗。因为凡事总要"团圆"，正无须我们焦躁；放心喝茶，睡觉大吉。再说费话，就有"不合时宜"之咎，免不了要受大学教授的纠正了。呸！

我并未实验过，但有时候想：倘将一位久蛰洞房的老太爷抛在夏天正午的烈日底下，或将不出闺门的千金小姐拖到旷野的黑夜里，大概只好闭了眼睛，暂续他们残存的旧梦，总算并没有遇到暗或光，虽然已经是绝不相同的现实。中国的文人也一样，万事闭眼睛，聊以自欺，而且欺人，那方法是：瞒和骗。

中国婚姻方法的缺陷，才子佳人小说作家早就感到了，他于是使一个才子在壁上题诗，一个佳人便来和，由倾慕——现在就得称恋爱——而至于有“终身之约”。但约定之后，也就有了难关。我们都知道，“私订终身”在诗和戏曲或小说上尚不失为美谈（自然只以与终于中状元的男人私订为限），实际却不容于天下的，仍然免不了要离异。明末的作家便闭上眼睛，并这一层也加以补救了，说是：才子及第，奉旨成婚。“父母之命媒妁之言”经这大帽子来一压，便成了半个铅钱也不值，问题也一点没有了。假使有之，也只在才子的能否中状元，而决不在婚姻制度的良否。

（近来有人以为新诗人的作诗发表，是在出风头，引异性；且迁怒于报章杂志之滥登。殊不知即使无报，墙壁实“古已有之”，早做过发表机关了；据《封神演义》，纣王已曾在女娲庙壁上题诗，那起源实在非常之早。报章可以不取白话，或排斥小诗，墙壁却拆不完，管不及的；倘一律刷成黑色，也还有破磁可划，粉笔可书，真是穷于应付。做诗不刻木板，去藏之名山，却要随时发表，虽然很有流弊，但大概是难以杜绝的吧。）

《红楼梦》中的小悲剧，是社会上常有的事，作者又是比较的敢于实写的，而那结果也并不坏。无论贾氏家业再振，兰桂齐芳，即宝玉自己，也成了个披大红猩猩毡斗篷的和尚。和尚多矣，但披这样阔斗篷的能有几个，已经是“入圣超凡”无疑了。至于别的人们，则早在册子里一一注定，末路不过是一个归结：是问题的结束，不是问题的开头。读者即小有不安，也终于奈何不得。然而后来或续或改，非借尸还魂，即冥中另配，必令“生旦当场团圆”，才肯放手者，乃是自欺欺人的瘾太大，所以看了小小骗局，还不甘心，定须闭眼胡说一通而后快。赫克尔（E. Haeckel）说过：人和人之差，有时比类人猿和原人之差还远。我们将《红楼梦》的续作者和原作者一比较，就会承认这话大概是确实的。

“作善降祥”的古训，六朝人本已有些怀疑了，他们作墓志，竟会说“积善不报，终自欺人”的话。但后来的昏人，却又瞒起来。元刘信将三岁痴儿抛入蘸纸火盆，妄希福祐，是见于《元典章》的；剧本《小张屠焚儿救母》却道是为母延命，命得延，儿亦不死了。一女愿侍痼疾之夫，《醒世恒言》中还说终于一同自杀的；后来改作的却道是有蛇坠入药罐里，丈夫服后便痊愈了。凡有缺陷，一经作者粉饰，后半便大抵改观，使读者落诬妄中，以为世间委实尽够光明，谁有不幸，便是自作，自受。

有时遇到彰明的史实，瞒不下，如关羽岳飞的被杀，便只好别设骗局了。一是前世已造夙因，如岳飞；一是死后使他成神，如关羽。定命不可逃，成神的善报更满人意，所以杀人者不足责，被杀者也不足悲。冥冥中自有安排，使他们各得其所，正不必别人来费力了。

中国人的不敢正视各方面，用瞒和骗，造出奇妙的逃路来，而自以为正路。在这路上，就证明着国民性的怯弱，懒惰，而又巧滑。一天一天的满足着，即一天一天的堕落着，但却又觉得日见其光荣。在事实上，亡国一次，即添加几个殉难的忠臣，后来每不想光复旧物，而只去赞美那几个忠臣；遭劫一次，即造成一群不辱的烈女，事过之后，也每每不思惩凶，自卫，却只顾歌咏那一群烈女。仿佛亡国遭劫的事，反而给中国人发挥“两间正气”的机会，增高价值，即在此一举，应该一任其至，不足忧悲似的。自然，此上也无可为，因为我们已经借死人获得最上的光荣了。沪汉烈士的追悼会中，活的人们在一块很可景仰的高大的木主下互相打骂，也就是和我们的先辈走着同一的路。

文艺是国民精神所发的火光，同时也是引导国民精神的前途的灯火。这是互为因果的，正如麻油从芝麻榨出，但以浸芝麻，就使它更油。倘以油为上，就不必说；否则，当参入别的东西，或水或硷去。中国人向来因为不敢正视人生，只好瞒和骗，由此也生出瞒和骗的文艺来，由这文艺，更令中国人更深地隐入瞒和骗的大泽中，甚而至于已经自己不觉得。世界日日改变，我们的作家取下假面，真诚地，深入地，大胆地看取人生并且写出他的血和肉来的时候早到了；早就应该有一片崭新的文场，早就应该有几个凶猛的闯将！

现在，气象似乎一变，到处听不见歌吟花月的声音了，代之而起的是铁和血的赞颂。然而倘以欺瞒的心，用欺瞒的嘴，则无论说A和O，或Y和Z，一样是虚假的；只可以吓哑了先前鄙薄花月的所谓批评家的嘴，满足地以为中国就要中兴。可怜他在“爱国”的大帽子底下又闭上了眼睛了——或者本来就闭着。

没有冲破一切传统思想和手法的闯将，中国是不会有真的新文艺的。

一九二五年七月二十二日

从胡须说到牙齿

一

一翻《呐喊》，才又记得我曾在中华民国九年双十节的前几天做过一篇《头发的故事》；去年，距今快要一整年了吧，那时是《语丝》出世未久，我又曾为它写了一篇《说胡须》。实在似乎很有些章士钊之所谓“每况愈下”了——自然，这一句成语，也并不是章士钊首先用错的，但因为他既以擅长旧学自居，我又正在给他打官司，所以就栽在他身上。当时就听说——或者也是时行的“流言”—— 一位北京大学的名教授就愤慨过，以为从胡须说起，一直说下去，将来就要说到屁股，则于是乎便和上海的《晶报》一样了。为什么呢？这须是熟精今典的人们才知道，后进的“束发小生”是不容易了然的。因为《晶报》上曾经登过一篇《太阳晒屁股赋》，屁股和胡须又都是人身的一部分，既说此部，即难免不说彼部，正如看见洗脸的人，敏捷而聪明的学者即能推见他一直洗下去，将来一定要洗到屁股。所以有志于做Gentleman者，为防微杜渐起见，应该在背后给一顿奚落的。——如果说此外还有深意，那我可不得而知了。

昔者窃闻之：欧美的文明人讳言下体以及和下体略有渊源的事物。假如以生殖器为中心而画一正圆形，则凡在圆周以内者均在讳言之列；而圆之半径，则美国者大于英。中国的下等人，是不讳言的；古之上等人似乎也不讳，所以虽是公子而可以名为黑臀。讳之始，不知在什么时候；而将英美的半径放大，直至于口鼻之间或更在其上，则昉于一千九百二十四年秋。

文人墨客大概是感性太锐敏了之故吧，向来就很娇气，什么也给他说不得，见不得，听不得，想不得。道学先生于是乎从而禁之，虽然很像背道而驰，其实倒是心心相印。然而他们还是一看见堂客的手帕或者姨太太的荒冢就要作诗。我现在虽然也弄弄笔墨做做白话文，但才气却仿佛早经注定是该在“水平线”之下似的，所以看见手帕或荒冢之类，倒无动于衷；只记得在解剖室里第一次要在女性的尸体上动刀的时候，可似乎略有作诗之意——但是，不过“之意”而已，并没有诗，读者幸勿误会，以为我有诗集将要精装行世，传之其人，先在此预告。后来，也就连“之意”都没有了，大约是因为见惯了的缘故吧，正如下等人的说惯一样。否则，也许现在不但不敢说胡须，而且简直非“人之初性本善论”或“天地玄黄赋”便不屑做。遥想土耳其革命后，撕去女人的面幕，是多么下等的事？呜呼，她们已将嘴巴露出，将来一定要光着屁股走路了！

二

虽然有人数我为“无病呻吟”党之一，但我以为自家有病自家知，旁人大概是不很能够明白底细的。倘没有病，谁来呻吟？如果竟要呻吟，那就已经有了呻吟病了，无法可医。——但模仿自然又是例外。即如自胡须直至屁股等辈，倘使相安无事，谁爱去纪念它们；我们平居无事时，从不想到自己的头、手、脚以至脚底心。待到慨然于“头颅谁斫”，“髀肉（又说下去了，尚希绅士淑女恕之）复生”的时候，是早已别有缘故的了，所以，“呻吟”。而批评家们曰：“无病”。我实在艳羡他们的健康。

譬如腋下和胯间的毫毛，向来不很肇祸，所以也没有人引为题目，来呻吟一通。头发便不然了，不但白发数茎，能使老先生揽镜慨然，赶紧拔去；清初还因此杀了许多人。民国既经成立，辫子总算剪定了，即使保不定将来要翻出怎样的花样来，但目下总不妨说是已经告一段落。于是我对于自己的头发，也就淡然若忘，而况女子应否剪发的问题呢，因为我并不预备制造桂花油或贩卖烫剪：事不干己，是无所容心于其间的。但到民国九年，寄住在我的寓里的一位小姐考进高等女子师范学校去了，而她是剪了头发的，再没有法可梳盘龙髻或S髻。到这时，我才知道虽然已是民国九年，而有些人之嫉视剪发的女子，竟和清朝末年之嫉视剪发的男子相同；校长M先生虽被天夺其魄，自己的头顶秃到近乎精光了，却偏以为女子的头发可系千钧，示意要她留起。设法去疏通了几回，没有效，连我也听得麻烦起来，于是乎“感慨系之矣”了，随口呻吟了一篇《头发的故事》。但是，不知怎的，她后来竟居然并不留长，现在还是蓬蓬松松的在北京道上走。

本来，也可以无须说下去了，然而连胡须样式都不自由，也是我平生的一件感愤，要时时想到的。胡须的有无，式样，长短，我以为除了直接受着影响的人以外，是毫无容喙的权利和义务的，而有些人们偏要越俎代谋，说些无聊的废话，这真和女子非梳头不可的教育，“奇装异服”者要抓进警厅去办罪的政治一样离奇。要人没有反拨，总须不加刺激；乡下人捉进知县衙门去，打完屁股之后，叩一个头道：“谢大老爷！”这情形是特异的中国民族所特有的。

不料恰恰一周年，我的牙齿又发生问题了，那当然就要说牙齿。这回虽然并非说下去，而是说进去，但牙齿之后是咽喉，下面是食道，胃，大小肠，直肠，和吃饭很有相关，仍将为大雅所不齿；更何况直肠的邻近还有膀胱呢，呜呼！

三

中华民国十四年十月二十七日，即夏历之重九，国民因为主张关税自主，游行示威了。但巡警却断绝交通，至于发生冲突，据说两面“互有死伤”。次日，几种报章（《社会日报》《世界日报》《舆论报》《益世报》《顺天时报》等）的新闻中就有这样的话：

“学生被打伤者，有吴兴身（第一英文学校），头部刀伤甚重……周树人（北大教员）齿受伤，脱门牙二。其他尚未接有报告。……”

这样还不够，第二天，《社会日报》《舆论报》《黄报》《顺天时报》又道：

“……游行群众方面，北大教授周树人（即鲁迅）门牙确落二个。……”

舆论也好，指导社会机关也好，“确”也好，不确也好，我是没有修书更正的闲情别致的。但被害苦的是先有许多学生们，次日我到L学校去上课，缺席的学生就有二十余，他们想不至于因为我被打落门牙，即以为讲义也跌了价的，大概是预料我一定请病假。还有几个尝见和未见的朋友，或则面问，或则函问；尤其是朋其君，先行肉薄中央医院，不得，又到我的家里，目睹门牙无恙，这才重回东城，而“昊天不吊”，竟刮起大风来了。

假使我真被打落两个门牙，倒也大可以略平“整顿学风”者和其党徒之气吧；或者算是说了胡须的报应——因为有说下去之嫌，所以该得报应——依博爱家言，本来也未始不是一举两得的事。但可惜那一天我竟不在场。我之所以不到场者，并非遵了胡适教授的指示在研究室里用功，也不是从了江绍原教授的忠告在推敲作品，更不是依着易卜生博士的遗训正在“救出自己”；惭愧我全没有做那些大工作，从实招供起来，不过是整天躺在窗下的床上而已。为什么呢？曰：生些小病，非有他也。

然而我的门牙，却是“确落二个”的。

四

这也是自家有病自家知的一例，如果牙齿健全的，决不会知道牙痛的人的苦楚，只见他歪着嘴角吸风，模样着实可笑。自从盘古开辟天地以来，中国就未曾发明过一种止牙痛的好方法，现在虽然很有些什么“西法镶牙补眼”的了，但大概不过学了一点皮毛，连消毒去腐的粗浅道理也不明白。以北京而论，以中国自家的牙医而论，只有几个留美出身的博士是好的，但是，yes，贵不可言。至于穷乡僻壤，却连皮毛家也没有，倘使不幸而牙痛，又不安本分而想医好，怕只好去叩求城隍土地爷爷吧。

我从小就是牙痛党之一，并非故意和牙齿不痛的正人君子们立异，实在是“欲罢不能”。听说牙齿的性质的好坏，也有遗传的，那么，这就是我的父亲赏给我的一份遗产，因为他牙齿也很坏。于是或蛀，或破……终于牙龈上出血了，无法收拾；住的又是小城，并无牙医。那时也想不到天下有所谓“西法……”也者，惟有《验方新编》是唯一的救星；然而试尽“验方”都不验。后来，一个善士传给我一个秘方：择日将栗子风干，日日食之，神效。应择那一日，现在已经忘却了，好在这秘方的结果不过是吃栗子，随时可以风干的，我们也无须再费神去查考。自此之后，我才正式看中医，服汤药，可惜中医仿佛也束手了，据说这是叫“牙损”，难治得很呢。还记得有一天一个长辈斥责我，说，因为不自爱，所以会生这病的；医生能有什么法？我不解，但从此不再向人提起牙齿的事了，似乎这病是我的一件耻辱。如此者久而久之，直至我到日本的长崎，再去寻牙医，他给我刮去了牙后面的所谓“齿垽”，这才不再出血了，花去的医费是两元，时间是约一小时以内。

我后来也看看中国的医药书，忽而发见触目惊心的学说了。它说，齿是属于肾的，“牙损”的原因是“阴亏”。我这才顿然悟出先前的所以得到申斥的原因来，原来是它们在这里这样诬陷我。到现在，即使有人说中医怎样可靠，单方怎样灵，我还都不信。自然，其中大半是因为他们耽误了我的父亲的病的缘故吧，但怕也很挟带些切肤之痛的自己的私怨。

事情还很多哩，假使我有 Victor Hugo 先生的文才，也许因此可以写出一部 *Les Misérables* 的续集。然而岂但没有而已么，遭难的又是自家的牙齿，向人分送自己的冤单，是不大合式的，虽然所有文章，几乎十之九是自身的暗中的辩护。现在还不如迈开大步一跳，一径来说“门牙确落二个”的事吧：

袁世凯也如一切儒者一样，最主张尊孔。做了离奇的古衣冠，盛行祭孔的时候，大概是要做皇帝以前的一两年。自此以来，相承不废，但也因秉政者的变换，仪式上，尤其是行礼之状有些不同：大概自以为维新者出则西装而鞠躬，尊古者兴则古装而顿首。我曾经是教育部的佥事，因为“区区”，所以还不入鞠躬或顿首之列的；但届春秋二祭，仍不免要被派去做执事。执事者，将所谓“帛”或“爵”递给鞠躬或顿首之诸公的听差之谓也。民国十一年秋，我“执事”后坐车回寓去，既是北京，又是秋，又是清早，天气很冷，所以我穿着厚外套，戴了手套的手是插在衣袋里的。那车夫，我相信他是因为瞌睡，糊涂，决非章士钊党；但他却在中途用了所谓“非常处分”，以“迅雷不及掩耳之手段”，自己跌倒了，并将我从车上摔出。我手在袋里，来不及抵按，结果便自然只好和地母接吻，以门牙为牺牲了。于是无门牙而讲书者半年，补好于十二年之夏，所以现在使朋其君一见放心，释然回去的两个，其实却是假的。

五

孔二先生说，“虽有周公之才之美，使骄且吝，其余，不足观也矣。”这话，我确是曾经读过的，也十分佩服。所以如果打落了两个门牙，借此能给若干人们从旁快意，“痛快”倒也毫无吝惜之心。而无如门牙，只有这几个，而且早经脱落何？但是将前事拉成今事，却也是不甚愿意的事，因为有些事情，我还要说真实，便只好将别人的“流言”抹杀了，虽然这大抵也以有利于己，至少是无损于己者为限。准此，我便顺手又要将章士钊的将后事拉成前事的糊涂账揭出来。

又是章士钊。我之遇到这个姓名而摇头，实在由来已久；但是，先前总算是为“公”，现在却像憎恶中医一样，仿佛也挟带一点私怨了，因为他“无故”将我免了官，所以，在先已经说过：我正在给他打官司。近来看见他的古文的答辩书了，很斤斤于“无故”之辩，其中有一段：

“……又该伪校务维持会擅举该员为委员，该员又不声明否认，显系有意抗阻本部行政，既情理之所难容，亦法律之所不许。……不得已于八月十二日，呈请执政将周树人免职，十三日由执政明令照准……”

于是乎我也“之乎者也”地驳掉他：

“查校务维持会公举树人为委员，系在八月十三日，而该总长呈请免职，据称在十二日。岂先预知将举树人为委员而先为免职之罪名耶？…”

其实，那些什么“答辩书”也不过是中国的胡牵乱扯的照例的成法，章士钊未必一定如此糊涂；假使真只糊涂，倒还不失为糊涂人，但他是知道舞文玩法的。他自己说过：“挽近政治。内包甚复。一端之起。其真意往往难于迹象求之。执法抗争。不过迹象间事。……”所以倘若事不干己，则与其听他说政法，谈逻辑，实在远不如看《太阳晒屁股赋》，因为欺人之意，这些赋里倒没有的。

离题愈说愈远了：这并不是我的身体的一部分。现在即此收住，将来说到哪里，且看民国十五年秋吧。

一九二五年十月三十日

坚壁清野主义

新近，我在中国社会上发现了几样主义。其一，是坚壁清野主义。

“坚壁清野”是兵家言，兵家非我的素业，所以这话不是从兵家得来，乃是从别的书上看来，或社会上听来的。听说这回的欧洲战争时最要紧的是壕堑战，那么，虽现在也还使用着这战法——坚壁。至于清野，世界史上就有着有趣的事例：相传十九世纪初拿破仑进攻俄国，到了墨斯科时，俄人便大发挥其清野手段，同时在这地方纵火，将生活所需的东西烧个干净，请拿破仑和他的雄兵猛将在空城里吸西北风。吸不到一个月，他们便退走了。

中国虽说是儒教国，年年祭孔，“俎豆之事，则尝闻之矣，军旅之事，丘未之学也”，但上上下下却都使用着这兵法；引导我看出来的是本月的报纸上的一条新闻。据说，教育当局因为公共娱乐场中常常发生有伤风化情事，所以令行各校，禁止女学生往游艺场和公园；并通知女生家属，协同禁止。自然，我并不深知这事是否确实；更未见明令的原文；也不明白教育当局之意，是因为娱乐场中的“有伤风化”情事，即从女生发生，所以不许其去，还是只要女生不去，别人也不发生，抑或即使发生，也就管他妈的了。

或者后一种的推测庶几近之。我们的古哲和今贤，虽然满口“正本清源”“澄清天下”，但大概是有口无心的，“未有己不正，而能正人者”，所以结果是：收起来。第一，是“以己之心，度人之心”，想专以“不见可欲，使民心不乱”。第二，是器宇只有这么大，实在并没有“澄清天下”之才，正如富翁唯一的经济法，只有将钱埋在自己的地下一样。古圣人所教的“慢藏诲盗，冶容诲淫”，就是说子女玉帛的处理方法，是应该坚壁清野的。

其实这种方法，中国早就奉行的了，我所到过的地方，除北京外，一路大抵只看见男人和卖力气的女人，很少见所谓上流妇女。但我先在此声明，我之不满于这种现象者，并非因为预备遍历中国，去窃窥一切太太小姐们；我并没有积下一文川资，就是最确的证据。今年是“流言”鼎盛时代，稍一不慎，《现代评论》上就会弯弯曲曲地登出来的，所以特地先行预告。至于一到名儒，则家里的男女也不给容易见面，霍渭厓的《家训》里，就有那非常麻烦的分隔男女的房子构造图。似乎有志于圣贤者，便是自己的家里也应该看作游艺场和公园；现在究竟是二十世纪，而且有“少负不羁之名，长习自由之说”的教育总长，实在宽大得远了。

北京倒是不大禁锢妇女，走在外面，也不很加侮蔑的地方，但这和我们的古哲和今贤之意相左，或者这种风气，倒是满洲人输入的吧。满洲人曾经做过我们的“圣上”，那习俗也应该遵从的。然而我想，现在却也并非排满，如民元之剪辫子，乃是老脾气复发了，只要看旧历过年的放鞭爆，就日见其多。可惜不再出一个魏忠贤来试验试验我们，看可有人去做干儿，并将他配享孔庙。

要风化好，是在解放人性，普及教育，尤其是性教育，这正是教育者所当为之事，“收起来”却是管牢监的禁卒哥哥的专门。况且社会上的事不比牢监那样简单，修了长城，胡人仍然源源而至，深沟高垒，都没有用处的。未有游艺场和公园以前，闺秀不出门，小家女也逛庙会，看祭赛，谁能说“有伤风化”情事，比高门大族为多呢?

总之，社会不改良，“收起来”便无用，以“收起来”为改良社会的手段，是坐了津浦车往奉天。这道理很浅显：壁虽坚固，也会冲倒的。兵匪的“绑急票”，抢妇女，于风化何如?没有知道呢，还是知而不能言，不敢言呢?倒是歌功颂德的!

其实，“坚壁清野”虽然是兵家的一法，但这究竟是退守，不是进攻。或者就因为这一点，适与一般人的退婴主义相称，于是见得志同道合的吧。但在兵事上，是别有所待的待援军的到来，或敌军的引退；倘单是困守孤城，那结果就只有灭亡，教育上的“坚壁清野”法，所待的是什么呢?照历来的女教来推测，所待的只有一件事：死。

天下太平或还能苟安时候，所谓男子者俨然地教贞顺，说幽娴，“内言不出于阃”，“男女授受不亲”。好！都听你，外事就拜托足下吧。但是天下弄得鼎沸，暴力袭来了，足下将何以见教呢？曰：做烈妇呀！

宋以来，对付妇女的方法，只有这一个，直到现在，还是这一个。

如果这女教当真大行，则我们中国历来多少内乱，多少外患，兵燹频仍，妇女不是死尽了么？不，也有幸免的，也有不死的，易代之际，就和男人一同降伏，做奴才。于是生育子孙，祖宗的香火幸而不断，但到现在还很有带着奴气的人物，大概也就是这个流弊吧。“有利必有弊”，是十口相传，大家都知道的。

但似乎除此之外，儒者，名臣，富翁，武人，阔人以至小百姓，都想不出什么善法来，因此还只得奉这为至宝。更昏庸的，便以为只要意见和这些歧异者，就是土匪了。和官相反的是匪，也正是当然的事。但最近，孙美瑶据守抱犊崮，其实倒是“坚壁”，至于“清野”的通品，则我要推举张献忠。

张献忠在明末的屠戮百姓，是谁也知道，谁也觉得可骇的，譬如他使ABC三支兵杀完百姓之后，便令AB杀C，又令A杀B，又令A自相杀。为什么呢？是李自成已经入北京，做皇帝了。做皇帝是要百姓的，他就要杀完他的百姓，使他无皇帝可做。正如伤风化是要女生的，现在关起一切女生，也就无风化可伤一般。

连土匪也有坚壁清野主义，中国的妇女实在已没有解放的路；听说现在的乡民，于兵匪也已经辨别不清了。

一九二五年十一月二十二日

寡妇主义

范源廉先生是现在许多青年所钦仰的；各人有各人的意思，我当然无从推度那些缘由。但我个人所叹服的，是在他当前清光绪末年，首先发明了“速成师范”。一门学术而可以速成，迂执的先生们也许要觉得离奇吧；殊不知那时中国正闹着“教育荒”，所以这正是一宗急赈的款子。半年以后，从日本留学回来的师资就不在少数了，还带着教育上的各种主义，如军国民主义，尊王攘夷主义之类。在女子教育，则那时候最时行，常常听到嚷着的，是贤母良妻主义。

我倒并不一定以为这主义错，愚母恶妻是谁也不希望的。然而现在有几个急进的人们，却以为女子也不专是家庭中物，因而很攻击中国至今还抄了日本旧刊文来教育自己的女子的谬误。人们真容易被听惯的讹传所迷，例如近来有人说：谁是卖国的，谁是只为子孙计的。于是许多人也都这样说。其实如果真能卖国，还该得点更大的利，如果真为子孙计，也还算较有良心；现在的所谓谁者，大抵不过是送国，也何尝想到子孙。这贤母良妻主义也不在例外，急进者虽然引以为病，而事实上又何尝有这么一回事；所有的，不过是“寡妇主义”罢了。

这“寡妇”二字，应该用纯粹的中国思想来解释，不能比附欧，美，印度或亚剌伯的；倘要翻成洋文，也决不宜意译或神译，只能音译：Kuo-fuism。

我生以前不知道怎样，我生以后，儒教却已经颇“杂”了：“奉母命权作道场”者有之，“神道设教”者有之，佩服《文昌帝君功过格》者又有之，我还记得那《功过格》，是给“谈人闺阃”者以很大的罚。我未出户庭，中国也未有女学校以前不知道怎样，自从我涉足社会，中国也有了女校，却常听到读书人谈论女学生的事，并且照例是坏事。有时实在太谬妄了，但倘若指出它的矛盾，则说的听的都大不悦，仇恨简直是“若杀其父兄”。这种言动，自然也许是合于“儒行”的吧，因为圣道广博，无所不包；或者不过是小节，不要紧的。

我曾经也略略猜想过这些谣诼的由来：反改革的老先生，色情狂气味的幻想家，制造流言的名人，连常识也没有或别有作用的新闻访事和记者，被学生赶走的校长和教员，谋做校长的教育家，跟着一犬而群吠的邑犬……但近来却又发见了一种另外的，是：“寡妇”或“拟寡妇”的校长及舍监。

这里所谓“寡妇”，是指和丈夫死别的；所谓“拟寡妇”，是指和丈夫生离以及不得已而抱独身主义的。

中国的女性出而在社会上服务，是最近才有的，但家族制度未曾改革，家务依然纷繁，一经结婚，即难于兼做别的事。于是社会上的事业，在中国，则大抵还只有教育，尤其是女子教育，便多半落在上文所说似的独身者的掌中。这在先前，是道学先生所占据的，继而以顽固无识等恶名失败，她们即以曾受新教育，曾往国外留学，同是女性等好招牌，起而代之。社会上也因为她们并不与任何男性相关，又无儿女系累，可以专心于神圣的事业，便漫然加以信托。但从此而青年女子之遭灾，就远在于往日在道学先生治下之上了。

即使是贤母良妻，即使是东方式，对于夫和子女，也不能说可以没有爱情。爱情虽说是天赋的东西，但倘没有相当的刺戟和运用，就不发达。譬如同是手脚，坐着不动的人将自己的和铁匠挑夫的一比较，就非常明白。在女子，是从有了丈夫，有了情人，有了儿女，而后真的爱情才觉醒的；否则，便潜藏着，或者竟会萎落，甚且至于变态。所以托独身者来造贤母良妻，简直是请盲人骑瞎马上道，更何论于能否适合现代的新潮流。自然，特殊的独身的女性，世上也并非没有，如那过去的有名的数学家 Sophie Kowalewsky，现在的思想家 Ellen Key 等；但那是一则欲望转了向，一则思想已经透澈的。然而当学士会院以奖金表彰 Kowalewsky 的学术上的名誉时，她给朋友的信里却有这样的话：“我收到各方面的贺信。运命的奇异的讽刺呀，我从来没有感到过这样的不幸。”

至于因为不得已而过着独身生活者，则无论男女，精神上常不免发生变化，有着执拗猜疑阴险的性质者居多。欧洲中世的教士，日本维新前的御殿女中（女内侍），中国历代的宦官，那冷酷险狠，都超出常人许多倍。别的独身者也一样，生活既不合自然，心状也就大变，觉得世事都无味，人物都可憎，看见有些天真欢乐的人，便生恨恶。尤其是因为压抑性欲之故，所以于别人的性底事件就敏感，多疑；欣羡，因而妒嫉。其实这也是势所必至的事：为社会所逼迫，表面上固不能不装作纯洁，但内心却终于逃不掉本能之力的牵掣，不自主地蠢动着缺憾之感的。

然而学生是青年，只要不是童养媳或继母治下出身，大抵涉世不深，觉得万事都有光明，思想言行，即与此辈正相反。此辈倘能回忆自己的青年时代，本来就可以了解的。然而天下所多的是愚妇人，哪里能想到这些事；始终用了她多年练就的眼光，观察一切：见一封信，疑心是情书了；闻一声笑，以为是怀春了；只要男人来访，就是情夫；为什么上公园呢，总该是赴密约。被学生反对，专一运用这种策略的时候不待言，虽在平时，也不免如此。加以中国本是流言的出产地方，“正人君子”也常以这些流言作谈资，扩势力，自造的流言尚且奉为至宝，何况是真出于学校当局者之口的呢，自然就更有价值地传布来了。

我以为在古老的国度里，老于世故者和许多青年，在思想言行上，似乎有很远的距离，倘观以一律的眼光，结果即往往谬误。譬如中国有许多坏事，各有专名，在书籍上又偏多关于它的别名和隐语。当我编辑周刊时，所收的文稿中每有直犯这些别名和隐语的；在我，是向来避而不用。但细一查考，作者实茫无所知，因此也坦然写出；其咎却在中国的坏事的别名隐语太多，而我亦太有所知道，疑虑及避忌。看这些青年，仿佛中国的将来还有光明；但再看所谓学士大夫，却又不免令人气塞。他们的文章或者古雅，但内心真是干净者有多少。即以今年的士大夫的文言而论，章士钊呈文中的“荒学逾闲恣为无忌”“两性衔接之机缄缔构”“不受检制竟体忘形”“谨愿者尽丧所守”……可谓臻媟黩之极致了。但其实，被侮辱的青年学生们是不懂的；即使仿佛懂得，也大概不及我读过一些古文者的深切地看透作者的居心。

言归正传吧。因为人们因境遇而思想性格能有这样不同，所以在寡妇或拟寡妇所办的学校里，正当的青年是不能生活的。青年应当天真烂漫，非如她们的阴沉，她们却以为中邪了；青年应当有朝气，敢作为，非如她们的萎缩，她们却以为不安本分了：都有罪。只有极和她们相宜——说得冠冕一点吧，就是极其“婉顺”的，以她们为师法，使眼光呆滞，面肌固定，在学校所化成的阴森的家庭里屏息而行，这才能敷衍到毕业；拜领一张纸，以证明自己在这里被多年陶冶之余，已经失了青春的本来面目，成为精神上的“未字先寡”的人物，自此又要到社会上传布此道去了。

虽然是中国，自然也有一些解放之机，虽然是中国妇女，自然也有一些自立的倾向；所可怕的是幸而自立之后，又转而凌虐还未自立的人，正如童养媳一做婆婆，也就像她的恶姑一样毒辣。我并非说凡在教育界的独身女子，一定都得去配一个男人，无非愿意她们能放开思路，再去较为远大地加以思索；一面，则希望留心教育者，想到这事乃是一个女子教育上的大问题，而有所挽救，因为我知道凡有教育学家，是决不肯说教育是没有效验的。大约中国此后这种独身者还要逐渐增加，倘使没有善法补救，则寡妇主义教育的声势，也就要逐渐浩大，许多女子，都要在那冷酷险狠的陶冶之下，失其活泼的青春，无法复活了。全国受过教育的女子，无论已嫁未嫁，有夫无夫，个个心如古井，脸若严霜，自然倒也怪好看的吧，但究竟也太不像真要人模样地生活下去了；为他贴身的使女，亲生的女儿着想，倒是还在其次的事。

我是不研究教育的，但这种危害，今年却因为或一机会，深切地感到了，所以就趁《妇女周刊》征文的机会，将我的所感说出。

一九二五年十一月二十三日

论“费厄泼赖”应该缓行

一 解题

《语丝》五七期上语堂先生曾经讲起“费厄泼赖”（Fairplay），以为此种精神在中国最不易得，我们只好努力鼓励；又谓不“打落水狗”，即足以补充“费厄泼赖”的意义。我不懂英文，因此也不明这字的含义究竟怎样，如果不“打落水狗”也即这种精神之一体，则我却很想有所议论。但题目上不直书“打落水狗”者，乃为回避触目起见，即并不一定要在头上强装“义角”之意。总而言之，不过说是“落水狗”未始不可打，或者简直应该打而已。

二 论“落水狗”有三种，大都在可打之列

今之论者，常将“打死老虎”与“打落水狗”相提并论，以为都近于卑怯。我以为“打死老虎”者，装怯作勇，颇含滑稽，虽然不免有卑怯之嫌，却怯得令人可爱。至于“打落水狗”，则并不如此简单，当看狗之怎样，以及如何落水而定。考落水原因，大概可有三种：（1）狗自己失足落水者；（2）别人打落者；（3）亲自打落者。倘遇前二种，便即附和去打，自然过于无聊，或者竟近于卑怯；但若与狗奋战，亲手打其落水，则虽用竹竿又在水中从而痛打之，似乎也非已甚，不得与前二者同论。

听说刚勇的拳师，决不再打那已经倒地的敌手，这实足使我们奉为楷

模。但我以为尚须附加一事，即敌手也须是刚勇的斗士，一败之后，或自愧自悔而不再来，或尚须堂皇地来相报复，那当然都无不可。而于狗，却不能引此为例，与对等的敌手齐观，因为无论他怎样狂嗥，其实并不解什么“道义”；况且狗是能浮水的，一定仍要爬到岸上，倘不注意，他先就耸身一摇，将水点洒得人们一身一脸，于是夹着尾巴逃走了。但后来性情还是如此。老实人将他的落水认作受洗，以为必已忏悔，不再出而咬人，实在是大错而特错的事。

总之，倘是咬人之狗，我觉得都在可打之列，无论它在岸上或在水中。

三　论叭儿狗尤非打落水里，又从而打之不可

叭儿狗一名哈吧狗，南方却称为西洋狗了，但是，听说倒是中国的特产，在万国赛狗会里常常得到金奖牌，《大不列颠百科全书》的狗照相上，就很有几匹是咱们中国的叭儿狗。这也是一种国光。但是，狗和猫不是仇敌么？他却虽然是狗，又很像猫，折中，公允，调和，平正之状可掬，悠悠然摆出别个无不偏激，惟独自己得了“中庸之道”似的脸来。因此也就为阔人，太监，太太，小姐们所钟爱，种子绵绵不绝。它的事业，只是以伶俐的皮毛获得贵人豢养，或者中外的娘儿们上街的时候，脖子上拴了细链子跟在脚后跟。

这些就应该先行打它落水，又从而打之；如果它自坠入水，其实也不妨又从而打之，但若是自己过于要好，自然不打亦可，然而也不必为之叹息。叭儿狗如可宽容，别的狗也大可不必打了，因为它们虽然非常势利，但究竟还有些像狼，带着野性，不至于如此骑墙。

以上是顺便说及的话，似乎和本题没有大关系。

四　论不“打落水狗”是误人子弟的

总之，落水狗的是否该打，第一是在看它爬上岸了之后的态度。

狗性总不大会改变的，假使一万年之后，或者也许要和现在不同，但我

现在要说的是现在。如果以为落水之后，十分可怜，则害人的动物，可怜者正多，便是霍乱病菌，虽然生殖得快，那性格却何等地老实。然而医生是决不肯放过它的。

现在的官僚和土绅士或洋绅士，只要不合自意的，便说是赤化，是共产；民国元年以前稍不同，先是说康党，后来说革党，甚至于到官里去告密，一面固然在保全自己的尊荣，但也未始没有那时所谓“以人血染红顶子”之意。可是革命终于起来了，一群臭架子的绅士们，便立刻皇皇然若丧家之狗，将小辫子盘在头顶上。革命党也一派新气——绅士们先前所深恶痛绝的新气，“文明”得可以；说是“咸与维新”了，我们是不打落水狗的，听凭它们爬上来吧。于是它们爬上来了，伏到民国二年下半年，二次革命的时候，就突出来帮着袁世凯咬死了许多革命人，中国又一天一天沉入黑暗里，一直到现在，遗老不必说，连遗少也还是那么多。这就因为先烈的好心，对于鬼蜮的慈悲，使他们繁殖起来，而此后的明白青年，为反抗黑暗计，也就要花费更多更多的气力和生命。

秋瑾女士，就是死于告密的，革命后暂时称为“女侠”，现在是不大听见有人提起了。革命一起，她的故乡就到了一个都督——等于现在之所谓督军——也是她的同志：王金发。他捉住了杀害她的谋主，调集了告密的案卷，要为她报仇。然而终于将那谋主释放了，据说是因为已经成了民国，大家不应该再修旧怨吧。但等到二次革命失败后，王金发却被袁世凯的走狗枪决了，与有力的是他所释放的杀过秋瑾的谋主。

这人现在也已“寿终正寝”了，但在那里继续跋扈出没着的也还是这一流人，所以秋瑾的故乡也还是那样的故乡，年复一年，丝毫没有长进。从这一点看起来，生长在可为中国模范的名城里的杨荫榆女士和陈西滢先生，真是洪福齐天。

五　论塌台人物不当与“落水狗”相提并论

“犯而不校”是恕道，“以眼还眼以牙还牙”是直道。中国最多的却是枉道：不打落水狗，反被狗咬了。但是，这其实是老实人自己讨苦吃。

俗语说："忠厚是无用的别名"，也许太刻薄一点吧，但仔细想来，却也觉得并非唆人作恶之谈，乃是归纳了许多苦楚的经历之后的警句。譬如不打落水狗说，其成因大概有二：一是无力打；二是比例错。前者且勿论；后者的大错就又有二：一是误将塌台人物和落水狗齐观，二是不辨塌台人物又有好有坏，于是视同一律，结果反成为纵恶。即以现在而论，因为政局的不安定，真是此起彼伏如转轮，坏人靠着冰山，恣行无忌，一旦失足，忽而乞怜，而曾经亲见，或亲受其噬啮的老实人，乃忽以"落水狗"视之，不但不打，甚至于还有哀矜之意。自以为公理已伸，侠义这时正在我这里。殊不知它何尝真是落水，巢窟是早已造好的了，食料是早经储足的了，并且都在租界里。虽然有时似乎受伤，其实并不，至多不过是假装跛脚，聊以引起人们的恻隐之心，可以从容避匿罢了。他日复来，仍旧先咬老实人开手，"投石下井"，无所不为，寻起原因来，一部分就正因为老实人不"打落水狗"之故。所以，要是说得苛刻一点，也就是自家掘坑自家埋，怨天尤人，全是错误的。

六　论现在还不能一味"费厄"

仁人们或者要问：那么，我们竟不要"费厄泼赖"么？我可以立刻回答：当然是要的，然而尚早。这就是"请君入瓮"法。虽然仁人们未必肯用，但我还可以言之成理。土绅士或洋绅士们不是常常说，中国自有特别国情，外国的平等自由等等，不能适用么？我以为这"费厄泼赖"也是其一。否则，他对你不"费厄"，你却对他去"费厄"，结果总是自己吃亏，不但要"费厄"而不可得，并且连要不"费厄"而亦不可得。所以要"费厄"，最好是首先看清对手，倘是些不配承受"费厄"的，大可以老实不客气；待到它也"费厄"了，然后再与它讲"费厄"不迟。

这似乎很有主张二重道德之嫌，但是也出于不得已，因为倘不如此，中国将不能有较好的路。中国现在有许多二重道德，主与奴，男与女，都有不同的道德，还没有划一。要是对"落水狗"和"落水人"独独一视同仁，实在未免太偏，太早，正如绅士们之所谓自由平等并非不好，在中国却微嫌太早一样。所以倘有人要普遍施行“费厄泼赖”精神，我以为至少须俟所谓“落水狗”者带有人气之后。但现在自然也非绝不可行，就是，有如上文所说：要看清对手。而且还要有等差，即“费厄”必视对手之如何而施，无论其怎样落水，为人也则帮之，为狗也则不管之，为坏狗也则打之。一言以蔽之：“党同伐异”而已矣。

满心“婆理”而满口“公理”的绅士们的名言暂且置之不论不议之列，即使真心人所大叫的公理，在现今的中国，也还不能救助好人，甚至于反而保护坏人。因为当坏人得志，虐待好人的时候，即使有人大叫公理，他决不听从，叫喊仅止于叫喊，好人仍然受苦。然而偶有一时，好人或稍稍蹶起，则坏人本该落水了，可是，真心的公理论者又“勿报复”呀，“仁恕”呀，“勿以恶抗恶”呀……的大嚷起来。这一次却发生实效，并非空嚷了：好人正以为然，而坏人于是得救。但他得救之后，无非以为占了便宜，何尝改悔；并且因为是早已营就三窟，又善于钻谋的，所以不多时，也就依然声势赫奕，作恶又如先前一样。这时候，公理论者自然又要大叫，但这回他却不听你了。

但是，“疾恶太严”“操之过急”，汉的清流和明的东林，却正以这一点倾败，论者也常常这样责备他们。殊不知那一面，何尝不“疾善如仇”呢？人们却不说一句话。假使此后光明和黑暗还不能作彻底的战斗，老实人误将纵恶当作宽容，一味姑息下去，则现在似的混沌状态，是可以无穷无尽的。

七　论“即以其人之道还治其人之身”

中国人或信中医或信西医，现在较大的城市中往往并有两种医，使他们各得其所。我以为这确是极好的事。倘能推而广之，怨声一定还要少得多，或者天下竟可以臻于郅治。例如民国的通礼是鞠躬，但若有人以为不对的，就独使他磕头。民国的法律是没有笞刑的，倘有人以为肉刑好，则这人犯罪时就特别打屁股。碗筷饭菜，是为今人而设的，有愿为燧人氏以前之民者，就请他吃生肉；再造几千间茅屋，将在大宅子里仰慕尧舜的高士都拉出来，给住在那里面；反对物质文明的，自然更应该不使他衔冤坐汽车。这样一办，真所谓“求仁得仁又何怨”，我们的耳根也就可以清净许多吧。

但可惜大家总不肯这样办，偏要以己律人，所以天下就多事。“费厄泼赖”尤其有流弊，甚至于可以变成弱点，反给恶势力占便宜。例如刘百昭殴曳女师大学生，《现代评论》上连屁也不放，一到女师大恢复，陈西滢鼓动女大学生占据校舍时，却道“要是她们不肯走便怎样呢？你们总不好意思用强力把她们的东西搬走了吧？”殴而且拉，而且搬，是有刘百昭的先例的，何以这一回独独“不好意思”？这就因为给他嗅到了女师大这一面有些“费厄”气味之故。但这“费厄”却又变成弱点，反而给人利用了来替章士钊的“遗泽”保镖。

八　结末

或者要疑我上文所言，会激起新旧，或什么两派之争，使恶感更深，或相持更烈吧。但我敢断言，反改革者对于改革者的毒害，向来就并未放松过，手段的厉害也已经无以复加了。只有改革者却还在睡梦里，总是吃亏。因而中国也总是没有改革，自此以后，是应该改换些态度和方法的。

一九二五年十二月二十九日

写在《坟》后面

在听到我的杂文已经印成一半的消息的时候，我曾经写了几行题记，寄往北京去。当时想到便写，写完便寄，到现在还不满二十天，早已记不清说了些甚么了。今夜周围是这么寂静，屋后面的山脚下腾起野烧的微光；南普陀寺还在做牵丝傀儡戏，时时传来锣鼓声，每一间隔中，就更加显得寂静。电灯自然是辉煌着，但不知怎地忽有淡淡的哀愁来袭击我的心，我似乎有些后悔印行我的杂文了。我很奇怪我的后悔；这在我是不大遇到的，到如今，我还没有深知道所谓悔者究竟是怎么一回事。但这心情也随即逝去，杂文当然仍在印行，只为想驱逐自己目下的哀愁，我还要说几句话。

记得先已说过：这不过是我的生活中的一点陈迹。如果我的过往，也可以算作生活，那么，也就可以说，我也曾工作过了。但我并无喷泉一般的思想，伟大华美的文章，既没有主义要宣传，也不想发起一种什么运动。不过我曾经尝得，失望无论大小，是一种苦味，所以几年以来，有人希望我动动笔的，只要意见不很相反，我的力量能够支撑，就总要勉力写几句东西，给来者一些极微末的欢喜。人生多苦辛，而人们有时却极容易得到安慰，又何必惜一点笔墨，给多尝些孤独的悲哀呢？于是除小说杂感之外，逐渐又有了长长短短的杂文十多篇。其间自然也有为卖钱而作的，这回就都混在一处。我的生命的一部分，就这样地用去了，也就是做了这样的工作。然而我至今终于不明白我一向是在做什么。比方做土工的吧，做着做着，而不明白是在筑台呢还在掘坑。所知道的是即使是筑台，也无非要将自己从那上面跌下来或者显示老死；倘是掘坑，那就当然不过是埋掉自己。总之：逝去，逝去，一切一切，和光阴一同早逝去，在逝去，要逝去了。——不过如此，但也为我所十分甘愿的。

然而这大约也不过是一句话。当呼吸还在时，只要是自己的，我有时却也喜欢将陈迹收存起来，明知不值一文，总不能绝无眷恋，集杂文而名之曰《坟》，究竟还是一种取巧的掩饰。刘伶喝得酒气熏天，使人荷锸跟在后面，道：死便埋我。虽然自以为放达，其实是只能骗骗极端老实人的。

所以这书的印行，在自己就是这么一回事。至于对别人，记得在先也已说过，还有愿使偏爱我的文字的主顾得到一点喜欢；憎恶我的文字的东西得到一点呕吐——我自己知道，我并不大度，那些东西因我的文字而呕吐，我也很高兴的。别的就什么意思也没有了。倘若硬要说出好处来，那么，其中所介绍的几个诗人的事，或者还不妨一看；最末的论"费厄泼赖"这一篇，也许可供参考吧，因为这虽然不是我的血所写，却是见了我的同辈和比我年幼的青年们的血而写的。

偏爱我的作品的读者，有的批评说，我的文字是说真话的。这其实是过誉，那原因就因为他偏爱。我自然不想太欺骗人，但也未尝将心里的话照样说尽，大约只要看得可以交卷就算完。我的确时时解剖别人，然而更多的是更无情面地解剖我自己，发表一点，酷爱温暖的人物已经觉得冷酷了，如果全露出我的血肉来，末路正不知要到怎样。我有时也想就此驱除旁人，到那时还不唾弃我的，即使是枭蛇鬼怪，也是我的朋友，这才真是我的朋友。倘使并这个也没有，则就是我一个人也行。但现在我并不。因为我还没有这样勇敢，那原因就是我还想生活，在这社会里。还有一种小缘故，先前也曾屡次声明，就是偏要使所谓正人君子也者之流多不舒服几天，所以自己便特地留几片铁甲在身上，站着，给他们的世界上多有一点缺陷，到我自己厌倦了，要脱掉了的时候为止。

倘说为别人引路，那就更不容易了，因为连我自己还不明白应当怎么走。中国大概很有些青年的"前辈"和"导师"吧，但那不是我，我也不相信他们。我只很确切地知道一个终点，就是：坟。然而这是大家都知道的，无须谁指引。问题是在从此到那的道路。那当然不只一条，我可正不知哪一条好，虽然至今有时也还在寻求。在寻求中，我就怕我未熟的果实偏偏毒死了偏爱我的果实的人，而憎恨我的东西如所谓正人君子也者偏偏都矍铄，所以我说话常不免含糊，中止，心里想：对于偏爱我的读者的赠献，或者最好倒不如是一个“无所有”。我的译著的印本，最初，印一次是一千，后来加五百，近时是二千至四千，每一增加，我自然是愿意的，因为能赚钱，但也伴着哀愁，怕于读者有害，因此作文就时常更谨慎，更踌躇。有人以为我信笔写来，直抒胸臆，其实是不尽然的，我的顾忌并不少。我自己早知道毕竟不是什么战士了，而且也不能算前驱，就有这么多的顾忌和回忆。还记得三四年前，有一个学生来买我的书，从衣袋里掏出钱来放在我手里，那钱上还带着体温。这体温便烙印了我的心，至今要写文字时，还常使我怕毒害了这类的青年，迟疑不敢下笔。我毫无顾忌地说话的日子，恐怕要未必有了吧。但也偶尔想，其实倒还是毫无顾忌地说话，对得起这样的青年。但至今也还没有决心这样做。

今天所要说的话也不过是这些，然而比较的却可以算得真实。此外，还有一点余文。

记得初提倡白话的时候，是得到各方面剧烈的攻击的。后来白话渐渐通行了，势不可遏，有些人便一转而引为自己之功，美其名曰“新文化运动”。又有些人便主张白话不妨作通俗之用；又有些人却道白话要做得好，仍须看古书。前一类早已二次转舵，又反过来嘲骂“新文化”了；后二类是不得已的调和派，只希图多留几天僵尸，到现在还不少。我曾在杂感上掊击过的。

新近看见一种上海出版的期刊，也说起要做好白话须读好古文，而举例为证的人名中，其一却是我。这实在使我打了一个寒噤。别人我不论，若是自己，则曾经看过许多旧书，是的确的，为了教书，至今也还在看。因此耳濡目染，影响到所做的白话上，常不免流露出它的字句，体格来。但自己却正苦于背了这些古老的鬼魂，摆脱不开，时常感到一种使人气闷的沉重。就是思想上，也何尝不中些庄周，韩非的毒，时而很随便，时而很峻急。孔孟的书我读得最早，最熟，然而倒似乎和我不相干。大半也因为懒惰吧，往往自己宽解，以为一切事物，在转变中，是总有多少中间物的。动植之间，无脊椎和脊椎动物之间，都有中间物；或者简直可以说，在进化的链子上，一切都是中间物。当开首改革文章的时候，有几个不三不四的作者，是当然的，只能这样，也需要这样。他的任务，是在有些警觉之后，喊出一种新声；又因为从旧垒中来，情形看得较为分明，反戈一击，易制强敌的死命。但仍应该和光阴偕逝，逐渐消亡，至多不过是桥梁中的一木一石，并非什么前途的目标，范本。跟着起来便该不同了，倘非天纵之圣，积习当然也不能顿然荡除，但总得更有新气象。以文字论，就不必更在旧书里讨生活，却将活人的唇舌作为源泉，使文章更加接近语言，更加有生气。至于对于现在人民的语言的穷乏欠缺，如何救济，使他丰富起来，那也是一个很大的问题，或者也须在旧文中取得若干资料，以供使役，但这并不在我现在所要说的范围以内，姑且不论。

我以为我倘十分努力，大概也还能够博采口语，来改革我的文章。但因为懒而且忙，至今没有做。我常疑心这和读了古书很有些关系，因为我觉得古人写在书上的可恶思想，我的心里也常有，能否忽而奋勉，是毫无把握的。我常常诅咒我的这思想，也希望不再见于后来的青年。去年我主张青年少读，或者简直不读中国书，乃是用许多苦痛换来的真话，决不是聊且快意，或什么玩笑，愤激之辞。古人说，不读书便成愚人，那自然也不错的。然而世界却正由愚人造成，聪明人决不能支持世界，尤其是中国的聪明人。现在呢，思想上且不说，便是文辞，许多青年作者又在古文，诗词中摘些好看而难懂的字面，作为变戏法的手巾，来装潢自己的作品了。我不知这和劝读古文说可有相关，但正在复古，也就是新文艺的试行自杀，是显而易见的。

不幸我的古文和白话合成的杂集，又恰在此时出版了，也许又要给读者若干毒害。只是在自己，却还不能毅然决然将他毁灭，还想借此暂时看看逝去的生活的余痕。惟愿偏爱我的作品的读者也不过将这当作一种纪念，知道这小小的丘陇中，无非埋着曾经活过的躯壳。待再经若干岁月，又当化为烟埃，并纪念也从人间消去，而我的事也就完毕了。上午也正在看古文，记起了几句陆士衡的吊曹孟德文，便拉来给我的这一篇作结——

既睎古以遗累，信简礼而薄葬。

彼裘绂于何有，贻尘谤于后王。

嗟大恋之所存，故虽哲而不忘。

览遗籍以慷慨，献兹文而凄伤！

一九二六，一一，一一，夜。鲁迅

热 风

题　记

现在有谁经过西长安街一带的，总可以看见几个衣履破碎的穷苦孩子叫卖报纸。记得三四年前，在他们身上偶尔还剩有制服模样的残余；再早，就更体面，简直是童子军的拟态。

那是中华民国八年，即西历一九一九年，五月四日北京学生对于山东问题的示威运动以后，因为当时散传单的是童子军，不知怎的竟惹了投机家的注意，童子军式的卖报孩子就出现了。其年十二月，日本公使小幡酉吉抗议排日运动，情形和今年大致相同；只是我们的卖报孩子却穿破了第一身新衣以后，便不再做，只见得年不如年地显出穷苦。

我在《新青年》的《随感录》中做些短评，还在这前一年，因为所评论的多是小问题，所以无可道，原因也大都忘却了。但就现在的文字看起来，除几条泛论之外，有的是对于扶乩，静坐，打拳而发的；有的是对于所谓"保存国粹"而发的；有的是对于那时旧官僚的以经验自豪而发的；有的是对于上海《时报》的讽刺画而发的。记得当时的《新青年》是正在四面受敌之中，我所对付的不过一小部分；其他大事，则本志具在，无须我多言。

五四运动之后，我没有写什么文字，现在已经说不清是不做，还是散失消灭的了。但那时革新运动，表面上却颇有些成功，于是主张革新的也就蓬蓬勃勃，而且有许多还就是在先讥笑，嘲骂《新青年》的人们，但他们却是另起了一个冠冕堂皇的名目：新文化运动。这也就是后来又将这名目反套在《新青年》身上，而又加以嘲骂讥笑的，正如笑骂白话文的人，往往自称最得风气之先，早经主张过白话文一样。

再后，更无可道了。只记得一九二一年中的一篇是对于所谓"虚无哲学”而发的；更后一年则大抵对于上海之所谓“国学家”而发，不知怎的那时忽而有许多人都自命为国学家了。

自《新青年》出版以来，一切应之而嘲骂改革，后来又赞成改革，后来又嘲骂改革者，现在拟态的制服早已破碎，显出自身的本相来了，真所谓“事实胜于雄辩”，又何待于纸笔喉舌的批评。所以我的应时的浅薄的文字，也应该置之不顾，一任其消灭的；但几个朋友却以为现状和那时并没有大两样，也还可以存留，给我编辑起来了。这正是我所悲哀的。我以为凡对于时弊的攻击，文字须与时弊同时灭亡，因为这正如白血轮之酿成疮疖一般，倘非自身也被排除，则当它的生命的存留中，也即证明着病菌尚在。

但如果凡我所写，的确都是冷的呢？则它的生命原来就没有，更谈不到中国的病证究竟如何。然而，无情的冷嘲和有情的讽刺相去本不及一张纸，对于周围的感受和反应，又大概是所谓“如鱼饮水冷暖自知”的；我却觉得周围的空气太寒冽了，我自说我的话，所以反而称之曰《热风》。

一九二五年十一月三日之夜，鲁迅

一九一八年

随感录二十五

我一直从前曾见严又陵在一本什么书上发过议论，书名和原文都忘记了。大意是："在北京道上，看见许多孩子，辗转于车轮，马足之间，很怕把他们碰死了，又想起他们将来怎样得了，很是害怕。"其实别的地方，也都如此，不过车马多少不同罢了。现在到了北京，这情形还未改变，我也时时发起这样的忧虑；一面又佩服严又陵究竟是"做"过赫胥黎《天演论》的，的确与众不同：是一个十九世纪末年中国感觉锐敏的人。

穷人的孩子蓬头垢面的在街上转，阔人的孩子妖形妖势娇声娇气的在家里转。转得大了，都昏天黑地的在社会上转，同他们的父亲一样，或者还不如。

所以看十来岁的孩子，便可以逆料二十年后中国的情形；看二十多岁的青年——他们大抵有了孩子，尊为爹爹了——便可以推测他儿子，孙子，晓得五十年后七十年后中国的情形。

中国的孩子，只要生，不管他好不好，只要多，不管他才不才。生他的人，不负教他的责任。虽然"人口众多"这一句话，很可以闭了眼睛自负，然而这许多人口，便只在尘土中辗转，小的时候，不把他当人，大了以后，也做不了人。

中国娶妻早是福气，儿子多也是福气。所有小孩，只是他父母福气的材料，并非将来的人的萌芽，所以随便辗转，没人管他，因为无论如何，数目和材料的资格，总还存在。即使偶尔送进学堂，然而社会和家庭的习惯，尊长和伴侣的脾气，却多与教育反背，仍然使他与新时代不合。大了以后，幸而生存，也不过“仍旧贯如之何”，照例是制造孩子的家伙，不是“人”的父亲，他生了孩子，便仍然不是“人”的萌芽。

最看不起女人的奥国人华宁该尔（Otto Weininger）曾把女人分成两大类：一是“母妇”，一是“娼妇”。照这分法，男人便也可以分作“父男”和“嫖男”两类了。但这父男一类，却又可以分成两种：其一是孩子之父。其一是“人”之父。第一种只会生，不会教，还带点嫖男的气息。第二种是生了孩子，还要想怎样教育，才能使这生下来的孩子，将来成一个完全的人。

前清末年，某省初开师范学堂的时候，有一位老先生听了，很为诧异，便发愤说：“师何以还须受教，如此看来，还该有父范学堂了！”这位老先生，便以为父的资格，只要能生。能生这件事，自然便会，何须受教呢。却不知中国现在，正须父范学堂；这位先生便须编入初等第一年级。

因为我们中国所多的是孩子之父；所以以后是只要“人”之父！

随感录三十三

现在有一班好讲鬼话的人，最恨科学，因为科学能教道理明白，能教人思路清楚，不许鬼混，所以自然而然的成了讲鬼话的人的对头。于是讲鬼话的人，便须想一个方法排除他。

其中最巧妙的是捣乱。先把科学东扯西拉，羼进鬼话，弄得是非不明，连科学也带了妖气：例如一位大官做的卫生哲学，里面说：

“吾人初生之一点，实自脐始，故人之根本在脐。……故脐下腹部最为重要，道书所以称之曰丹田。”

用植物来比人，根须是胃，脐却只是一个蒂，离了便吧，有什么重要。但这还不过比喻奇怪罢了，尤其可怕的是：

“精神能影响于血液，昔日德国科布博士发明霍乱（虎列拉）病菌，有某某二博士反对之，取其所培养之病菌，一口吞入，而竟不病。”

据我所晓得的，是 Koch 博士发见（查出了前人未知的事物叫发见，创出了前人未知的器具和方法才叫发明）了真虎列拉菌；别人也发见了一种，Koch 说他不是，把他的菌吞了，后来没有病，便证明了那人所发见的，的确不是病菌。如今颠倒转来，当作“精神能改造肉体”的例证，岂不危险已极么？

捣乱得更凶的，是一位神童做的《三千大千世界图说》。他拿了儒，道士，和尚，耶教的糟粕，乱作一团，又密密的插入鬼话。他说能看见天上地下的情形，他看见的“地球星”，虽与我们所晓得的无甚出入，一到别的星系，可是五花八门了。因为他有天眼通，所以本领在科学家之上。他先说道：

“今科学家之发明，欲观天文则用天文镜……然犹不能持此以观天堂，地狱也。究之学问之道如大海然，万不可入海饮一滴水，即自足也。”

他虽然也分不出发见和发明的不同，论学问却颇有理。但学问的大海，究竟怎样情形呢？他说：

“赤精天……有毒火坑，以水晶盖压之。若遇某星球将坏之时，即去某星球之水晶盖，则毒火大发，焚毁民物。

“众星……大约分为三种：曰恒星，行星，流星。……据西学家言，恒星有三十五千万，以小子视之，不下七千万万也。……行星共计一百千万大系。……流星之多，倍于行星。……其绕日者，约三十三年一周，每秒能行六十五里。

日面纯为大火。……因其热力极大，人不能生，故太阳星君居焉。”

其余怪话还多；但讲天堂的远不及六朝方士的《十洲记》，讲地狱的也不过抄袭《玉历钞传》。这神童算是糟了！另外还有感慨的话，说科学害了人。上面一篇“嗣汉六十二代天师正一真人张元旭”的序文，尤为单刀直入，明明白白道出：

“自拳匪假托鬼神，致招联军之祸，几至国亡种灭，识者痛心疾首，固已极矣。又适值欧化东渐，专讲物质文明之秋，遂本科学家世界无帝神管辖，人身无魂魄轮回之说，奉为国是，俾播印于人人脑髓中，自是而人心之敬畏绝矣。敬畏绝而道德无根柢以发生矣！放僻邪侈，肆无忌惮，争权夺利，日相战杀，其祸将有甚于拳匪者！……”

这简直说是万恶都由科学，道德全靠鬼话；而且与其科学，不如拳匪了。从前的排斥外来学术和思想，大抵专靠皇帝；自六朝至唐宋，凡攻击佛教的人，往往说他不拜君父，近乎造反。现在没有皇帝了，却寻出一个“道德”的大帽子，看他何等厉害。不提防想不到的一本绍兴《教育杂志》里面，也有一篇仿古先生的《教育偏重科学无甯偏重道德》（甯字原文如此，疑是避讳）的论文，他说：

“西人以数百年科学之心力，仅酿成此次之大战争。……科学云乎哉？多见其为残贼人道矣！”

“偏重于科学，则相尚于知能；偏重于道德，则相尚于欺伪。相尚于欺伪，则祸止于欺伪，相尚于知能，则欺伪莫由得而明矣！”

虽然不说鬼神为道德根本，至于向科学宣告死刑，却居然两教同心了。所以拳匪的传单上，明白写着：

“孔圣人张天师傅言由山东来，赶紧急傅，并无虚言！”（傅字原文如此，疑傳字之误。）

照他们看来，这般可恨可恶的科学世界，怎样挽救呢？《灵学杂志》内俞复先生答吴稚晖先生书里说过：“鬼神之说不张，国家之命遂促！”可知最好是张鬼神之说了。鬼神为道德根本，也与张天师和仿古先生的意见毫不冲突。可惜近来北京乩坛，又印出一本《感显利冥录》，内有前任北京城隍白知和谛闲法师的问答——

师云：发愿一事，的确要紧。……此次由南方来，闻某处有济公临坛，所说之话，殊难相信。济祖是阿罗汉，见思惑已尽，断不为此。……不知某会临坛者，是济祖否？请示。

乩云承谕发愿……谨记斯言。某处坛，灵鬼附之耳。须知灵鬼，即魔道也。知此后当发愿驱除此等之鬼。

“师云”的发愿，城隍竟不能懂；却先与某会力争正统。照此看来，国家之命未延，鬼兵先要打仗；道德仍无根柢，科学也还该活命了。

其实中国自所谓维新以来，何尝真有科学。现在儒道诸公，却径把历史上一味捣鬼不治人事的恶果，都移到科学身上，也不问什么叫道德，怎样是科学，只是信口开河，造谣生事；使国人格外惑乱，社会上罩满了妖气。以上所引的话，不过随手拈出的几点黑影；此外自大埠以至僻地，还不知有多少奇谈。但即此几条，已足可推测我们周围的空气，以及将来的情形，如何黑暗可怕了。

据我看来，要救治这“几至国亡种灭”的中国，那种“孔圣人张天师传言由山东来”的方法，是全不对症的，只有这鬼话的对头的科学！——不是皮毛的真正科学！——这是什么缘故呢？陈正敏《遯斋闲览》有一段故事(未见原书，据《本草纲目》所引写出，但这也全是道士所编造的谣言，并非事实，现在只当他比喻用）说得好——

“杨勔中年得异疾；每发语，腹中有小声应之，久渐声大。有道士见之，曰：此应声虫也！但读《本草》取不应者治之。读至雷丸，不应，遂顿服数粒而愈。”

关于吞食病菌的事，我上文所说的大概也是错的，但现在手头无书可查。也许是 Koch 博士发见了虎列拉菌时，Pfeffer 博士以为不是真病菌，当面吞下去了，后来病得几乎要死。总之，无论如何，这一案决不能作“精神能改造肉体”的例证。

一九二五年九月二十四日补记

随感录三十五

从清朝末年，直到现在，常常听人说“保存国粹”这一句话。

前清末年说这话的人，大约有两种：一是爱国志士，一是出洋游历的大官。他们在这题目的背后，各各藏着别的意思。志士说保存国粹，是光复旧物的意思；大官说保存国粹，是教留学生不要去剪辫子的意思。

现在成了民国了。以上所说的两个问题，已经完全消灭。所以我不能知道现在说这话的是那一流人，这话的背后藏着什么意思了。

可是保存国粹的正面意思，我也不懂。

什么叫“国粹”？照字面看来，必是一国独有，他国所无的事物了。换一句话，便是特别的东西。但特别未必定是好，何以应该保存？

譬如一个人，脸上长了一个瘤，额上肿出一颗疮，的确是与众不同，显出他特别的样子，可以算他的“粹”。然而据我看来，还不如将这“粹”割去了，同别人一样的好。

倘说：中国的国粹，特别而且好；又何以现在糟到如此情形，新派摇头，旧派也叹气。

倘说：这便是不能保存国粹的缘故，开了海禁的缘故，所以必须保存。但海禁未开以前，全国都是“国粹”，理应好了；何以春秋，战国，五胡十六国闹个不休，古人也都叹气。

倘说：这是不学成汤，文，武，周公的缘故；何以真正成汤，文，武，周公时代，也先有桀，纣暴虐，后有殷顽作乱；后来仍旧弄出春秋，战国，五胡十六国闹个不休，古人也都叹气。

我有一位朋友说得好："要我们保存国粹，也须国粹能保存我们。"

保存我们，的确是第一义。只要问他有无保存我们的力量，不管他是否国粹。

随感录三十六

现在许多人有大恐惧；我也有大恐惧。

许多人所怕的，是“中国人”这名目要消灭；我所怕的，是中国人要从“世界人”中挤出。

我以为“中国人”这名目，决不会消灭；只要人种还在，总是中国人。譬如埃及，犹太人，无论他们还有“国粹”没有，现在总叫他埃及，犹太人，未尝改了称呼。可见保存名目，全不必劳力费心。

但是想在现今的世界上，协同生长，挣一地位，即须有相当的进步的智识，道德，品格，思想，才能够站得住脚：这事极须劳力费心。而“国粹”多的国民，尤为劳力费心，因为他的“粹”太多。粹太多，便太特别。太特别，便难与种种人协同生长，挣得地位。

有人说：“我们要特别生长；不然，何以为中国人！”

于是乎要从“世界人”中挤出。

于是乎中国人失了世界，却暂时仍要在这世界上住！——这便是我的大恐惧。

随感录三十七

近来很有许多人，在那里竭力提倡打拳。记得先前也曾有过一回，但那时提倡的，是满清王公大臣，现在却是民国的教育家，位分略有不同。至于他们的宗旨，是一是二，局外人便不得而知。

现在那班教育家，把“九天玄女传与轩辕黄帝，轩辕黄帝传与尼姑”的老方法，改称“新武术”，又是“中国式体操”，叫青年去练习。听说其中好处甚多，重要的举出两种来，是：

一、用在体育上。据说中国人学了外国体操，不见效验；所以须改习本国式体操（即打拳）才行。依我想来：两手拿着外国铜锤或木棍，把手脚左伸右伸的，大约于筋肉发达上，也该有点“效验”。无如竟不见效验！那自然只好改途去练“武松脱铐”那些把戏了。这或者因为中国人生理上与外国人不同的缘故。

二、用在军事上。中国人会打拳，外国人不会打拳：有一天见面对打，中国人得胜，是不消说的了。即使不把外国人“板油扯下”，只消一阵“乌龙扫地”，也便一齐扫倒，从此不能爬起。无如现在打仗，总用枪炮。枪炮这件东西，中国虽然“古时也已有过”，可是此刻没有了。藤籐操法，又不练习，怎能御得枪炮？我想（他们不曾说明，这是我的“管窥蠡测”）：打拳打下去，总可达到“枪炮打不进”的程度（即内功?）。这件事从前已经试过一次，在一千九百年。可惜那一回真是名誉的完全失败了。且看这一回如何。

随感录三十八

中国人向来有点自大。——只可惜没有“个人的自大”，都是“合群的爱国的自大”。这便是文化竞争失败之后，不能再见振拔改进的原因。

“个人的自大”，就是独异，是对庸众宣战。除精神病学上的夸大狂外，这种自大的人，大抵有几分天才——照 Nordau 等说，也可说就是几分狂气。他们必定自己觉得思想见识高出庸众之上，又为庸众所不懂，所以愤世嫉俗，渐渐变成厌世家，或“国民之敌”。但一切新思想，多从他们出来，政治上，宗教上，道德上的改革，也从他们发端。所以多有这“个人的自大”的国民，真是多福气！多幸运！

“合群的自大”“爱国的自大”，是党同伐异，是对少数的天才宣战——至于对别国文明宣战，却尚在其次。他们自己毫无特别才能，可以夸示于人，所以把这国拿来做个影子；他们把国里的习惯制度抬得很高，赞美的了不得；他们的国粹，既然这样有荣光，他们自然也有荣光了！倘若遇见攻击，他们也不必自去应战，因为这种蹲在影子里张目摇舌的人，数目极多，只须用 Mob 的长技，一阵乱噪，便可制胜。胜了，我是一群中的人，自然也胜了；若败了时，一群中有许多人，未必是我受亏；大凡聚众滋事时，多具这种心理，也就是他们的心理。他们举动，看似猛烈，其实却很卑怯。至于所生结果，则复古，尊王，扶清灭洋等等，已领教得多了。所以多有这“合群的爱国的自大”的国民，真是可哀，真是不幸！

不幸中国偏只多这一种自大：古人所作所说的事，没一件不好，遵行还怕不及，怎敢说到改革？这种爱国的自大家的意见，虽各派略有不同，根柢总是一致，计算起来，可分作下列五种：

甲云："中国地大物博，开化最早；道德天下第一。"这是完全自负。

乙云："外国物质文明虽高，中国精神文明更好。"

丙云："外国的东西，中国都已有过；某种科学，即某子所说的云云。"这两种都是"古今中外派"的支流；依据张之洞的格言，以"中学为体西学为用"的人物。

丁云："外国也有叫花子——（或云）也有草舍——娼妓——臭虫。"这是消极的反抗。

戊云："中国便是野蛮的好。"又云："你说中国思想昏乱，那正是我民族所造成的事业的结晶。从祖先昏乱起，直要昏乱到子孙；从过去昏乱起，直要昏乱到未来。……（我们是四万万人）你能把我们灭绝么?"这比"丁"更进一层，不去拖人下水，反以自己的丑恶骄人；至于口气的强硬，却很有《水浒传》中牛二的态度。

五种之中，甲，乙，丙，丁的话，虽然已很荒谬，但同戊比较，尚觉情有可原，因为他们还有一点好胜心存在。譬如衰败人家的子弟，看见别家兴旺，多说大话，摆出大家架子；或寻求人家一点破绽，聊给自己解嘲。这虽然极是可笑，但比那一种掉了鼻子，还说是祖传老病，夸示于众的人，总要算略高一步了。

戊派的爱国论最晚出，我听了也最寒心；这不但因其居心可怕，实因他所说的更为实在的缘故。昏乱的祖先，养出昏乱的子孙，正是遗传的定理。民族根性造成之后，无论好坏，改变都不容易的。法国 G. Le Bon 著《民族进化的心理》中，说及此事道，（原文已忘，今但举其大意）——"我们一举一动，虽似自主，其实多受死鬼的牵制。将我们一代的人，和先前几百代的鬼比较起来，数目上就万不能敌了。"我们几百代的祖先里面，昏乱的人，定然不少：有讲道学的儒生，也有讲阴阳五行的道士，有静坐炼丹的仙人，也有打脸打把子的戏子。所以我们现在虽想好好做"人"，难保血管里的昏乱分子不来作怪，我们也不由自主，一变而为研究丹田脸谱的人物：这真是大可寒心的事。但我总希望这昏乱思想遗传的祸害，不至于有梅毒那样猛烈，竟至百无一免。即使同梅毒一样，现在发明了六百零六，肉体上的病，既可医治；我希望也有一种七百零七的药，可以医治思想上的病。这药原来也已发明，就是“科学”一味。只希望那班精神上掉了鼻子的朋友，不要又打着“祖传老病”的旗号来反对吃药，中国的昏乱病，便也总有痊愈的一天。祖先的势力虽大，但如从现代起，立意改变：扫除了昏乱的心思和助成昏乱的物事（儒道两派的文书，）再用了对症的药，即使不能立刻奏效，也可把那病毒略略羼淡。如此几代之后待我们成了祖先的时候，就可以分得昏乱祖先的若干势力，那时便有转机，Le Bon 所说的事，也不足怕了。

以上是我对于“不长进的民族”的疗救方法；至于“灭绝”一条，那是全不成话，可不必说。“灭绝”这两个可怕的字，岂是我们人类应说的？只有张献忠这等人曾有如此主张，至今为人类唾骂；而且于实际上发生出什么效验呢？但我有一句话，要劝戊派诸公。“灭绝”这句话，只能吓人，却不能吓倒自然。他是毫无情面：他看见有自向灭绝这条路走的民族便请他们灭绝，毫不客气。我们自己想活，也希望别人都活；不忍说他人的灭绝，又怕他们自己走到灭绝的路上，把我们带累了也灭绝，所以在此着急。倘使不改现状，反能兴旺，能得真实自由的幸福生活，那就是做野蛮也很好。——但可有人敢答应说“是”么？

一九一九年

随感录三十九

《新青年》的五卷四号，隐然是一本戏剧改良号，我是门外汉，开口不得；但见《再论戏剧改良》这一篇中，有“中国人说到理想，便含着轻薄的意味，觉得理想即是妄想，理想家即是妄人”一段话，却令我发生了追忆，不免又要说几句空谈。

据我的经验，这理想价值的跌落，只是近五年以来的事。民国以前，还未如此，许多国民，也肯认理想家是引路的人。到了民国元年前后，理论上的事情，著著实现，于是理想派——深浅真伪现在姑且弗论——也格外举起头来。一方面却有旧官僚的攘夺政权，以及遗老受冷不过，预备下山，都痛恨这一类理想派，说什么闻所未闻的学理法理，横亘在前，不能大踏步摇摆。于是沉思三日三夜，竟想出了一种兵器，有了这利器，才将“理”字排行的元恶大憝，一律肃清。这利器的大名，便叫“经验”。现在又添上一个雅号，便是高雅之至的“事实”。

经验从哪里得来，便是从清朝得来的。经验提高了他的喉咙含含糊糊说：“狗有狗道理，鬼有鬼道理，中国与众不同，也自有中国道理。道理各各不同，一味理想，殊堪痛恨。”这时候，正是上下一心理财强种的时候，而且带着理字的，又大半是洋货，爱国之士，义当排斥。所以一转眼便跌了价值；一转眼便遭了嘲骂；又一转眼，便连他的影子，也同拳民时代的教民一般，竟犯了与众共弃的大罪了。

但我们应该明白，人格的平等，也是一种外来的旧理想；现在“经验”既已登坛，自然株连着化为妄想，理合不分首从，全踏在朝靴底下，以符列祖列宗的成规。这一踏不觉过了四五年，经验家虽然也增加了四五岁，与素未经验的生物学学理——死——渐渐接近，但这与众不同的中国，却依然不是理想的住家。一大批踏在朝靴底下的学习诸公，早经竭力大叫，说他也得了经验了。

但我们应该明白，从前的经验，是从皇帝脚底下学得；现在与将来的经验，是从皇帝的奴才的脚底下学得。奴才的数目多，心传的经验家也愈多。待到经验家二世的全盛时代，那便是理想单被轻薄，理想家单当妄人，还要算是幸福侥幸了。

现在的社会，分不清理想与妄想的区别。再过几时，还要分不清“做不到”与“不肯做到”的区别，要将扫除庭园与劈开地球混作一谈。理想家说，这花园有秽气，须得扫除——到那时候，说这宗话的人，也要算在理想党里——他却说道，他们从来在此小便，如何扫除？万万不能，也断乎不可！

那时候，只要从来如此，便是宝贝。即使无名肿毒，倘若生在中国人身上，也便“红肿之处，艳若桃花；溃烂之时，美如乳酪。”国粹所在，妙不可言。那些理想学理法理，既是洋货，自然完全不在话下了。

但最奇怪的，是七年十月下半，忽有许多经验家，理想经验双全家，经验理想未定家，都说公理战胜了强权；还向公理颂扬了一番，客气了一顿。这事不但溢出了经验的范围，而且又添上一个理字排行的厌物。将来如何收场，我是毫无经验，不敢妄谈。经验诸公，想也未曾经验，开口不得。

没有法，只好在此提出，请教受人轻薄的理想家了。

随感录四十

终日在家里坐，至多也不过看见窗外四角形惨黄色的天，还有什么感？只有几封信，说道："久违芝宇，时切葭思"；有几个客，说道，"今天天气很好"：都是祖传老店的文字，语言。写的说的，既然有口无心，看的听的，也便毫无所感了。

有一首诗，从一位不相识的少年寄来，却对于我有意义。——

爱　情

我是一个可怜的中国人。爱情！我不知道你是什么。

我有父母，教我育我，待我很好；我待他们，也还不差。我有兄，弟，姊，妹，幼时共我玩耍，长来同我切磋，待我很好；我待他们，也还不差。但是没有人曾经"爱"过我，我也不曾"爱"过他。

我年十九，父母给我讨老婆。于今数年，我们两个，也还和睦。可是这婚姻，是全凭别人主张，别人撮合：把他们一日戏言，当我们百年的盟约。仿佛两个牲口听着主人的命令："咄，你们好好的住在一块儿吧！"

爱情，可怜我不知道你是什么！

诗的好歹，意思的深浅，姑且勿论；但我说，这是血的蒸气，醒过来的人的真声音。

爱情是什么东西？我也不知道。中国的男女大抵一对或一群——一男多女——的住着，不知道有谁知道。

但从前没有听到苦闷的叫声。即使苦闷，一叫便错；少的老的，一齐摇头，一齐痛骂。

然而无爱情结婚的恶结果，却连续不断的进行。形式上的夫妇，既然都全不相关，少的另去姘人宿娼，老的再来买妾：麻痹了良心，各有妙法。所以直到现在，不成问题。但也曾造出一个“妒”字，略表他们曾经苦心经营的痕迹。

可是东方发白。人类向各民族所要的是“人”——自然也是“人之子”——我们所有的是单是人之子，是儿媳妇与儿媳之夫，不能献出于人类之前。

可是魔鬼手上，终有漏光的处所，掩不住光明：人之子醒了；他知道了人类间应有爱情；知道了从前一班少的老的所犯的罪恶；于是起了苦闷，张口发出这叫声。

但在女性一方面，本来也没有罪，现在是做了旧习惯的牺牲。我们既然自觉着人类的道德，良心上不肯犯他们少的老的的罪，又不能责备异性，也只好陪着做一世牺牲，完结了四千年的旧账。

做一世牺牲，是万分可怕的事；但血液究竟干净，声音究竟醒而且真。

我们能够大叫，是黄莺便黄莺般叫；是鸱鸮便鸱鸮般叫。我们不必学那才从私窝子里跨出脚，便说“中国道德第一”的人的声音。

我们还要叫出没有爱的悲哀，叫出无所可爱的悲哀。……我们要叫到旧账勾销的时候。

旧账如何勾销？我说，“完全解放了我们的孩子！”

随感录四十一

从一封匿名信里看见一句话，是“数麻石片”（原注江苏方言），大约是没有本领便不必提倡改革，不如去数石片的好的意思。因此又记起了本志通信栏内所载四川方言的“洗煤炭”。想来别省方言中，相类的话还多；守着这专劝人自暴自弃的格言的人，也怕并不少。

凡中国人说一句话，做一件事，倘与传来的积习有若干抵触，须一个斤斗便告成功，才有立足的处所；而且被恭维得烙铁一般热。否则免不了标新立异的罪名，不许说话；或者竟成了大逆不道，为天地所不容。这一种人，从前本可以夷到九族，连累邻居；现在却不过是几封匿名信罢了。但意志略略薄弱的人便不免因此萎缩，不知不觉的也入了“数麻石片”党。

所以现在的中国，社会上毫无改革，学术上没有发明，美术上也没有创作；至于多人继续的研究，前仆后继的探险，那更不必提了。国人的事业，大抵是专谋时式的成功的经营，以及对于一切的冷笑。

但冷笑的人，虽然反对改革，却又未必有保守的能力：即如文字一面，白话固然看不上眼，古文也不甚提得起笔。照他的学说，本该去“数麻石片”了；他却又不然，只是莫名其妙的冷笑。

中国的人，大抵在如此空气里成功，在如此空气里萎缩腐败，以至老死。

我想，人猿同源的学说，大约可以毫无疑义了。但我不懂，何以从前的古猴子，不都努力变人，却到现在还留着子孙，变把戏给人看。还是那时竟没有一匹想站起来学说人话呢？还是虽然有了几匹，却终被猴子社会攻击他标新立异，都咬死了；所以终于不能进化呢？

尼采式的超人，虽然太觉渺茫，但就世界现有人种的事实看来，却可以确信将来总有尤为高尚尤近圆满的人类出现。到那时候，类人猿上面，怕要添出“类猿人”这一个名词。

所以我时常害怕，愿中国青年都摆脱冷气，只是向上走，不必听自暴自弃者流的话。能做事的做事，能发声的发声。有一分热，发一分光，就令萤火一般，也可以在黑暗里发一点光，不必等候炬火。

此后如竟没有炬火：我便是唯一的光。倘若有了炬火，出了太阳，我们自然心悦诚服的消失，不但毫无不平，而且还要随喜赞美这炬火或太阳；因为他照了人类，连我都在内。

我又愿中国青年都只是向上走，不必理会这冷笑和暗箭。尼采说：

“真的，人是一个浊流。应该是海了，能容这浊流使他干净。

“咄，我教你们超人：这便是海，在他这里，能容下你们的大侮蔑。”（《札拉图如是说》的《序言》第三节）

纵令不过一洼浅水，也可以学学大海；横竖都是水，可以相通。几粒石子，任他们暗地里掷来；几滴秽水，任他们从背后泼来就是了。

这还算不到“大侮蔑”——因为大侮蔑也须有胆力。

随感录四十二

听得朋友说，杭州英国教会里的一个医生，在一本医书上作一篇序，称中国人为土人；我当初颇不舒服，仔细再想，现在也只好忍受了。土人一字，本来只说生在本地的人，没有什么恶意。后来因其所指，多系野蛮民族，所以加添了一种新意义，仿佛成了野蛮人的代名词。他们以此称中国人，原不免有侮辱的意思；但我们现在，却除承受这个名号以外，实是别无方法。因为这类是非，都凭事实，并非单用口舌可以争得的。试看中国的社会里，吃人，劫掠，残杀，人身卖买，生殖器崇拜，灵学，一夫多妻，凡有所谓国粹，没一件不与蛮人的文化（?）恰合。拖大辫，吸鸦片，也正与土人的奇形怪状的编发及吃印度麻一样。至于缠足，更要算在土人的装饰法中，第一等的新发明了。他们也喜欢在肉体上做出种种装饰：剜空了耳朵嵌上木塞；下唇剜开一个大孔，插上一支兽骨，像鸟嘴一般；面上雕出兰花；背上刺出燕子；女人胸前做成许多圆的长的疙瘩。可是他们还能走路，还能做事；他们终是未达一间，想不到缠足这好法子。……世上有如此不知肉体上的苦痛的女人，以及如此以残酷为乐，丑恶为美的男子，真是奇事怪事。

自大与好古，也是土人的一个特性。英国人乔治葛来任纽西兰总督的时候，做了一部《多岛海神话》，序里说他著书的目的，并非全为学术，大半是政治上的手段。他说，纽西兰土人是不能同他说理的。只要从他们的神话的历史里，抽出一条相类的事来做一个例，讲给酋长祭师们听，一说便成了。譬如要造一条铁路，倘若对他们说这事如何有益，他们决不肯听；我们如果根据神话，说从前某某大仙，曾推着独轮车在虹霓上走，现在要仿他造一条路，那便无所不可了（原文已经忘却，以上所说只是大意）。中国十三经，二十五史正是酋长，祭师们一心崇奉的治国平天下的谱，此后凡与土人有交涉的“西哲”，倘能人手一编，便助成了我们的“东学西渐”，很使土人高兴；但不知那译本的序上写些什么呢？

随感录四十三

进步的美术家——这是我对于中国美术界的要求。

美术家固然须有精熟的技工，但尤须有进步的思想与高尚的人格。他的制作，表面上是一张画或一个雕像，其实是他的思想与人格的表现。令我们看了，不但欢喜赏玩，尤能发生感动，造成精神上的影响。

我们所要求的美术家，是能引路的先觉，不是“公民团”的首领。我们所要求的美术品，是表记中国民族知能最高点的标本，不是水平线以下的思想的平均分数。

近来看见上海什么报的增刊《泼克》上，有几张讽刺画。他的画法，倒也模仿西洋；可是我很疑惑，何以思想如此顽固，人格如此卑劣，竟同没有教育的孩子只会在好好的白粉墙上写几个“某某是我而子”一样。可怜外国事物，一到中国，便如落在黑色染缸里似的，无不失了颜色。美术也是其一：学了体格还未匀称的裸体画，便画猥亵画；学了明暗还未分明的静物画，只能画招牌。皮毛改新，心思仍旧，结果便是如此。至于讽刺画之变为人身攻击的器具，更是无足深怪了。

说起讽刺画，不禁想到美国画家勃拉特来（L. D. Bradley1853—1917）了。他专画讽刺画，关于欧战的画，尤为有名；只可惜前年死掉了。我见过他一张《秋收时之月》（*The Harves tMoon*）的画。上面是一个形如骷髅的月亮，照着荒田；田里一排一排的都是兵的死尸。唉唉，这才算得真的进步的美术家的讽刺画。我希望将来中国也能有一日，出这样一个进步的讽刺画家。

随感录四十六

民国八年正月间，我在朋友家里见到上海一种什么报的星期增刊讽刺画，正是开宗明义第一回；画着几方小图，大意是骂主张废汉文的人的；说是给外国医生换上外国狗的心了，所以读罗马字时，全是外国狗叫。但在小图的上面，又有两个双钩大字“泼克”，似乎便是这增刊的名目；可是全不像中国话。我因此很觉这美术家可怜：他——对于个人的人身攻击姑且不论——学了外国画，来骂外国话，然而所用的名目又仍然是外国话。讽刺画本可以针砭社会的锢疾；现在施针砭的人的眼光，在一方尺大的纸片上，尚且看不分明，怎能指出确当的方向，引导社会呢？

这几天又见到一张所谓“泼克”，是骂提倡新文艺的人了。大旨是说凡所崇拜的，都是外国的偶像。我因此愈觉这美术家可怜：他学了画，而且画了“泼克”，竟还未知道外国画也是文艺之一。他对于自己的本业，尚且罩在黑坛子里，摸不清楚，怎能有优美的创作，贡献于社会呢？

但“外国偶像”四个字，却亏他想了出来。

不论中外，诚然都有偶像。但外国是破坏偶像的人多；那影响所及，便成功了宗教改革，法国革命。旧像愈摧破，人类便愈进步；所以现在才有比利时的义战，与人道的光明。那达尔文、易卜生、托尔斯泰、尼采诸人，便都是近来偶像破坏的大人物。

在这一流偶像破坏者，“泼克”却完全无用；因为他们都有确固不拔的自信，所以决不理会偶像保护者的嘲骂。易卜生说：

“我告诉你们，是这个——世界上最强壮有力的人，就是那孤立的人。”

（见《国民之敌》）

但也不理会偶像保护者的恭维。尼采说：

“他们又拿着称赞，围住你嗡嗡的叫：他们的称赞是厚脸皮。他们要接近你的皮肤和你的血。”（《札拉图如是说》第二卷《市场之蝇》）

这样，才是创作者。——我辈即使才力不及，不能创作，也该当学习；即使所崇拜的仍然是新偶像，也总比中国陈旧的好。与其崇拜孔丘，关羽，还不如崇拜达尔文，易卜生；与其牺牲于瘟将军，五道神，还不如牺牲于Apollo。

随感录四十七

有人做了一块象牙片，半寸方，看去也没有什么；用显微镜一照，却看见刻着一篇行书的《兰亭序》。我想：显微镜的所以制造，本为看那些极细微的自然物的；现在既用人工，何妨便刻在一块半尺方的象牙板上，一目了然，省却用显微镜的工夫呢？

张三、李四是同时人。张三记了古典来做古文；李四又记了古典，去读张三做的古文。我想：古典是古人的时事，要晓得那时的事，所以免不了翻着古典；现在两位既然同时，何妨老实说出，一目了然，省却你也记古典，我也记古典的工夫呢？

内行的人说：什么话！这是本领，是学问！

我想，幸而中国人中，有这一类本领学问的人还不多。倘若谁也弄这玄虚：农夫送来了一粒粉，用显微镜照了，却是一碗饭；水夫挑来用水湿过的土，想喝茶的又须挤出湿土里的水：那可真要支撑不住了。

随感录四十八

中国人对于异族，历采只有两样称呼：一样是禽兽，一样是圣上，从没有称他朋友，说他也同我们一样的。

古书里的弱水，竟是骗了我们：闻所未闻的外国人到了；交手几回，渐知道“子曰诗云”似乎无用，于是乎要维新。

维新以后，中国富强了，用这学来的新，打出外来的新，关上大门，再来守旧。

可惜维新单是皮毛，关门也不过一梦。外国的新事理，却愈来愈多，愈优胜，“子曰诗云”也愈挤愈苦，愈看愈无用。于是从那两样旧称呼以外，别想了一样新号：“西哲”，或曰“西儒”。

他们的称号虽然新了，我们的意见却照旧。因为“西哲”的本领虽然要学，“子曰诗云”也更要昌明。换几句话，便是学了外国本领，保存中国旧习。本领要新，思想要旧。要新本领旧思想的新人物，驼了旧本领旧思想的旧人物，请他发挥多年经验的老本领。一言以蔽之：前几年谓之“中学为体，西学为用”，这几年谓之“因时制宜，折中至当”。

其实世界上决没有这样如意的事。即使一头牛，连生命都牺牲了，尚且祀了孔便不能耕田，吃了肉便不能榨乳。何况一个人先须自己活着，又要驼了前辈先生活着；活着的时候，又须恭听前辈先生的折中：早上打拱，晚上握手；上午“声光化电”，下午“子曰诗云”呢？

社会上最迷信鬼神的人，尚且只能在赛会这一日抬一回神舆。不知那些学“声光化电”的“新进英贤”，能否驼着山野隐逸，海滨遗老，折中一世？

“西哲”易卜生盖以为不能，以为不可。所以借了Brand的嘴说：“All or nothing!”

随感录四十九

凡有高等动物，倘没有遇着意外的变故，总是从幼到壮，从壮到老，从老到死。

我们从幼到壮，既然毫不为奇的过去了；自此以后，自然也该毫不为奇的过去。

可惜有一种人，从幼到壮，居然也毫不为奇的过去了；从壮到老，便有点古怪；从老到死，却更奇想天开，要占尽了少年的道路，吸尽了少年的空气。

少年在这时候，只能先行萎黄，且待将来老了，神经血管一切变质以后，再来活动。所以社会上的状态，先是“少年老成”；直待弯腰曲背时期，才更加“逸兴遄飞”，似乎从此以后，才上了做人的路。

可是究竟也不能自忘其老；所以想求神仙。大约别的都可以老，只有自己不肯老的人物，总该推中国老先生算一甲一名。

万一当真成了神仙，那便永远请他主持，不必再有后进，原也是极好的事。可惜他又究竟不成，终于个个死去，只留下造成的老天地，教少年驼着吃苦。

这真是生物界的怪现象！

我想种族的延长——便是生命的连续——的确是生物界事业里的一大部分。何以要延长呢？不消说是想进化了。但进化的途中总须新陈代谢。所以新的应该欢天喜地的向前走去，这便是壮，旧的也应该欢天喜地的向前走去，这便是死；各各如此走去，便是进化的路。

老的让开道，催促着，奖励着，让他们走去。路上有深渊，便用那个死填平了，让他们走去。

少的感谢他们填了深渊，给自己走去；老的也感谢他们从我填平的深渊上走去。——远了远了。

明白这事，便从幼到壮到老到死，都欢欢喜喜的过去；而且一步一步；多是超过祖先的新人。

这是生物界正当开阔的路！人类的祖先，都已这样做了。

随感录五十三

上海盛德坛扶乩，由“孟圣”主坛；在北京便有城隍白知降坛，说他是“邪鬼”。盛德坛后来却又有什么真人下降，谕别人不得擅自扶乩。

北京议员王讷提议推行新武术，以“强国强种”；中华武士会便率领了一班天罡拳，阴截腿之流，大分冤单，说他“抑制暴弃祖性相传之国粹”。

绿帜社提倡“爱世语”，专门崇拜“柴圣”，说别种国际语（如 Ido 等）是冒牌的。

上海有一种单行的《泼克》，又有一种报上增刊的《泼克》；后来增刊《泼克》登广告声明要将送错的单行《泼克》的信件撕破。

上海有许多“美术家”；其中的一个美术家，不知如何散了伙，便在《泼克》上大骂别的美术家“盲目盲心”，不知道新艺术真艺术。

以上五种同业的内讧，究竟是什么原因，局外人本来不得而知。但总觉现在时势不很太平，无论新的旧的，都各各起哄：扶乩，打拳那些鬼画符的东西，倒也罢了；学几句世界语，画几笔花，也是高雅的事，难道也要同行嫉妒，必须声明鱼目混珠，雷击火焚么？

我对于那“美术家”的内讧又格外失望。我于美术虽然全是门外汉，但很望中国有新兴美术出现。现在上海那班美术家所做的，是否算得美术，原是难说；但他们既然自称美术家，即使幼稚，也可以希望长成：所以我期望有个美术家的幼虫，不要是似是而非的木叶蝶。如今见了他们两方面的成绩，不免令我对于中国美术前途发生一种怀疑。

画《泼克》的美术家说他们盲目盲心，所研究的只是十九世纪的美术，不晓得有新艺术真艺术。我看这些美术家的作品，不是剥制的鹿，便是畸形的美人，的确不甚高明，恐怕连十“八”世纪，也未必有这类绘画：说到底，只好算是中国的所谓美术罢了。但那一位画《泼克》的美术家的批评，却又不甚可解：研究十九世纪的美术。何以便是盲目盲心？十九世纪以后的新艺术真艺术，又是怎样？我听人说：后期印象派（Postimpressionism）的绘画，在今日总还不算十分陈旧；其中的大人物如 Céznne 与 Van Cogh 等，也是十九世纪后半的人，最迟的到一九〇六年也故去了。二十世纪才是十九年初头，好像还没有新派兴起。立方派（Cubism）未来派（Futurism）的主张，虽然新奇，却尚未能确立基础；而且在中国，又怕未必能够理解。在那《泼克》上面，也未见有这一派的绘画；不知那《泼克》美术家的所谓新艺术真艺术，究竟是指着什么？现在的中国美术家诚然心盲目盲，但其弊却不在单研究十九世纪的美术——因为据我看来，他们并不研究什么世纪的美术——所以那《泼克》美术家的话，实在令人难解。

《泼克》美术家满口说新艺术真艺术，想必自己懂得这新艺术真艺术的了。但我看他所画的讽刺画，多是攻击新文艺，新思想的。——这是二十世纪的美术么？这是新艺术真艺术么？

随感录五十四

中国社会上的状态，简直是将几十世纪缩在一时：自油松片以至电灯，自独轮车以至飞机，自镖枪以至机关炮，自不许“妄谈法理”以至护法，自“食肉寝皮”的吃人思想以至人道主义，自迎尸拜蛇以至美育代宗教，都摩肩挨背的存在。

这许多事物挤在一处，正如我辈约了燧人氏以前的古人，拼开饭店一般，即使竭力调和，也只能煮个半熟；伙计们既不会同心，生意也自然不能兴旺——店铺总要倒闭。

黄郛氏做的《欧战之教训与中国之将来》中，有一段话，说得很透彻：

“七年以来，朝野有识之士，每腐心于政教之改良，不注意于习俗之转移；庸讵知旧染不去，新运不生：事理如此，无可勉强者也。外人之评我者，谓中国人有一种先天的保守性，即或迫于时势，各种制度有改革之必要时，而彼之所谓改革者，决不将旧日制度完全废止，乃在旧制度之上，更添加一层新制度。试览前清之兵制变迁史，可以知吾言之不谬焉。最初命八旗兵驻防各地，以充守备之任；及年月既久，旗兵已腐败不堪用，洪秀全起，不得已，征募湘淮两军以应急：从此旗兵绿营，并肩存在，遂变成二重兵制。甲午战后，知绿营兵力又不可恃，乃复编练新式军队：于是并前二者而变成三重兵制矣。今旗兵虽已消灭，而变面换形之绿营，依然存在，总是二重兵制也。从可知吾国人之无澈底改革能力，实属不可掩之事实。他若贺阳历新年者，复贺阴历新年；奉民国正朔者，仍存宣统年号。一察社会各方面，盖无往而非二重制。即今日政局之所以不宁，是非之所以无定者，简括言之，实亦不过一种‘二重思想’在其间作祟而已。”

此外如既许信仰自由，却又特别尊孔；既自命“胜朝遗老”，却又在民国拿钱；既说是应该革新，却又主张复古：四面八方几乎都是二三重以至多重的事物，每重又各各自相矛盾。一切人便都在这矛盾中间，互相抱怨着过活，谁也没有好处。

要想进步，要想太平，总得连根的拔去了“二重思想”。因为世界虽然不小，但彷徨的人种，是终竟寻不出位置的。

随感录五十六　“来了”

近来时常听得人说，“过激主义来了”；报纸上也时常写着，“过激主义来了”。

于是有几文钱的人，很不高兴。官员也着忙，要防华工，要留心俄国人；连警察厅也向所属发出了严查“有无过激党设立机关”的公事。

着忙是无怪的，严查也无怪的；但先要问：什么是过激主义呢?

这是他们没有说明，我也无从知道，我虽然不知道，却敢说一句话：“过激主义”不会来，不必怕他；只有“来了”是要来的，应该怕的。

我们中国人，决不能被洋货的什么主义引动，有抹杀他扑灭他的力量。军国民主义么，我们何尝会同别人打仗；无抵抗主义么，我们却是主战参战的；自由主义么，我们连发表思想都要犯罪，讲几句话也为难；人道主义么，我们人身还可以买卖呢。

所以无论什么主义，全扰乱不了中国；从古到今的扰乱，也不听说因为什么主义。试举目前的例，便如陕西学界的布告，湖南灾民的布告，何等可怕，与比利时公布的德兵苛酷情形，俄国别党宣布的列宁政府残暴情形，比较起来，他们简直是太平天下了。德国还说是军国主义，列宁不消说还是过激主义哩!

这便是“来了”来了。来的如果是主义，主义达了还会吧；倘若单是“来了”，他便来不完，来不尽，来的怎样也不可知。

民国成立的时候，我住在一个小县城里，早已挂过白旗。有一日，忽然见许多男女，纷纷乱逃：城里的逃到乡下，乡下的逃进城里。问他们什么事，他们答道："他们说要来了。"

可见大家都单怕"来了"，同我一样。那时还只有"多数主义"，没有"过激主义"哩。

随感录五十七　现在的屠杀者

高雅的人说，“白话鄙俚浅陋，不值识者一哂之者也。”

中国不识字的人，单会讲话，“鄙俚浅陋”不必说了。“因为自己不通，所以提倡白话，以自文其陋”如我辈的人，正是“鄙俚浅陋”，也不在话下了。最可叹的是几位雅人，也还不能如《镜花缘》里说的君子国的酒保一般，满口“酒要一壶乎，两壶乎，菜要一碟乎，两碟乎”的终日高雅，却只能在呻吟古文时，显出高古品格；一到讲话，便依然是“鄙俚浅陋”的白话了。四万万中国人嘴里发出来的声音，竟至总共“不值一哂”，真是可怜煞人。

做了人类想成仙；生在地上要上天；明明是现代人，吸着现在的空气，却偏要勒派朽腐的名教，僵死的语言，侮蔑尽现在，这都是“现在的屠杀者”，杀了“现在”，也便杀了“将来”。——将来是子孙的时代。

随感录五十八 人心很古

慷慨激昂的人说："世道浇漓，人心不古，国粹将亡，此吾所为仰天扼腕切齿三叹息者也！"

我初听这话，也曾大吃一惊；后来翻翻旧书，偶然看见《史记》《赵世家》里面记着公子成反对主父改胡服的一段话：

"臣闻中国者，盖聪明徇智之所居也，万物财用之所聚也，贤圣之所教也，仁义之所施也，《诗》《书》礼乐之所用也，异敏技能之所试也，远方之所观赴也，蛮夷之所义行也；今王舍此而袭远方之服，变古之教，易古之道，逆人之心，而怫学者，离中国，故臣愿王图之也。"

这不是与现在阻抑革新的人的话，丝毫无异么？后来又在《北史》里看见记周静帝的司马后的话：

"后性尤妒忌，后宫莫敢进御。尉迟迥女孙有美色，先在宫中，帝于仁寿宫见而悦之，因得幸。后伺帝听朝，阴杀之。上大怒，单骑从苑中出，不由径路，入山谷间三十余里；高颎、杨素等追及，扣马谏，帝太息曰：'吾贵为天子，不得自由。'"

这又不是与现在信口主张自由和反对自由的人，对于自由所下的解释，丝毫无异么？别的例证，想必还多，我见闻狭隘，不能多举了。但即此看来，已可见虽然经过了这许多年，意见还是一样。现在的人心，实在古得很呢。

中国人倘能努力再古一点，也未必不能有古到三皇五帝以前的希望，可惜时时遇着新潮流新空气激荡着，没有工夫了。

在现存的旧民族中，最合中国式理想的，总要推锡兰岛的 Vedda 族。他们和外界毫无交涉，也不受别民族的影响，还是原始的状态，真不愧所谓“羲皇上人”。

但听说他们人口年年减少，现在快要没有了：这实在是一件万分可惜的事。

随感录五十九　“圣武”

我前回已经说过“什么主义都与中国无干”的话了；今天忽然又有些意见，便再写在下面：

我想，我们中国本不是发生新主义的地方，也没有容纳新主义的处所，即使偶然有些外来思想，也立刻变了颜色，而且许多论者反要以此自豪。我们只要留心译本上的序跋，以及各样对于外国事情的批评议论，便能发见我们和别人的思想中间，的确还隔着几重铁壁。他们是说家庭问题的，我们却以为他鼓吹打仗；他们是写社会缺点的，我们却说他讲笑话；他们以为好的，我们说来却是坏的。若再留心看看别国的国民性格，国民文学，再翻一本文人的评传，便更能明白别国著作里写出的性情，作者的思想，几乎全不是中国所有。所以不会了解，不会同情，不会感应；甚至彼我间的是非爱憎，也免不了得到一个相反的结果。

新主义宣传者是放火人么，也须别人有精神的燃料，才会着火；是弹琴人么，别人的心上也须有弦索，才会出声；是发声器么，别人也必须是发声器，才会共鸣。中国人都有些不很像，所以不会相干。

几位读者怕要生气，说：“中国时常有将性命去殉他主义的人，中华民国以来，也因为主义上死了多少烈士，你何以一笔抹杀？吓!”这话也是真的。我们从旧的外来思想说吧，六朝的确有许多焚身的和尚，唐朝也有过砍下臂膊布施无赖的和尚；从新的说吧，自然也有过几个人的。然而与中国历史，仍不相干。因为历史结账，不能像数学一般精密，写下许多小数，却只能学粗人算账的四舍五入法门，记一笔整数。

中国历史的整数里面，实在没有什么思想主义在内。这整数只是两种物质——是刀与火，“来了”便是他的总名。

火从北来便逃向南，刀从前来便退向后，一大堆流水账簿，只有这一个模型。倘嫌“来了”的名称不很庄严，“刀与火”也触目，我们也可以别想花样，奉献一个谥法，称作“圣武”，便好看了。

古时候，秦始皇帝很阔气，刘邦和项羽都看见了；邦说，“嗟乎！大丈夫当如此也！”羽说，“彼可取而代也！”羽要“取”什么呢？便是取邦所说的“如此”。“如此”的程度，虽有不同，可是谁也想取；被取的是“彼”，取的是“丈夫”。所有“彼”与“丈夫”的心中，便都是这“圣武”的产生所，受纳所。

何谓“如此”？说起来话长；简单地说，便只是纯粹兽性方面的欲望的满足——威福，子女，玉帛——罢了。然而在一切大小丈夫，却要算最高理想（？）了。我怕现在的人，还被这理想支配着。

大丈夫“如此”之后，欲望没有衰，身体却疲敝了；而且觉得暗中有一个黑影——死——到了身边了。于是无法，只好求神仙。这在中国，也要算最高理想了。我怕现在的人，也还被这理想支配着。

求了一通神仙，终于没有见，忽然有些疑惑了。于是要造坟，来保存死尸，想用自己的尸体，永远占据着一块地面。这在中国，也要算一种没奈何的最高理想了。我怕现在的人，也还被这理想支配着。

现在的外来思想，无论如何，总不免有些自由平等的气息，互助共存的气息，在我们这单有“我”，单想“取彼”，单要由我喝尽了一切空间时间的酒的思想界上，实没有插足的余地。

因此，只须防那“来了”便够了。看看别国，抗拒这“来了”的便是有主义的人民。他们因为所信的主义，牺牲了别的一切，用骨肉碰钝了锋刃，血液浇灭了烟焰。在力光火色衰微中，看出一种薄明的天色，便是新世纪的曙光。

曙光在头上，不抬起头，便永远只能看见物质的闪光。

随感录六十一　不满

欧战才了的时候，中国很抱着许多希望，因此现在也发出许多悲观绝望的声音，说“世界上没有人道”，“人道这句话是骗人的”。有几位评论家，还引用了他们外国论者自己责备自己的文字，来证明所谓文明人者，比野蛮尤其野蛮。

这诚然是痛快淋漓的话，但要问：照我们的意见，怎样才算有人道呢？那答话，想来大约是“收回治外法权，收回租界，退还庚子赔款……”现在都很渺茫，实在不合人道。

但又要问：我们中国的人道怎么样？那答话，想来只能“……”。对于人道只能“……”的人的头上，决不会掉下人道来。因为人道是要各人竭力挣来，培植，保养的，不是别人布施，捐助的。

其实近于真正的人道，说的人还不很多，并且说了还要犯罪。若论皮毛，却总算略有进步了。这回虽然是一场恶战，也居然没有“食肉寝皮”，没有“夷其社稷”，而且新兴了十八个小国。就是德国对待比国，都说残暴绝伦，但看比国的公布，也只是囚徒不给饮食，村长挨了打骂，平民送上战线之类。这些事情，在我们中国自己对自己也常有，算得什么稀奇？

人类尚未长成，人道自然也尚未长成，但总在那里发荣滋长。我们如果问问良心，觉得一样滋长，便什么都不必忧愁；将来总要走同一的路。看吧，他们是战胜军国主义的，他们的评论家还是自己责备自己，有许多不满。不满是向上的车轮，能够载着不自满的人类，向人道前进。

多有不自满的人的种族，永远前进，永远有希望。

多有只知责人不知反省的人的种族，祸哉祸哉！

随感录六十二 恨恨而死

古来很有几位恨恨而死的人物。他们一面说些“怀才不遇”“天道宁论”的话，一面有钱的便狂嫖滥赌，没钱的便喝几十碗酒——因为不平的缘故，于是后来就恨恨而死了。

我们应该趁他们活着的时候问他：诸公！您知道北京离昆仑山几里，弱水去黄河几丈么？火药除了做鞭爆，罗盘除了看风水，还有什么用处么？棉花是红的还是白的？谷子是长在树上，还是长在草上？桑间濮上如何情形，自由恋爱怎样态度？您在半夜里可忽然觉得有些羞，清早上可居然有点悔么？四斤的担，您能挑么？三里的道，您能跑么？

他们如果细细的想，慢慢的悔了，这便很有些希望。万一越发不平，越发愤怒，那便“爱莫能助”。——于是他们终于恨恨而死了。

中国现在的人心中，不平和愤恨的分子太多了。不平还是改造的引线，但必须先改造了自己，再改造社会，改造世界；万不可单是不平。至于愤恨，却几乎全无用处。

愤恨只是恨恨而死的根苗，古人有过许多，我们不要蹈他们的覆辙。

我们更不要借了“天下无公理，无人道”这些话，遮盖自暴自弃的行为，自称“恨人”，一副恨恨而死的脸孔，其实并不恨恨而死。

随感录六十三 “与幼者”

做了《我们现在怎样做父亲》的后两日，在有岛武郎《著作集》里看到《与幼者》这一篇小说，觉得很有许多好的话。

“时间不住的移过去。你们的父亲的我，到那时候，怎样映在你们（眼）里，那是不能想象的了。大约像我在现在，嗤笑可怜那过去的时代一般，你们也要嗤笑可怜我的古老的心思，也未可知的。我为你们计，但愿这样子。你们若不是毫不客气的拿我做一个踏脚，超越了我，向着高的远的地方进去，那便是错的。

“人间很寂寞。我单能这样说了就算么？你们和我，像尝过血的兽一样，尝过爱了。去吧，为要将我的周围从寂寞中救出，竭力做事吧。我爱过你们，而且永远爱着。这并不是说，要从你们受父亲的报酬，我对于‘教我学会了爱你们的你们’的要求，只是受取我的感谢罢了……像吃尽了亲的死尸，贮着力量的小狮子一样，刚强勇猛，舍了我，踏到人生上去就是了。

“我的一生就令怎样失败，怎样胜不了诱惑；但无论如何，使你们从我的足迹上寻不出不纯的东西的事，是要做的，是一定做的。你们该从我的倒毙的所在，跨出新的脚步去。但那里走，怎么走的事，你们也可以从我的足迹上探索出来。

“幼者呵！将又不幸又幸福的你们的父母的祝福，浸在胸中，上人生的旅路吧。前途很远，也很暗。然而不要怕。不怕的人的面前才有路。

“走吧！勇猛着！幼者呵！”

有岛氏是白桦派，是一个觉醒的，所以有这等话；但里面也免不了带些眷恋凄怆的气息。

这也是时代的关系。将来便不特没有解放的话，并且不起解放的心，更没有什么眷恋和凄怆，只有爱依然存在。——但是对于一切幼者的爱。

随感录六十四　有无相通

南北的官僚虽然打仗，南北的人民却很要好，一心一意的在那里“有无相通”。

北方人可怜南方人太文弱，便教给他们许多拳脚：什么“八卦拳”“太极拳”，什么“洪家”“侠家”，什么“阴截腿”“抱桩腿”“谭腿”“戳脚”，什么“新武术”“旧武术”，什么“实为尽美尽善之体育”“强国保种尽在于斯”。

南方人也可怜北方人太简单了，便送上许多文章：什么“……梦”“……魂”“……痕”“……影”“……泪”，什么“外史”“趣史”“秽史”“秘史”，什么“黑幕”“现形”，什么“淌牌”“吊膀”“拆白”，什么“噫嘻卿卿我我”“呜呼燕燕莺莺”“吁嗟风风雨雨”，“耐阿是勒浪要勿面孔哉!”

直隶，山东的侠客们，勇士们呵！诸公有这许多筋力，大可以做一点神圣的劳作；江苏，浙江，湖南的才子们，名士们呵！诸公有这许多文才，大可以译几叶有用的新书。我们改良点自己，保全些别人；想些互助的方法，收了互害的局面吧!

随感录六十五 暴君的臣民

从前看见清朝几件重案的记载，“臣工”拟罪很严重，“圣上”常常减轻，便心里想：大约因为要博仁厚的美名，所以玩这些花样罢了。后来细想，殊不尽然。

暴君治下的臣民，大抵比暴君更暴；暴君的暴政，时常还不能餍足暴君治下的臣民的欲望。

中国不要提了吧。在外国举一个例：小事件则如 Gogol 的剧本《按察使》，众人都禁止他，俄皇却准开演；大事件则如巡抚想放耶稣，众人却要求将他钉上十字架。

暴君的臣民，只愿暴政暴在他人的头上，他却看着高兴，拿“残酷”做娱乐，拿“他人的苦”做赏玩，做慰安。

自己的本领只是“幸免”。

从“幸免”里又选出牺牲，供给暴君治下的臣民的渴血的欲望，但谁也不明白。死的说“阿呀”，活的高兴着。

随感录六十六　生命的路

想到人类的灭亡是一件大寂寞大悲哀的事；然而若干人们的灭亡，却并非寂寞悲哀的事。

生命的路是进步的，总是沿着无限的精神三角形的斜面向上走，什么都阻止他不得。

自然赋予人们的不调和还很多，人们自己萎缩堕落退步的也还很多，然而生命决不因此回头。无论什么黑暗来防范思潮，什么悲惨来袭击社会，什么罪恶来亵渎人道，人类的渴仰完全的潜力，总是踏了这些铁蒺藜向前进。

生命不怕死，在死的面前笑着跳着，跨过了灭亡的人们向前进。

什么是路？就是从没路的地方践踏出来的，从只有荆棘的地方开辟出来的。

以前早有路了，以后也该永远有路。

人类总不会寂寞，因为生命是进步的，是乐天的。

昨天，我对我的朋友 L 说："一个人死了，在死者自身和他的眷属是悲惨的事，但在一村一镇的人看起来不算什么；就是一省一国一种……"

L 很不高兴，说："这是 Natur（自然）的话，不是人们的话。你应该小心些。"

我想，他的话也不错。

一九二一年

智识即罪恶

我本来是一个四平八稳，给小酒馆打杂，混一口安稳饭吃的人，不幸认得几个字，受了新文化运动的影响，想求起智识来了。

那时我在乡下，很为猪羊不平；心里想，虽然苦，倘也如牛马一样，可以有一件别的用，那就免得专以卖肉见长了。然而猪羊满脸呆气，终生糊涂，实在除了保持现状之外，没有别的法。所以，诚然，智识是要紧的！

于是我跑到北京，拜老师，求智识。地球是圆的。元质有七十多种。$x+y=z$。闻所未闻，虽然难，却也以为是人所应该知道的事。

有一天，看见一种日报，却又将我的确信打破了。报上有一位虚无哲学家说：智识是罪恶，赃物……虚无哲学，多大的权威呵，而说道智识是罪恶。我的智识虽然少，而确实是智识，这倒反而坑了我了。我于是请教老师去。

老师道："呸，你懒得用功，便胡说，走！"

我想："老师贪图束脩吧。智识倒也还不如没有的稳当，可惜粘在我脑里，立刻抛不去，我赶快忘了他吧。"

然而迟了。因为这一夜里，我已经死了。

半夜，我躺在公寓的床上，忽而走进两个东西来，一个"活无常"，一个"死有分"。但我却并不诧异，因为他们正如城隍庙里塑着的一般。然而跟在后面的两个怪物，却使我吓得失声，因为并非牛头马面，而却是羊面猪头！我便悟到，牛马还太聪明，犯了罪，换上这诸公了，这可见智识是罪恶……我没有想完，猪头便用嘴将我一拱，我于是立刻跌入阴府里，用不着久等烧车马。

到过阴间的前辈先生多说，阴府的大门是有匾额和对联的，我留心看时，却没有，只见大堂上坐着一位阎罗王。稀奇，他便是我的隔壁的大富豪朱朗翁。大约钱是身外之物，带不到阴间的，所以一死便成为清白鬼了，只是不知道怎么又做了大官。他只穿一件极俭朴的爱国布的龙袍，但那龙颜却比活的时候胖得多了。

“你有智识么？”朗翁脸上毫无表情的问。

“没……”我是记得虚无哲学家的话的，所以这样答。

“说没有便是有——带去！”

我刚想：阴府里的道理真奇怪……却又被羊角一叉，跌出阎罗殿去了。

其时跌在一座城池里，其中都是青砖绿门的房屋，门顶上大抵是洋灰做的两个所谓狮子，门外面都挂一块招牌。倘在阳间，每一所机关外总挂五六块牌，这里却只一块，足见地皮的宽裕了。这瞬息间，我又被一位手执钢叉的猪头夜叉用鼻子拱进一间屋子里去，外面有牌额是“油豆滑跌小地狱”。

进得里面，却是一望无边的平地，满铺了白豆拌着桐油。只见无数的人在这上面跌倒又起来，起来又跌倒。我也接连的摔了十二跤，头上长出许多疙瘩来。但也有竟在门口坐着躺着，不想爬起，虽然浸得油汪汪的，却毫无一个疙瘩的人，可惜我去问他，他们都瞠着眼不说话。我不知道他们是不听见呢还是不懂，不愿意说呢还是无话可谈。

我于是跌上前去，去问那些正在乱跌的人们。其中的一个道：

“这就是罚智识的，因为智识是罪恶，赃物……我们还算是轻的呢。你在阳间的时候，怎么不昏一点？……”他气喘吁吁的断续的说。

“现在昏起来吧。”

“迟了。”

“我听得人说，西医有使人昏睡的药，去请他注射去，好么？”

“不成，我正因为知道医药，所以在这里跌，连针也没有了。”

“那么…… 有专给人打吗啡针的，听说多是没智识的人…… 我寻他们去。”

在这谈话时，我们本已滑跌了几百跤了。我一失望，便更不留神，忽然将头撞在白豆稀薄的地面上。地面很硬，跌势又重，我于是糊里糊涂的发了昏……

阿！自由！我忽而在平野上了，后面是那城，前面望得见公寓。我仍然糊里糊涂的走，一面想：我的妻和儿子，一定已经上京了，他们正围着我的死尸哭呢。我于是扑向我的躯壳去，便直坐起来，他们吓跑了，后来竭力说明，他们才了然，都高兴得大叫道：你还阳了，呵呀！我的老天爷哪……

我这样糊里糊涂的想时，忽然活过来了……

没有我的妻和儿子在身边，只有一个灯在桌上，我觉得自己睡在公寓里。间壁的一位学生已经从戏园回来，正哼着“先帝爷唉唉唉”哩，可见时候是不早了。

这还阳还得太冷静，简直不像还阳，我想，莫非先前也并没有死么？

倘若并没死，那么，朱朗翁也就并没有做阎罗王。

解决这问题，用智识究竟还怕是罪恶，我们还是用感情来决一决吧。

十月二十三日

事实胜于雄辩

西哲说：事实胜于雄辩。我当初很以为然，现在才知道在我们中国，是不适用的。

去年我在青云阁的一个铺子里买过一双鞋，今年破了，又到原铺子去照样的买一双。

一个胖伙计，拿出一双鞋来，那鞋头又尖又浅了。

我将一只旧式的和一只新式的都排在柜上，说道：

"这不一样……"

"一样，没有错。"

"这……"

"一样，你瞧！"

我于是买了尖头鞋走了。

我顺便有一句话奉告我们中国的某爱国大家，您说，攻击本国的缺点，是拾某国人的唾余的，试在中国上，加上我们二字，看看通不通。

现在我敬谨加上了，看过了，然而通的。

您瞧！

十一月四日

一九二二年

估《学衡》

我在二月四日的《晨报副刊》上看见式芬先生的杂感，很诧异天下竟有这样拘迂的老先生，竟不知世故到这地步，还来同《学衡》诸公谈学理。夫所谓《学衡》者，据我看来，实不过聚在"聚宝之门"左近的几个假古董所放的假毫光；虽然自称为"衡"，而本身的称星尚且未曾钉好，更何论于他所衡的轻重的是非。所以，决用不着较准，只要估一估就明白了。

《弁言》说："籀绎之作必趋雅音以崇文"，"籀绎"如此，述作可知。夫文者，即使不能"载道"，却也应该"达意"，而不幸诸公虽然张皇国学，笔下却未免欠亨，不能自了，何以"衡"人。这实在是一个大缺点。看吧，诸公怎么说——

《弁言》云："杂志迩例弁以宣言"，按宣言即布告，而弁者，周人戴在头上的瓜皮小帽一般的帽子，明明是顶上的东西，所以"弁言"就是序，异于"杂志迩例"的宣言，并为一谈，太汗漫了。《评提倡新文化者》文中说："或操笔以待。每一新书出版。必为之序。以尽其领袖后进之责。顾亭林曰。人之患在好为人序。其此之谓乎。故语彼等以学问之标准与良知。犹语商贾以道德。娼妓以贞操也。"原来作一篇序"以尽其领袖后进之责"，便有这样的大罪案。然而诸公又何以也"突而弁兮"的"言"了起来呢？照前文推论，那便是我的质问，却正是"语商贾以道德。娼妓以贞操也"了。

《中国提倡社会主义之商榷》中说："凡理想学说之发生。皆有其历史上之背影。决非悬空虚构。造乌托之邦。作无病之呻者也。"查"英吉之利"的摩耳，并未做 Pia of Uto，虽曰之乎者也，欲吧不能，但别寻古典，也非难事，又何必当中加楦呢。于古未闻"睹史之陀"，在今不去"宁古之塔"，奇句如此，真可谓"有病之呻"了。

《国学摭谭》中说："虽三皇寥廓而无极。五帝搢绅先生难言之。"人而能"寥廓"，已属奇闻，而第二句尤为费解，不知是三皇之事，五帝和搢绅先生皆难言之，抑是五帝之事，搢绅先生也难言之呢？推度情理，当从后说，然而太史公所谓"搢绅先生难言之"者，乃指"百家言黄帝"而并不指五帝，所以翻开《史记》，便是赫然的一篇《五帝本纪》，又何尝"难言之"。难道太史公在汉朝，竟应该算是下等社会中人么？

《记白鹿洞谈虎》中说："诸父老能健谈。谈多称虎。当其摹示扑噬之状。闻者鲜不色变。退而记之。亦资诙噱之类也。"姑不论其"能""健""谈""称"，床上安床，"扑噬之状"，终于未记，而"变色"的事，但"资诙噱"，也可谓太远于事情。倘使但"资诙噱"，则先前的闻而色变者，简直是呆子了。记又云："伥者。新鬼而膏虎牙者也。"刚做新鬼，便"膏虎牙"，实在可悯。那么，虎不但食人，而且也食鬼了。这是古来未知的新发见。

《渔丈人行》的起首道："楚王无道杀伍奢。覆巢之下无完家。"这"无完家"虽比"无完卵"新奇，但未免颇有语病。假如"家"就是鸟巢，那便犯了复，而且"之下"二字没有着落，倘说是人家，则掉下来的鸟巢未免太沉重了。除了大鹏金翅鸟（出《说岳全传》），断没有这样的大巢，能够压破彼等的房子。倘说是因为押韵，不得不然，那我敢说：这是"挂脚韵"。押韵至于如此，则翻开《诗韵合璧》的"六麻"来，写道"无完蛇""无完瓜""无完叉"，都无所不可的。

还有《浙江采集植物游记》，连题目都不通了。采集有所务，并非漫游，所以古人作记，务与游不并举，地与游才相连。匡庐峨眉，山也，则曰纪游，采硫访碑，务也，则曰日记。虽说采集时候，也兼游览，但这应该包举在主要的事务里，一列举便不"古"了。例如这记中也说起吃饭睡觉的事，而题目不可作《浙江采集植物游食眠记》。

以上不过随手拾来的事，毛举起来，更要费笔费墨费时费力，犯不上，中止了。因此诸公的说理，便没有指正的必要，文且未亨，理将安托，穷乡僻壤的中学生的成绩，恐怕也不至于此的了。

总之，诸公掊击新文化而张皇旧学问，倘不自相矛盾，倒也不失其为一种主张。可惜的是于旧学并无门径，并主张也还不配。倘使字句未通的人也算是国粹的知己，则国粹更要惭惶煞人！“衡”了一顿，仅仅“衡”出了自己的铢两来，于新文化无伤，于国粹也差得远。

我所佩服诸公的只有一点，是这种东西也居然会有发表的勇气。

为“俄国歌剧团”

我不知道——其实是可以算知道的，然而我偏要这样说——俄国歌剧团何以要离开他的故乡，却以这美妙的艺术到中国来博一点茶水喝。你们还是回去吧！

我到第一舞台看俄国的歌剧，是四日的夜间，是开演的第二日。

一入门，便使我发生异样的心情了：中央三十多人，旁边一大群兵，但楼上四五等中还有三百多的看客。

有人初到北京的，不久便说：我似乎住在沙漠里了。

是的，沙漠在这里。

没有花，没有诗，没有光，没有热。没有艺术，而且没有趣味，而且至于没有好奇心。

沉重的沙……

我是怎么一个怯弱的人呵。这时我想：倘使我是一个歌人，我的声音怕要销沉了吧。

沙漠在这里。

然而他们舞蹈了，歌唱了，美妙而且诚实的，而且勇猛的。

流动而且歌吟的云……

兵们拍手了，在接吻的时候。兵们又拍手了，又在接吻的时候。

非兵们也有几个拍手了，也在接吻的时候，而一个最响，超出于兵们的。

我是怎么一个褊狭的人呵。这时我想：倘使我是一个歌人，我怕要收藏了我的竖琴，沉默了我的歌声吧。倘不然，我就要唱我的反抗之歌。

而且真的，我唱了我的反抗之歌了！

沙漠在这里，恐怖的……

然而他们舞蹈了，歌唱了，美妙而且诚实的，而且勇猛的。

你们漂流转徙的艺术者，在寂寞里歌舞，怕已经有了归心了吧。你们大约没有复仇的意思，然而一回去，我们也就被复仇了。

比沙漠更可怕的人世在这里。

呜呼！这便是我对于沙漠的反抗之歌，是对于相识以及不相识的同感的朋友的劝诱，也就是为流转在寂寞中间的歌人们的广告。

四月九日

无 题

私立学校游艺大会的第二日，我也和几个朋友到中央公园去走一回。

我站在门口贴着“昆曲”两字的房外面，前面是墙壁，而一个人用了全力要从我的背后挤上去，挤得我喘不出气。他似乎以为我是一个没有实质的灵魂了，这不能不说他有一点错。

回去要分点心给孩子们，我于是乎到一个制糖公司里去买东西。买的是“黄枚朱古律三文治”。

这是盒子上写着的名字，很有些神秘气味了。然而不的，用英文，不过是 Chocolate apricot Sandwich。

我买定了八盒这“黄枚朱古律三文治”，付过钱，将他们装入衣袋里。不幸而我的眼光忽然横溢了，于是看见那公司的伙计正揸开了五个指头，罩住了我所未买的别的一切“黄枚朱古律三文治”。

这明明是给我的一个侮辱！然而，其实，我可不应该以为这是一个侮辱，因为我不能保证他如不罩住，也可以在纷乱中永远不被偷。也不能证明我决不是一个偷儿，也不能自己保证我在过去，现在以至未来决没有偷窃的事。

但我在那时不高兴了，装出虚伪的笑容，拍着这伙计的肩头说：

“不必的，我决不至于多拿一个……”

他说：“哪里哪里……”赶紧掣回手去，于是惭愧了。这很出我意外——我预料他一定要强辩——于是我也惭愧了。

这种惭愧，往往成为我的怀疑人类的头上的一滴冷水，这于我是有损的。

夜间独坐在一间屋子里，离开人们至少也有一丈多远了。吃着分剩的“黄枚朱古律三文治”；看几叶托尔斯泰的书，渐渐觉得我的周围，又远远地包着人类的希望。

四月十二日

"以震其艰深"

上海租界上的"国学家"，以为做白话文的大抵是青年，总该没有看过古董书的，于是乎用了所谓"国学"来吓呼他们。

《时报》上载着一篇署名涵秋的《文字感想》，其中有一段说：

"新学家薄国学为不足道故为钩辀格磔之文以震其艰深也一读之欲呕再读之昏昏睡去矣。"

领教。我先前只以为"钩辀格磔"是古人用他来形容鹧鸪的啼声，并无别的深意思；亏得这《文字感想》，才明白这是怪鹧鸪啼得"艰深"了，以此责备他的。但无论如何，"艰深"却不能令人"欲呕"，闻鹧鸪啼而呕者，世固无之，即以文章论，"粤若稽古"，注释纷纭，"绛即东雍"，圈点不断，这总该可以算是艰深的了，可是也从未听说，有人因此反胃。呕吐的原因决不在乎别人文章的"艰深"，是在乎自己的身体里的，大约因为"国学"积蓄得太多，笔不及写，所以涌出来了吧。

"以震其艰深也"的"震"字，从国学的门外汉看来也不通，但也许是为手民所误的，因为排字印报也是新学，或者也不免要"以震其艰深"。

否则，如此"国学"，虽不艰深，却是恶作，真是"一读之欲呕"，再读之必呕矣。

国学国学，新学家既"薄为不足道"，国学家又道而不能亨，你真要道尽途穷了！

九月二十日

所谓“国学”

现在暴发的“国学家”之所谓“国学”是什么？

一是商人遗老们翻印了几十部旧书赚钱，二是洋场上的文豪又做了几篇鸳鸯蝴蝶体小说出版。

商人遗老们的印书是书籍的古董化，其置重不在书籍而在古董。遗老有钱，或者也不过聊以自娱罢了，而商人便大吹大擂的借此获利。还有茶商盐贩，本来是不齿于“士类”的，现在也趁着新旧纷扰的时候，借刻书为名，想挨进遗老遗少的“士林”里去。他们所刻的书都无民国年月，辨不出是元版是清版，都是古董性质，至少每本两三元，绵连，锦帙，古色古香，学生们是买不起的。这就是他们之所谓“国学”。

然而巧妙的商人可也决不肯放过学生们的钱的，便用坏纸恶墨别印什么“菁华”，什么“大全”之类来搜括。定价并不大，但和纸墨一比较却是大价了。至于这些“国学”书的校勘，新学家不行，当然是出于上海的所谓“国学家”的了，然而错字叠出，破句连篇（用的并不是新式圈点），简直是拿少年来开玩笑。这是他们之所谓“国学”。

洋场上的往古所谓文豪，“卿卿我我”“蝴蝶鸳鸯”诚然做过一小堆，可是自有洋场以来，从没有人称这些文章（？）为国学，他们自己也并不以“国学家”自命的。现在不知何以，忽而奇想天开，也学了盐贩茶商，要凭空挨进“国学家”队里去了。然而事实很可惨，他们之所谓国学，是“拆白之事各处皆有而以上海一隅为最甚（中略）余于课余之暇不惜浪费笔墨编纂事实作一篇小说以饷阅者想亦阅者所乐闻也”（原本每句都密圈，今从略，以省排工，阅者谅之。）

“国学”乃如此而已乎？

试去翻一翻历史里的儒林和文苑传吧，可有一个将旧书当古董的鸿儒，可有一个以拆白饷阅者的文士？

倘说，从今年起，这些就是“国学”，那又是“新”例了。你们不是讲“国学”的么？

儿歌的“反动”

一　儿歌

胡怀琛

“月亮！月亮！
还有半个哪里去了？”
“被人家偷去了。”
“偷去做什么？”
“当镜子照。”

二　反动歌

小孩子

天上半个月亮，
我道是“破镜飞上天”，
原来却是被人偷下地了。
有趣呀，有趣呀，成了镜子了！
可是我见过圆的方的长方的八角六角的
菱花式的宝相花式的镜子矣，
没有见过半月形的镜子也。
我于是乎很不有趣也！

谨案小孩子略受新潮，辄敢妄行诘难，人心不古，良足慨然！然拜读原诗，亦存小失，倘能改第二句为“两半个都那里去了”，即成全璧矣。胡先生夙擅改削，当不以鄙言为河汉也。夏历中秋前五日，某生者谨注。

十月九日

“一是之学说”

我从《学灯》上看见驳吴宓君《新文化运动之反应》这一篇文章之后，才去寻《中华新报》来看他的原文。

那是一篇浩浩洋洋的长文，该有一万多字吧——而且还有作者吴宓君的照相。记者又在论前介绍说，“泾阳吴宓君美国哈佛大学硕士现为国立东南大学西洋文学教授君既精通西方文学得其神髓而国学复涵养甚深近主撰学衡杂志以提倡实学为任时论崇之”。

但这篇大文的内容是很简单的。说大意，就是新文化本也可以提倡的，但提倡者“当思以博大之眼光。宽宏之态度。肆力学术。深窥精研。观其全体。而贯通澈悟。然后平情衡理。执中驭物。造成一是之学说。融合中西之精华。以为一国一时之用。”而可恨“近年有所谓新文化运动者。本其偏激之主张。佐以宣传之良法。……加之喜新盲从者之多”便忽而声势浩大起来。殊不知“物极必反。理有固然。”于是“近顷于新文化运动怀疑而批评之书报渐多”了。这就谓之“新文化运动之反应”。然而“又所谓反应者非反抗之谓……读者幸勿因吾论列于此。而遂疑其为不赞成新文化者”云。

反应的书报一共举了七种，大体上都是“执中驭物”，宣传“正轨”的新文化的。现在我也来绍介一回：一《民心周报》，二《经世报》，三《亚洲学术杂志》，四《史地学报》，五《文哲学报》，六《学衡》，七《湘君》。

此外便是吴君对于这七种书报的“平情衡理”的批评（?）了。例如《民心周报》，“自发刊以至停版。除小说及一二来稿外。全用文言。不用所谓新式标点。即此一端。在新潮方盛之时。亦可谓砥柱中流矣。”至于《湘君》之用白话及标点，却又别有道理，那是“《学衡》本事理之真。故拒斥粗劣白话及英文标点。《湘君》求文艺之美。故兼用通妥白话及新式标点”的。总而言之，主张偏激，连标点也就偏激，那白话自然更不“通妥”了。即如我的白话，离通妥就很远；而我的标点则是“英文标点”。

但最“贯通澈悟”的是拉《经世报》来做“反应”，当《经世报》出版的时候，还没有“万恶孝为先”的谣言，而他们却早已发过许多崇圣的高论，可惜现在从日报变了月刊，实在有些萎缩现象了。至于“其于君臣之伦。另下新解”，“《亚洲学术杂志》议其牵强附会。必以君为帝王”，实在并不错，这才可以算得“新文化之反应”，而吴君又以为“则过矣”，那可是自己“则过矣”了。因为时代的关系，那时的君，当然是帝王而不是大总统。又如民国以前的议论，也因为时代的关系，自然多含革命的精神，《国粹学报》便是其一，而吴君却怪他谈学术而兼涉革命，也就是过于“融合”了时间的先后的原因。

此外还有一个太没见识处，就是遗漏了《长青》《红》《快活》《礼拜六》等近顷风起云涌的书报，这些实在都是“新文化运动的反应”，而且说“通妥白话”的。

十一月三日

不懂的音译

一

凡有一件事，总是永远缠夹不清的，大约莫过于在我们中国了。

翻外国人的姓名用音译，原是一件极正当，极平常的事，倘不是毫无常识的人们，似乎决不至于还会说费话。然而在上海报（我记不清楚什么报了，总之不是《新申报》便是《时报》）上，却又有伏在暗地里掷石子的人来嘲笑了。他说，做新文学家的秘诀，其一是要用些“屠介纳夫”“郭歌里”之类使人不懂的字样的。

凡有旧来音译的名目：靴、狮子、葡萄、萝卜、佛、伊犁……都毫不为奇的使用，而独独对于几个新译字来作怪；若是明知的，便可笑；倘不，更可怜。

其实是，现在的许多翻译者，比起往古的翻译家来，已经含有加倍的顽固性的了。例如南北朝人译印度的人名：阿难陀，实叉难驼、鸠摩罗什婆……决不肯附会成中国的人名模样，所以我们到了现在，还可以依了他们的译例推出原音来。不料直到光绪末年，在留学生的书报上，说是外国出了一个“柯伯坚”，倘使粗粗一看，大约总不免要疑心他是柯府上的老爷柯仲软的令兄的吧，但幸而还有照相在，可知道并不如此，其实是俄国的 Kropotkin。那书上又有一个“陶斯道”，我已经记不清是 Dostoievski 呢，还是 Tolstoi 了。

这“屠介纳夫”和“郭歌里”，虽然古雅赶不上“柯伯坚”，但于外国人的氏姓上定要加一个《百家姓》里所有的字，却几乎成了现在译界的常习，比起六朝和尚来，已可谓很“安本分”的了。然而竟还有人从暗中来掷石子，装鬼脸，难道真所谓“人心不古”么？

我想，现在的翻译家倒大可以学学“古之和尚”，凡有人名地名，什么音便怎么译，不但用不着白费心思去嵌镶，而且还须去改正。即如“柯柏坚”，现在虽然改译“苦鲁巴金”了，但第一音既然是 K 不是 Ku，我们便该将“苦”改作“克”，因为 K 和 Ku 的分别，在中国字音上是办得到的。

而中国却是更没有注意到，所以去年 Kropotkin 死去的消息传来的时候，上海《时报》便用日俄战争时旅顺败将 Kuropatkin 的照相，把这位无治主义老英雄的面目来顶替了。

十一月四日

二

自命为“国学家”的对于译音也加以嘲笑，确可以算得一种古今的奇闻；但这不特显示他的昏愚，实在也足以看出他的悲惨。

倘如他的尊意，则怎么办呢？我想，这只有三条计。上策是凡有外国的事物都不谈；中策是凡有外国人都称之为洋鬼子，例如屠介纳夫的《猎人日记》，郭歌里的《巡按使》，都题为“洋鬼子著”；下策是，只好将外国人名改为王羲之唐伯虎黄三太之类，例如进化论是唐伯虎提倡的，相对论是王羲之发明的，而发见美洲的则为黄三太。

倘不能，则为自命为国学家所不懂的新的音译语，可是要侵入真的国学的地域里来了。

中国有一部《流沙坠简》，印了将有十年了。要谈国学，那才可以算一种研究国学的书。开首有一篇长序，是王国维先生做的，要谈国学，他才可以算一个研究国学的人物。而他的序文中有一段说：“案古简所出为地凡三（中略）其三则和阗东北之尼雅城及马咱托拉拔拉滑史德三地也。”

这些译音，并不比“屠介纳夫”之类更古雅，更易懂。然而何以非用不可呢？就因为有三处地方，是这样的称呼；即使上海的国学家怎样冷笑，他们也仍然还是这样的称呼。当假的国学家正在打牌喝酒，真的国学家正在稳坐高斋读古书的时候，莎士比亚的同乡斯坦因博士却已经在甘肃新疆这些地方的沙碛里，将汉晋简牍掘去了；不但掘去，而且做出书来了。所以真要研究国学，便不能不翻回来；因为真要研究，所以也就不能行我的三策：或绝口不提，或但云“得于华夏”，或改为“获之于春申浦畔”了。

而且不特这一事。此外如真要研究元朝的历史，便不能不懂“屠介纳夫”的国文，因为单用些“鸳鸯”“蝴蝶”这些字样，实在是不够敷衍的。所以中国的国学不发达则已，万一发达起来，则敢请恕我直言，可是断不是洋场上的自命为国学家“所能厕足其间者也”的了。

但我于序文里所谓三处中的“马咱托拉拔拉滑史德”，起初却实在不知道怎样断句，读下去才明白二是“马咱托拉”，三是“拔拉滑史德”。

所以要清清楚楚的讲国学，也仍然须嵌外国字，须用新式的标点的。

十一月六日

对于批评家的希望

前两三年的书报上，关于文艺的大抵只有几篇创作（姑且这样说）和翻译，于是读者颇有批评家出现的要求，现在批评家已经出现了，而且日见其多了。

以文艺如此幼稚的时候，而批评家还要发掘美点，想扇起文艺的火焰来，那好意实在很可感。即不然，或则叹息现代作品的浅薄，那是望著作家更其深，或则叹息现代作品之没有血泪，那是怕著作界复归于轻佻。虽然似乎微辞过多，其实却是对于文艺的热烈的好意，那也实在是很可感谢的。

独有靠了一两本“西方”的旧批评论，或则捞一点头脑板滞的先生们的唾余，或则仗着中国固有的什么天经地义之类的，也到文坛上来践踏，则我以为委实太滥用了批评的权威。试将粗浅的事来比吧：譬如厨子做菜，有人品评他坏，他固不应该将厨刀铁釜交给批评者，说道你试来做一碗好的看：但他却可以有几条希望，就是望吃菜的没有“嗜痂之癖”，没有喝醉了酒，没有害着热病，舌苔厚到二三分。

我对于文艺批评家的希望却还要小。我不敢望他们于解剖裁判别人的作品之前，先将自己的精神来解剖裁判一回，看本身有无浅薄卑劣荒谬之处，因为这事情是颇不容易的。我所希望的不过愿其有一点常识，例如知道裸体画和春画的区别，接吻和性交的区别，尸体解剖和戮尸的区别，出洋留学和“放诸四夷”的区别，笋和竹的区别，猫和老虎的区别，老虎和番菜馆的区别……更进一步，则批评以英美的老先生学说为主，自然是悉听尊便的，但尤希望知道世界上不止英美两国；看不起托尔斯泰，自然也自由的，但尤希望先调查一点他的行实，真看过几本他所做的书。

还有几位批评家，当批评译本的时候，往往诋为不足齿数的劳力，而怪他何不去创作。创作之可尊，想来翻译家该是知道的，然而他竟止于翻译者，一定因为他只能翻译，或者偏爱翻译的缘故。所以批评家若不就事论事，而说些应当去如此如彼，是溢出于事权以外的事，因为这类言语，是商量教训而不是批评。现在还将厨子来比，则吃菜的只要说出品味如何就尽够，若于此之外，又怪他何以不去做裁缝或造房子，那是无论怎样的呆厨子，也难免要说这位客官是痰迷心窍的了。

十一月九日

反对“含泪”的批评家

现在对于文艺的批评日见其多了，是好现象；然而批评日见其怪了，是坏现象，愈多反而愈坏。

我看了很觉得不以为然的是胡梦华君对于汪静之君《蕙的风》的批评，尤其觉得非常不以为然的是胡君答复章鸿熙君的信。

一，胡君因为《蕙的风》里有一句“一步一回头瞟我意中人”，便科以和《金瓶梅》一样的罪：这是锻炼周纳的。《金瓶梅》卷首诚然有“意中人”三个字，但不能因为有三个字相同，便说这书和那书是一模样。例如胡君要青年去忏悔，而《金瓶梅》也明明说是一部“改过的书”，若因为这一点意思偶合，而说胡君的主张也等于《金瓶梅》，我实在没有这样的粗心和大胆。我以为中国之所谓道德家的神经，自古以来，未免过敏而又过敏了，看见一句“意中人”，便即想到《金瓶梅》，看见一个“瞟”字，便即穿凿到别的事情上去。然而一切青年的心，却未必都如此不净；倘竟如此不净，则即使“授受不亲”，后来也就会“瞟”，以至于瞟以上的等等事，那时便是一部《礼记》，也即等于《金瓶梅》了，又何有于《蕙的风》？

二，胡君因为诗里有“一个和尚悔出家”的话，便说是诬蔑了普天下和尚，而且大呼释迦牟尼佛：这是近于宗教家而且援引多数来恫吓，失了批评的态度的。其实一个和尚悔出家，并不是怪事，若普天下的和尚没有一个悔出家的，那倒是大怪事。中国岂不是常有酒肉和尚，还俗和尚么？非“悔出家”而何？倘说那些是坏和尚，则那诗里的便是坏和尚之一，又何至诬蔑了普天下的和尚呢？这正如胡君说一本诗集是不道德，并不算诬蔑了普天下的诗人。至于释迦牟尼，可更与文艺界“风马牛”了，据他老先生的教训，则做诗便犯了“绮语戒”，无论道德或不道德，都不免受些孽报，可怕得很的！

三，胡君说汪君的诗比不上歌德和雪利，我以为是对的。但后来又说，“论到人格，歌德一生而十九娶，为世诟病，正无可讳。然而歌德所以垂世不朽者，乃五十岁以后忏悔的歌德，我们也知道么?”这可奇特了。雪利我不知道，若歌德即 Goethe，则我敢替他呼几句冤，就是他并没有“一生而十九娶”，并没有“为世诟病”，并没有“五十岁以后忏悔”。而且对于胡君所说的“自‘耳食’之风盛，歌德，雪利之真人格遂不为国人所知，无识者流，更妄相援引，可悲亦复可笑!”这一段话，也要请收回一些去。

我不知道汪君可曾过了五十岁，倘没有，则即使用了胡君的论调来裁判，似乎也还不妨做“一步一回头瞟我意中人”的诗，因为以歌德为例，也还有到“忏悔”的时候。

临末，则我对于胡君的“悲哀的青年，我对于他们只有不可思议的眼泪!”“我还想多写几句，我对于悲哀的青年底不可思议的泪已盈眶了。”这一类话，实在不明白“其意何居”。批评文艺，万不能以眼泪的多少来定是非。文艺界可以收到创作家的眼泪，而沾了批评家的眼泪却是污点。胡君的眼泪的确洒得非其地，非其时，未免万分可惜了。

起稿已完，才看见《青光》上的一段文章，说近人用先生和君，含有尊敬和小觑的差别意见。我在这文章里正用君，但初意却不过贪图少写一个字，并非有什么《春秋》笔法。现在声明于此，却反而多写了许多字了。

十一月十七日。

即小见大

北京大学的反对讲义收费风潮，芒硝火焰似的起来，又芒硝火焰似的消灭了，其间就是开除了一个学生冯省三。

这事很奇特，一回风潮的起灭，竟只关于一个人。倘使诚然如此，则一个人的魄力何其太大，而许多人的魄力又何其太无呢。

现在讲义费已经取消，学生是得胜了，然而并没有听得有谁为那做了这次的牺牲者祝福。

即小见大，我于是竟悟出一件长久不解的事来，就是：三贝子花园里面，有谋刺良弼和袁世凯而死的四烈士坟，其中有三块墓碑，何以直到民国十一年还没有人去刻一个字。

凡有牺牲在祭坛前沥血之后，所留给大家的，实在只有“散胙”这一件事了。

十一月十八日

一九二四年

望勿“纠正”

汪原放君已经成了古人了，他的标点和校正小说，虽然不免小谬误，但大体是有功于作者和读者的。谁料流弊却无穷，一班效颦的便随手拉一部书，你也标点，我也标点，你也作序，我也作序，他也校改，这也校改，又不肯好好的做，结果只是糟蹋了书。

《花月痕》本不必当作宝贝书，但有人要标点付印，自然是各随各便。这书最初是木刻的，后有排印本；最后是石印，错字很多，现在通行的多是这一种。至于新标点本，则陶乐勤君序云：“本书所取的原本，虽属佳品，可是错误尚多。余虽都加以纠正，然失检之处，势必难免。……”我只有错字很多的石印本，偶然对比了第二十五回中的三四叶，便觉得还是石印本好，因为陶君于石印本的错字多未纠正，而石印本的不错字儿却多纠歪了。

“钗黛直是个子虚乌有，算不得什么。……”

这“直是个”就是“简直是一个”之意，而纠正本却改作“真是个”，便和原意很不相同了。

“秋痕头上包着绉帕……突见痴珠，便含笑低声说道，‘我料得你挨不上十天，其实何苦呢?’

“……痴珠笑道，‘往后再商量吧。’……”

他们俩虽然都沦落，但其时却没有什么大悲哀，所以还都笑。而纠正本却将两个“笑”字都改成“哭”字了。教他们一见就哭，看眼泪似乎太不值钱，况且“含哭”也不成话。

我因此想到一种要求，就是印书本是美事，但若自己于意义不甚了然时，不可便以为是错的，而奋然“加以纠正”，不如“过而存之”，或者倒是并不错。

我因此又起了一个疑问，就是有些人攻击译本小说“看不懂”，但他们看中国人自作的旧小说，当真看得懂么？

一月二十八日

这一篇短文发表之后，曾记得有一回遇见胡适之先生，谈到汪先生的事，知道他很康健。胡先生还以为我那“成了古人”云云，是说他做过许多工作，已足以表见于世的意思。这实在使我“诚惶诚恐”，因为我本意实不如此，直白地说，就是说已经“死掉了”。可是直到那时候，我才知这先前所听到的竟是一种毫无根据的谣言。现在我在此敬向汪先生谢我的粗疏之罪，并且将旧文的第一句订正，改为：“汪原放君未经成了古人了。”一九二五年九月二十四日，身热头痛之际，书。

华盖集

题　记

在一年的尽头的深夜中，整理了这一年所写的杂感，竟比收在《热风》里的整四年中所写的还要多。意见大部分还是那样，而态度却没有那么质直了，措辞也时常弯弯曲曲，议论又往往执滞在几件小事情上，很足以贻笑于大方之家。然而那又有什么法子呢。我今年偏遇到这些小事情，而偏有执滞于小事情的脾气。

我知道伟大的人物能洞见三世，观照一切，历大苦恼，尝大欢喜，发大慈悲。但我又知道这必须深入山林，坐古树下，静观默想，得天眼通，离人间愈远遥，而知人间也愈深，愈广；于是凡有言说，也愈高，愈大；于是而为天人师。我幼时虽曾梦想飞空，但至今还在地上，救小创伤尚且来不及，那有余暇使心开意豁。立论都公允妥洽，平正通达，像“正人君子”一般；正如沾水小蜂，只在泥土上爬来爬去，万不敢比附洋楼中的通人，但也自有悲苦愤激，决非洋楼中的通人所能领会。

这病痛的根柢就在我活在人间，又是一个常人，能够交着“华盖运”。

我平生没有学过算命，不过听老年人说，人是有时要交“华盖运”的。这“华盖”在他们口头上大概已经讹作“镬盖”了，现在加以订正。所以，这运，在和尚是好运：顶有华盖，自然是成佛作祖之兆。但俗人可不行，华盖在上，就要给罩住了，只好碰钉子。我今年开手作杂感时，就碰了两个大钉子：一是为了《咬文嚼字》，一是为了《青年必读书》。署名和匿名的豪杰之士的骂信，收了一大捆，至今还塞在书架下。此后又突然遇见了一些所谓学者，文士，正人，君子等等，据说都是讲公话，谈公理，而且深不以“党同伐异”为然的。可惜我和他们太不同了，所以也就被他们伐了几下——但这自然是为“公理”之故，和我的“党同伐异”不同。这样，一直到现下还没有完结，只好“以待来年”。

也有人劝我不要做这样的短评。那好意，我是很感激的，而且也并非不知道创作之可贵。然而要做这样的东西的时候，恐怕也还要做这样的东西，我以为如果艺术之宫里有这么麻烦的禁令，倒不如不进去；还是站在沙漠上，看看飞沙走石，乐则大笑，悲则大叫，愤则大骂，即使被沙砾打得遍身粗糙，头破血流，而时时抚摩自己的凝血，觉得若有花纹，也未必不及跟着中国的文士们去陪莎士比亚吃黄油面包之有趣。

然而只恨我的眼界小，单是中国，这一年的大事件也可以算是很多的了。我竟往往没有论及，似乎无所感触。我早就很希望中国的青年站出来，对于中国的社会，文明，都毫无忌惮地加以批评，因此曾编印《莽原周刊》，作为发言之地，可惜来说话的竟很少。在别的刊物上，倒大抵是对于反抗者的打击，这实在是使我怕敢想下去的。

现在是一年的尽头的深夜，深得这夜将尽了，我的生命，至少是一部分的生命，已经耗费在写这些无聊的东西中，而我所获得的，乃是我自己的灵魂的荒凉和粗糙。但是我并不惧惮这些，也不想遮盖这些，而且实在有些爱他们了，因为这是我转辗而生活于风沙中的瘢痕。凡有自己也觉得在风沙中转辗而生活着的，会知道这意思。

我编《热风》时，除遗漏的之外，又删去了好几篇。这一回却小有不同了，一时的杂感一类的东西，几乎都在这里面。

一九二五年十二月三十一日之夜，记于绿林书屋东壁下

一九二五年

咬文嚼字（一至二）

一

以摆脱传统思想的束缚而来主张男女平等的男人，却偏喜欢用轻靓艳丽字样来译外国女人的姓氏：加些草头，女旁，丝旁。不是“思黛儿”，就是“雪琳娜”。西洋和我们虽然远哉遥遥，但姓氏并无男女之别，却和中国一样的——除掉斯拉夫民族在语尾上略有区别之外。所以如果我们周家的姑娘不另姓绸，陈府上的太太也不另姓蔯，则欧文的小姐正无须改作妪纹，对于托尔斯泰夫人也不必格外费心，特别写成妥嬭丝苔也。

以摆脱传统思想的束缚而来介绍世界文学的文人，却偏喜欢使外国人姓中国姓：Gogol 姓郭；Wilde 姓王；D'Annunzio 姓段，一姓唐；Holz 姓何；Gorky 姓高；Galsworthy 也姓高，假使他谈到 Gorky，大概是称他“吾家 rky”的了。我真万料不到一本《百家姓》，到现在还有这般伟力。

一月八日

二

古时候，咱们学化学，在书上很看见许多“金”旁和非“金”旁的古怪字，据说是原质名目，偏旁是表明“金属”或“非金属”的，那一边大概是译音。但是，鏭，鎴，锡，错，矽，连化学先生也讲得很费力，总须附加道：“这回是熟悉的悉。这回是休息的息了。这回是常见的锡。”而学生们为要记得符号，仍须另外记住腊丁字。现在渐渐译起有机化学来，因此这类怪字就更多了，也更难了，几个字拼合起来，像贴在商人账桌面前的将“黄金萬两”拼成一个的怪字一样。中国的化学家多能兼做新仓颉。我想，倘若就用原文，省下造字的功夫来，一定于本职的化学上更其大有成绩，因为中国人的聪明是决不在白种人之下的。

在北京常看见各样好地名：辟才胡同，乃兹府，丞相胡同，协资庙，高义伯胡同，贵人关，但探起底细来，据说原是劈柴胡同，奶子府，绳匠胡同，蝎子庙，狗尾巴胡同，鬼门关，字面虽然改了，涵义还依旧。这很使我失望；否则，我将鼓吹改奴隶二字为“弩理”，或是“努礼”，使大家可以永远放心打盹儿，不必再愁什么了。但好在似乎也并没有什么人愁着，爆竹毕毕剥剥地都祀过财神了。

二月十日

青年必读书

——应《京报副刊》的征求

<table>
<tr><td>青年必
读　书</td><td>从来没有留心过，
所以现在说不出。</td></tr>
<tr><td>附
注</td><td>但我要趁这机会，略说自己的经验，以供若干读者的参考——
我看中国书时，总觉得就沉静下去，与实人生离开；读外国书——但除了印度——时，往往就与人生接触，想做点事。
中国书虽有劝人入世的话，也多是僵尸的乐观；外国书即使是颓唐和厌世的，但却是活人的颓唐和厌世。
我以为要少——或者竟不——看中国书，多看外国书。
少看中国书，其结果不过不能作文而已。但现在的青年最要紧的是“行”，不是“言”。只要是活人，不能作文算什么大不了的事。
二月十日</td></tr>
</table>

忽然想到（一至四）

一

做《内经》的不知道究竟是谁。对于人的肌肉，他确是看过，但似乎单是剥了皮略略一观，没有细考校，所以乱成一片，说是凡有肌肉都发源于手指和足趾。宋的《洗冤录》说人骨，竟至于谓男女骨数不同；老仵作之谈，也有不少胡说。然而直到现在，前者还是医家的宝典，后者还是检验的南针：这可以算得天下奇事之一。

牙痛在中国不知发端于何人？相传古人壮健，尧舜时代盖未必有；现在假定为起于二千年前吧。我幼时曾经牙痛，历试诸方，只有用细辛者稍有效，但也不过麻痹片刻，不是对症药。至于拔牙的所谓“离骨散”，乃是理想之谈，实际上并没有。西法的牙医一到，这才根本解决了；但在中国人手里一再传，又每每只学得镶补而忘了去腐杀菌，仍复渐渐地靠不住起来。牙痛了二千年，敷敷衍衍的不想一个好方法，别人想出来了，却又不肯好好地学：这大约也可以算得天下奇事之二吧。

康圣人主张跪拜，以为“否则要此膝何用”。走时的腿的动作，固然不易于看得分明，但忘记了坐在椅上时候的膝的曲直，则不可谓非圣人之疏于格物也。身中间脖颈最细，古人则于此斫之，臀肉最肥，古人则于此打之，其格物都比康圣人精到，后人之爱不忍释，实非无因。所以僻县尚打小板子，去年北京戒严时亦尝恢复杀头，虽延国粹于一脉乎，而亦不可谓非天下奇事之三也！

一月十五日

二

校着《苦闷的象征》的排印样本时，想到一些琐事——

我于书的形式上有一种偏见，就是在书的开头和每个题目前后，总喜欢留些空白，所以付印的时候，一定明白地注明。但待排出寄来，却大抵一篇一篇挤得很紧，并不依所注的办。查看别的书，也一样，多是行行挤得极紧的。

较好的中国书和西洋书，每本前后总有一两张空白的副页，上下的天地头也很宽。而近来中国的排印的新书则大抵没有副页，天地头又都很短，想要写上一点意见或别的什么，也无地可容，翻开书来，满本是密密层层的黑字；加以油臭扑鼻，使人发生一种压迫和窘促之感，不特很少“读书之乐”，且觉得仿佛人生已没有“余裕”，“不留余地”了。

或者也许以这样的为质朴吧。但质朴是开始的“陋”，精力弥满，不惜物力的。现在的却是复归于陋，而质朴的精神已失，所以只能算窳败，算堕落，也就是常谈之所谓“因陋就简”。在这样“不留余地”空气的围绕里，人们的精神大抵要被挤小的。

外国的平易地讲述学术文艺的书，往往夹杂些闲话或笑话，使文章增添活气，读者感到格外的兴趣，不易于疲倦。但中国的有些译本，却将这些删去，单留下艰难的讲学语，使他复近于教科书。这正如折花者，除尽枝叶，单留花朵，折花固然是折花，然而花枝的活气却灭尽了。人们到了失去余裕心，或不自觉地满抱了不留余地心时，这民族的将来恐怕就可虑。上述的那两样，固然是比牛毛还细小的事，但究竟是时代精神表现之一端，所以也可以类推到别样。例如现在器具之轻薄草率（世间误以为灵便），建筑之偷工减料，办事之敷衍一时，不要“好看”，不想“持久”，就都是出于同一病源的。即再用这来类推更大的事，我以为也行。

一月十七日

三

我想，我的神经也许有些瞀乱了。否则，那就可怕。

我觉得仿佛久没有所谓中华民国。

我觉得革命以前，我是做奴隶；革命以后不多久，就受了奴隶的骗，变成他们的奴隶了。

我觉得有许多民国国民而是民国的敌人。

我觉得有许多民国国民很像住在德法等国里的犹太人，他们的意中别有一个国度。

我觉得许多烈士的血都被人们踏灭了，然而又不是故意的，

我觉得什么都要从新做过。

退一万步说吧，我希望有人好好地做一部民国的建国史给少年看，因为我觉得民国的来源，实在已经失传了，虽然还只有十四年！

二月十二日

四

先前，听到二十四史不过是“相斫书”，是“独夫的家谱”一类的话，便以为诚然。后来自己看起来，明白了：何尝如此。

历史上都写着中国的灵魂，指示着将来的命运，只因为涂饰太厚，废话太多，所以很不容易察出底细来。正如通过密叶投射在莓苔上面的月光，只看见点点的碎影。但如看野史和杂记，可更容易了然了，因为他们究竟不必太摆史官的架子。

秦汉远了，和现在的情形相差已多，且不道。元人著作寥寥，至于唐宋明的杂史之类，则现在多有。试将记五代，南宋，明末的事情的，和现今的状况一比较，就当惊心动魄于何其相似之甚，仿佛时间的流驶，独与我们中国无关。现在的中华民国也还是五代，是宋末，是明季。

以明末例现在，则中国的情形还可以更腐败，更破烂，更凶酷，更残虐，现在还不算达到极点。但明末的腐败破烂也还未达到极点，因为李自成张献忠闹起来了。而张李的凶酷残虐也还未达到极点，因为满洲兵进来了。

难道所谓国民性者，真是这样地难于改变的么？倘如此，将来的命运便大略可想了，也还是一句烂熟的话：古已有之。

伶俐人实在伶俐，所以，决不攻难古人，摇动古例的。古人做过的事，无论什么，今人也都会做出来。而辩护古人，也就是辩护自己。况且我们是神州华胄，敢不“绳其祖武”么？

幸而谁也不敢十分决定说：国民性是决不会改变的。在这“不可知”中，虽可有破例——即其情形为从来所未有——的灭亡的恐怖，也可以有破例的复生的希望，这或者可作改革者的一点慰藉吧。

但这一点慰藉，也会勾消在许多自诩古文明者流的笔上，淹死在许多诬告新文明者流的嘴上，扑灭在许多假冒新文明者流的言动上，因为相似的老例，也是“古已有之”的。

其实这些人是一类，都是伶俐人，也都明白，中国虽完，自己的精神是不会苦的——因为都能变出合式的态度来。倘有不信，请看清朝的汉人所做的颂扬武功的文章去，开口“大兵”，闭口“我军”，你能料得到被这“大兵”“我军”所败的就是汉人的么？你将以为汉人带了兵将别的一种什么野蛮腐败民族歼灭了。

然而这一流人是永远胜利的，大约也将永久存在。在中国，惟他们最适于生存，而他们生存着的时候，中国便永远免不掉反复着先前的运命。

“地大物博，人口众多”，用了这许多好材料，难道竟不过老是演一出轮回把戏而已么？

二月十六日

通　讯

一

旭生先生：

前天收到《猛进》第一期，我想是先生寄来的，或者是玄伯先生寄来的。无论是谁寄的，总之，我谢谢。

那一期里有论市政的话，使我忽然想起一件不相干的事来。我现在住在一条小胡同里，这里有所谓土车者，每月收几吊钱，将煤灰之类搬出去。搬出去怎么办呢？就堆在街道上，这街就每日增高。有几所老房子，只有一半露出在街上的，就正在预告着别的房屋的将来。我不知道什么缘故，见了这些人家，就像看见了中国人的历史。

姓名我忘记了，总之是一个明末的遗民，他曾将自己的书斋题作“活埋庵”。谁料现在的北京的人家，都在建造“活埋庵”，还要自己拿出建造费。看看报章上的论坛，“反改革”的空气浓厚透顶了，满车的“祖传”“老例”“国粹”等等，都想来堆在道路上，将所有的人家完全活埋下去。“强聒不舍”，也许是一个药方吧，但据我所见，则有些人们——甚至于竟是青年——的论调，简直和“戊戌政变”时候的反对改革者的论调一模一样。你想，二十七年了，还是这样，岂不可怕。大约国民如此，是决不会有好的政府的；好的政府，或者反而容易倒。也不会有好议员的，现在常有人骂议员，说他们收贿，无特操，趋炎附势，自私自利，但大多数的国民，岂非正是如此的么？这类的议员，其实确是国民的代表。

我想，现在的办法，首先还得用那几年以前《新青年》上已经说过的“思想革命”。还是这一句话，虽然未免可悲，但我以为除此没有别的法。而且还是准备“思想革命”的战士，和目下的社会无关。待到战士养成了，于是再决胜负。我这种迂远而且渺茫的意见，自己也觉得是可叹的，但我希望于《猛进》的，也终于还是“思想革命”。

鲁迅。三月十二日

鲁迅先生：

你所说底“二十七年了，还是这样，”诚哉是一件极“可怕”的事情。人类思想里面，本来有一种惰性的东西，我们中国人的惰性更深。惰性表现的形式不一，而最普通的，第一就是听天任命，第二就是中庸。听天任命和中庸的空气打不破，我国人的思想，永远没有进步的希望。

你所说底“讲话和写文章，似乎都是失败者的征象。正在和运命恶战的人，顾不到这些。”实在是最痛心的话。但是我觉得从另外一方面看，还有许多人讲话和写文章，还可以证明人心的没有全死。可是这里需要有分别，必需要是一种不平的呼声，不管是冷嘲或热骂，才是人心未全死的证验。如果不是这样，换句话说，如果他的文章里面，不用很多的“！”，不管他说的写的怎么样好听，那人心已经全死，亡国不亡国，倒是第二个问题。

“思想革命”，诚哉是现在最重要不过的事情，但是我总觉得《语丝》《现代评论》和我们的《猛进》，就是合起来，还负不起这样的使命。我有两种希望：第一希望大家集合起来，办一个专讲文学思想的月刊。里面的内容，水平线并无庸过高，破坏者居其六七，介绍新者居其三四。这样一来，大学或中学的学生有一种消闲的良友，与思想的进步上，总有很大的裨益。我今天给适之先生略谈几句，他说现在我们办月刊很难，大约每月出八万字，还属可能，如若想出十一二万字，就几乎不可能。我说你又何必拘定十一二万字才出，有七八万就出七八万，即使再少一点，也未尝不可，要之有它总比没有它好的多。这是我第一个希望。第二我希望有一种通俗的小日报。现在的《第一小报》，似乎就是这一类的。这个报我只看见三两期，当然无从批评起，但是我们的印象：第一，是篇幅太小，至少总要再加一半才敷用；第二，这种小报总要记清是为民众和小学校的学生看的。所以思想虽需要极新，话却要写得极浅显。所有专门术语和新名词，能躲避到什么步田地躲到什么步田地。《第一小报》对于这一点，似还不很注意。这样良好的通俗小日报，是我第二种的希望。拉拉杂杂写来，漫无伦叙。你的意思以为何如？

徐炳昶。三月十六日

二

旭生先生：

给我的信早看见了，但因为琐琐的事情太多，所以到现在才能作答。

有一个专讲文学思想的月刊，确是极好的事，字数的多少，倒不算什么问题。第一为难的却是撰人，假使还是这几个人，结果即还是一种增大的某周刊或合订的各周刊之类。况且撰人一多，则因为希图保持内容的较为一致起见，即不免有互相牵就之处，很容易变为和平中正，吞吞吐吐的东西，而无聊之状于是乎可掬。现在的各种小周刊，虽然量少力微，却是小集团或单身的短兵战，在黑暗中，时见匕首的闪光，使同类者知道也还有谁还在袭击古老坚固的堡垒，较之看见浩大而灰色的军容，或者反可以会心一笑。在现在，我倒只希望这类的小刊物增加，只要所向的目标小异大同，将来就自然而然的成了联合战线，效力或者也不见得小。但目下倘有我所未知的新的作家起来，那当然又作别论。

通俗的小日报，自然也紧要的；但此事看去似易，做起来却很难。我们只要将《第一小报》与《群强报》之类一比，即知道实与民意相去太远，要收获失败无疑。民众要看皇帝何在，太妃安否，而《第一小报》却向他们去讲“常识”，岂非悖谬。教书一久，即与一般社会睽离，无论怎样热心，做起事来总要失败。假如一定要做，就得存学者的良心，有市侩的手段，但这类人才，怕教员中间是未必会有的。我想，现在没奈何，也只好从智识阶级——其实中国并没有俄国之所谓智识阶级，此事说起来话太长，姑且从众这样说——一面先行设法，民众俟将来再谈。而且他们也不是区区文学所能改革的，历史通知过我们，清兵入关，禁缠足，要垂辫，前一事只用文告，到现在还是放不掉，后一事用了别的法，到现在还在拖下来。

单为在校的青年计，可看的书报实在太缺乏了，我觉得至少还该有一种通俗的科学杂志，要浅显而且有趣的。可惜中国现在的科学家不大做文章，有做的，也过于高深，于是就很枯燥。现在要 Brehm 的讲动物生活，Fabre 的讲昆虫故事似的有趣，并且插许多图画的；但这非有一个大书店担任即不能印。至于作文者，我以为只要科学家肯放低手眼，再看看文艺书，就够了。

前三四年有一派思潮，毁了事情颇不少。学者多劝人踱进研究室，文人说最好是搬入艺术之宫，直到现在都还不大出来，不知道他们在那里面情形怎样。这虽然是自己愿意，但一大半也因新思想而仍中了“老法子”的计。我新近才看出这圈套，就是从“青年必读书”事件以来，很收些赞同和嘲骂的信，凡赞同者，都很坦白，并无什么恭维。如果开首称我为什么“学者”“文学家”的，则下面一定是谩骂。我才明白这等称号，乃是他们所公设的巧计，是精神的枷锁，故意将你定为“与众不同”，又借此来束缚你的言动，使你于他们的老生活上失去危险性的。不料有许多人，却自囚在什么室什么宫里，岂不可惜。只要掷去了这种尊号，摇身一变，化为泼皮，相骂相打（舆论是以为学者只应该拱手讲讲义的），则世风就会日上，而月刊也办成了。

先生的信上说：惰性表现的形式不一，而最普通的，第一就是听天任命，第二就是中庸。我以为这两种态度的根柢，怕不可仅以惰性了之，其实乃是卑怯。遇见强者，不敢反抗，便以“中庸”这些话来粉饰，聊以自慰。所以中国人倘有权力，看见别人奈何他不得，或者有“多数”作他护符的时候，多是凶残横恣，宛然一个暴君，做事并不中庸；待到满口“中庸”时，乃是势力已失，早非“中庸”不可的时候了。一到全败，则又有“命运”来做话柄，纵为奴隶，也处之泰然，但又无往而不合于圣道。这些现象，实在可以使中国人败亡，无论有没有外敌。要救正这些，也只好先行发露各样的劣点，撕下那好看的假面具来。

鲁迅。三月二十九日

鲁迅先生：

你看出什么“踱进研究室”，什么“搬入艺术之宫”，全是“一种圈套”，真是一件重要的发现。我实在告诉你说：我近来看见自命 gentleman 的人就怕极了。看见玄同先生挖苦 gentleman 的话（见《语丝》第二十期），好像大热时候，吃一盘冰激零，不晓得有多么痛快。总之这些字全是一种圈套，大家总要相戒，不要上他们的当才好。

我好像觉得通俗的科学杂志并不是那样容易的，但是我对于这个问题完全没有想，所以对于它觉暂且无论什么全不能说。

我对于通俗的小日报有许多的话要说，但因为限于篇幅，止好暂且不说。等到下一期，我要作一篇小东西，专论这件事，到那时候，还要请你指教才好。

徐炳昶。三月三十一日

论辩的魂灵

二十年前到黑市，买得一张符，名叫“鬼画符”。虽然不过一团糟，但贴在壁上看起来，却随时显出各样的文字，是处世的宝训，立身的金箴。今年又到黑市去，又买得一张符，也是“鬼画符”。但贴了起来看，也还是那一张，并不见什么增补和修改。今夜看出来的大题目是“论辩的魂灵”；细注道：“祖传老年中年青年‘逻辑’扶乩灭洋必胜妙法太上老君急急如律令敕。”今谨摘录数条，以公同好——

“洋奴会说洋话。你主张读洋书，就是洋奴，人格破产了！受人格破产的洋奴崇拜的洋书，其价值从可知矣！但我读洋文是学校的课程，是政府的功令，反对者，即反对政府也。无父无君之无政府党，人人得而诛之。”

“你说中国不好。你是外国人么？为什么不到外国去？可惜外国人看你不起……”

“你说甲生疮。甲是中国人，你就是说中国人生疮了。既然中国人生疮，你是中国人，就是你也生疮了。你既然也生疮，你就和甲一样。而你只说甲生疮，则竟无自知之明，你的话还有什么价值？倘你没有生疮，是说诳也。卖国贼是说诳的，所以你是卖国贼。我骂卖国贼，所以我是爱国者。爱国者的话是最有价值的，所以我的话是不错的，我的话既然不错，你就是卖国贼无疑了！”

“自由结婚未免太过激了。其实，我也并非老顽固，中国提倡女学的还是我第一个。但他们却太趋极端了，太趋极端，即有亡国之祸，所以气得我偏要说‘男女授受不亲’。况且，凡事不可过激；过激派都主张共妻主义的。

乙赞成自由结婚，不就是主张共妻主义么？他既然主张共妻主义，就应该先将他的妻拿出来给我们‘共’。”

“丙讲革命是为的要图利：不为图利，为什么要讲革命？我亲眼看见他三千七百九十一箱半的现金抬进门。你说不然，反对我么？那么，你就是他的同党。呜呼，党同伐异之风，于今为烈，提倡欧化者不得辞其咎矣！”

“丁牺牲了性命，乃是闹得一塌糊涂，活不下去了的缘故。现在妄称志士，诸君切勿为其所愚。况且，中国不是更坏了么？”

“戊能算什么英雄呢？听说，一声爆竹，他也会吃惊。还怕爆竹，能听枪炮声么？怕听枪炮声，打起仗来不要逃跑么？打起仗来就逃跑的反称英雄，所以中国糟透了。”

“你自以为是‘人’，我却以为非也。我是畜类，现在我就叫你爹爹。你既然是畜类的爹爹，当然也就是畜类了。”

“勿用惊叹符号，这是足以亡国的。但我所用的几个在例外。”

中庸太太提起笔来，取精神文明精髓，作明哲保身大吉大利格言二句云：

中学为体西学用，
不薄今人爱古人。

牺牲谟

——“鬼画符”失敬失敬章第十三

“阿呀阿呀，失敬失敬！原来我们还是同志。我开初疑心你是一个乞丐，心里想：好好的一个汉子，又不衰老，又非残疾，为什么不去做工，读书的？所以就不免露出‘责备贤者’的神色来，请你不要见气，我们的心实在太坦白了，什么也藏不住，哈哈！可是，同志，你也似乎太……

“哦哦！你什么都牺牲了？可敬可敬！我最佩服的就是什么都牺牲，为同胞，为国家。我向来一心要做的也就是这件事。你不要看得我外观阔绰，我为的是要到各处去宣传。社会还太势利，如果像你似的只剩一条破裤，谁肯来相信你呢？所以我只得打扮起来，宁可人们说闲话，我自己总是问心无愧。正如‘禹入裸国亦裸而游’一样，要改良社会，不得不然，别人那里会懂得我们的苦心孤诣。但是，朋友，你怎么竟奄奄一息到这地步了？

“哦哦！已经九天没有吃饭?！这真是清高得很哪！我只好五体投地。看你虽然怕要支持不下去，但是——你在历史上一定成名，可贺之至哪！现在什么‘欧化’‘美化’的邪说横行，人们的眼睛只看见物质，所缺的就是你老兄似的模范人物。你瞧，最高学府的教员们，也居然一面教书，一面要起钱来，他们只知道物质，中了物质的毒了。难得你老兄以身作则，给他们一个好榜样看，这于世道人心，一定大有裨益的。你想，现在不是还嚷着什么教育普及么？教育普及起来，要有多少教员，如果都像他们似的定要吃饭，在这四郊多垒时候，哪里来这许多饭？像你这样清高，真是浊世中独一无二的中流砥柱：可敬可敬！你读过书没有？如果读过书，我正要创办一个大学，就请你当教务长去。其实你只要读过‘四书’就好，加以这样品格，已经很够做‘莘莘学子’的表率了。

“不行？没有力气？可惜可惜！足见一面为社会做牺牲，一面也该自己讲讲卫生。你于卫生可惜太不讲究了。你不要以为我的胖头胖脸是因为享用好，我其实是专靠卫生，尤其得益的是精神修养，‘君子忧道不忧贫’呀！但是，我的同志，你什么都牺牲完了，究竟也大可佩服，可惜你还剩一条裤，将来在历史上也许要留下一点白璧微瑕……

“哦哦，是的。我知道，你不说也明白：你自然连这裤子也不要，你何至于这样地不彻底；那自然，你不过还没有牺牲的机会罢了。敝人向来最赞成一切牺牲，也最乐于‘成人之美’，况且我们是同志，我当然应该给你想一个完全办法，因为一个人最紧要的是‘晚节’，一不小心，可就前功尽弃了！

“机会凑得真好：舍间一个小鸦头，正缺一条裤……。朋友，你不要这么看我，我是最反对人身买卖的，这是最不人道的事。但是，那女人是在大旱灾时候留下的，那时我不要，她的父母就会把她卖到妓院里去。你想，这何等可怜。我留下她，正为的讲人道。况且那也不算什么人身买卖，不过我给了她父母几文，她的父母就把自己的女儿留在我家里就是了。我当初原想将她当作自己的女儿看，不，简直当作姊妹，同胞看；可恨我的贱内是旧式，说不通。你要知道旧式的女人顽固起来，真是无法可想的，我现在正在另外想点法子……

“但是，那娃儿已经多天没有裤子了，她是灾民的女儿。我料你一定肯帮助的。我们都是‘贫民之友’呵。况且你做完了这一件事情之后，就是全始全终；我保你将来铜像巍巍，高入云表，呵，一切贫民都鞠躬致敬……

“对了，我知道你一定肯，你不说我也明白。但你此刻且不要脱下来。我不能拿了走，我这副打扮，如果手上拿一条破裤子，别人见了就要诧异，于我们的牺牲主义的宣传会有妨碍的。现在的社会还太糊涂——你想，教员还要吃饭——哪里能懂得我们这纯洁的精神呢，一定要误解的。一经误解，社会恐怕要更加自私自利起来，你的工作也就‘非徒无益而又害之’了，朋友。

“你还能勉强走几步吧？不能？这可叫人有点为难了——那么，你该还能爬？好极了！那么，你就爬过去。你趁你还能爬的时候赶紧爬去，万不要‘功亏一篑’。但你须用趾尖爬，膝髁不要太用力；裤子擦着沙石，就要更破烂，不但可怜的灾民的女儿受不着实惠，并且连你的精神都白扔了。先行脱下了也不妥当，一则太不雅观，二则恐怕巡警要干涉，还是穿着爬的好。我的朋友，我们不是外人，肯给你上当的么？舍间离这里也并不远，你向东，转北，向南，看路北有两株大槐树的红漆门就是。你一爬到，就脱下来，对号房说：这是老爷叫我送来的，交给太太收下。你一见号房，应该赶快说，否则也许将你当作一个讨饭的，会打你。唉唉，近来讨饭的太多了，他们不去做工，不去读书，单知道要饭。所以我的号房就借痛打这方法，给他们一个教训，使他们知道做乞丐是要给人痛打的，还不如去做工读书好……

“你就去么？好好！但千万不要忘记：交代清楚了就爬开，不要停在我的屋界内。你已经九天没有吃东西了，万一出了什么事故，免不了要给我许多麻烦，我就要减少许多宝贵的光阴，不能为社会服务。我想，我们不是外人，你也决不愿意给自己的同志许多麻烦的，我这话也不过姑且说说。

“你就去吧！好，就去！本来我也可以叫一辆人力车送你去，但我知道用人代牛马来拉人，你一定不赞成的，这事多么不人道！我去了。你就动身吧。你不要这么萎靡不振，爬呀！朋友！我的同志，你快爬呀，向东呀！……”

战士和苍蝇

Schopenhauer 说过这样的话：要估定人的伟大，则精神上的大和体格上的大，那法则完全相反。后者距离愈远即愈小，前者却见得愈大。

正因为近则愈小，而且愈看见缺点和创伤，所以他就和我们一样，不是神道，不是妖怪，不是异兽。他仍然是人，不过如此。但也惟其如此，所以他是伟大的人。

战士战死了的时候，苍蝇们所首先发见的是他的缺点和伤痕，嘬着，营营地叫着，以为得意，以为比死了的战士更英雄。但是战士已经战死了，不再来挥去他们。于是乎苍蝇们即更其营营地叫，自以为倒是不朽的声音，因为它们的完全，远在战士之上。

的确的，谁也没有发见过苍蝇们的缺点和创伤。

然而，有缺点的战士终竟是战士，完美的苍蝇也终竟不过是苍蝇。

去吧，苍蝇们！虽然生着翅子，还能营营，总不会超过战士的。你们这些虫豸们！

三月二十一日

夏三虫

夏天近了，将有三虫：蚤，蚊，蝇。

假如有谁提出一个问题，问我三者之中，最爱什么，而且非爱一个不可，又不准像“青年必读书”那样的缴白卷的。我便只得回答道：跳蚤。

跳蚤的来吮血，虽然可恶，而一声不响地就是一口，何等直截爽快。蚊子便不然了，一针叮进皮肤，自然还可以算得有点彻底的，但当未叮之前，要哼哼地发一篇大议论，却使人觉得讨厌。如果所哼的是在说明人血应该给它充饥的理由，那可更其讨厌了，幸而我不懂。

野雀野鹿，一落在人手中，总时时刻刻想要逃走。其实，在山林间，上有鹰鹯，下有虎狼，何尝比在人手里安全。为什么当初不逃到人类中来，现在却要逃到鹰鹯虎狼间去？或者，鹰鹯虎狼之于它们，正如跳蚤之于我们吧。肚子饿了，抓着就是一口，决不谈道理，弄玄虚。被吃者也无须在被吃之前，先承认自己之理应被吃，心悦诚服，誓死不二。人类，可是也颇擅长于哼哼的了，害中取小，它们的避之惟恐不速，正是绝顶聪明。

苍蝇嗡嗡地闹了大半天，停下来也不过舐一点油汗，倘有伤痕或疮疖，自然更占一些便宜；无论怎么好的，美的，干净的东西，又总喜欢一律拉上一点蝇矢。但因为只舐一点油汗，只添一点腌臜，在麻木的人们还没有切肤之痛，所以也就将它放过了。中国人还不很知道它能够传播病菌，捕蝇运动大概不见得兴盛。它们的运命是长久的；还要更繁殖。

但它在好的，美的，干净的东西上拉了蝇矢之后，似乎还不至于欣欣然反过来嘲笑这东西的不洁：总要算还有一点道德的。

古今君子，每以禽兽斥人，殊不知便是昆虫，值得师法的地方也多着哪。

四月四日

忽然想到（五至六）

五

我生得太早一点，连康有为们“公车上书”的时候，已经颇有些年纪了。政变之后，有族中的所谓长辈也者教诲我，说：康有为是想篡位，所以他的名字叫有为；有者，“富有天下”，为者，“贵为天子”也。非图谋不轨而何？我想：诚然。可恶得很！

长辈的训诲于我是这样的有力，所以我也很遵从读书人家的家教。屏息低头，毫不敢轻举妄动。两眼下视黄泉，看天就是傲慢，满脸装出死相，说笑就是放肆。我自然以为极应该的，但有时心里也发生一点反抗。心的反抗，那时还不算什么犯罪，似乎诛心之律，倒不及现在之严。

但这心的反抗，也还是大人们引坏的，因为他们自己就常常随便大说大笑，而单是禁止孩子。黔首们看见秦始皇那么阔气，捣乱的项羽道：“彼可取而代也！”没出息的刘邦却说：“大丈夫不当如是耶？”我是没出息的一流，因为羡慕他们的随意说笑，就很希望赶忙变成大人——虽然此外也还有别种的原因。

大丈夫不当如是耶，在我，无非只想不再装死而已，欲望也并不甚奢。

现在，可喜我已经大了，这大概是谁也不能否认的吧，无论用了怎样古怪的“逻辑”。

我于是就抛了死相，放心说笑起来，而不意立刻又碰了正经人的钉子：说是使他们“失望”了。我自然是知道的，先前是老人们的世界，现在是少年们的世界了；但竟不料治世的人们虽异，而其禁止说笑也则同。那么，我的死相也还得装下去，装下去，“死而后已”，岂不痛哉！

我于是又恨我生得太迟一点。何不早二十年，赶上那大人还准说笑的时候？真是“我生不辰”，正当可诅咒的时候，活在可诅咒的地方了。

约翰弥耳说：专制使人们变成冷嘲。我们却天下太平，连冷嘲也没有。我想：暴君的专制使人们变成冷嘲，愚民的专制使人们变成死相。大家渐渐死下去，而自己反以为卫道有效，这才渐近于正经的活人。

世上如果还有真要活下去的人们，就先该敢说，敢笑，敢哭，敢怒，敢骂，敢打，在这可诅咒的地方击退了可诅咒的时代！

四月十四日

六

外国的考古学者们联翩而至了。

久矣夫，中国的学者们也早已口口声声的叫着：“保古！保古！保古！……”

但是不能革新的人种，也不能保古的。

所以，外国的考古学者们便联翩而至了。

长城久成废物，弱水也似乎不过是理想上的东西。老大的国民尽钻在僵硬的传统里，不肯变革，衰朽到毫无精力了，还要自相残杀。于是外面的生力军很容易地进来了，真是“匪今斯今，振古如兹”。至于他们的历史，那自然都没我们的那么古。

可是我们的古也就难保，因为土地先已危险而不安全。土地给了别人，则“国宝”虽多，我觉得实在也无处陈列。

但保古家还在痛骂革新，力保旧物地干：用玻璃板印些宋版书，每部定价几十几百元；“涅槃！涅槃！涅槃！”佛自汉时已入中国，其古色古香为何如哉！买集些旧书和金石，是劬古爱国之士，略作考证，赶印目录，就升为学者或高人。而外国人所得的古董，却每从高人的高尚的袖底里共清风一同流出。即不然，归安陆氏的皕宋，潍县陈氏的十钟，其子孙尚能世守否？

现在，外国的考古学者们便联翩而至了。

他们活有余力，则以考古，但考古尚可，帮同保古就更可怕了。有些外人，很希望中国永是一个大古董以供他们的赏鉴，这虽然可恶，却还不奇，因为他们究竟是外人。而中国竟也有自己还不够，并且要率领了少年，赤子，共成一个大古董以供他们的赏鉴者，则真不知是生着怎样的心肝。

中国废止读经了，教会学校不是还请腐儒做先生，教学生读“四书”么？民国废去跪拜了，犹太学校不是偏请遗老做先生，要学生磕头拜寿么？外国人办给中国人看的报纸，不是最反对五四以来的小改革么？而外国总主笔治下的中国小主笔，则倒是崇拜道学，保存国粹的！

但是，无论如何，不革新，是生存也为难的，而况保古。现状就是铁证，比保古家的万言书有力得多。

我们目下的当务之急，是：一要生存，二要温饱，三要发展。苟有阻碍这前途者，无论是古是今，是人是鬼，是《三坟》《五典》，百宋千元，天球河图，金人玉佛，祖传丸散，秘制膏丹，全都踏倒他。

保古家大概总读过古书，“林回弃千金之璧，负赤子而趋”，该不能说是禽兽行为吧。那么，弃赤子而抱千金之璧的是什么？

四月十八日

杂　感

人们有泪，比动物进化，但即此有泪，也就是不进化，正如已经只有盲肠，比鸟类进化，而究竟还有盲肠，终不能很算进化一样。凡这些，不但是无用的赘物，还要使其人达到无谓的灭亡。

现今的人们还以眼泪赠答，并且以这为最上的赠品，因为他此外一无所有。无泪的人则以血赠答，但又各各拒绝别人的血。

人大抵不愿意爱人下泪。但临死之际，可能也不愿意爱人为你下泪么？无泪的人无论何时，都不愿意爱人下泪，并且连血也不要：他拒绝一切为他的哭泣和灭亡。

人被杀于万众聚观之中，比被杀在“人不知鬼不觉”的地方快活，因为他可以妄想，博得观众中的或人的眼泪。但是，无泪的人无论被杀在什么所在，于他并无不同。

杀了无泪的人，一定连血也不见。爱人不觉他被杀之惨，仇人也终于得不到杀他之乐：这是他的报恩和复仇。

死于敌手的锋刃，不足悲苦；死于不知何来的暗器，却是悲苦。但最悲苦的是死于慈母或爱人误进的毒药，战友乱发的流弹，病菌的并无恶意的侵入，不是我自己制定的死刑。

仰慕往古的，回往古去吧！想出世的，快出世吧！想上天的，快上天吧！灵魂要离开肉体的，赶快离开吧！现在的地上，应该是执着现在，执着地上的人们居住的。

但厌恶现世的人们还住着。这都是现世的仇仇，他们一日存在，现世即一日不能得救。

先前，也曾有些愿意活在现世而不得的人们，沉默过了，呻吟过了，叹息过了，哭泣过了，哀求过了，但仍然愿意活在现世而不得，因为他们忘却了愤怒。

勇者愤怒，抽刃向更强者；怯者愤怒，却抽刃向更弱者。不可救药的民族中，一定有许多英雄，专向孩子们瞪眼。这些孱头们！

孩子们在瞪眼中长大了，又向别的孩子们瞪眼，并且想：他们一生都过在愤怒中。因为愤怒只是如此，所以他们要愤怒一生——而且还要愤怒二世，三世，四世，以至末世。

无论爱什么——饭，异性，国，民族，人类等等——只有纠缠如毒蛇，执着如怨鬼，二六时中，没有已时者有望。但太觉疲劳时，也无妨休息一会吧；但休息之后，就再来一回吧，而且两回，三回……血书，章程，请愿，讲学，哭，电报，开会，挽联，演说，神经衰弱，则一切无用。

血书所能挣来的是什么？不过就是你的一张血书，况且并不好看。至于神经衰弱，其实倒是自己生了病，你不要再当作宝贝了，我的可敬爱而讨厌的朋友呀！

我们听到呻吟，叹息，哭泣，哀求，无须吃惊。见了酷烈的沉默，就应该留心了；见有什么像毒蛇似的在尸林中蜿蜒，怨鬼似的在黑暗中奔驰，就更应该留心了：这在预告“真的愤怒”将要到来。那时候，仰慕往古的就要回往古去了，想出世的要出世去了，想上天的要上天了，灵魂要离开肉体的就要离开了！……

五月五日

北京通信

蕴儒，培良两兄：

昨天收到两份《豫报》，使我非常快活，尤其是见了那《副刊》。因为它那蓬勃的朝气，实在是在我先前的预想以上。你想：从有着很古的历史的中州，传来了青年的声音，仿佛在预告这古国将要复活，这是一件如何可喜的事呢？

倘使我有这力量，我自然极愿意有所贡献于河南的青年。但不幸我竟力不从心，因为我自己也正站在歧路上——或者，说得较有希望些：站在十字路口。站在歧路上是几乎难于举足，站在十字路口，是可走的道路很多。我自己，是什么也不怕的，生命是我自己的东西，所以我不妨大步走去，向着我自以为可以走去的路；即使前面是深渊，荆棘，狭谷，火坑，都由我自己负责。然而向青年说话可就难了，如果盲人瞎马，引入危途，我就该得谋杀许多人命的罪孽。

所以，我终于还不想劝青年一同走我所走的路；我们的年龄，境遇，都不相同，思想的归宿大概总不能一致的吧。但倘若一定要问我青年应当向怎样的目标，那么，我只可以说出我为别人设计的话，就是：一要生存，二要温饱，三要发展。有敢来阻碍这三事者，无论是谁，我们都反抗他，扑灭他！

可是还得附加几句话以免误解，就是：我之所谓生存，并不是苟活；所谓温饱，并不是奢侈；所谓发展，也不是放纵。

中国古来，一向是最注重于生存的，什么“知命者不立于岩墙之下”咧，什么“千金之子坐不垂堂”咧，什么“身体发肤受之父母不敢毁伤”

咧，竟有父母愿意儿子吸鸦片的，一吸，他就不至于到外面去，有倾家荡产之虞了。可是这一流人家，家业也决不能长保，因为这是苟活。苟活就是活不下去的初步，所以到后来，他就活不下去了。意图生存，而太卑怯，结果就得死亡。以中国古训中教人苟活的格言如此之多，而中国人偏多死亡，外族偏多侵入，结果适得其反，可见我们蔑弃古训，是刻不容缓的了。这实在是无可奈何，因为我们要生活，而且不是苟活的缘故。

中国人虽然想了各种苟活的理想乡，可惜终于没有实现。但我却替他们发见了；你们大概知道的吧，就是北京的第一监狱。这监狱在宣武门外的空地里，不怕邻家的火灾；每日两餐，不虑冻馁；起居有定，不会伤生；构造坚固，不会倒塌；禁卒管着，不会再犯罪；强盗是决不会来抢的。住在里面，何等安全，真真是“千金之子坐不垂堂”了。但阙少的就有一件事：自由。

古训所教的就是这样的生活法，教人不要动。不动，失错当然就较少了，但不活的岩石泥沙，失错不是更少么？我以为人类为向上，即发展起见，应该活动，活动而有若干失错，也不要紧。惟独半死半生的苟活，是全盘失错的。因为他挂了生活的招牌，其实却引入到死路上去！

我想，我们总得将青年从牢狱里引出来，路上的危险，当然是有的，但这是求生的偶然的危险，无从逃避。想逃避，就须度那古人所希求的第一监狱式生活了，可是真在第一监狱里的犯人，都想早些释放，虽然外面并不比狱里安全。

北京暖和起来了；我的院子里种了几株丁香，活了；还有两株榆叶梅，至今还未发芽，不知道他是否活着。

昨天闹了一个小乱子，许多学生被打伤了；听说还有死的，我不知道确否。其实，只要听他们开会，结果不过是开会而已，因为加了强力的迫压，遂闹出开会以上的事来。俄国的革命，不就是从这样的路径出发的么？

夜深了，就此搁笔，后来再谈吧。

鲁迅。五月八日夜

导师

近来很通行说青年；开口青年，闭口也是青年。但青年又何能一概而论？有醒着的，有睡着的，有昏着的，有躺着的，有玩着的，此外还多。但是，自然也有要前进的。

要前进的青年们大抵想寻求一个导师。然而我敢说：他们将永远寻不到。寻不到倒是运气；自知的谢不敏，自许的果真识路么？凡自以为识路者，总过了“而立”之年，灰色可掬了，老态可掬了，圆稳而已，自己却误以为识路。假如真识路，自己就早进向他的目标，何至于还在做导师。说佛法的和尚，卖仙药的道士，将来都与白骨是“一丘之貉”，人们现在却向他听生西的大法，求上升的真传，岂不可笑！

但是我并非敢将这些人一切抹杀：和他们随便谈谈，是可以的。说话的也不过能说话，弄笔的也不过能弄笔；别人如果希望他打拳，则是自己错。他如果能打拳，早已打拳了，但那时，别人大概又要希望他翻筋斗。

有些青年似乎也觉悟了，我记得《京报副刊》征求青年必读书时，曾有一位发过牢骚，终于说：只有自己可靠！我现在还想斗胆转一句，虽然有些杀风景，就是：自己也未必可靠的。

我们都不大有记性。这也无怪，人生苦痛的事太多了，尤其是在中国。记性好的，大概都被厚重的苦痛压死了；只有记性坏的，适者生存，还能欣然活着。但我们究竟还有一点记忆，回想起来，怎样的“今是昨非”呵，怎样的“口是心非”呵，怎样的“今日之我与昨日之我战”呵。我们还没有正在饿得要死时于无人处见别人的饭，正在穷得要死时于无人处见别人的钱，正在性欲旺盛时遇见异性，而且很美的。我想，大话不宜讲得太早，否则，倘有记性，将来想到时会脸红。

或者还是知道自己之不甚可靠者，倒较为可靠吧。

青年又何须寻那挂着金字招牌的导师呢？不如寻朋友，联合起来，同向着似乎可以生存的方向走。你们所多的是生力，遇见深林，可以辟成平地的，遇见旷野，可以栽种树木的，遇见沙漠，可以开掘井泉的。问什么荆棘塞途的老路，寻什么乌烟瘴气的鸟导师！

五月十一日

长 城

伟大的长城！

这工程，虽在地图上也还有它的小像，凡是世界上稍有知识的人们，大概都知道的吧。

其实，从来不过徒然役死许多工人而已，胡人何尝挡得住。现在不过一种古迹了，但一时也不会灭尽，或者还要保存它。

我总觉得周围有长城围绕。这长城的构成材料，是旧有的古砖和补添的新砖。两种东西联为一气造成了城壁，将人们包围。

何时才不给长城添新砖呢？

这伟大而可诅咒的长城！

五月十一日

忽然想到（七至九）

七

大约是送报人忙不过来了，昨天不见报，今天才给补到，但是奇怪，正张上已经剪去了两小块；幸而副刊是完全的。那上面有一篇武者君的《温良》，又使我记起往事，我记得确曾用了这样一个糖衣的毒刺赠送过我的同学们。现在武者君也在大道上发见了两样东西了：凶兽和羊。但我以为这不过发见了一部分，因为大道上的东西还没有这样简单，还得附加一句，是：凶兽样的羊，羊样的凶兽。

他们是羊，同时也是凶兽；但遇见比他更凶的凶兽时便现羊样，遇见比他更弱的羊时便现凶兽样，因此，武者君误认为两样东西了。

我还记得第一次五四以后，军警们很客气地只用枪托，乱打那手无寸铁的教员和学生，威武到很像一队铁骑在苗田上驰骋；学生们则惊叫奔避，正如遇见虎狼的羊群。但是，当学生们成了大群，袭击他们的敌人时，不是遇见孩子也要推他摔几个觔斗么？在学校里，不是还唾骂敌人的儿子，使他非逃回家去不可么？这和古代暴君的火族的意见，有什么区分！

我还记得中国的女人是怎样被压制，有时简直并羊而不如。现在托了洋鬼子学说的福，似乎有些解放了。但她一得到可以逞威的地位如校长之类，不就雇用了“掠袖擦掌”的打手似的男人，来威吓毫无武力的同性的学生们么？不是利用了外面正有别的学潮的时候，和一些狐群狗党趁势来开除她私意所不喜的学生们么？而几个在“男尊女卑”的社会生长的男人们，此时却在异性的饭碗化身的面前摇尾，简直并羊而不如。羊，诚然是弱的，但还不至于如此，我敢给我所敬爱的羊们保证！

但是，在黄金世界还未到来之前，人们恐怕总不免同时含有这两种性质，只看发现时候的情形怎样，就显出勇敢和卑怯的大区别来。可惜中国人但对于羊显凶兽相，而对于凶兽则显羊相，所以即使显着凶兽相，也还是卑怯的国民。这样下去，一定要完结的。

我想，要中国得救，也不必添什么东西进去，只要青年们将这两种性质的古传用法，反过来一用就够了，对手如凶兽时就如凶兽，对手如羊时就如羊！

那么，无论什么魔鬼，就都只能回到他自己的地狱里去。

五月十日

八

五月十二日《京报》的“显微镜”下有这样的一条——

“某学究见某报上载教育总长‘章士钉’五七呈文，愀然曰：‘名字怪僻如此，非圣人之徒也，岂能为吾侪卫古文之道者乎！’”

因此想起中国有几个字，不但在白话文中，就是在文言文中也几乎不用。其一是这误印为“钉”的“钊”字，还有一个是“淦”字，大概只在人名里还有留遗。我手头没有《说文解字》，钊字的解释完全不记得了，淦则仿佛是船底漏水的意思。我们现在要叙述船漏水，无论用怎样古奥的文章，大概总不至于说“淦矣”了吧，所以除了印张国淦，孙嘉淦或新淦县的新闻之外，这一粒铅字简直是废物。

至于“钊”则化而为“钉”还不过一个小笑话；听说竟有人因此受害。曹锟做总统的时代（那时这样写法就要犯罪），要办李大钊先生，国务会议席上一个阁员说：“只要看他的名字，就知道不是一个安分的人。什么名字不好取，他偏要叫李大剑？”于是乎办定了，因为这位“大剑”先生已经用名字自己证实，是“大刀王五”一流人。

我在N的学堂做学生的时候，也曾经因这“钊”字碰过几个小钉子，但自然因为我自己不“安分”。一个新的职员到校了，势派非常之大，学者似的，很傲然。可惜他不幸遇见了一个同学叫“沈钊”的，就倒了楣，因为他叫他“沈钧”，以表白自己的不识字。于是我们一见面就讥笑他，就叫他为“沈钧”，并且由讥笑而至于相骂。两天之内，我和十多个同学就迭连记了两小过两大过，再记一小过，就要开除了。但开除在我们那个学校里并不算什么大事件，大堂上还有军令，可以将学生杀头的。做那里的校长这才威风呢——但那时的名目却叫作“总办”的，资格又须是候补道。

假使那时也像现在似的专用高压手段，我们大概是早经“正法”，我也不会还有什么“忽然想到”的了。我不知怎的近来很有“怀古”的倾向，例如这回因为一个字，就会露出遗老似的“缅怀古昔”的口吻来。

五月十三日

九

记得有人说过，回忆多的人们是没出息的了，因为他眷念从前，难望再有勇猛的进取；但也有说回忆是最为可喜的。前一说忘却了谁的话，后一说大概是A. Francè吧——都由他。可是他们的话也都有些道理，整理起来，研究起来，一定可以消费许多功夫；但这都听凭学者们去干去，我不想来加入这一类高尚事业了，怕的是毫无结果之前，已经“寿终正寝”。（是否真是寿终，真在正寝，自然是没有把握的，但此刻不妨写得好看一点。）我能谢绝研究文艺的酒筵，能远避开除学生的饭局，然而阎罗大王的请帖，大概是终于没法“谨谢”的，无论你怎样摆架子。好，现在是并非眷念过去，而是遥想将来了，可是一样的没出息。管他娘的，写下去——

不动笔是为要保持自己的身份，我近来才知道；可是动笔的九成九是为自己来辩护，则早就知道的了，至少，我自己就这样。所以，现在要写出来的，也不过是为自己的一封信——

FD 君：

记得一年或两年之前，蒙你赐书，指摘我在《阿 Q 正传》中写捉拿一个无聊的阿 Q 而用机关枪，是太远于事理。我当时没有答复你，一则你信上不写住址，二则阿 Q 已经捉过，我不能再邀你去看热闹，共同证实了。

但我前几天看报章，便又记起了你。报上有一则新闻，大意是学生要到执政府去请愿，而执政府已于事前得知，东门上添了军队，西门上还摆起两架机关枪，学生不得入，终于无结果而散云。你如果还在北京，何妨远远地——愈远愈好——去望一望呢，倘使真有两架，那么，我就“振振有词”了。

夫学生的游行和请愿，由来久矣。他们都是“郁郁乎文哉”，不但绝无炸弹和手枪，并且连九节钢鞭，三尖两刃刀也没有，更何况丈八蛇矛和青龙掩月刀乎？至多，“怀中一纸书”而已，所以向来就没有闹过乱子的历史。现在可是已经架起机关枪来了，而且有两架！

但阿 Q 的事件却大得多了，他确曾上城偷过东西，未庄也确已出了抢案。那时又还是民国元年，那些官吏，办事自然比现在更离奇。先生！你想：这是十三年前的事呵。那时的事，我以为即使在《阿 Q 正传》中再给添上一混成旅和八尊过山炮，也不至于“言过其实”的吧。

请先生不要用普通的眼光看中国，我的一个朋友从印度回来，说，那地方真古怪，每当自己走过恒河边，就觉得还要防被捉去杀掉而祭天。我在中国也时时起这一类的恐惧。普通认为 romantic 的，在中国是平常事；机关枪不装在土谷祠外，还装到哪里去呢？

一九二五年五月十四日，鲁迅上

“碰壁”之后

我平日常常对我的年青的同学们说：古人所谓“穷愁著书”的话，是不大可靠的。穷到透顶，愁得要死的人，那里还有这许多闲情逸致来著书？我们从来没有见过候补的饿殍在沟壑边吟哦；鞭扑底下的囚徒所发出来的不过是直声的叫喊，决不会用一篇妃红俪白的骈体文来诉痛苦的。所以待到磨墨吮笔，说什么“履穿踵决”时，脚上也许早经是丝袜；高吟“饥来驱我去……”的陶征士，其时或者偏已很有些酒意了。正当苦痛，即说不出苦痛来，佛说极苦地狱中的鬼魂，也反而并无叫唤！

华夏大概并非地狱，然而“境由心造”，我眼前总充塞着重迭的黑云，其中有故鬼，新鬼，游魂，牛首阿旁，畜生，化生，大叫唤，无叫唤，使我不堪闻见。我装作无所闻见模样，以图欺骗自己，总算已从地狱中出离。

打门声一响，我又回到现实世界了。又是学校的事。我为什么要做教员?！想着走着，出去开门，果然，信封上首先就看见通红的一行字：国立北京女子师范大学。

我本就怕这学校，因为一进门就觉得阴惨惨，不知其所以然，但也常常疑心是自己的错觉。后来看到杨荫榆校长《致全体学生公启》里的“须知学校犹家庭，为尊长者断无不爱家属之理，为幼稚者亦当体贴尊长之心”的话，就恍然了，原来我虽然在学校教书，也等于在杨家坐馆，而这阴惨惨的气味，便是从“冷板凳”里出来的。可是我有一种毛病，自己也疑心是自讨苦吃的根苗，就是偶尔要想想。所以恍然之后，即又有疑问发生：这家族人员——校长和学生——的关系是怎样的，母女，还是婆媳呢？

想而又想，结果毫无。幸而这位校长宣言多，竟在她《对于暴烈学生之感言》里获得正确的解答了。曰，“与此曹子勃谿相向”，则其为婆婆无疑也。

现在我可以大胆地用“妇姑勃谿”这句古典了。但婆媳吵架，与西宾又何干呢？因为究竟是学校，所以总还是时常有信来，或是婆婆的，或是媳妇的。我的神经又不强，一闻打门而悔做教员者以此，而且也确有可悔的理由。

这一年她们的家务简直没有完，媳妇儿们不佩服婆婆做校长了，婆婆可是不歇手。这是她的家庭，怎么肯放手呢？无足怪的。而且不但不放，还趁“五七”之际，在什么饭店请人吃饭之后，开除了六个学生自治会的职员，并且发表了那“须知学校犹家庭”的名论。

这回抽出信纸来一看，是媳妇儿们的自治会所发的，略谓：

“旬余以来，校务停顿，百费待兴，若长此迁延，不特虚掷数百青年光阴，校务前途，亦岌岌不可终日。……”

底下是请教员开一个会，出来维持的意思的话，订定的时间是当日下午四点钟。

“去看一看吧。”我想。

这也是我的一种毛病，自己也疑心是自讨苦吃的根苗；明知道无论什么事，在中国是万不可轻易去“看一看”的，然而终于改不掉，所以谓之“病”。但是，究竟也颇熟于世故了，我想后，又立刻决定，四点太早，到了一定没有人，四点半去吧。

四点半进了阴惨惨的校门，又走进教员休息室。出乎意料之外！除一个打盹似的校役以外，已有两位教员坐着了。一位是见过几面的；一位不认识，似乎说是姓汪，或姓王，我不大听明白——其实也无须。

我也和他们在一处坐下了。

“先生的意思以为这事情怎样呢？”这不识教员在招呼之后，看住了我的眼睛问。

“这可以由各方面说……你问的是我个人的意见么？我个人的意见，是反对杨先生的办法的……"

糟了！我的话没有说完，他便将他那灵便小巧的头向旁边一摇，表示不屑听完的态度。但这自然是我的主观；在他，或者也许本有将头摇来摇去的毛病的。

"就是开除学生的罚太严了。否则，就很容易解决。……"我还要继续说下去。

"嗡嗡。"他不耐烦似的点头。

我就默然，点起火来吸烟卷。

"最好是给这事情冷一冷……"不知怎的他又开始发表他的"冷一冷"学说了。

"嗡嗡。瞧着看吧。"这回是我不耐烦似的点头，但终于多说了一句话。

我点头讫，瞥见坐前有一张印刷品，一看之后，便毛骨悚然起来。文略谓：

"……第用学生自治会名义，指挥讲师职员，召集校务维持讨论会……本校素遵部章，无此学制，亦无此办法，根本上不能成立。……而且闹潮以来……不能不筹正当方法，又有其他校务进行，亦待大会议决，兹定于（月之二十一日）下午七时，由校特请全体主任专任教员评议会会员在太平湖饭店开校务紧急会议，解决种种重要问题。务恳大驾莅临，无任盼祷！"

署名就是我所视为畏途的"国立北京女子师范大学"，但下面还有一个"启"字。我这时才知道我不该来，也无须"莅临"太平湖饭店，因为我不过是一个"兼任教员"。然而校长为什么不制止学生开会，又不预先否认，却要叫我到了学校来看这"启"的呢？我愤然地要质问了，举目四顾，两个教员，一个校役，四面砖墙带着门和窗门，而并没有半个负有答复的责任的生物。"国立北京女子师范学校"虽然能"启，"然而是不能答的。只有默默地阴森地四周的墙壁将人包围，现出险恶的颜色。

我感到苦痛了，但没有悟出它的原因。

可是两个学生来请开会了；婆婆终于没有露面。我们就走进会场去，这时连我已经有五个人；后来陆续又到了七八人。于是乎开会。

“为幼稚者”仿佛不大能够“体贴尊长之心”似的，很诉了许多苦。然而我们有什么权利来干预“家庭”里的事呢？而况太平湖饭店里又要“解决种种重要问题”了！但是我也说明了几句我所以来校的理由，并要求学校当局今天缩头缩脑办法的解答。然而，举目四顾，只有媳妇儿们和西宾，砖墙带着门和窗门，而并没有半个负有答复的责任的生物！

我感到苦痛了，但没有悟出它的原因。

这时我所不识的教员和学生在谈话了；我也不很细听。但在他的话里听到一句“你们做事不要碰壁”，在学生的话里听到一句“杨先生就是壁”，于我就仿佛见了一道光，立刻知道我的痛苦的原因了。

碰壁，碰壁！我碰了杨家的壁了！

其时看看学生们，就像一群童养媳……

这一种会议是照例没有结果的，几个自以为大胆的人物对于婆婆稍加微辞之后，即大家走散。我回家坐在自己的窗下的时候，天色已近黄昏，而阴惨惨的颜色却渐渐地退去，回忆到碰壁的学说，居然微笑起来了。

中国各处是壁，然而无形，像“鬼打墙”一般，使你随时能“碰”。能打这墙的，能碰而不感到痛苦的，是胜利者。——但是，此刻太平湖饭店之宴已近阑珊，大家都已经吃到冰其淋，在那里“冷一冷”了吧……

我于是仿佛看见雪白的桌布已经沾了许多酱油渍，男男女女围着桌子都吃冰其淋，而许多媳妇儿，就如中国历来的大多数媳妇儿在苦节的婆婆脚下似的，都决定了暗淡的运命。

我吸了两支烟，眼前也光明起来，幻出饭店里电灯的光彩，看见教育家在杯酒间谋害学生，看见杀人者于微笑后屠戮百姓，看见死尸在粪土中舞蹈，看见污秽洒满了风籁琴，我想取作画图，竟不能画成一线。我为什么要做教员，连自己也侮蔑自己起来。但是织芳来访我了。

我们闲谈之间，他也忽而发感慨——

“中国什么都黑暗，谁也不行，但没有事的时候是看不出来的。教员咧，学生咧，烘烘烘，烘烘烘，真像一个学校，一有事故，教员也不见了，学生也慢慢躲开了；结局只剩下几个傻子给大家做牺牲，算是收束。多少天之后，又是这样的学校，躲开的也出来了，不见的也露脸了，‘地球是圆的’咧，‘苍蝇是传染病的媒介’咧。又是学生咧，教员咧，烘烘烘……”

从不像我似的常常“碰壁”的青年学生的眼睛看来，中国也就如此之黑暗么？然而他们仅有微弱的呻吟，然而一呻吟就被杀戮了！

五月二十一日夜

并非闲话

凡事无论大小，只要和自己有些相干，便不免格外警觉。即如这一回女子师范大学的风潮，我因为在那里担任一点钟功课，也就感到震动，而且就发了几句感慨，登在五月十二的《京报副刊》上。自然，自己也明知道违了“和光同尘”的古训了，但我就是这样，并不想以骑墙或阴柔来买人尊敬。三四天之后，忽然接到一本《现代评论》十五期，很觉得有些稀奇。这一期是新印的，第一页上目录已经整齐（初版字有参差处），就证明着至少是再版。我想：为什么这一期特别卖的多，送的多呢，莫非内容改变了么？翻开初版来，校勘下去，都一样；不过末叶的金城银行的广告已经杳然，所以一篇《女师大的学潮》就赤条条地露出。我不是也发过议论的么？自然要看一看，原来是赞成杨荫榆校长的，和我的论调正相反。做的人是“一个女读者”。

中国原是玩意儿最多的地方，近来又刚闹过什么“琴心是否女士”问题，我于是心血来潮，忽而想：又捣什么鬼，装什么佯了？但我即刻不再想下去，因为接着就起了别一个念头，想到近来有些人，凡是自己善于在暗中播弄鼓动的，一看见别人明白质直的言动，便往往反噬他是播弄和鼓动，是某党，是某系；正如偷汉的女人的丈夫，总愿意说世人全是忘八，和他相同，他心里才觉舒畅。这种思想是卑劣的；我太多心了，人们也何至于一定用裙子来做军旗。我就将我的念头打断了。

此后，风潮还是拖延着，而且展开来，于是有七个教员的宣言发表，也登在五月二十七日的《京报》上，其中的一个是我。

这回的反响快透了，三十日发行（其实是二十九日已经发卖）的《现代评论》上，西滢先生就在《闲话》的第一段中特地评论。但是，据说宣言是“《闲话》正要付印的时候”才在报上见到的，所以前半只论学潮，和宣言无涉。后来又做了三大段，大约是见了宣言之后，这才文思泉涌的吧，可是《闲话》付印的时间，大概总该颇有些耽误了。但后做而移在前面，也未可知。那么，足见这是一段要紧的“闲话”。

《闲话》中说：“以前我们常常听说女师大的风潮，有在北京教育界占最大势力的某籍某系的人在暗中鼓动，可是我们总不敢相信。”所以他只在宣言中摘出“最精彩的几句”，加上圈子，评为“未免偏袒一方”；而且因为“流言更加传布得厉害”，遂觉“可惜”，但他说“还是不信我们平素所很尊敬的人会暗中挑剔风潮”。这些话我觉得确有些超妙的识见。例如“流言”本是畜类的武器，鬼蜮的手段，实在应该不信它。又如一查籍贯，则即使装作公平，也容易启人疑窦，总不如“不敢相信”的好，否则同籍的人固然惮于在一张纸上宣言，而别一某籍的人也不便在暗中给同籍的人帮忙了。这些“流言”和“听说”，当然都只配当作狗屁！

但是，西滢先生因为“未免偏袒一方”而遂叹为“可惜”，仍是引用“流言”，我却以为是“可惜”的事。清朝的县官坐堂，往往两造各责小板五百完案，“偏袒”之嫌是没有了，可是终于不免为糊涂虫。假使一个人还有是非之心，倒不如直说的好；否则，虽然吞吞吐吐，明眼人也会看出他暗中“偏袒”那一方，所表白的不过是自己的阴险和卑劣。宣言中所谓“若离若合，殊有混淆黑白之嫌”者，似乎也就是为此辈的手段写照。而且所谓“挑剔风潮”的“流言”，说不定就是这些伏在暗中，轻易不大露面的东西所制造的，但我自然也“没有调查详细的事实，不大知道”。可惜的是西滢先生虽说“还是不信”，却已为我辈“可惜”，足见流言之易于惑人，无怪常有人用作武器。但在我，却直到看见这《闲话》之后，才知道西滢先生们原来“常常”听到这样的流言，并且和我偶尔听到的都不对。可见流言也有种种，某种流言，大抵是奔凑到某种耳朵，写出在某种笔下的。

但在《闲话》的前半，即西滢先生还未在报上看见七个教员的宣言之前，已经比学校为“臭毛厕”，主张“人人都有扫除的义务”了。为什么呢？一者报上两个相反的启事已经发现；二者学生把守校门；三者有“校长不能在学校开会，不得不借邻近的饭店招集教员开会的奇闻”。但这所述的“臭毛厕”的情形还得修改些，因为层次有点颠倒。据宣言说，则“饭店开会”，乃在“把守校门”之前，大约西滢先生觉得不“最精彩”，所以没有摘录或者已经写好，所以不及摘录的吧。现在我来补摘几句，并且也加些圈子，聊以效颦——

“……迨五月七日校内讲演时，学生劝校长杨荫榆先生退席后，杨先生乃于饭馆召集校员若干燕饮，继即以评议会名义，将学生自治会职员六人揭示开除，由是全校哗然，有坚拒杨先生长校之事变。……”

《闲话》里的和这事实的颠倒，从神经过敏的看起来，或者也可以认为“偏袒”的表现；但我在这里并非举证，不过聊作插话而已。其实，“偏袒”两字，因我适值选得不大堂皇，所以使人厌观，倘用别的字，便会大大的两样。况且，即使是自以为公平的批评家，“偏袒”也在所不免的，譬如和校长同籍贯，或是好朋友，或是换帖兄弟，或是叨过酒饭，每不免于不知不觉间有所“偏袒”。这也算人情之常，不足深怪；但当侃侃而谈之际，那自然也许流露出来。然而也没有什么要紧，局外人哪里会知道这许多底细呢，无伤大体的。

但是学校的变成“臭毛厕”，却究竟在“饭店招集教员”之后，酒醉饭饱，毛厕当然合用了。西滢先生希望“教育当局”打扫，我以为在打扫之前，还须先封饭店，否则醉饱之后，总要拉矢，毛厕即永远需用，怎么打扫得干净？而且，还未打扫之前，不是已经有了“流言”了么？流言之力，是能使粪便增光，蛆虫成圣的，打扫夫又怎么动手？姑无论现在有无打扫夫。

至于“万不可再敷衍下去”，那可实在是斩钉截铁的办法。正应该这样办。但是，世上虽然有斩钉截铁的办法，却很少见有敢负责任的宣言。所多的是自在黑幕中，偏说不知道；替暴君奔走，却以局外人自居；满肚子怀着鬼胎，而装出公允的笑脸；有谁明说出自己所观察的是非来的，他便用了“流言”来作不负责任的武器：这种蛆虫充满的“臭毛厕”，是难于打扫干净的。丢尽“教育界的面目”的丑态，现在和将来还多着哩！

五月三十日

我的“籍”和“系”

虽然因为我劝过人少——或者竟不——读中国书，曾蒙一位不相识的青年先生赐信要我搬出中国去，但是我终于没有走。而且我究竟是中国人，读过中国书的，因此也颇知道些处世的妙法。譬如，假使要掉文袋，可以说说“桃红柳绿”，这些事是大家早已公认的，谁也不会说你错。如果论史，就赞几句孔明，骂一通秦桧，这些是非也早经论定，学述一回决没有什么差池；况且秦太师的党羽现已半个无存，也可保毫无危险。至于近事呢，勿谈为佳，否则连你的籍贯也许会使你由可“尊敬”而变为“可惜”的。

我记得宋朝是不许南人做宰相的，那是他们的“祖制”，只可惜终于不能坚持。至于“某籍”人说不得话，却是我近来的新发见。也还是女师大的风潮，我说了几句话。但我先要声明，我既然说过，颇知道些处世的妙法，为什么又去说话呢？那是，因为我是见过清末捣乱的人，没有生长在太平盛世，所以纵使颇有些涵养工夫，有时也不免要开口，客气地说，就是大不“安分”的。于是乎我说话了，不料陈西滢先生早已常常听到一种“流言”，那大致是“女师大的风潮，有北京教育界占最大势力的某籍某系的人在暗中鼓动”。现在我一说话，恰巧化“暗”为“明”，就使这常常听到流言的西滢先生代为“可惜”，虽然他存心忠厚，“自然还是不信平素所很尊敬的人会暗中挑剔风潮”；无奈“流言”却“更加传布得厉害了”，这怎不使人“怀疑”呢？自然是难怪的。

我确有一个“籍”，也是各人各有一个的籍，不足为奇。但我是什么“系”呢？自己想想，既非“研究系”，也非“交通系”，真不知怎么一回事。只好再精查，细想；终于也明白了，现在写它出来，庶几乎免得又有“流言”，以为我是黑籍的政客。

因为应付某国某君的嘱托，我正写了一点自己的履历，第一句是“我于一八八一年生在浙江省绍兴府城里一家姓周的家里”，这里就说明了我的“籍”。但自从到了“可惜”的地位之后，我便又在末尾添上一句道，“近几年我又兼做北京大学、师范大学、女子师范大学的国文系讲师”，这大概就是我的“系”了。我真不料我竟成了这样的一个“系”。

我常常要“挑剔”文字是确的，至于“挑剔风潮”这一种连字面都不通的阴谋，我至今还不知道是怎样的做法。何以一有流言，我就得沉默，否则立刻犯了嫌疑，至于使和我毫不相干的人如西滢先生者也来代为“可惜”呢？那么，如果流言说我正是钻营，我就得自己锁在房里了；如果流言说我想做皇帝，我就得连忙自称奴才了。然而古人却确是这样做过了，还留下些什么“空穴来风，桐乳来巢”的鬼格言。可惜我总不耐烦敬步后尘；不得已，我只好对于无论是谁，先奉还他无端送给我的“尊敬”。

其实，现今的将“尊敬”来布施和拜领的人们，也就都是上了古人的当。我们的乏的古人想了几千年，得到一个制驭别人的巧法：可压服的将他压服，否则将他抬高。而抬高也就是一种压服的手段，常常微微示意说，你应该这样，倘不，我要将你摔下来了。求人尊敬的可怜虫于是默默地坐着；但偶然也放开喉咙道“有利必有弊呀！”“彼亦一是非，此亦一是非呀！”“猗欤休哉呀！”听众遂亦同声赞叹道，“对呀对呀，可敬极了呀！”这样的互相敷衍下去，自己以为有趣。

从此这一个办法便成为八面锋，杀掉了许多乏人和白痴，但是穿了圣贤的衣冠入殓。可怜他们竟不知道自己将褒贬他的人们的身价估得太大了，反至于连自己的原价也一同失掉。

人类是进化的，现在的人心，当然比古人的高洁；但是“尊敬”的流毒，却还不下于流言，尤其是有谁装腔作势，要来将这撤去时，更足使乏人和白痴惶恐。我本来也无可尊敬；也不愿受人尊敬，免得不如人意的时候，又被人摔下来。更明白地说吧：我所憎恶的太多了，应该自己也得到憎恶，这才还有点像活在人间；如果收得的乃是相反的布施，于我倒是一个冷嘲，使我对于自已也要大加诬蔑，如果收得的是吞吞吐吐的不知道算什么，则使我感到将要呕哕似的恶心。然而无论如何，“流言”总不能吓哑我的嘴……

六月二日晨

咬文嚼字（三）

三

自从世界上产生了“须知学校犹家庭”的名论之后，颇使我觉得惊奇，想考查这家庭的组织。后来，幸而在《国立北京女子师范大学校长杨荫榆对于暴烈学生之感言》中，发见了“与此曹子勃谿相向”这一句话，才算得到一点头绪：校长和学生的关系是“犹”之“妇姑”。于是据此推断，以为教员都是杂凑在杨府上的西宾，将这结论在《语丝》上发表。“可惜”！昨天偶然在《晨报》上拜读“该校哲教系教员兼代主任汪懋祖以彼之意见书投寄本报”的话，这才知道我又错了，原来都是弟兄，而且现正“相煎益急”，像曹操的儿子阿丕和阿植似的。

但是，尚希原谅，我于引用的原文上都不加圈了。只因为我不想圈，并非文章坏。

据考据家说，这曹子建的《七步诗》是假的。但也没有什么大相干，姑且利用它来活剥一首，替豆萁申冤：

煮豆燃豆萁，萁在釜下泣——

我烬你熟了，正好办教席！

六月五日

忽然想到（十至十一）

十

无论是谁，只要站在“辩诬”的地位的，无论辩白与否，都已经是屈辱。更何况受了实际的大损害之后，还得来辩诬。

我们的市民被上海租界的英国巡捕击杀了，我们并不还击，却先来赶紧洗刷牺牲者的罪名。说道我们并非“赤化”，因为没有受别国的煽动；说道我们并非“暴徒”，因为都是空手，没有兵器的。我不解为什么中国人如果真使中国赤化，真在中国暴动，就得听英捕来处死刑？记得新希腊人也曾用兵器对付过国内的土耳其人，却并不被称为暴徒；俄国确已赤化多年了，也没有得到别国开枪的惩罚。而独有中国人，则市民被杀之后，还要皇皇然辩诬，张着含冤的眼睛，向世界搜求公道。

其实，这原由是很容易了然的，就因为我们并非暴徒，并未赤化的缘故。

因此我们就觉得含冤，大叫着伪文明的破产。可是文明是向来如此的，并非到现在才将假面具揭下来。只因为这样的损害，以前是别民族所受，我们不知道，或者是我们原已屡次受过，现在都已忘却罢了。公道和武力合为一体的文明，世界上本未出现，那萌芽或者只在几个先驱者和几群被迫压民族的脑中。但是，当自己有了力量的时候，却往往离而为二了。

但英国究竟有真的文明人存在。今天，我们已经看见各国无党派智识阶级劳动者所组织的国际工人后援会，大表同情于中国的《致中国国民宣言》

了。列名的人，英国就有培那特萧（Bernard Shaw），中国的留心世界文学的人大抵知道他的名字；法国则巴尔布斯（Henri Barbusse），中国也曾译过他的作品。他的母亲却是英国人；或者说，因此他也富有实行的质素，法国作家所常有的享乐的气息，在他的作品中是丝毫也没有的。现在都出而为中国鸣不平了，所以我觉得英国人的品性，我们可学的地方还多着——但自然除了捕头、商人，和看见学生的游行而在屋顶拍手嘲笑的娘儿们。

我并非说我们应该做“爱敌若友”的人，不过说我们目下委实并没有认谁作敌。近来的文字中，虽然偶有“认清敌人”这些话，那是行文过火的毛病。倘有敌人，我们就早该抽刃而起，要求“以血偿血”了。而现在我们所要求的是什么呢？辩诬之后，不过想得点轻微的补偿；那办法虽说有十几条，总而言之，单是“不相往来”，成为“路人”而已。虽是对于本来极密的友人，怕也不过如此吧。

然而将实话说出来，就是：因为公道和实力还没有合为一体，而我们只抓得了公道，所以满眼是友人，即使他加了任意的杀戮。

如果我们永远只有公道，就得永远着力于辩诬，终身空忙碌。这几天有些纸贴在墙上，仿佛叫人勿看《顺天时报》似的。我从来就不大看这报，但也并非“排外”，实在因为它的好恶，每每和我的很不同。然而也间有很确，为中国人自己不肯说的话。大概两三年前，正值一种爱国运动的时候吧，偶见一篇它的社论，大意说，一国当衰弊之际，总有两种意见不同的人。一是民气论者，侧重国民的气概，一是民力论者，专重国民的实力。前者多则国家终亦渐弱，后者多则将强。我想，这是很不错的；而且我们应该时时记得的。

可惜中国历来就独多民气论者，到现在还如此。如果长此不改，“再而衰，三而竭”，将来会连辩诬的精力也没有了。所以在不得已而空手鼓舞民气时，尤必须同时设法增长国民的实力，还要永远这样的干下去。

因此，中国青年负担的烦重，就数倍于别国的青年了。因为我们的古人将心力大抵用到玄虚缥缈平稳圆滑上去了，便将艰难切实的事情留下，都待后人来补做，要一人兼做两三人，四五人，十百人的工作，现在可正到了试练的时候了。对手又是坚强的英人，正是他山的好石，大可以借此来磨炼。

假定现今觉悟的青年的平均年龄为二十，又假定照中国人易于衰老的计算，至少也还可以共同抗拒，改革，奋斗三十年。不够，就再一代，二代……这样的数目，从个体看来，仿佛是可怕的，但倘若这一点就怕，便无药可救，只好甘心灭亡。因为在民族的历史上，这不过是一个极短时期，此外实没有更快的捷径。我们更无须迟疑，只是试练自己，自求生存，对谁也不怀恶意的干下去。

但足以破灭这运动的持续的危机，在目下就有三样：一是日夜偏注于表面的宣传，鄙弃他事；二是对同类太操切，稍有不合，便呼之为国贼，为洋奴；三是有许多巧人，反利用机会，来猎取自己目前的利益。

六月十一日

十一

1 急不择言

“急不择言”的病源，并不在没有想的工夫，而在有工夫的时候没有想。

上海的英国捕头残杀市民之后，我们就大惊愤，大嚷道：伪文明人的真面目显露了！那么，足见以前还以为他们有些真文明。然而中国有枪阶级的焚掠平民，屠杀平民，却向来不很有人抗议。莫非因为动手的是“国货”，所以连残杀也得欢迎；还是我们原是真野蛮，所以自己杀几个自家人就不足为奇呢？

自家相杀和为异族所杀当然有些不同。譬如一个人，自己打自己的嘴巴，心平气和，被别人打了，就非常气忿。但一个人而至于乏到自己打嘴巴，也就很难免为别人所打，如果世界上“打”的事实还没有消除。

我们确有点慌乱了，反基督教的叫喊的尾声还在，而许多人已颇佩服那教士的对于上海事件的公证；并且还有去向罗马教皇诉苦的。一流血，风气就会这样的转变。

2 一致对外

甲：“喂，乙先生！你怎么趁我忙乱的时候，又将我的东西拿走了？现在拿出来，还我吧！”

乙：“我们要一致对外！这样危急时候，你还只记得自己的东西么？亡国奴！”

3 “同胞同胞！”

我愿意自首我的罪名：这回除硬派的不算外，我也另捐了极少的几个钱，可是本意并不在以此救国，倒是为了看见那些老实的学生们热心奔走得可感，不好意思给他们碰钉子。

学生们在演讲的时候常常说，“同胞，同胞！……”但你们可知道你们所有的是怎样的“同胞”，这些“同胞”是怎样的心么？

不知道的。即如我的心，在自己说出之前，募捐的人们大概就不知道。

我的近邻有几个小学生，常常用几张小纸片，写些幼稚的宣传文，用他们弱小的腕，来贴在电杆或墙壁上，待到第二天，我每见多被撕掉了。虽然不知道撕的是谁，但未必是英国人或日本人吧。

“同胞，同胞！……”学生们说。

我敢于说，中国人中，仇视那真诚的青年的眼光，有的比英国或日本人还凶险。为“排货”复仇的，倒不一定是外国人！

要中国好起来，还得做别样的工作。

这回在北京的演讲和募捐之后，学生们和社会上各色人物接触的机会已经很不少了，我希望有若干留心各方面的人，将所见，所受，所感的都写出来，无论是好的，坏的，像样的，丢脸的，可耻的，可悲的，全给它发表，给大家看看我们究竟有着怎样的“同胞”。

明白以后，这才可以计画别样的工作。

而且也无须掩饰。即使所发见的并无所谓同胞，也可以从头创造的，即使所发见的不过完全黑暗，也可以和黑暗战斗的。

而且也无须掩饰了，外国人的知道我们，常比我们自己知道得更清楚。试举一个极近便的例，则中国人自编的《北京指南》，还是日本人做的《北京》精确！

4 断指和晕倒

又是砍下指头，又是当场晕倒。

断指是极小部分的自杀，晕倒是极暂时中的死亡。我希望这样的教育不普及；从此以后，不再有这样的现象。

5　文学家有什么用？

因为沪案发生以后，没有一个文学家出来“狂喊”，就有人发了疑问了，曰：“文学家究竟有什么用处？”

今敢敬谨答曰：文学家除了诌几句所谓诗文之外，实在毫无用处。

中国现下的所谓文学家又作别论；即使是真的文学大家，然而却不是“诗文大全”，每一个题目一定有一篇文章，每一回案件一定有一通狂喊。他会在万籁无声时大呼，也会在金鼓喧阗中沉默。Leonardo da Vinci 非常敏感，但为要研究人的临死时的恐怖苦闷的表情，却去看杀头。中国的文学家固然并未狂喊，却还不至于如此冷静。况且有一首《血花缤纷》，不是早经发表了么？虽然还没有得到是否“狂喊”的定评。

文学家也许应该狂喊了。查老例，做事的总不如做文的有名。所以，即使上海和汉口的牺牲者的姓名早已忘得干干净净，诗文却往往更久地存在，或者还要感动别人，启发后人。

这倒是文学家的用处。血的牺牲者倘要讲用处，或者还不如做文学家。

6　“到民间去”

但是，好许多青年要回去了。

从近时的言论上看来，旧家庭仿佛是一个可怕的吞噬青年的新生命的妖怪，不过在事实上，却似乎还不失为到底可爱的东西，比无论什么都富于摄引力。儿时的钓游之地，当然很使人怀念的，何况在和大都会隔绝的城乡中，更可以暂息大半年来努力向上的疲劳呢。

更何况这也可以算是“到民间去”。

但从此也可以知道：我们的“民间”怎样；青年单独到民间时，自己的力量和心情，较之在北京一同大叫这一个标语时又怎样？

将这经历牢牢记住，倘将来从民间来，在北京再遇到一同大叫这一个标语的时候，回忆起来，就知道自己是在说真还是撒诳。

那么，就许有若干人要沉默，沉默而苦痛，然而新的生命就会在这苦痛的沉默里萌芽。

7 魂灵的断头台

近年以来，每个夏季，大抵是有枪阶级的打架季节，也是青年们的魂灵的断头台。

到暑假，毕业的都走散了，升学的还未进来，其余的也大半回到家乡去。各样同盟于是暂别，喊声于是低微，运动于是销沉，刊物于是中辍。好像炎热的巨刃从天而降，将神经中枢突然斩断，使这首都忽而成为尸骸。但独有狐鬼却仍在死尸上往来，从从容容地竖起它占领一切的大纛。

待到秋高气爽时节，青年们又聚集了，但不少是已经新陈代谢。他们在未曾领略过的首善之区的使人健忘的空气中，又开始了新的生活，正如毕业的人们在去年秋天曾经开始过的新的生活一般。

于是一切古董和废物，就都使人觉得永远新鲜；自然也就觉不出周围是进步还是退步，自然也就分不出遇见的是鬼还是人。不幸而又有事变起来，也只得还在这样的世上，这样的人间，仍旧“同胞同胞”的叫喊。

8 还是一无所有

中国的精神文明，早被枪炮打败了，经过了许多经验，已经要证明所有的还是一无所有。讳言这“一无所有”，自然可以聊以自慰；倘更铺排得好听一点，还可以寒天烘火炉一样，使人舒服得要打盹儿。但那报应是永远无药可医，一切牺牲全都白费，因为在大家打着盹儿的时候，狐鬼反将牺牲吃尽，更加肥胖了。

大概，人必须从此有记性，观四向而听八方，将先前一切自欺欺人的希望之谈全都扫除，将无论是谁的自欺欺人的假面全都撕掉，将无论是谁的自欺欺人的手段全都排斥，总而言之，就是将华夏传统的所有小巧的玩意儿全都放掉，倒去屈尊学学枪击我们的洋鬼子，这才可望有新的希望的萌芽。

六月十八日

补　白

一

“公理战胜”的牌坊，立在法国巴黎的公园里不知怎样，立在中国北京的中央公园里可实在有些稀奇——但这是现在的话。当时，市民和学生也曾游行欢呼过。

我们那时的所以入战胜之林者，因为曾经送去过很多的工人；大家也常常自夸工人在欧战的劳绩。现在不大有人提起了，战胜也忘却了，而且实际上是战败了。

现在的强弱之分固然在有无枪炮，但尤其是在拿枪炮的人。假使这国民是卑怯的，即纵有枪炮，也只能杀戮无枪炮者，倘敌手也有，胜败便在不可知之数了。这时候才见真强弱。

我们弓箭是能自己制造的，然而败于金，败于元，败于清。记得宋人的一部杂记里记有市井间的谐谑，将金人和宋人的事物来比较。譬如问金人有箭，宋有什么？则答道，“有锁子甲”。又问金有四太子，宋有何人？则答道，“有岳少保”。临末问，金人有狼牙棒（打人脑袋的武器），宋有什么？却答道，“有天灵盖”！

自宋以来，我们终于只有天灵盖而已，现在又发现了一种“民气”，更加玄虚缥缈了。

但不以实力为根本的民气，结果也只能以固有而不假外求的天灵盖自豪，也就是以自暴自弃当作得胜。我近来也颇觉“心上有杞天之虑”，怕中国更要复古了。瓜皮帽，长衫，双梁鞋，打拱作揖，大红名片，水烟筒，或者都要成为爱国的标征，因为这些都可以不费力气而拿出来，和天灵盖不相上下的。（但大红名片也许不用，以避“赤化”之嫌。）

然而我并不说中国人顽固，因为我相信，鸦片和扑克是不会在排斥之列的。况且爱国之士不是已经说过，马将牌已在西洋盛行，给我们复了仇么？

爱国之士又说，中国人是爱和平的。但我殊不解既爱和平，何以国内连年打仗？或者这话应该修正：中国人对外国人是爱和平的。

我们仔细查察自己，不再说诳的时候应该到来了，一到不再自欺欺人的时候，也就是到了看见希望的萌芽的时候。

我不以为自承无力，是比自夸爱和平更其耻辱。

六月二十三日

二

先前以“士人”“上等人”自居的，现在大可以改称“平民”了吧；在实际上，也确有许多人已经如此。彼一时，此一时，清朝该去考秀才，捐监生，现在就只得进学校。“平民”这一个徽号现已日见其时式，地位也高起来了，以此自居，大概总可以从别人得到和先前对于“上等人”一样的尊敬，时势虽然变迁，老地位是不会失掉的。倘遇见这样的平民，必须恭维他，至少也得点头拱手赔笑唯诺，像先前下等人的对于贵人一般。否则，你就会得到罪名，曰：“骄傲”，或“贵族的”。因为他已经是平民了。见平民而不格外趋奉，非骄傲而何？

清的末年，社会上大抵恶革命党如蛇蝎，南京政府一成立，漂亮的士绅和商人看见似乎革命党的人，便亲密的说道：“我们本来都是‘草字头’，一路的呵。”

徐锡麟刺杀恩铭之后，大捕党人，陶成章君是其中之一，罪状曰：“著

《中国权力史》，学日本催眠术。”（何以学催眠术就有罪，殊觉费解。）于是连他在家的父亲也大受痛苦；待到革命兴旺，这才被尊称为“老太爷”；有人给“孙少爷”去说媒。可惜陶君不久就遭人暗杀了，神主入祠的时候，捧香恭送的士绅和商人尚有五六百。直到袁世凯打倒二次革命之后，这才冷落起来。

谁说中国人不善于改变呢？每一新的事物进来，起初虽然排斥，但看到有些可靠，就自然会改变。不过并非将自己变得合于新事物，乃是将新事物变得合于自己而已。

佛教初来时便大被排斥，一到理学先生谈禅，和尚作诗的时候，“三教同源”的机运就成熟了。听说现在悟善社里的神主已经有了五块：孔子、老子、释迦牟尼、耶苏基督、谟哈默德。

中国老例，凡要排斥异己的时候，常给对手起一个诨名——或谓之“绰号”。这也是明清以来讼师的老手段；假如要控告张三李四，倘只说姓名，本很平常，现在却道“六臂太岁张三”，“白额虎李四”，则先不问事迹，县官只见绰号，就觉得他们是恶棍了。

月球只一面对着太阳，那一面我们永远不得见。歌颂中国文明的也惟以光明的示人，隐匿了黑的一面。譬如说到家族亲旧，书上就有许多好看的形容词：慈呀，爱呀，悌呀……又有许多好看的古典：五世同堂呀，礼门呀，义宗呀……至于诨名，却藏在活人的心中，隐僻的书上，最简单的打官司教科书《萧曹遗笔》里就有着不少惯用的恶谥，现在抄一点在这里，省得自己做文章——

亲戚类

孽亲　枭亲　兽亲　鳄亲　虎亲　歪亲

尊长类

鳄伯　虎伯（叔同）　孽兄　毒兄　虎兄

卑幼类

悖男　恶侄　孽侄　悖孙　虎孙　枭甥

孽甥　悖妾　泼媳　枭弟　恶婿　凶奴

其中没有父母，那是例不能控告的，因为历朝大抵“以孝治天下”。

这一种手段也不独讼师有。民国元年章太炎先生在北京，好发议论，而且毫无顾忌地褒贬。常常被贬的一群人于是给他起了一个绰号，曰“章疯子”。其人既是疯子，议论当然是疯话，没有价值的了，但每有言论，也仍在他们的报章上登出来，不过题目特别，道《章疯子大发其疯》。有一回，他可是骂到他们的反对党头上去了。那怎么办呢？第二天报上登出来的时候，那题目是：《章疯子居然不疯。》

往日看《鬼谷子》，觉得其中的谋略也没有什么出奇，独有《飞箝》中的“可箝而从，可箝而横……可引而反，可引而覆。虽覆能复，不失其度”这一段里的一句“虽覆能复”很有些可怕。但这一种手段，我们在社会上是时常遇见的。

《鬼谷子》自然是伪书，决非苏秦张仪的老师所作；但作者也决不是“小人”，倒是一个老实人。宋的来鹄已经说“捭阖飞箝，今之常态，不读鬼谷子书者，皆得自然符契也。”人们常用，不以为奇，作者知道了一点，便笔之于书，当作秘诀，可见禀性纯厚，不但手段，便是心里的机诈也并不多。如果是大富翁，他肯将十元钞票嵌在镜屏里当宝贝么？

鬼谷子所以究竟不是阴谋家，否则，他还该说得吞吞吐吐些；或者自己不说，而钩出别人来说；或者并不必钩出别人来说，而自己永远阔不可言。这末后的妙法，知者不言，书上也未见，所以我不知道，倘若知道，就不至于老在灯下编《莽原》，做《补白》了。

但各种小纵横，我们总常要身受，或者目睹。夏天的忽而甲乙相打；忽而甲乙相亲，同去打丙；忽而甲丙相合，又同去打乙，忽而甲丙又互打起来，就都是这“覆”“复”作用；化数百元钱，请一回酒，许多人立刻变了色彩，也还是这顽意儿。然而真如来鹄所说，现在的人们是已经“是乃天授，非人力也”的；倘使要看了《鬼谷子》才能，就如拿着文法书去和外国人谈天一样，一定要碰壁。

七月一日

三

离五卅事件的发生已有四十天，北京的情形就像五月二十九日一样。聪明的批评家大概快要提出照例的“五分钟热度”说来了吧，虽然也有过例外：曾将汤尔和先生的大门“打得擂鼓一般，足有十五分钟之久”。（见六月二十三日《晨报》。）有些学生们也常常引这“五分热”说自诫，仿佛早经觉到了似的。

但是，中国的老先生们——连二十岁上下的老先生们都算在内——不知怎的总有一种矛盾的意见，就是将女人孩子看得太低，同时又看得太高。妇孺是上不了场面的；然而一面又拜才女，捧神童，甚至于还想借此结识一个阔亲家，使自己也连类飞黄腾达。什么木兰从军，缇萦救父，更其津津乐道，以显示自己倒是一个死不挣气的瘟虫。对于学生也是一样，既要他们“莫谈国事”，又要他们独退番兵，退不了，就冷笑他们无用。

倘在教育普及的国度里，国民十之九是学生，但在中国，自然还是一个特别种类。虽是特别种类，却究竟是“束发小生”，所以当然不会有三头六臂的大神力。他们所能做的，也无非是演讲，游行，宣传之类，正如火花一样，在民众的心头点火，引起他们的光焰来，使国势有一点转机。倘若民众并没有可燃性，则火花只能将自身烧完，正如在马路上焚纸人轿马，暂时引得几个人闲看，而终于毫不相干，那热闹至多也不过如“打门”之久。谁也不动，难道“小生”们真能自己来打枪铸炮，造兵舰，糊飞机，活擒番将，平定番邦么？所以这“五分热”是地方病，不是学生病。这已不是学生的耻辱，而是全国民的耻辱了；倘在别的有活力，有生气的国度里，现象该不至于如此的。外人不足责，而本国的别的灰冷的民众，有权者，袖手旁观者，也都于事后来嘲笑，实在是无耻而且昏庸！

但是，别有所图的聪明人又作别论，便是真诚的学生们，我以为自身却有一个颇大的错误，就是正如旁观者所希望或冷笑的一样：开首太自以为有非常的神力，有如意的成功。幻想飞得太高，堕在现实上的时候，伤就格外沉重了；力气用得太骤，歇下来的时候，身体就难于动弹了。为一般计，或者不如知道自己所有的不过是“人力”，倒较为切实可靠吧。

现在，从读者以至“寻异性朋友讲情话”，似乎都为有些有志者所诟病了。但我想，责人太严，也正是“五分热”的一个病源。譬如自己要择定一种口号——例如不买英日货——来履行，与其不饮不食的履行七日或痛哭流涕的履行一月，倒不如也看书也履行至五年，或者也看戏也履行至十年，或者也寻异性朋友也履行至五十年，或者也讲情话也履行至一百年。记得韩非子曾经教人以竞马的要妙，其一是“不耻最后”。即使慢，驰而不息，纵令落后，纵令失败，但一定可以达到他所向的目标。

七月八日

答 KS 君

KS 兄：

我很感谢你的殷勤的慰问，但对于你所愤慨的两点和几句结论，我却并不谓然，现在略说我的意见——

第一，章士钊将我免职，我倒并没有你似的觉得诧异，他那对于学校的手段，我也并没有你似的觉得诧异，因为我本就没有预期章士钊能做出比现在更好的事情来。我们看历史，能够据过去以推知未来，看一个人的已往的经历，也有一样的效用。你先有了一种无端的迷信，将章士钊当作学者或智识阶级的领袖看，于是从他的行为上感到失望，发生不平，其实是作茧自缚；他这人本来就只能这样，有着更好的期望，倒是你自己的误谬。使我较为感到有趣的倒是几个向来称为学者或教授的人们，居然也渐次吞吞吐吐地来说微温话了，什么“政潮”咧，“党”咧，仿佛他们都是上帝一样，超然象外，十分公平似的。谁知道人世上并没有这样一道矮墙，骑着而又两脚踏地，左右稳妥，所以即使吞吞吐吐，也还是将自己的魂灵枭首通衢，挂出了原想竭力隐瞒的丑态。丑态，我说，倒还没有什么丢人，丑态而蒙着公正的皮，这才催人呕吐。但终于使我觉得有趣的是蒙着公正的皮的丑态，又自己开出账来发表了。仿佛世界上还有光明，所以即便费尽心机，结果仍然是一个瞒不住。

第二，你这样注意于《甲寅周刊》，也使我莫明其妙。《甲寅》第一次出版时，我想，大约章士钊还不过熟读了几十篇唐宋八大家文，所以模仿吞剥，看去还近于清通。至于这一回，却大大地退步了，关于内容的事且不说，即以文章论，就比先前不通得多，连成语也用不清楚，如“每下愈况”

之类。尤其害事的是他似乎后来又念了几篇骈文，没有融化，而急于挦撦，所以弄得文字庞杂，有如泥浆混着沙砾一样。即如他那《停办北京女子师范大学呈文》中有云，“钊念儿女乃家家所有良用痛心为政而人人悦之亦无是理”，旁加密圈，想是得意之笔了。但比起何栻《齐姜醉遣晋公子赋》的“公子固翩翩绝世未免有情少年而碌碌因人安能成事”来，就显得字句和声调都怎样陋弱可哂。何栻比他高明得多，尚且不能入作者之林，章士钊的文章更于何处讨生活呢？况且，前载公文，接着就是通信，精神虽然是自己广告性的半官报，形式却成了公报尺牍合璧了，我中国自有文字以来，实在没有过这样滑稽体式的著作。这种东西，用处只有一种，就是可以借此看看社会的暗角落里，有着怎样灰色的人们，以为现在是攀附显现的时候了，也都吞吞吐吐的来开口。至于别的用处，我委实至今还想不出来。倘说这是复古运动的代表，那可是只见得复古派的可怜，不过以此当作讣闻，公布文言文的气绝罢了。

所以，即使真如你所说，将有文言白话之争，我以为也该是争的终结，而非争的开头，因为《甲寅》不足称为敌手，也无所谓战斗。倘要开头，他们还得有一个更通古学，更长古文的人，才能胜对垒之任，单是现在似的每周印一回公牍和游谈的堆积，纸张虽白，圈点虽多，是毫无用处的。

鲁迅。八月二十日

“碰壁”之余

女师大事件在北京似乎竟颇算一个问题，号称“大报”如所谓《现代评论》者，居然也“评论”了好几次。据我所记得的，是先有“一个女读者”的一封信，无名小猝，不在话下。此后是两个作者的“评论”了：陈西滢先生在《闲话》之间评为“臭毛厕”，李仲揆先生的《在女师大观剧的经验》里则比作戏场。我很吃惊于同是人，而眼光竟有这么不同；但究竟同是人，所以意见也不无符合之点：都不将学校看作学校。这一点，也可以包括杨荫榆女士的“学校犹家庭”和段祺瑞执政的“先父兄之教”。

陈西滢先生是“久已夫非一日矣”的《闲话》作家，那大名我在报纸的广告上早经看熟了，然而大概还是一位高人，所以遇有不合自意的，便一气呵成屎橛，而世界上蛆虫也委实太多。至于李仲揆先生其人也者，我在《女师风潮纪事》上才识大名，是八月一日拥杨荫榆女士攻入学校的三勇士之一；到现在，却又知道他还是一位达人了，庸人以为学潮的，到他眼睛里就等于“观剧”：这是何等逍遥自在。

据文章上说，这位李仲揆先生是和杨女士“不过见面两次”，但却被用电话邀去看“名振一时的文明新戏”去了，幸而李先生自有脚踏车，否则，还要用汽车来迎接哩。我真自恨福薄，一直活到现在，寿命已不可谓不长，而从没有遇见过一个不大认识的女士来邀“观剧”；对于女师大的事说了几句话，尚且因为不过是教一两点功课的讲师，“碰壁之后”，还很恭听了些高仁山先生在《晨报》上所发表的伟论。真的，世界上实在又有各式各样的运气，各式各样的嘴，各式各样的眼睛。

接着又是西滢先生的《闲话》："现在一部分报纸的篇幅，几乎全让女师风潮占去了。现在大部分爱国运动的青年的时间，也几乎全让女师风潮占去了。……女师风潮实在是了不得的大事情，实在有了不得的大意义。"临末还有颇为俏皮的结论道："外国人说，中国人是重男轻女的。我看不见得吧。"

我看也未必一定"见得"。正如人们有各式各样的眼睛一样，也有各式各样的心思，手段。便是外国人的尊重一切女性的事，倘使好讲冷话的人说起来，也许以为意在于一个女性。然而侮蔑若干女性的事，有时也就可以说意在于一个女性。偏执的弗罗特先生宣传了"精神分析"之后，许多正人君子的外套都被撕碎了。但撕下了正人君子的外套的也不一定就是"小人，"只要并非自以为还钻在外套里的不显本相的角色。

我看也未必一定"见得"。中国人是"圣之时者也"教徒，况且活在二十世纪了，有华道理，有洋道理，轻重当然是都随意而无不合于道的：重男轻女也行，重女轻男也行，为了一个女性而重一切女性或轻若干女性也行，为了一个男人而轻若干女性或男性也行……所可惜的是自从西滢先生看出底细之后；除了哑吧或半阴阳，就都坠入弗罗特先生所掘的陷坑里去了。

自己坠下去的是自作自受，可恨者乃是还要带累超然似的局外人。例如女师大——对不起，又是女师大——风潮，从有些眼睛看来，原是不值得提起的，但因为竟占去了许多可贵的东西，如"报纸的篇幅""青年的时间"之类，所以，连《现代评论》的"篇幅"和西滢先生的时间也被拖累着占去一点了，而尤其罪大恶极的是触犯了什么"重男轻女"重女轻男这些大秘密。倘不是西滢先生首先想到，提出，大概是要被含糊过去了的。

我看，奥国的学者实在有些偏激，弗罗特就是其一，他的分析精神，竟一律看待，不让谁站在超人间的上帝的地位上。还有那短命的 Otto Weininger，他的痛骂女人，不但不管她是校长，学生，同乡，亲戚，爱人，自己的太太，太太的同乡，简直连自己的妈都骂在内。这实在和弗罗特说一样，都使人难于利用。不知道咱们的教授或学者们，可有方法补救没有？但是，我要先报告一个好消息：Weininger 早用手枪自杀了。这已经有刘百昭率领打手痛打女师大——对不起，又是女师大——的"毛丫头"一般"痛快"，他的话也就大可置之不理了吧。

还有一个好消息。“毛丫头”打出之后，张崧年先生引“罗素之所信”道，“因世人之愚，许多问题或终于不免只有武力可以解决也!”（《京副》二五〇号）又据杨荫榆女士章士钊总长者流之所说，则捣乱的“毛丫头”是极少数，可见中国的聪明人还多着哩，这是大可以乐观的。

忽而想谈谈我自己的事了。

我今年已经有两次被封为“学者”，而发表之后，也就即刻取消。第一次是我主张中国的青年应当多看外国书，少看，或者竟不看中国书的时候，便有论客以为素称学者的鲁迅不该如此，而现在竟至如此，则不但决非学者，而且还有洋奴的嫌疑。第二次就是这回佥事免职之后，我在《莽原》上发表了答KS君信，论及章士钊的脚色和文章的时候，又有论客以为因失了“区区佥事”而反对章士钊，确是气量狭小，没有“学者的态度”；而且，岂但没有“学者的态度”而已哉，还有“人格卑污”的嫌疑云。

其实，没有“学者的态度”，那就不是学者喽，而有些人偏要硬派我做学者。至于何时封赠，何时考定，却连我自己也一点不知道。待到他们在报上说出我是学者，我自己也借此知道了原来我是学者的时候，则已经同时发表了我的罪状，接着就将这体面名称革掉了，虽然总该还要恢复，以便第三次的借口。

据我想来，佥事——文士诗人往往误作签事，今据官书正定——这一个官儿倒也并不算怎样“区区”，只要看我免职之后，就颇有些人在那里钻谋补缺，便是一个老大的证据。至于又有些人以为无足重轻者，大约自己现在还不过作几句“说不出”的诗文，所以不知不觉地就来“慷他人之慨”了吧，因为人的将来是想不到的。然而，惭愧我还不是“臣罪当诛兮天王圣明”式的理想奴才，所以竟不能“尽如人意”，已经在平政院对章士钊提起诉讼了。

提起诉讼之后，我只在答KS君信里论及一回章士钊，但听说已经要“人格卑污”了。然而别一论客却道是并不大骂，所以鲁迅究竟不足取。我所经验的事委实有点稀奇，每有“碰壁”一类的事故，平时回护我的大抵愿我设法应付，甚至于暂图苟全。平时憎恶我的却总希望我做一个完人，即使敌手用了卑劣的流言和阴谋，也应该正襟危坐，毫无愤怨，默默地吃苦；或则戟指嚼舌，喷血而亡。为什么呢？自然是专为顾全我的人格起见喽。

够了，我其实又何尝“碰壁”，至多也不过遇见了“鬼打墙”罢了。

九月十五日

并非闲话（二）

向来听说中国人具有大国民的大度，现在看看，也未必然。但是我们要说得好，那么，就说好清净，有志气吧。所以总愿意自己是第一，是唯一，不爱见别的东西共存。行了几年白话，弄古文的人们讨厌了；作了一点新诗，吟古诗的人们憎恶了；作了几首小诗，作长诗的人们生气了；出了几种定期刊物，连别的出定期刊物的人们也来诅咒了：太多，太坏，只好做将来被淘汰的资料。

中国有些地方还在"溺女"，就因为预料她们将来总是没出息的。可惜下手的人们总没有好眼力，否则并以施之男孩，可以减少许多单会消耗食粮的废料。

但是，歌颂"淘汰"别人的人也应该先行自省，看可有怎样不灭的东西在里面，否则，即使不肯自杀，似乎至少也得自己打几个嘴巴。然而人是总是自以为是的，这也许正是逃避被淘汰的一条路。相传曾经有一个人，一向就以"万物不得其所"为宗旨的，平生只有一个大愿，就是愿中国人都死完，但要留下他自己，还有一个女人和一个卖食物的。现在不知道他怎样，久没有听到消息了，那默默无闻的原因，或者就因为中国人还没有死完的缘故吧。

据说，张歆海先生看见两个美国兵打了中国的车夫和巡警，于是三四十个人，后来就有百余人，都跟在他们后面喊"打！打"，美国兵却终于安然的走到东交民巷口了，还回头"笑着嚷道：'来呀！来呀！'说也奇怪，这喊打的百余人不到两分钟便居然没有影踪了"！

西滢先生于是在《闲话》中斥之曰：“打！打！宣战！宣战！这样的中国人，呸!”

这样的中国人真应该受“呸!”他们为什么不打的呢，虽然打了也许又有人来说是“拳匪”。但人们那里顾忌得许多，终于不打，“怯”是无疑的。他们所有的不是拳头么?

但不知道他们可曾等候美国兵走进了东交民巷之后，远远地吐了唾沫?《现代评论》上没有记载，或者虽然“怯”，还不至于“卑劣”到那样吧。

然而美国兵终于走进东交民巷口了，毫无损伤，还笑嚷着“来呀来呀”哩！你们还不怕么？你们还敢说“打！打！宣战！宣战！”么？这百余人，就证明着中国人该被打而不作声！

“这样的中国人，呸！呸!!!”

更可悲观的是现在“造谣者的卑鄙龌龊更远过于章炳麟”，真如《闲话》所说，而且只能“匿名的在报上放一两支冷箭”。而且如果“你代被群众专制所压迫者说了几句公平话，那么你不是与那人有‘密切的关系’，便是吃了他或她的酒饭。在这样的社会里，一个报不顾利害的专论是非，自然免不了诽谤丛生，谣诼蜂起。”这确是近来的实情。即如女师大风潮，西滢先生就听到关于我们的“流言”，而我竟不知道是怎样的“流言”，是那几个“卑鄙龌龊更远过于章炳麟”者所造。还有女生的罪状，已见于章士钊的呈文，而那些作为根据的“流言”，也不知道是哪几个“卑鄙龌龊”且至于远不如畜类者所造。但是学生却都被打出了，其时还有人在酒席上得意。——但这自然也是“谣诼”。

可是我倒也并不很以“流言”为奇，如果要造，就听凭他们去造去。好在中国现在还不到“群众专制”的时候，即使有几十个人，只要“无权势”者叫一大群警察，雇些女流氓，一打，就打散了，正无须乎我来为“被压迫者”说什么“公平话”。即使说，人们也未必尽相信，因为“在这样的社会里”，有些“公平话”总还不免是“他或她的酒饭”填出来的。不过事过境迁，“酒饭”已经消化，吸收，只剩下似乎毫无缘故的“公平话”罢了。倘使连酒饭也失了效力，我想，中国也还要光明些。

但是，这也不足为奇的。不是上帝，哪里能够超然世外，真下公平的批评。人自以为“公平”的时候，就已经有些醉意了。世间都以“党同伐异”为非，可是谁也不做“党异伐同”的事。现在，除了疯子，倘使有谁要来接吻，人大约总不至于倒给她一个嘴巴的吧。

九月十九日

十四年的“读经”

自从章士钊主张读经以来，论坛上又很出现了一些论议，如谓经不必尊，读经乃是开倒车之类。我以为这都是多事的，因为民国十四年的“读经”，也如民国前四年，四年，或将来的二十四年一样，主张者的意思，大抵并不如反对者所想象的那么一回事。

尊孔，崇儒，专经，复古，由来已经很久了。皇帝和大臣们，向来总要取其一端，或者“以孝治天下”，或者“以忠诏天下”，而且又“以贞节励天下”。但是，二十四史不现在么？其中有多少孝子，忠臣，节妇和烈女？自然，或者是多到历史上装不下去了；那么，去翻专夸本地人物的府县志书去。我可以说，可惜男的孝子和忠臣也不多的，只有节烈的妇女的名册却大抵有一大卷以至几卷。孔子之徒的经，真不知读到哪里去了；倒是不识字的妇女们能实践。还有，欧战时候的参战，我们不是常常自负的么？但可曾用《论语》感化过德国兵，用《易经》咒翻了潜水艇呢？儒者们引为劳绩的，倒是那大抵目不识丁的华工！

所以要中国好，或者倒不如不识字吧，一识字，就有近乎读经的病根了。“瞰亡往拜”“出疆载质”的最巧玩意儿，经上都有，我读熟过的。只有几个糊涂透顶的笨牛，真会诚心诚意地来主张读经。而且这样的脚色，也不消和他们讨论。他们虽说什么经，什么古，实在不过是空嚷嚷。问他们经可是要读到像颜回、子思、孟轲、朱熹、秦桧（他是状元）、王守仁、徐世昌、曹锟；古可是要复到像清，（即所谓“本朝”）元，金，唐，汉，禹，汤，文，武，周公，无怀氏，葛天氏？他们其实都没有定见。他们也知不清颜回以至曹锟为人怎样，“本朝”以至葛天氏情形如何；不过像苍蝇们失掉了垃圾堆，自不免嗡嗡地叫。况且既然是诚心诚意主张读经的笨牛，则决无钻营，取巧，献媚的手段可知，一定不会阔气；他的主张，自然也决不会发生什么效力的。

至于现在的能以他的主张，引起若干议论的，则大概是阔人。阔人决不是笨牛，否则，他早已伏处牖下，老死田间了，现在岂不是正值“人心不古”的时候么？则其所以得阔之道，居然可知。他们的主张，其实并非那些笨牛一般的真主张，是所谓别有用意；反对者们以为他真相信读经可以救国，真是“谬以千里”了！

我总相信现在的阔人都是聪明人；反过来说，就是倘使老实，必不能阔是也。至于所挂的招牌是佛学，是孔道，那倒没有什么关系。总而言之，是读经已经读过了，很悟到一点玩意儿，这种玩意儿，是孔二先生的先生老聃的大著作里就有的，此后的书本子里还随时可得。所以他们都比不识字的节妇，烈女，华工聪明；甚而至于比真要读经的笨牛还聪明。何也？曰：“学而优则仕”故也。倘若“学”而不“优”，则以笨牛没世，其读经的主张，也不为世间所知。

孔子岂不是“圣之时者也”么，而况“之徒”呢？现在是主张“读经”的时候了。武则天做皇帝，谁敢说“男尊女卑”？多数主义虽然现称过激派，如果在列宁治下，则共产之合于葛天氏，一定可以考据出来的。但幸而现在英国和日本的力量还不弱，所以，主张亲俄者，是被卢布换去了良心。

我看不见读经之徒的良心怎样，但我觉得他们大抵是聪明人，而这聪明，就是从读经和古文得来的。我们这曾经文明过而后来奉迎过蒙古人满洲人大驾了的国度里，古书实在太多，倘不是笨牛，读一点就可以知道，怎样敷衍，偷生，献媚，弄权，自私，然而能够假借大义，窃取美名。再进一步，并可以悟出中国人是健忘的，无论怎样言行不符，名实不副，前后矛盾，撒诳造谣，蝇营狗苟，都不要紧，经过若干时候，自然被忘得干干净净；只要留下一点卫道模样的文字，将来仍不失为“正人君子”。况且即使将来没有“正人君子”之称，于目下的实利又何损哉？

这一类的主张读经者，是明知道读经不足以救国的，也不希望人们都读成他自己那样的；但是，耍些把戏，将人们作笨牛看则有之，“读经”不过是这一回耍把戏偶尔用到的工具。抗议的诸公倘若不明乎此，还要正经老实地来评道理，谈利害，那我可不再客气，也要将你们归入诚心诚意主张读经的笨牛类里去了。

以这样文不对题的话来解释“俨乎其然”的主张，我自己也知道有不恭之嫌，然而我又自信我的话，因为我也是从“读经”得来的。我几乎读过十三经。

衰老的国度大概就免不了这类现象。这正如人体一样，年事老了，废料愈积愈多，组织间又沉积下矿质，使组织变硬，易就于灭亡。一面，则原是养卫人体的游走细胞（Wanderzelle）渐次变性，只顾自己，只要组织间有小洞，它便钻，蚕食各组织，使组织耗损，易就于灭亡。俄国有名的医学者梅契尼珂夫（Elias Metschnikov）特地给他别立了一个名目：大嚼细胞（Fresserzelle）。据说，必须扑灭了这些，人体才免于老衰；要扑灭这些，则须每日服用一种酸性剂。他自己就实行着。

古国的灭亡，就因为大部分的组织被太多的古习惯教养得硬化了，不再能够转移，来适应新环境。若干分子又被太多的坏经验教养得聪明了，于是变性，知道在硬化的社会里，不妨妄行。单是妄行的是可与论议的，故意妄行的却无须再与谈理。唯一的疗救，是在另开药方：酸性剂，或者简直是强酸剂。

不提防临末又提到了一个俄国人，怕又有人要疑心我收到卢布了吧。我现在郑重声明：我没有收过一张纸卢布。因为俄国还未赤化之前，他已经死掉了，是生了别的急病，和他那正在实验的药的有效与否这问题无干。

十一月十八日

评心雕龙

甲　A－a—a—ch!

乙　你搬到外国去！并且带了你的家眷！你可是黄帝子孙？中国话里叹声尽多，你为什么要说洋话？敝人是不怕的，敢说：要你搬到外国去！

丙　他是在骂中国，奚落中国人，替某国间接宣传咱们中国的坏处。他的表兄的侄子的太太就是某国人。

丁　中国话里这样的叹声倒也有的，他不过是自然地喊。但这就证明了他是一个死尸！现在应该用表现法；除了表现地喊，一切声音都不算声音。这“A—a—a”倒也有一点成功了，但那“ch”就没有味。——自然，我的话也许是错的；但至少我今天相信我的话并不错。

戊　那么，就须说“嗟”，用这样“引车卖浆者流”的话，是要使自己的身份成为下等的。况且现在正要读经了……

己　胡说！说“唉”也行。但可恨他竟说过好几回，将“唉”都“垄断”了去，使我们没有来说的余地了。

庚　曰“唉”乎？予蔑闻之。何也？嘻嘻吗呢为之障也。

辛　然哉！故予素主张而文言者也。

壬　嗟夫！余曩者之曾为白话，盖痰迷心窍者也，而今悔之矣。

癸　他说“呸”么？这是人格已经破产了！我本就看不起他，正如他的看不起我。现在因为受了庚先生几句抢白，便“呸”起来；非人格破产是甚么？我并非赞成庚先生，我也批评过他的。可是他不配“呸”庚先生。我就是爱说公道话。

子　但他是说“嗳”。

丑　你是他一党！否则，何以替他来辩？我们是青年，我们就有这个脾气，心爱吹毛求疵。他说“呸”或说“嗳”，我固然没有听到；但即使他说的真是“嗳”，又何损于癸君的批评的价值呢。可是你既然是他的一党，那么，你就也人格破产了！

寅　不要破口就骂。满口谩骂，不成其为批评，Centleman 决不如此。至于说批评全不能骂，那也不然。应该估定他的错处，给以相当的骂，像塾师打学生的手心一样，要公平。骂人，自然也许要得到回报的，可是我们也须有这一点不怕事的胆量：批评本来是“精神的冒险”呀！

卯　这确是一条熹微翠朴的硬汉！王九妈妈的崚嶒小提囊，杜鹃叫道“行不得也哥哥”儿。滃然“哀哈”之蓝缕的蒺藜，劣马样儿。这口风一滑溜，凡有绯刚的评论都要逼得翘辫儿了。

辰　并不是这么一回事。他是窃取着外国人的声音，翻译着。喂！你为什么不去创作？

巳　那么，他就犯了罪了！研究起来，字典上只有“Ach”，没有什么“A—a—a—ch”。我实在料不到他竟这样杜撰。所以我说：你们都得买一本字典，坐在书房里看看，这才免得为这类脚色所欺。

午　他不再往下说，他的话流产了。

未　夫今之青年何其多流产也，岂非因为急于出风头之故么？所以我奉劝今之青年，安分守己，切莫动弹，庶几可以免于流产……

申　夫今之青年何其多误译也，还不是因为不买字典之故么？且夫……

酉　这实在“唉”得不行！中国之所以这样“世风日下”，就是他说了“唉”的缘故。但是诸位在这里，我不妨明说，三十年前，我也曾经“唉”过的，我何尝是木石，我实在是开风气之先。后来我觉得流弊太多了，便绝口不谈此事，并且深恶而痛绝之。并且到了今年，深悟读经之可以救国，并且深信白话文之应该废除。但是我并不说中国应该守旧……

戌　我也并且到了今年，深信读经之可以救国……

亥　并且深信白话文之应当废除……

十一月十八日

这个与那个

一 读经与读史

一个阔人说要读经，嗡的一阵一群狭人也说要读经。岂但“读”而已矣哉，据说还可以“救国”哩。“学而时习之，不亦说乎？”那也许是确凿的吧，然而甲午战败了——为什么独独要说“甲午”呢，是因为其时还在开学校，废读经以前。

我以为伏案还未功深的朋友，现在正不必埋头来哼线装书。倘其咿唔日久，对于旧书有些上瘾了，那么，倒不如去读史，尤其是宋朝明朝史，而且尤须是野史；或者看杂说。

现在中西的学者们，几乎一听到“钦定四库全书”这名目就魂不附体，膝弯总要软下来似的。其实呢，书的原式是改变了，错字是加添了，甚至于连文章都删改了，最便当的是《琳琅秘室丛书》中的两种《茅亭客话》，一是宋本，一是四库本，一比较就知道。“官修”而加以“钦定”的正史也一样，不但本纪咧，列传咧，要摆“史架子”；里面也不敢说什么。据说，字里行间是也含着什么褒贬的，但谁有这么多的心眼儿来猜闷壶卢。至今还道“将平生事迹宣付国史馆立传”，还是算了吧。

野史和杂说自然也免不了有讹传，挟恩怨，但看往事却可以较分明，因为它究竟不像正史那样地装腔作势。看宋事，《三朝北盟汇编》已经变成古董，太贵了，新排印的《宋人说部丛书》却还便宜。明事呢，《野获编》原也好，但也化为古董了，每部数十元；易于入手的是《明季南北略》《明季稗史汇编》，以及新近集印的《痛史》。

史书本来是过去的陈账簿，和急进的猛士不相干。但先前说过，倘若还不能忘情于咿唔，倒也可以翻翻，知道我们现在的情形，和那时的何其神似，而现在的昏妄举动，糊涂思想，那时也早已有过，并且都闹糟了。

试到中央公园去，大概总可以遇见祖母带着她孙女儿在玩的。这位祖母的模样，就预示着那娃儿的将来。所以倘有谁要预知令夫人后日的丰姿，也只要看丈母。不同是当然要有些不同的，但总归相去不远。我们查账的用处就在此。

但我并不说古来如此，现在遂无可为，劝人们对于“过去”生敬畏心，以为它已经铸定了我们的运命。Le Bon 先生说，死人之力比生人大，诚然也有一理的，然而人类究竟进化着。又据章士钊总长说，则美国的什么地方已在禁讲进化论了，这实在是吓死我也，然而禁只管禁，进却总要进的。

总之：读史，就愈可以觉悟中国改革之不可缓了。虽是国民性，要改革也得改革，否则，杂史杂说上所写的就是前车。一改革，就无须怕孙女儿总要像点祖母那些事，譬如祖母的脚是三角形，步履维艰的，小姑娘的却是天足，能飞跑；丈母老太太出过天花，脸上有些缺点的，令夫人却种的是牛痘，所以细皮白肉：这也就大差其远了。

十二月八日

二　捧与挖

中国的人们，遇见带有会使自己不安的朕兆的人物，向来就用两样法：将他压下去，或者将他捧起来。

压下去就用旧习惯和旧道德，或者凭官力，所以孤独的精神的战士，虽然为民众战斗，却往往反为这“所为”而灭亡。到这样，他们这才安心了。压不下时，则于是乎捧，以为抬之使高，餍之使足，便可以于己稍稍无害，得以安心。

伶俐的人们，自然也有谋利而捧的，如捧阔老，捧戏子，捧总长之类；

但在一般粗人——就是未尝“读经”的，则凡有捧的行为的“动机”，大概是不过想免害。即以所奉祀的神道而论，也大抵是凶恶的，火神瘟神不待言，连财神也是蛇呀刺猬呀似的骇人的畜类；观音菩萨倒还可爱，然而那是从印度输入的，并非我们的“国粹”。要而言之：凡有被捧者，十之九不是好东西。

既然十之九不是好东西，则被捧而后，那结果便自然和捧者的希望适得其反了。不但能使不安，还能使他们很不安，因为人心本来不易餍足。然而，人们终于至今没有悟，还以捧为苟安之一道。

记得有一部讲笑话的书，名目忘记了，也许是《笑林广记》吧，说，当一个知县的寿辰，因为他是子年生，属鼠的，属员们便集资铸了一个金老鼠去作贺礼。知县收受之后，另寻了机会对大众说道：明年又恰巧是贱内的整寿；她比我小一岁，是属牛的。其实，如果大家先不送金老鼠，他决不敢想金牛。一送开手，可就难于收拾了，无论金牛无力致送，即使送了，怕他的姨太太也会属象。象不在十二生肖之内，似乎不近情理吧，但这是我替他设想的法子罢了，知县当然别有我们所莫测高深的妙法在。

民元革命时候，我在S城，来了一个都督。他虽然也出身绿林大学，未尝“读经”（?），但倒是还算顾大局，听舆论的，可是自绅士以至于庶民，又用了祖传的捧法群起而捧之了。这个拜会，那个恭维，今天送衣料，明天送翅席，捧得他连自己也忘其所以，结果是渐渐变成老官僚一样，动手刮地皮。

最奇怪的是北几省的河道，竟捧得河身比屋顶高得多了。当初自然是防其溃决，所以壅上一点土；殊不料愈壅愈高，一旦溃决，那祸害就更大。于是就“抢堤”咧，“护堤”咧“严防决堤”咧，花色繁多，大家吃苦。如果当初见河水泛滥，不去增堤，却去挖底，我以为决不至于这样。

有贪图金牛者，不但金老鼠，便是死老鼠也不给。那么，此辈也就连生日都未必做了。单是省却拜寿，已经是一件大快事。

中国人的自讨苦吃的根苗在于捧，“自求多福”之道却在于挖。其实，劳力之量是差不多的，但从惰性太多的人们看来，却以为还是捧省力。

十二月十日

三　最先与最后

《韩非子》说赛马的妙法，在于“不为最先，不耻最后”。这虽是从我们这样外行的人看起来，也觉得很有理。因为假若一开首便拼命奔驰，则马力易竭。但那第一句是只适用于赛马的，不幸中国人却奉为人的处世金箴了。

中国人不但“不为戎首”，“不为祸始”，甚至于“不为福先”。所以凡事都不容易有改革；前驱和闯将，大抵是谁也怕得做。然而人性岂真能如道家所说的那样恬淡；欲得的却多。既然不敢径取，就只好用阴谋和手段。从此，人们也就日见其卑怯了，既是“不为最先”，自然也不敢“不耻最后”，所以虽是一大堆群众，略见危机，便“纷纷作鸟兽散”了。如果偶有几个不肯退转，因而受害的，公论家便异口同声，称之曰傻子。对于“锲而不舍”的人们也一样。

我有时也偶尔去看看学校的运动会。这种竞争，本来不像两敌国的开战，挟有仇隙的，然而也会因了竞争而骂，或者竟打起来。但这些事又作别论。竞走的时候，大抵是最快的三四个人一到决胜点，其余的便松懈了，有几个还至于失了跑完豫定的圈数的勇气，中途挤入看客的群集中；或者佯为跌倒，使红十字队用担架将他抬走。假若偶有虽然落后，却尽跑，尽跑的人，大家就嗤笑他。大概是因为他太不聪明，“不耻最后”的缘故吧。

所以中国一向就少有失败的英雄，少有韧性的反抗，少有敢单身鏖战的武人，少有敢抚哭叛徒的吊客；见胜兆则纷纷聚集，见败兆则纷纷逃亡。战具比我们精利的欧美人，战具未必比我们精利的匈奴蒙古满洲人，都如入无人之境。“土崩瓦解”这四个字，真是形容得有自知之明。

多有“不耻最后”的人的民族，无论什么事，怕总不会一下子就“土崩瓦解”的，我每看运动会时，常常这样想：优胜者固然可敬，但那虽然落后而仍非跑至终点不止的竞技者，和见了这样竞技者而肃然不笑的看客，乃正是中国将来的脊梁。

四 流产与断种

近来对于青年的创作，忽然降下一个“流产”的恶谥，哄然应和的就有一大群。我现在相信，发明这话的是没有什么恶意的，不过偶尔说一说；应和的也是情有可原的，因为世事本来大概就这样。

我独不解中国人何以于旧状况那么心平气和，于较新的机运就这么疾首蹙额；于已成之局那么委曲求全，于初兴之事就这么求全责备？

智识高超而眼光远大的先生们开导我们：生下来的倘不是圣贤，豪杰，天才，就不要生；写出来的倘不是不朽之作，就不要写；改革的事倘不是一下子就变成极乐世界，或者，至少能给我（！）有更多的好处，就万万不要动！……

那么，他是保守派么？据说：并不然的。他正是革命家。惟独他有公平，正当，稳健，圆满，平和，毫无流弊的改革法；现下正在研究室里研究着哩——只是还没有研究好。

什么时候研究好呢？答曰：没有准儿。

孩子初学步的第一步，在成人看来，的确是幼稚，危险，不成样子，或者简直是可笑的。但无论怎样的愚妇人，却总以恳切的希望的心，看他跨出这第一步去，决不会因为他的走法幼稚，怕要阻碍阔人的路线而“逼死”他；也决不至于将他禁在床上，使他躺着研究到能够飞跑时再下地。因为她知道：假如这么办，即使长到一百岁也还是不会走路的。

古来就这样，所谓读书人，对于后起者却反而专用彰明较著的或改头换面的禁锢。近来自然客气些，有谁出来，大抵会遇见学士文人们挡驾：且住，请坐。接着是谈道理了：调查，研究，推敲，修养……结果是老死在原地方。否则，便得到“捣乱”的称号。我也曾有如现在的青年一样，向已死和未死的导师们问过应走的路。他们都说：不可向东，或西，或南，或北。但不说应该向东，或西，或南，或北。我终于发见他们心底里的蕴蓄了：不过是一个“不走”而已。

坐着而等待平安，等待前进，倘能，那自然是很好的，但可虑的是老死而所等待的却终于不至；不生育，不流产而等待一个英伟的宁馨儿，那自然也很可喜的，但可虑的是终于什么也没有。

倘以为与其所得的不是出类拔萃的婴儿，不如断种，那就无话可说。但如果我们永远要听见人类的足音，则我以为流产究竟比不生产还有望，因为这已经明明白白地证明着能够生产的了。

十二月二十日。

并非闲话（三）

西滢先生这回是义形于色，在《现代评论》四十八期的《闲话》里很为被书贾擅自选印作品，因而受了物质上损害的作者抱不平。而且贱名也忝列于作者之列：惶恐透了。吃饭之后，写一点自己的所感吧。至于捏笔的“动机”，那可大概是“不纯洁”的。记得幼小时候住在故乡，每看见绅士将一点骗人的自以为所谓恩惠，颁给下等人，而下等人不大感谢时，则斥之曰“不识抬举!”我的父祖是读书的，总该可以算得士流了，但不幸从我起，不知怎的就有了下等脾气，不但恩惠，连吊慰都不很愿意受，老实说吧：我总疑心是假的。这种疑心，大约就是“不识抬举”的根苗，或者还要使写出来的东西“不纯洁”。

我何尝有什么白刃在前，烈火在后，还是钉住书桌，非写不可的“创作冲动”；虽然明知道这种冲动是纯洁，高尚，可贵的，然而其如没有何。前几天早晨，被一个朋友怒视了两眼，倒觉得脸有点热，心有点酸，颇近乎有什么冲动了，但后来被深秋的寒风一吹拂，脸上的温度便复原——没有创作。至于已经印过的那些，那是被挤出来的。这“挤”字是挤牛乳之“挤”；这“挤牛乳”是专来说明“挤”字的，并非故意将我的作品比作牛乳，希冀装在玻璃瓶里，送进什么“艺术之宫”。倘用现在突然流行起来了的论调，将青年的急于发表未熟的作品称为“流产”，则我的便是“打胎”；或者简直不是胎，是狸猫充太子。所以一写完，便完事，管他妈的，书贾怎么偷，文士怎么说，都不再来提心吊胆。但是，如果有我所相信的人愿意看，称赞好，我终于是欢喜的。后来也集印了，为的是还想卖几文钱，老实说。

那么，我在写的时候没有虔敬的心么？答曰：有吧。即使没有这种冠冕堂皇的心，也决不故意要些油腔滑调。被挤着，还能嬉皮笑脸，游戏三昧么？倘能，那简直是神仙了。我并没有在吕纯阳祖师门下投诚过。

但写出以后，却也不很爱惜羽毛，有所谓“敝帚自珍”的意思，因为已经说过，其时已经是“便完事，管他妈的”了。谁有心肠来管这些无聊的后事呢？所以虽然有什么选家在那里放出他那伟大的眼光，选印我的作品，我也照例给他一个不管。其实，要管也无从管起的。我曾经替人代理过一回收版税的译本，打听得卖完之后，向书店去要钱，回信却道，旧经理人已经辞职回家了，你向他要去吧；我们可是不知道。这书店在上海，我怎能趁了火车去向他坐索，或者打官司？但我对于这等选本，私心却也有“窃以为不然”的几点，一是原本上的错字，虽然一见就明知道是错的，他也照样错下去；二是他们每要发几句伟论，例如什么主义咧，什么意思咧之类，大抵是我自己倒觉得并不这样的事。自然，批评是“精神底冒险”，批评家的精神总比作者会先一步的，但在他们的所谓死尸上，我却分明听到心搏，这真是到死也说不到一块儿。此外，倒也没有什么大怨气了。

这虽然似乎是东方文明式的大度，但其实倒怕是因为我不靠卖文营生。在中国，骈文寿序的定价往往还是每篇一百两，然而白话不值钱；翻译呢，听说是自己不能创作而嫉妒别人去创作的坏心肠人所提倡的，将来文坛一进步，当然更要一文不值。我所写出来的东西，当初虽然很碰过许多大钉子，现在的时价是每千字一至二三元，但是不很有这样好主顾，常常只好尽些不知何自而来的义务。有些人以为我不但用了这些稿费或版税造屋，买米，而且还靠它吸烟卷，吃果糖。殊不知那些款子是另外骗来的；我实在不很擅长于先装鬼脸去吓书坊老板，然后和他接洽。我想，中国最不值钱的是工人的体力了，其次是咱们的所谓文章，只有伶俐最值钱。倘真要直直落落，借文字谋生，则据我的经验，卖来卖去，来回至少一个月，多则一年余，待款子寄到时，作者不但已经饿死，倘在夏天，连筋肉也都烂尽了，哪里还有吃饭的肚子。

所以我总用别的道儿谋生；至于所谓文章也者，不挤，便不做。挤了才有，则和什么高超的“烟士披离纯”呀，“创作感兴”呀之类不大有关系，也就可想而知。倘说我假如不必用别的道儿谋生，则心志一专，就会有“烟士披离纯”等类，而产生较伟大的作品，至少，也可以免于献出剥皮的狸猫吧，那可是也未必。三家村的冬烘先生，一年到头，一早到夜教村童，不但毫不“时时想政治活动”，简直并不很“干着种种无聊的事”，但是他们似乎并没有《教育学概论》或“高头讲章”的待定稿，藏之名山。而马克思的《资本论》，陀思妥耶夫斯基的《罪与罚》等，都不是啜末加加啡，吸埃及烟卷之后所写的。除非章士钊总长治下的“有些天才”的编译馆人员，以及讨得官僚津贴或银行广告费的“大报”作者，于谋成事遂，睡足饭饱之余，三月炼字，半年锻句，将来会做出超伦轶群的古奥漂亮作品。总之，在我，是肚子一饱，应酬一少，便要心平气和，关起门来，什么也不写了；即使还写，也许不过是温暾之谈，两可之论，也即所谓执中之说，公允之言，其实等于不写而已。

所以上海的小书贾化作蚊子，吸我的一点血，自然是给我物质上的损害无疑，而我却还没有什么大怨气，因为我知道他们是蚊子，大家也都知道他们是蚊子。我一生中，给我大的损害的并非书贾，并非兵匪，更不是旗帜鲜明的小人：乃是所谓“流言”。即如今年，就有什么“鼓动学潮”呀，“谋做校长”呀，“打落门牙”呀这些话。有一回，竟连现在为我的著作权受损失抱不平的西滢先生也要相信了，也就在《现代评论》（第二十五期）的照例的《闲话》上发表出来；它的效力就可想。譬如一个女学生，与其被若干卑劣阴险的文人学士们暗地里散布些关于品行的谣言，倒不如被土匪抢去一条红围巾——物质。但这种“流言”，造的是一个人还是多数人？姓甚，名谁？我总是查不出；后来，因为没有多工夫，也就不再去查考了，仅为便于述说起见，就总称之曰畜生。

虽然分了类，但不幸这些畜生就杂在人们里，而一样是人头，实际上仍然无从辨别。所以我就多疑，不大要听人们的说话；又因为无话可说，自己也就不大愿意做文章。有时候，甚至于连真的义形于色的公话也会觉得古怪，珍奇，于是乎而下等脾气的“不识抬举”遂告成功，或者会终于不可救药。

平心想起来，所谓“选家”这一流人物，虽然因为容易联想到明季的制艺的选家的缘故，似乎使人厌闻，但现在倒是应该有几个。这两三年来，无名作家何尝没有胜于较有名的作者的作品，只是谁也不去理会他，一任他自生自灭。去年，我曾向 DF 先生提议过，以为该有人搜罗了各处的各种定期刊行物，仔细评量，选印几本小说集，来绍介于世间；至于已有专集者，则一概不收，“再拜而送之大门之外”。但这话也不过终于是空话，当时既无定局，后来也大家走散了。我又不能做这事业，因为我是偏心的。评是非时我总觉得我的熟人对，读作品是异己者的手腕大概不高明。在我的心里似乎是没有所谓“公平”，在别人里我也没有看见过，然而还疑心什么地方也许有，因此就不敢做那两样东西了：法官，批评家。

现在还没有专门的选家时，这事批评家也做得，因为批评家的职务不但是剪除恶草，还得灌溉佳花——佳花的苗。譬如菊花如果是佳花，则他的原种不过是黄色的细碎的野菊，俗名“满天星”的就是。但是，或者是文坛上真没有较好的作品之故吧，也许是一做批评家，眼界便极高卓，所以我只见到对于青年作家的迎头痛击，冷笑，抹杀，却很少见诱掖奖劝的意思的批评。有一种所谓“文士”而又似批评家的，则专是一个人的御前侍卫，托尔斯泰呀，托她斯泰呀，指东画西的，就只为一人做屏风。其甚者竟至于一面暗护此人，一面又中伤他人，却又不明明白白地举出姓名和实证来，但用了含沙射影的口气，使那人不知道说着自己，却又另用口头宣传以补笔墨所不及，使别人可以疑心到那人身上去。这不但对于文字，就是女人们的名誉，我今年也看见有用了这畜生道的方法来毁坏的。古人常说“鬼蜮技俩”，其实世间何尝真有鬼蜮，那所指点的，不过是这类东西罢了。这类东西当然不在话下，就是只做侍卫的，也不配评选一言半语，因为这种工作，做的人自以为不偏而其实是偏的也可以，自以为公平而其实不公平也可以，但总不可“别有用心”于其间的。

书贾也像别的商人一样，惟利是图；他的出版或发议论的“动机”，谁也知道他“不纯洁”，决不至于和大学教授的来等量齐观的。但他们除惟利是图之外，别的倒未必有什么用意，这就是使我反而放心的地方。自然，倘是向来没有受过更奇特而阴毒的暗箭的福人，那当然即此一点也要感到痛苦。

这也算一篇作品吧，但还是挤出来的，并非围炉煮茗时中的闲话，临了，便回上去填作题目，纪实也。

十一月二十二日

我观北大

因为北大学生会的紧急征发，我于是总得对于本校的二十七周年纪念来说几句话。

据一位教授的名论，则“教一两点钟的讲师”是不配与闻校事的，而我正是教一点钟的讲师。但这些名论，只好请恕我置之不理；——如其不恕，那么，也就算了，人那里顾得这些事。

我向来也不专以北大教员自居，因为另外还与几个学校有关系。然而不知怎的——也许是含有神妙的用意的吧，今年忽而颇有些人指我为北大派。我虽然不知道北大可真有特别的派，但也就以此自居了。北大派么？就是北大派！怎么样呢？

但是，有些流言家幸勿误会我的意思，以为谣我怎样，我便怎样的。我的办法也并不一律。譬如前次的游行，报上谣我被打落了两个门牙，我可决不肯具呈警厅，吁请补派军警，来将我的门牙从新打落。我之照着谣言做去，是以专检自己所愿意者为限的。

我觉得北大也并不坏。如果真有所谓派，那么，被派进这派里去，也还是也就算了。理由在下面：

既然是二十七周年，则本校的萌芽，自然是发于前清的，但我并民国初年的情形也不知道。惟据近七八年的事实看来，第一，北大是常为新的，改进的运动的先锋，要使中国向着好的，往上的道路走。虽然很中了许多暗箭，背了许多谣言；教授和学生也都逐年地有些改换了，而那向上的精神还是始终一贯，不见得弛懈。自然，偶尔也免不了有些很想勒转马头的，可是这也无伤大体，“万众一心”，原不过是书本子上的冠冕话。

第二，北大是常与黑暗势力抗战的，即使只有自己。自从章士钊提了“整顿学风”的招牌来“作之师”，并且分送金款以来，北大却还是给他一个依照彭允彝的待遇。现在章士钊虽然还伏在暗地里做总长，本相却已显露了；而北大的校格也就愈明白。那时固然也曾显出一角灰色，但其无伤大体，也和第一条所说相同。

我不是公论家，有上帝一般决算功过的能力，仅据我所感得的说，则北大究竟还是活的，而且还在生长的。凡活的而且在生长者，总有着希望的前途。

今天所想到的就是这一点。但如果北大到二十八周年而仍不为章士钊者流所谋害，又要出纪念刊，我却要预先声明：不来多话了。一则，命题作文，实在苦不过；二则，说起来大约还是这些话。

十二月十三日。

碎 话

如果只有自己，那是都可以的：今日之我与昨日之我战也好，今日这么说明日那么说也好。但最好是在自己的脑里想，在自己的宅子里说；或者和情人谈谈也不妨，横竖她总能以“阿呀”表示其佩服，而没有第三者与闻其事。只是，假使不自珍惜，陆续发表出来，以“领袖”“正人君子”自居，而称这些为“思想”或“公论”之类，却难免有多少老实人遭殃。自然，凡有神妙的变迁，原是反足以见学者文人们进步之神速的；况且文坛上本来就“只许州官放火不准百姓点灯”，即不幸而为庸人，则给天才做一点牺牲，也正是应尽的义务。谁叫你不能研究或创作的呢？亦惟有活该吃苦而已矣！

然而，这是天才，或者是天才的奴才的崇论宏议。从庸人一方面看起来，却不免觉得此说虽合乎理而反乎情；因为“蝼蚁尚且贪生”，也还是古之明训。所以虽然是庸人，总还想活几天，乐一点。无奈爱管闲事是他们吃苦的根苗，坐在家里好好的，却偏要出来寻导师，听公论了。学者文人们正在一日千变地进步，大家跟在他后面；他走的是小弯，你走的是大弯，他在圆心里转，你却必得在圆周上转，汗流浃背而终于不知所以，那自然是不待数计龟卜而后知的。

什么事情都要干，干，干！那当然是名言，但是倘有傻子真去买了手枪，就必要深悔前非，更进而悟到救国必先求学。这当然也是名言，何用多说呢，就遵谕钻进研究室去。待到有一天，你发见了一颗新彗星，或者知道了刘歆并非刘向的儿子之后，跳出来救国时，先觉者可是“杳如黄鹤”了，寻来寻去，也许会在戏园子里发见。你不要再菲薄那“小东人嗯嗯！哪，唉唉”吧：这是艺术。听说“人类不仅是理智的动物”，必须“种种方面有充分发达的人，才可以算完人”呀，学者之在戏园，乃是“在感情方面求种种的美”。“束发小生”变成先生，从研究室里钻出，救国的资格也许有一点了，却不料还是一个精神上种种方面没有充分发达的畸形物，真是可怜可怜。

那么，立刻看夜戏，去求种种的美去，怎么样？谁知道呢。也许学者已经出戏园，学说也跟着长进（俗称改变，非也）了。

叔本华先生以厌世名一时，近来中国的绅士们却独独赏识了他的《妇人论》。的确，他的骂女人虽然还合绅士们的脾胃，但别的话却实在很有些和我们不相宜的。即如《读书和书籍》那一篇里，就说，“我们读着的时候，别人却替我们想。我们不过反复了这人的心的过程。……然而本来地说起来，则读书时，我们的脑已非自己的活动地。这是别人的思想的战场了。”但是我们的学者文人们却正需要这样的战场——未经老练的青年的脑髓。但也并非在这上面和别的强敌战斗，乃是今日之我打昨日之我，“道义”之手批“公理”之颊——说得俗一点：自己打嘴巴。作了这样的战场者，怎么还能明白是怎么一回事。

这一月来，不知怎的又有几个学者文人或批评家亡魂失魄了，仿佛他们在上月底才从娘胎钻出，毫不知道民国十四年十二月以前的事似的。女师大学生一归她们被占的本校，就有人引以为例，说张胡子或李胡子可以“派兵送一二百学生占据了二三千学生的北大”。如果这样，北大学生确应该群起而将女师大扑灭，以免张胡或李胡援例，确保母校的安全。但我记得北大刚举行过二十七周年纪念，那建立的历史，是并非由章士钊将张胡或李胡将要率领的二百学生拖出，然后改立北大，招生三千，以掩人耳目的。这样的比附，简直是在青年的脑上打滚。夏间，则也可以称为“挑剔风潮”。但也许批评界有时也是“只许州官放火不准百姓点灯”，正如天才之在文坛一样的。

学者文人们最好是有这样的一个特权，月月，时时，自己和自己战——即自己打嘴巴，免得庸人不知，以常人为例，误以为连一点“闲话”也讲不清楚。

十二月二十二日

“公理”的把戏

自从去年春间，北京女子师范大学有了反对校长杨荫榆事件以来，于是而有该校长在太平湖饭店请客之后，任意将学生自治会员六人除名的事；有引警察及打手蜂拥入校的事；迨教育总长章士钊复出，遂有非法解散学校的事；有司长刘百昭雇用流氓女丐殴曳学生出校，禁之补习所空屋中的事；有手忙脚乱，急挂女子大学招牌以掩天下耳目的事；有胡敦复之趁火打劫，攫取女大校长饭碗，助章士钊欺罔世人的事。女师大的许多教职员——我敢特地声明：并不是全体！——本极以章杨的措置为非，复痛学生之无辜受戮，无端失学，而校务维持会之组织，遂愈加严固。我先是该校的一个讲师，于黑暗残虐情形，多曾目睹；后是该会的一个委员，待到女师大在宗帽胡同自赁校舍，而章士钊尚且百端迫压的苦痛，也大抵亲历的。当章氏势焰熏天时，我也曾环顾这首善之区，寻求所谓“公理”“道义”之类而不得；而现在突起之所谓“教育界名流”者，那时则鸦雀无声；甚至捧献肉麻透顶的呈文，以歌颂功德。但这一点，我自然也判不定是因为畏章氏有嗾使兵警痛打之威呢，还是贪图分润金款之利，抑或真以他为“公理”或“道义”等类的具象的化身？但是，从章氏逃走，女师大复校以后，所谓“公理”等件，我却忽而间接地从女子大学在撷英馆宴请“北京教育界名流及女大学生家长”的席上找到了。

据十二月十六日的《北京晚报》说，则有些“名流”即于十四日晚六时在那个撷英番菜馆开会。请吃饭的，去吃饭的，在中国一天不知道有多多少少，本不与我相干，虽然也令我记起杨荫榆也爱在太平湖饭店请人吃饭的旧事。但使我留心的是，从这饭局里产生了“教育界公理维持会”，从这会又变出“国立女子大学后援会”，从这会又发出“致国立各校教职员联席会议函”，声势浩大，据说是“而于该校附和暴徒，自堕人格之教职员，即不能投畀豺虎，亦宜屏诸席外，勿与为伍”云。他们之所谓“暴徒”，盖即刘百昭之所谓“土匪”，官僚名流，口吻如一，从局外人看来，不过煞是可笑而已。而我是女师大维持会员之一，又是女师大教员，人格所关，当然有抗议的权利。岂但抗议？“投虎”“割席”，“名流”的熏灼之状，竟至于斯，则虽报以恶声，亦不为过。但也无须如此，只要看一看这些“名流”究竟是什么东西，就尽够了。报上和函上有名单：

除了万里鸣是太平湖饭店掌柜，以及董子鹤辈为我所不知道的不计外，陶昌善是农大教务长，教长兼农大校长章士钊的替身；石志泉是法大教务长；查良钊是师大教务长；李顺卿，王桐龄是师大教授；萧友梅是前女师大而今女大教员；蹇华芬是前女师大而今女大学生；马寅初是北大讲师，又是中国银行的什么，也许是“总司库”，这些名目我记不清楚了；燕树棠，白鹏飞，陈源即做《闲话》的西滢，丁燮林即做过《一只马蜂》的西林，周鲠生即周览，皮宗石，高一涵，李仲揆即李四光曾有一篇杨荫榆要用汽车迎他“观剧”的作品登在《现代评论》上的，都是北大教授，又大抵原住在东吉祥胡同，又大抵是先前反对北大对章士钊独立的人物，所以当章士钊炙手可热之际，《大同晚报》曾称他们为“东吉祥派的正人君子”，虽然他们那时并没有开什么“公理”会。但他们的住址，今年新印的《北大职员录》上可很有些函胡了，我所依据的是民国十一年的本子。

日本人学了中国人口气的《顺天时报》，即大表同情于女子大学，据说多人的意见，以为女师大教员多系北大兼任，有附属于北大之嫌。亏它征得这么多人的意见。然而从上列的名单看来，那观察是错的。女师大向来少有专任教员，正是杨荫榆的狡计，这样，则校长即可以独揽人权；当我们说话时，高仁山即以讲师不宜与闻校事来箝制我辈之口。况且女师大也决不因为中有北大教员，即精神上附属于北大，便是北大教授，正不乏有当学生反对杨荫榆的时候，即协力来歼灭她们的人。即如八月七日的《大同晚报》，就有“某当局……谓北大教授中，如东吉祥派之正人君子，亦主张解散”等语。《顺天时报》的记者倘竟不知，可谓昏瞀，倘使知道而故意淆乱黑白，那就是挑拨对于北大怀着恶感的人物，将那恶感蔓延于女师大之嫌，居心可谓卑劣。但我们国内战争，尚且常有日本浪人从中作祟，使良民愈陷于水深火热之中，更何况一校女生和几个教员之被诬蔑。我们也只得自责国人之不争气，竟任这样的报纸跳梁！

北大教授王世杰在撷英馆席上演说，即云“本人决不主张北大少数人与女师大合作”，就可以证明我前言的不诬。至又谓“照北大校章教职员不得兼他机关主要任务然而现今北大教授在女师大兼充主任者已有五人实属违法应加以否认云云”，则颇有语病。北大教授兼国立京师图书馆副馆长月薪至少五六百元的李四光，不也是正在坐中“维持公理”，而且演说的么？使之何以为情？李教授兼副馆长的演说辞，报上却不载；但我想，大概是不赞成这个办法的。

北大教授燕树棠谓女大学生极可佩服，而对于“形同土匪破坏女大的人应以道德上之否认加之”，则竟连所谓女大教务长萧纯锦的自辩女人当日所埋伏者是听差而非流氓的启事也没有见，却已一口咬定，嘴上忽然跑出一个“道德”来了。那么，对于形同鬼蜮破坏女师大的人，应以什么上之否认加之呢？

“公理”实在是不容易谈，不但在一个维持会上，就要自相矛盾，有时竟至于会用了“道义”上之手，自批“公理”上之脸的嘴巴。西滢是曾在《现代评论》（三十八）的《闲话》里冷嘲过援助女师大的人们的：“外国人说，中国人是重男轻女的。我看不见得吧。”现在却签名于什么公理会上了，似乎性情或体质有点改变。而且曾经感慨过：“你代被群众专制所压迫者说了几句公平话，那么你不是与那人有‘密切的关系’便是吃了他或她的酒饭。”（《现代》四十）然而现在的公理什么会上的言论和发表的文章上，却口口声声，侧重多数了；似乎主张又颇有些参差，只有“吃饭”的一件事还始终如一。在《现代评论》（五十三）上，自诩是“所有的批评都本于学理和事实，绝不肆口嫚骂，”而忘却了自己曾称女师大为“臭毛厕”，并且署名于要将人“投畀豺虎”的信尾曰：陈源。陈源不就是西滢么？半年的事，几个的人，就这么矛盾支离，实在可以使人悯笑。但他们究竟是聪明的，大约不独觉得“公理”歪邪，而且连自己们的“公理维持会”也很有些歪邪了吧，所以突然一变而为“女子大学后援会”了，这是的确的，后援，就是站在背后的援助。

但是十八日《晨报》上所载该后援会开会的记事，却连发言的人的名姓也没有了，一律叫作“某君”。莫非后来连对于自己的姓名也觉得可羞，真是“内愧于心”了？还是将人“投畀豺虎”之后，预备归过于“某君”，免得自己负责任，受报复呢？虽然报复的事，并为“正人君子”们所反对，但究竟还不如先使人不知道“后援”者为谁的稳当，所以即使为着“道义”，而坦白的态度，也仍为他们所不取吧。因为明白地站出来，就有些“形同土匪”或“暴徒”，怕要失了专在背后，用暗箭的聪明人的人格。

其实，撷英馆里和后援会中所啸聚的一彪人马，也不过是各处流来的杂人，正如我一样，到北京来骗一口饭，岂但“投畀豺虎”，简直是已经“投畀有北”的了。这算得什么呢？以人论，我与王桐龄，李顺卿虽曾在西安点首谈话，却并不当作朋侪；与陈源虽尝在给泰戈尔祝寿的戏台前一握手，而早已视为异类，又何至于会有和他们连席之意？而况于不知什么东西的杂人等辈也哉！以事论，则现在的教育界中实无豺虎，但有些城狐社鼠之流，那是当然不能免的。不幸十余年来，早见得不少了；我之所以对于有些人的口头的鸟“公理”而不敬者，即大抵由于此。

十二月十八日

这回是“多数”的把戏

《现代评论》五五期《闲话》的末一段是根据了女大学生的宣言，说女师大学生只有二十个，别的都已进了女大，就深悔从前受了“某种报纸的催眠”。幸而见了宣言，这才省悟过来了，于是发问道：“要是二百人（按据云这是未解散前的数目）中有一百九十九人入了女大便怎样？要是二百人都入了女大便怎样？难道女师大校务维持会招了几个新生也去恢复么？我们不免要奇怪那维持会维持的究竟是谁呢？他们的目的究竟是什么呢？”

这当然要为夏间并不维持女师大而现在则出而维持“公理”的陈源教授所不解的。我虽然是女师大维持会的一个委员，但也知道别一种可解的办法——

二十人都往多的一边跑，维持会早该趋奉章士钊！

我也是“四五十岁的人爱说四五岁的孩子话”，而且爱学奴才话的，所以所说的也许是笑话。但是既经说开，索性再说几句吧：要是二百人中有二百另一人入了女大便怎样？要是维持会员也都入了女大便怎样？要是一百九十九人入了女大，而剩下的一个人偏不要维持便怎样？……

我想这些妙问，大概是无人能答的。这实在问得太离奇，虽是四五岁的孩子也不至于此——我们不要小觑了孩子。人也许能受“某种报纸的催眠”，但也因人而异，“某君”只限于“某种”；即如我，就决不受《现代评论》或“女大学生某次宣言”的催眠。假如，倘使我看了《闲话》之后，便抚心自问：“要是二百人中有一百九十九人入了女大便怎样？……维持会维持的究竟是谁呢？……”那可真要连自己也奇怪起来，立刻对章士钊的木主肃然起敬了。但幸而连陈源教授所据为典要的《女大学生二次宣言》也还说有二十人，所以我也正不必有什么“杞天之虑”。

记得“公理”时代（可惜这黄金时代竟消失得那么快），不是有人说解散女师大的是章士钊，女大乃另外设立，所以石驸马大街的校址是不该归还的么？自然，或者也可以这样说。但我却没有被其催眠，反觉得这道理比满洲人所说的“亡明者闯贼也，我大清天下，乃得之于闯贼，非取之于明”的话还可笑。从表面上看起来，满人的话，倒还算顺理成章，不过也只能骗顺民，不能骗遗民和逆民，因为他们知道此中的底细。我不聪明，本也很可以相信的，然而竟不被骗者，因为幸而目睹了十四年前的革命，自己又是中国人。

然而“要是”女师大学生竟一百九十九人都入了女大，又怎样呢？其实，“要是”章士钊再做半年总长，或者他的走狗们作起祟来，宗帽胡同的学生纵不至于“都入了女大”，但可以被迫胁到只剩一个或不剩一个，也正是意中事。陈源教授毕竟是“通品”，虽是理想也未始没有实现的可能。那么，怎么办呢？我想，维持。那么，“目的究竟是什么呢？”我想，就用一句《闲话》来答复：“代被群众专制所压迫者说几句公平话。”

可惜正如“公理”的忽隐忽现一样，“少数”的时价也四季不同的。杨荫榆时候多数不该“压迫”少数，现在是少数应该服从多数了。你说多数是不错的么，可是俄国的多数主义现在也还叫作过激党，为大英大日本和咱们中华民国的绅士们所“深恶而痛绝之”。这真要令我莫名其妙。或者“暴民”是虽然多数，也得算作例外的吧。

“要是”帝国主义者抢去了中国的大部分，只剩了一二省，我们便怎样？别的都归了强国了，少数的土地，还要维持么?!明亡以后，一点土地也没有了，却还有窜身海外，志在恢复的人。凡这些，从现在的“通品”看来，大约都是谬种，应该派“在德国手格盗匪数人”，立功海外的英雄刘百昭去剿灭他们的吧。

“要是”真如陈源教授所言，女师大学生只有二十了呢？但是究竟还有二十人。这足可使在章士钊门下暗作走狗而脸皮还不十分厚的教授文人学者们愧死！

十二月二十八日

后 记

本书中至少有两处，还得稍加说明——

一，徐旭生先生第一次回信中所引的话，是出于 ZM 君登在《京报副刊》（十四年三月八日）上的一篇文章的。其时我正因为回答“青年必读书”，说“不能作文算什么大不了的事”，很受着几位青年的攻击。ZM 君便发表了我在讲堂上口说的话，大约意在申明我的意思，给我解围。现在就抄一点在下面——

“读了许多名人学者给我们开的必读书目，引起不少的感想；但最打动我的是鲁迅先生的两句附注……因这几句话，又想起他所讲的一段笑话来。他似乎这样说：

“‘讲话和写文章，似乎都是失败者的征象。正在和运命恶战的人，顾不到这些；真有实力的胜利者也多不做声。譬如鹰攫兔子，叫喊的是兔子，不是鹰；猫捕老鼠，啼呼的是老鼠，不是猫……又好像楚霸王……追奔逐北的时候，他并不说什么；等到摆出诗人面孔，饮酒唱歌，那已经是兵败势穷，死日临头了。最近像吴佩孚名士的“登彼西山，赋彼其诗”，齐燮元先生的“放下枪支，拿起笔干”，更是明显的例了。’”

二，近几年来，常听到人们说学生嚣张，不单是老先生，连刚出学校而做了小官或教员的也往往这么说。但我却并不觉得这样。记得革命以前，社会上自然还不如现在似的憎恶学生，学生也没有目下一般驯顺，单是态度，就显得桀傲，在人丛中一望可知。现在却差远了，大抵长袍大袖，温文尔雅，正如一个古之读书人。我也就在一个大学的讲堂上提起过，临末还说：其实，现在的学生是驯良的，或者竟可以说是太驯良了……武者君登在《京报副刊》（约十四年五月初）上的一篇《温良》中，所引的就是我那时所说的这几句话。我因此又写了《忽然想到》第七篇，其中所举的例，一是前几年被称为“卖国贼”者的子弟曾大受同学唾骂，二是当时女子师范大学的学生正被同性的校长使男职员威胁。我的对于女师大风潮说话，这是第一回，过了十天，就“碰壁”；又过了十天，陈源教授就在《现代评论》上发表“流言”，过了半年，据《晨报副刊》（十五年一月三十日）所发表的陈源教授给徐志摩“诗哲”的信，则“捏造事实传布流言”的倒是我了。真是世事白云苍狗，不禁感慨系之矣！

又，我在《“公理”的把戏》中说杨荫榆女士“在太平湖饭店请客之后，任意将学生自治会员六人除名”，那地点是错误的，后来知道那时的请客是西长安街的西安饭店。等到五月二十一日即我们“碰壁”的那天，这才换了地方，“由校特请全体主任专任教员评议会会员在太平湖饭店开校务紧急会议，解决种种重要问题。”请客的饭馆是那一个，和紧要关键原没有什么大相干，但从“所有的批评都本于学理和事实”的所谓“文士”学者之流看来，也许又是“捏造事实”，而且因此就证明了凡我所说，无一句真话，甚或至于连杨荫榆女士也本无其人，都是我凭空结撰的了。这于我是很不好的，所以赶紧订正于此，庶几“收之桑榆”云。

一九二六年二月十五日校毕记。仍在绿林书屋之东壁下

鲁迅杂文集(下)

鲁迅　著

煤炭工业出版社

·北　京·

目录

华盖集续编

华盖集续编的续编

而已集

一九二七年

附 录

且介亭杂文

一九三四年

华盖集续编

小　引

还不满一整年，所写的杂感的分量，已有去年一年的那么多了。秋来住在海边，目前只见云水，听到的多是风涛声，几乎和社会隔绝。如果环境没有改变，大概今年不见得再有什么废话了吧。灯下无事，便将旧稿编集起来；还预备付印，以供给要看我的杂感的主顾们。

这里面所讲的仍然并没有宇宙的奥义和人生的真谛。不过是，将我所遇到的，所想到的，所要说的，一任它怎样浅薄，怎样偏激，有时便都用笔写了下来。说得自夸一点，就如悲喜时节的歌哭一般，那时无非借此来释愤抒情，现在更不想和谁去抢夺所谓公理或正义。你要那样，我偏要这样是有的；偏不遵命，偏不磕头是有的；偏要在庄严高尚的假面上拨它一拨也是有的，此外却毫无什么大举。名副其实，“杂感”而已。

从一月以来的，大略都在内了；只删去了一篇。那是因为其中开列着许多人，未曾，也不易遍征同意，所以不好擅自发表。

书名呢？年月是改了，情形却依旧，就还叫《华盖集》。然而年月究竟是改了，因此只得添上两个字：“续编”。

一九二六年十月十四日，鲁迅记于厦门

一九二六年

杂论管闲事·做学问·灰色等

一

听说从今年起，陈源（即西滢）教授要不管闲事了；这预言就见于《现代评论》五十六期的《闲话》里。惭愧我没有拜读这一期，因此也不知其详。要是确的呢，那么，除了用那照例的客套说声“可惜”之外，真的倒实在很诧异自己之糊涂：年纪这么大了，竟不知道阳历的十二月三十一日和一月一日之交在别人是可以发生这样的大变动。我近来对于年关颇有些神经过钝了，全不觉得怎样。其实，倘要觉得吧，可是也不胜其觉得。大家挂上五色旗，大街上搭起几座彩坊，中间还有四个字道“普天同庆”，据说这算是过年。大家关了门，贴上门神，爆竹毕剥砰椌的放起来，据说这也是过年。要是言行真跟着过年为转移，怕要转移不迭，势必至于成为转圈子。所以，神经过钝虽然有落伍之虑，但有弊必有利，却也很占一点小小的便宜的。

但是，还有些事我终于想不明白：即如天下有闲事，有人管闲事之类。我现在觉得世上是仿佛没有所谓闲事的，有人来管，便都和自己有点关系；即便是爱人类，也因为自己是人。假使我们知道了火星里张龙和赵虎打架，便即大有作为，请酒开会，维持张龙，或否认赵虎，那自然是颇近于管闲事了。然而火星上事，既然能够“知道”，则至少必须已经可以通信，关系也密切起来，算不得闲事了。因为既能通信，也许将来就能交通，他们终于会在我们的头顶上打架。至于咱们地球之上，即无论哪一处，事事都和我们相关，然而竟不管者，或因不知道，或因管不着，非以其“闲”也。譬如英国有刘千昭雇了爱尔兰老妈子在伦敦拉出女生，在我们是闲事似的吧，其实并不，也会影响到我们这里来。留学生不是多多，多多了么？倘有合宜之处，就要引以为例，正如在文学上的引用什么莎士比亚呀，塞文狄斯呀，芮恩施呀一般。

（不对，错了。芮恩施是美国的驻华公使，不是文学家。我大约因为在讲什么文艺学术的一篇论文上见过他的名字，所以一不小心便带出来了。合即订正于此，尚希读者谅之。）

即使是动物，也怎能和我们不相干？青蝇的脚上有一个霍乱菌，蚊子的唾沫里有两个疟疾菌，就说不定会钻进谁的血里去。管到“邻猫生子”，很有人以为笑谈，其实却正与自己大有相关。譬如我的院子里，现在就有四匹邻猫常常吵架了，倘使这些太太们之一又诞育四匹，则三四月后，我就得常听到八匹猫们常常吵闹，比现在加倍地心烦。

所以我就有了一种偏见，以为天下本无所谓闲事，只因为没有这许多遍管的精神和力量，于是便只好抓一点来管。为什么独抓这一点呢？自然是最和自己相关的，大则因为同是人类，或是同类，同志；小则，因为是同学，亲戚，同乡——至少，也大概叨光过什么，虽然自己的显在意识上并不了然，或者其实了然，而故意装痴作傻。

但陈源教授据说是去年却管了闲事了，要是我上文所说的并不错，那就确是一个超人。今年不问世事，也委实是可惜之至，真是斯人不管，“如苍生何”了。幸而阴历的过年又快到了，除夕的亥时一过，也许又可望心回意转的吧。

二

昨天下午我从沙滩回家的时候，知道大琦君来访过我了。这使我很高兴，因为我是猜想他进了病院的了，现在知道并没有。而尤其使我高兴的是他还留赠我一本《现代评论增刊》，只要一看见封面上画着的一支细长的蜡烛，便明白这是光明之象，更何况还有许多名人学者的著作，更何况其中还有陈源教授的一篇《做学问的工具》呢？这是正论，至少可以赛过“闲话”的；至少，是我觉得赛过“闲话”，因为它给了我许多东西。

我现在才知道南池子的“政治学会图书馆”去年“因为时局的关系，借书的成绩长进了三至七倍”了，但他“家翰笙”却还“用‘平时不烧香，临时抱佛脚’十个字形容当今学术界大部分的状况”。这很改正了我许多误解。我先已说过，现在的留学生是多多，多多了，但我总疑心他们大部分是在外国租了房子，关起门来燉燉牛肉吃的，而且在东京实在也看见过。那时我想：燉牛肉吃，在中国就可以，何必路远迢迢，跑到外国来呢？虽然外国讲究畜牧，或者肉里面的寄生虫可以少些，但燉烂了，即使多也就没有关系。所以，我看见回国的学者，头两年穿洋服，后来穿皮袍，昂头而走的，总疑心他是在外国亲手燉过几年牛肉的人物，而且即使有了什么事，连“佛脚”也未必肯抱的。现在知道并不然，至少是“留学欧美归国的人”并不然。但可惜中国的图书馆里的书太少了，据说北京“三十多个大学，不论国立私立，还不及我们私人的书多”云。这“我们”里面，据说第一要数“溥仪先生的教师庄士敦先生”，第二大概是“孤桐先生”即章士钊，因为在德国柏林时候，陈源教授就亲眼看见他两间屋里“几乎满床满架满桌满地，都是关于社会主义的德文书”。现在呢，想来一定是更多的了。这真教我欣羡佩服。记得自己留学时候，官费每月三十六元，支付衣食学费之外，简直没有盈余，混了几年，所有的书连一壁也遮不满，而且还是杂书，并非专而又专，如“都是关于社会主义的德文书”之类。

但是很可惜，据说当民众“再毁”这位“孤桐先生”的“寒家”时，“好像他们夫妇两位的藏书都散失了”。想那时一定是拉了几十车，向各处走散，可惜我没有去看，否则倒也是一个壮观。

所以“暴民”之为“正人君子”所深恶痛绝，也实在有理由，即如这回之“散失”了“孤桐先生”夫妇的藏书，其加于中国的损失，就在毁坏了三十多个国立及私立大学的图书馆之上。和这一比较，刘百昭司长的失少了家藏的公款八千元，要算小事件了，但我们所引为遗憾的是偏是章士钊刘百昭有这么多的储藏，而这些储藏偏又全都遭了劫。

在幼小时候曾有一个老于世故的长辈告诫过我：你不要和没出息的担子或摊子为难，他会自己摔了，却诬赖你，说不清，也赔不完。这话于我似乎到现在还有影响，我新年去逛火神庙的庙会时，总不敢挤近玉器摊去，即使它不过摆着寥寥的几件。怕的是一不小心，将它碰倒了，或者摔碎了一两件，就要变成宝贝，一辈子赔不完，那罪孽之重，会在毁坏一坐博物馆之上。而且推而广之，连热闹场中也不大去了，那一回的示威运动时，虽有“打落门牙”的“流言”，其实却躲在家里，托福无恙。但那两屋子“关于社会主义的德文书”以及其他从“孤桐先生”府上陆续散出的壮观，却也因此“交臂失之”了。这实在也就是所谓“有一利必有一弊”，无法两全的。

现在是收藏洋书之富，私人要数庄土敦先生，公团要推“政治学会图书馆”了，只可惜一个是外国人，一个是靠着美国公使芮恩施竭力提倡出来的。“北京国立图书馆”将要扩张，实在是再好没有的事，但听说所依靠的还是美国退还的赔款，常年经费又不过三万元，每月二千余。要用美国的赔款，也是非同小可的事，第一，馆长就必须学贯中西，世界闻名的学者。据说，这自然只有梁启超先生了，但可惜西学不大贯，所以配上一个北大教授李四光先生做副馆长，凑成一个中外兼通的完人。然而两位的薪水每月就要一千多，所以此后也似乎不大能够多买书籍。这也就是所谓“有利必有弊”吧，想到这里，我们就更不能不痛切地感到“孤桐先生”独力购置的几房子好书惨遭散失之可惜了。

总之，在近几年中，是未必能有较好的“做学问的工具”的，学者要用功，只好是自己买书读，但又没有钱。听说“孤桐先生”倒是想到了这一节，曾经发表过文章，然而下台了，很可惜。学者们另外还有什么法子呢，自然“也难怪他们除了说说‘闲话’便没有什么可干”，虽然北京三十多个大学还不及他们“私人的书多。”为什么呢？要知道做学问不是容易事，“也许一个小小的题目得参考百十种书”，连“孤桐先生”的藏书也未必够用。陈源教授就举着一个例：“就以‘四书’来说”吧，“不研究汉宋明清许多儒家的注疏理论，‘四书’的真正意义是不易领会的。短短的一部‘四书’，如果细细的研究起来，就得用得了几百几千种参考书。”

这就足见“学问之道，浩如烟海”了，那“短短的一部‘四书’”，我是读过的，至于汉人的“四书”注疏或理论，却连听也没有听到过。陈源教授所推许为“那样提倡风雅的封藩大臣”之一张之洞先生在做给“束发小生”们看的《书目答问》上曾经说：“‘四书’，南宋以后之名。”我向来就相信他的话，此后翻翻《汉书艺文志》，《隋书经籍志》之类，也只有“五经”“六经”“七经”“六艺”，却没有“四书”，更何况汉人所做的注疏和理论。但我所参考的，自然不过是通常书，北京大学的图书馆里就有，见闻寡陋，也未可知，然而也只得这样就算了，因为即使要“抱”，却连“佛脚”都没有。由此想来，那能“抱佛脚”的，肯“抱佛脚”的，的确还是真正的福人，真正的学者了。他“家翰笙”还慨乎言之，大约是“《春秋》责备贤者”之意吧。

完

现在不高兴写下去了，只好就此完结。总之：将《现代评论增刊》略翻一遍，就觉得五光十色，正如看见有一回广告上所开列的作者的名单。例如李仲揆教授的《生命的研究》呀，胡适教授的《译诗三首》呀，徐志摩先生的译诗一首呀，西林氏的《压迫》呀，陶孟和教授的要到二〇二五年才发表而必须我们的玄孙才能全部拜读的大著作的一部分呀……但是，翻下去时，不知怎的我的眼睛却看见灰色了，于是乎抛开。

现在的小学生就能玩七色板，将七种颜色涂在圆板上，停着的时候，是好看的，一转，便变成灰色——本该是白色的吧，可是涂得不得法，变成灰色了。收罗许多著名学者的大著作的大报，自然是光怪陆离，但也是转不得，转一周，就不免要显出灰色来，虽然也许这倒正是它的特色。

一月三日

有趣的消息

虽说北京像一片大沙漠，青年们却还向这里跑；老年们也不大走，即或有到别处去走一趟的，不久就转回来了，仿佛倒是北京还很有什么可以留恋。厌世诗人的怨人生，真是“感慨系之矣”，然而他总活着；连祖述释迦牟尼先生的哲人勗本华尔也不免暗地里吃一种医治什么病症的药，不肯轻易“涅槃”。俗话说：“好死不如恶活”，这当然不过是俗人的俗见罢了，可是文人学者之流也何尝不这样。所不同的，只是他总有一面辞严义正的军旗，还有一条尤其义正辞严的逃路。真的，倘不这样，人生可真要无聊透顶，无话可说了。

北京就是一天一天地百物昂贵起来；自己的“区区佥事”，又因为“妄有主张”，被章士钊先生革掉了。向来所遭遇的呢，借了安特来夫的话来说，是“没有花，没有诗”，就只有百物昂贵。然而也还是“妄有主张”，没法回头；倘使有一个妹子，如《晨报副刊》上所艳称的“闲话先生”的家事似的；叫道：“阿哥！”那声音正如“银铃之响于幽谷”，向我求告，“你不要再做文章得罪人家了，好不好？”我也许可以借此拨转马头，躲到别墅里去研究汉朝人所做的《四书》注疏和理论去。然而，惜哉，没有这样的好妹子；“女嬃之婵媛兮，申申其詈予，曰：鲧婞直以亡身兮，终然殀乎羽之野。”连有一个那样凶姊姊的幸福也不及屈灵均。我的终于“妄有主张”，或者也许是无可推托之故吧。然而这关系非同小可，将来怕要遭殃了，因为我知道，得罪人是要得到报应的。

话要回到释迦先生的教训去了，据说：活在人间，还不如下地狱的稳妥。做人有“作”就是动作（=造孽），下地狱却只有“报”（=报应）了；

所以生活是下地狱的原因，而下地狱倒是出地狱的起点。这样说来，实在令人有些想做和尚，但这自然也只限于“有根”（据说，这是“一句天津话”）的大人物，我却不大相信这一类鬼画符。活在沙漠似的北京城里，枯燥当然是枯燥的，但偶然看看世态，除了百物昂贵之外，究竟还是五花八门，创造艺术的也有，制造流言的也有，肉麻的也有，有趣的也有……这大概就是北京之所以为北京的缘故，也就是人们总还要奔凑聚集的缘故。可惜的是只有一些小玩意儿，老实一点的朋友就难于给自己竖起一杆辞严义正的军旗来。

我一向以为下地狱的事，待死后再对付，只有目前的生活的枯燥是最可怕的，于是便不免于有时得罪人，有时则寻些小玩意儿来开开笑口，但这也就是得罪人。得罪人当然要受报，那也只好准备着，因为寻些小玩意儿来开开笑口的是更不能竖起辞严义正的军旗来的。其实，这里也何尝没有国家大事的消息呢，“关外战事不日将发生”呀，“国军一致拥段”哪，有些报纸上都用了头号字煌煌地排印着，可以刺得人们头昏，但于我却都没有什么鸟趣味。人的眼界之狭是不大有药可救的，我近来觉得有趣的倒要算看见那在德国手格盗匪若干人，在北京率领三河县老妈子一大队的武士刘百昭校长居然做骈文，大有偃武修文之意了；而且“百昭海邦求学，教部备员，多艺之誉愧不如人，审美之情差堪自信”，还是一位文武全才，我先前实在没有料想到。第二，就是去年肯管闲事的“学者”，今年不管闲事了，在年底结清账目的办法，原来不止是掌柜之于流水簿，也可以适用于“正人君子”的行为的。或者，“阿哥!”这一声叫，正在中华民国十四年十二月卅一日的夜间十二点钟吧。

但是，这些趣味，刹那间也即消失了，就是我自己的思想的变动，也诚然是可恨。我想，照着境遇，思想言行当然要迁移，一迁移，当然会有所以迁移的道理。况且世界上的国庆很不少，古今中外名流尤其多，他们的军旗，是全都早经竖定了的。前人之勤，后人之乐，要做事的时候可以援引孔丘墨翟，不做事的时候另外有老聃，要被杀的时候我是关龙逢，要杀人的时候他是少正卯，有些力气的时候看看达尔文赫胥黎的书，要人帮忙就有克鲁巴金的《互助论》，勃朗宁夫妇岂不是讲恋爱的模范么，勗本华尔和尼采又是咒诅女人的名人……归根结底，如果杨荫榆或章士钊可以比附到犹太人特莱孚斯去，则他的篾片就可以等于左拉等辈了。这个时候，可怜的左拉要被中国人背出来；幸而杨荫榆或章士钊是否等于特莱孚斯，也还是一个大疑问。

然而事情还没有这么简单，中国的坏人（如水平线下的文人和学棍学匪之类），似乎将来要大吃其苦了，虽然也许要在身后，像下地狱一般。但是，深谋远虑的人，总还以从此小心，不要多说为稳妥。你以为“闲话先生”真是不管闲事了么？并不然的。据说他是要“到那天这班出锋头的人们脱尽了锐气的日子，我们这位闲话先生正在从容的从事他那‘完工的拂拭’（The finishing touch），笑吟吟的擎着他那枝从铁杠磨成的绣针，讽刺我们情急是多么不经济的一个态度，反面说只有无限的耐心才是天才唯一的凭证”。（《晨报副刊》一四二三）

后出者胜于前者，本是天下的平常事情，但除了堕落的民族。即以衣服而论，也是由裸体而用会阴带或围裙，于是有衣裳，衮冕。我们将来的天才却特异的，别人系了围裙狂跳时，他却躲在绣房里刺绣——不，磨绣针。待到别人的围裙全数破旧，他却穿了绣花衫子站出来了。大家只好说道“阿！”可怜的性急的野蛮人，竟连围裙也不知道换一条，怪不得锐气终于脱尽；脱尽犹可，还要看那“笑吟吟”的“讽刺”的“天才”脸哩，这实在是对于灵魂的鞭责，虽说还在辽远的将来。

还有更可怕的，是我们风闻二〇二五年一到，陶孟和教授要发表一部著作。内容如何，只有百年后的我们的曾孙或玄孙们知道罢了，但幸而在《现代评论增刊》上提前发表了几节，所以我们竟还能“管中窥豹”似的，略见这一部新书的大概。那是讲“现代教育界的特色”的，连教员的“兼课”之多也说在内。他问：“我的议论太悲观，太刻薄，太荒诞吗？我深愿受这个批评，假使事实可以证明。”这些批评我们且俟之百年之后，虽然那时也许无从知道事实；典籍呢，大概也只有“笑吟吟的”佳作留传。要是当真这样，那大半是“英雄所见略同”的，后人总不至于以为刻薄吧。但我们也难于悬揣，不过就今论今，似乎颇有些“孔子作《春秋》，而乱臣贼子惧”之意了。人们不逢如此盛事者，盖已将二千四百年云。

总之：百年以内，将有陈源教授的许多（？）书，百年以后，将有陶孟和教授的一部书出现。内容虽然不知道怎样，但据目下所走漏的风声看起来，大概总是讽刺“那班出锋头的人们”，或“驰驱九城”的教授的。

我常常感叹，印度小乘教的方法何等厉害：它立了地狱之说，借着和尚，尼姑，念佛老妪的嘴来宣扬，恐吓异端，使心志不坚定者害怕。那诀窍是在说报应并非眼前，却在将来百年之后，至少也须到锐气脱尽之时。这时候你已经不能动弹了，只好听别人摆布，流下鬼泪，深悔生前之妄出锋头；而且这时候，这才认识阎罗大王的尊严和伟大。

这些信仰，也许是迷信吧，但神道设教，于“挽世道而正人心”的事，或者也还是不无裨益。况且，未能将坏人“投畀豺虎”于生前，当然也只好口诛笔伐之于身后，孔子一车两马，倦游各国以还，抽出钢笔来作《春秋》，盖亦此志也。

但是，时代迁流了，到现在，我以为这些老玩意儿，也只好骗骗极端老实人。连闹这些玩意儿的人们自己尚且未必信，更何况所谓坏人们。得罪人要受报应，平平常常，并不见得怎样奇特，有时说些婉转的话，是姑且客气客气的，何尝想借此免于下地狱。这是无法可想的，在我们不从容的人们的世界中，实在没有那许多工夫来摆臭绅士的臭架子了，要做就做，与其说明年喝酒，不如立刻喝水；待廿一世纪的剖拨戮尸，倒不如马上就给他一个嘴巴。至于将来，自有后起的人们，决不是现在人即将来所谓古人的世界，如果还是现在的世界，中国就会完！

一月十四日

学界的三魂

从《京报副刊》上知道有一种叫《国魂》的期刊，曾有一篇文章说章士钊固然不好，然而反对章士钊的“学匪”们也应该打倒。我不知道大意是否真如我所记得？但这也没有什么关系，因为不过引起我想到一个题目，和那原文是不相干的。意思是，中国旧说，本以为人有三魂六魄，或云七魄；国魂也该这样。而这三魂之中，似乎一是“官魂”，一是“匪魂”，还有一个是什么呢？也许是“民魂”吧，我不很能够决定。又因为我的见闻很偏隘，所以未敢悉指中国全社会，只好缩而小之曰“学界”。

中国人的官瘾实在深，汉重孝廉而有埋儿刻木，宋重理学而有高帽破靴，清重帖括而有“且夫”“然则”。总而言之：那魂灵就在做官——行官势，摆官腔，打官话。顶着一个皇帝做傀儡，得罪了官就是得罪了皇帝，于是那些人就得了雅号曰“匪徒”。学界的打官话是始于去年，凡反对章士钊的都得了“土匪”，“学匪”，“学棍”的称号，但仍然不知道从谁的口中说出，所以还不外乎一种“流言”。

但这也足见去年学界之糟了，竟破天荒的有了学匪。以大点的国事来比吧，太平盛世，是没有匪的；待到群盗如毛时，看旧史，一定是外戚，宦官，奸臣，小人当国，即使大打一通官话，那结果也还是“呜呼哀哉”。当这“呜呼哀哉”之前，小民便大抵相率而为盗，所以我相信源增先生的话：“表面上看只是些土匪与强盗，其实是农民革命军。”（《国民新报副刊》四三）那么，社会不是改进了么？并不，我虽然也是被谥为“土匪”之一，却并不想为老前辈们饰非掩过。农民是不来夺取政权的，源增先生又道：“任三五热心家将皇帝推倒，自己过皇帝瘾去。”但这时候，匪便被称为帝，除遗老外，文人学者却都来恭维，又称反对他的为匪了。

所以中国的国魂里大概总有这两种魂：官魂和匪魂。这也并非硬要将我辈的魂挤进国魂里去，贪图与教授名流的魂为伍，只因为事实仿佛是这样。社会诸色人等，爱看《双官诰》，也爱看《四杰村》，望偏安巴蜀的刘玄德成功，也愿意打家劫舍的宋公明得法；至少，是受了官的恩惠时候则艳羡官僚，受了官的剥削时候便同情匪类。但这也是人情之常；倘使连这一点反抗心都没有，岂不就成为万劫不复的奴才了？

然而国情不同，国魂也就两样。记得在日本留学时候，有些同学问我在中国最有大利的买卖是什么，我答道：“造反。”他们便大骇怪。在万世一系的国度里，那时听到皇帝可以一脚踢落，就如我们听说父母可以一棒打杀一般。为一部分士女所心悦诚服的李景林先生，可就深知此意了，要是报纸上所传非虚。今天的《京报》即载着他对某外交官的谈话道：“予预计于旧历正月间，当能与君在天津晤谈；若天津攻击竟至失败，则拟俟三四月间卷土重来，若再失败，则暂投土匪，徐养兵力，以待时机”云。但他所希望的不是做皇帝，那大概是因为中华民国之故吧。

所谓学界，是一种发生较新的阶级，本该可以有将旧魂灵略加湔洗之望了，但听到“学官”的官话，和“学匪”的新名，则似乎还走着旧道路。那末，当然也得打倒的。这来打倒他的是“民魂”，是国魂的第三种。先前不很发扬，所以一闹之后，终不自取政权，而只“任三五热心家将皇帝推倒，自己过皇帝瘾去”了。

惟有民魂是值得宝贵的，惟有他发扬起来，中国才有真进步。但是，当此连学界也倒走旧路的时候，怎能轻易地发挥得出来呢？在乌烟瘴气之中，有官之所谓“匪”和民之所谓匪；有官之所谓“民”和民之所谓民；有官以为“匪”而其实是真的国民，有官以为“民”而其实是衙役和马弁。所以貌似“民魂”的，有时仍不免为“官魂”，这是鉴别魂灵者所应该十分注意的。

话又说远了，回到本题去。去年，自从章士钊提了“整顿学风”的招牌，上了教育总长的大任之后，学界里就官气弥漫，顺我者“通”，逆我者

"匪"，官腔官话的余气，至今还没有完。但学界却也幸而因此分清了颜色；只是代表官魂的还不是章士钊，因为上头还有"减膳"执政在，他至多不过做了一个官魄；现在是在天津"徐养兵力，以待时机"了。我不看《甲寅》，不知道说些什么话：官话呢，匪话呢，民话呢，衙役马弁话呢？……

一月二十四日

古书与白话

记得提倡白话那时，受了许多谣诼诬谤，而白话终于没有跌倒的时候，就有些人改口说：然而不读古书，白话是做不好的。我们自然应该曲谅这些保古家的苦心，但也不能不悯笑他们这祖传的成法。凡是读过一点古书的人都有这一种老手段：新起的思想，就是“异端”，必须歼灭的，待到它奋斗之后，自己站住了，这才寻出它原来与“圣教同源”；外来的事物，都要“用夷变夏”，必须排除的，但待到这“夷”入主中夏，却考订出来了，原来连这“夷”也还是黄帝的子孙。这岂非出人意料之外的事呢？无论什么，在我们的“古”里竟无不包含了！

用老手段的自然不会长进，到现在仍是说非“读破几百卷书者”即做不出好白话文，于是硬拉吴稚晖先生为例。可是竟又会有“肉麻当有趣”，述说得津津有味的，天下事真是千奇百怪。其实吴先生的“用讲话体为文”，即“其貌”也何尝与“黄口小儿所作若同”。不是“纵笔所之，辄万数千言”么？其中自然有古典，为“黄口小儿”所不知，尤有新典，为“束发小生”所不晓。清光绪末，我初到日本东京时，这位吴稚晖先生已在和公使蔡钧大战了，其战史就有这么长，则见闻之多，自然非现在的“黄口小儿”所能企及。所以他的遣辞用典，有许多地方是惟独熟于大小故事的人物才能够了然，从青年看来，第一是惊异于那文辞的滂沛。这或者就是名流学者们所认为长处的吧，但是，那生命却不在于此。甚至于竟和名流学者们所拉拢恭维的相反，而在自己并不故意显出长处，也无法灭去名流学者们的所谓长处；只将所说所写，作为改革道中的桥梁，或者竟并不想到作为改革道中的桥梁。

愈是无聊赖，没出息的角色，愈想长寿，想不朽，愈喜欢多照自己的照相，愈要占据别人的心，愈善于摆臭架子。但是，似乎“下意识”里，究竟也觉得自己之无聊的吧，便只好将还未朽尽的“古”一口咬往，希图做着肠子里的寄生虫，一同传世；或者在白话文之类里找出一点古气，反过来替古董增加宠荣。如果“不朽之大业”不过这样，那未免太可怜了吧。而且，到了二九二五年，“黄口小儿”们还要看什么《甲寅》之流，也未免过于可惨吧，即使它“自从孤桐先生下台之后……也渐渐的有了生气了。”

菲薄古书者，惟读过古书者最有力，这是的确的。因为他洞知弊病，能“以子之矛攻子之盾”，正如要说明吸鸦片的弊害，大概惟吸过雅片者最为深知，最为痛切一般。但即使“束发小生”，也何至于说，要做戒绝鸦片的文章，也得先吸尽几百两雅片才好呢。

古文已经死掉了；白话文还是改革道上的桥梁，因为人类还在进化。便是文章，也未必独有万古不磨的典则。虽然据说美国的某处已经禁讲进化论了，但在实际上，恐怕也终于没有效的。

一月二十五日

一点比喻

在我的故乡不大通行吃羊肉，阖城里，每天大约不过杀几匹山羊。北京真是人海，情形可大不相同了，单是羊肉铺就触目皆是。雪白的群羊也常常满街走，但都是胡羊，在我们那里称绵羊的。山羊很少见；听说这在北京却颇名贵了，因为比胡羊聪明，能够率领羊群，悉依它的进止，所以畜牧家虽然偶而养几匹，却只用作胡羊们的领导，并不杀掉它。

这样的山羊我只见过一回，确是走在一群胡羊的前面，脖子上还挂着一个小铃铎，作为智识阶级的徽章。通常，领的赶的却多是牧人，胡羊们便成了一长串，挨挨挤挤，浩浩荡荡，凝着柔顺有余的眼色，跟定他匆匆地竞奔它们的前程。我看见这种认真的忙迫的情形时，心里总想开口向它们发一句愚不可及的疑问——

“往哪里去?!”

人群中也很有这样的山羊，能领了群众稳妥平静地走去，直到他们应该走到的所在。袁世凯明白一点这种事，可惜用得不大巧，大概因为他是不很读书的，所以也就难于熟悉运用那些的奥妙。后来的武人可更蠢了，只会自己乱打乱割，乱得哀号之声，洋洋盈耳，结果是除了残虐百姓之外，还加上轻视学问，荒废教育的恶名。然而“经一事，长一智”，二十世纪已过了四分之一，脖子上挂着小铃铎的聪明人是总要交到红运的，虽然现在表面上还不免有些小挫折。

那时候，人们，尤其是青年，就都循规蹈矩，既不嚣张，也不浮动，一心向着“正路”前进了，只要没有人问——

“往哪里去?!”

君子若曰："羊总是羊，不成了一长串顺从地走，还有什么别的法子呢？君不见夫猪乎？拖延着，逃着，喊着，奔突着，终于也还是被捉到非去不可的地方去，那些暴动，不过是空费力气而已矣。"

这是说：虽死也应该如羊，使天下太平，彼此省力。

这计划当然是很妥帖，大可佩服的。然而，君不见夫野猪乎！它以两个牙，使老猎人也不免于退避。这牙，只要猪脱出了牧豕奴所造的猪圈，走入山野，不久就会长出来。

Schopenhauer先生曾将绅士们比作豪猪，我想，这实在有些失体统。但在他，自然是并没有什么别的恶意的，不过拉扯来作一个比喻。《*Parerga und Paralipomena*》里有着这样意思的话：有一群豪猪，在冬天想用了大家的体温来御寒冷，紧靠起来了，但它们彼此即刻又觉得刺的疼痛，于是乎又离开。然而温暖的必要，再使它们靠近时，却又吃了照样的苦。但它们在这两种困难中，终于发见了彼此之间的适宜的间隔，以这距离，它们能够过得最平安。人们因为社交的要求，聚在一处，又因为各有可厌的许多性质和难堪的缺陷，再使他们分离。他们最后所发见的距离——使他们得以聚在一处的中庸的距离，就是"礼让"和"上流的风习"。有不守这距离的，在英国就这样叫："Keep your distance！"

但即使这样叫，恐怕也只能在豪猪和豪猪之间才有效力吧，因为它们彼此的守着距离，原因是在于痛而不在于叫的。假使豪猪们中夹着一个别的，并没有刺，则无论怎么叫，它们总还是挤过来。孔子说：礼不下庶人。照现在的情形看，该是并非庶人不得接近豪猪，却是豪猪可以任意刺着庶人而取得温暖。受伤是当然要受伤的，但这也只能怪你自己独独没有刺，不足以让他守定适当的距离。孔子又说：刑不上大夫。这就又难怪人们的要做绅士。

这些豪猪们，自然也可以用牙角或棍棒来抵御的，但至少必须拼出背一条豪猪社会所制定的罪名："下流"或"无礼"。

一月二十五日

不是信

一个朋友忽然寄给我一张《晨报副刊》，我就觉得有些特别，因为他是知道我懒得看这种东西的。但既然特别寄来了，姑且看题目吧：《关于下面一束通信告读者们》。署名是：志摩。哈哈，这是寄来和我开玩笑的，我想；赶紧翻转，便是几封信，这寄那，那寄这，看了几行，才知道似乎还是什么“闲话……闲话”问题。这问题我仅知道一点儿，就是曾在新潮社看见陈源教授即西滢先生的信，说及我“捏造的事实，传布的‘流言’，本来已经说不胜说”。不禁好笑；人就苦于不能将自己的灵魂砍成酱，因此能有记忆，也因此而有感慨或滑稽。记得首先根据了“流言”，来判决杨荫榆事件即女师大风潮的，正是这位西滢先生，那大文便登在去年五月三十日发行的《现代评论》上。我不该生长“某籍”又在“某系”教书，所以也被归入“暗中挑剔风潮”者之列，虽然他说还不相信，不过觉得可惜。在这里声明一句吧，以免读者的误解：“某系”云者，大约是指国文系，不是说研究系。那时我见了“流言”字样，曾经很愤然，立刻加以驳正，虽然也很自愧没有“十年读书十年养气的工夫”。不料过了半年，这些“流言”却变成由我传布的了，自造自己的“流言”，这真是自己掘坑埋自己，不必说聪明人，便是傻子也想不通。倘说这回的所谓“流言”，并非关于“某籍某系”的，乃是关于不信“流言”的陈源教授的了，则我实在不知道陈教授有怎样的被捏造的事实和流言在社会上传布。说起来惭愧煞人，我不赴宴会，很少往来，也不奔走，也不结什么文艺学术的社团，实在最不合式于做捏造事实和传布流言的枢纽。只是弄弄笔墨是在所不免的，但也不肯以流言为根据，故意给它传布开来，虽然偶有些“耳食之言”，又大抵是无关大体的事；要是错了，即使月久年深，也决不惜追加订正，例如对于汪原放先生“已作古人”一案，其间竟隔了几乎有两年。——但这自然是只对于看过《热风》的读者说的。

这几天，我的“捏……言”罪案，仿佛只等于昙花一现了，《一束通信》的主要部分中，似乎也承情没有将我“流”进去，不过在后屁股的《西滢致志摩》是附带的对我的专论，虽然并非一案，却因为亲属关系而灭族，或文字狱的株连一般。灭族呀，株连呀，又有点“刑名师爷”口吻了，其实这是事实，法家不过给他起了一个名，所谓“正人君子”是不肯说的，虽然不妨这样做。此外如甲对乙先用流言，后来却说乙制造流言这一类事，“刑名师爷”的笔下就简括到只有两个字：“反噬”。呜呼，这实在形容得痛快淋漓。然而古语说，“察见渊鱼者不祥”，所以“刑名师爷”总没有好结果，这是我早经知道的。

我猜想那位寄给我《晨报副刊》的朋友的意思了：来刺激我，讥讽我，通知我的，还是要我也说几句话呢？终于不得而知。好，好在现在正须还笔债，就用这一点事来搪塞一通吧，说话最方便的题目是《鲁迅致□□》，既非根据学理和事实的论文，也不是“笑吟吟”的天才的讽刺，不过是私人通信而已，自己何尝愿意发表；无论怎么说，粪坑也好，茅厕也好，决定与“人气”无关。即不然，也是因为生气发热，被别人逼成的，正如别的副刊将被《晨报副刊》“逼死”一样。我的镜子真可恨，照出来的总是要使陈源教授呕吐的东西，但若以赵子昂——“是不是他?”——画马为例，自然恐怕正是我自己。自己是没有什么要紧的，不过总得替□□想一想。现在不是要谈到《西滢致志摩》么，那可是极其危险的事，一不小心就要跌入“泥潭中”，遇到“悻悻的狗”，暂时再也看不见“笑吟吟”。至少，一关涉陈源两个字，你总不免要被公理家认为“某籍”“某系”“某党”“喽罗”“重女轻男”等；而且还得小心记住，倘有人说过他是文士，是法兰斯，你便万不可再用“文士”或“法兰斯”字样，否则——自然，当然又有“某籍”等等的嫌疑了，我何必如此陷害无辜，《鲁迅致□□》决计不用，所以一直写到这里，还没有题目，且待写下去看吧。

我先前不是刚说我没有“捏造事实”么？那封信里举的却有。说是我说他“同杨荫榆女士有亲戚朋友的关系，并且吃了她许多的酒饭”了，其实都不对。杨荫榆女士的善于请酒，我说过的，或者别人也说过，并且偶见于新闻上。现在的有些公论家，自以为中立，其实却偏，或者和事主倒有亲戚、朋友、同学、同乡等等关系，甚至于叨光了酒饭，我也说过的。这不是明明白白的么，报社收津贴，连同业中也互讦过，但大家仍都自称为公论。至于陈教授和杨女士是亲戚而且吃了酒饭，那是陈教授自己连结起来的，我没有说曾经吃酒饭，也不能保证未曾吃酒饭，没有说他们是亲戚，也不能保证他们不是亲戚，大概不过是同乡吧，但只要不是“某籍”，同乡有什么要紧呢。绍兴有“刑名师爷”，绍兴人便都是“刑名师爷”的例，是只适用于绍兴的人们的。

我有时泛论一般现状，而无意中触着了别人的伤疤，实在是非常抱歉的事。但这也是没法补救，除非我真去读书养气，一共廿年，被人们骗得老死牖下；或者自己甘心倒掉；或者遭了阴谋。即如上文虽然说明了他们是亲戚并不是我说的话，但因为列举的名词太多了，“同乡”两字，也足以招人“生气”，只要看自己愤然于“流言”中的“某籍”两字，就可想而知。照此看来，这一回的说“叭儿狗”，（《莽原半月刊》第一期）怕又有人猜想我是指着他自己，在那里“悻悻”了。其实我不过是泛论，说社会上有神似这个东西的人，因此多说些它的主人：阔人，太监，太太，小姐。本以为这足见我是泛论了，名人们现在那里还有肯跟太监的呢，但是有些人怕仍要忽略了这一层，各各认定了其中的主人之一，而以“叭儿狗”自命。时势实在艰难，我似乎只有专讲上帝，才可以免于危险；而这事又非我所长。但是，倘使所有的只是暴戾之气，还是让它尽量发出来吧，“一群悻悻的狗”，在后面也好，在对面也好。我也知道将什么之气都放在心里，脸上笔下却全都“笑吟吟”，是极其好看的；可是掘不得，小小的挖一个洞，便什么之气都出来了。但其实这倒是真面目。

第二种罪案是“近一些的一个例”，陈教授曾“泛论图书馆的重要”，“说孤桐先生在他未下台以前发表的两篇文章里，这一层‘他似乎没看到’。”我却轻轻地改为“听说孤桐先生倒是想到了这一节，曾经发表过文章，然而下台了，很可惜”了。而且还问道：“你看见吗，那刀笔吏的笔尖?”“刀笔吏”是不会有漏洞的，我却与陈教授的原文不合，所以成了罪案，或者也就不成其为“刀笔吏”了吧。《现代评论》早已不见，全文无从查考，现在就据这一回的话，敬谨改正，为“据说孤桐先生在未下台以前发表的文章里竟也没想到；现在又下了台，目前无法补救了，很可惜”吧。这里附带地声明，我的文字中，大概是用别人的原文用引号，举大意用“据说”，述听来的类似“流言”的用“听说”，和《晨报》大将文例不相同。

第三种罪案是关于我说“北大教授兼京师图书馆副馆长月薪至少五六百元的李四光”的事，据说已告了一年的假，假期内不支薪；副馆长的月薪又不过二百五十元。别一张《晨副》上又有本人的声明，话也差不多，不过说月薪确有五百元，只是他“只拿二百五十元”，其余的“捐予图书馆购买某种书籍”了。此外还给我许多忠告，这使我非常感谢，但愿意奉还“文士”的称号，我是不属于这一类的。只是我以为告假和辞职不同，无论支薪与否，教授也仍然是教授，这是不待“刀笔吏”才能知道的。至于图书馆的月薪，我确信李教授（或副馆长）现在每月“只拿二百五十元”的现钱，是美国那面的；中国这面的一半，真说不定要拖欠到什么时候才有。但欠账究竟也是钱，别人的兼差，大抵多是欠账，连一半现钱也没有，可是早成了有些论客的口实了，虽然其缺点是在不肯及早捐出去。我想，如果此后每月必发，而以学校欠薪作比例，中国的一半是明年的正月间会有的，倘以教育部欠俸作比例，则须十七年正月间才有，那时购买书籍来，我一定就更正，只要我还在做“官僚”，因为这容易得知，我也自信还有这样的记性，不至于今年忘了去年事。但是，倘若又被章士钊们革掉，那就莫名其妙，更正的事也只好作罢了。可是我所说的职衔和钱数，在今日却是事实。

第四种的罪案是……陈源教授说，“好了，不举例了。”为什么呢？大约是因为“本来已经说不胜说”，或者是在矫正“打笔墨官司的时候，谁写得多，骂得下流，捏造得新奇就是谁的理由大”的恶习之故吧，所以就用三个例来概其全般，正如中国戏上用四个兵卒来象征十万大军一样。此后，就可以结束，谩骂——“正人君子”一定另有名称，但我不知道，只好暂用这加于“下流”人等的行为上的话——了。原文很可以做“正人君子”的真相的标本，删之可惜，扯下来粘在后面吧——

“有人同我说，鲁迅先生缺乏的是一面大镜子，所以永远见不到他的尊容。我说他说错了。鲁迅先生的所以这样，正因为他有了一面大镜子。你听见过赵子昂——是不是他？——画马的故事吧？他要画一个姿势，就对镜伏地做出那个姿势来。鲁迅先生的文章也是对了他的大镜子写的，没有一句骂人的话不能应用在他自己的身上。要是你不信，我可以同你打一个赌。”

这一段意思很了然，犹言我写马则自己就是马，写狗自己就是狗，说别人的缺点就是自己的缺点，写法兰斯自己就是法兰斯，说“臭毛厕”自己就是臭毛厕，说别人和杨荫榆女士同乡，就是自己和她同乡。赵子昂也实在可笑，要画马，看看真马就够了，何必定作畜生的姿势；他终于还是人，并不沦入马类，总算是侥幸的。不过赵子昂也是“某籍”，所以这也许还是一种“流言”，或自造，或那时的“正人君子”所造都说不定。这只能看作一种无稽之谈。倘若陈源教授似的信以为真，自己也照样做，则写法兰斯的时候坐下做一个法姿势，讲“孤桐先生”的时候立起作一个孤姿势，倒还堂哉皇哉；可是讲“粪车”也就得伏地变成粪车，说“茅厕”即须翻身充当便所，未免连臭架子也有些失掉吧，虽然肚子里本来满是这样的货色。

“不是有一次一个报馆访员称我们为‘文士’吗？鲁迅先生为了那名字几乎笑掉了牙。可是后来某报天天鼓吹他是‘思想界的权威者’他倒又不笑了。

“他没有一篇文章里不放几支冷箭，但是他自己常常的说人‘放冷箭’，并且说‘放冷箭’是卑劣的行为。

“他常常‘散布流言’和‘捏造事实，’如上面举出来的几个例，但是他自己又常常的骂人‘散布流言’‘捏造事实’，并且承认那样是‘下流’。

“他常常的无故骂人，要是那人生气，他就说人家没有‘幽默’。可是要是有人侵犯了他一言半语，他就跳到半天空，骂得你体无完肤——还不肯罢休。”

这是根据了三条例和一个赵子昂故事的结论。其实是称别个为“文士”我也笑，称我为“思想界的权威者”我也笑，但牙却并非“笑掉”，据说是“打掉”的，这较可以使他们快意些。至于“思想界的权威者”等等，我连夜梦里也没有想做过，无奈我和“鼓吹”的人不相识，无从劝止他，不像唱双簧的朋友，可以彼此心照；况且自然会有“文士”来骂倒，更无须自己费力。我也不想借这些头衔去发财发福，有了它于实利上是并无什么好处的。我也曾反对过将自己的小说采入教科书，怕的是教错了青年，记得曾在报上发表；不过这本不是对上流人说的，他们当然不知道。冷箭呢，先是不肯的，后来也放过几支，但总是对于先“放冷箭”用“流言”的如陈源教授之辈，“请君入瓮”，也给他尝尝这滋味。不过虽然对于他们，也还是明说的时候多，例如《语丝》上的《音乐》就说明是指徐志摩先生，《我的籍和系》和《并非闲话》也分明对西滢即陈源教授而发；此后也还要射，并无悔祸之心。至于署名，则去年以来只用一个，就是陈教授之所谓“鲁迅，即教育部佥事周树人”就是。但在下半年，应将“教育部佥事”五字删去，因为被“孤桐先生”所革；今年却又变了“暂署佥事”了，还未去做，然而预备去做的，目的是在弄几文俸钱，因为我祖宗没有遗产，老婆没有奁田，文章又不值钱，只好以此暂且糊口。还有一个小目的，是在对于以我去年的免官为“痛快”者，给他一个不舒服，使他恨得扒耳搔腮，忍不住露出本相。至于“流言”，则先已说过，正是陈源教授首先发明的专卖品，独有他听到过许多；在我呢，心术是看不见的东西，且勿说，我的躲在家里的生活即不利于作“捏……言”的枢纽。剩下的只有“幽默”问题了，我又没有说过这些话，也没有主张过“幽默”，也许将这两字连写，今天还算第一回。我对人是“骂人”，人对我是“侵犯了一言半语”，这真使我记起我的同乡“刑名师爷”来，而且还是弄着不正经的“出重出轻”的玩意儿的时候。这样看来，一面镜子确是该有的，无论生在哪一县。还有罪状哩——

“他常常挖苦别人家抄袭。有一个学生抄了沫若的几句诗，他老先生骂得刻骨镂心的痛快，可是他自己的《中国小说史略》，却就是根据日本人盐谷温的《支那文学概论讲话》里面的‘小说’一部分。其实拿人家的著述做你自己的蓝本，本可以原谅，只要你在书中有那样的声明，可是鲁迅先生就没有那样的声明。在我们看来，你自己做了不正当的事也就罢了，何苦再去挖苦一个可怜的学生，可是他还尽量的把人家刻薄。‘窃钩者诛，窃国者侯’，本是自古已有的道理。”

这“流言”早听到过了；后来见于《闲话》，说是“整大本的摽窃”，但不直指我，而同时有些人的口头上，却相传是指我的《中国小说史略》。我相信陈源教授是一定会干这样勾当的。但他既不指名，我也就只回敬他一通骂街，这可实在不止“侵犯了他一言半语”。这回说出来了；我的“以小人之心”也没有猜错了“君子之腹”。但那罪名却改为“做你自己的蓝本”了，比先前轻得多，仿佛比自谦为“一言半语”的“冷箭”钝了一点似的。盐谷氏的书，确是我的参考书之一，我的《小说史略》二十八篇的第二篇，是根据它的，还有论《红楼梦》的几点和一张《贾氏系图》，也是根据它的，但不过是大意，次序和意见就很不同。其他二十六篇，我都有我独立的准备，证据是和他的所说还时常相反。例如现有的汉人小说，他以为真，我以为假；唐人小说的分类他据森槐南，我却用我法。六朝小说他据《汉魏丛书》，我据别本及自己的辑本，这工夫曾经费去两年多，稿本有十册在这里；唐人小说他据谬误最多的《唐人说荟》，我是用《太平广记》的，此外还一本一本搜起来……其余分量，取舍，考证的不同，尤难枚举。自然，大致是不能不同的，例如他说汉后有唐，唐后有宋，我也这样说，因为都以中国史实为“蓝本”。我无法“捏造得新奇”，虽然塞文狄斯的事实和“四书”合成的时代也不妨创造。但我的意见，却以为似乎不可，因为历史和诗歌小说是两样的。诗歌小说虽有人说同是天才即不妨所见略同，所作相像，但我以为究竟也以独创为贵；历史则是纪事，固然不当偷成书，但也不必全两样。说诗歌小说相类不妨，历史有几点近似便是“摽窃”，那是“正人君子”的特别意见，只在以“一言半语”“侵犯”“鲁迅先生”时才适用的。好在盐谷氏的书听说（！）已有人译成（？）中文，两书的异点如何，怎样“整大本的摽窃”，还是做“蓝本”，不久（？）就可以明白了。在这以前，我以为恐怕连陈源教授自己也不知道这些底细，因为不过是听来的“耳食之言”。不知道对不对？（盐谷教授的《支那文学概论讲话》的译本，今年夏天看见了，将五百余页的原书，译成了薄薄的一本，那小说一部分，和我的也无从对比了。广告上却道“选译”。措辞实在聪明得很。十月十四日补记。）

但我还要对于“一个学生抄了沫若的几句诗”这事说几句话；“骂得刻骨镂心的痛快”的，似乎并不是我。因为我于诗向不留心，所以也没有看过“沫若的诗”，因此即更不知道别人的是否抄袭。陈源教授的那些话，说得坏一点，就是“捏造事实”，故意挑拨别人对我的恶感，真可以说发挥着他的真本领。说得客气一点呢，他自说写这信时是在“发热”，那一定是热度太高，发了昏，忘记装腔了，不幸显出本相；并且因为自己爬着，所以觉得我“跳到半天空”，自己抓破了皮肤或者一向就破着，却以为被我“骂”破了。——但是，我在有意或无意中碰破了一角纸糊绅士服，那也许倒是有的；此后也保不定。彼此迎面而来，总不免要挤擦，碰磕，也并非“还不肯罢休”。

绅士的跳踉五态，实在特别好看，因为历来隐藏蕴蓄着，所以一来就比下等人更浓厚。因这一回的放泄，我才悟到陈源教授大概是以为揭发叔华女士的剽窃小说图画的文章，也是我做的，所以早就将“大盗”两字挂在“冷箭”上，射向“思想界的权威者”。殊不知这也不是我做的，我并不看这些小说。“琵亚词侣”的画，我是爱看的，但是没有书，直到那“剽窃”问题发生后，才刺激我去买了一本 Art of A. Beardsley 来，化钱一元七。可怜教授的心目中所看见的并不是我的影，叫跳竟都白费了。遇见的“粪车”，也是境由心造的，正是自己脑子里的货色，要吐的唾沫，还是静静的咽下去吧。

太费纸张了，虽然我不至于娇贵到会发热，但也得赶紧的收梢，然而还得粘上一段大罪状——

“据他自己的自传，他从民国元年便做了教育部的官，从没脱离过。所以袁世凯称帝，他在教育部，曹锟贿选，他在教育部，‘代表无耻的彭允彝’做总长，他也在教育部，甚而至于‘代表无耻的章士钊’免了他的职后，他还大嚷‘佥事这一个官儿倒也并不算怎样的“区区”’，怎样有人在那里钻谋补他的缺，怎样以为无足轻重的人是‘慷他人之慨’，如是如是，这样这样……这像‘青年叛徒的领袖’吗？

“其实一个人做官也不大要紧，做了官再装出这样的面孔来可叫人有些恶心罢了。

“现在又有人送他‘土匪’的名号了。好一个‘土匪’。”

苦心孤诣给我加了上去的‘土匪’的恶名，这一回忽又否认了，可见唾沫还是静静的咽下去好，免得后来自己舐回去。但是，“文士”别有慧心，那里会给我便宜呢，自然即代以自“袁世凯称帝”以来的罪恶，仿佛“称帝”“贿选”那类事，我既在教育部，即等于全由我一手包办似的。这是真的，从那时以来，我确没有带兵独立过，但我也没有冷笑云南起义，也没有希望国民军失败；对于教育部，其实是脱离过两回，一是张勋复辟时，一就是章士钊长部时，前一回以教授的一点才力自然不知道，后一回却忘却得有些离奇。我向来就“装出这样的面孔，不但毫不顾忌陈源教授可“有些恶心”，对于“孤桐先生”也一样。要在我的面孔上寻出些有趣来，本来是没头脑的妄想，还是去看别的面孔吧。

这类误解似乎不止陈源教授，有些人也往往如此，以为教员清高，官僚是卑下的。真所谓“得意忘形”，“官僚官僚”的骂着。可悲的就在此，现在的骂官僚的人里面，到外国去炸大过一回而且做教员的就很多：所谓“钻谋补他的缺”的也就是这一流，那时我说“佥事这一个官儿倒也并不算怎样的‘区区’”，就为此人的乘机想做官而发，刺他一针，聊且快意，不提防竟又被陈教授“刻骨镂心”的记住了，也许又疑心我向他在“放冷箭”了吧。

我并非因为自己是官僚，定要上侪于清高的教授之列，官僚的高下也因人而异，如所谓“孤桐先生”，做官时办《甲寅》，佩服的人就很多，下台之后，听说更有生气了。而我“下台”时所做的文章，岂不是不但并不更有生气，还招了陈源教授的一顿“教训”，而且罪孽深重，延祸“面孔”了么？这是以文才和面孔言；至于从别一方面看，则官僚与教授就有“一丘之貉”之叹，这就是说：钱的来源。国家行政机关的事务官所得的所谓俸钱，国立学校的教授所得的所谓薪水，还不是同一来源，出于国库的么？在曹锟政府下做国立学校的教员，和做官的没有大区别。难道教员的是捐给了学校，所以特别清高了？袁世凯称帝时代，陈源教授或者还在外国的研究室里，是到了曹锟贿选前后才做教授的，比我到北京迟得多，福气也比我好得多。曹锟贿选，他做教授，“代表无耻的彭允彝做总长”，他做教授，“甚而至于‘代表无耻的章士钊’做总长”，他自然做教授，我可是被革掉了，甚而至于待到那“甚而至于‘代表无耻的章士钊’”不做总长了，他自然还做教授，归国以来，一帆风顺，一个小钉子也没有碰。这当然是因为有适宜的面孔，不“叫人有些恶心”之故喽。看他脸上既无我一样的可厌的“八字胡子”，也可以说没有“官僚的神情”，所以对于他的面孔，却连我也并没有什么大“恶心”，而且仿佛还觉得有趣。这一类的面孔，只要再白胖一点，也许在中国就不可多得了。

不免招我说几句费话的不过是他对镜装成的姿势和“爆发”出来的蕴蓄，但又即刻掩了起来，关上大门，据说“大约不再打这样的笔墨官司”了。前面的香车既经杳然，我且不做叫门的事，因为这些时候所遇到的大概不过几个家丁；而且已是往国立北京女子师范大学复校纪念会”的时候了，就这样的算收束。

二月一日

我还不能“带住”

一月三十日《晨报副刊》上满载着一些东西，现在有人称它为“攻周专号”，真是些有趣的玩意儿，倒可以看见绅士的本色。不知怎的，今天的《晨副》忽然将这事结束，照例用通信，李四光教授开场白，徐志摩“诗哲”接后段，一唱一和，说道“带住！让我们对着混斗的双方猛喝一声，带住！”了。还“声明一句，本刊此后不登载对人攻击的文字”云。

他们的什么“闲话……闲话”问题，本与我没有什么鸟相干，“带住”也好，放开也好，拉拢也好，自然大可以随便玩把戏。但是，前几天不是因为“令兄”关系，连我的“面孔”都攻击过了么？我本没有去“混斗”，倒是株连了我。现在我还没有怎样开口呢，怎么忽然又要“带住”了？从绅士们看来，这自然不过是“侵犯”了我“一言半语”，正无须“跳到半天空”，然而我其实也并没有“跳到半天空”，只是还不能这样地谨听指挥，你要“带住”了，我也就“带住”。

对不起，那些文字我无心细看，“诗哲”所说的要点，似乎 是这样闹下去，要失了大学教授的体统，丢了“负有指导青年重 责的前辈”的丑，使学生不相信，青年不耐烦了。可怜可怜，有 臭赶紧遮起来。“负有指导青年重责的前辈”，有这么多的丑可 丢，有那么多的丑怕丢么？用绅士服将“丑”层层包裹，装着好 面孔，就是教授，就是青年的导师么？中国的青年不要高帽皮 袍，装腔作势的导师；要并无伪饰——倘没有，也得少有伪饰的导师。倘有戴着假面，以导师自居的，就得叫他除下来，否 则，便将它撕下来，互相撕下来。撕得鲜血淋漓，臭架子打得粉碎，然后可以谈后话。这时候，即使只值半文钱，却是真价值；即使丑得要使人“恶心”，却是真面目。略一揭开，便又赶忙装进缎子盒里去，虽然可以使人疑是钻石，也可以猜作粪土，纵使外面满贴着好招牌，法兰斯呀，萧伯讷呀，……毫不中用的！

李四光教授先劝我“十年读书十年养气”。还一句绅士话吧：盛意可感。书是读过的，不止十年，气也养过的，不到十年，可是读也读不好，养也养不好。我是李教授所早认为应当“投畀豺虎”者之一，此时本已不必温言劝谕，说什么“弄到人家无故受累”，难道真以为自己是“公理”的化身，判我以这样巨罚之后，还要我叩谢天恩么？还有，李教授以为我“东方文学家的风味，似乎格外的充足……所以总要写到露骨到底，才尽他的兴会”。我自己的意见却绝不同。我正因为生在东方，而且生在中国，所以“中庸”“稳妥”的余毒，还沦肌浃髓，比起法国的勃罗亚——他简直称大报的记者为“蛆虫”——来，真是“小巫见大巫”，使我自惭究竟不及白人之毒辣勇猛。即以李教授的事为例吧：一，因为我知道李教授是科学家，不很“打笔墨官司”的，所以只要可以不提，便不提；只因为要回敬贵会友一杯酒，这才说出“兼差”的事来。二，关于兼差和薪水一节，已在《语丝》（六五）上答复了，但也还没有“写到露骨到底”。

我自己也知道，在中国，我的笔要算较为尖刻的，说话有时也不留情面。但我又知道人们怎样地用了公理正义的美名，正人君子的徽号，温良敦厚的假脸，流言公论的武器，吞吐曲折的文字，行私利己，使无刀无笔的弱者不得喘息。倘使我没有这笔，也就是被欺侮到赴诉无门的一个；我觉悟了，所以要常用，尤其是用于使麒麟皮下露出马脚。万一那些虚伪者居然觉得一点痛苦，有些省悟，知道技俩也有穷时，少装些假面目，则用了陈源教授的话来说，就是一个“教训”。只要谁露出真价值来，即使只值半文，我决不敢轻薄半句。但是，想用了串戏的方法来哄骗，那是不行的；我知道的，不和你们来敷衍。

“诗哲”为援助陈源教授起见，似乎引过罗曼·罗兰的话，大意是各人的身上都有鬼，但人却只知道打别人身上的鬼。没有细看，说不清了，要是差不多，那就是一并承认了陈源教授的身上也有鬼，李四光教授自然也难逃。他们先前是自以为没有鬼的。假使真知道了自己身上也有鬼，“带住”

的事可就容易办了。只要不再串戏，不再摆臭架子，忘却了你们的教授的头衔，且不做指导青年的前辈，将你们的“公理”的旗插到“粪车”上去，将你们的绅士衣装抛到“臭茅厕”里去，除下假面具，亦条条地站出来说几句真话就够了！

二月三日

送灶日漫笔

坐听着远远近近的爆竹声，知道灶君先生们都在陆续上天，向玉皇大帝讲他的东家的坏话去了，但是他大概终于没有讲，否则，中国人一定比现在要更倒霉。

灶君升天的那日，街上还卖着一种糖，有柑子那么大小，在我们那里也有这东西，然而扁的，像一个厚厚的小烙饼。那就是所谓“胶牙饧”了。本意是在请灶君吃了，粘住他的牙，使他不能调嘴学舌，对玉帝说坏话。我们中国人意中的神鬼，似乎比活人要老实些，所以对鬼神要用这样的强硬手段，而于活人却只好请吃饭。

今之君子往往讳言吃饭，尤其是请吃饭。那自然是无足怪的，的确不大好听。只是北京的饭店那么多，饭局那么多，莫非都在食蛤蜊，谈风月，“酒酣耳热而歌呜呜”么？不尽然的，的确也有许多“公论”从这些地方播种，只因为公论和请帖之间看不出蛛丝马迹，所以议论便堂哉皇哉了。但我的意见，却以为还是酒后的公论有情。人非木石，岂能一味谈理，碍于情面而偏过去了，在这里正有着人气息。况且中国是一向重情面的。何谓情面？明朝就有人解释过，曰：“情面者，面情之谓也”。自然不知道他说什么，但也就可以懂得他说什么。在现今的世上，要有不偏不倚的公论，本来是一种梦想，即使是饭后的公评，酒后的宏议，也何尝不可姑妄听之呢。然而，倘以为那是真正老牌的公论，却一定上当——但这也不能独归罪于公论家，社会上风行请吃饭而讳言请吃饭，使人们不得不虚假，那自然也应该分任其咎的。

记得好几年前，是“兵谏”之后，有枪阶级专喜欢在天津会议的时候，有一个青年愤愤地告诉我道：他们那里是会议呢，在酒席上，在赌桌上，带着说几句就决定了。他就是受了“公论不发源于酒饭说”之骗的一个，所以永远是愤然，殊不知他那理想中的情形，怕要到二九二五年才会出现呢，或者竟许到三九二五年。

然而不以酒饭为重的老实人，却是的确也有的，要不然，中国自然还要坏。有些会议，从午后二时起，讨论问题，研究章程，此问彼难，风起云涌，一直到七八点，大家就无端觉得有些焦躁不安，脾气愈大了，议论愈纠纷了，章程愈渺茫了，虽说我们到讨论完毕后才散吧，但终于一哄而散，无结果。这就是轻视了吃饭的报应，六七点钟时分的焦躁不安，就是肚子对于本身和别人的警告，而大家误信了吃饭与讲公理无关的妖言，毫不瞅睬，所以肚子就使你演说也没精彩，宣言也——连草稿都没有。

但我并不说凡有一点事情，总得到什么太平湖饭店，撷英番菜馆之类里去开大宴；我于那些店里都没有股本，犯不上替他们来拉主顾，人们也不见得都有这么多的钱。我不过说，发议论和请吃饭，现在还是有关系的；请吃饭之于发议论，现在也还是有益处的；虽然，这也是人情之常，无足深怪的。

顺便还要给热心而老实的青年们进一个忠告，就是没酒没饭的开会，时候不要开得太长，倘若时候已晚了，那么，买几个烧饼来吃了再说。这么一办，总可以比空着肚子的讨论容易有结果，容易得收场。

胶牙饧的强硬办法，用在灶君身上我不管它怎样，用之于活人是不大好的。倘是活人，莫妙于给他醉饱一次，使他自己不开口，却不是胶住他。中国人对人的手段颇高明，对鬼神却总有些特别，二十三夜的捉弄灶君即其一例，但说起来也奇怪，灶君竟至于到了现在，还仿佛没有省悟似的。

道士们的对付“三尸神”，可是更厉害了。我也没有做过道士，详细是不知道的，但据“耳食之言”，则道士们以为人身中有三尸神，到有一日，便乘人熟睡时，偷偷地上天去奏本身的过恶。这实在是人体本身中的奸细，《封神传演义》常说的“三尸神暴躁，七窍生烟”的三尸神，也就是这东西。但据说要抵制他却不难，因为他上天的日子是有一定的，只要这一日不睡觉，他便无隙可乘，只好将过恶都放在肚子里，再看明年的机会了。连胶牙饧都没得吃，他实在比灶君还不幸，值得同情。

三尸神不上天，罪状都放在肚子里；灶君虽上天，满嘴是糖，在玉皇大帝面前含含糊糊地说了一通，又下来了。对于下界的情形，玉皇大帝一点也听不懂，一点也不知道，于是我们今年当然还是一切照旧，天下太平。

我们中国人对于鬼神也有这样的手段。

我们中国人虽然敬信鬼神；却以为鬼神总比人们傻，所以就用了特别的方法来处治他。至于对人，那自然是不同的了，但还是用了特别的方法来处治，只是不肯说；你一说，据说你就是卑视了他了。诚然，自以为看穿了的话，有时也的确反不免于浅薄。

二月五日

谈皇帝

中国人的对付鬼神，凶恶的是奉承，如瘟神和火神之类，老实一点的就要欺侮，例如对于土地或灶君。待遇皇帝也有类似的意思。君民本是同一民族，乱世时“成则为王败则为贼”，平常是一个照例做皇帝，许多个照例做平民；两者之间，思想本没有什么大差别。所以皇帝和大臣有“愚民政策”，百姓们也自有其“愚君政策”。

往昔的我家，曾有一个老仆妇，告诉过我她所知道，而且相信的对付皇帝的方法。她说——

“皇帝是很可怕的。他坐在龙位上，一不高兴，就要杀人；不容易对付的。所以吃的东西也不能随便给他吃，倘是不容易办到的，他吃了又要，一时办不到；——譬如他冬天想到瓜，秋天要吃桃子，办不到，他就生气，杀人了。现在是一年到头给他吃波菜，一要就有，毫不为难。但是倘说是波菜，他又要生气的，因为这是便宜货，所以大家对他就不称为波菜，另外起一个名字，叫作‘红嘴绿鹦哥’。”

在我的故乡，是通年有波菜的，根很红，正如鹦哥的嘴一样。这样的连愚妇人看来，也是呆不可言的皇帝，似乎大可以不要了。然而并不，她以为要有的，而且应该听凭他作威作福。至于用处，仿佛在靠他来镇压比自己更强梁的别人，所以随便杀人，正是非备不可的要件。然而倘使自己遇到，且须侍奉呢？可又觉得有些危险了，因此只好又将他练成傻子，终年耐心地专吃着“红嘴绿鹦哥”。

其实利用了他的名位，“挟天子以令诸侯”的，和我那老仆妇的意思和方法都相同，不过一则又要他弱，一则又要他愚。儒家的靠了“圣君”来行道也就是这玩意儿，因为要“靠”，所以要他威重，位高；因为要便于操纵，所以又要他颇老实，听话。

皇帝一自觉自己的无上威权，这就难办了。既然“普天之下，莫非皇土”，他就胡闹起来，还说是“自我得之，自我失之，我又何恨”哩！于是圣人之徒也只好请他吃“红嘴绿鹦哥”了，这就是所谓“天”。据说天子的行事，是都应该体贴天意，不能胡闹的；而这“天意”也者，又偏只有儒者们知道着。

这样，就决定了：要做皇帝就非请教他们不可。

然而不安分的皇帝又胡闹起来了。你对他说“天”么，他却道：“我生不有命在天?!”岂但不仰体上天之意而已，还逆天，背天，“射天”，简直将国家闹完，使靠天吃饭的圣贤君子们，哭不得，也笑不得。

于是乎他们只好去著书立说，将他骂一通，豫计百年之后，即身殁之后，大行于时，自以为这就了不得。

但那些书上，至多就止记着“愚民政策”和“愚君政策”全都不成功。

二月十七日

无花的蔷薇

1

又是 Schopenhauer 先生的话——

“无刺的蔷薇是没有的——然而没有蔷薇的刺却很多。”

题目改变了一点，较为好看了。

“无花的蔷薇”也还是爱好看。

2

去年，不知怎的这位勗本华尔先生忽然合于我们国度里的绅士们的脾胃了，便拉扯了他的一点《女人论》；我也就夹七夹八地来称引了好几回，可惜都是刺，失了蔷薇，实在大煞风景，对不起绅士们。

记得幼小时候看过一出戏，名目忘却了，一家正在结婚，而勾魂的无常鬼已到。夹在婚仪中间，一同拜堂，一同进房，一同坐床……实在大煞风景，我希望我还不至于这样。

3

有人说我是“放冷箭者”。

我对于“放冷箭”的解释，颇有些和他们一流不同，是说有人受伤，而不知这箭从什么地方射出。所谓“流言”者，庶几近之。但是我，却明明站在这里。

但是我，有时虽射而不说明靶子是谁，这是因为初无“与众共弃”之心，只要该靶子独自知道，知道有了洞，再不要面皮鼓得急绷绷，我的事就完了。

4

蔡孑民先生一到上海，《晨报》就据国闻社电报郑重地发表他的谈话，而且加以按语，以为“当为历年潜心研究与冷眼观察之结果，大足诏示国人，且为知识阶级所注意也。”

我很疑心那是胡适之先生的谈话，国闻社的电码有些错误了。

5

预言者，即先觉，每为故国所不容，也每受同时人的迫害，大人物也时常这样。他要得人们的恭维赞叹时，必须死掉，或者沉默，或者不在面前。

总而言之，第一要难于质证。

如果孔丘、释迦、耶稣基督还活着，那些教徒难免要恐慌。对于他们的行为，真不知道教主先生要怎样慨叹。

所以，如果活着，只得迫害他。

待到伟大的人物成为化石，人们都称他伟人时，他已经变了傀儡了。

有一流人之所谓伟大与渺小，是指他可给自己利用的效果的大小而言。

6

法国罗曼·罗兰先生今年满六十岁了。晨报社为此征文，徐志摩先生于介绍之余，发感慨道：“……但如其有人拿一些时行的口号，什么打倒帝国主义等等，或是分裂与猜忌的现象，去报告罗兰先生说这是新中国，我再也

不能预料他的感想了。”（《晨副》一二九九）

他住得远，我们一时无从质证，莫非从“诗哲”的眼光看来，罗兰先生的意思，是以为新中国应该欢迎帝国主义的么？

“诗哲”又到西湖看梅花去了，一时也无从质证。不知孤山的古梅，著花也未，可也在那里反对中国人“打倒帝国主义”？

7

志摩先生曰：“我很少夸奖人的。但西滢就他学法郎士的文章说，我敢说，已经当得起一句天津话：‘有根’了。”而且“像西滢这样，在我看来，才当得起‘学者’的名词。”（《晨副》一四二三）

西滢教授曰：“中国的新文学运动，方在萌芽，可是稍有贡献的人，如胡适之，徐志摩，郭沫若，郁达夫，丁西林，周氏兄弟等等都是曾经研究过他国文学的人。尤其是志摩他非但在思想方面，就是在体制方面，他的诗及散文，都已经有一种中国文学里从来不曾有过的风格。”（《现代》六三）

虽然抄得麻烦，但中国现今“有根”的“学者”和“尤其”的思想家及文人，总算已经互相选出了。

8

志摩先生曰：“鲁迅先生的作品，说来大不敬得很，我拜读过很少，就只《呐喊》集里两三篇小说，以及新近因为有人尊他是中国的尼采他的《热风》集里的几页。他平常零星的东西，我即使看也等于白看，没有看进去或是没有看懂。”（《晨副》一四三三）

西滢教授曰：“鲁迅先生一下笔就构陷人家的罪状。……可是他的文章，我看过了就放进了应该去的地方——说句体己话，我觉得它们就不应该从那里出来——手边却没有。”（同上）

虽然抄得麻烦，但我总算已经被中国现在“有根”的“学者”和“尤其”的思想家及文人协力踏倒了。

9

但我愿奉还“曾经研究过他国文学”的荣名。“周氏兄弟”之一，一定又是我了。我何尝研究过什么呢，做学生时候看几本外国小说和文人传记，就能算“研究过他国文学”么？

该教授——恕我打一句“官话”——说过，我笑别人称他们为“文士”，而不笑“某报天天鼓吹”我是“思想界的权威者”。现在不了，不但笑，简直唾弃它。

10

其实呢，被毁则报，被誉则默，正是人情之常。谁能说人的左颊既受爱人接吻而不作一声，就得援此为例，必须默默地将右颊给仇人咬一口呢？

我这回的竟不要那些西滢教授所颁赏陪衬的荣名，“说句体己话”吧，实在是不得已。我的同乡不是有“刑名师爷”的么？他们都知道，有些东西，为要显示他伤害你的时候的公正，在不相干的地方就称赞你几句，似乎有赏有罚，使别人看去，很像无私……

“带住！”又要“构陷人家的罪状”了。只是这一点，就已经够使人“即使看也等于白看”，或者“看过了就放进了应该去的地方”了。

二月二十七日

无花的蔷薇之二

1

英国勃尔根贵族曰："中国学生只知阅英文报纸，而忘却孔子之教。英国之大敌，即此种极力诅咒帝国而幸灾乐祸之学生。……中国为过激党之最好活动场……"（一九二五年六月三十日伦敦路透电。）

南京通信云："基督教城中会堂聘金大教授某神学博士讲演，中有谓孔子乃耶稣之信徒，因孔子吃睡时皆祷告上帝。当有听众……质问何所据而云然；博士语塞。时乃有教徒数人，突紧闭大门，声言'发问者，乃苏俄卢布买收来者'。当呼警捕之。……"（三月十一日《国民公报》。）

苏俄的神通真是广大，竟能买收叔梁纥，使生孔子于耶稣之前，则"忘却孔子之教"和"质问何所据而云然"者，当然都受着卢布的驱使无疑了。

2

西滢教授曰："听说在'联合战线'中，关于我的流言特别多，并且据说我一个人每月可以领到三千元。'流言'是在口上流的，在纸上到也不大见。"（《现代》六十五。）

该教授去年是只听到关于别人的流言的，却由他在纸上发表；据说今年却听到关于自己的流言了，也由他在纸上发表。"一个人每月可以领到三千元"，实在特别荒唐，可见关于自己的"流言"都不可信。但我以为关于别人的似乎倒是近理者居多。

3

据说“孤桐先生”下台之后，他的什么《甲寅》居然渐渐的有了活气了。可见官是做不得的。

然而他又做了临时执政府秘书长了，不知《甲寅》可仍然还有活气？如果还有，官也还是做得的……

4

已不是写什么“无花的蔷薇”的时候了。

虽然写的多是刺，也还要些和平的心。

现在，听说北京城中，已经施行了大杀戮了。当我写出上面这些无聊的文字的时候，正是许多青年受弹饮刃的时候。呜呼，人和人的魂灵，是不相通的。

5

中华民国十五年三月十八日，段祺瑞政府使卫兵用步枪大刀，在国务院门前包围虐杀徒手请愿，意在援助外交之青年男女，至数百人之多。还要下令，诬之曰“暴徒”！

如此残虐险狠的行为，不但在禽兽中所未曾见，便是在人类中也极少有的，除却俄皇尼古拉二世使可萨克兵击杀民众的事，仅有一点相像。

6

中国只任虎狼侵食，谁也不管。管的只有几个年青的学生，他们本应该安心读书的，而时局飘摇得他们安心不下。假如当局者稍有良心，应如何反躬自责，激发一点天良？

然而竟将他们虐杀了！

7

假如这样的青年一杀就完，要知道屠杀者也决不是胜利者。

中国要和爱国者的灭亡一同灭亡。屠杀者虽然因为积有金资，可以比较长久地养育子孙，然而必至的结果是一定要到的。“子孙绳绳”又何足喜呢？灭亡自然较迟，但他们要住最不适于居住的不毛之地，要做最深的矿洞的矿工，要操最下贱的生业……

8

如果中国还不至于灭亡，则已往的史实示教过我们，将来的事便要大出于屠杀者的意料之外——

这不是一件事的结束，是一件事的开头。

墨写的谎说，决掩不住血写的事实。

血债必须用同物偿还。拖欠得愈久，就要付更大的利息！

9

以上都是空话。笔写的，有什么相干？

实弹打出来的却是青年的血。血不但不掩于墨写的谎语，不醉于墨写的挽歌；威力也压它不住，因为它已经骗不过，打不死了。

三月十八日，民国以来最黑暗的一天，写

“死　地”

从一般人，尤其是久受异族及其奴仆鹰犬的蹂躏的中国人看来，杀人者常是胜利者，被杀者常是劣败者。而眼前的事实也确是这样。

三月十八日段政府惨杀徒手请愿的市民和学生的事，本已言语道断，只使我们觉得所住的并非人间。但北京的所谓言论界，总算还有评论，虽然纸笔喉舌，不能使洒满府前的青年的热血逆流入体，仍复苏生转来。无非空口的呼号，和被杀的事实一同逐渐冷落。

但各种评论中，我觉得有一些比刀枪更可以惊心动魄者在。这就是几个论客，以为学生们本不应当自蹈死地，前去送死的。倘以为徒手请愿是送死，本国的政府门前是死地，那就中国人真将死无葬身之所，除非是心悦诚服地充当奴子，“没齿而无怨言”。不过我还不知道中国人的大多数人的意见究竟如何。假使也这样，则岂但执政府前，便是全中国，也无一处不是死地了。

人们的苦痛是不容易相通的。因为不易相通，杀人者便以杀人为唯一要道，甚至于还当作快乐。然而也因为不容易相通，所以杀人者所显示的“死之恐怖”，仍然不能够儆戒后来，使人民永远变作牛马。历史上所记的关于改革的事，总是先仆后继者，大部分自然是由于公义，但人们的未经“死之恐怖”，即不容易为“死之恐怖”所慑，我以为也是一个很大的原因。

但我却恳切地希望：“请愿”的事，从此可以停止了。倘用了这许多血，竟换得一个这样的觉悟和决心，而且永远纪念着，则似乎还不算是很大的折本。

世界的进步，当然大抵是从流血得来。但这和血的数量，是没有关系的，因为世上也尽有流血很多，而民族反而渐就灭亡的先例。即如这一回，以这许多生命的损失，仅博得“自蹈死地”的批判，便已将一部分人心的机微示给我们，知道在中国的死地是极其广博。

现在恰有一本罗曼·罗兰的 *Le Jeu de L' Amour et de La Mort* 在我面前，其中说：加尔是主张人类为进步计，即不妨有少许污点，万不得已，也不妨有一点罪恶的；但他们却不愿意杀库尔跋齐，因为共和国不喜欢在臂膊上抱着他的死尸，因为这过于沉重。

会觉得死尸的沉重，不愿抱持的民族里，先烈的“死”是后人的“生”的唯一的灵药，但倘在不再觉得沉重的民族里，却不过是压得一同沦灭的东西。

中国的有志于改革的青年，是知道死尸的沉重的，所以总是“请愿”。殊不知别有不觉得死尸的沉重的人们在，而且一并屠杀了“知道死尸的沉重”的心。

死地确乎已在前面。为中国计，觉悟的青年应该不肯轻死了吧。

三月二十五日

可惨与可笑

三月十八日的惨杀事件，在事后看来，分明是政府布成的罗网，纯洁的青年们竟不幸而陷下去了，死伤至于三百多人。这罗网之所以布成，其关键就全在于“流言”的奏了功效。

这是中国的老例，读书人的心里大抵含着杀机，对于异己者总给他安排下一点可死之道。就我所眼见的而论，凡阴谋家攻击别一派，光绪年间用“康党”，宣统年间用“革党”，民二以后用“乱党”，现在自然要用“共产党”了。其实，去年有些“正人君子”们称别人为“学棍”“学匪”的时候，就有杀机存在，因为这类诨号，和“臭绅士”“文士”之类不同，在“棍”“匪”字里，就藏着可死之道的。但这也许是“刀笔吏”式的深文周纳。

去年，为“整顿学风”计，大传播学风怎样不良的流言，学匪怎样可恶的流言，居然很奏了效。今年，为“整顿学风”计，又大传播共产党怎样活动，怎样可恶的流言，又居然很奏了效。于是便将请愿者作共产党论，三百多人死伤了，如果有一个所谓共产党的首领死在里面，就更足以证明这请愿就是“暴动”。

可惜竟没有。这该不是共产党了吧。据说也还是的，但他们全都逃跑了，所以更可恶。而这请愿也还是暴动，做证据的有一根木棍，两支手枪，三瓶煤油。姑勿论这些是否群众所携去的东西；即使真是，而死伤三百多人所携的武器竟不过这一点，这是怎样可怜的暴动呵！

但次日，徐谦，李大钊，李煜瀛，易培基，顾兆熊的通缉令发表了。因为他们“啸聚群众”，像去年女子师范大学生的“啸聚男生”（章士钊解散女子师范大学呈文语）一样，“啸聚”了带着一根本棍，两支手枪，三瓶煤油的群众。以这样的群众来颠覆政府，当然要死伤三百多人；而徐谦们以人命为儿戏到这地步，那当然应该负杀人之罪了；而况自己又不到场，或者全都逃跑了呢?

以上是政治上的事，我其实不很了然。但从别一方面看来，所谓“严拿”者，似乎倒是赶走；所谓“严拿”暴徒者，似乎不过是赶走北京中法大学校长兼清室善后委员会委员长（李），中俄大学校长（徐），北京大学教授（李大钊），北京大学教务长（顾），女子师范大学校长（易）；其中的三个又是俄款委员会委员：一共空出九个“优美的差缺”也。

同日就又有一种谣言，便是说还要通缉五十多人；但那姓名的一部分，却至今日才见于《京报》。这种计划，在目下的段祺瑞政府的秘书长章士钊之流的脑子里，是确实会有的。国事犯多至五十余人，也是中华民国的一个壮观；而且大概多是教员吧，倘使一同放下五十多个“优美的差缺”，逃出北京，在别的地方开起一个学校来，倒也是中华民国的一件趣事。

那学校的名称，就应该叫作“啸聚”学校。

三月二十六日

纪念刘和珍君

一

中华民国十五年三月二十五日，就是国立北京女子师范大学为十八日在段祺瑞执政府前遇害的刘和珍杨德群两君开追悼会的那一天，我独在礼堂外徘徊，遇见程君，前来问我道："先生可曾为刘和珍写了一点什么没有？"我说"没有"。她就正告我："先生还是写一点吧；刘和珍生前就很爱看先生的文章。"

这是我知道的，凡我所编辑的期刊，大概是因为往往有始无终之故吧，销行一向就甚为寥落，然而在这样的生活艰难中，毅然预定了《莽原》全年的就有她。我也早觉得有写一点东西的必要了，这虽然于死者毫不相干，但在生者，却大抵只能如此而已。倘使我能够相信真有所谓"在天之灵"，那自然可以得到更大的安慰——但是，现在，却只能如此而已。

可是我实在无话可说。我只觉得所住的并非人间。四十多个青年的血，洋溢在我的周围，使我艰于呼吸视听，哪里还能有什么言语？长歌当哭，是必须在痛定之后的。而此后几个所谓学者文人的阴险的论调，尤使我觉得悲哀。我已经出离愤怒了。我将深味这非人间的浓黑的悲凉；以我的最大哀痛显示于非人间，使它们快意于我的苦痛，就将这作为后死者的菲薄的祭品，奉献于逝者的灵前。

二

真的猛士，敢于直面惨淡的人生，敢于正视淋漓的鲜血。这是怎样的哀痛者和幸福者？然而造化又常常为庸人设计，以时间的流驶，来洗涤旧迹，仅使留下淡红的血色和微漠的悲哀。在这淡红的血色和微漠的悲哀中，又给人暂得偷生，维持着这似人非人的世界。我不知道这样的世界何时是一个尽头！

我们还在这样的世上活着；我也早觉得有写一点东西的必要了。离三月十八日也已有两星期，忘却的救主快要降临了吧，我正有写一点东西的必要了。

三

在四十余被害的青年之中，刘和珍君是我的学生。学生云者，我向来这样想，这样说，现在却觉得有些踌躇了，我应该对她奉献我的悲哀与尊敬。她不是“苟活到现在的我”的学生，是为了中国而死的中国的青年。

她的姓名第一次为我所见，是在去年夏初杨荫榆女士做女子师范大学校长，开除校中六个学生自治会职员的时候。其中的一个就是她；但是我不认识。直到后来，也许已经是刘百昭率领男女武将，强拖出校之后了，才有人指着一个学生告诉我，说：这就是刘和珍。其时我才能将姓名和实体联合起来，心中却暗自诧异。我平素想，能够不为势利所屈，反抗一广有羽翼的校长的学生，无论如何，总该是有些桀骜锋利的，但她却常常微笑着，态度很温和。待到偏安于宗帽胡同，赁屋授课之后，她才始来听我的讲义，于是见面的回数就较多了，也还是始终微笑着，态度很温和。待到学校恢复旧观，往日的教职员以为责任已尽，准备陆续引退的时候，我才见她虑及母校前途，黯然至于泣下。此后似乎就不相见。总之，在我的记忆上，那一次就是永别了。

四

我在十八日早晨，才知道上午有群众向执政府请愿的事；下午便得到噩耗，说卫队居然开枪，死伤至数百人，而刘和珍君即在遇害者之列。但我对于这些传说，竟至于颇为怀疑。我向来是不惮以最坏的恶意，来推测中国人的，然而我还不料，也不信竟会下劣凶残到这地步。况且始终微笑着的和蔼的刘和珍君，更何至于无端在府门前喋血呢？

然而即日证明是事实了，做证的便是她自己的尸骸。还有一具，是杨德群君的。而且又证明着这不但是杀害，简直是虐杀，因为身体上还有棍棒的伤痕。

但段政府就有令，说她们是“暴徒”！

但接着就有流言，说她们是受人利用的。

惨象，已使我目不忍视了；流言，尤使我耳不忍闻。我还有什么话可说呢？我懂得衰亡民族之所以默无声息的缘由了。沉默呵，沉默呵！不在沉默中爆发，就在沉默中灭亡。

五

但是，我还有要说的话。

我没有亲见；听说，她，刘和珍君，那时是欣然前往的。自然，请愿而已，稍有人心者，谁也不会料到有这样的罗网。但竟在执政府前中弹了，从背部入，斜穿心肺，已是致命的创伤，只是没有便死。同去的张静淑君想扶起她，中了四弹，其一是手枪，立仆；同去的杨德群君又想去扶起她，也被击，弹从左肩入，穿胸偏右出，也立仆。但她还能坐起来，一个兵在她头部及胸部猛击两棍，于是死掉了。

始终微笑的和蔼的刘和珍君确是死掉了，这是真的，有她自己的尸骸为证；沉勇而友爱的杨德群君也死掉了，有她自己的尸骸为证；只有一样沉勇而友爱的张静淑君还在医院里呻吟。当三个女子从容地转辗于文明人所发明的枪弹的攒射中的时候，这是怎样的一个惊心动魄的伟大呵！中国军人的屠戮妇婴的伟绩，八国联军的惩创学生的武功，不幸全被这几缕血痕抹杀了。

但是中外的杀人者却居然昂起头来，不知道个个脸上有着血污……

六

时间永是流驶，街市依旧太平，有限的几个生命，在中国是不算什么的，至多，不过供无恶意的闲人以饭后的谈资，或者给有恶意的闲人做“流言”的种子。至于此外的深的意义，我总觉得很寥寥，因为这实在不过是徒手的请愿。人类的血战前行的历史，正如煤的形成，当时用大量的木材，结果却只是一小块，但请愿是不在其中的，更何况是徒手。

然而既然有了血痕了，当然不觉要扩大。至少，也当浸渍了亲族，师友，爱人的心，纵使时光流驶，洗成绯红，也会在微漠的悲哀中永存微笑的和蔼的旧影。陶潜说过：“亲戚或余悲，他人亦已歌，死去何所道，托体同山阿。”倘能如此，这也就够了。

七

我已经说过：我向来是不惮以最坏的恶意来推测中国人的。但这回却很有几点出于我的意外。一是当局者竟会这样地凶残，一是流言家竟至如此之下劣，一是中国的女性临难竟能如是之从容。

我目睹中国女子的办事，是始于去年的，虽然是少数，但看那干练坚决，百折不回的气概，曾经屡次为之感叹。至于这一回在弹雨中互相救助，虽殒身不恤的事实，则更足为中国女子的勇毅，虽遭阴谋秘计，压抑至数千年，而终于没有消亡的明证了。倘要寻求这一次死伤者对于将来的意义，意义就在此吧。

苟活者在淡红的血色中，会依稀看见微茫的希望；真的猛士，将更奋然而前行。

呜呼，我说不出话，但以此纪念刘和珍君！

四月一日

空　谈

一

请愿的事，我一向就不以为然的，但并非因为怕有三月十八日那样的惨杀。那样的惨杀，我实在没有梦想到，虽然我向来常以“刀笔吏”的意思来窥测我们中国人。我只知道他们麻木，没有良心，不足与言，而况是请愿，而况又是徒手，却没有料到有这么阴毒与凶残。能逆料的，大概只有段祺瑞，贾德耀，章士钊和他们的同类吧。四十七个男女青年的生命，完全是被骗去的，简直是诱杀。

有些东西——我称之为什么呢，我想不出——说：群众领袖应负道义上的责任。这些东西仿佛就承认了对徒手群众应该开枪，执政府前原是“死地”，死者就如自投罗网一般。群众领袖本没有和段祺瑞等辈心心相印，也未曾互相钩通，怎么能够料到这阴险的辣手。这样的辣手，只要略有人气者，是万万豫想不到的。

我以为倘要锻炼群众领袖的错处，只有两点：一是还以请愿为有用；二是将对手看得太好了。

二

但以上也仍然是事后的话。我想，当这事实没有发生以前，恐怕谁也不会料到要演这般的惨剧，至多，也不过获得照例的徒劳罢了。只有有学问的聪明人能够先料到，承认凡请愿就是送死。

陈源教授的《闲话》说："我们要是劝告女志士们，以后少加入群众运动，她们一定要说我们轻视她们，所以我们也不敢来多嘴。可是对于未成年的男女孩童，我们不能不希望他们以后不再参加任何运动。"（《现代评论》六十八）为什么呢？因为参加各种运动，是甚至于像这次一样，要"冒枪林弹雨的险，受践踏死伤之苦"的。

这次用了四十七条性命，只购得一种见识：本国的执政府前是"枪林弹雨"的地方，要去送死，应该待到成年，出于自愿的才是。

我以为"女志士"和"未成年的男女孩童"，参加学校运动会，大概倒还不至于有很大的危险的。至于"枪林弹雨"中的请愿，则虽是成年的男志士们，也应该切切记住，从此罢休！

看现在竟如何。不过多了几篇诗文，多了若干谈助。几个名人和什么当局者在接洽葬地，由大请愿改为小请愿了。埋葬自然是最妥当的收场。然而很奇怪，仿佛这四十七个死者，是因为怕老来死后无处埋葬，特来挣一点官地似的。万生园多么近，而四烈士坟前还有三块墓碑不镌一字，更何况僻远如圆明园。

死者倘不埋在活人的心中，那就真真死掉了。

三

改革自然常不免于流血，但流血非即等于改革。血的应用，正如金钱一般，吝啬固然是不行的，浪费也大大的失算。我对于这回的牺牲者，非常觉得哀伤。

但愿这样的请愿，从此停止就好。

请愿虽然是无论哪一国度里常有的事，不至于死的事，但我们已经知道中国是例外，除非你能将"枪林弹雨"消除。正规的战法，也必须对手是英雄才适用。汉末总算还是人心很古的时候吧，恕我引一个小说上的典故：许褚赤体上阵，也就很中了好几箭。而金圣叹还笑他道："谁叫你赤膊？"

至于现在似的发明了许多火器的时代，交兵就都用壕堑战。这并非吝惜生命，乃是不肯虚掷生命，因为战士的生命是宝贵的。在战士不多的地方，这生命就愈宝贵。所谓宝贵者，并非“珍藏于家”，乃是要以小本钱换得极大的利息，至少，也必须卖买相当。以血的洪流淹死一个敌人，以同胞的尸体填满一个缺陷，已经是陈腐的话了。从最新的战术的眼光看起来，这是多么大的损失。

这回死者的遗给后来的功德，是在撕去了许多东西的人相，露出那出于意料之外的阴毒的心，教给继续战斗者以别种方法的战斗。

四月二日

如此“讨赤”

京津间许多次大小战争，战死了不知多少人，为“讨赤”也；执政府前开排枪，打死请愿者四十七，伤百余，通缉“率领暴徒”之徐谦等人五，为“讨赤”也；奉天飞机三临北京之空中，掷下炸弹，杀两妇人，伤一小黄狗，为“讨赤”也。

京津间战死之兵士和北京中被炸死之两妇人和被炸伤之一小黄狗，是否即“赤”，尚无“明令”，下民不得而知。至于府前枪杀之四十七人，则第一“明令”已云有“误伤”矣；京师地方检察厅公函又云“此次集会请愿宗旨尚属正当，又无不正之行为”矣；而国务院会议又将“从优拟恤”矣。然则徐谦们所率领的“暴徒”哪里去了呢？他们都有符咒，能避枪炮的么？

总而言之：“讨”则“讨”矣了，而“赤”安在呢？

而“赤”安在，姑且勿论。归根结底，“烈士”落葬，徐谦们逃亡，两个俄款委员会委员出缺。六日《京报》云：“昨日九校教职员联席会议代表在法政大学开会，查良钊主席，先报告前日因俄款委员会改组事，与教长胡仁源接洽之情形；次某代表发言，略云，政府此次拟以外教财三部事务官接充委员，同人应绝对反对，并非反对该项人员人格，实因俄款数目甚大，中国教育界仰赖甚深……”

又有一条新闻，题目是：五私大亦注意俄款委员会云。

四十七人之死，有功于“中国教育界”良非浅尠也。“从优拟恤”，谁曰不宜!?

而今而后，庶几“中国教育界”中，不至于再称异己者为“卢布党”欤？

四月六日

无花的蔷薇之三

1

积在天津的纸张运不到北京，连印书也颇受战争的影响，我的旧杂感的结集《华盖集》付印两月了，排校还不到一半。可惜先登了一个预告，以致引出陈源教授的“反广告”来——

“我不能因为我不尊敬鲁迅先生的人格，就不说他的小说好，我也不能因为佩服他的小说，就称赞他其余的文章。我觉得他的杂感，除了《热风》中二三篇外，实在没有一读之价值。”（《现代评论》七十一，《闲话》。）

这多么公平！原来我也是“今不如古”了；《华盖集》的销路，比起《热风》来，恐怕要较为悲观。而且，我的作小说，竟不料是和“人格”无关的。“非人格”的一种文字，像新闻记事一般的，倒会使教授“佩服”，中国又仿佛日见其光怪陆离了似的，然则“实在没有一读之价值”的杂感，也许还要存在吧。

2

做那有名的小说 *Don Quijote* 的 M. de Cervantes 先生，穷则有之，说他像叫花子，可不过是一种特别流行于中国学者间的流言。他说 Don Quijote 看游侠小说看疯了，便自己去做侠客，打不平。他的亲人知道是书籍作的怪，就请了间壁的理发匠来检查；理发匠选出几部好的留下来，其余的便都烧掉了。

大概是烧掉的吧，记不清楚了；也忘了是多少种。想来，那些入选的“好书”的作家们，当时看了这小说里的书单，怕总免不了要面红耳赤地苦笑的吧。

中国虽然似乎日见其光怪陆离了。然而，乌乎哀哉！我们连“苦笑”也得不到。

3

有人从外省寄快信来问我平安否。他不熟于北京的情形，上了流言的当了。

北京的流言报，是从袁世凯称帝，张勋复辟，章士钊“整顿学风”以还，一脉相传，历来如此的。现在自然也如此。

第一步曰：某方要封闭某校，捕拿某人某人了。这是造给某校某人看，恐吓恐吓的。

第二步曰：某校已空虚，某人已逃走了。这是造给某方看，煽动煽动的。

又一步曰：某方已搜检甲校，将搜检乙校了。这是恐吓乙校，煽动某方的。

“平生不做亏心事，夜半敲门不吃惊。”乙校不自心虚，怎能给恐吓呢？然而，少安毋躁吧。还有一步曰：乙校昨夜通宵达旦，将赤化书籍完全焚烧矣。

于是甲校更正，说并未搜检；乙校更正，说并无此项书籍云。

4

于是连卫道的新闻记者，圆稳的大学校长也住进六国饭店，讲公理的大报也摘去招牌，学校的号房也不卖《现代评论》：大有“火炎昆冈，玉石俱焚”之概了。

其实是不至于此的，我想。不过，谣言这东西，却确是造谣者本心所希望的事实，我们可以借此看看一部分人的思想和行为。

5

中华民国九年七月直皖战争开手；八月，皖军溃灭，徐树铮等九人避入日本公使馆。这时还点缀着一点小玩意，是有一些正人君子——不是现在的一些正人君子——去游说直派武人，请他杀戮改革论者了。终于没有结果；便是这事也早从人们的记忆上消去。但试去翻那年八月的《北京日报》，还可以看见一个大广告，里面是什么大英雄得胜之后，必须廓清邪说，诛戮异端等类古色古香的名言。

那广告是有署名的，在此也无须提出。但是，较之现在专躲在暗中的流言家，却又不免令人有“今不如古”之感了。我想，百年前比现在好，千年前比百年前好，万年前比千年前好……特别在中国或者是确凿的。

6

在报章的角落里常看见对青年们的谆谆的教诫：敬惜字纸咧；留心国学咧；伊卜生这样，罗曼·罗兰那样咧。时候和文字是两样了，但含义却使我觉得很耳熟：正如我年幼时所听过的耆宿的教诫一般。

这可仿佛是“今不如古”的反证了。但是，世事都有例外，对于上一节所说的事，这也算作一个例外吧。

五月六日

新的蔷薇

——然而还是无花的

因为《语丝》在形式上要改成中本了，我也不想再用老题目，所以破格地奋发，要写出“新的蔷薇”来。

——这回可要开花了？

——嗡嗡，——不见得吧。

我早有点知道：我是大概以自己为主的。所谈的道理是“我以为”的道理，所记的情状是我所见的情状。听说一月以前，杏花和碧桃都开过了。我没有见，我就不以为有杏花和碧桃。

——然而那些东西是存在的。——学者们怕要说。

——好！那么，由它去吧。——这是我敬谨回禀学者们的话。

有些讲“公理”的，说我的杂感没有一看的价值。那是一定的。其实，他来看我的杂感，先就自己失了魂了——假如也有魂。我的话倘会合于讲“公理”者的胃口，我不也成了“公理维持会”会员了么？我不也成了他，和其余的一切会员了么？我的话不就等于他们的话了么？许多人和许多话不就等于一个人和一番话了么？

公理是只有一个的。然而听说这早被他们拿去了，所以我已经一无所有。

这回“北京城内的外国旗”，大约特别地多吧，竟使学者为之愤慨：“……至于东交民巷界线以外，无论中国人外国人，那就不能借插用外国国旗，以为保护生命财产的护符。”

这是的确的。“保护生命财产的护符”，我们自有“法律”在。

如果还不放心呢，那么，就用一种更稳妥的旗子：红卍字旗。介乎中外之间，超于“无耻”和有耻之外——确是好旗子！

从清末以来，“莫谈国事”的条子贴在酒楼饭馆里，至今还没有跟着辫子取消。所以，有些时候，难煞了执笔的人。

但这时却可以看见一种有趣的东西，是：希望别人以文字得祸的人所做的文字。

聪明人的谈吐也日见其聪明了。说三月十八日被害的学生是值得同情的，因为她本不愿去而受了教职员的怂恿。说“那些直接或间接用苏俄的金钱的人”是情有可原的，因为“他们自己可以挨饿，老婆子女却不能不吃饭呵”！

推开了甲而陷没了乙，原谅了情而坐实了罪；尤其是他们的行动和主张，都见得一钱不值了。

然而听说赵子昂的画马，却又是镜中照出来的自己的形象哩。

因为“老婆子女却不能不吃饭”，于是自然要发生“节育问题”了。但是先前山格夫人来华的时候，“有些志士”却又大发牢骚，说她要使中国人灭种。

独身主义现今尚为许多人所反对，节育也行不通。为赤贫的绅士计，目前最好的方法，我以为莫如弄一个有钱的女人做老婆。

我索性完全传授了这个秘诀吧：口头上，可必须说是为了“爱”。

“苏俄的金钱”十万元，这回竟弄得教育部和教育界发生纠葛了，因为大家都要一点。

这也许还是因为“老婆子女”之故吧。但这批卢布和那批卢布却不一样的。这是归还的庚子赔款；是拳匪“扶清灭洋”，各国联军入京的余泽。

那年代很容易记：十九世纪末，一九〇〇年。二十六年之后，我们却“间接”用了拳匪的金钱来给“老婆子女”吃饭；如果大师兄有灵，必将爽然若失者欤。

还有，各国用到中国来做“文化事业”的，也是这一笔款……

五月二十三日

再来一次

去年编订《热风》时，还有绅士们所谓“存心忠厚”之意，很删削了好几篇。但有一篇，却原想编进去的，因为失掉了稿子，便只好从缺。现在居然寻出来了；待《热风》再版时，添上这篇，登一个广告，使迷信我的文字的读者们再买一本，于我倒不无裨益。但是，算了吧，这实在不很有趣。不如再登一次，将来收入杂感第三集，也就算作补遗吧。

这是关于章士钊先生的——

“两个桃子杀了三个读书人”

章行严先生在上海批评他之所谓“新文化”说，“二桃杀三士”怎样好，“两个桃子杀了三个读书人”便怎样坏，而归结到新文化之“是亦不可以已乎?”

是亦大可以已者也！“二桃杀三士”并非僻典，旧文化书中常见的。但既然是“谁能为此谋？相国齐晏子。”我们便看看《晏子春秋》吧。

《晏子春秋》现有上海石印本，容易入手的了，这古典就在该石印本的卷二之内。大意是“公孙接田开疆古冶子事景公，以勇力搏虎闻，晏子过而趋，三子者不起，”于是晏老先生以为无礼，和景公说，要除去他们了。那方法是请景公使人送他们两个桃子，说道，“你三位就照着功劳吃桃吧。”呵，这可就闹起来了：

“公孙接仰天而叹曰，‘晏子，智人也，夫使公之计吾功者，不受桃，是无勇也。士众而桃寡，何不计功而食桃矣？接一搏猏而再搏虎，若接之功，可以食桃而无与人同矣。’援桃而起。

“田开疆曰，‘吾仗兵而却三军者再。若开疆之功，可以食桃而无与人同矣。’援桃而起。

“古冶子曰，‘吾尝从君济于河，鼋衔左骖以入砥柱之流。当是时也，冶少不能游，潜行逆流百步，顺流九里，得鼋杀之，左操骖尾，右挈鼋头，鹤跃而出。津人皆曰，河伯也；若冶视之，则大鼋之首。若冶之功，可以食桃而无与人同矣！二子何不反桃？’抽剑而起。”

抄书太讨厌。总而言之，后来那二士自愧功不如古冶子，自杀了；古冶子不愿独生，也自杀了：于是乎就成了“二桃杀三士”。

我们虽然不知道这三士于旧文化有无心得，但既然书上说是“以勇力闻”，便不能说他们是“读书人”。倘使《梁父吟》说是“二桃杀三勇士”，自然更可了然，可惜那是五言诗，不能增字，所以不得不作“二桃杀三士”，于是也就害了章行严先生解作“两个桃子杀了三个读书人”。

旧文化也实在太难解，古典也诚然太难记，而那两个旧桃子也未免太作怪：不但那时使三个读书人因此送命，到现在还使一个读书人因此出丑，“是亦不可以已乎”！

去年，因为“每下愈况”问题，我曾经很受了些自以为公平的青年的教训，说是因为他革去了我的“签事”，我便那么奚落他。现在我在此只得特别声明：这还是一九二三年九月所作，登在《晨报副刊》上的。那时的《晨报副刊》，编辑尚不是陪过泰戈尔先生的“诗哲”，也还未负有逼死别人，掐死自己的使命，所以间或也登一点我似的俗人的文章；而我那时和这位后来称为“孤桐先生”的，也毫无“睚眦之怨”。那“动机”，大概不过是想给白话的流行帮点忙。

在这样“祸从口出”之秋，给自己也辩护得周到一点吧。或者将曰，且夫这次来补遗，却有“打落水狗”之嫌，“动机”就很“不纯洁”了。然而我以为也并不。自然，和不多时以前，士钊秘长运筹帷幄，假公济私，谋杀学生，通缉异己之际，“正人君子”时而相帮讥笑着被缉诸人的逃亡，时而

“孤桐先生”“孤桐先生”叫得热剌剌地的时候一比较，目下诚不免有落寞之感。但据我看来，他其实并未落水，不过“安住”在租界里而已：北京依旧是他所豢养过的东西在张牙舞爪，他所勾结着的报馆在颠倒是非，他所栽培成的女校在兴风作浪：依然是他的世界。

在“桃子”上给一下小打击，岂遂可与“打落水狗”同日而语哉?!

但不知怎的，这位“孤桐先生”竟在《甲寅》上辩起来了，以为这不过是小事。这是真的，不过是小事。弄错一点，又何伤乎？即使不知道晏子，不知道齐国，于中国也无损。农民谁懂得《梁父吟》呢，农业也仍然可以救国的。但我以为攻击白话的豪举，可也大可以不必了；将白话来代文言，即使有点不妥，反正也不过是小事情。

我虽然未曾在“孤桐先生”门下钻，没有看见满桌满床满地的什么德文书的荣幸，但偶然见到他所发表的“文言”，知道他于法律的不可恃，道德习惯的并非一成不变，文字语言的必有变迁，其实倒是懂得的。懂得而照直说出来的，便成为改革者；懂得而不说，反要利用以欺瞒别人的，便成为“孤桐先生”及其“之流”。他的保护文言，内骨子也不过是这样。

如果我的检验是确的，那么，“孤桐先生”大概也就染了《闲话》所谓“有些志士”的通病，为“老婆子女”所累了，此后似乎应该另买几本德文书，来讲究“节育”。

五月二十四日

为半农题记《何典》后，作

还是两三年前，偶然在光绪五年（1879）印的《申报馆书目续集》上看见《何典》题要，这样说：

《何典》十回。是书为过路人编订，缠夹二先生评，而太平客人为之序。书中引用诸人，有曰活鬼者，有曰穷鬼者，有曰活死人者，有曰臭花娘者，有曰畔房小姐者：阅之已堪喷饭。况阅其所记，无一非三家村俗语；无中生有，忙里偷闲。其言，则鬼话也；其人，则鬼名也；其事，则开鬼心，扮鬼脸，钓鬼火，做鬼戏，搭鬼棚也。语曰，‘出于何典’？而今而后，有人以俗语为文者，曰‘出于《何典》’而已矣。”

疑其颇别致，于是留心访求，但不得；常维钧多识旧书肆中人，因托他搜寻，仍不得。今年半农告我已在厂甸庙市中无意得之，且将校点付印；听了甚喜。此后半农便将校样陆续寄来，并且说希望我作一篇短序，他知道我是至多也只能作短序的。然而我还很踌躇，我总觉得没有这种本领。我以为许多事是做的人必须有这一门特长的，这才做得好。譬如，标点只能让汪原放，作序只能推胡适之，出版只能由亚东图书馆；刘半农、李小峰、我，皆非其选也。然而我却决定要写几句。为什么呢？只因为我终于决定要写几句了。

还未开手，而躬逢战争，在炮声和流言当中，很不宁帖，没有执笔的心思。夹着是得知又有文士之徒在什么报上骂半农了，说《何典》广告怎样不高尚，不料大学教授而竟堕落至于斯。这颇使我凄然，因为由此记起了别的事，而且也以为“不料大学教授而竟堕落至于斯”。从此一见《何典》，便感到苦痛，再也说不出一句话。

是的，大学教授要堕落下去。无论高的或矮的，白的或黑的，或灰的。不过有些是别人谓之堕落，而我谓之困苦。我所谓困苦之一端，便是失了身分。我曾经做过《论“他妈的!”》早有青年道德家乌烟瘴气地浩叹过了，还讲身份么？但是也还有些讲身份。我虽然“深恶而痛绝之”于那些戴着面具的绅士，却究竟不是“学匪”世家；见了所谓“正人君子”固然决定摇头，但和歪人奴子相处恐怕也未必融洽。用了无差别的眼光看，大学教授做一个滑稽的，或者甚而至于夸张的广告何足为奇？就是做一个满嘴“他妈的”的广告也何足为奇？然而呀，这里用得着然而了，我是究竟生在十九世纪的，又做过几年官，和所谓“孤桐先生”同部，官——上等人——气骤不易退，所以有时也觉得教授最相宜的也还是上讲台。又要然而了，然而必须有够活的薪水，兼差倒可以。这主张在教育界大概现在已经有一致赞成之望，去年在什么公理会上一致攻击兼差的公理维持家，今年也颇有一声不响地去兼差的了，不过“大报”上决不会登出来，自己自然更未必做广告。

半农到德法研究了音韵好几年，我虽然不懂他所做的法文书，只知道里面很夹些中国字和高高低低的曲线，但总而言之，书籍具在，势必有人懂得。所以他的正业，我以为也还是将这些曲线教给学生们。可是北京大学快要关门大吉了；他兼差又没有。那么，即使我是怎样的十足上等人，也不能反对他印卖书。既要印卖，自然想多销，既想多销，自然要做广告，既做广告，自然要说好。难道有自己印了书，却发广告说这书很无聊，请列位不必看的么？说我的杂感无一读之价值的广告，那是西滢（即陈源）做的。——顺便在此给自己登一个广告吧：陈源何以给我登这样的反广告的呢，只要一看我的《华盖集》就明白。主顾诸公，看呀！快看呀！每本大洋六角，北新书局发行。

想起来已经有二十多年了，以革命为事的陶焕卿，穷得不堪，在上海自称会稽先生，教人催眠术以糊口。有一天他问我，可有什么药能使人一嗅便睡去的呢？我明知道他怕施术不验，求助于药物了。其实呢，在大众中试验催眠，本来是不容易成功的。我又不知道他所寻求的妙药，爱莫能助。两三月后，报章上就有投书（也许是广告）出现，说会稽先生不懂催眠术，以此欺人。清政府却比这干鸟人灵敏得多，所以通缉他的时候，有一联对句道：“著《中国权力史》，学日本催眠术。”

《何典》快要出版了，短序也已经迫近交卷的时候。夜雨潇潇地下着，提起笔，忽而又想到用麻绳做腰带的困苦的陶焕卿，还夹杂些和《何典》不相干的思想。但序文已经迫近了交卷的时候，只得写出来，而且还要印上去。我并非将半农比附“乱党”——现在的中华民国虽由革命造成，但许多中华民国国民，都仍以那时的革命者为乱党，是明明白白的——不过说，在此时，使我回忆从前，念及几个朋友，并感到自己的依然无力而已。

但短序总算已经写成，虽然不像东西，却究竟结束了一件事。我还将此时的别的心情写下，并且发表出去，也作为《何典》的广告。

五月二十五日之夜，碰着东壁下，书

马上日记

豫　序

在日记还未写上一字之前，先做序文，谓之豫序。

我本来每天写日记，是写给自己看的；大约天地间写着这样日记的人们很不少。假使写的人成了名人，死了之后便也会印出；看的人也格外有趣味，因为他写的时候不像做《内感篇》外冒篇似的须摆空架子，所以反而可以看出真的面目来。我想，这是日记的正宗嫡派。

我的日记却不是那样。写的是信札往来，银钱收付，无所谓面目，更无所谓真假。例如：二月二日晴，得A信；B来。三月三日雨，收C校薪水X元，复D信。一行满了，然而还有事，因为纸张也颇可惜，便将后来的事写入前一天的空白中。总而言之：是不很可靠的。但我以为B来是在二月一，或者二月二，其实不甚有关系，即便不写也无妨；而实际上，不写的时候也常有。我的目的，只在记上谁有来信，以便答复，或者何时答复过，尤其是学校的薪水，收到何年何月的几成几了，零零星星，总是记不清楚，必须有一笔账，以便检查，庶几乎两不含糊，我也知道自己有多少债放在外面，万一将来收清之后，要成为怎样的一个小富翁。此外呢，什么野心也没有了。

吾乡的李慈铭先生，是就以日记为著述的，上自朝章，中至学问，下迄相骂，都记录在那里面。果然，现在已有人将那手迹用石印印出了，每部五十元，在这样的年头，不必说学生，就是先生也无从买起。那日记上就记着，当他每装成一函的时候，早就有人借来借去的传抄了，正不必老远的等待"身后"。这虽然不像日记的正脉，但若有志在立言，意存褒贬，欲人知而又畏人知的，却不妨模仿着试试。什么做了一点白话，便说是要在一百年后发表的书里面的一篇，真是其蠢臭为不可及也。

我这回的日记，却不是那样的"有厚望焉"的，也不是原先的很简单的，现在还没有，想要写起来。四五天以前看见半农，说是要编《世界日报》的副刊去，你得寄一点稿。那自然是可以的喽。然而稿子呢？这可着实为难。看副刊的大抵是学生，都是过来人，做过什么"学而时习之不亦说乎论"或"人心不古议"的，一定知道做文章是怎样的味道。有人说我是"文学家"，其实并不是的，不要相信他们的话，那证据，就是我也最怕做文章。

然而既然答应了，总得想点法。想来想去，觉得感想倒偶尔也有一点的，平时接着一懒，便搁下，忘掉了。如果马上写出，恐怕倒也是杂感一类的东西。于是乎我就决计：一想到，就马上写下来，马上寄出去，算作我的画到簿。因为这是开首就准备给第三者看的，所以恐怕也未必很有真面目，至少，不利于己的事，现在总还要藏起来。愿读者先明白这一点。

如果写不出，或者不能写了，马上就收场。所以这日记要有多么长，现在一点不知道。

一九二六年六月二十五日，记于东壁下

六月二十五日

晴。

生病。——今天还写这个，仿佛有点多事似的。因为这是十天以前的事，现在倒已经可以算得好起来了。不过余波还没有完，所以也只好将这作为开宗明义章第一。谨案才子立言，总须大嚷三大苦难：一曰穷，二曰病，三曰社会迫害我。那结果，便是失掉了爱人；若用专门名词，则谓之失恋。我的开宗明义虽然近似第二大苦难，实际上却不然，倒是因为端午节前收了几文稿费，吃东西吃坏了，从此就不消化，胃痛。我的胃的八字不见佳，向来就担不起福泽的。也很想看医生。中医，虽然有人说是玄妙无穷，内科尤为独步，我可总是不相信。西医呢，有名的看资贵，事情忙，诊视也潦草，无名的自然便宜些，然而我总还有些踌躇。事情既然到了这样，当然只好听凭敝胃隐隐地痛着了。

自从西医割掉了梁启超的一个腰子以后，责难之声就风起云涌了，连对于腰子不很有研究的文学家也都“仗义执言”。同时，“中医了不得论”也就应运而起；腰子有病，何不服黄蓍欤？什么有病，何不吃鹿茸欤？但西医的病院里确也常有死尸抬出。我曾经忠告过G先生：你要开医院，万不可收留些看来无法挽回的病人；治好了走出，没有人知道，死掉了抬出，就哄动一时了，尤其是死掉的如果是“名流”。我的本意是在设法推行新医学，但G先生却似乎以为我良心坏。这也未始不可以那么想——由他去吧。

但据我看来，实行我所说的方法的医院可很有，只是他们的本意却并不在要使新医学通行。新的本国的西医又大抵模模糊糊，一出手便先学了中医一样的江湖诀，和水的龙胆丁几两日份八角；漱口的淡硼酸水每瓶一元。至于诊断学呢，我似的门外汉可不得而知。总之，西方的医学在中国还未萌芽，便已近于腐败。我虽然只相信西医，近来也颇有些望而却步了。

前几天和季茀谈起这些事，并且说，我的病，只要有熟人开一个方就好，用不着向什么博士花冤钱。第二天，他就给我请了正在继续研究的Dr. H. 来了。开了一个方，自然要用稀盐酸，还有两样这里无须说；我所最感谢的是又加些Sirup Simpel使我喝得甜甜的，不为难。向药房去配药，可又成为问题了，因为药房也不免有模模糊糊的，他所没有的药品，也许就替换，或者竟删除。结果是托FraueuleinH. 远远地跑到较大的药房去。

这样一办，加上车钱，也还要比医院的药价便宜到四分之三。

胃酸得了外来的生力军，强盛起来，一瓶药还未喝完，痛就停止了。我决定多喝它几天。但是，第二瓶却奇怪，同一的药房，同一的约方，药味可是不同一了；不像前一回的甜，也不酸。我检查我自己，并不发热，舌苔也不厚，这分明是药水有些蹊跷。喝了两回，坏处倒也没有；幸而不是急病，不大要紧，便照例将它喝完。去买第三瓶时，却附带了严重的质问；那回答是：也许糖分少了一点吧。这意思就是说紧要的药品没有错。中国的事情真是稀奇，糖分少一点，不但不甜，连酸也不酸了，的确是“特别国情”。

现在多攻击大医院对于病人的冷漠，我想，这些医院，将病人当作研究品，大概是有的，还有在院里的“高等华人”，将病人看作下等研究品，大概也是有的。不愿意的，只好上私人所开的医院去，可是诊金药价都很贵。请熟人开了方去买药呢，药水也会先后不同起来。

这是人的问题。做事不切实，便什么都可疑。吕端大事不糊涂，犹言小事不妨糊涂点，这自然很足以显示我们中国人的雅量，然而我的胃痛却因此延长了。在宇宙的森罗万象中，我的胃痛当然不过是小事，或者简直不算事。

质问之后的第三瓶药水，药味就同第一瓶一样了。先前的闷胡芦，到此就很容易打破，就是那第二瓶里，是只有一日分的药，却加了两日分的水的，所以药味比正当的要薄一半。

虽然连吃药也那么蹭蹬，病却也居然好起来了。病略见好，H就攻击我头发长，说为什么不赶快去剪发。

这种攻击是听惯的，照例“着毋庸议”。但也不想用功，只是清理抽屉。翻翻废纸，其中有一束纸条，是前几年抄写的；这很使我觉得自己也日懒一日了，现在早不想做这类事。那时大概是想要做一篇攻击近时印书，胡乱标点之谬的文章的，废纸中就抄有很奇妙的例子。要塞进字纸篓里时，觉得有几条总还是爱不忍释，现在抄几条在这里，马上印出，以便“有目共赏”吧。其余的便作为换取火柴之助——

“国朝陈锡路黄嬭余话云。唐傅奕考妳覈道经众本。有项羽妾。本齐武平五年彭城人。开项羽妾冢。得之。”（上海进步书局石印本《茶香室丛钞》卷四第二叶。）

“国朝欧阳泉点勘记云。欧阳修醉翁亭。记让泉也。本集及滁州石刻。並同诸选本。作酿泉。误也。”（同上卷八第七叶。）

“袁石公典试秦中。后颇自悔。其少作诗文。皆粹然一出于正。”（上海士林精舍石印本《书影》卷一第四叶。）

“考……顺治中，秀水又有一陈忱……著诚斋诗集，不出户庭，录读史随笔，同姓名录诸书。”（上海亚东图书馆排印本《水浒续集两种序》第七叶。）

标点古文，确是一种小小的难事，往往无从下笔；有许多处，我常疑心即使请作者自己来标点，怕也不免于迟疑。但上列的几条，却还不至于那么无从索解。末两条的意义尤显豁，而标点也弄得更聪明。

六月二十六日

晴。

上午，得霁野从他家乡寄来的信，话并不多，说家里有病人，别的一切人也都在毫无防备的将被疾病袭击的恐怖中；末尾还有几句感慨。

午后，织芳从河南来，谈了几句，匆匆忙忙地就走了，放下两个包，说这是“方糖”，送你吃的，怕不见得好。织芳这一回有点发胖，又这么忙，又穿着方马褂，我恐怕他将要做官了。

打开包来看时，何尝是“方”的，却是圆圆的小薄片，黄棕色。吃起来又凉又细腻，确是好东西。但我不明白织芳为什么叫它“方糖?”但这也就可以作为他将要做官的一证。

景宋说这是河南一处什么地方的名产，是用柿霜做成的；性凉，如果嘴角上生些小疮之类，用这一搽，便会好。怪不得有这么细腻，原来是凭了造化的妙手，用柿皮来滤过的。可惜到他说明的时候，我已经吃了一大半了。连忙将所余的收起，预备将来嘴角上生疮的时候，好用这来搽。

夜间，又将藏着的柿霜糖吃了一大半，因为我忽而又以为嘴角上生疮的时候究竟不很多，还不如现在趁新鲜吃一点。不料一吃，就又吃了一大半了。

六月二十八日

晴，大风。

上午出门，主意是在买药，看见满街挂着五色国旗；军警林立。走到丰盛胡同中段，被军警驱入一条小胡同中。少顷，看见大路上黄尘滚滚，一辆摩托车驰过；少顷，又是一辆；少顷，又是一辆；又是一辆；又是一辆……车中人看不分明，但见金边帽。车边上挂着兵，有的背着扎红绸的板刀；小胡同中人都肃然有敬畏之意。又少顷，摩托车没有了，我们渐渐溜出，军警也不作声。

溜到西单牌楼大街，也是满街挂着五色国旗，军警林立。一群破衣孩子，各各拿着一把小纸片，叫道：欢迎吴玉帅号外呀！一个来叫我买，我没有买。

将近宣武门口，一个黄色制服，汗流满面的汉子从外面走进来，忽而大声道：草你妈！许多人都对他看，但他走过去了，许多人也就不看了。走进宣武门城洞下，又是一个破衣孩子拿着一把小纸片，但却默默地将一张塞给我，接来一看，是石印的李国恒先生的传单，内中大意，是说他的多年痔疮，已蒙一个国手叫作什么先生的医好了。

到了目的地的药房时，外面正有一群人围着看两个人的口角；一柄浅蓝色的旧洋伞正挡在药房门。我推那洋伞时，斤量很不轻；终于伞底下回过一个头来，问我"干什么？"我答说进去买药。他不作声，又回头去看口角去了，洋伞的位置依旧。我只好下了十二分的决心，猛力冲锋；一冲，可就冲进去了。

药房里只有账桌上坐着一个外国人，其余的店伙都是年轻的同胞，服饰干净漂亮。不知怎地，我忽而觉得十年以后，他们便都要变为高等华人，而自己却现在就有下等人之感。于是乎恭恭敬敬地将药方和瓶子捧呈给一位分开头发的同胞。

"八毛五分。"他接了，一面走，一面说。

"喂！"我实在耐不住，下等脾气又发作了。药价八毛，瓶子钱照例五分，我是知道的。现在自己带了瓶子，怎么还要付五分钱呢？这一个"喂"字的功用就和国骂的"他妈的"相同，其中含有这么多的意义。

"八毛！"他也立刻懂得，将五分钱让去，真是"从善如流"，有正人君子的风度。

我付了八毛钱，等候一会，药就拿出来了。我想，对付这一种同胞，有时是不宜于太客气的。于是打开瓶塞，当面尝了一尝。

“没有错的。”他很聪明，知道我不信任他。

“唔”。我点头表示赞成。其实是，还是不对，我的味觉不至于很麻木，这回觉得太酸了一点了，他连量杯也懒得用，那稀盐酸分明已经过量。然而这于我倒毫无妨碍的，我可以每回少喝些，或者对上水，多喝它几回。所以说“唔”；“唔”者，介乎两可之间，莫明其真意之所在之答话也。

“回见回见!”我取了瓶子，走着说。

“回见。不喝水么?”

“不喝了。回见。”

我们究竟是礼教之邦的国民，归根结蒂，还是礼让。让出了玻璃门之后，在大毒日头底下的尘土中趱行，行到东长安街左近，又是军警林立。我正想横穿过去，一个巡警伸手拦住道：不成！我说只要走十几步，到对面就好了。他的回答仍然是：不成！那结果，是从别的道路绕。

绕到L君的寓所前，便打门，打出一个小使来，说l君出去了，须得午饭时候才回家。我说，也快到这个时候了，我在这里等一等吧。他说：不成！你贵姓呀？这使我很狼狈，路既这么远，走路又这么难，白走一遭，实在有些可惜。我想了十秒钟，便从衣袋里挖出一张名片来，叫他进去禀告太太，说有这么一个人，要在这里等一等，可以不？约有半刻钟，他出来了，结果是：也不成！先生要三点钟才回来哩，你三点钟再来吧。

又想了十秒钟，只好决计去访C君，仍在大毒日头底下的尘土中趱行，这回总算一路无阻，到了。打门一问，来开门的答道：去看一看可在家。我想：这一次是大有希望了。果然，即刻领我进客厅，C君也跑出来。我首先就要求他请我吃午饭。于是请我吃面包，还有葡萄酒；主人自己却吃面。那结果是一盘面包被我吃得精光，虽然另有奶油，可是四碟菜也所余无几了。

吃饱了就讲闲话，直到五点钟。

客厅外是很大的一块空地方，种着许多树。一株苹果树下常有孩子们徘徊；C君说，那是在等候苹果落下来的；因为有定律：谁拾得就归谁所有。我很笑孩子们耐心，肯做这样的迂远事。然而奇怪，到我辞别出去时，我看见三个孩子手里已经各有一个苹果了。

回家看日报，上面说："……吴在长辛店留宿一宵。除上述原因外，尚有一事，系吴由保定启程后，张其锽曾为吴卜一课，谓二十八日入京大利，必可平定西北。二十七日入京欠佳。吴颇以为然。此亦吴氏迟一日入京之由来也。"因此又想起我今天"不成"了大半天，运气殊属欠佳，不如也卜一课，以觇晚上的休咎吧。但我不明卜法，又无筮龟，实在无从措手。后来发明了一种新法，就是随便拉过一本书来，闭了眼睛，翻开，用手指指下去，然后张开眼，看指着的两句，就算是卜辞。

用的是《陶渊明集》，如法泡制，那两句是："寄意一言外，兹契谁能别。"详了一会，竟不知道是怎么一回事。

马上支日记

前几天会见小峰，谈到自己要在半农所编的副刊上投点稿，那名目是《马上日记》。小峰怃然曰，回忆归在《旧事重提》中，目下的杂感就写进这日记里面去……意思之间，似乎是说：你在《语丝》上做什么呢？——但这也许是我自己的疑心病。我那时可暗暗地想：生长在敢于吃河豚的地方的人，怎么也会这样拘泥？政党会设支部，银行会开支店，我就不会写支日记的么？因为《语丝》上须投稿，而这暗想马上就实行了，于是乎作支日记。

六月二十九日

晴。

早晨被一个小蝇子在脸上爬来爬去爬醒，赶开，又来；赶开，又来；而且一定要在脸上的一定的地方爬。打了一回，打它不死，只得改变方针：自己起来。

记得前年夏天路过S州，那客店里的蝇群却着实使人惊心动魄。饭菜搬来时，它们先追逐着赏鉴；夜间就停得满屋，我们就枕，必须慢慢地，小心地放下头去，倘若猛然一躺，惊动了它们，便轰的一声，飞得你头昏眼花，一败涂地。到黎明，青年们所希望的黎明，那自然就照例地到你脸上来爬来爬去了。但我经过街上，看见一个孩子睡着，五六个蝇子在他脸上爬，他却睡得甜甜的，连皮肤也不牵动一下。在中国过活，这样的训练和涵养工夫是万不可少的。与其鼓吹什么"捕蝇"，倒不如练习这一种本领来得切实。

什么事都不想做。不知道是胃病没有全好呢，还是缺少了睡眠时间。仍旧懒懒地翻翻废纸，又看见几条《茶香室丛钞》式的东西。已经团入字纸篓里的了，又觉得“弃之不甘”，挑一点关于《水浒传》的，移录在这里吧——

宋洪迈《夷坚甲志》十四云：“绍兴二十五年，吴傅朋说除守安丰军，自番阳遣一卒往呼吏士，行至舒州境，见村民穰穰，十百相聚，因弛担观之。其人曰，吾村有妇人为虎衔去，其夫不胜愤，独携刀往探虎穴，移时不反，今谋往救也。久之，民负死妻归，云，初寻迹至穴，虎牝牡皆不在，有二子戏岩窦下，即杀之，而隐其中以俟。少顷，望牝者衔一人至，倒身入穴，躑不知人藏其中也。吾急持尾，断其一足。虎弃所衔人，踉蹡而窜；徐出视之，果吾妻也，死矣。虎曳足行数十步，堕涧中。吾复入窦伺，牡者俄咆跃而至，亦以尾先入，又如前法杀之。妻冤已报，无憾矣。乃邀邻里往视，舆四虎以归，分烹之”。案《水浒传》叙李逵沂岭杀四虎事，情状极相类，疑即本此等传说作之。《夷坚甲志》成于乾道初（1165），此条题云《舒民杀四虎》。

宋庄季裕《鸡肋编》中云，“浙人以鸭儿为大讳。北人但知鸭羹虽甚热，亦无气。后至南方，乃始知鸭若只一雄，则虽合而无卵，须二三始有子，其以为讳者，盖为是耳，不在于无气也”。案《水浒传》叙郓哥向武大索麦稃，“武大道：‘我屋里又不养鹅鸭，那里有这麦稃？’郓哥道：‘你说没麦稃，怎地栈得肥牐牐地，便颠倒提起你来也不妨，煮你在锅里也没气？’武大道：‘含鸟猢狲！倒骂得我好。我的老婆又不偷汉子，我如何是鸭？’……”鸭必多雄始孕，盖宋时浙中俗说，今已不知。然由此可知《水浒传》确为旧本，其著者则浙人；虽庄季裕，亦仅知鸭羹无气而已。《鸡肋编》有绍兴三年（1133）序，去今已将八百年。

元陈泰《所安遗集》《江南曲序》云：“余童丱时，闻长老言宋江事，未究其详。至治癸亥秋九月十六日，过梁山泊，舟遥见一峰，嵲嵲雄跨，问之篙师，曰，此安山也，昔宋江事处，绝湖为池，阔九十里，皆蕖荷菱芡，相传以为宋妻所植。宋之为人，勇悍狂侠，其党如宋者三十六人。至今山下有分赃台，置石座三十六所，俗所谓‘去时三十六，归时十八双’，意者其自誓之辞也。始予过此，荷花弥望，今无复存者，惟残香相送耳。因记王荆公诗云：‘三十六陂春水，白头想见江南。’味其词，作《江南曲》以叙游历，且以慰宋妻种荷之意云。（原注：曲因蠹损无存。）”案宋江有妻在梁山泺中，且植芰荷，仅见于此；而谓江勇悍狂侠，亦与今所传性格绝殊，知《水浒》故事，宋元来异说多矣。泰字志同，号所安，茶陵人，延祐甲寅（1314），以《天马赋》中省试第十二名，会试赐乙卯科张起岩榜进士第，由翰林庶吉士改授龙南令，卒官。至曾孙朴，始集其遗文为一卷。成化丁未，来孙铨等又并补遗重刊之。《江南曲》即在补遗中，而失其诗。近《涵芬楼秘笈》第十集收金侃手写本，则并序失之矣。“舟遥见一峰”及“昔宋江事处”二句，当有脱误，未见别本，无以正之。

七月一日

晴。

上午，空六来谈；全谈些报纸上所载的事，真伪莫辨。许多工夫之后，他走了，他所谈的我几乎都忘记了，等于不谈。只记得一件：据说吴佩孚大帅在一处宴会的席上发表，查得赤化的始祖乃是蚩尤，因为“蚩”“赤”同音，所以蚩尤即“赤尤”，“赤尤”者，就是“赤化之尤”的意思；说毕，合座为之“欢然”云。

太阳很烈，几盆小草花的叶子有些垂下来了，浇了一点水。田妈忠告我：浇花的时候是每天必须一定的，不能乱；一乱，就有害。我觉得有理，便踌躇起来；但又想，没有人在一定的时候来浇花，我又没有一定的浇花的时候，如果遵照她的学说，那些小花可只好晒死罢了。即使乱浇，总胜于不浇；即使有害，总胜于晒死吧。便继续浇下去，但心里自然也不大踊跃。上午，叶子都直起来了，似乎不甚有害，这才放了心。

灯下太热，夜间便在暗中呆坐着，凉风微动，不觉也有些“欢然”。人倘能够“超然象外”看看报章，倒也是一种清福。我对于报章，向来就不是博览家，然而这半年来，已经很遇见了些铭心绝品。远之，则如段祺瑞执政的《二感篇》，张之江督办的《整顿学风电》，陈源教授的《闲话》；近之，则如丁文江督办（？）的自称“书呆子”演说，胡适之博士的英国庚款答问，牛荣声先生的“开倒车”论（见《现代评论》七十八期），孙传芳督军的与刘海粟先生论美术书。但这些比起赤化源流考来，却又相去不可以道里计。今年春天，张之江督办明明有电报来赞成枪毙赤化嫌疑的学生，而弄到底自己还是逃不出赤化。这很使我莫名其妙；现在既知道蚩尤是赤化的祖师，那疑团可就冰释了。蚩尤曾打炎帝，炎帝也是“赤魁”。炎者，火德也，火色赤；帝不就是首领么？所以三一八惨案，即等于以赤讨赤，无论哪一面，都还是逃不脱赤化的名称。

这样巧妙的考证天地间委实不很多，只记得先前在日本东京时，看见《读卖新闻》上逐日登载着一种大著作，其中有黄帝即亚伯拉罕的考据。大意是日本称油为“阿蒲拉”（Abura），油的颜色大概是黄的，所以“亚伯拉”就是“黄”。至于“帝”，是与“罕”形近，还是与“可汗”音近呢，我现在可记不真确了，总之：阿伯拉罕即油帝，油帝就是黄帝而已。篇名和作者，现在也都忘却，只记得后来还印成一本书，而且还只是上卷。但这考据究竟还过于弯曲，不深究也好。

七月二日

晴。

午后，在前门外买药后，绕到东单牌楼的东亚公司闲看。这虽然不过是带便贩卖一点日本书，可是关于研究中国的就已经很不少。因为或种限制，只买了一本安冈秀夫所作的《从小说看来的支那民族性》就走了，是薄薄的一本书，用大红深黄做装饰的，价一元二角。

傍晚坐在灯下，就看看那本书，他所引用的小说有三十四种，但其中也有其实并非小说和分一部为几种的。蚊子来叮了好几口，虽然似乎不过一两个，但是坐不住了，点起蚊烟香来，这才总算渐渐太平下去。

安冈氏虽然很客气，在绪言上说，“这样的也不仅只支那人，便是在日本，怕也有难于漏网的”。但是，“一测那程度的高下和范围的广狭，则即使夸称为支那的民族性，也毫无应该顾忌的处所”，所以从支那人的我看来，的确不免汗流浃背。只要看目录就明白了；一，总说；二，过度置重于体面和仪容；三，安运命而肯罢休；四，能耐能忍；五，乏同情心多残忍性；六，个人主义和事大主义；七，过度的俭省和不正的贪财；八，泥虚礼而尚虚文；九，迷信深；十，耽享乐而淫风炽盛。

他似乎很相信Smith的*Chinese Characteristies*常常引为典据。这书在他们，二十年前就有译本，叫作《支那人气质》；但是支那人的我们却不大有人留心它。第一章就是Smith说，以为支那人是颇有点做戏气味的民族，精神略有亢奋，就成了戏子样，一字一句，一举手一投足，都装模装样，出于本心的分量，倒还是撑场面的分量多。这就是因为太重体面了，总想将自己的体面弄得十足，所以敢于做出这样的言语动作来。总而言之，支那人的重要的国民性所成的复合关键，便是这“体面”。

我们试来博观和内省，便可以知道这话并不过于刻毒。相传为戏台上的好对联，是“戏场小天地，天地大戏场”。大家本来看得一切事不过是一出戏，有谁认真的，就是蠢物。但这也并非专由积极的体面，心有不平而怯于报复，也便以万事是戏的思想了之。万事既然是戏，则不平也非真，而不报也非怯了。所以即使路见不平，不能拔刀相助，也还不失其为一个老牌的正人君子。

我所遇见的外国人，不知道可是受了Smith的影响，还是自己实验出来的，就很有几个留心研究着中国人之所谓“体面”或“面子”。但我觉得，他们实在是已经早有心得，而且应用了，倘若更加精深圆熟起来，则不但外交上一定胜利，还要取得上等“支那人”的好感情。这时须连“支那人”三个字也不说，代以“华人”，因为这也是关于“华人”的体面的。

我还记得民国初年到北京时，邮局门口的匾额是写着“邮政局”的，后来外人不干涉中国内政的叫声高起来，不知道是偶然还是什么，不几天，都一律改了“邮务局”了。外国人管理一点邮“务”，实在和内“政”不相干，这一出戏就一直唱到现在。

向来，我总不相信国粹家道德家之类的痛哭流涕是真心，即使眼角上确有珠泪横流，也须检查他手巾上可浸着辣椒水或生姜汁。什么保存国故，什么振兴道德，什么维持公理，什么整顿学风……心里可真是这样想？一做戏，则前台的架子，总与在后台的面目不相同。但看客虽然明知是戏，只要做得像，也仍然能够为它悲喜，于是这出戏就做下去了；有谁来揭穿的，他们反以为扫兴。

中国人先前听到俄国的“虚无党”三个字，便吓得屁滚尿流，不下于现在之所谓“赤化”。其实是何尝有这么一个“党；”只是“虚无主义者”或“虚无思想者”却是有的。是都介涅夫（I. Turgeniev）给创立出来的名目，指不信神，不信宗教，否定一切传统和权威，要复归那出于自由意志的生活的人物而言。但是，这样的人物，从中国人看来也就已经可恶了。然而看看中国的一些人，至少是上等人，他们的对于神，宗教，传统的权威，是“信”和“从”呢，还是“怕”和“利用”？只要看他们的善于变化，毫无特操，是什么也不信从的，但总要摆出和内心两样的架子来。要寻虚无党，在中国实在很不少；和俄国的不同的处所，只在他们这么想，便这么说，这么做，我们的却虽然这么想，却是那么说，在后台这么做，到前台又那么做……将这种特别人物，另称为“做戏的虚无党”或“体面的虚无党”以示区别吧，虽然这个形容词和下面的名词万万联不起来。

夜，寄品青信，托他向孔德学校去代借《闾邱辨囿》。

夜半，在决计睡觉之前，从日历上将今天的一张撕去，下面这一张是红印的。我想，明天还是星期六，怎么便用红字了呢？仔细看时，有两行小字道：“马厂誓师再造共和纪念”。我又想，明天可挂国旗呢？……于是，不想什么，睡下了。

七月三日

晴。

热极，上半天玩，下半天睡觉。

晚饭后在院子里乘凉，忽而记起万牲园，因此说：那地方在夏天倒也很可看，可惜现在进不去了。田妈就谈到那管门的两个长人，说最长的一个是她的邻居，现在已经被美国人雇去，往美国了，薪水每月有一千元。

这话给了我一个很大的启示。我先前看见《现代评论》上保举十一种好著作，杨振声先生的小说《玉君》即是其中的一种，理由之一是因为做得“长”。我于这理由一向总有些隔膜，到七月三日即“马厂誓师再造共和纪念”的晚上这才明白了：“长”，是确有价值的。《现代评论》的以“学理和事实”并重自许，确也说得出，做得到。

今天到我的睡觉时为止，似乎并没有挂国旗，后半夜补挂与否，我不知道。

七月四日

晴。

早晨，仍然被一个蝇子在脸上爬来爬去爬醒，仍然赶不走，仍然只得自己起来。品青的回信来了，说孔德学校没有《闾邱辨囿》。

也还是因为那一本《从小说看来的支那民族性》。因为那里面讲到中国的肴馔，所以也就想查一查中国的肴馔。我于此道向来不留心，所见过的旧记，只有《礼记》里的所谓“八珍”，《酉阳杂俎》里的一张御赐菜账和袁枚名士的《随园食单》。元朝有和斯辉的《饮馔正要》，只站在旧书店头翻了一翻，大概是元版的，所以买不起。唐朝的呢，有杨煜的《膳夫经手录》，就收在《闾邱辨囿》中。现在这书既然借不到，只好拉倒了。

近年尝听到本国人和外国人颂扬中国菜，说是怎样可口，怎样卫生，世界上第一，宇宙间第 n。但我实在不知道怎样的是中国菜。我们有几处是嚼葱蒜和杂合麦饼，有几处是用醋，辣椒，腌菜下饭；还有许多人是只能舐黑盐，还有许多人是连黑盐也没得舐。中外人士以为可口，卫生，第一而第 n 的，当然不是这些；应该是阔人，上等人所吃的肴馔。但我总觉得不能因为他们这么吃，便将中国菜考列一等，正如去年虽然出了两三位“高等华人”，而别的人们也还是“下等”的一般。

安冈氏的论中国菜，所引据的是威廉士的《中国》（*Middle Kingdom by Williams*），在最末《耽享乐而淫风炽盛》这一篇中。其中有这么一段——

“这好色的国民，便在寻求食物的原料时，也大概以所想象的性欲底效能为目的。从国外输入的特殊产物的最多数，就是认为含有这种效能的东西。……在大宴会中，许多菜单的最大部分，即是想象为含有或种特殊的强壮剂底性质的奇妙的原料所做。……”

我自己想，我对于外国人的指摘本国的缺失，是不很发生反感的，但看到这里却不能不失笑。筵席上的中国菜诚然大抵浓厚，然而并非国民的常食；中国的阔人诚然很多淫昏，但还不至于将肴馔和壮阳药并合。“纣虽不善，不如是之甚也。”研究中国的外国人，想得太深，感得太敏，便常常得到这样——比“支那人”更有性底敏感——的结果。

安冈氏又自己说——

“笋和支那人的关系，也与虾正相同。彼国人的嗜笋，可谓在日本人以上。虽然是可笑的话，也许是因为那挺然翘然的姿势，引起想象来的吧。”

会稽至今多竹。竹，古人是很宝贵的，所以曾有“会稽行箭”的话。然而宝贵它的原因是在可以做箭，用于战斗，并非因为它“挺然翘然”像男根。多竹，即多笋；因为多，那价钱就和北京的白菜差不多。我在故乡，就吃了十多年笋，现在回想，自省，无论如何，总是丝毫也寻不出吃笋时，爱它“挺然翘然”的思想的影子来。因为姿势而想象它的效能的东西是有一种的，就是肉苁蓉，然而那是药，不是菜。总之，笋虽然常见于南边的竹林中和食桌上，正如街头的电干和屋里的柱子一般，虽“挺然翘然”，和色欲的大小大概是没有什么关系的。

然而洗刷了这一点，并不足证明中国人是正经的国民。要得结论，还很费周折吧。可是中国人偏不肯研究自己。安冈氏又说，“去今十余年间，有……称为《留东外史》这一种不知作者的小说，似乎是记事实，大概是以恶意地描写日本人的性底不道德为目的的。然而通读全篇，较之攻击日本人，倒是不识不知地将支那留学生的不品行，特地费了力招供出来的地方更其多，是滑稽的事。”这是真的，要证明中国人的不正经，倒在自以为正经地禁止男女同学，禁止模特儿这些事件上。

我没有恭逢过奉陪“大宴会”的光荣，只是经历了几回中宴会，吃些燕窝鱼翅。现在回想，宴中宴后，倒也并不特别发生好色之心。但至今觉得奇怪的，是在燉，蒸，煨的烂熟的肴馔中间，夹着一盘活活的醉虾。据安冈氏说，虾也是与性欲有关系的；不但从他，我在中国也听到过这类话。然而我所以为奇怪的，是在这两极端的错杂，宛如文明烂熟的社会里，忽然分明现出茹毛饮血的蛮风来。而这蛮风，又并非将由蛮野进向文明，乃是已由文明落向蛮野，假如比前者为白纸，将由此开始写字，则后者便是涂满了字的黑纸吧。一面制礼作乐，尊孔读经，“四千年声明文物之邦，”真是火候恰到好处了，而一面又坦然地放火杀人，奸淫掳掠，做着虽蛮人对于同族也还不肯做的事……全个中国，就是这样的一席大宴会！

我以为中国人的食物，应该去掉煮得烂熟，萎靡不振的；也去掉全生，或全活的。应该吃些虽然熟，然而还有些生的带着鲜血的肉类……

正午，照例要吃午饭了，讨论中止。菜是：干菜，已不“挺然翘然”的，笋干，粉丝，腌菜。对于绍兴，陈源教授所憎恶的是“师爷”和“刀笔吏的笔尖”，我所憎恶的是饭菜。《嘉泰会稽志》已在石印了，但还未出版，我将来很想查一查，究竟绍兴遇着过多少回大饥馑，竟这样地吓怕了居民，仿佛明天便要到世界末日似的，专喜欢储藏干物品。有菜，就晒干；有鱼，也晒干；有豆，又晒干；有笋，又晒得它不像样；菱角是以富于水分，肉嫩而脆为特色的，也还要将它风干……听说探险北极的人，因为只吃罐头食物，得不到新东西，常常要生坏血病；倘若绍兴人肯带了干菜之类去探险，恐怕可以走得更远一点吧。

晚，得乔峰信并丛芜所译的布宁的短篇《轻微的欷歔》稿，在上海的一个书店里默默地躺了半年，这回总算设法讨回来了。

中国人总不肯研究自己。从小说来看民族性，也就是一个好题目。此外，则道士思想（不是道教，是方士）与历史上大事件的关系，在现今社会上的势力；孔教徒怎样使“圣道”变得和自己的无所不为相宜；战国游士说动人主的所谓“利”“害”是怎样的，和现今的政客有无不同；中国从古到今有多少文字狱；历来“流言”的制造散布法和效验等等可以研究的新方面实在多。

七月五日

晴。

晨，景宋将《小说旧闻钞》的一部分理清送来。自己再看了一遍，到下午才毕，寄给小峰付印。天气实在热得可以。

觉得疲劳。晚上，眼睛怕见灯光，熄了灯躺着，仿佛在享福。听得有人打门，连忙出去开，却是谁也没有，跨出门去根究，一个小孩子已在暗中逃远了。

关了门，回来，又躺下，又仿佛在享福。一个行人唱着戏文走过去，余音袅袅，道，“咿，咿，咿！”不知怎地忽然想起今天校过的《小说旧闻钞》里的强汝询老先生的议论来。这位先生的书斋就叫作求有益斋，则在那斋中写出来的文章的内容，也就可想而知。他自己说，诚不解一个人何以无聊到要做小说，看小说。但于古小说的判决却从宽，因为他古，而且昔人已经著录了。

憎恶小说的也不只是这位强先生，诸如此类的高论，随在可以闻见。但我们国民的学问，大多数却实在靠着小说，甚至于还靠着从小说编出来的戏文。虽是崇奉关岳的大人先生们，倘问他心目中的这两位“武圣”的仪表，怕总不免是细着眼睛的红脸大汉和五绺长须的白面书生，或者还穿着绣金的缎甲，脊梁上还插着四张尖角旗。

近来确是上下同心，提倡着忠孝节义了，新年到庙市上去看年画，便可以看见许多新制的关于这类美德的图。然而所画的古人，却没有一个不是老生，小生，老旦，小旦，末，外，花旦……

七月六日

晴。

午后，到前门外去买药。配好之后，付过钱，就站在柜台前喝了一回份。其理由有三：一，已经停了一天了，应该早喝；二，尝尝味道，是否不错的；三，天气太热，实在有点口渴了。

不料有一个买客却看得奇怪起来。我不解这有什么可以奇怪的；然而他竟奇怪起来了，悄悄地向店伙道：

“那是戒烟药水吧?”

“不是的!”店伙替我维持名誉。

“这是戒大烟的吧?”他于是直接地问我了。

我觉得倘不将这药认作“戒烟药水”，他大概是死不瞑目的。人生几何，何必固执，我便似点非点的将头一动，同时请出我那“介乎两可之间”的好回答来：

“唔唔……”

这既不伤店伙的好意，又可以聊慰他热烈的期望，该是一贴妙药。果然，从此万籁无声，天下太平，我在安静中塞好瓶塞，走到街上了。

到中央公园，径向约定的一个僻静处所，寿山已先到，略一休息，便开手对译《小约翰》。这是一本好书，然而得来却是偶然的事。大约二十年前，我在日本东京的旧书店头买到几十本旧的德文文学杂志，内中有着这书的绍介和作者的评传，因为那时刚译成德文。觉得有趣，便托丸善书店去买来了；想译，没有这力。后来也常常想到，但总为别的事情岔开；直到去年，才决计在暑假中将它译好，并且登出广告去，而不料那一暑假过得比别的时候还艰难。今年又记得起来，翻检一过，疑难之处很不少，还是没有这力。问寿山可肯同译，他答应了，于是开手；并且约定，必须在这暑假期中译完。

晚上回家，吃了一点饭，就坐在院子里乘凉。田妈告诉我，今天下午，斜对门的谁家的婆婆和儿媳大吵了一通嘴。据她看来，婆婆自然有些错，但究竟是儿媳妇太不合道理了。问我的意思，以为何如。我先就没有听清吵嘴的是谁家，也不知道是怎样地两个婆媳，更没有听到她们的来言去语，明白她们的旧恨新仇。现在要我加以裁判，委实有点不敢自信，况且我又向来并不是批评家。我于是只得说：这事我无从断定。

但是这句话的结果很坏。在昏暗中，虽然看不见脸色，耳朵中却听到：一切声音都寂然了。静，沉闷的静；后来还有人站起，走开。

我也无聊地慢慢地站起，走进自己的屋子里，点了灯，躺在床上看晚报；看了几行，又无聊起来了，便碰到东壁下去写日记，就是这《马上支日记》。

院子里又渐渐地有了谈笑声，说论声。

今天的运气似乎很不佳：路人冤我喝“戒烟药水”，田妈说我……她怎么说，我不知道。但愿从明天起，不再这样。

马上日记之二

七月七日

晴。

每日的阴晴，实在写得自己也有些不耐烦了，从此想不写。好在北京的天气，大概总是晴的时候多；如果是梅雨期内，那就上午晴，午后阴，下午大雨一阵，听到泥墙倒塌声。不写也吧，又好在我这日记，将来决不会有气象学家拿去做参考资料的。

上午访素园，谈谈闲天，他说俄国有名的文学者毕力涅克（Boris Pilniak）上月已经到过北京，现在是走了。

我单知道他曾到日本，却不知道他也到中国来。

这两年中，就我所听到的而言，有名的文学家来到中国的有四个。第一个自然是那最有名的泰戈尔即“竺震旦”，可惜被戴印度帽子的震旦人弄得一塌糊涂，终于莫名其妙而去；后来病倒在意大利，还电召震旦“诗哲”前往，然而也不知道“后事如何”。现在听说又有人要将甘地扛到中国来了，这坚苦卓绝的伟人，只在印度能生，在英国治下的印度能活的伟人，又要在震旦印下他伟大的足迹。但当他精光的脚还未踏着华土时，恐怕乌云已在出岫了。

其次是西班牙的伊本纳兹（Blasco Ibáñez），中国倒也早有人绍介过；但他当欧战时，是高唱人类爱和世界主义的，从今年全国教育联合会的议案看来，他实在很不适宜于中国，当然谁也不理他，因为我们的教育家要提倡民族主义了。

还有两个都是俄国人。一个是斯吉泰烈支（Skitalez），一个就是毕力涅克。两个都是假名字。斯吉泰烈支是流亡在外的。毕力涅克却是苏联的作家，但据他自传，从革命的第一年起，就为着买面包粉忙了一年多。以后，便做小说，还吸过鱼油，这种生活，在中国大概便是整日叫穷的文学家也未必梦想到。

他的名字，任国桢君辑译的《苏俄的文艺论战》里是出现过的，作品的译本却一点也没有。日本有一本《伊凡和马理》（*Ivanl and Maria*），格式很特别，单是这一点，在中国的眼睛——中庸的眼睛——里就看不惯。文法有些欧化，有些人尚且如同眼睛里着了玻璃粉，何况体式更奇于欧化。悄悄地自来自去，实在要算是造化的。

还有，在中国，姓名仅仅一见于《苏俄的文艺论战》里的里培进司基（U. Libedinsky），日本却也有他的小说译出了，名曰《一周间》。他们的介绍之速而且多实在可骇。我们的武人以他们的武人为祖师，我们的文人却毫不学他们文人的榜样，这就可预卜中国将来一定比日本太平。

但据《伊凡和马理》的译者尾濑敬止氏说，则作者的意思，是以为"频果的花，在旧院落中也开放，大地存在间，总是开放"的。那么，他还是不免于念旧。然而他眼见，身历了革命了，知道这里面有破坏，有流血，有矛盾，但也并非无创造，所以他决没有绝望之心。这正是革命时代的活着的人的心。诗人勃洛克（Alexander Block）也如此。他们自然是苏联的诗人，但若用了纯马克斯流的眼光来批评，当然也还是很有可议的处所。不过我觉得托罗兹基（Trotsky）的文艺批评，倒还不至于如此森严。

可惜我还没有看过他们最新的作者的作品《一周间》。

革命时代总要有许多文艺家萎黄，有许多文艺家向新的山崩地塌般的大波冲进去，乃仍被吞没，或者受伤。被吞没的消灭了；受伤的生活着，开拓着自己的生活，唱着苦痛和愉悦之歌。待到这些逝去了，于是现出一个较新的新时代，产出更新的文艺来。

中国自民元革命以来，所谓文艺家，没有萎黄的，也没有受伤的，自然更没有消灭，也没有苦痛和愉悦之歌。这就是因为没有新的山崩地塌般的大波，也就是因为没有革命。

七月八日

上午，往伊东医士寓去补牙，等在客厅里，有些无聊。四壁只挂着一幅织出的画和两副对，一副是江朝宗的，一副是王芝祥的。署名之下，各有两颗印，一颗是姓名，一颗是头衔；江的是“迪威将军”，王的是“佛门弟子”。

午后，密斯高来，适值毫无点心，只得将宝藏着的搽嘴角生疮有效的柿霜糖装在碟子里拿出去。我时常有点心，有客来便请他吃点心；最初是“密斯”和“密斯得”一视同仁，但密斯得有时委实厉害，往往吃得很彻底，一个不留，我自己倒反有“向隅”之感。如果想吃，又须出去买来。于是很有戒心了，只得改变方针，有万不得已时，则以落花生代之。这一着很有效，总是吃得不多，既然吃不多，我便开始敦劝了，有时竟劝得怕吃落花生如织芳之流，至于因此逡巡逃走。从去年夏天发明了这一种花生政策以后，至今还在继续厉行。但密斯们却不在此限，她们的胃似乎比他们要小五分之四，或者消化力要弱到十分之八，很小的一个点心，也大抵要留下一半，倘是一片糖，就剩下一角。拿出来陈列片时，吃去一点，于我的损失是极微的，“何必改作”？

密斯高是很少来的客人，有点难于执行花生政策。恰巧又没有别的点心，只好献出柿霜糖去了。这是远道携来的名糖，当然可以见得郑重。

我想，这糖不大普通，应该先说明来源和功用。但是，密斯高却已经一目了然了。她说：这是出在河南汜水县的；用柿霜做成。颜色最好是深黄；倘是淡黄，那便不是纯柿霜。这很凉，如果嘴角这些地方生疮的时候，便含着，使它渐渐从嘴角流出，疮就好了。

她比我耳食所得的知道得更清楚，我只好不作声，而且这时才记起她是河南人。请河南人吃几片柿霜糖，正如请我喝一小杯黄酒一样，真可谓“其愚不可及也”。

茭白的心里有黑点的，我们那里称为灰茭，虽是乡下人也不愿意吃，北京却用在大酒席上。卷心白菜在北京论斤论车地卖，一到南边，便根上系着绳，倒挂在水果铺子的门前了，买时论两，或者半株，用处是放在阔气的火锅中，或者给鱼翅垫底。但假如有谁在北京特地请我吃灰菱，或北京人到南边时请他吃煮白菜，则即使不至于称为"笨伯"，也未免有些乖张吧。

但密斯高居然吃了一片，也许是聊以敷衍主人的面子的。到晚上我空口坐着，想：这应该请河南以外的别省人吃的，一面想，一面吃，不料这样就吃完了。

凡物总是以希为贵。假如在欧美留学，毕业论文最好是讲李太白，杨朱，张三；研究萧伯讷，威尔士就不大妥当，何况但丁之类。《但丁传》的作者跋忒莱尔（A. J. Butler）就说关于但丁的文献实在看不完。待到回了中国，可就可以讲讲萧伯纳，威尔士，甚而至于莎士比亚了，何年何月自已曾在曼殊斐儿墓前痛哭，何月何日何时曾在何处和法兰斯点头，他还拍着自已的肩头说道：你将来要有些像我的！至于"四书""五经"之类，在本地似乎究以少谈为是。虽然夹些"流言"在内，也未必便于"学理和事实"有妨。

记“发薪”

下午，在中央公园里和C君做点小工作，突然得到一位好意的老同事的警报，说，部里今天发给薪水了，计三成；但必须本人亲身去领，而且须在三天以内。

否则？

否则怎样，他却没有说。但这是“洞若观火”的，否则，就不给。

只要有银钱在手里经过，即使并非檀越的布施，人是也总爱逞逞威风的，要不然，他们也许要觉到自己的无聊，渺小。明明有物品去抵押，当铺却用这样的势利脸和高柜台；明明用银元去换铜元，钱摊却贴着“收买现洋”的纸条，隐然以“买主”自命。钱票当然应该可以到负责的地方去换现钱，而有时却规定了极短的时间，还要领签，排班，等候，受气；军警督压着，手里还有国粹的皮鞭。

不听话么？不但不得钱，而且要打了！

我曾经说过，中华民国的官，都是平民出身，并非特别种族。虽然高尚的文人学士或新闻记者们将他们看作异类，以为比自己格外奇怪，可鄙可嗤；然而从我这几年的经验看来，却委实不很特别，一切脾气，却与普通的同胞差不多，所以一到经手银钱的时候，也还是照例有一点借此威风一下的嗜好。

“亲领”问题的历史，是起源颇古的，中华民国十一年，就因此引起过方玄绰的牢骚，我便将这写了一篇《端午节》。但历史虽说如同螺旋，却究竟并非印板，所以今之与昔，也还是小有不同。在昔盛世，主张“亲领”的是“索薪会”——呜呼，这些专门名词，恕我不暇一一解释了，而且纸张也可惜——的骁将，昼夜奔走，向国务院呼号，向财政部坐讨，一旦到手，对于没有一同去索的人的无功受禄，心有不甘，用此给吃一点小苦头的。其意若曰，这钱是我们讨来的，就同我们的一样；你要，必得到这里来领布施。你看施衣施粥，有施主亲自送到受惠者的家里去的么？

然而那是盛世的事。现在是无论怎么“索”，早已一文也不给了，如果偶然“发薪”，那是意外的上头的嘉惠，和什么“索”丝毫无关。不过临时发布“亲领”命令的施主却还有，只是已非善于索薪的骁将，而是天天“画到”，未曾另谋生活的“不贰之臣”了。所以，先前的“亲领”是对于没有同去索薪的人们的罚，现在的“亲领”是对于不能空着肚子，天天到部的人们的罚。

但这不过是一个大意，此外的事，倘非身临其境，实在有些说不清。譬如一碗酸辣汤，耳闻口讲的，总不如亲自呷一口的明白。近来有几个心怀叵测的名人间接忠告我，说我去年作文，专和几个人闹意见，不再论及文学艺术，天下国家，是可惜的。殊不知我近来倒是明白了，身历其境的小事，尚且参不透，说不清，更何况那些高尚伟大，不甚了然的事业？我现在只能说说较为切己的私事，至于冠冕堂皇如所谓“公理”之类，就让公理专家去消遣吧。

总之，我以为现在的“亲领”主张家，已颇不如先前了，这就是“孤桐先生”之所谓“每况愈下”。而且便是空牢骚如方玄绰者，似乎也已经很寥寥了。

“去！”我一得警报，便走出公园，跳上车，径奔衙门去。

一进门，巡警就给我一个立正举手的敬礼，可见做官要做得较大，虽然阔别多日，他们也还是认识的。到里面，不见什么人，因为办公时间已经改在上午，大概都已亲领了回家了。觅得一位听差，问明了“亲领”的规则，是先到会计科去取得条子，然后拿了这条子，到花厅里去领钱。

就到会计科，一个部员看了一看我的脸，便翻出条子来。我知道他是老部员，熟识同人，负着“验明正身”的重大责任的；接过条子之后，我便特别多点了两个头，以表示告别和感谢之至意。

其次是花厅了，先经过一个边门，只见上贴纸条道："丙组"，又有一行小注是"不满百元"。我看自己的条子上，写的是九十九元，心里想，这真是"人生不满百，常怀千岁忧。……"同时便直撞进去。看见一个和我差不多大的官，说道这"不满百元"是指全俸而言，我的并不在这里，是在里间。

就到里间，那里有两张大桌子，桌旁坐着几个人，一个熟识的老同事就招呼我了；拿出条子去，签了名，换得钱票，总算一帆风顺。这组的旁边还坐着一位很胖的官，大概是监督者，因为他敢于解开了官纱——也许是纺绸，我不大认识这些东西。——小衫，露着胖得拥成折叠的胸肚，使汗珠雍容地越过了折叠往下流。

这时我无端有些感慨，心里想，大家现在都说"灾官""灾官"，殊不知"心广体胖"的还不在少呢。便是两三年前教员正嚷索薪的时候，学校的教员预备室里也还有人因为吃得太饱了，咳的一声，胃中的气体从嘴里反叛出来。

走出外间，那一位和我差不多大的官还在，便拉住他发牢骚。

"你们怎么又闹这些玩意儿了？"我说。

"这是他的意思……"他和气地回答，而且笑嘻嘻的。

"生病的怎么办呢？放在门板上抬来么？"

"他说：这些都另法办理……"

我是一听便了然的，只是在"门——衙门之门——外汉"怕不易懂，最好是再加上一点注解。这所谓"他"者，是指总长或次长而言。此时虽然似乎所指颇朦胧，但再掘下去，便可以得到指实，但如果再掘下去，也许又要更朦胧。总而言之，薪水既经到手，这些事便应该"适可而止，毋贪心也"的，否则，怕难免有些危机。即如我的说了这些话，其实就已经不大妥。

于是我退出花厅，却又遇见几个旧同事，闲谈了一回。知道还有"戊组"，是发给已经死了的人的薪水的，这一组大概无须"亲领"。又知道这一回提出"亲领"律者，不但"他"，也有"他们"在内。所谓"他们"者，粗粗一听，很像“索薪会”的头领们，但其实也不然，因为衙门里早就没有什么“索薪会”，所以这一回当然是别一批新人物了。

我们这回“亲领”的薪水，是中华民国十三年二月份的。因此，事前就有了两种学说。一，即作为十三年二月的薪水发给。然而还有新来的和新近加俸的呢，可就不免有向隅之感。于是第二种新学说自然起来：不管先前，只作为本年六月份的薪水发给。不过这学说也不大妥，只是“不管先前”这一句，就很有些疵病。

这个办法，先前也早有人苦心经营过。去年章士钊将我免职之后，自以为在地位上已经给了一个打击，连有些文人学士们也喜得手舞足蹈。然而他们究竟是聪明人，看过“满床满桌满地”的德文书的，即刻又悟到我单是抛了官，还不至于一败涂地，因为我还可以得欠薪，在北京生活。于是他们的司长刘百昭便在部务会议席上提出，要不发欠薪，何月领来，便作为何月的薪水。这办法如果实行，我的受打击是颇大的，因为就受着经济的迫压。然而终于也没有通过。那致命伤，就在“不管先前”上；而刘百昭们又不肯自称革命党，主张不管什么，都从新来一回。

所以现在每一领到政费，所发的也还是先前的钱；即使有人今年不在北京了，十三年二月间却在，实在也有些难于说是现今不在，连那时的曾经在此也不算了。但是，既然又有新的学说起来，总得采纳一点，这采纳一点，也就是调和一些。因此，我们这回的收条上，年月是十三年二月的，钱的数目是十五年六月的。

这么一来，既然并非“不管先前”，而新近升官或加俸的又可以多得一点钱，可谓比较的周到。于我是无益也无损，只要还在北京，拿得出“正身”来。

翻开我的简单日记一查，我今年已经收了四回俸钱了：第一次三元；第二次六元；第三次八十二元五角，即二成五，端午节的夜里收到的；第四次三成，九十九元，就是这一次。再算欠我的薪水，是大约还有九千二百四十元，七月份还不算。

我觉得已是一个精神上的财主；只可惜这“精神文明”是不很可靠的，

刘百昭就来动摇过。将来遇见善于理财的人，怕还要设立一个“欠薪整理会”，里面坐着几个人物，外面挂着一块招牌，使凡有欠薪的人们都到那里去接洽。几天或几月之后，人不见了，接着连招牌也不见了；于是精神上的财主就变了物质上的穷人了。

但现在却还的确收了九十九元，对于生活又较为放心，趁闲空来发一点议论再说。

七月二十一日

记谈话

鲁迅先生快到厦门去了，虽然他自己说或者因天气之故而不能在那里久住，但至少总有半年或一年不在北京，这实在是我们认为很使人留恋的一件事。八月二十二日，女子师范大学学生会举行毁校周年纪念，鲁迅先生到会，曾有一番演说，我恐怕这是他此次在京最后的一回公开讲演，因此把它记下来，表示我一点微弱的纪念的意思。人们一提到鲁迅先生，或者不免觉得他稍微有一点过于冷静，过于默视的样子，而其实他是无时不充满着热烈的希望，发挥着丰富的感情的。在这一次谈话里，尤其可以显明地看出他的主张；那么，我把他这一次的谈话记下，作为他出京的纪念，也许不是完全没有重大的意义吧。我自己，为免得老实人费心起见，应该声明一下：那天的会，我是以一个小小的办事员的资格参加的。

〔培良〕

我昨晚上在校《工人绥惠略夫》，想要另印一回，睡得太迟了，到现在还没有很醒；正在校的时候，忽然想到一些事情，弄得脑子里很混乱，一直到现在还是很混乱，所以今天恐怕不能有什么多的话可说。

提到我翻译《工人绥惠略夫》的历史，倒有点有趣。十二年前，欧洲大混战开始了，后来我们中国也参加战事，就是所谓“对德宣战”；派了许多工人到欧洲去帮忙；以后就打胜了，就是所谓“公理战胜”。中国自然也要分得战利品——有一种是在上海的德国商人的俱乐部里的德文书，总数很不少，文学居多，都搬来放在午门的门楼上。教育部得到这些书，便要整理一下，分类一下——其实是他们本来分类好了的，然而有些人以为分得不好，所以要重新分一下。——当时派了许多人，我也是其中的一个。后来，总长要看看那些书是什么书了。怎样看法呢？叫我们用中文将书名译出来，有义译义，无义译音，该撒呀，克来阿派忒拉呀，大马色呀……每人每月有十块钱的车费，我也拿了百来块钱，因为那时还有一点所谓行政费。这样的叽里咕噜了一年多，花了几千块钱，对德和约成立了，后来德国来取还，便仍由点收的我们全盘交付——也许少了几本吧。至于"克来阿派忒拉"之类，总长看了没有，我可不得而知了。

据我所知道的说，"对德宣战"的结果，在中国有一座中央公园里的"公理战胜"的牌坊，在我就只有一篇这《工人绥惠略夫》的译本，因为那底本，就是从那时整理着的德文书里挑出来的。

那一堆书里文学书多得很，为什么那时偏要挑中这一篇呢？那意思，我现在有点记不真切了。大概，觉得民国以前，以后，我们也有许多改革者，境遇和绥惠略夫很相像，所以借借他人的酒杯吧。然而昨晚上一看，岂但那时，譬如其中的改革者的被迫，代表的吃苦，便是现在——便是将来，便是几十年以后，我想，还要有许多改革者的境遇和他相像的。所以我打算将它重印一下……

《工人绥惠略夫》的作者阿尔志跋绥夫是俄国人。现在一提到俄国，似乎就使人心惊胆战。但是，这是大可以不必的，阿尔志跋绥夫并非共产党，他的作品现在在苏俄也并不受人欢迎。听说他已经瞎了眼睛，很在吃苦，那当然更不会送我一个卢布……总而言之：和苏俄是毫不相干。但奇怪的是有许多事情竟和中国很相像，譬如，改革者，代表者的受苦，不消说了；便是教人要安本分的老婆子，也正如我们的文人学士一般。有一个教员因为不受上司的辱骂而被革职了，她背地里责备他，说他"高傲"得可恶，"你看，我以前被我的主人打过两个嘴巴，可是我一句话都不说，忍耐着。究竟后来他们知道我冤枉了，就亲手赏了我一百卢布。"自然，我们的文人学士措辞决不至于如此拙直，文字也还要华赡得多。

然而绥惠略夫临末的思想却太可怕。他先是为社会做事，社会倒迫害他，甚至于要杀害他，他于是一变而为向社会复仇了，一切是仇仇，一切都破坏。中国这样破坏一切的人还不见有，大约也不会有的，我也并不希望其有。但中国向来有别一种破坏的人，所以我们不去破坏的，便常常受破坏。我们一面被破坏，一面修缮着，辛辛苦苦地再过下去。所以我们的生活，便成了一面受破坏，一面修补，一面受破坏，一面修补的生活了。这个学校，也就是受了杨荫榆章士钊们的破坏之后，修补修补，整理整理，再过下去的。

俄国老婆子式的文人学士也许说，这是“高傲”得可恶了，该得惩罚。这话自然很像不错的，但也不尽然。我的家里还住着一个乡下人，因为战事，她的家没有了，只好逃进城里来。她实在并不“高傲”，也没有反对过杨荫榆，然而她的家没有了，受了破坏。战事一完，她一定要回去的，即使屋子破了，器具抛了，田地荒了，她也还要活下去。她大概只好搜集一点剩下的东西，修补修补，整理整理，再来活下去。

中国的文明，就是这样破坏了又修补，破坏了又修补的疲乏伤残可怜的东西。但是很有人夸耀它，甚至于连破坏者也夸耀它。便是破坏本校的人，假如你派他到万国妇女的什么会里去，请他叙述中国女学的情形，他一定说，我们中国有一个国立北京女子师范大学在。

这真是万分可惜的事，我们中国人对于不是自己的东西，或者将不为自己所有的东西，总要破坏了才快活的。杨荫榆知道要做不成这校长，便文事用文士的“流言”，武功用三河的老妈，总非将一班“毛鸦头”赶尽杀绝不可。先前我看见记载上说的张献忠屠戮川民的事，我总想不通他是什么意思；后来看到别一本书，这才明白了：他原是想做皇帝的，但是李自成先进北京，做了皇帝了，他便要破坏李自成的帝位，怎样破坏法呢？做皇帝必须有百姓；他杀尽了百姓，皇帝也就谁都做不成了。既无百姓，便无所谓皇帝，于是只剩了一个李自成，在白地上出丑，宛如学校解散后的校长一般。这虽然是一个可笑的极端的例，但有这一类的思想的，实在并不止张献忠一个人。

我们总是中国人，我们总要遇见中国事，但我们不是中国式的破坏者，所以我们是过着受破坏了又修补，受破坏了又修补的生活。我们的许多寿命白费了。我们所可以自慰的，想来想去，也还是所谓对于将来的希望。希望是附丽于存在的，有存在，便有希望，有希望，便是光明，如果历史家的话不是诳话，则世界上的事物可还没有因为黑暗而长存的先例。黑暗只能附丽于渐就灭亡的事物，一灭亡，黑暗也就一同灭亡了，它不永久。然而将来是永远要有的，并且总要光明起来；只要不做黑暗的附着物，为光明而灭亡，则我们一定有悠久的将来，而且一定是光明的将来。

我赴这会的后四日，就出北京了。在上海看见日报，知道女师大已改为女子学院的师范部，教育总长任可澄自做院长，师范部的学长是林素园。后来看见北京九月五日的晚报，有一条道："今日下午一时半，任可澄特同林氏，并率有警察厅保安队及军督察处兵士共四十左右，驰赴女师大，武装接收。……"原来刚一周年，又看见用兵了。不知明年这日，还是带兵的开得校纪念呢，还是被兵的开毁校纪念？现在姑且将培良君的这一篇转录在这里，先作一个本年的纪念吧。

一九二六年十月十四日，鲁迅附记

上海通信

小峰兄：

别后之次日，我便上车，当晚到天津。途中什么事也没有，不过刚出天津车站，却有一个穿制服的，大概是税吏之流吧，突然将我的提篮拉住，问道“什么?”我刚答说“零用什物”时，他已经将篮摇了两摇，扬长而去了。幸而我的篮里并无人参汤榨菜汤或玻璃器皿，所以毫无损失，请勿念。

从天津向浦口，我坐的是特别快车，所以并不嚣杂，但挤是挤的，我从七年前护送家眷到北京以后，便没有坐过这车；现在似乎男女分坐了，间壁的一室中本是一男三女的一家，这回却将男的逐出，另外请进一个女的去。将近浦口，又发生一点小风潮，因为那四口的一家给茶房的茶资太少了，一个长壮伟大的茶房便到我们这里来演说，“使之闻之”。其略曰：钱是自然要的。一个人不为钱为什么？然而自己只做茶房图几文茶资，是因为良心还在中间，没有到这边（指腋下介）去！自己也还能卖掉田地去买枪，招集了土匪，做个头目；好好地一玩，就可以升官，发财了。然而良心还在这里（指胸骨介），所以甘心做茶房，赚点小钱，给儿女念念书，将来好好过活。……但如果太给自己下不去了，什么不是人做的事要做也会做出来！我们一堆共有六个人，谁也没有反驳他。听说后来是添了一块钱完事。

我并不想步勇敢的文人学士们的后尘，在北京出版的周刊上斥骂孙传芳大帅。不过一到下关，记起这是投壶的礼义之邦的事来，总不免有些滑稽之感。在我的眼睛里，下关也还是七年前的下关，无非那时是大风雨，这回却是晴天。赶不上特别快车了，只好趁夜车，便在客寓里暂息。挑夫（即本地之所谓“夫子”）和茶房还是照旧地老实；板鸭，插烧，油鸡等类，也依然价廉物美。喝了二两高粱酒，也比北京的好。这当然只是“我以为”；但也并非毫无理由：就因为它有一点生的高粱气味，喝后合上眼，就如身在雨后的田野里一般。

正在田野里的时候，茶房来说有人要我出去说话了。出去看时，是几个人和三四个兵背着枪，究竟几个，我没有细数；总之是一大群。其中的一个说要看我的行李。问他先看那一个呢？他指定了一个麻布套的皮箱。给他解了绳，开了锁，揭开盖，他才蹲下去在衣服中间摸索。摸索了一会儿，似乎便灰心了，站起来将手一摆，一群兵便都“向后转”，往外走出去了。那指挥的临走时还对我点点头，非常客气。我和现任的“有枪阶级”接洽，民国以来这是第一回。我觉得他们倒并不坏；假使他们也如自称“无枪阶级”的善造“流言”，我就要连路也不能走。

向上海的夜车是十一点钟开的，客很少，大可以躺下睡觉，可惜椅子太短，身子必须弯起来。这车里的茶是好极了，装在玻璃杯里，色香味都好，也许因为我喝了多年井水茶，所以容易大惊小怪了吧，然而大概确是很好的。因此一共喝了两杯，看看窗外的夜的江南，几乎没有睡觉。

在这车上，才遇见满口英语的学生，才听到“无线电”“海底电”这类话。也在这车上，才看见弱不胜衣的少爷，绸衫尖头鞋，口嗑南瓜子，手里是一张《消闲录》之类的小报，而且永远看不完。这一类人似乎江浙特别多，恐怕投壶的日子正长久哩。

现在是住在上海的客寓里了；急于想走。走了几天，走得高兴起来了，很想总是走来走去。先前听说欧洲有一种民族，叫作“吉柏希”的，乐于迁徙，不肯安居，私心窃以为他们脾气太古怪，现在才知道他们自有他们的道理，倒是我糊涂。

这里在下雨，不算很热了。

鲁迅。八月三十日，上海

这半年我又看见了许多血和许多泪，

然而我只有杂感而已。

泪揩了，血消了；

屠伯们逍遥复逍遥，

用钢刀的，用软刀的。

然而我只有“杂感”而已。

连“杂感”也被“放进了应该去的地方”时，

我于是只有“而已”而已！

十月十四夜，校讫记

华盖集续编的续编

在厦门岛的四个月，只做了几篇无聊文字，除去最无聊者，还剩六篇，称为《华盖集续编的续编》，总算一年中所作的杂感全有了。

一九二七年一月八日，鲁迅记

厦门通信

H. M. 兄：

我到此快要一个月了，懒在一所三层楼上，对于各处都不大写信。这楼就在海边，日夜被海风呼呼地吹着。海滨很有些贝壳，捡了几回，也没有什么特别的。四围的人家不多，我所知道的最近的店铺，只有一家，卖点罐头食物和糕饼，掌柜的是一个女人，看年纪大概可以比我长一辈。

风景一看倒不坏，有山有水。我初到时，一个同事便告诉我：山光海气，是春秋早暮都不同。还指给我石头看：这块像老虎，那块像癞虾蟆，那一块又像什么什么……我忘记了，其实也不大相像。我对于自然美，自恨并无敏感，所以即使恭逢良辰美景，也不甚感动。但好几天，却忘不掉郑成功的遗迹。离我的住所不远就有一道城墙，据说便是他筑的。一想到除了台湾，这厦门乃是满人入关以后我们中国的最后亡的地方，委实觉得可悲可喜。台湾是直到一六八三年，即所谓“圣祖仁皇帝”二十二年才亡的，这一年，那“仁皇帝”们便修补“十三经”和“二十一史”的刻板。现在呢，有些国民巴不得读经；殿板“二十一史”也变成了宝贝，古董藏书家不惜重资，购藏于家，以贻子孙云。然而郑成功的城却很寂寞，听说城脚的沙，还被人盗运去卖给对面鼓浪屿的谁，快要危及城基了。有一天我清早望见许多小船，吃水很重，都张着帆驶向鼓浪屿去，大约便是那卖沙的同胞。

周围很静；近处买不到一种北京或上海的新的出版物，所以有时也觉得枯寂一些，但也看不见灰烟瘴气的《现代评论》。这不知是怎的，有那么许多正人君子，文人学者执笔，竟还不大风行。

这几天我想编我今年的杂感了。自从我写了这些东西，尤其是关于陈源的东西以后，就很有几个自称“中立”的君子给我忠告，说你再写下去，就要无聊了。我却并非因为忠告，只因环境的变迁，近来竟没有什么杂感，连结集旧作的事也忘却了。前几天的夜里，忽然听到梅兰芳“艺员”的歌声，自然是留在留声机里的，像粗糙而钝的针尖一般，刺得我耳膜很不舒服。于是我就想到我的杂感，大约也刺得佩服梅“艺员”的正人君子们不大舒服吧，所以要我不再做。然而我的杂感是印在纸上的，不会振动空气，不愿见，不翻他开来就完了，何必冒充了中立来哄骗我。我愿意我的东西躺在小摊上，被愿看的买去，却不愿意受正人君子赏识。世上爱牡丹的或者是最多，但也有喜欢曼陀罗花或无名小草的，朋其还将霸王鞭种在茶壶里当盆景哩。不过看看旧稿，很有些太不清楚了，你可以给我抄一点么？

此时又在发风，几乎日日这样，好像北京，可是其中很少灰土。我有时也偶然去散步，在丛葬中，这是 Borel 讲厦门的书上早就说过的，中国全国就是一个大墓场。墓碑文很多不通：有写先妣某而没有儿子的姓名的；有头上横写着地名的；还有刻着“敬惜字纸”四字的，不知道叫谁敬惜字纸。这些不通，就因为读了书之故。假如问一个不识字的人，坟里的人是谁，他道父亲；再问他什么名字，他说张二；再问他自己叫什么，他说张三。照直写下来，那就清清楚楚了。而写碑的人偏要舞文弄墨，所以反而越舞越糊涂，他不知道研究“金石例”的，从元朝到清朝就终于没有了局。

我还同先前一样；不过太静了，倒是什么也不想写。

鲁迅。　九月二十三日

厦门通信（二）

小峰兄：

《语丝》百一和百二期，今天一同收到了。许多信件一同收到，在这里是常有的事，大约每星期有两回。我看了这两期的《语丝》特别喜欢，恐怕是因为他们已经超出了一百期之故吧。在中国，几个人组织的刊物要出到一百期，实在是不容易的。

我虽然在这里，也常想投稿给《语丝》，但是一句也写不出，连“野草”也没有一茎半叶。现在只是编讲义。为什么呢？这是你一定了然的：为吃饭。吃了饭为什么呢？倘照这样下去，就是为了编讲义。吃饭是不高尚的事，我倒并不这样想。然而编了讲义来吃饭，吃了饭来编讲义，可也觉得未免近于无聊。别的学者们教授们又作别论，从我们平常人看来，教书和写东西是势不两立的，或者死心塌地地教书，或者发狂变死地写东西，一个人走不了方向不同的两条路。

忽然记起一件事来了，还是夏天吧，《现代评论》上仿佛曾有正人君子之流说过：因为骂人的小报流行，正经的文章没有人看，也不能印了。我很佩服这些学者们的大才。不知道你可能替我调查一下，他们有多少正经文章的稿子“藏于家”，给我开一个目录？但如果是讲义，或者什么民法八万七千六百五十四条之类，那就不必开，我不要看。

今天又接到漱园兄的信，说北京已经结冰了。这里却还只穿一件夹衣，怕冷就晚上加一件棉背心。宋玉先生的什么“皇天平分四时兮窃独悲此廪秋，白露既下百草兮奄离披此梧楸”等类妙文，拿到这里来就完全是“无病呻吟”。白露不知可曾“下”了百草，梧楸却并不离披，景象大概还同夏末相仿。我的住所的门前有一株不认识的植物，开着秋葵似的黄花。我到时就开着花的了，不知道他是什么时候开起的；现在还开着；还有未开的蓓蕾，正不知道他要到什么时候才肯开完。“古已有之”，“于今为烈”，我近来很有些怕敢看他了。还有鸡冠花，很细碎，和江浙的有些不同，也红红黄黄地永是这样一盆一盆站着。

我本来不大喜欢下地狱，因为不但是满眼只有刀山剑树，看得太单调，苦痛也怕很难当。现在可又有些怕上天堂了。四时皆春，一年到头请你看桃花，你想够多么乏味？即使那桃花有车轮般大，也只能在初上去的时候，暂时吃惊，决不会每天做一首“桃之夭夭”的。

然而荷叶却早枯了；小草也有点萎黄。这些现象，我先前总以为是所谓“严霜”之故，于是有时候对于那“凛秋”不免口出怨言，加以攻击。然而这里却没有霜，也没有雪，凡萎黄的都是“寿终正寝”，怪不得别个。呜呼，牢骚材料既被减少，则又有何话之可说哉！

现在是连无从发牢骚的牢骚，也都发完了。再谈吧。从此要动手编讲义。

鲁迅。十一月七日

《阿Q正传》的成因

在《文学周报》二五一期里，西谛先生谈起《呐喊》，尤其是《阿Q正传》。这不觉引动我记起了一些小事情，也想借此来说一说，一则也算是做文章，投了稿；二则还可以给要看的人去看去。

我先要抄一段西谛先生的原文——

“这篇东西值得大家如此的注意，原不是无因的。但也有几点值得商榷的，如最后‘大团圆’的一幕，我在《晨报》上初读此作之时，即不以为然，至今也还不以为然，似乎作者对于阿Q之收局太匆促了；他不欲再往下写了，便如此随意的给他以一个‘大团圆’。像阿Q那样的一个人，终于要做起革命党来，终于受到那样大团圆的结局，似乎连作者他自己在最初写作时也是料不到的。至少在人格上似乎是两个。”

阿Q是否真要做革命党，即使真做了革命党，在人格上是否似乎是两个，现在姑且勿论。单是这篇东西的成因，说起来就要很费功夫了。我常常说，我的文章不是涌出来的，是挤出来的。听的人往往误解为谦逊，其实是真情。我没有什么话要说，也没有什么文章要做，但有一种自害的脾气，是有时不免呐喊几声，想给人们去添点热闹。譬如一匹疲牛吧，明知不堪大用的了，但废物何妨利用呢，所以张家要我耕一弓地，可以的；李家要我挨一转磨，也可以的；赵家要我在他店前站一刻，在我背上帖出广告道：敝店备有肥牛，出售上等消毒滋养牛乳。我虽然深知道自己是怎么瘦，又是公的，并没有乳，然而想到他们为张罗生意起见，情有可原，只要出售的不是毒药，也就不说什么了。但倘若用得我太苦，是不行的，我还要自己觅草吃，要喘气的工夫；要专指我为某家的牛，将我关在他的牛牢内，也不行的，我有时也许还要给别家挨几转磨。如果连肉都要出卖，那自然更不行，理由自明，无须细说。倘遇到上述的三不行，我就跑，或者索性躺在荒山里。即使因此忽而从深刻变为浅薄，从战士化为畜生，吓我以康有为，比我以梁启超，也都满不在乎，还是我跑我的，我躺我的，决不出来再上当，因为我于“世故”实在是太深了。

近几年《呐喊》有这许多人看，当初是万料不到的，而且连料也没有料。不过是依了相识者的希望，要我写一点东西就写一点东西。也不很忙，因为不很有人知道鲁迅就是我。我所用的笔名也不只一个：LS，神飞，唐俟，某生者，雪之，风声；更以前还有：自树，索士，令飞，迅行。鲁迅就是承迅行而来的，因为那时的《新青年》编辑者不愿意有别号一般的署名。

现在是有人以为我想做什么狗首领了，真可怜，侦察了百来回，竟还不明白。我就从不曾插了鲁迅的旗去访过一次人；“鲁迅即周树人”，是别人查出来的。这些人有四类：一类是为要研究小说，因而要知道作者的身世；一类单是好奇；一类是因为我也做短评，所以特地揭出来，想我受点祸；一类是以为于他有用处，想要钻进来。

那时我住在西城边，知道鲁迅就是我的，大概只有《新青年》《新潮》社里的人们吧；孙伏园也是一个。他正在晨报馆编副刊。不知是谁的主意，忽然要添一栏称为“开心话”的了，每周一次。他就来要我写一点东西。

阿Q的影像，在我心目中似乎确已有了好几年，但我一向毫无写他出来的意思。经这一提，忽然想起来了，晚上便写了一点，就是第一章：序。因为要切“开心话”这题目，就胡乱加上些不必有的滑稽，其实在全篇里也是不相称的。署名是“巴人”，取“下里巴人”，并不高雅的意思。谁料这署名又闯了祸了，但我却一向不知道，今年在《现代评论》上看见涵庐（即高一涵）的《闲话》才知道的。那大略是——

“……我记得当《阿Q正传》一段一段陆续发表的时候，有许多人都栗栗危惧，恐怕以后要骂到他的头上。并且有一位朋友，当我面说，昨日《阿

Q正传》上某一段仿佛就是骂他自己。因此便猜疑《阿Q正传》是某人作的，何以呢？因为只有某人知道他这一段私事。……从此疑神疑鬼，凡是《阿Q正传》中所骂的，都以为就是他的阴私；凡是与登载《阿Q正传》的报纸有关系的投稿人，都不免做了他所认为《阿Q正传》的作者的嫌疑犯了！等到他打听出来《阿Q正传》的作者名姓的时候，他才知道他和作者素不相识，因此，才恍然自悟，又逢人声明说不是骂他。”（第四卷第八十九期）

我对于这位“某人”先生很抱歉，竟因我而做了许多天嫌疑犯。可惜不知是谁，“巴人”两字很容易疑心到四川人身上去，或者是四川人吧。直到这一篇收在《呐喊》里，也还有人问我：你实在是在骂谁和谁呢？我只能悲愤，自恨不能使人看得我不至于如此下劣。

第一章登出之后，便“苦”字临头了，每七天必须做一篇。我那时虽然并不忙，然而正在做流民，夜晚睡在做通路的屋子里，这屋子只有一个后窗，连好好的写字地方也没有，那里能够静坐一会儿，想一下。伏园虽然还没有现在这样胖，但已经笑，善于催稿了。每星期来一回，一有机会，就是：“先生，《阿Q正传》……明天要付排了。”于是只得做，心里想着，“俗语说：‘讨饭怕狗咬，秀才怕岁考。’我既非秀才，又要周考，真是为难。……”然而终于又一章。但是，似乎渐渐认真起来了；伏园也觉得不很“开心”，所以从第二章起，便移在“新文艺”栏里。

这样地一周一周挨下去，于是乎就不免发生阿Q可要做革命党的问题了。据我的意思，中国倘不革命，阿Q便不做，既然革命，就会做的。我的阿Q的运命，也只能如此，人格也恐怕并不是两个。民国元年已经过去，无可追踪了，但此后倘再有改革，我相信还会有阿Q似的革命党出现。我也很愿意如人们所说，我只写出了现在以前的或一时期，但我还恐怕我所看见的并非现代的前身，而是其后，或者竟是二三十年之后。其实这也不算辱没了革命党，阿Q究竟已经用竹筷盘上他的辫子了；此后十五年，长虹“走到出版界”，不也就成为一个中国的“绥惠略夫”了么？

《阿Q正传》大约做了两个月，我实在很想收束了，但我已经记不大清楚，似乎伏园不赞成，或者是我疑心倘一收束，他会来抗议，所以将“大团圆”藏在心里，而阿Q却已经渐渐向死路上走。到最末的一章，伏园倘在，也许会压下，而要求放阿Q多活几星期的吧。但是“会逢其适”，他回去了，代庖的是何作霖君，于阿Q素无爱憎，我便将“大团圆”送去，他便登出来。待到伏园回京，阿Q已经枪毙了一个多月了。纵令伏园怎样善于催稿，如何笑嘻嘻，也无法再说“先生，《阿Q正传》……”从此我总算收束了一件事，可以另干别的去。另干了别的什么，现在也已经记不清，但大概还是这一类的事。

其实“大团圆”倒不是“随意”给他的；至于初写时可曾料到，那倒确乎也是一个疑问。我仿佛记得：没有料到。不过这也无法，谁能开首就料到人们的“大团圆”？不但对于阿Q，连我自己将来的“大团圆”，我就料不到究竟是怎样。终于是“学者”，或“教授”乎？还是“学匪”或“学棍”呢？“官僚”乎，还是“刀笔吏”呢？“思想界之权威”乎，抑“思想界先驱者”乎，抑又“世故的老人”乎？“艺术家”？“战士”？抑又是见客不怕麻烦的特别“亚拉籍夫”乎？乎？乎？乎？乎？

但阿Q自然还可以有各种别样的结果，不过这不是我所知道的事。

先前，我觉得我很有写得“太过”的地方，近来却不这样想了。中国现在的事，即使如实描写，在别国的人们，或将来的好中国的人们看来，也都会觉得grotesk。我常常假想一件事，自以为这是想得太奇怪了；但倘遇到相类的事实，却往往更奇怪。在这事实发生以前，以我的浅见寡识，是万万想不到的。

大约一个多月以前，这里枪毙一个强盗，两个穿短衣的人各拿手枪，一共打了七枪。不知道是打了不死呢，还是死了仍然打，所以要打得这么多。当时我便对我的一群少年同学们发感慨，说：这是民国初年初用枪毙的时候的情形；现在隔了十多年，应该进步些，无须给死者这么多的苦痛。北京就不然，犯人未到刑场，刑吏就从后脑一枪，结果了性命，本人还来不及知道已经死了呢。所以北京究竟是“首善之区”，便是死刑，也比外省的好得远。

但是前几天看见十一月二十三日的北京《世界日报》，又知道我的话并不的确了，那第六版上有一条新闻，题目是《杜小拴子刀铡而死》，共分五节，现在撮录一节在下面——

△杜小拴子刀铡余人枪毙先时，卫戍司令部因为从了毅军各兵士的请求，决定用“枭首刑”，所以杜等不曾到场以前，刑场已预备好了铡草大刀一把了。刀是长形的，下边是木底，中缝有厚大而锐利的刀一把，刀下头有一孔，横嵌木上，可以上下的活动，杜等四人入刑场之后，由招扶的兵士把杜等架下刑车，就叫他们脸冲北，对着已备好的刑桌前站着。……杜并没有跪，有外右五区的某巡官去问杜：要人把着不要？杜就笑而不答，后来就自己跑到刀前，自己睡在刀上，仰面受刑，先时行刑兵已将刀抬起，杜枕到适宜的地方后，行刑兵就合眼猛力一铡，杜的身首，就不在一处了。当时血出极多。在旁边跪等枪决的宋振山等三人，也各偷眼去看，中有赵振一名，身上还发起颤来。后由某排长拿手枪站在宋等的后面，先毙宋振山，后毙李有三赵振，每人都是一枪毙命。……先时，被害程步墀的两个儿子忠智忠信，都在场观看，放声大哭，到各人执刑之后，去大喊：爸！妈呀！你的仇已报了！我们怎么办哪？听的人都非常难过，后来由家族引导着回家去了。

假如有一个天才，真感着时代的心搏，在十一月二十二日发表出记叙这样情景的小说来，我想，许多读者一定以为是说着包龙图爷爷时代的事，在西历十一世纪，和我们相差将有九百年。

这真是怎么好……。

至于《阿Q正传》的译本，我只看见过两种。法文的登在八月分的《欧罗巴》上，还止三分之一，是有删节的。英文的似乎译得很恳切，但我不懂英文，不能说什么。只是偶然看见还有可以商榷的两处：一是“三百大钱九二串”当译为“三百大钱，以九十二文作为一白”的意思；二是“柿油党”不如译音，因为原是“自由党”，乡下人不能懂，便讹成他们能懂的“柿油党”了。

十二月三日，在厦门写。

关于《三藏取经记》等

阔别了多年的SF君，忽然从日本东京寄给我一封信，转来转去，待我收到时，去发信的日子已经有二十天了。但这在我，却真如空谷里听到跫然的足音。信函中还附着一片十一月十四日东京《国民新闻》的记载，是德富苏峰氏纠正我那《小说史略》的谬误的。

凡一本书的作者，对于外来的纠正，以为然的就遵从，以为非的就缄默，本不必有一一说明下笔时是什么意思，怎样取舍的必要。但苏峰氏是日本深通“支那”的耆宿，《三藏取经记》的收藏者，那措辞又很波俏，因此也就想来说几句话。

首先还得翻出他的原文来——

鲁迅氏之《中国小说史略》

苏峰生

顷读鲁迅氏之《中国小说史略》，有云：

《大唐三藏法师取经记》三卷，旧本在日本，又有一小本曰《大唐三藏取经诗话语》，内容悉同，卷尾一行云“中瓦子张家印”，张家为宋时临安书铺，世因以为宋刊，然逮于元朝，张家或亦无恙，则此书或为元人所撰，未可知矣。……

这倒并非没有聊加辩正的必要。

《大唐三藏取经记》者，实是我的成篑堂的插架中之一，而《取经诗话》

的袖珍本，则是故三浦观树将军的珍藏。这两书，是都由明慧上人和红叶广知于世，从京都栂寺散出的。看那书中的高山寺的印记，又看高山寺藏书目录，都证明着如此。

这不但作为宋椠的稀本；作为宋代所著的说话本（日本之所谓言文一致体），也最可珍重的吧，然而鲁迅氏却轻轻地断定道：“此书或为元人撰，未可知矣。”过于太早计了。

鲁迅氏未见这两书的原板，所以不知究竟，倘一见，则其为宋椠，决不容疑。其纸质，其墨色，其字体，无不皆然。不仅因为张家是宋时的临安的书铺。

加之，至于成篑堂的《取经记》，则有着可以说是宋版的特色的阙字。好个罗振玉氏，于此早已觉到了。

皆（三浦本，成篑堂本）为高山寺旧藏。而此本（成篑堂藏《取经记》）刊刻尤精，书中驚字作驚，敬字缺末笔，盖亦宋椠也。（《雪堂校刊群书叙录》）。

想鲁迅氏未读罗氏此文，所以疑是或为元人之作的吧。即使世间多不可思议事，元人著作的宋刻，是未必有可以存在的理由的。

罗振玉氏对于此书，曾这样说。宋代平话，旧但有《宣和遗事》而已。近年若《五代平话》《京本小说》，渐有重刊本。宋人平话之传于人间者，至是遂得四种。因为是斯学界中如此重要的书籍，所以明白其真相，未必一定是无用之业吧。

总之，苏峰氏的意思，无非在证明《三藏取经记》等是宋椠。其论据有三——

一　纸墨字体是宋；

二　宋讳缺笔；

三　罗振玉氏说是宋刻。

说起来也惭愧，我虽然草草编了一本《小说史略》，而家无储书，罕见旧刻，所用为资料的，几乎都是翻刻本，新印本，甚而至于是石印本，序跋及撰人名，往往缺失，所以漏略错误，一定很多。但《三藏法师取经记》及《诗话》两种，所见的却是罗氏影印本，纸墨虽新，而字体和缺笔是看得出的。那后面就有罗跋，正不必再求之于《雪堂校刊群书叙录》，我所谓“世因以为宋刊”，即指罗跋而言。现在苏峰氏所举的三证中，除纸墨因确未目睹，无从然否外，其余二事，则那时便已不足使我信受，因此就不免“疑”起来了。

某朝讳缺笔是某朝刻本，是藏书家考订版本的初步秘诀，只要稍看过几部旧书的人，大抵知道的。何况缺笔的惊蹩字的怎样地触目。但我却以为这并不足以确定为宋本。前朝的缺笔字，因为故意或习惯，也可以沿至后一朝。例如我们民国已至十五年了，而遗老们所刻的书，儀字还“敬缺末笔”。非遗老们所刻的书，寧字玄字也常常缺笔，或者以甯代寧，以元代玄。这都是在民国而讳清讳；不足为清朝刻本的证据。京师图书馆所藏的《易林注》残本（现有影印本，在《四部丛刊》中），恆字搆字都缺笔的，纸质，墨色，字体，都似宋；而且是蝶装，缪荃荪氏便定为宋本。但细看内容，却引用着阴时夫的《韵府群玉》，而阴时夫则是道道地地的元人。所以我以为不能据缺笔字便确定为某朝刻，尤其是当时视为无足重轻的小说和剧曲之类。

罗氏的论断，在日本或者很被引为典据吧，但我却并不尽信奉，不但书跋，连书画金石的题跋，无不皆然。即如罗氏所举宋代平话四种中，《宣和遗事》我也定为元人作，但这并非我的轻轻断定，是根据了明人胡应麟氏所说的。而且那书是抄撮而成，文言和白话都有，也不尽是“平话”。

我的看书，和藏书家稍不同，是不尽相信缺笔，抬头，以及罗氏题跋的，因此那时便疑；只是疑，所以说“或”，说“未可知”。我并非想要唐突宋椠和收藏者，即使如何廓大其冒昧，似乎也不过轻疑而已，至于“轻轻地断定”，则殆未也。

但在未有更确的证明之前，我的“疑”是存在的。待证明之后，就成为这样的事：鲁迅疑是元刻，为元人作；今确是宋椠，故为宋人作。无论如何，苏峰氏所预想的“元人著作的宋版”这滑稽剧，是未必能够开演的。

然而在考辨的文字中杂入一点滑稽轻薄的论调，每容易迷眩一般读者，使之失去冷静，坠入彀中，所以我便译出，并略加说明，如上。

（十二月二十日。）

所谓“思想界先驱者”鲁迅启事

《新女性》八月号登有“狂飚社广告”，说：“狂飚运动的开始远在二年之前……去年春天本社同人与思想界先驱者鲁迅及少数最进步的青年文学家合办《莽原》……兹为大规模地进行我们的工作起见于北京出版之《乌合》《未名》《莽原》《弦上》四种出版物外特在上海筹办《狂飚丛书》及一篇幅较大之刊物”云云。我在北京编辑《莽原》《乌合丛书》《未名丛刊》三种出版物，所用稿件，皆系以个人名义送来；对于狂飚运动，向不知是怎么一回事：如何运动，运动甚么。今忽混称“合办”，实出意外；不敢掠美，特此声明。又，前因有人不明真相，或则假借虚名，加我纸冠，已非一次，业经先有陈源在《现代评论》上，近有长虹在《狂飚》上，迭加嘲骂，而狂飚社一面又锡以第三顶“纸糊的假冠”，真是头少帽多，欺人害己，虽“世故的老人”，亦身心之交病矣。只得又来特此声明：我也不是“思想界先驱者”即英文 Forerunner 之译名。此等名号，乃是他人暗中所加，别有作用，本人事前并不知情，事后亦未尝高兴。倘见者因此受愚，概与本人无涉。

厦门通信（三）

小峰兄：

二十七日寄出稿子两篇，想已到。其实这一类东西，本来也可做可不做，但是一则因为这里有几个少年希望我耍几下，二则正苦于没有文章做，所以便写了几张，寄上了。本地也有人要我做一点批评厦门的文字，然而至今一句也没有做，言语不通，又不知各种底细，从何说起。例如这里的报纸上，先前连日闹着"黄仲训霸占公地"的笔墨官司，我至今终于不知道黄仲训何人，曲折怎样，如果竟来批评，岂不要笑断真的批评家的肚肠。但别人批评，我是不妨害的。以为我不准别人批评者，诬也；我岂有这么大的权力。不过倘要我做编辑，那么，我以为不行的东西便不登，我委实不大愿意做一个莫名其妙的什么运动的傀儡。

前几天，卓治睁大着眼睛对我说，别人胡骂你，你要回骂。还有许多人要看你的东西，你不该默不作声，使他们迷惑。你现在不是你自己的了。我听了又打了一个寒噤，和先前听得有人说青年应该学我的多读古文时候相同。呜呼，一戴纸冠，遂成公物，负"帮忙"之义务，有回骂之必须，然则固不如从速坍台，还我自由之为得计也。质之高明，未识以为然否？

今天也遇到了一件要打寒噤的事。厦门大学的职务，我已经都称病辞去了。百无可为，溜之大吉。然而很有几个学生向我诉苦，说他们是看了厦门大学革新的消息而来的，现在不到半年，今天这个走，明天那个走，叫他们怎么办？这实在使我夹脊梁发冷，哑口无言。不料"思想界权威者"或"思想界先驱者"这一顶"纸糊的假冠"，竟又是如此误人子弟。几回广告（却并不是我登的，）将他们从别的学校里骗来，而结果是自己倒跑掉了，真是万分抱歉。我很惋惜没有人在北京早做黑幕式的记事，将学生们拦住。“见面时一谈，不见时一战”哲学，似乎有时也很是误人子弟的。

你大约还不知道底细，我最初的主意，倒的确想在这里住两年，除教书之外，还希望将先前所集成的《汉画像考》和《古小说钩沈》印出。这两种书自己印不起，也不敢请你印。因为看的人一定很少，折本无疑，惟有有钱的学校才合适。及至到了这里，看看情形，便将印《汉画像考》的希望取消，并且自己缩短年限为一年。其实是已经可以走了，但看着语堂的勤勉和为故乡做事的热心，我不好说出口。后来预算不算数了，语堂力争；听说校长就说，只要你们有稿子拿来，立刻可以印。于是我将稿子拿出去，放了大约至多十分钟吧，拿回来了，从此没有后文。这结果，不过证明了我确有稿子，并不欺骗。那时我便将印《古小说钩沈》的意思也取消，并且自己再缩短年限为半年。语堂是除办事教书之外，还要防暗算，我看他在不相干的事情上，弄得力尽神疲，真是冤枉之至。

前天开会议，连国学院的周刊也几乎印不成了；然而校长的意思，却要添顾问，如理科主任之流，都是顾问，据说是所以联络感情的。我真不懂厦门的风俗，为什么研究国学，就会伤理科主任之流的感情，而必用顾问的绳，将他络住？联络感情法我没有研究过；兼士又已辞职，所以我决计也走了。现在去放假不过三星期，本来暂停也无妨，然而这里对于教职员的薪水，有时是锱铢必较的，离开学校十来天也想扣，所以我不想来沾放假中的薪水的便宜，至今天止，扣足一月。昨天已经出题考试，作一结束了。阅卷当在下月，但是不取分文。看完就走，刊物请暂勿寄来，待我有了驻足之所，当即函告，那时再寄吧。

临末，照例要说到天气。所谓例者，我之例也；怕有批评家指为我要勒令天下青年都照我的例，所以特此声明：并非如此。天气，确已冷了。草也比先前黄得多，然而我那门前的秋葵似的黄花却还在开着，山里也还有石榴花。苍蝇不见了，蚊子间或有之。

夜深了，再谈吧。

鲁迅。十二月三十一日

再：睡了一觉醒来，听到柝声，已经是五更了。这是学校的新政，上月添设，更夫也不止一人。我听着，才知道各人的打法是不同的，声调最分明地可以区别的有两种——

托，托，托，托托！

托，托，托托！托。

打更的声调也有派别，这是我先前所不知道的。并以奉告，当作一件新闻。

一九二六年

海上通信

小峰兄：

前几天得到来信，因为忙于结束我所担任的事，所以不能即刻奉答。现在总算离开厦门坐在船上了。船正在走，也不知道是在什么海上。总之一面是一望汪洋，一面却看见岛屿，但毫无风涛，就如坐在长江的船上一般。小小的颠簸自然是有的，不过这在海上就算不得颠簸；陆上的风涛要比这险恶得多。

同舱的一个是台湾人，他能说厦门话，我不懂；我说的蓝青官话，他不懂。他也能说几句日本话，但是，我也不大懂得他。于是乎只好笔谈，才知道他是丝绸商。我于丝绸一无所知，他于丝绸之外似乎也毫无意见。于是乎他只得睡觉，我就独霸了电灯写信了。

从上月起，我本在搜集材料，想趁寒假的闲空，给《唐宋传奇集》做一篇后记，准备付印，不料现在又只得搁起来。至于《野草》，此后做不做很难说，大约是不见得再做了，省得人来谬托知己，舐皮论骨，什么是“入于心”的。但要付印，也还须细看一遍，改正错字，颇费一点工夫。因此一时也不能寄上。

我直到十五日才上船，因为先是等上月份的薪水，后来是等船。在最后的一星期中，住着实在很为难，但也更懂了一些新的世故，就是，我先前只以为要饭碗不容易，现在才知道不要饭碗也是不容易的。我辞职时，是说自己生病，因为我觉得无论怎样的暴主，还不至于禁止生病；倘使所生的并非气厥病，也不至于牵连了别人。不料一部分的青年不相信，给我开了几次送别会，演说，照相，大抵是逾量的优礼，我知道有些不妥了，连连说明：我是戴着“纸糊的假冠”的，请他们不要惜别，请他们不要忆念。但是，不知怎地终于发生了改良学校运动，首先提出的是要求校长吧免大学秘书刘树杞博士。

听说三年前，这里也有一回相类的风潮，结果是学生完全失败，在上海分立了一个大夏大学。那时校长如何自卫，我不得而知；这回是说我的辞职，和刘博士无干，乃是胡适之派和鲁迅派相排挤，所以走掉的。这话就登在鼓浪屿的日报《民钟》上，并且已经加以驳斥。但有几位同事还大大地紧张起来，开会提出质问；而校长却答复得很干脆：没有说这话。有的还不放心，更给我放散别种的谣言，要减轻“排挤说”的势力。真是“天下纷纷，何时定乎?”如果我安心在厦门大学吃饭，或者没有这些事的吧，然而这是我所意料不到的。

校长林文庆博士是英国籍的中国人，开口闭口，不离孔子，曾经做过一本讲孔教的书，可惜名目我忘记了。听说还有一本英文的自传，将在商务印书馆出版；现在正做着《人种问题》。他待我实在是很隆重，请我吃过几回饭；单是饯行，就有两回。不过现在“排挤说”倒衰退了；前天所听到的是他在宣传，我到厦门，原是来捣乱，并非预备在厦门教书的，所以北京的位置都没有辞掉。

现在我没有到北京，“位置说”大概又要衰退了吧，新说如何，可惜我已在船上，不得而知。据我的意料，罪孽一定是日见其深重的，因为中国向来就是“当面输心背面笑”，正不必“新的时代”的青年才这样。对面是“吾师”和“先生”，背后是毒药和暗箭，领教了已经不只两三次了。

新近还听到我的一件罪案，是关于集美学校的。厦门大学和集美学校，都是秘密世界，外人大抵不大知道。现在因为反对校长，闹了风潮了。先前，那校长叶渊定要请国学院里的人们去演说，于是分为六组，每星期一组，凡两人。第一次是我和语堂。那招待法也很隆重，前一夜就有秘书来迎接。此公和我谈起，校长的意思是以为学生应该专门埋头读书的。我就说，那么我却以为也应该留心世事，和校长的尊意正相反，不如不去的好吧。他却道不妨，也可以说说。于是第二天去了，校长实在沉鸷得很，殷勤劝我吃饭。我却一面吃，一面愁。心里想，先给我演说就好了，听得讨厌，就可以不请我吃饭；现在饭已下肚，倘使说话有背谬之处，适足以加重罪孽，如何是好呢。午后讲演，我说的是照例的聪明人不能做事，因为他想来想去，终于什么也做不成等类的话。那时校长坐在我背后，我看不见。直到前几天，才听说这位叶渊校长也说集美学校的闹风潮，都是我不好，对青年人说话，那里可以说人是不必想来想去的呢。当我说到这里的时候，他还在后面摇摇头。

我的处世，自以为退让得尽够了，人家在办报，我决不自行去投稿；人家在开会，我决不自己去演说。硬要我去，自然也可以的，但须任凭我说一点我所要说的话，否则，我宁可一声不响，算是死尸。但这里却必须我开口说话，而话又须合于校长之意。我不是别人，那知道别人的意思呢？“先意承志”的妙法，又未曾学过。其被摇头，实活该也。

但从去年以来，我居然大大地变坏，或者是进步了。虽或受着各方面的斫刺，似乎已经没有创伤，或者不再觉得痛楚；即使加我罪案，也并不觉着一点沉重了。这是我经历了许多旧的和新的世故之后，才获得的。我已经管不得许多，只好从退让到无可退避之地，进而和他们冲突，蔑视他们，并且蔑视他们的蔑视了。

我的信要就此收场。海上的月色是这样皎洁；波面映出一大片银鳞，闪烁摇动；此外是碧玉一般的海水，看去仿佛很温柔。我不信这样的东西是会淹死人的。但是，请你放心，这是笑话，不要疑心我要跳海了，我还毫没有跳海的意思。

鲁迅。一月十六夜，海上

一九二七年

而已集

题 辞

这半年我又看见了许多血和许多泪，
然而我只有杂感而已。

泪揩了，血消了；
屠伯们逍遥复逍遥，
用钢刀的，用软刀的。
然而我只有“杂感”而已。

连“杂感”也被“放进了应该去的地方”时，
我于是只有“而已”而已！

以上的八句话，是在一九二六年十月十四夜里，编完那年那时为止的杂感集后，写在末尾的，现在便取来作为一九二七年的杂感集的题辞。

一九二八年十月三十日，鲁迅校讫记

一九二七年

黄花节的杂感

黄花节将近了，必须做一点所谓文章。但对于这一个题目的文章，教我做起来，实在近于先前的在考场里“对空策”。因为——说出来自已也惭愧——黄花节这三个字，我自然明白它是什么意思的；然而战死在黄花冈头的战士们呢，不但姓名，连人数也不知道。

为寻些材料，好发议论起见，只得查《辞源》。书里面有是有的，可不过是：

“黄花冈。地名，在广东省城北门外白云山之麓。清宣统三年三月二十九日，革命党数十人，攻袭督署，不成而死，丛葬于此。”

轻描淡写，和我所知道的差不多，于我并不能有所裨益。

我又愿意知道一点十七年前的三月二十九日的情形，但一时也找不到目击耳闻的耆老。从别的地方——如北京，南京，我的故乡——的例子推想起来，当时大概有若干人痛惜，若干人快意，若干人没有什么意见，若干人当作酒后茶余的谈助的吧。接着便将被人们忘却。久受压制的人们，被压制时只能忍苦，幸而解放了便只知道作乐，悲壮剧是不能久留在记忆里的。

但是三月二十九日的事却特别，当时虽然失败，十月就是武昌起义，第二年，中华民国便出现了。于是这些失败的战士，当时也就成为革命成功的先驱，悲壮剧刚要收场，又添上一个团圆剧的结束。这于我们是很可庆幸的，我想，在纪念黄花节的时候便可以看出。

我还没有亲自遇见过黄花节的纪念，因为久在北方。不过，中山先生的纪念日却遇见过了：在学校里，晚上来看演剧的特别多，连凳子也踏破了几条，非常热闹。用这例子来推断，那么，黄花节也一定该是极其热闹的吧。

当三月十二日那天的晚上，我在热闹场中，便深深地更感得革命家的伟大。我想，恋爱成功的时候，一个爱人死掉了，只能给生存的那一个以悲哀。然而革命成功的时候，革命家死掉了，却能每年给生存的大家以热闹，甚而至于欢欣鼓舞。惟独革命家，无论他生或死，都能给大家以幸福。同是爱，结果却是这样地不同，正无怪现在的青年，很有许多感到恋爱和革命的冲突的苦闷。

以上的所谓“革命成功”，是指暂时的事而言；其实是“革命尚未成功”的。革命无止境，倘使世上真有什么“止于至善”，这人间世便同时变了凝固的东西了。不过，中国经了许多战士的精神和血肉的培养，却的确长出了一点先前所没有的幸福的花果来，也还有逐渐生长的希望。倘若不像有，那是因为继续培养的人们少，而赏玩，攀折这花，摘食这果实的人们倒是太多的缘故。

我并非说，大家都须天天去痛哭流涕，以凭吊先烈的“在天之灵”，一年中有一天记起他们也就可以了。但就广东的现在而论，我却觉得大家对于节日的办法，还须改良一点。黄花节很热闹，热闹一天自然也好；热闹得疲劳了，回去就好好地睡一觉。然而第二天，元气恢复了，就该加工做一天自己该做的工作。这当然是劳苦的，但总比枪弹从致命的地方穿过去要好得远；何况这也算是在培养幸福的花果，为着后来的人们呢。

三月二十四日夜

略论中国人的脸

大约人们一遇到不大看惯的东西，总不免以为他古怪。我还记得初看见西洋人的时候，就觉得他脸太白，头发太黄，眼珠太淡，鼻梁太高。虽然不能明明白白地说出理由来，但总而言之：相貌不应该如此。至于对于中国人的脸，是毫无异议；即使有好丑之别，然而都不错的。

我们的古人，倒似乎并不放松自己中国人的相貌。周的孟轲就用眸子来判胸中的正不正，汉朝还有《相人》二十四卷。后来闹这玩意儿的尤其多；分起来，可以说有两派吧：一是从脸上看出他的智愚贤不肖；一是从脸上看出他过去，现在和将来的荣枯。于是天下纷纷，从此多事，许多人就都战战兢兢地研究自己的脸。我想，镜子的发明，恐怕这些人和小姐们是大有功劳的。不过近来前一派已经不大有人讲究，在北京上海这些地方捣鬼的都只是后一派了。

我一向只留心西洋人。留心的结果，又觉得他们的皮肤未免太粗；毫毛有白色的，也不好。皮上常有红点，即因为颜色太白之故，倒不如我们之黄。尤其不好的是红鼻子，有时简直像是将要熔化的蜡烛油，仿佛就要滴下来，使人看得栗栗危惧，也不及黄色人种的较为隐晦，也见得较为安全。总而言之：相貌还是不应该如此的。

后来，我看见西洋人所画的中国人，才知道他们对于我们的相貌也很不敬。那似乎是《天方夜谈》或者《安兑生童话》中的插画，现在不很记得清楚了。头上戴着拖花翎的红缨帽，一条辫子在空中飞扬，朝靴的粉底非常之厚。但这些都是满洲人连累我们的。独有两眼歪斜，张嘴露齿，却是我们自己本来的相貌。不过我那时想，其实并不尽然，外国人特地要奚落我们，所以格外形容得过度了。

但此后对于中国一部分人们的相貌，我也逐渐感到一种不满，就是他们每看见不常见的事件或华丽的女人，听到有些醉心的说话的时候，下巴总要慢慢挂下，将嘴张了开来。这实在不大雅观；仿佛精神上缺少着一样什么机件。据研究人体的学者们说，一头附着在上颚骨上，那一头附着在下颚骨上的“咬筋”，力量是非常之大的。我们幼小时候想吃核桃，必须放在门缝里将它的壳夹碎。但在成人，只要牙齿好，那咬筋一收缩，便能咬碎一个核桃。有着这么大的力量的筋，有时竟不能收住一个并不沉重的自己的下巴，虽然正在看得出神的时候，倒也情有可原，但我总以为究竟不是十分体面的事。

日本的长谷川如是闲是善于做讽刺文字的。去年我见过他的一本随笔集，叫作《猫·狗·人》；其中有一篇就说到中国人的脸。大意是初见中国人，即令人感到较之日本人或西洋人，脸上总欠缺着一点什么。久而久之，看惯了，便觉得这样已经尽够，并不缺少东西；倒是看得西洋人之流的脸上，多余着一点什么。这多余着的东西，他就给它一个不大高妙的名目：兽性。中国人的脸上没有这个，是人，则加上多余的东西，即成了下列的算式：

人＋兽性＝西洋人

他借了称赞中国人，贬斥西洋人，来讥刺日本人的目的，这样就达到了，自然不必再说这兽性的不见于中国人的脸上，是本来没有的呢，还是现在已经消除。如果是后来消除的，那么，是渐渐净尽而只剩了人性的呢，还是不过渐渐成了驯顺。野牛成为家牛，野猪成为猪，狼成为狗，野性是消失了，但只足使牧人喜欢，于本身并无好处。人不过是人，不再夹杂着别的东西，当然再好没有了。倘不得已，我以为还不如带些兽性，如果合于下列的算式倒是不很有趣的：

人＋家畜性＝某一种人

中国人的脸上真可有兽性的记号的疑案，暂且中止讨论吧。我只要说近来却在中国人所理想的古今人的脸上，看见了两种多余。一到广州，我觉得比我所从来的厦门丰富得多的，是电影，而且大半是“国片”，有古装的，有时装的。因为电影是“艺术”，所以电影艺术家便将这两种多余加上去了。

古装的电影也可以说是好看，那好看不下于看戏；至少，决不至于有大锣大鼓将人的耳朵震聋。在“银幕”上，则有身穿不知何时何代的衣服的人物，缓慢地动作；脸正如古人一般死，因为要显得活，便只好加上些旧式戏子的昏庸。

时装人物的脸，只要见过清朝光绪年间上海的吴友如的《画报》的，便会觉得神态非常相像。《画报》所画的大抵不是流氓拆梢，便是妓女吃醋，所以脸相都狡猾。这精神似乎至今不变，国产影片中的人物，虽是作者以为善人杰士者，眉宇间也总带些上海洋场式的狡猾。可见不如此，是连善人杰士也做不成的。

听说，国产影片之所以多，是因为华侨欢迎，能够获利，每一新片到，老的便带了孩子去指点给他们看道：“看哪，我们的祖国的人们是这样的。”在广州似乎也受欢迎，日夜四场，我常见看客坐得满满。

广州现在也如上海一样，正在这样地修养他们的趣味。可惜电影一开演，电灯一定熄灭，我不能看见人们的下巴。

四月六日

革命时代的文学

——四月八日在黄埔军官学校讲

今天要讲几句的话是就将这“革命时代的文学”算作题目。这学校是邀过我好几次了，我总是推宕着没有来。为什么呢？因为我想，诸君的所以来邀我，大约是因为我曾经做过几篇小说，是文学家，要从我这里听文学。其实我并不是的，并不懂什么。我首先正经学习的是开矿，叫我讲掘煤，也许比讲文学要好一些。自然，因为自己的嗜好，文学书是也时常看看的，不过并无心得，能说出于诸君有用的东西来。加以这几年，自己在北京所得的经验，对于一向所知道的前人所讲的文学的议论，都渐渐的怀疑起来。那是开枪打杀学生的时候吧，文禁也严厉了，我想：文学文学，是最不中用的，没有力量的人讲的；有实力的人并不开口，就杀人，被压迫的人讲几句话，写几个字，就要被杀；即使幸而不被杀，但天天呐喊，叫苦，鸣不平，而有实力的人仍然压迫，虐待，杀戮，没有方法对付他们，这文学于人们又有什么益处呢？

在自然界里也这样，鹰的捕雀，不声不响的是鹰，吱吱叫喊的是雀；猫的捕鼠，不声不响的是猫，吱吱叫喊的是老鼠；结果，还是只会开口的被不开口的吃掉。文学家弄得好，做几篇文章，也许能够称誉于当时，或者得到多少年的虚名吧——譬如一个烈士的追悼会开过之后，烈士的事情早已不提了，大家倒传诵着谁的挽联做得好：这实在是一件很稳当的买卖。

但在这革命地方的文学家，恐怕总喜欢说文学和革命是大有关系的，例如可以用这来宣传，鼓吹，煽动，促进革命和完成革命。不过我想，这样的文章是无力的，因为好的文艺作品，向来多是不受别人命令，不顾利害，自然而然地从心中流露的东西；如果先挂起一个题目，做起文章来，那又何异于八股，在文学中并无价值，更说不到能否感动人了。为革命起见，要有“革命人”，“革命文学”倒无须急急，革命人做出东西来，才是革命文学。所以，我想：革命，倒是与文章有关系的。革命时代的文学和平时的文学不同，革命来了，文学就变换色彩。但大革命可以变换文学的色彩，小革命却不，因为不算什么革命，所以不能变换文字的色彩。在此地是听惯了“革命”了，江苏浙江谈到革命二字，听的人都很害怕，讲的人也很危险。其实“革命”是并不稀奇的，惟其有了它，社会才会改革，人类才会进步，能从原虫到人类，从野蛮到文明，就因为没有一刻不在革命。生物学家告诉我们：“人类和猴子是没有大两样的，人类和猴子是表兄弟。”但为什么人类成了人，猴子终于是猴子呢？这就因为猴子不肯变化——它爱用四只脚走路。也许曾有一个猴子站起来，试用两脚走路的吧，但许多猴子就说：“我们底祖先一向是爬的，不许你站！”咬死了。它们不但不肯站起来，并且不肯讲话，因为它守旧。人类就不然，他终于站起，讲话，结果是他胜利了。现在也还没有完。所以革命是并不稀奇的，凡是至今还未灭亡的民族，还都天天在努力革命，虽然往往不过是小革命。

大革命与文学有什么影响呢？大约可以分开三个时候来说：

（一）大革命之前，所有的文学，大抵是对于种种社会状态，觉得不平，觉得痛苦，就叫苦，鸣不平，在世界文学中关于这类的文学颇不少。但这些叫苦鸣不平的文学对于革命没有什么影响，因为叫苦鸣不平，并无力量，压迫你们的人仍然不理，老鼠虽然吱吱地叫，尽管叫出很好的文学，而猫儿吃起它来，还是不客气。所以仅仅有叫苦鸣不平的文学时，这个民族还没有希望，因为止于叫苦和鸣不平。例如人们打官司，失败的方面到了分发冤单的时候，对手就知道他没有力量再打官司，事情已经了结了；所以叫苦鸣不平的文学等于喊冤，压迫者对此倒觉得放心。有些民族因为叫苦无用，连苦也不叫了，他们便成为沉默的民族，渐渐更加衰颓下去，埃及，阿拉伯，波斯，印度就都没有什么声音了！至于富有反抗性，蕴有力量的民族，因为叫苦没用，他便觉悟起来，由哀音而变为怒吼。怒吼的文学一出现，反抗就快到了；他们已经很愤怒，所以与革命爆发时代接近的文学每每带有愤怒之音；他要反抗，他要复仇。苏俄革命将起时，即有些这类的文学。但也有例外，如波兰，虽然早有复仇的文学，然而他的恢复，是靠着欧洲大战的。

（二）到了大革命的时代，文学没有了，没有声音了，因为大家受革命潮流的鼓荡，大家由呼喊而转入行动，大家忙着革命，没有闲空谈文学了。还有一层，是那时民生凋敝，一心寻面包吃尚且来不及，哪里有心思谈文学呢？守旧的人因为受革命潮流的打击，气得发昏，也不能再唱所谓他们底文学了。有人说“文学是穷苦的时候做的”，其实未必，穷苦的时候必定没有文学作品的；我在北京时，一穷，就到处借钱，不写一个字，到薪俸发放时，才坐下来做文章。忙的时候也必定没有文学作品，挑担的人必要把担子放下，才能做文章；拉车的人也必要把车子放下，才能做文章。大革命时代忙得很，同时又穷得很，这一部分人和那一部分人斗争，非先行变换现代社会底状态不可，没有时间也没有心思做文章；所以大革命时代的文学便只好暂归沉寂了。

（三）等到大革命成功后，社会底状态缓和了，大家底生活有余裕了，这时候就又产生文学。这时候底文学有二：一种文学是赞扬革命，称颂革命——讴歌革命，因为进步的文学家想到社会改变，社会向前走，对于旧社会的破坏和新社会的建设，都觉得有意义，一方面对于旧制度的崩坏很高兴，一方面对于新的建设来讴歌。另有一种文学是吊旧社会的灭亡——挽歌——也是革命后会有的文学。有些的人以为这是“反革命的文学”，我想，倒也无须加以这么大的罪名。革命虽然进行，但社会上旧人物还很多，决不能一时变成新人物，他们的脑中满藏着旧思想旧东西；环境渐变，影响到他们自身的一切，于是回想旧时的舒服，便对于旧社会眷念不已，恋恋不舍，因而讲出很古的话，陈旧的话，形成这样的文学。这种文学都是悲哀的调子，表示他心里不舒服，一方面看见新的建设胜利了，一方面看见旧的制度灭亡了，所以唱起挽歌来。但是怀旧，唱挽歌，就表示已经革命了，如果没有革命，旧人物正得势，是不会唱挽歌的。

不过中国没有这两种文学——对旧制度挽歌，对新制度讴歌；因为中国革命还没有成功，正是青黄不接，忙于革命的时候。不过旧文学仍然很多，报纸上的文章，几乎全是旧式。我想，这足见中国革命对于社会没有多大的改变，对于守旧的人没有多大的影响，所以旧人仍能超然物外。广东报纸所讲的文学，都是旧的，新的很少，也可以证明广东社会没有受革命影响；没有对新的讴歌，也没有对旧的挽歌，广东仍然是十年前底广东。不但如此，并且也没有叫苦，没有鸣不平；止看见工会参加游行，但这是政府允许的，不是因压迫而反抗的，也不过是奉旨革命。中国社会没有改变，所以没有怀旧的哀词，也没有崭新的进行曲，只在苏俄却已产生了这两种文学。他们的旧文学家逃亡外国，所作的文学，多是吊亡挽旧的哀词，新文学则正在努力向前走，伟大的作品虽然还没有，但是新作品已不少，他们已经离开怒吼时期而过渡到讴歌的时期了。赞美建设是革命进行以后的影响，再往后去的情形怎样，现在不得而知，但推想起来，大约是平民文学吧，因为平民的世界，是革命的结果。

现在中国自然没有平民文学，世界上也还没有平民文学，所有的文学，歌呀，诗呀，大抵是给上等人看的；他们吃饱了，睡在躺椅上，捧着看。一个才子出门遇见一个佳人，两个人很要好，有一个不才子从中捣乱，生出差迟来，但终于团圆了。这样地看看，多么舒服。或者讲上等人怎样有趣和快乐，下等人怎样可笑。前几年《新青年》载过几篇小说，描写罪人在寒地里的生活，大学教授看了就不高兴，因为他们不喜欢看这样的下流人。如果诗歌描写车夫，就是下流诗歌；一出戏里，有犯罪的事情，就是下流戏。他们的戏里的角色，止有才子佳人，才子中状元，佳人封一品夫人，在才子佳人本身很欢喜，他们看了也很欢喜，下等人没奈何，也只好替他们一同欢喜欢喜。在现在，有人以平民——工人农民——为材料，做小说作诗，我们也称之为平民文学，其实这不是平民文学，因为平民还没有开口。这是另外的人从旁看见平民的生活，假托平民底口吻而说的。眼前的文人有些虽然穷，但总比工人农民富足些，这才能有钱去读书，才能有文章；一看好像是平民所说的，其实不是；这不是真的平民小说。平民所唱的山歌野曲，现在也有人写下来，以为是平民之音了，因为是老百姓所唱。但他们间接受古书的影响很大，他们对于乡下的绅士有田三千亩，佩服得不了，每每拿绅士的思想，做自己的思想，绅士们惯吟五言诗，七言诗，因此他们所唱的山歌野曲，大半也是五言或七言。这是就格律而言，还有构思取意，也是很陈腐的，不能称是真正的平民文学。现在中国底小说和诗实在比不上别国，无可奈何，只好称之曰文学；谈不到革命时代的文学，更谈不到平民文学。现在的文学家都是读书人，如果工人农民不解放，工人农民的思想，仍然是读书人的思想，必待工人农民得到真正的解放，然后才有真正的平民文学。有些人说："中国已有平民文学"，其实这是不对的。

诸君是实际的战争者，是革命的战士，我以为现在还是不要佩服文学的好。学文学对于战争，没有益处，最好不过作一篇战歌，或者写得美的，便可于战余休憩时看看，倒也有趣。要讲得堂皇点，则譬如种柳树，待到柳树长大，浓阴蔽日，农夫耕作到正午，或者可以坐在柳树底下吃饭，休息休息。中国现在的社会情状，止有实地的革命战争，一首诗吓不走孙传芳，一炮就把孙传芳轰走了。自然也有人以为文学于革命是有伟力的，但我个人总觉得怀疑，文学总是一种余裕的产物，可以表示一民族的文化，倒是真的。

人大概是不满于自己目前所做的事的，我一向只会做几篇文章，自己也做得厌了，而捏枪的诸君，却又要听讲文学。我呢，自然倒愿意听听大炮的声音，仿佛觉得大炮的声音或者比文学的声音要好听得多似的。我的演说只有这样多，感谢诸君听完的厚意！

写在《劳动问题》之前

还记得去年夏天住在北京的时候，遇见张我权君，听到他说过这样意思的话："中国人似乎都忘记了台湾了，谁也不大提起。"他是一个台湾的青年。

我当时就像受了创痛似的，有点苦楚；但口上却道："不。那倒不至于的。只因为本国太破烂，内忧外患，非常之多，自顾不暇了，所以只能将台湾这些事情暂且放下。……"

但正在困苦中的台湾的青年，却并不将中国的事情暂且放下。他们常希望中国革命的成功，赞助中国的改革，总想尽些力，于中国的现在和将来有所裨益，即使是自己还在做学生。

张秀哲君是我在广州才遇见的。我们谈了几回，知道他已经译成一部《劳动问题》给中国，还希望我做一点简短的序文。我是不善于作序，也不赞成作序的；况且对于劳动问题，一无所知，尤其没有开口的资格。我所能负责说出来的，不过是张君于中日两国的文字，俱极精通，译文定必十分可靠这一点罢了。

但我这回却很愿意写几句话在这一部译本之前，只要我能够。我虽然不知道劳动问题，但译者在游学中尚且为民众尽力的努力与诚意，我是觉得的。

我只能以这几句话表出我个人的感激。但我相信，这努力与诚意，读者也一定都会觉得的。这实在比无论什么序文都有力。

一九二七年四月十一日，鲁迅识于广州中山大学

略谈香港

本年一月间我曾去过一回香港，因为跌伤的脚还未全好，不能到街上去闲走，演说一了，匆匆便归，印象淡薄得很，也早已忘却了香港了。今天看见《语丝》一三七期上辰江先生的通信，忽又记得起来，想说几句话来凑热闹。

我去讲演的时候，主持其事的人大约很受了许多困难，但我都不大清楚。单知道先是颇遭干涉，中途又有反对者派人索取入场券，收藏起来，使别人不能去听；后来又不许将讲稿登报，经交涉的结果，是削去和改窜了许多。

然而我的讲演，真是"老生常谈"，而且还是七八年前的"常谈"。

从广州往香港时，在船上还亲自遇见一桩笑话。有一个船员，不知怎地，是知道我的名字的，他给我十分担心。他以为我的赴港，说不定会遭谋害；我遥遥地跑到广东来教书，而无端横死，他——广东人之一——也觉得抱歉。于是他忙了一路，替我计划，禁止上陆时如何脱身，到埠捕拿时如何避免。到埠后，既不禁止，也不捕拿，而他还不放心，临别时再三叮嘱，说倘有危险，可以避到什么地方去。

我虽然觉得可笑，但我从真心里十分感谢他的好心，记得他的认真的脸相。

三天之后，平安地出了香港了，不过因为攻击国粹，得罪了若干人。现在回想起来，像我们似的人，大危险是大概没有的。不过香港总是一个畏途。这用小事情便可以证明。即如今天的香港《循环日报》上，有这样两条琐事：

陈国被控窃去芜湖街一百五十七号地下布裤一条，昨由史司判笞十二藤云。

昨晚夜深，石塘嘴有两西装男子……遇一英警上前执行搜身。该西装男子用英语对之。该英警不理会，且警以□□□。于是双方缠上警署。……

第一条我们一目了然，知道中国人还在那里被抽藤条。“司”当是“藩司”“臬司”之“司”，是官名；史者，姓也，英国人的。港报上所谓“政府”，“警司”之类，往往是指英国的而言，不看惯的很容易误解，不如上海称为“捕房”之分明。

第二条是“搜身”的纠葛，在香港屡见不鲜。但三个方围不知道是甚么。何以要避忌？恐怕不是好的事情。这□□□似乎是因为西装和英语而得的；英警嫌恶这两件：这是主人的言语和服装。颜之推以为学鲜卑语，弹琵琶便可以生存的时代，早已过去了。

在香港时遇见一位某君，是受了高等教育的人。他自述曾因受屈，向英官申辩，英官无话可说了，但他还是输。那最末是得到严厉的训斥，道：“总之是你错的：因为我说你错！”

带着书籍的人也困难，因为一不小心，会被指为“危险文件”的。这“危险”的界说，我不知其详。总之一有嫌疑，便麻烦了。人先关起来，书去译成英文，译好之后，这才审判。而这“译成英文”的事先就可怕。我记得蒙古人“入主中夏”时，裁判就用翻译。一个和尚去告状追债，而债户商同通事，将他的状子改成自愿焚身了。官说道好；于是这和尚便被推入烈火中。我去讲演的时候也偶然提起元朝，听说颇为“X司”所不悦，他们是的确在研究中国的经史的。

但讲讲元朝，不但为“政府”的“X司”所不悦，且亦为有些“同胞”所不欢。我早知道不稳当，总要受些报应的。果然，我因为谨避“学者”，搬出中山大学之后，那边的《工商报》上登出来了，说是因为“清党”，已经逃走。后来，则在《循环日报》上，以讲文学为名，提起我的事，说我原是“《晨报副刊》特约撰述员”，现在则“到了汉口”。我知道这种宣传有点危险，意在说我先是研究系的好友，现是共产党的同道，虽不至于“枪终路寝”，益处大概总不会有的，晦气点还可以因此被关起来。便写了一封信去更正：

“在六月十日十一日两天的《循环世界》里，看见徐丹甫先生的一篇《北京文艺界之分门别户》。各人各有他的眼光，心思，手段。他要他的，我不想来多嘴。但其中有关于我的三点，我自己比较的清楚些，可以请为更正，即：

“一，我从来没有做过《晨报副刊》的‘特约撰述员’。

“二，陈大悲被攻击后，我并未停止投稿。

“三，我现仍在广州，并没有‘到了汉口’。”

从发信之日到今天，算来恰恰一个月，不见登出来。“总之你是这样的：因为我说你是这样”吧。幸而还有内地的《语丝》；否则，“十二藤”，“□□□”，哪里去诉苦！

我现在还有时记起那一位船上的广东朋友，虽然神经过敏，但怕未必是无病呻吟。他经验多。

若夫“香江”（案：盖香港之雅称）之于国粹，则确是正在大振兴而特振兴。如六月二十五日《循环日报》“昨日下午督宪府茶会”条下，就说：

“（上略）赖济熙太史即席演说，略谓大学堂汉文专科异常重要，中国旧道德与乎国粹所关，皆不容缓视，若不贯彻进行，深为可惜，（中略）周寿臣爵士亦演说汉文之宜见重于当世，及汉文科学之重要，关系国家与个人之荣辱等语，后督宪以华语演说，略谓华人若不通汉义为第一可惜，若以华人而中英文皆通达，此后中英感情必更融洽，故大学汉文一科，非常重要，未可以等闲视之云云。（下略）”

我又记得还在报上见过一篇“金制军”的关于国粹的演说，用的是广东话，看起来颇费力；又以为这“金制军”是前清遗老，遗老的议论是千篇一律的，便不去理会它了。现在看了辰江先生的通信，才知道这“金制军”原来就是“港督”金文泰，大英国人也。大惊失色，赶紧跳起来去翻旧报。运气，在六月二十八日这张《循环日报》上寻到了。因为这是中国国粹不可不振兴的铁证，也是将来“中国国学振兴史”的贵重史料，所以毫不删节，并请广东朋友校正误字（但末尾的四句集《文选》句，因为不能悬揣“金制军”究竟如何说法，所以不敢妄改，）剪贴于下，加以略注，希《语丝》记者以国学前途为重，予以排印。至纫公谊：

六月二十四号督辕茶会金制军演说词

列位先生，提高中文学业，周爵绅，赖太史，今日已经发挥尽致，毋庸我详细再讲咯，我对于呢件事，觉得有三种不能不办嘅原因，而家想同列位谈谈，（第一）系中国人要顾全自己祖国学问呀，香港地方，华人居民，最占多数，香港大学学生，华人子弟，亦系至多，如果在呢间大学，徒然侧重外国科学文字，对于中国历代相传嘅大道宏经，反转当作等闲，视为无足轻重嘅学业，岂唔系一件大憾事吗，所以为香港中国居民打算，为大学中国学生打算，呢一科实在不能不办，（第二）系中国人应该整理国故呀，中国事物文章，原本有极可宝贵嘅价值，不过因为文字过于艰深，所以除晓书香家子弟，同埋天分极高嘅人以外，能够领略其中奥义嘅，实在很少，为呢个原故，近年中国学者，对于（整理国故）嘅声调已经越唱越高，香港地方，同中国大陆相离，仅仅隔一衣带水，如果今日所提倡嘅中国学科，能够设立完全，将来集合一班大学问嘅人，将向来所有困难，一一加以整理，为后生学者，开条轻便科嘅路途，岂唔系极安慰嘅事咩，所以为中国发扬国光计，呢一科更不能不办，（第三）就系令中国道德学问，普及世界呀，中国通商以来，华人学习语言文学，成通材嘅，虽然项背相望，但系外国人精通汉学，同埋中国人精通外国科学，能够用中国言语文字翻译介绍各国高深学术科，仍然系好少，呢的岂系因外国人，同中国外洋留学生，唔愿学华国文章，不过因中国文字语言，未曾用科学方法整理完备，令到呢两班人，抱一类（可望而不可即）之叹啫，如果港大（华文学系）得到成立健全，就从前所有困难，都可以由呢处逐渐解免，个时中外求学之士，一定多列门墙，争自濯磨，中外感情，自然更加浓浃，唔哙有乜野隔膜咯，所以为中国学问及世界打算，呢一科亦不能不办，列位先生，我记得十几年前有一班中国外洋留学生，因为想研精中国学问，也曾出过一份（汉风杂志），个份杂志，书面题辞，有四句集文选句，十分动人嚟，我愿借嚟贡献过列位，而且望列位实行个四句题辞嘅意思，对于（香港大学文科，华文系）赞襄尽力，务底于成，个四句题辞话，（怀旧之蓄念，发思古之幽情，光祖宗之玄灵，大汉之发天声）

略注：

这里的括号，间亦以代曲钩之用。爵绅盖有爵的绅士，不知其详。呢 = 这。而家 = 而今。嘅 = 的。系 = 是。唔 = 无，不。哓 = 了。同埋 = 和。咩 = 呢。啫 = 呵。唔哙有乜野 = 不会有什么。嚟 = 来。过 = 给。话 = 说。

注毕不免又要发感慨了。《汉风杂志》我没有拜读过；但我记得一点旧事。前清光绪末年，我在日本东京留学，亲自看见的。那时的留学生中，很有一部分抱着革命的思想，而所谓革命者，其实是种族革命，要将土地从异族的手里取得，归还旧主人。除实行的之外，有些人是办报，有些人是抄旧书。所抄的大抵是中国所没有的禁书，所讲的大概是明末清初的情形，可以使青年猛省的。久之印成了一本书，因为是《湖北学生界》的特刊，所以名曰《汉声》，那封面上就题着四句古语：摅怀旧之蓄念，发思古之幽情，光祖宗之玄灵，振大汉之天声！

这是明明白白，叫我们想想汉族繁荣时代，和现状比较一下，看是如何——必须“光复旧物”。说得露骨些，就是“排满”；推而广之，就是“排外”。不料二十年后，竟变成在香港大学保存国粹，而使“中外感情，自然更加浓浃”的标语了。我实在想不到这四句“集《文选》句”，竟也会被外国人所引用。

这样的感慨，在现今的中国，发起来是可以发不完的。还不如讲点有趣的事做收梢，算是“余兴”。从予先生在《一般》杂志（目录上说是独逸）上批评我的小说道：“作者的笔锋……并且颇多诙谐的意味，所以有许多小说，人家看了，只觉得发松可笑。换言之，即因为此故，至少是使读者减却了不少对人生的认识。”悲夫，这“只觉得”也！但我也确有这种的毛病，什么事都不能正正经经。便是感慨，也不肯一直发到底。只是我也自有我的苦衷。因为整年的发感慨，倘是假的，岂非无聊？倘真，则我早已感愤而死了，那里还有议论。我想，活着而想称“烈士”，究竟是不容易的。

我以为有趣，想要介绍的也不过是一个广告。港报上颇多特别的广告，而这一个最奇。我第一天看《循环日报》，便在第一版上看见的了，此后每天必见，我每见必要想一想，而直到今天终于想不通是怎么一回事：

> 香港城余蕙卖文
>
> 人和旅店余蕙屏联榜幅发售
>
> 香港对联　　香港七律
>
> 香港七绝　　青山七律
>
> 荻海对联　　荻海七绝
>
> 花地七绝　　花地七律
>
> 日本七绝　　圣经五绝
>
> 英皇七绝　　英太子诗
>
> 戏子七绝　　广昌对联
>
> 三金六十员
>
> 五金五十员
>
> 七金四十员
>
> 屏条加倍
>
> 人和旅店主人谨启
>
> 小店在香港上环海傍门牌一百一十八号

七月十一日，于广州东堤

读书杂谈

——七月十六日在广州知用中学讲

因为知用中学的先生们希望我来演讲一回，所以今天到这里和诸君相见。不过我也没有什么东西可讲。忽而想到学校是读书的所在，就随便谈谈读书。是我个人的意见，姑且供诸君的参考，其实也算不得什么演讲。

说到读书，似乎是很明白的事，只要拿书来读就是了，但是并不这样简单。至少，就有两种：一是职业的读书，一是嗜好的读书。所谓职业的读书者，譬如学生因为升学，教员因为要讲功课，不翻翻书，就有些危险的就是。我想在座的诸君之中一定有些这样的经验，有的不喜欢算学，有的不喜欢博物，然而不得不学，否则，不能毕业，不能升学，和将来的生计便有妨碍了。我自己也这样，因为做教员，有时即非看不喜欢看的书不可，要不这样，怕不久便会于饭碗有妨。我们习惯了，一说起读书，就觉得是高尚的事情，其实这样的读书，和木匠的磨斧头，裁缝的理针线并没有什么分别，并不见得高尚，有时还很苦痛，很可怜。你爱做的事，偏不给你做，你不爱做的，倒非做不可。这是由于职业和嗜好不能合一而来的。倘能够大家去做爱做的事，而仍然各有饭吃，那是多么幸福。但现在的社会上还做不到，所以读书的人们的最大部分，大概是勉勉强强的，带着苦痛的为职业的读书。

现在再讲嗜好的读书吧。那是出于自愿，全不勉强，离开了利害关系的。——我想，嗜好的读书，该如爱打牌的一样，天天打，夜夜打，连续的去打，有时被公安局捉去了，放出来之后还是打。诸君要知道真打牌的人的目的并不在赢钱，而在有趣。牌有怎样的有趣呢，我是外行，不大明白。但听得爱赌的人说，它妙在一张一张的摸起来，永远变化无穷，我想，凡嗜好的读书，能够手不释卷的原因也就是这样，他在每一页每一页里，都得着深厚的趣味。自然，也可以扩大精神，增加智识的，但这些倒都不计及，一计及，便等于意在赢钱的博徒了，这在博徒之中，也算是下品。

不过我的意思，并非说诸君应该都退了学，去看自己喜欢看的书去。这样的时候还没有到来；也许终于不会到，至多，将来可以设法使人们对于非做不可的事发生较多的兴味罢了。我现在是说，爱看书的青年，大可以看看本分以外的书，即课外的书，不要只将课内的书抱住。但请不要误解，我并非说，譬如在国文讲堂上，应该在抽屉里暗看《红楼梦》之类；乃是说，应做的功课已完而有余暇，大可以看看各样的书，即使和本业毫不相干的，也要泛览。譬如学理科的，偏看看文学书，学文学的，偏看看科学书，看看别个在哪里研究的，究竟是怎么一回事，这样子，对于别人，别事，可以有更深的了解。现在中国有一个大毛病，就是人们大概以为自己所学的一门是最好，最妙，最要紧的学问，而别的都无用，都不足道的，弄这些不足道的东西的人，将来该当饿死。其实是，世界还没有如此简单，学问都各有用处，要定什么是头等还很难。也幸而有各式各样的人，假如世界上全是文学家，到处所讲的不是“文学的分类”便是“诗之构造”，那倒反而无聊得很了。

不过以上所说的，是附带而得的效果，嗜好的读书，本人自然并不计及那些，就如游公园似的，随随便便去，因为随随便便，所以不吃力，因为不吃力，所以会觉得有趣。如果一本书拿到手，就满心想道，“我在读书了！”“我在用功了！”那就容易疲劳，因而减掉兴味，或者变成苦事了。

我看现在的青年，为兴味的读书的是有的，我也常常遇到各样的询问。此刻就将我所想到的说一点，但是只限于文学方面，因为我不明白其他的。

第一，是往往分不清文学和文章。甚至于已经来动手做批评文章的，也免不了这毛病。其实粗粗的说，这是容易分别的。研究文章的历史或理论的，是文学家，是学者；做做诗或戏曲小说的，是做文章的人，就是古时候所谓文人，此刻所谓创作家。创作家不妨毫不理会文学史或理论，文学家也不妨作不出一句诗。然而中国社会上还很误解，你做几篇小说，便以为你一定懂得小说概论，作几句新诗，就要你讲诗之原理。我也尝见想做小说的青年，先买小说法程和文学史来看。据我看来，是即使将这些书看烂了，和创作也没有什么关系的。

事实上，现在有几个做文章的人，有时也确去做教授。但这是因为中国创作不值钱，养不活自己的缘故。听说美国小名家的一篇中篇小说，时价是二千美金；中国呢，别人我不知道，我自己的短篇寄给大书铺，每篇卖过二十元。当然要寻别的事，例如教书，讲文学。研究是要用理智，要冷静的，而创作须情感，至少总得发点热，于是忽冷忽热，弄得头昏——这也是职业和嗜好不能合一的苦处。苦倒也罢了，结果还是什么都弄不好。那证据，是试翻世界文学史，那里面的人，几乎没有兼做教授的。

还有一种坏处，是一做教员，未免有顾忌；教授有教授的架子，不能畅所欲言。这或者有人要反驳：那么，你畅所欲言就是了，何必如此小心。然而这是事前的风凉话，一到有事，不知不觉地他也要从众来攻击的。而教授自身，纵使自以为怎样放达，下意识里总不免有架子在。所以在外国，称为“教授小说”的东西倒并不少，但是不大有人说好，至少，是总难免有令人发烦的炫学的地方。

所以我想，研究文学是一件事，做文章又是一件事。

第二，我常被询问：要弄文学，应该看什么书？这实在是一个极难回答的问题。先前也曾有几位先生给青年开过一大篇书目。但从我看来，这是没有什么用处的，因为我觉得那都是开书目的先生自己想要看或者未必想要看的书目。我以为倘要弄旧的呢，倒不如姑且靠着张之洞的《书目答问》去摸门径去。倘是新的，研究文学，则自己先看看各种的小本子，如本间久雄的《新文学概论》，厨川白村的《苦闷的象征》，瓦浪斯基们的《苏俄的文艺论战》之类，然后自己再想想，再博览下去。因为文学的理论不像算学，二二一定得四，所以议论很纷歧。如第三种，便是俄国的两派的争论——我附带说一句，近来听说连俄国的小说也不大有人看了，似乎一看见“俄”字就吃惊，其实苏俄的新创作何尝有人绍介，此刻译出的几本，都是革命前的作品，作者在那边都已经被看作反革命的了。倘要看看文艺作品呢，则先看几种名家的选本，从中觉得谁的作品自己最爱看，然后再看这一个作者的专集，然后再从文学史上看看他在史上的位置；倘要知道得更详细，就看一两本这人的传记，那便可以大略了解了，如果专是请教别人，则各人的嗜好不同，总是格不相入的。

第三，说几句关于批评的事，现在因为出版物太多了——其实有什么呢，而读者因为不胜其纷纭，便渴望批评，于是批评家也便应运而起。批评这东西，对于读者，至少对于和这批评家趣旨相近的读者，是有用的。但中国现在，似乎应该暂作别论。往往有人误以为批评家对于创作是操生杀之权，占文坛的最高位的，就忽而变成批评家，他的灵魂上挂了刀。但是怕自己的立论不周密，便主张主观，有时怕自己的观察别人不看重，又主张客观；有时说自己的作文的根柢全是同情，有时将校对者骂得一文不值。凡中国的批评文字，我总是越看越糊涂，如果当真，就要无路可走。印度人是早知道的，有一个很普通的比喻。他们说：一个老翁和一个孩子用一匹驴子驮着货物去出卖，货卖去了，孩子骑驴回来，老翁跟着走。但路人责备他了，说是不晓事，叫老年人徒步。他们便换了一个地位，而旁人又说老人忍心；老人忙将孩子抱到鞍鞒上，后来看见的人却说他们残酷；于是都下来，走了不久，可又有人笑他们了，说他们是呆子，空着现成的驴子却不骑，于是老人对孩子叹息道，我们只剩了一个办法了，是我们两人抬着驴子走。无论读，无论做，倘若旁征博访，结果是往往会弄到抬驴子走的。

不过我并非要大家不看批评，不过说看了之后，仍要看看本书，自己思索，自己做主。看别的书也一样，仍要自己思索，自己观察。倘只看书，便变成书厨，即使自己觉得有趣，而那趣味其实是已在逐渐硬化，逐渐死去了。我先前反对青年躲进研究室，也就是这意思，至今有些学者，还将这话算作我的一条罪状哩。

听说英国的培那特萧（Bernard Shaw），有过这样意思的话：世间最不行的是读书者。因为他只能看别人的思想艺术，不用自己。这也就是勖本华尔（Schopenhauer）之所谓脑子里给别人跑马。较好的是思索者。因为能用自己的生活力了，但还不免是空想，所以更好的是观察者，他用自己的眼睛去读世间这一部活书。

这是的确的，实地经验总比看，听，空想确凿。我先前吃过干荔枝，罐头荔枝，陈年荔枝，并且由这些推想过新鲜的好荔枝。这回吃过了，和我所猜想的不同，非到广东来吃就永不会知道。但我对于萧的所说，还要加一点骑墙的议论。萧是爱尔兰人，立论也不免有些偏激的。我以为假如从广东乡下找一个没有历练的人，叫他从上海到北京或者什么地方，然后问他观察所得，我恐怕是很有限的，因为他没有练习过观察力，所以要观察，还是先要经过思索和读书。

总之，我的意思是很简单的：我们自动的读书，即嗜好的读书，请教别人是大抵无用，只好先行泛览，然后决择而入于自己所爱的较专的一门或几门；但专读书也有弊病，所以必须和实社会接触，使所读的书活起来。

通　信

小峰兄：

收到了几期《语丝》，看见有《鲁迅在广东》的一个广告，说是我的言论之类，都收集在内，后来的另一广告上，却变成“鲁迅著”了。我以为这不大好。

我到中山大学的本意，原不过是教书。然而有些青年大开其欢迎会，我知道不妙，所以首先第一回演说，就声明我不是什么“战士”，“革命家”。倘若是的，就应该在北京，厦门奋斗；但我躲到“革命后方”的广州来了，这就是并非“战士”的证据。

不料主席的某先生——他那时是委员——接着演说，说这是我太谦虚，就我过去的事实看来，确是一个战斗者，革命者。于是礼堂上劈劈拍拍一阵拍手，我的“战士”便做定了。拍手之后，大家都已走散，再向谁去推辞？我只好咬着牙关，背了“战士”的招牌走进房里去，想到敝同乡秋瑾姑娘，就是被这种劈劈拍拍的拍手拍死的。我莫非也非“阵亡”不可么？

没有法子，姑且由它去吧。然而苦矣！访问的，研究的，谈文学的，侦探思想的，要做序，题签的，请演说的，闹得个不亦乐乎。我尤其怕的是演说，因为它有指定的时候，不听拖延。临时到来一班青年，连劝带逼，将你绑了出去。而所说的话是大概有一定的题目的。命题作文，我最不擅长。否则，我在清朝不早进了秀才了么？然而不得已，也只好起承转合，上台去说几句。但我自有定例：至多以十分钟为限。可是心里还是不舒服，事前事后，我常常对熟人叹息说：不料我竟到“革命的策源地”来做洋八股了。

还有一层，我凡有东西发表，无论讲义，演说，是必须自己看过的。但那时太忙，有时不但稿子没有看，连印出了之后也没有看。这回变成书了，我也今天才知道，而终于不明白究竟是怎么一回事，里面是怎样的东西。现在我也不想拿什么费话来捣乱，但以我们多年的交情，希望你最好允许我实行下列三样——

一，将书中的我的演说，文章等都删去。

二，将广告上的著者的署名改正。

三，将这信在《语丝》上发表。

这样一来，就只剩了别人所编的别人的文章，我当然心安理得，无话可说了。但是，还有一层，看了《鲁迅在广东》，是不足以很知道鲁迅之在广东的。我想，要后面再加上几十页白纸，才可以称为"鲁迅在广东"。

回想起我这一年的境遇来，有时实在觉得有味。在厦门，是到时静悄悄，后来大热闹；在广东，是到时大热闹，后来静悄悄。肚大两头尖，像一个橄榄。我如有作品，题这名目是最好的，可惜被郭沫若先生占先用去了。但好在我也没有作品。

至于那时关于我的文字，大概是多的吧。我还记得每有一篇登出，某教授便魂不附体似的对我说道："又在恭维你了！看见了么?"我总点点头，说，"看见了"。谈下去，他照例说，"在西洋，文学是只有女人看的"。我也点点头，说，"大概是的吧"。心里却想：战士和革命者的虚衔，大约不久就要革掉了吧。

照那时的形势看来，实在也足令认明了我的"纸糊的假冠"的才子们生气。但那形势是另有缘故的，以非急切，姑且不谈。现在所要说的，只是报上所表见的，乃是一时的情形；此刻早没有假冠了，可惜报上并不记载。但我在广东的鲁迅自已，是知道的，所以写一点出来，给憎恶我的先生们平平心——

一，"战斗"和"革命"，先前几乎有修改为"捣乱"的趋势，现在大约可以免了。但旧衔似乎已经革去。

二，要我做序的书，已经托故取回。期刊上的我的题签，已经撤换。

三，报上说我已经逃走；或者说我到汉口来了。写信去更正，就没收。

四，有一种报上，竭力不使它有"鲁迅"两字出现，这是由比较两种报上的同一记事而知道的。

五，一种报上，已给我另定了一种头衔，曰，杂感家。评论是“特长即在他的尖锐的笔调，此外别无可称。”然而他希望我们和《现代评论》合作。为什么呢？他说：“因为我们细考两派文章思想，初无什么大别。”（此刻我才知道，这篇文章是转录上海的《学灯》的。原来如此，无怪其然。写完之后，追注。）

六，一个学者，已经说是我的文字损害了他，要将我送官了，先给我一个命令道：“暂勿离粤，以俟开审！”

阿呀，仁兄，你看这怎么得了呀！逃掉了五色旗下的“铁窗斧钺风味”，而在青天白日之下又有“缧绁之忧”了。“孔子曰：‘非其罪也。’以其子妻之。”怕未必有这样侥幸的事吧，唉唉，呜呼！

但那是其实没有什么的，以上云云，真是“小病呻吟”。我之所以要声明，不过希望大家不要误解，以为我是坐在高台上指挥“思想革命”而已。尤其是有几位青年，纳罕我为什么近来不开口。你看，再开口，岂不要永“勿离粤，以俟开审”了么？语有之曰：是非只为多开口，烦恼皆因强出头。此之谓也。

我所遇见的那些事，全是社会上的常情，我倒并不觉得怎样。我所感到悲哀的，是有几个同我来的学生，至今还找不到学校进，还在颠沛流离。我还要补足一句，是：他们都不是共产党，也不是亲共派。其吃苦的原因，就在和我认得。所以有一个，曾得到他的同乡的忠告道：“你以后不要再说你是鲁迅的学生了吧。”在某大学里，听说尤其严厉，看看《语丝》，就要被称为“语丝派”；和我认识，就要被叫为“鲁迅派”的。

这样子，我想，已经够了，大足以平平正人君子之流的心了。但还要声明一句，这是一部分的人们对我的情形。此外，肯忘掉我，或者至今还和我来往，或要我写字或讲演的人，偶然也仍旧有的。

《语丝》我仍旧爱看，还是他能够破破我的岑寂。但据我看来，其中有些关于南边的议论，未免有一点隔膜。譬如，有一回，似乎颇以“正人君子”之南下为奇，殊不知《现代》在这里，一向是销行很广的。相距太远，也难怪。我在厦门，还只知道一个共产党的总名，到此以后，才知道其中有

CP 和 CY 之分。一直到近来，才知道非共产党而称为什么 Y 什么 Y 的，还不止一种。我又仿佛感到有一个团体，是自以为正统，而喜欢监督思想的。我似乎也就在被监督之列，有时遇见盘问式的访问者，我往往疑心就是他们。但是否的确如此，也到底摸不清，即使真的，我也说不出名目，因为那些名目，多是我所没有听到过的。

以上算是牢骚。但我觉得正人君子这回是可以审问我了："你知道苦了吧？你改悔不改悔？"大约也不但正人君子，凡对我有些好意的人，也要问的。我的仁兄，你也许即是其一。我可以即刻答复："一点不苦，一点不悔。而且倒很有趣的。"

土耳其鸡的鸡冠似的彩色的变换，在"以俟开审"之暇，随便看看，实在是有趣的。你知道没有？一群正人君子，连拜服"孤桐先生"的陈源教授即西滢，都舍弃了公理正义的栈房的东吉祥胡同，到青天白日旗下来"服务"了。《民报》的广告在我的名字上用了"权威"两个字，当时陈源教授多么挖苦呀。这回我看见《闲话》出版的广告，道："想认识这位文艺批评界的权威的——尤其不可不读《闲话》！"这真做我觉得飘飘然，原来你不必"请君入瓮"，自己也会爬进来！

但那广告上又举出一个曾经被称为"学棍"的鲁迅来，而这回偏尊之曰"先生"，居然和这"文艺批评界的权威"并列，却确乎给了我一个不小的打击。我立刻自觉：阿呀，痛哉，又被钉在木板上替"文艺批评界的权威"做广告了。两个"权威"，一个假的和一个真的，一个被"权威"挖苦的"权威"和一个挖苦"权威"的"权威"。呵呵！

祝你安好。我是好的。

鲁迅。九，三

答有恒先生

有恒先生：

你的许多话，今天在《北新》上看见了。我感谢你对于我的希望和好意，这是我看得出来的。现在我想简略地奉答几句，并以寄和你意见相仿的诸位。

我很闲，决不至于连写字工夫都没有。但我的不发议论，是很久了，还是去年夏天决定的，我预定的沉默期间是两年。我看得时光不大重要，有时往往将它当作儿戏。

但现在沉默的原因，却不是先前决定的原因，因为我离开厦门的时候，思想已经有些改变。这种变迁的径路，说起来太烦，姑且略掉吧，我希望自己将来或者会发表。单就近时而言，则大原因之一，是：我恐怖了。而且这种恐怖，我觉得从来没有经验过。

我至今还没有将这“恐怖”仔细分析。姑且说一两种我自己已经诊察明白的，则：

一，我的一种妄想破灭了。我至今为止，时时有一种乐观，以为压迫，杀戮青年的，大概是老人。这种老人渐渐死去，中国总可比较地有生气。现在我知道不然了，杀戮青年的，似乎倒大概是青年，而且对于别个的不能再造的生命和青春，更无顾惜。如果对于动物，也要算“暴殄天物”。我尤其怕看的是胜利者的得意之笔：“用斧劈死”呀……“乱枪刺死”呀……我其实并不是急进的改革论者，我没有反对过死刑。但对于凌迟和灭族，我曾表示过十分的憎恶和悲痛，我以为二十世纪的人群中是不应该有的。斧劈枪刺，自然不说是凌迟，但我们不能用一粒子弹打在他后脑上么？结果是一样的，对方的死亡。但事实是事实，血的游戏已经开头，而角色又是青年，并且有得意之色。我现在已经看不见这出戏的收场。

二，我发见了自己是一个……是什么呢？我一时定不出名目来。我曾经说过：中国历来是排着吃人的筵宴，有吃的，有被吃的。被吃的也曾吃人，正吃的也会被吃。但我现在发见了，我自己也帮助着排筵宴。先生，你是看我的作品的，我现在发一个问题：看了之后，使你麻木，还是使你清楚；使你昏沉，还是使你活泼？倘所觉的是后者，那我的自己裁判，便证实大半了。中国的筵席上有一种“醉虾”，虾越鲜活，吃的人便越高兴，越畅快。我就是做这醉虾的帮手，弄清了老实而不幸的青年的脑子和弄敏了他的感觉，使他万一遭灾时来尝加倍的苦痛，同时给憎恶他的人们赏玩这较灵的苦痛，得到格外的享乐。我有一种设想，以为无论讨赤军，讨革军，倘捕到敌党的有智识的如学生之类，一定特别加刑，甚于对工人或其他无智识者。为什么呢，因为他可以看见更锐敏微细的痛苦的表情，得到特别的愉快。倘我的假设是不错的，那么，我的自己裁判，便完全证实了。

所以，我终于觉得无话可说。

倘若再和陈源教授之流开玩笑吧，那是容易的，我昨天就写了一点。然而无聊，我觉得他们不成什么问题。他们其实至多也不过吃半只虾或呷几口醉虾的醋。况且听说他们已经别离了最佩服的“孤桐先生”，而到青天白日旗下来革命了。我想，只要青天白日旗插远去，恐怕“孤桐先生”也会来革命的。不成问题了，都革命了，浩浩荡荡。

问题倒在我自己的落伍。还有一点小事情。就是，我先前的弄“刀笔”的罚，现在似乎降下来了。种牡丹者得花，种蒺藜者得刺，这是应该的，我毫无怨恨。但不平的是这罚仿佛太重一点，还有悲哀的是带累了几个同事和学生。

他们什么罪孽呢，就因为常常和我往来，并不说我坏。凡如此的，现在就要被称为“鲁迅党”或“语丝派”，这是“研究系”和“现代派”宣传的一个大成功。所以近一年来，鲁迅已以被“投诸四裔”为原则了。不说不知道，我在厦门的时候，后来是被搬在一所四无邻居的大洋楼上了，陪我的都是书，深夜还听到楼下野兽“唔唔”地叫。但我是不怕冷静的，况且还有学生来谈谈。然而来了第二下的打击：三个椅子要搬去两个，说是什么先生的少爷已到，要去用了。这时我实在很气愤，便问他：倘若他的孙少爷也到，我就得坐在楼板上么？不行！没有搬去，然而来了第三下的打击，一个教授微笑道：又发名士脾气了。厦门的天条，似乎是名士才能有多于一个的椅子的。“又”者，所以形容我常发名士脾气也，《春秋》笔法，先生，你大概明白的吧。还有第四下的打击，那是我临走的时候了，有人说我之所以走，一因为没有酒喝，二因为看见别人的家眷来了，心里不舒服。这还是根据那一次的“名士脾气”的。

这不过随便想到一件小事。但，即此一端，你也就可以原谅我吓得不敢开口之情有可原了吧。我知道你是不希望我做醉虾的。我再斗下去，也许会“身心交病”。然而“身心交病”，又会被人嘲笑的。自然，这些都不要紧。但我何苦呢，做醉虾？

不过我这回最侥幸的是终于没有被做成为共产党。曾经有一位青年，想以独秀办《新青年》，而我在那里做过文章这一件事，来证成我是共产党。但即被别一位青年推翻了，他知道那时连独秀也还未讲共产。退一步，“亲共派”吧，终于也没有弄成功。倘我一出中山大学即离广州，我想，是要被排进去的；但我不走，所以报上“逃走了”“到汉口去了”的闹了一通之后，倒也没有事了。天下究竟还有光明，没有人说我有“分身法”。现在是，似乎没有什么头衔了，但据“现代派”说，我是“语丝派的首领”。这和生命大约并无什么直接关系，或者倒不大要紧的，只要他们没有第二下。倘如“主角”唐有壬似的又说什么“墨斯科的命令”，那可就又有些不妙了。

笔一滑，话说远了，赶紧回到“落伍”问题去。我想，先生，你大约看见的，我曾经叹息中国没有敢“抚哭叛徒的吊客”。而今何如？你也看见，在这半年中，我何尝说过一句话？虽然我曾在讲堂上公表过我的意思，虽然我的文章那时也无处发表，虽然我是早已不说话，但这都不足以作我的辩解。总而言之，现在倘再发那些四平八稳的“救救孩子”似的议论，连我自己听去，也觉得空空洞洞了。

还有，我先前的攻击社会，其实也是无聊的。社会没有知道我在攻击，倘一知道，我早已死无葬身之所了。试一攻击社会的一分子的陈源之类，看如何？而况四万万也哉？我之得以偷生者，因为他们大多数不识字，不知道，并且我的话也无效力，如一箭之入大海。否则，几条杂感，就可以送命的。民众的罚恶之心，并不下于学者和军阀。近来我悟到凡带一点改革性的主张，倘于社会无涉，才可以作为“废话”而存留，万一见效，提倡者即大概不免吃苦或杀身之祸。古今中外，其揆一也。即如目前的事，吴稚晖先生不也有一种主义的么？而他不但不被普天同愤，且可以大呼“打倒……严办”者，即因为赤党要实行共产主义于二十年之后，而他的主义却须数百年之后或者才行，由此观之，近于废话故也。人那有遥管十余代以后的灰孙子时代的世界的闲情别致也哉？

话已经说得不少，我想收梢了。我感于先生的毫无冷笑和恶意的态度，所以也诚实的奉答，自然，一半也借此发些牢骚。但我要声明，上面的说话中，我并不含有谦虚，我知道我自己，我解剖自己并不比解剖别人留情面。好几个满肚子恶意的所谓批评家，竭力搜索，都寻不出我的真症候。所以我这回自己说一点，当然不过一部分，有许多还是隐藏着的。

我觉得我也许从此不再有什么话要说，恐怖一去，来的是什么呢，我还不得而知，恐怕不见得是好东西吧。但我也在救助我自己，还是老法子：一是麻痹，二是忘却。一面挣扎着，还想从以后淡下去的“淡淡的血痕中”看见一点东西，誊在纸片上。

鲁迅。九，四

辞“大义”

我自从去年得罪了正人君子们的“孤桐先生”，弄得六面碰壁，只好逃出北京以后，默默无语，一年有零。以为正人君子们忘记了这个“学棍”了吧——哈哈，并没有。

印度有一个泰戈尔。这泰戈尔到过震旦来，改名竺震旦。因为这竺震旦做过一本《新月集》，所以这震旦就有了一个新月社——中间我不太明白了——现在又有一个叫作新月书店的。这新月书店要出版的有一本《闲话》，这本《闲话》的广告里有下面这几句话：

“……鲁迅先生（语丝派首领）所仗的大义，他的战略，读过《华盖集》的人，想必已经认识了。但是现代派的义旗，和它的主将——西滢先生的战略，我们还没有明了。……”

“派”呀，“首领”呀，这种谥法实在有些可怕。不远就又会有人来诮骂。甲道：看哪！鲁迅居然称为首领了。天下有这种首领的么？乙道：他就专爱虚荣。人家称他首领，他就满脸高兴。我亲眼看见的。

但这是我领教惯的教训了，并不为奇。这回所觉得新鲜而惶恐的，是忽而将宝贵的“大义”硬塞在我手里，给我竖起大旗来，叫我和“现代派”的“主将”去对垒。我早已说过：公理和正义，都被正人君子夺去了，所以我已经一无所有。大义么，我连它是圆柱形的呢还是椭圆形的都不知道，叫我怎么“仗”？

“主将”呢，自然以有“义旗”为体面吧。不过我没有这么冠冕。既不成“派”，也没有做“首领”，更没有“仗”过“大义”。更没有用什么“战略”，因为我未见广告以前，竟没有知道西滢先生是“现代派”的“主将”——我总当他是一个喽啰儿。

我对于我自己，所知道的是这样的。我想，“孤桐先生”尚在，“现代派”该也未必忘了曾有人称我为“学匪”，“学棍”，“刀笔吏”的，而今忽假“鲁迅先生”以“大义”者，但为广告起见而已。

呜呼，鲁迅鲁迅，多少广告，假汝之名以行！

九月三日

反“漫谈”

我一向对于《语丝》没有恭维过，今天熬不住要说几句了：的确可爱。真是《语丝》之所以为《语丝》。

像我似的“世故的老人”是已经不行，有时不敢说，有时不愿说，有时不肯说，有时以为无须说。有此工夫，不如吃点心。但《语丝》上却总有人出来发迂论，如《教育漫谈》，对教育当局去谈教育，即其一也。

“不可与言而与之言”，即是“知其不可为而为之”，一定要有这种人，世界才不寂寞。这一点，我是佩服的。但也许因为“世故”作怪吧，不知怎地佩服中总带一些腹诽，还夹几分伤惨。徐先生是我的熟人，所以再三思维，终于决定贡献一点意见。这一种学识，乃是我身做十多年官僚，目睹一打以上总长，这才陆续地获得，轻易是不肯说的。

对“教育当局”谈教育的根本误点，是在将这四个字的力点看错了：以为他要来办“教育”。其实不然，大抵是来做“当局”的。

这可以用过去的事实证明。因为重在“当局”，所以——

一　学校的会计员，可以做教育总长。

二　教育总长，可以忽而化为内务总长。

三　司法，海军总长，可以兼任教育总长。

曾经有一位总长，听说，他的出来就职，是因为某公司要来立案，表决时可以多一个赞成者，所以再作冯妇的。但也有人来和他谈教育。我有时真想将这老实人一把抓出来，即刻勒令他回家陪太太喝茶去。

所以：教育当局，十之九是意在“当局”，但有些是意并不在“当局”。

这时候，也许有人要问：那么，他为什么有举动呢？

我于是勃然大怒道：这就是他在“当局”呀！说得露骨一点，就是“做官”！不然，为什么叫“做”？

我得到这一种彻底的学识，也不是容易事，所以难免有一点学者的高傲态度，请徐先生恕之。以下是略述我所以得到这学识的历史——

我所目睹的一打以上的总长之中，有两位是喜欢属员上条陈的。于是听话的属员，便纷纷大上其条陈。久而久之，全如石沉大海。我那时还没有现在这么聪明，心里疑惑：莫非这许多条陈一无可取，还是他没有工夫看呢？但回想起来，我“上去”（这是专门术语，小官进去见大官也）的时候，确是常见他正在危坐看条陈；谈话之间，也常听到“我还要看条陈去”，“我昨天晚上看条陈”等类的话。那究竟是怎么一回事呢？

有一天，我正从他的条陈桌旁走开，跨出门槛，不知怎的忽蒙圣灵启示，恍然大悟了——

哦！原来他的“做官课程表”上，有一项是“看条陈”的。因为要“看”，所以要“条陈”。为什么要“看条陈”？就是“做官”之一部分。如此而已。还有另外的奢望，是我自己的糊涂！

“于我来了一道光”，从此以后，我自己觉得颇聪明，近于老官僚了。后来终于被“孤桐先生”革掉，那是另外一回事。

“看条陈”和“办教育”，事同一例，都应该只照字面解，倘再有以上或更深的希望或要求，不是书呆子，就是不安分。

我还要附加一句警告：倘遇漂亮点的当局，恐怕连“看漫谈”也可以算作他的一种“做”——其名曰“留心教育”——但和“教育”还是没有关系的。

九月四日

忧“天乳”

《顺天时报》载北京辟才胡同女附中主任欧阳晓澜女士不许剪发之女生报考，致此等人多有望洋兴叹之概云云。是的，情形总要到如此，她不能别的了。但天足的女生尚可投考，我以为还有光明。不过也太嫌“新”一点。

男男女女，要吃这前世冤家的头发的苦，是只要看明末以来的陈迹便知道的。我在清末因为没有辫子，曾吃了许多苦，所以我不赞成女子剪发。北京的辫子，是奉了袁世凯的命令而剪的，但并非单纯的命令，后面大约还有刀。否则，恐怕现在满城还拖着。女子剪发也一样，总得有一个皇帝（或者别的名称也可以），下令大家都剪才行。自然，虽然如此，有许多还是不高兴的，但不敢不剪。一年半载，也就忘其所以了；两年以后，便可以到大家以为女人不该有长头发的世界。这时长发女生，即有“望洋兴叹”之忧。倘只一部分人说些理由，想改变一点，那是历来没有成功过。

但现在的有力者，也有主张女子剪发的，可惜据地不坚。同是一处地方，甲来乙走，丙来甲走，甲要短，丙要长，长者剪，短了杀。这几年似乎是青年遭劫时期，尤其是女性。报载有一处是鼓吹剪发的，后来别一军攻入了，遇到剪发女子，即慢慢拔去头发，还割去两乳……这一种刑罚，可以证明男子短发，已为全国所公认。只是女人不准学。去其两乳，即所以使其更像男子而警其妄学男子也。以此例之，欧阳晓澜女士盖尚非甚严欤？

今年广州在禁女学生束胸，违者罚洋五十元。报章称之曰“天乳运动”。有人以不得樊增祥作命令为憾。公文上不见“鸡头肉”等字样，盖殊不足以餍文人学士之心。此外是报上的俏皮文章，滑稽议论。我想，如此而已，而已终古。

我曾经也有过“杞天之虑”，以为将来中国的学生出身的女性，恐怕要失去哺乳的能力，家家须雇乳娘。但仅只攻击束胸是无效的。第一，要改良社会思想，对于乳房较为大方；第二，要改良衣装，将上衣系进裙里去。旗袍和中国的短衣，都不适于乳的解放，因为其时即胸部以下掀起，不便，也不好看的。

还有一个大问题，是会不会乳大忽而算作犯罪，无处投考？我们中国在中华民国未成立以前，是只有“不齿于四民之列”者，才不准考试的。据理而言，女子断发既以失男女之别，有罪，则天乳更以加男女之别，当有功。但天下有许多事情，是全不能以口舌争的，总要上谕，或者指挥刀。

否则，已经有了“短发犯”了，此外还要增加“天乳犯”，或者也许还有“天足犯”。呜呼，女性身上的花样也特别多，而人生亦从此多苦矣。

我们如果不谈什么革新，进化之类，而专为安全着想，我以为女学生的身体最好是长发，束胸，半放脚（缠过而又放之，一名文明脚）。因为我从北而南，所经过的地方，招牌旗帜，尽管不同，而对于这样的女人，却从不闻有一处仇视她的。

九月四日

革“首领”

这两年来，我在北京被“正人君子”杀退，逃到海边；之后，又被“学者”之流杀退，逃到另外一个海边；之后，又被“学者”之流杀退，逃到一间西晒的楼上，满身痱子，有如荔枝，兢兢业业，一声不响，以为可以免于罪戾了吧。阿呀，还是不行。一个学者要九月间到广州来，一面做教授，一面和我打官司，还预先叫我不要走，在这里“以俟开审”哩。

以为在五色旗下，在青天白日旗下，一样是华盖罩命，晦气临头吧，却又不尽然。不知怎地，于不知不觉之中，竟在“文艺界”里高升了。谓予不信，有陈源教授即西滢的《闲话》广告为证，节抄无趣，剪而贴之——

“徐丹甫先生在《学灯》里说：‘北京究是新文学的策源地，根深蒂固，隐隐然执全国文艺界的牛耳。’究竟什么是北京文艺界？质言之，前一两年的北京文艺界，便是现代派和语丝派交战的场所。鲁迅先生（语丝派首领）所仗的大义，他的战略，读过《华盖集》的人，想必已经认识了。但是现代派的义旗，和它的主将——西滢先生的战略，我们还没有明了。现在我们特地和西滢先生商量，把《闲话》选集起来，印成专书，留心文艺界掌故的人，想必都以先睹为快。

“可是单把《闲话》当作掌故又错了。想——

欣赏西滢先生的文笔的，

研究西滢先生的思想的，

想认识这位文艺批评界的权威的——

尤其不可不读《闲话》！”

这很像“诗哲”徐志摩先生的，至少，是“诗哲”之流的“文笔”，所以如此飘飘然，连我看了也几乎想要去买一本。但，只是想到自己，却又迟疑了。两三个年头，不算太长久。被“正人君子”指为“学匪”，还要“投畀豺虎”，我是记得的。做了一点杂感，有时涉及这位西滢先生，我也记得的。这些东西，“诗哲”是看也不看，西滢先生是即刻叫它“到应该去的地方去”，我也记得的。后来终于出了一本《华盖集》，也是实情。然而我竟不知道有一个“北京文艺界”，并且我还做了“语丝派首领”，仗着“大义”在这“文艺界”上和“现代派主将”交战。虽然这“北京文艺界”已被徐丹甫先生在《学灯》上指定，隐隐然不可动摇了，而我对于自己的被说得有声有色的战绩，却还是莫名其妙，像着了狐狸精的迷似的。

现代派的文艺，我一向没有留心，《华盖集》里从何提起。只有某女士窃取“琵亚词侣”的画的时候，《语丝》上（也许是《京报副刊》上）有人说过几句话，后来看“现代派”的口风，仿佛以为这话是我写的。我现在郑重声明：那不是我。我自从被杨荫榆女士杀败之后，即对于一切女士都不敢开罪，因为我已经知道得罪女士，很容易引起“男士”的义侠之心，弄得要被“通缉”都说不定的，便不再开口。所以我和现代派的文艺，丝毫无关。

但终于交了好运了，升为“首领”，而且据说是曾和现代派的“主将”在“北京文艺界”上交过战了。好不堂哉皇哉。本来在房里面有喜色，默认不辞，倒也有些阔气的。但因为我近来被人随手抑扬，忽而“权威”，忽而不准做“权威”，只准做“前驱”；忽而又改为“青年指导者”；甲说是“青年叛徒的领袖”吧，乙又来冷笑道：“哼哼哼。”自己一动不动，故我依然，姓名却已经经历了几回升沉冷暖。人们随意说说，将我当作一种材料，倒也罢了，最可怕的是广告底恭维和广告底嘲骂。简直是膏药摊上挂着的死蛇皮一般。所以这回虽然蒙现代派追封，但对于这“首领”的荣名，还只得再来公开辞退。不过也不见得回回如此，因为我没有这许多闲工夫。

背后插着“义旗”的“主将”出马，对手当然以阔一点的为是。我们在什么演义上时常看见：“来将通名！我的宝刀不斩无名之将！”主将要来“交战”而将我升为“首领”，大概也是“不得已也”的。但我并不然，没有这些大架子，无论吧儿狗，无论臭茅厕，都会唾过几口吐沫去，不必定要脊梁上插着五张尖角旗（义旗?）的“主将”出台，才动我的“刀笔”。假如有谁看见我攻击茅厕的文字，便以为也是我的劲敌，自恨于它的气味还未明了，再要去嗅一嗅，那是我不负责任的。恐怕有人以这广告为例，所以附带声明，以免拖累。

至于西滢先生的“文笔”，“思想”，“文艺批评界的权威”，那当然必须“欣赏”，“研究”而且“认识”的。只可惜要“欣赏”……这些，现在还只有一本《闲话》，但我以为咱们的“主将”的一切“文艺”中，最好的倒是登在《晨报副刊》上的，给志摩先生的大半痛骂鲁迅的那一封信。那是发热的时候所写，所以已经脱掉了绅士的黑洋服，真相跃如了。而且和《闲话》比较起来，简直是两样态度，证明着两者之中，有一种是虚伪。这也是要“研究”……西滢先生的“文笔”等等的好东西。

然而虽然是这一封信之中，也还须分别观之。例如：“志摩……面前是遥遥茫茫荫在薄雾的里面的目的地”之类。据我看来，其实并无这样的“目的地”，倘有，却不怎么“遥遥茫茫”。这是因为热度还不很高的缘故，倘使发到九十度左右，我想，那便可望连这些“遥遥茫茫”都一扫而光，近于纯粹了。

九月九日，广州

谈“激烈”

带了书籍杂志过“香江”，有被视为“危险文字”而尝“铁窗斧钺风味”之险，我在《略谈香港》里已经说过了。但因为不知道怎样的是“危险文字”，所以时常耿耿于心。为什么呢？倒也并非如上海保安会所言，怕“中国元气太损”，乃是自私自利，怕自己也许要经过香港，须得留神些。

今年似乎是青年特别容易死掉的年头。“千里不同风，百里不同俗。”这里以为平常的，那边就算过激，滚油煎指头。今天正是正当的，明天就变犯罪，藤条打屁股。倘是年轻人，初从乡间来，一定要被煎得莫名其妙，以为现在是时行这样的制度了吧。至于我呢，前年已经四十五岁了，而且早已“身心交病”，似乎无须这么宝贵生命，思患预防。但这是别人的意见，若夫我自己，还是不愿意吃苦的。敢乞“新时代的青年”们鉴原为幸。

所以，留神而又留神。果然，“天助自助者”，今天竟在《循环日报》上遇到一点参考资料了。事情是一个广州执信学校的学生，路过（！）香港，“在尖沙嘴码头，被一五七号华差截搜行李，在其木杠（谨案：箱也）之内，搜获激烈文字书籍七本。计开：执信学校印行之《宣传大纲》六本，又《侵夺中国史》一本。此种激烈文字，业经华民署翻译员择译完竣，昨日午乃解由连司提讯，控以怀有激烈文字书籍之罪。……”抄报太麻烦，说个大略吧，是：“择译”时期，押银五百元出外；后来因为被告供称书系朋友托带，所以“姑判从轻罚银二十五元，书籍没收焚毁”云。

执信学校是广州的平正的学校，既是“清党”之后，则《宣传大纲》不外三民主义可知，但一到“尖沙嘴”，可就“激烈”了；可怕。惟独对于友邦，竟敢用“侵夺”字样，则确也未免“激烈”一点，因为忘了他们正在替我们“保存国粹”之恩故也。但“侵夺”上也许还有字，记者不敢写出来。

我曾经提起过几回元朝，今夜思之，还不很确。元朝之于中文书籍，未尝如此留心。这一著倒要推清朝做模范。他不但兴过几回“文字狱”，大杀叛徒，且于宋朝人所做的“激烈文字”，也曾细心加以删改。同胞之热心“复古”及友邦之赞助“复古”者，似当奉为师法者也。

清朝人改宋人书，我曾经举出过《茅亭客话》。但这书在《琳琅秘室丛书》里，现在时价每部要四十元，倘非小阔人，那能得之哉？近来却另有一部了，是商务印书馆印的《鸡肋编》，宋庄季裕著，每本只要五角，我们可以看见清朝的文澜阁本和元抄本有如何不同。今摘数条如下：

“燕地……女子……冬月以栝蒌涂面……至春暖方涤去，久不为风日所侵，故洁白如玉也。今使中国妇女，尽污于殊俗，汉唐和亲之计，盖未为屈也。”（清人将“今使中国”以下二十二字，改作“其异于南方如此”七字。）

“自古兵乱，郡邑被焚毁者有之，虽盗贼残暴，必赖室庐以处，故须有存者。靖康之后，金虏侵凌中国，露居异俗，凡所经过，尽皆焚爇。如曲阜先圣旧宅，自鲁共王之后，但有增葺。莽卓巢温之徒，犹假崇儒，未尝敢犯。至金寇，遂为烟尘，指其像而诟曰‘尔是言夷狄之有君者！’中原之祸，自书契以来，未之有也。”（清朝的改本，可大不同了，是“孔子宅在今僊源故鲁城中归德门内阙里之中。……遭汉中微，盗贼奔突，自西京未央建章之殿，皆见隳坏，而灵光岿然独存。今其遗址，不复可见。而先圣旧宅，近日亦遭兵爇之厄，可叹也夫。”）

抄书也太麻烦，还是不抄下去了。但我们看第二条，就很可以悟出上海保安会所切望的“循规蹈矩”之道。即：原文带些愤激，是“激烈”，改本不过“可叹也夫”，是“循规蹈矩”的。何以故呢？愤激便有揭竿而起的可能，而“可叹也夫”则瘟头瘟脑，即使全国一同叹气，其结果也不过是叹气，于“治安”毫无妨碍的。

但我还要给青年们一个警告：勿以为我们以后只做“可叹也夫”的文章，便可以安全了。新例我还未研究好，单看清朝的老例，则准其叹气，乃是对于古人的优待，不适用于今人的。因为奴才都叹气，虽无大害，主人看了究竟不舒服。必须要如罗素所称赞的杭州的轿夫一样，常是笑嘻嘻。

但我还要给自己解释几句：我虽然对于“笑嘻嘻”仿佛有点微词，但我并非意在鼓吹“阶级斗争”，因为我知道我的这一篇，杭州轿夫是不会看见的，况且，“讨赤”诸君子，都不肯笑嘻嘻的去抬轿，足见以抬轿为苦境，也不独“乱党”为然。而况我的议论，其实也不过“可叹也夫”乎哉！

现在的书籍往往“激烈”，古人的书籍也不免有违碍之处。那么，为中国“保存国粹”者，怎么办呢？我还不大明白。仅知道澳门是正在“征诗”，共收卷七千八百五十六本，经“江霞公太史（孔殷）评阅”，取录二百名，第一名的诗是：——

南中多乐日高会。。。　　良时厚意愿得常。。。
陵松万章发文彩。。。　　百年贵寿齐辉光。。。

这是从香港报上照抄下来的，一连三圈，也原本如此，我想大概是密圈之意。这诗大约还有一种“格”，如“嵌字格”之类，但我是外行，只好不谈。所给我益处的，是我居然从此悟出了将来的“国粹”，当以诗词骈文为正宗。史学等等，恐怕未必发达。即要研究，也必先由老师宿儒，先加一番改定工夫。唯独诗词骈文，可以少有流弊。故骈文入神的饶汉祥一死，日本人也不禁为之慨叹，而“狂徒”又须挨骂了。

日本人拜服骈文于北京，“金制军”“整理国故”于香港，其爱护中国，恐其沦亡，可谓至矣。然而裁厘加税，大家都不赞成者何哉？盖厘金乃国粹，而关税非国粹也。“可叹也夫”！

今是中秋，璧月澄澈，叹气既完，还不想睡。重吟“征诗”，莫名其妙，稿有余纸，因录“江霞公太史”评语，俾读者咸知好处，但圈点是我僭加的——

“以谢启为题，寥寥二十八字。既用古诗十九首中字，复嵌全限内字。首二句是赋，三句是兴，末句是兴而比。步骤井然，举重若轻，绝不吃力。

虚室生白，吉祥止止。洵属巧中生巧，难上加难。至其胎息之高古，意义之纯粹，格调之老苍，非寝馈汉魏古诗有年，未易臻斯境界。”

九月十一日，广州

扣丝杂感

以下这些话，是因为见了《语丝》（一四七期）的《随感录》（二八）而写的。

这半年来，凡我所看的期刊，除《北新》外，没有一种完全的：《莽原》《新生》《沉钟》。甚至于日本文的《斯文》，里面所讲的都是汉学，末尾附有《西游记传奇》，我想和演义来比较一下，所以很切用，但第二本即缺少，第四本起便杳然了。至于《语丝》，我所没有收到的统共有六期，后来多从市上的书铺里补得，惟有一二六和一四三终于买不到，至今还不知道内容究竟是怎样。

这些收不到的期刊，是遗失，还是没收的呢？我以为两者都有。没收的地方，是北京，天津，还是上海，广州呢？我以为大约也各处都有。至于没收的缘故，那可是不得而知了。

我所确切知道的，有这样几件事。是《莽原》也被扣留过一期，不过这还可以说，因为里面有俄国作品的翻译。那时只要一个“俄”字，已够惊心动魄，自然无暇顾及时代和内容。但韦丛芜的《君山》，也被扣留。这一本诗，不但说不到“赤”，并且也说不到“白”，正和作者的年纪一样，是“青”的，而竟被禁锢在邮局里。黎锦明先生早有来信，说送我《烈火集》，一本是托书局寄的，怕他们忘记，自己又寄了一本。但至今已将半年，一本也没有到。我想，十之九都被没收了，因为火色既“赤”，而况又“烈”乎，当然通不过的。

《语丝》一三二期寄到我这里的时候是出版后约六星期，封皮上写着两个绿色大字道：“扣留”，另外还有检查机关的印记和封条。打开看时，里面是《猓猓人的创世纪》《无题》《寂寞札记》《撒园荽》《苏曼殊及其友人》，都不像会犯禁。我便看《来函照登》，是讲“情死”“情杀”的，不要紧，目下还不管这些事。只有《闲话拾遗》了。这一期特别少，共只两条。一是讲日本的，大约也还不至于犯禁。一是说来信告诉“清党”的残暴手段的，《语丝》此刻不想登。莫非因为这一条么？但不登何以又不行呢？莫名其妙。然而可以“扣留”而又放行了呢？也莫名其妙。

这莫名其妙的根源，我以为在于检查的人员。

中国近来一有事，首先就检查邮电。这检查的人员，有的是团长或区长，关于论文诗歌之类，我觉得我们不必和他多谈。但即使是读书人，其实还是一样的说不明白，尤其是在所谓革命的地方。直截痛快的革命训练弄惯了，将所有革命精神提起，如油的浮在水面一般，然而顾不及增加营养。所以，先前是刊物的封面上画一个工人，手捏铁铲或鹤嘴锹，文中有“革命！革命！”“打倒！打倒！”者，一帆风顺，算是好的。现在是要画一个少年军人拿旗骑在马上，里面“严办！严办！”这才庶几免于罪戾。至于什么“讽刺”“幽默”“反语”“闲谈”等类，实在还是格不相入。从格不相入，而成为视之懵然，结果即不免有些弄得乱七八糟，谁也莫名其妙。

还有一层，是终日检查刊物，不久就会头昏眼花，于是讨厌，于是生气，于是觉得刊物大抵可恶——尤其是不容易了然的——而非严办不可。我记得书籍不切边，我也是作俑者之一，当时实在是没有什么恶意的。后来看见方传宗先生的通信（见本《语丝》一二九）竟说得要毛边装订的人有如此可恶，不觉满肚子冤屈。但仔细一想，方先生似乎是图书馆员，那么，要他老是裁那并不感到兴趣的毛边书，终于不免生气而大骂毛边党，正是毫不足怪的事。检查员也同此例，久而久之，就要发火，开初或者看得详细点，但后来总不免《烈火集》也可怕，《君山》也可疑——只剩了一条最稳当的路：扣留。

两个月前吧，看见报上记着某邮局因为扣下的刊物太多，无处存放了，一律焚毁。我那时实在感到心痛，仿佛内中很有几本是我的东西似的。呜呼哀哉！我的《烈火集》呵。我的《西游记传奇》呵。我的……。

附带还要说几句关于毛边的牢骚。我先前在北京参与印书的时候，自己暗暗地定下了三样无关紧要的小改革，来试一试。一，是首页的书名和著者的题字，打破对称式；二，是每篇的第一行之前，留下几行空白；三，就是毛边。现在的结果，第一件已经有恢复香炉烛台式的了；第二件有时无论怎样叮嘱，而临印的时候，工人终于将第一行的字移到纸边，用“迅雷不及掩耳的手段”，使你无可挽救；第三件被攻击最早，不久我便有条件的降伏了。与李老板约：别的不管，只是我的译著，必须坚持毛边到底！但是，今竟如何？老板送给我的五部或十部，至今还确是毛边。不过在书铺里，我却发见了毫无“毛”气，四面光滑的《彷徨》之类。归根结蒂，他们都将彻底的胜利。所以说我想改革社会，或者和改革社会有关，那是完全冤枉的，我早已瘟头瘟脑，躺在板床上吸烟卷——彩凤牌——了。

言归正传。刊物的暂时要碰钉子，也不但遇到检查员，我恐怕便是读书的青年，也还是一样。先已说过，革命地方的文字，是要直截痛快，“革命！革命！”的，这才是“革命文学”。我曾经看见一种期刊上登载一篇文章，后有作者的附白，说这一篇没有谈及革命，对不起读者，对不起对不起。但自从“清党”以后，这“直截痛快”以外，却又增添了一种神经过敏。“命”自然还是要革的，然而又不宜太革，太革便近于过激，过激便近于共产党，变了“反革命”了。所以现在的“革命文学”，是在顽固这一种反革命和共产党这一种反革命之间。

于是又发生了问题，便是“革命文学”站在这两种危险物之间，如何保持她的纯正——正宗。这势必至于必须防止近于赤化的思想和文字，以及将来有趋于赤化之虑的思想和文字。例如，攻击礼教和白话，即有趋于赤化之忧。因为共产派无视一切旧物，而白话则始于《新青年》，而《新青年》乃独秀所办。今天看见北京教育部禁止白话的消息，我逆料《语丝》必将有几句感慨，但我实在是无动于衷。我觉得连思想文字，也到处都将窒息，几句白话黑话，已经没有什么大关系了。

那么，谈谈风月，讲讲女人，怎样呢？也不行。这是“不革命”。“不革命”虽然无罪，然而是不对的！

现在在南边，只剩了一条“革命文学”的独木小桥，所以外来的许多刊物，便通不过，扑通！扑通！都掉下去了。

但这直捷痛快和神经过敏的状态，其实大半也还是视指挥刀的指挥而转移的，而此时刀尖的挥动，还是横七竖八，方向有个一定之后，或者可以好些吧。然而也不过是“好些”，内中的骨子，恐怕还不外乎窒息，因为这是先天性的遗传。

先前偶然看见一种报上骂郁达夫先生，说他《洪水》上的一篇文章，是不怀好意，恭维汉口。我就去买《洪水》来看，则无非说旧式的崇拜一个英雄，已和现代潮流不合，倒也看不出什么恶意来。这就证明着眼光的钝锐，我和现在的青年文学家已很不同了。所以《语丝》的莫名其妙的失踪，大约也许只是我们自己莫名其妙，而上面的检查员云云，倒是假设的恕词。

至于一四五期以后，这里是全都收到的，大约惟在上海者被押。假如真的被押，我却以为大约也与吴老先生无关。“打倒……打倒……严办……严办……”，固然是他老先生亲笔的话，未免有些责任，但有许多动作却并非他的手脚了。在中国，凡是猛人（这是广州常用的话，其中可以包括名人，能人，阔人三种），都有这种的运命。

无论是何等样人，一成为猛人，则不问其“猛”之大小，我觉得他的身边便总有几个包围的人们，围得水泄不透。那结果，在内，是使该猛人逐渐变成昏庸，有近乎傀儡的趋势。在外，是使别人所看见的并非该猛人的本相，而是经过了包围者的曲折而显现的幻形。至于幻得怎样，则当视包围者是三棱镜呢，还是凸面或凹面而异。假如我们能有一种机会，偶然走到一个猛人的近旁，便可以看见这时包围者的脸面和言动，和对付别的人们的时候有怎样地不同。我们在外面看见一个猛人的亲信，谬妄骄姿，很容易以为该猛人所爱的是这样的人物。殊不知其实是大谬不然的。猛人所看见的他是娇嫩老实，非常可爱，简直说话会口吃，谈天要脸红。老实说一句吧，虽是“世故的老人”如不佞者，有时从旁看来也觉得倒也并不坏。

但同时也就发生了胡乱的矫诏和过度的巴结，而晦气的人物呀，刊物呀，植物呀，矿物呀，则于是乎遭灾。但猛人大抵是不知道的。凡知道一点北京掌故的，该还记得袁世凯做皇帝时候的事吧。要看日报，包围者连报纸都会特印了给他看，民意全部拥戴，舆论一致赞成。直要待到蔡松坡云南起义，这才阿呀一声，连一连吃了二十多个馒头都自己不知道。但这一出戏也就闭幕，袁公的龙驭上宾于天了。

包围者便离开了这一株已倒的大树，去寻求别一个新猛人。

我曾经想做过一篇《包围新论》，先述包围之方法，次论中国之所以永是走老路，原因即在包围，因为猛人虽有起仆兴亡，而包围者永是这一伙。次更论猛人倘能脱离包围，中国就有五成得救。结末是包围脱离法。——然而终于想不出好的方法来，所以这新论也还没有敢动笔。

爱国志士和革命青年幸勿以我为懒于筹划，只开目录而没有文章。我思索是也在思索的，曾经想到了两样法子，但反复一想，都无用。一，是猛人自己出去看看外面的情形，不要先“清道”。然而虽不“清道”，大家一遇猛人，大抵也会先就改变了本然的情形，再也看不出真模样。二，是广接各样的人物，不为一定的若干人所包围。然而久而久之，也终于有一群制胜，而这最后胜利者的包围力则最强大，归根结蒂，也还是古已有之的运命：龙驭上宾于天。

世事也还是像螺旋。但《语丝》今年特别碰钉子于南方，仿佛得了新境遇，这又是什么缘故呢？这一点，我自以为是容易解答的。

“革命尚未成功”，是这里常见的标语。但由我看来，这仿佛已经成了一句谦虚话，在后方的一大部分的人们的心里，是“革命已经成功”或“将近成功”了。既然已经成功或将近成功，自己又是革命家，也就是中国的主人翁，则对于一切，当然有管理的权利和义务。刊物虽小事，自然也在看管之列。有近于赤化之虑者无论矣，而要说不吉利语，即可以说是颇有近于“反革命”的气息了，至少，也很令人不欢。而《语丝》，是每有不肯凑趣的坏脾气的，则其不免于有时失踪也，盖犹其小焉者耳。

九月十五日

“公理”之所在

在广州的一个“学者”说，“鲁迅的话已经说完，《语丝》不必看了。”这是真的，我的话已经说完，去年说的，今年还适用，恐怕明年也还适用。但我诚恳地希望他不至于适用到十年二十年之后。倘这样，中国可就要完了，虽然我倒可以自慢。

公理和正义都被“正人君子”拿去了，所以我已经一无所有。这是我去年说过的话，而今年确也还是如此。然而我虽然一无所有，寻求是还在寻求的，正如每个穷光棍，大抵不会忘记银钱一样。

话也还没有说完。今年，我竟发见了公理之所在了。或者不能说发见，只可以说证实。北京中央公园里不是有一座白石牌坊，上面刻着四个大字道，“公理战胜”么？——Yes，就是这个。

这四个字的意思是“有公理者战胜”，也就是“战胜者有公理”。

段执政有卫兵，“孤桐先生”秉政，开枪打败了请愿的学生，胜矣。于是东吉祥胡同的“正人君子”们的“公理”也蓬蓬勃勃。慨自执政退隐，“孤桐先生”“下野”之后——呜呼，公理亦从而零落矣。哪里去了呢？枪炮战胜了投壶，阿！有了，在南边了。于是乎南下，南下，南下……

于是乎“正人君子”们又和久违的“公理”相见了。

《现代评论》的一千元津贴事件，我一向没有插过嘴，而“主将”也将我拉在里面，乱骂一通——大约以为我是“首领”之故吧。横竖说也被骂，不说也被骂，我就回敬一杯，问问你们所自称为“现代派”者，今年可曾幡然变计，另外运动，收受了新的战胜者的津贴没有？

还有一问，是：“公理”几块钱一斤？

可恶罪

这是一种新的“世故”。

我以为法律上的许多罪名，都是花言巧语，只消以一语包括之，曰：可恶罪。

譬如，有人觉得一个人可恶，要给他吃点苦吧，就有这样的法子。倘在广州而又是“清党”之前，则可以暗暗地宣传他是无政府主义者。那么，共产青年自然会说他“反革命”，有罪。若在“清党”之后呢，要说他是CP或CY，没有证据，则可以指为“亲共派”。那么，清党委员会自然会说他“反革命”，有罪。再不得已，则只好寻些别的事由，诉诸法律了。但这比较地麻烦。

我先前总以为人是有罪，所以枪毙或坐监的。现在才知道其中的许多，是先因为被人认为“可恶”，这才终于犯了罪。

许多罪人，应该称为“可恶的人”。

九，十四

“意表之外”

有恒先生在《北新周刊》上诧异我为什么不说话，我已经去信公开答复了。还有一层没有说。这也是一种新的“世故”。

我的杂感常不免于骂。但今年发见了，我的骂对于被骂者是大抵有利的。

拿来做广告，显而易见，不消说了。还有：

1. 天下以我为可恶者多，所以有一个被我所骂的人要去运动一个以我为可恶的人，只要摊出我的杂感来，便可以做他们的“兰谱”，“相视而笑，莫逆于心”了。“咱们一伙儿。”

2. 假如有一个人在办一件事，自然是不会好的。但我一开口，他却可以归罪于我了。譬如办学校吧，教员请不到，便说：这是鲁迅说了坏话的缘故；学生闹一点小乱子吧，又是鲁迅说了坏话的缘故。他倒干干净净。

我又不学耶稣，何苦替别人来背十字架呢?

但“江山好改，本性难移”，也许后来还要开开口。可是定了“新法”了，除原先说过的“主将”之类以外，新的都不再说出他的真姓名，只叫“一个人”“某学者”“某教授”“某君”。这么一来，他利用的时候便至少总得费点力，先须加说明。

你以为“骂”决非好东西吧，于有些人还是有利的。人类究竟是可怕的东西。就是能够咬死人的毒蛇，商人们也会将它浸在酒里，什么“三蛇酒”，“五蛇酒”，去卖钱。

这种办法实在比“交战”厉害得多，能使我不敢写杂感。但再来一回吧，写“不敢写杂感”的杂感。

新时代的放债法

还有一种新的“世故”。

先前，我总以为做债主的人是一定要有钱的，近来才知道无须。在“新时代”里，有一种精神的资本家。

你倘说中国像沙漠吧，这资本家便乘机而至了，自称是喷泉。你说社会冷酷吧，他便自说是热；你说周围黑暗吧，他便自说是太阳。

阿！世界上冠冕堂皇的招牌，都被拿去了。岂但拿去而已哉。他还润泽，温暖，照临了你。因为他是喷泉，热，太阳呵！

这是一宗恩典。

不但此也哩。你如有一点产业，那是他赏赐你的。为什么呢？因为倘若他一提倡共产，你的产业便要充公了，但他没有提倡，所以你能有现在的产业。那自然是他赏赐你的。

你如有一个爱人，也是他赏赐你的。为什么呢？因为他是天才而且革命家，许多女性都渴仰到五体投地。他只要说一声“来!”便都飞奔过去了，你的当然也在内。但他不说“来!”所以你得有现在的爱人。那自然也是他赏赐你的。

这又是一宗恩典。

还不但此也哩！他到你那里来的时候，还每回带来一担同情！一百回就是一百担——你如果不知道，那就因为你没有精神的眼睛——经过一年，利上加利，就是二三百担……

阿阿！这又是一宗大恩典。

于是乎是算账了。不得了，这么雄厚的资本，还不够买一个灵魂么？但革命家是客气的，无非要你报答一点，供其使用——其实也不算使用，不过是“帮忙”而已。

倘不如命地“帮忙”，当然，罪大恶极了。先将忘恩负义之罪，布告于天下。而且不但此也，还有许多罪恶，写在账簿上哩，一旦发布，你便要“身败名裂”了。想不“身败名裂”么，只有一条路，就是赶快来“帮忙”以赎罪。

然而我不幸竟看见了“新时代的新青年”的身边藏着这许多账簿，而他们自己对于“身败名裂”又怀着这样天大的恐慌。

于是乎又得新“世故”：关上门，塞好酒瓶，捏紧皮夹。这倒于我很保存了一些润泽，光和热——我是只看见物质的。

九，十四

魏晋风度及文章与药及酒之关系

——九月间在广州夏期学术演讲会讲

我今天所讲的，就是黑板上写着的这样一个题目。

中国文学史，研究起来，可真不容易，研究古的，恨材料太少，研究今的，材料又太多，所以到现在，中国较完全的文学史尚未出现。今天讲的题目是文学史上的一部分，也是材料太少，研究起来很有困难的地方。因为我们想研究某一时代的文学，至少要知道作者的环境，经历和著作。

汉末魏初这个时代是很重要的时代，在文学方面起一个重大的变化，因当时正在黄巾和董卓大乱之后，而且又是党锢的纠纷之后，这时曹操出来了。——不过我们讲到曹操，很容易就联想起《三国志演义》，更而想起戏台上那一位花面的奸臣，但这不是观察曹操的真正方法。现在我们再看历史，在历史上的记载和论断有时也是极靠不住的，不能相信的地方很多，因为通常我们晓得，某朝的年代长一点，其中必定好人多；某朝的年代短一点，其中差不多没有好人。为什么呢？因为年代长了，做史的是本朝人，当然恭维本朝的人物，年代短了，做史的是别朝人，便很自由地贬斥其异朝的人物，所以在秦朝，差不多在史的记载上半个好人也没有。曹操在史上年代也是颇短的，自然也逃不了被后一朝人说坏话的公例。其实，曹操是一个很有本事的人，至少是一个英雄，我虽不是曹操一党，但无论如何，总是非常佩服他。

研究那时的文学，现在较为容易了，因为已经有人做过工作：在文集一方面有清严可均辑的《全上古三代秦汉三国晋南北朝文》。其中于此有用的，是《全汉文》《全三国文》《全晋文》。

在诗一方面有丁福保辑的《全汉三国晋南北朝诗》。——丁福保是做医生的，现在还在。

辑录关于这时代的文学评论有刘师培编的《中国中古文学史》。这本书是北大的讲义，刘先生已死，此书由北大出版。

上面三种书对于我们的研究有很大的帮助。能使我们看出这时代的文学的确有点异彩。

我今天所讲，倘若刘先生的书里已详的，我就略一点；反之，刘先生所略的，我就较详一点。

董卓之后，曹操专权。在他的统治之下，第一个特色便是尚刑名。他的立法是很严的，因为当大乱之后，大家都想做皇帝，大家都想叛乱，故曹操不能不如此。曹操曾自己说过："倘无我，不知有多少人称王称帝！"这句话他倒并没有说谎。因此之故，影响到文章方面，成了清峻的风格。——就是文章要简约严明的意思。

此外还有一个特点，就是尚通脱。他为什么要尚通脱呢？自然也与当时的风气有莫大的关系。因为在党锢之祸以前，凡党中人都自命清流，不过讲"清"讲得太过，便成固执，所以在汉末，清流的举动有时便非常可笑了。

比方有一个有名的人，普通的人去拜访他，先要说几句话，倘这几句话说得不对，往往会遭倨傲的待遇，叫他坐到屋外去，甚而至于拒绝不见。

又如有一个人，他和他的姊夫是不对的，有一回他到姊姊那里去吃饭之后，便要将饭钱算回给姊姊。她不肯要，他就于出门之后，把那些钱扔在街上，算是付过了。

个人这样闹闹脾气还不要紧，若治国平天下也这样闹起执拗的脾气来，那还成什么话？所以深知此弊的曹操要起来反对这种习气，力倡通脱。通脱即随便之意。此种提倡影响到文坛，便产生多量想说什么便说什么的文章。

更因思想通脱之后，废除固执，遂能充分容纳异端和外来的思想，故孔教以外的思想源源引入。

总括起来，我们可以说汉末魏初的文章是清峻，通脱。在曹操本身，也是一个改造文章的祖师，可惜他的文章传的很少。他胆子很大，文章从通脱得力不少，做文章时又没有顾忌，想写的便写出来。

所以曹操征求人才时也是这样说，不忠不孝不要紧，只要有才便可以。这又是别人所不敢说的。曹操作诗，竟说是“郑康成行酒伏地气绝”，他引出离当时不久的事实，这也是别人所不敢用的。还有一样，比方人死时，常常写点遗令，这是名人的一件极时髦的事。当时的遗令本有一定的格式，且多言身后当葬于何处何处，或葬于某某名人的墓旁；操独不然，他的遗令不但没有依着格式，内容竟讲到遗下的衣服和伎女怎样处置等问题。

陆机虽然评曰“贻尘谤于后王”，然而我想他无论如何是一个精明人，他自己能做文章，又有手段，把天下的方士文士统统搜罗起来，省得他们跑在外面给他捣乱。所以他帷幄里面，方士文士就特别地多。

孝文帝曹丕，以长子而承父业，篡汉而即帝位。他也是喜欢文章的。其弟曹植，还有明帝曹叡，都是喜欢文章的。不过到那个时候，于通脱之外，更加上华丽。丕著有《典论》，现已失散无全本，那里面说：“诗赋欲丽”，“文以气为主”。《典论》的零零碎碎，在唐宋类书中；一篇整的《论文》，在《文选》中可以看见。

后来有一般人很不以他的见解为然。他说诗赋不必寓教训，反对当时那些寓训勉于诗赋的见解，用近代的文学眼光看来，曹丕的一个时代可说是“文学的自觉时代”，或如近代所说是为艺术而艺术（Art for Art’s Sake）的一派。所以曹丕作的诗赋很好，更因他以“气”为主，故于华丽以外，加上壮大。归纳起来，汉末，魏初的文章，可说是：“清峻，通脱，华丽，壮大。”在文学的意见上，曹丕和曹植表面上似乎是不同的。曹丕说文章事可以留名声于千载；但子建却说文章小道，不足论的。据我的意见，子建大概是违心之论。这里有两个原因，第一，子建的文章做得好，一个人大概总是不满意自己所做而羡慕他人所为的，他的文章已经做得好，于是他便敢说文章是小道；第二，子建活动的目标在于政治方面，政治方面不甚得志，遂说文章是无用了。

曹操曹丕以外，还有下面的七个人：孔融、陈琳、王粲、徐幹、阮瑀、应瑒、刘桢、都很能做文章，后来称为“建安七子”。七人的文章很少流传，现在我们很难判断；但，大概都不外是“慷慨”，“华丽”吧。华丽即曹丕所主张，慷慨就因当天下大乱之际，亲戚朋友死于乱者特多，于是为文就不免带着悲凉，激昂和“慷慨”了。

七子之中，特别的是孔融，他专喜和曹操捣乱。曹丕《典论》里有论孔融的，因此他也被拉进“建安七子”一块儿去。其实不对，很两样的。不过在当时，他的名声可非常之大。孔融作文，喜用讥嘲的笔调，曹丕很不满意他。孔融的文章现在传的也很少，就他所有的看起来，我们可以瞧出他并不大对别人讥讽，只对曹操。比方操破袁氏兄弟，曹丕把袁熙的妻甄氏拿来，归了自己，孔融就写信给曹操，说当初武王伐纣，将妲己给了周公了。操问他的出典，他说，以今例古，大概那时也是这样的。又比方曹操要禁酒，说酒可以亡国，非禁不可，孔融又反对他，说也有以女人亡国的，何以不禁婚姻?

其实曹操也是喝酒的。我们看他的“何以解忧？惟有杜康”的诗句，就可以知道。为什么他的行为会和议论矛盾呢？此无他，因曹操是个办事人，所以不得不这样做；孔融是旁观的人，所以容易说些自由话。曹操见他屡屡反对自己，后来借故把他杀了。他杀孔融的罪状大概是不孝。因为孔融有下列的两个主张：

第一，孔融主张母亲和儿子的关系是如瓶之盛物一样，只要在瓶内把东西倒了出来，母亲和儿子的关系便算完了。第二，假使有天下饥荒的一个时候，有点食物，给父亲不给呢？孔融的答案是：倘若父亲是不好的，宁可给别人。——曹操想杀他，便不惜以这种主张为他不忠不孝的根据，他把杀了。倘若曹操在世，我们可以问他，当初求才时就说不忠不孝也不要紧，为何又以不孝之名杀人呢？然而事实上纵使曹操再生，也没人敢问他，我们倘若去问他，恐怕他把我们也杀了！

与孔融一同反对曹操的尚有一个祢衡，后来给黄祖杀掉的。祢衡的文章也不错，而且他和孔融早是“以气为主”来写文章的了。故在此我们又可知道，汉文慢慢壮大起来，是时代使然，非专靠曹操父子之功的。但华丽好看，却是曹丕提倡的功劳。

这样下去一直到明帝的时候，文章上起了个重大的变化，因为出了一个何晏。

何晏的名声很大，位置也很高，他喜欢研究《老子》和《易经》。至于他是怎样的一个人呢？那真相现在可很难知道，很难调查。因为他是曹氏一派的人，司马氏很讨厌他，所以他们的记载对何晏大不满。因此产生许多传说，有人说何晏的脸上是搽粉的，又有人说他本来生得白，不是搽粉的。但究竟何晏搽粉不搽粉呢？我也不知道。

但何晏有两件事我们是知道的。第一，他喜欢空谈，是空谈的祖师；第二，他喜欢吃药，是吃药的祖师。

此外，他也喜欢谈名理。他身子不好，因此不能不服药。他吃的不是寻常的药，是一种名叫“五石散”的药。

“五石散”是一种毒药，是何晏吃开头的。汉时，大家还不敢吃，何晏或者将药方略加改变，便吃开头了。五石散的基本，大概是五样药：石钟乳，石硫黄，白石英，紫石英，赤石脂；另外怕还配点别样的药。但现在也不必细细研究它，我想各位都是不想吃它的。

从书上看起来，这种药是很好的，人吃了能转弱为强。因此之故，何晏有钱，他吃起来了；大家也跟着吃。那时五石散的流毒就同清末的鸦片的流毒差不多，看吃药与否以分阔气与否的。现在由隋巢元方做的《诸病源候论》的里面可以看到一些。据此书，可知吃这药是非常麻烦的，穷人不能吃，假使吃了之后，一不小心，就会毒死。先吃下去的时候，倒不怎样的，后来药的效验既显，名曰“散发”。倘若没有“散发”，就有弊而无利。因此吃了之后不能休息，非走路不可，因走路才能“散发”，所以走路名曰“行散”。比方我们看六朝人的诗，有云：“至城东行散”，就是此意。后来做诗的人不知其故，以为“行散”即步行之意，所以不服药也以“行散”二字入诗，这是很笑话的。

走了之后，全身发烧，发烧之后又发冷。普通发冷宜多穿衣，吃热的东西。但吃药后的发冷刚刚要相反：衣少，冷食，以冷水浇身。倘穿衣多而食热物，那就非死不可。因此五石散一名寒食散。只有一样不必冷吃的，就是酒。

吃了散之后，衣服要脱掉，用冷水浇身；吃冷东西；饮热酒。这样看起来，五石散吃的人多，穿厚衣的人就少；比方在广东提倡，一年以后，穿西装的人就没有人。因为皮肉发烧之故，不能穿窄衣。为预防皮肤被衣服擦伤，就非穿宽大的衣服不可。现在有许多人以为晋人轻裘缓带，宽衣，在当时是人们高逸的表现，其实不知他们是吃药的缘故。一班名人都吃药，穿的衣都宽大，于是不吃药的也跟着名人，把衣服宽大起来了！

还有，吃药之后，因皮肤易于磨破，穿鞋也不方便，故不穿鞋袜而穿屐。所以我们看晋人的画像或那时的文章，见他衣服宽大，不鞋而屐，以为他一定是很舒服，很飘逸的了，其实他心里都是很苦的。

更因皮肤易破，不能穿新的而宜于穿旧的，衣服便不能常洗。因不洗，便多虱。所以在文章上，虱子的地位很高，"扪虱而谈"，当时竟传为美事。比方我今天在这里演讲的时候，扪起虱来，那是不大好的。但在那时不要紧，因为习惯不同之故。这正如清朝是提倡抽大烟的，我们看见两肩高耸的人，不觉得奇怪。现在就不行了，倘若多数学生，他的肩成为一字样，我们就觉得很奇怪了。

此外可见服散的情形及其他种种的书，还有葛洪的《抱朴子》。

到东晋以后，作假的人就很多，在街旁睡倒，说是"散发"以示阔气。就像清时尊读书，就有人以墨涂唇，表示他是刚才写了许多字的样子。故我想，衣大，穿屐，散髮等等，后来效之，不吃也学起来，与理论的提倡实在是无关的。

又因散发之时，不能肚饿，所以吃冷物，而且要赶快吃，不论时候，一日数次也不可定。因此影响到晋时"居丧无礼"。——本来魏晋时，对于父母之礼是很繁多的。比方想去访一个人，那么，在未访之前，必先打听他父母及其祖父母的名字，以便避讳。否则，嘴上一说出这个字音，假如他的父母是死了的，主人便会大哭起来——他记得父母了——给你一个大大的没趣。晋礼居丧之时，也要瘦，不多吃饭，不准喝酒。但在吃药之后，为生命计，不能管得许多，只好大嚼，所以就变成"居丧无礼"了。

居丧之际，饮酒食肉，由阔人名流倡之，万民皆从之，因为这个缘故，社会上遂尊称这样的人叫作名士派。

吃散发源于何晏，和他同志的，有王弼和夏侯玄两个人，与晏同为服药的祖师。有他三人提倡，有多人跟着走。他们三人多是会做文章，除了夏侯玄的作品流传不多外，王何二人现在我们尚能看到他们的文章。他们都是生于正始的，所以又名曰“正始名士”。但这种习惯的末流，是只会吃药，或竟假装吃药，而不会做文章。

东晋以后，不做文章而流为清谈，由《世说新语》一书里可以看到。此中空论多而文章少，比较他们三个差得远了。三人中王弼二十余岁便死了，夏侯何二人皆为司马懿所杀。因为他二人同曹操有关系，非死不可，犹曹操之杀孔融，也是借不孝做罪名的。

二人死后，论者多因其与魏有关而骂他，其实何晏值得骂的就是因为他是吃药的发起人。这种服散的风气，魏，晋，直到隋，唐还存在着，因为唐时还有“解散方”，即解五石散的药方，可以证明还有人吃，不过少点罢了。唐以后就没有人吃，其原因尚未详，大概因其弊多利少，和鸦片一样吧?

晋名人皇甫谧作一书曰《高士传》，我们以为他很高超。但他是服散的，曾有一篇文章，自说吃散之苦。因为药性一发，稍不留心，即会丧命，至少也会受非常的苦痛，或要发狂；本来聪明的人，因此也会变成痴呆。所以非深知药性，会解救，而且家里的人多深知药性不可。晋朝人多是脾气很坏，高傲，发狂，性暴如火的，大约便是服药的缘故。比方有苍蝇扰他，竟至拔剑追赶；就是说话，也要糊糊涂涂地才好，有时简直是近于发疯。但在晋朝更有以痴为好的，这大概也是服药的缘故。

魏末，何晏他们以外，又有一个团体新起，叫做“竹林名士”，也是七个，所以又称“竹林七贤”。正始名士服药，竹林名士饮酒。竹林的代表是嵇康和阮籍。但究竟竹林名士不纯粹是喝酒的，嵇康也兼服药经，而阮籍则是专喝酒的代表。但嵇康也饮酒，刘伶也是这里面的一个。他们七人中差不多都是反抗旧礼教的。

这七人中，脾气各有不同。嵇阮二人的脾气都很大：阮籍老年时改得很好，嵇康就始终都是极坏的。

阮年青时，对于访他的人有加以青眼和白眼的分别。白眼大概是全然看不见眸子的，恐怕要练习很久才能够。青眼我会装，白眼我却装不好。

后来阮籍竟做到“口不臧否人物”的地步，嵇康却全不改变。结果阮得终其天年，而嵇竟丧于司马氏之手，与孔融何晏等一样，遭了不幸的杀害。这大概是因为吃药和吃酒之分的缘故：吃药可以成仙，仙是可以骄视俗人的；饮酒不会成仙，所以敷衍了事。

他们的态度，大抵是饮酒时衣服不穿，帽也不带。若在平时，有这种状态，我们就说无礼，但他们就不同。居丧时不一定按例哭泣；子之于父，是不能提父的名，但在竹林名士一流人中，子都会叫父的名号。旧传下来的礼教，竹林名士是不承认的。即如刘伶——他曾做过一篇《酒德颂》，谁都知道——他是不承认世界上从前规定的道理的，曾经有这样的事，有一次有客见他，他不穿衣服。人责问他；他答人说，天地是我的房屋，房屋就是我的衣服，你们为什么进我的裤子中来？至于阮籍，就更甚了，他连上下古今也不承认，在《大人先生传》里有说："天地解兮六合开，星辰陨兮日月颓，我腾而上将何怀?"他的意思是天地神仙，都是无意义，一切都不要，所以他觉得世上的道理不必争，神仙也不足信，既然一切都是虚无，所以他便沉湎于酒了。然而他还有一个原因，就是他的饮酒不独由于他的思想，大半倒在环境。其时司马氏已想篡位，而阮籍名声很大，所以他讲话就极难，只好多饮酒，少讲话，而且即使讲话讲错了，也可以借醉得到人的原谅。只要看有一次司马懿求和阮籍结亲，而阮籍一醉就是两个月，没有提出的机会，就可以知道了。

阮籍做文章和作诗都很好，他的诗文虽然也慷慨激昂，但许多意思都是隐而不显的。宋的颜延之已经说不大能懂，我们现在自然更很难看得懂他的诗了。他诗里也说神仙，但他其实是不相信的。嵇康的论文，比阮籍更好，思想新颖，往往与古时旧说反对。孔子说："学而时习之，不亦说乎?"嵇康做的《难自然好学论》，却道，人是并不好学的，假如一个人可以不做事而又有饭吃，就随便闲游不喜欢读书了，所以现在人之好学，是由于习惯和不得已。还有管叔蔡叔，是疑心周公，率殷民叛，因而被诛，一向公认为坏人的。而嵇康做的《管蔡论》，就也反对历代传下来的意思，说这两个人是忠臣，他们的怀疑周公，是因为地方相距太远，消息不灵通。

但最引起许多人的注意，而且于生命有危险的，是《与山巨源绝交书》中的"非汤武而薄周孔"。司马懿因这篇文章，就将嵇康杀了。非薄了汤武周孔，在现时代是不要紧的，但在当时却关系非小。汤武是以武定天下的；周公是辅成王的；孔子是祖述尧舜，而尧舜是禅让天下的。嵇康都说不好，那么，教司马懿篡位的时候，怎么办才是好呢？没有办法。在这一点上，嵇康于司马氏的办事上有了直接的影响，因此就非死不可了。嵇康的见杀，是因为他的朋友吕安不孝，连及嵇康，罪案和曹操的杀孔融差不多。魏晋，是以孝治天下的，不孝，故不能不杀。为什么要以孝治天下呢？因为天位从禅让，即巧取豪夺而来，若主张以忠治天下，他们的立脚点便不稳，办事便棘手，立论也难了，所以一定要以孝治天下。但倘只是实行不孝，其实那时倒不很要紧的，嵇康的害处是在发议论；阮籍不同，不大说关于伦理上的话，所以结局也不同。

但魏晋也不全是这样的情形，宽袍大袖，大家饮酒。反对的也很多。在文章上我们还可以看见裴頠的《崇有论》，孙盛的《老子非大贤论》，这些都是反对王何们的。在史实上，则何曾劝司马懿杀阮籍有好几回，司马懿不听他的话，这是因为阮籍的饮酒，与时局的关系少些的缘故。

然而后人就将嵇康阮籍骂起来，人云亦云，一直到现在，一千六百多年。季札说："中国之君子，明于礼义而陋于知人心。"这是确的，大凡明于礼义，就一定要陋于知人心的，所以古代有许多人受了很大的冤枉。例如嵇阮的罪名，一向说他们毁坏礼教。但据我个人的意见，这判断是错的。魏晋时代，崇奉礼教的看来似乎很不错，而实在是毁坏礼教，不信礼教的。表面上毁坏礼教者，实则倒是承认礼教，太相信礼教。因为魏晋时所谓崇奉礼教，是用以自利，那崇奉也不过偶然崇奉，如曹操杀孔融，司马懿杀嵇康，都是因为他们和不孝有关，但实在曹操司马懿何尝是著名的孝子，不过将这个名义，加罪于反对自己的人罢了。于是老实人以为如此利用，亵黩了礼教，不平之极，无计可施，激而变成不谈礼教，不信礼教，甚至于反对礼教。——但其实不过是态度，至于他们的本心，恐怕倒是相信礼教，当作宝贝，比曹操司马懿们要迂执得多。现在说一个容易明白的比喻吧，譬如有一个军阀，在北方——在广东的人所谓北方和我常说的北方的界限有些不同，我常称山东山西直隶河南之类为北方——那军阀从前是压迫民党的，后来北伐军势力一大，他便挂起了青天白日旗，说自己已经信仰三民主义了，是总理的信徒。这样还不够，他还要做总理的纪念周。这时候，真的三民主义的信徒，去呢，不去呢？不去，他那里就可以说你反对三民主义，定罪，杀人。但既然在他的势力之下，没有别法，真的总理的信徒，倒会不谈三民主义，或者听人假惺惺的谈起来就皱眉，好像反对三民主义模样。所以我想，魏晋时所谓反对礼教的人，有许多大约也如此。他们倒是迂夫子，将礼教当作宝贝看待的。

还有一个实证，凡人们的言论，思想，行为，倘若自己以为不错的，就愿意天下的别人，自己的朋友都这样做。但嵇康阮籍不这样，不愿意别人来模仿他。竹林七贤中有阮咸，是阮籍的侄子，一样的饮酒。阮籍的儿子阮浑也愿加入时，阮籍却道不必加入，吾家已有阿咸在，够了。假若阮籍自以为行为是对的，就不当拒绝他的儿子，而阮籍却拒绝自己的儿子，可知阮籍并不以他自己的办法为然。至于嵇康，一看他的《绝交书》，就知道他的态度很骄傲的；有一次，他在家打铁——他的性情是很喜欢打铁的——钟会来看他了，他只打铁，不理钟会。钟会没有意味，只得走了。其时嵇康就问他："何所闻而来，何所见而去?"钟会答道："闻所闻而来，见所见而去。"这也是嵇康杀身的一条祸根。但我看他做给他的儿子看的《家诫》——当嵇康被杀时，其子方十岁，算来当他做这篇文章的时候，他的儿子是未满十岁的——就觉得宛然是两个人。他在《家诫》中教他的儿子做人要小心，还有一条一条的教训。有一条是说长官处不可常去，亦不可住宿；官长送人们出来时，你不要在后面，因为恐怕将来官长惩办坏人时，你有暗中密告的嫌疑。又有一条是说宴饮时候有人争论，你可立刻走开，免得在旁批评，因为两者之间必有对与不对，不批评则不像样，一批评就总要是甲非乙，不免受一方见怪。还有人要你饮酒，即使不愿饮也不要坚决地推辞，必须和和气气的拿着杯子。我们就此看来，实在觉得很稀奇：嵇康是那样高傲的人，而他教子就要他这样庸碌。因此我们知道，嵇康自己对于他自己的举动也是不满足的。所以批评一个人的言行实在难，社会上对于儿子不像父亲，称为"不肖"，以为是坏事，殊不知世上正有不愿意他的儿子像自己的父亲哩。试看阮籍嵇康，就是如此。这是，因为他们生于乱世，不得已，才有这样的行为，并非他们的本态。但又于此可见魏晋的破坏礼教者，实在是相信礼教到固执之极的。

不过何晏王弼阮籍嵇康之流，因为他们的名位大，一般的人们就学起来，而所学的无非是表面，他们实在的内心，却不知道。因为只学他们的皮毛，于是社会上便很多了没意思的空谈和饮酒。许多人只会无端的空谈和饮酒，无力办事，也就影响到政治上，弄得玩“空城计”，毫无实际了。在文学上也这样，嵇康阮籍的纵酒，是也能做文章的，后来到东晋，空谈和饮酒的遗风还在，而万言的大文如嵇阮之作，却没有了。刘勰说：“嵇康师心以遣论，阮籍使气以命诗。”这“师心”和“使气”，便是魏末晋初的文章的特色。正始名士和竹林名士的精神灭后，取于师心使气的作家也没有了。

到东晋，风气变了。社会思想平静得多，各处都夹入了佛教的思想。再至晋末，乱也看惯了，篡也看惯了，文章便更和平。代表平和的文章的人有陶潜。他的态度是随便饮酒，乞食，高兴的时候就谈论和做文章，无尤无怨。所以现在有人称他为“田园诗人”，是个非常和平的田园诗人。他的态度是不容易学的，他非常之穷，而心里很平静。家常无米，就去向人家门口求乞。他穷到有客来见，连鞋也没有，那客人给他从家丁取鞋给他，他便伸了足穿上了。虽然如此，他却毫不为意，还是“采菊东篱下，悠然见南山”。这样的自然状态，实在不易模仿。他穷到衣服也破烂不堪，而还在东篱下采菊，偶然抬起头来，悠然的见了南山，这是何等自然。现在有钱的人住在租界里，雇花匠种数十盆菊花，便做诗，叫作“秋日赏菊效陶彭泽体”，自以为合于渊明的高致，我觉得不大像。

陶潜之在晋末，是和孔融于汉末与嵇康于魏末略同，又是将近易代的时候。但他没有什么慷慨激昂的表示，于是便博得“田园诗人”的名称。但《陶集》里有《述酒》一篇，是说当时政治的。这样看来，可见他于世事也并没有遗忘和冷淡，不过他的态度比嵇康、阮籍自然得多，不至于招人注意罢了。还有一个原因，先已说过，是习惯。因为当时饮酒的风气相沿下来，人见了也不觉得奇怪，而且汉魏晋相沿，时代不远，变迁极多，既经见惯，就没有大感触，陶潜之比孔融嵇康和平，是当然的。例如看北朝的墓志，官位升进，往往详细写着，再仔细一看，他是已经经历过两三个朝代了，但当时似乎并不为奇。

据我的意思，即使是从前的人，那诗文完全超于政治的所谓“田园诗人”“山林诗人”，是没有的。完全超出于人间世的，也是没有的。既然是超出于世，则当然连诗文也没有。诗文也是人事，既有诗，就可以知道于世事未能忘情。譬如墨子兼爱，杨子为我。墨子当然要著书；杨子就一定不著，这才是“为我”。因为若做出书来给别人看，便变成“为人”了。

由此可知陶潜总不能超于尘世，而且，于朝政还是留心，也不能忘掉“死”，这是他诗文中时时提起的。用别一种看法研究起来，恐怕也会成一个和旧说不同的人物吧。

自汉末至晋末文章的一部分的变化与药及酒之关系，据我所知的大概是这样。但我学识太少，没有详细的研究，在这样的热天和雨天费去了诸位这许多时光，是很抱歉的。现在这个题目总算是讲完了。

小杂感

蜜蜂的刺，一用即丧失了它自己的生命；犬儒的刺，一用则苟延了他自己的生命。

他们就是如此不同。

约翰穆勒说：专制使人们变成冷嘲。

而他竟不知道共和使人们变成沉默。

要上战场，莫如做军医；要革命，莫如走后方；要杀人，莫如做刽子手。既英雄，又稳当。

与名流学者谈，对于他之所讲，当装作偶有不懂之处。太不懂被看轻，太懂了被厌恶。偶有不懂之处，彼此最为合宜。

世间大抵只知道指挥刀所以指挥武士，而不想到也可以指挥文人。

又是演讲录，又是演讲录。

但可惜都没有讲明他何以和先前大两样了；也没有讲明他演讲时，自己是否真相信自己的话。

阔的聪明人种种譬如昨日死。

不阔的傻子种种实在昨日死。

曾经阔气的要复古，正在阔气的要保持现状，未曾阔气的要革新。

大抵如是。大抵！

他们之所谓复古，是回到他们所记得的若干年前，并非虞夏商周。

女人的天性中有母性，有女儿性；无妻性。

妻性是逼成的，只是母性和女儿性的混合。

防被欺。

自称盗贼的无须防，得其反倒是好人；自称正人君子的必须防，得其反则是盗贼。

楼下一个男人病得要死，那间壁的一家唱着留声机；对面是弄孩子。楼上有两人狂笑；还有打牌声。河中的船上有女人哭着她死去的母亲。

人类的悲欢并不相通，我只觉得他们吵闹。

每一个破衣服人走过，叭儿狗就叫起来，其实并非都是狗主人的意旨或使嗾。

叭儿狗往往比它的主人更严厉。

恐怕有一天总要不准穿破布衫，否则便是共产党。

革命，反革命，不革命。

革命的被杀于反革命的。反革命的被杀于革命的。不革命的或当作革命的而被杀于反革命的，或当作反革命的而被杀于革命的，或并不当作什么而被杀于革命的或反革命的。

革命，革革命，革革革命，革革……

人感到寂寞时，会创作；一感到干净时，即无创作，他已经一无所爱。

创作总根于爱。

杨朱无书。

创作虽说抒写自己的心，但总愿意有人看。

创作是有社会性的。

但有时只要有一个人看便满足：好友，爱人。

人往往憎和尚，憎尼姑，憎回教徒，憎耶教徒，而不憎道士。

懂得此理者，懂得中国大半。

要自杀的人，也会怕大海的汪洋，怕夏天死尸的易烂。

但遇到澄静的清池，凉爽的秋夜，他往往也自杀了。

凡为当局所“诛”者皆有“罪”。

刘邦除秦苛暴，“与父老约，法三章耳”。

而后来仍有族诛，仍禁挟书，还是秦法。

法三章者，话一句耳。

一见短袖子，立刻想到白臂膊，立刻想到全裸体，立刻想到生殖器，立刻想到性交，立刻想到杂交，立刻想到私生子。

中国人的想象惟在这一层能够如此跃进。

九月二十四日

再谈香港

我经过我所视为“畏途”的香港，算起来九月二十八日是第三回。

第一回带着一点行李，但并没有遇见什么事。第二回是单身往来，那情状，已经写过一点了。这回却比前两次仿佛先就感到不安，因为曾在《创造月刊》上王独清先生的通信中，见过英国雇用的中国同胞上船“查关”的威武：非骂则打，或者要几块钱。而我是有十只书箱在统舱里，六只书箱和衣箱在房舱里的。

看看挂英旗的同胞的手腕，自然也可说是一种经历，但我又想，这代价未免太大了，这些行李翻动之后，单是重行整理捆扎，就须大半天；要实验，最好只有一两件。然而已经如此，也就随他如此吧。只是给钱呢，还是听他逐件查验呢？倘查验，我一个人一时怎么收拾呢？

船是二十八日到香港的，当日无事。第二天午后，茶房匆匆跑来了，在房外用手招我道：

“查关！开箱子去！”

我拿了钥匙，走进统舱，果然看见两位穿深绿色制服的英属同胞，手执铁签，在箱堆旁站着。我告诉他这里面是旧书，他似乎不懂，嘴里只有三个字：

“打开来！”

“这是对的，”我想，“他怎能相信漠不相识的我的话呢。”自然打开来，于是靠了两个茶房的帮助，打开来了。

他一动手，我立刻觉得香港和广州的查关的不同。我出广州，也曾受过检查。但那边的检查员，脸上是有血色的，也懂得我的话。每一包纸或一部书，抽出来看后，便放在原地方，所以毫不凌乱。的确是检查。而在这“英人的乐园”的香港可大两样了。检查员的脸是青色的，也似乎不懂我的话。他只将箱子的内容倒出，翻搅一通，倘是一个纸包，便将包纸撕破，于是一箱书籍，经他搅松之后，便高出箱面有六七寸了。

“打开来!”

其次是第二箱。我想，试一试吧。

“可以不看么?”我低声说。

“给我十块钱。”他也低声说。他懂得我的话的。

“两块。”我原也肯多给几块的，因为这检查法委实可怕，十箱书收拾妥帖，至少要五点钟。可惜我一元的钞票只有两张了，此外是十元的整票，我一时还不肯献出去。

“打开来!”

两个茶房将第二箱抬到舱面上，他如法泡制，一箱书又变了一箱半，还撕碎了几个厚纸包。一面“查关”，一面磋商，我添到五元，他减到七元，即不肯再减。其时已经开到第五箱，四面围满了一群看热闹的旁观者。

箱子已经开了一半了，索性由他看去吧，我想着，便停止了商议，只是“打开来”。但我的两位同胞也仿佛有些厌倦了似的，渐渐不像先前一般翻箱倒箧，每箱只抽二三十本书，抛在箱面上，便画了查讫的记号了。其中有一束旧信札，似乎颇惹起他们的兴味，振了一振精神，但看过四五封之后，也就放下了。此后大抵又开了一箱吧，他们便离开了乱书堆：这就是终结。

我仔细一看，已经打开的是八箱，两箱丝毫未动。而这两个硕果，却全是伏园的书箱，由我替他带回上海来的。至于我自己的东西，是全部乱七八糟。

“吉人自有天相，伏园真福将也！而我的华盖运却还没有走完，噫吁唏……”我想着，蹲下去随手去拾乱书。拾不几本，茶房又在舱口大声叫我了：

“你的房里查关，开箱子去!”

我将收拾书箱的事托了统舱的茶房，跑回房舱去。果然，两位英属同胞早在那里等我了。床上的铺盖已经掀得稀乱，一个凳子躺在被铺上。我一进门，他们便搜我身上的皮夹。我以为意在看看名刺，可以知道姓名。然而并不看名刺，只将里面的两张十元钞票一看，便交还我了。还嘱咐我好好拿着，仿佛很怕我遗失似的。

其次是开提包，里面都是衣服，只抖开了十来件，乱堆在床铺上。其次是看提篮，有一个包着七元大洋的纸包，打开来数了一回，默然无话。还有一包十元的在底里，却不被发见，漏网了。其次是看长椅子上的手巾包，内有角子一包十元，散的四五元，铜子数十枚，看完之后，也默然无话。其次是开衣箱。这回可有些可怕了。我取锁匙略迟，同胞已经捏着铁签作将要毁坏铰链之势，幸而钥匙已到，始庆安全。里面也是衣服，自然还是照例的抖乱，不在话下。

“你给我们十块钱，我们不搜查你了。”一个同胞一面搜衣箱，一面说。

我就抓起手巾包里的散角子来，要交给他。但他不接受，回过头去再“查关”。

话分两头。当这一位同胞在查提包和衣箱时，那一位同胞是在查网篮。但那检查法，和在统舱里查书箱的时候又两样了。那时还不过捣乱，这回却变了毁坏。他先将鱼肝油的纸匣撕碎，掷在地板上，还用铁签在蒋径三君送我的装着含有荔枝香味的茶叶的瓶上钻了一个洞。一面钻，一面四顾，在桌上见了一把小刀。这是在北京时用十几个铜子从白塔寺买来，带到广州，这回削过杨桃的。事后一量，连柄长华尺五寸三分。然而据说是犯了罪了。

“这是凶器，你犯罪的。”他拿起小刀来，指着向我说。

我不答话，他便放下小刀，将盐煮花生的纸包用指头挖了一个洞。接着又拿起一盒蚊烟香。

“这是什么？”

“蚊烟香。盒子上不写着么？”我说。

“不是。这有些古怪。”

他于是抽出一支来，嗅着。后来不知如何，因为这一位同胞已经搜完衣箱，我须去开第二只了。这时却使我非常为难，那第二只里并不是衣服或书籍，是极其零碎的东西：照片，抄本，自己的译稿，别人的文稿，剪存的报章，研究的资料……我想，倘一毁坏或搅乱，那损失可太大了。而同胞这时忽又去看了一回手巾包。我于是大悟，决心拿起手巾包里十元整封的角子，给他看了一看。他回头向门外一望，然后伸手接过去，在第二只箱上画了一个查讫的记号，走向那一位同胞去。大约打了一个暗号吧——然而奇怪，他并不将钱带走，却塞在我的枕头下，自己出去了。

这时那一位同胞正在用他的铁签，恶狠狠地刺入一个装着饼类的坛子的封口去。我以为他一听到暗号，就要中止了。而孰知不然。他仍然继续工作，挖开封口，将盖着的一片木板摔在地板上，碎为两片，然后取出一个饼，捏了一捏，掷入坛中，这才也扬长而去了。

天下太平。我坐在烟尘陡乱，乱七八糟的小房里，悟出我的两位同胞开手的捣乱，倒并不是恶意。即使议价，也须在小小乱七八糟之后，这是所以"掩人耳目"的，犹言如此凌乱，可见已经检查过。王独清先生不云乎？同胞之外，是还有一位高鼻子，白皮肤的主人翁的。当收款之际，先看门外者大约就为此。但我一直没有看见这一位主人翁。

后来的毁坏，却很有一点恶意了。然而也许倒要怪我自己不肯拿出钞票去，只给银角子。银角子放在制服的口袋里，沉垫垫地，确是易为主人翁所发见的，所以只得暂且放在枕头下。我想，他大概须待公事办毕，这才再来收账吧。

皮鞋声橐橐地自远而近，停在我的房外了，我看时，是一个白人，颇胖，大概便是两位同胞的主人翁了。

"查过了？"他笑嘻嘻地问我。

的确是的，主人翁的口吻。但是，一目了然，何必问呢？或者因为看见我的行李特别乱七八糟，在慰安我，或在嘲弄我吧。

他从房外拾起一张《大陆报》附送的图画，本来包着什物，由同胞撕下来抛出去的，倚在壁上看了一回，就又慢慢地走过去了。

我想，主人翁已经走过，"查关"该已收场了，于是先将第一只衣箱整理，捆好。

不料还是不行。一个同胞又来了，叫我"打开来，"他要查。接着是这样的问答——

"他已经看过了。"我说。

"没有看过。没有打开过。打开来！"

“我刚刚捆好的。”

“我不信。打开来！”

“这里不画着查过的符号么？”

“那么，你给了钱了吧？你用贿赂……”

“……”

“你给了多少钱？”

“你去问你的一伙去。”

他去了。不久，那一个又忙忙走来，从枕头下取了钱，此后便不再看见——真正天下太平。

我才又慢慢地收拾那行李。只见桌子上聚集着几件东西，是我的一把剪刀，一个开罐头的家伙，还有一把木柄的小刀。大约倘没有那十元小洋，便还要指这为“凶器”，加上“古怪”的香，来恐吓我的吧。但那一支香却不在桌子上。

船一走动，全船反显得更闲静了，茶房和我闲谈，却将这翻箱倒箧的事，归咎于我自己。

“你生得太瘦了，他疑心你是贩鸦片的。”他说。

我实在有些愕然。真是人寿有限，“世故”无穷。我一向以为和人们抢饭碗要碰钉子，不要饭碗是无妨的。去年在厦门，才知道吃饭固难，不吃亦殊为“学者”所不悦，得了不守本分的批评。胡须的形状，有国粹和欧式之别，不易处置，我是早经明白的。今年到广州，才又知道虽颜色也难以自由，有人在日报上警告我，叫我的胡子不要变灰色，又不要变红色。至于为人不可太瘦，则到香港才省悟，先前是梦里也未曾想到的。

的确，监督着同胞“查关”的一个西洋人，实在吃得很肥胖。

香港虽只一岛，却活画着中国许多地方现在和将来的小照：中央几位洋主子，手下是若干颂德的“高等华人”和一伙作伥的奴气同胞。此外即全是默默吃苦的“土人”，能耐的死在洋场上，耐不住的逃入深山中，苗瑶是我们的前辈。

九月二十九之夜。海上

革命文学

今年在南方，听得大家叫“革命”，正如去年在北方，听得大家叫“讨赤”的一样盛大。

而这“革命”还侵入文艺界里了。

最近，广州的日报上还有一篇文章指示我们，叫我们应该以四位革命文学家为师法：意大利的唐南遮，德国的霍普德曼，西班牙的伊本纳兹，中国的吴稚晖。

两位帝国主义者，一位本国政府的叛徒，一位国民党救护的发起者，都应该作为革命文学的师法，于是革命文学便莫名其妙了，因为这实在是至难之业。

于是不得已，世间往往误以两种文学为革命文学：一是在一方的指挥刀的掩护之下，斥骂他的敌手的；一是纸面上写着许多“打，打”“杀，杀”，或“血，血”的。

如果这是“革命文学”，则做“革命文学家”，实在是最痛快而安全的事。

从指挥刀下骂出去，从裁判席上骂下去，从官营的报上骂开去，真是伟哉一世之雄，妙在被骂者不敢开口。而又有人说，这不敢开口，又何其怯也？对手无“杀身成仁”之勇，是第二条罪状，斯愈足以显革命文学家之英雄。所可惜者只在这文学并非对于强暴者的革命，而是对于失败者的革命。

唐朝人早就知道，穷措大想做富贵诗，多用些“金”“玉”“锦”“绮”字面，自以为豪华，而不知适见其寒蠢。真会写富贵景象的，有道：“笙歌归院落，灯火下楼台”，全不用那些字。“打，打”“杀，杀”，听去诚然是英勇的，但不过是一面鼓。即使是鼙鼓，倘若前面无敌军，后面无我军，终于不过是一面鼓而已。

我以为根本问题是在作者可是一个“革命人”，倘是的，则无论写的是什么事件，用的是什么材料，即都是“革命文学”。从喷泉里出来的都是水，从血管里出来的都是血。“赋得革命，五言八韵”，是只能骗骗盲试官的。

但“革命人”就稀有。俄国十月革命时，确曾有许多文人愿为革命尽力。但事实的狂风，终于转得他们手足无措。显明的例是诗人叶遂宁的自杀，还有小说家梭波里，他最后的话是：“活不下去了！”

在革命时代有大叫“活不下去了”的勇气，才可以做革命文学。

叶遂宁和梭波里终于不是革命文学家。为什么呢，因为俄国是实在在革命。革命文学家风起云涌的所在，其实是并没有革命的。

《尘影》题辞

在我自己，觉得中国现在是一个进向大时代的时代。但这所谓大，并不一定指可以由此得生，而也可以由此得死。

许多为爱的献身者，已经由此得死。在其先，玩着意中而且意外的血的游戏，以愉快和满意，以及单是好看和热闹，赠给身在局内而旁观的人们；但同时也给若干人以重压。

这重压除去的时候，不是死，就是生。这才是大时代。

在异性中看见爱，在百合花中看见天堂，在拾煤渣的老妇人的魂灵中看见拜金主义，世界现在常为受机关枪拥护的仁义所治理，在此时此地听到这样的消息，我委实身心舒服，如喝好酒。然而《尘影》所赍来的，却是重压。

现在的文艺，是往往给人不舒服的，没有法子。要不然，只好使自己逃出文艺，或者从文艺推出人生。

谁更为仁义和钞票写照，为三道血的“难看”传神呢？我看见一篇《尘影》，它的愉快和重压留与各色的人们。

然而在结末的“尘影”中却又给我喝了一口好酒。

他将小宝留下，不告诉我们后来是得死，还是得生。作者不愿意使我们太受重压吧。但这是好的，因为我觉得中国现在是进向大时代的时代。

一九二七年十二月七日，鲁迅记于上海

当陶元庆君的绘画展览时我所要说的几句话

陶元庆君绘画的展览，我在北京所见的是第一回。记得那时曾经说过这样意思的话：他以新的形，尤其是新的色来写出他自己的世界，而其中仍有中国向来的魂灵——要字面免得流于玄虚，则就是：民族性。

我觉得我的话在上海也没有改正的必要。

中国现今的一部分人，确是很有些苦闷。我想，这是古国的青年的迟暮之感。世界的时代思潮早已六面袭来，而自己还拘禁在三千年陈的桎梏里。于是觉醒，挣扎，反叛，要出而参与世界的事业——我要范围说得小一点：文艺之业。倘使中国之在世界上不算在错，则这样的情形我以为也是对的。

然而现在外面的许多艺术界中人，已经对于自然反叛，将自然割裂，改造了。而文艺史界中人，则舍了用惯的向来以为是“永久”的旧尺，另以各时代各民族的固有的尺，来量各时代各民族的艺术，于是向埃及坟中的绘画赞叹，对黑人刀柄上的雕刻点头，这往往使我们误解，以为要再回到旧日的桎梏里。而新艺术家们勇猛的反叛，则震惊我们的耳目，又往往不能不感服。但是，我们是迟暮了，并未参与过先前的事业，于是有时就不过敬谨接收，又成了一种可敬的身外的新桎梏。

陶元庆君的绘画，是没有这两重桎梏的。就因为内外两面，都和世界的时代思潮合流，而又并未梏亡中国的民族性。

我于艺术界的事知道得极少，关于文字的事较为留心些。就如白话，从中，更就世所谓“欧化语体”来说吧。有人斥道：你用这样的语体，可惜皮肤不白，鼻梁不高呀！诚然，这教训是严厉的。但是，皮肤一白，鼻梁一高，他用的大概是欧文，不是欧化语体了。正唯其皮不白，鼻不高而偏要“的呵吗呢”，并且一句里用许多的“的”字，这才是为世诟病的今日的中国的我辈。

但我并非将欧化文来比拟陶元庆君的绘画。意思只在说：他并非“之乎者也”，因为用的是新的形和新的色；而又不是“Yes”“No”，因为他究竟是中国人。所以，用密达尺来量，是不对的，但也不能用什么汉朝的虑傂尺或清朝的营造尺，因为他又已经是现今的人。我想，必须用存在于现今想要参与世界上的事业的中国人的心里的尺来量，这才懂得他的艺术。

一九二七年十二月十三日，鲁迅于上海记

卢梭和胃口

做过《民约论》的卢梭，自从他还未死掉的时候起，便受人们的责备和迫害，直到现在，责备终于没有完。连在和“民约”没有什么关系的中华民国，也难免这一幕了。

例如商务印书馆出版的《爱弥尔》中文译本的序文上，就说——

“……本书的第五编即女子教育，他的主张非但不彻底，而且不承认女子的人格，与前四编的尊重人类相矛盾。……所以在今日看来，他对于人类正当的主张，可说只树得一半……”

然而复旦大学出版的《复旦旬刊》创刊号上梁实秋教授的意思，却“稍微有点不同”了。其实岂但“稍微”而已耶，乃是“卢梭论教育，无一是处，惟其论女子教育，的确精当。”因为那是“根据于男女的性质与体格的差别而来”的。而近代生物学和心理学研究的结果，又证明着天下没有两个人是无差别。怎样的人就该施以怎样的教育。所以，梁先生说——

“我觉得‘人’字根本的该从字典里永远注销，或由政府下令永禁行使。因为‘人’字的意义太糊涂了。聪明绝顶的人，我们叫他做人，蠢笨如牛的人，也一样的叫做人，弱不禁风的女子，叫做人，粗横强大的男人，也叫做人，人里面的三流九等，无一非人。近代的德谟克拉西的思想，平等的观念，其起源即由于不承认人类的差别。近代所谓的男女平等运动，其起源即由于不承认男女的差别。人格是一个抽象名词，是一个人的身心各方面的特点的总和。人的身心各方面的特点既有差别，实即人格上亦有差别。所谓侮辱人格的，即是不承认一个人特有的人格，卢梭承认女子有女子的人格，所以卢梭正是尊重女子的人格。抹杀女子所特有之特性者，才是侮辱女子人格。”

于是势必至于得到这样的结论——

“……正当的女子教育应该是使女子成为完全的女子。”那么，所谓正当的教育者，也应该是使“弱不禁风”者，成为完全的“弱不禁风”，“蠢笨如牛”者，成为完全的“蠢笨如牛”，这才免于侮辱各人——此字在未经从字典里永远注销，政府下令永禁行使之前，暂且使用——的人格了。卢梭《爱弥尔》前四编的主张不这样，其“无一是处”，于是可以算无疑。

但这所谓“无一是处”者，也只是对于“聪明绝顶的人”而言，在“蠢笨如牛的人”，却是“正当”的教育。因为看了这样的议论，可以使他更渐近于完全“蠢笨如牛”。这也就是尊重他的人格。

然而这种议论还是不会完结的。为什么呢？一者，因为即使知道说“自然的不平等”，而不容易明白真“自然”和“因积渐的人为而似自然”之分。二者，因为凡有学说，往往“合吾人之胃口者则容纳之，且从而宣扬之”也。

上海一隅，前二年大谈亚诺德，今年大谈白璧德，恐怕也就是胃口之故吧。

许多问题大抵发生于“胃口”，胃口的差别，也正如“人”字一样的——其实这两字也应该呈请政府“下令永禁行使”。我且抄一段同是美国的 Upton Sinclair 的，以尊重另一种人格吧——

“无论在哪一个卢梭的批评家，都有首先应该解决的惟一的问题。为什么你和他吵闹的？要为他的到达点的那自由，平等，调协开路么？还是因为畏惧卢梭所发向世界上的新思想和新感情的激流呢？使对于他取了为父之劳的个人主义运动的全体怀疑，将我们带到子女服从父母，奴隶服从主人，妻子服从丈夫，臣民服从教皇和皇帝，大学生毫不发生疑问，而佩服教授的讲义的善良的古代去，乃是你的目的么？

“阿嶷夫人曰：‘最后的一句，好像是对于白璧德教授的一箭似的。’

“‘奇怪呀，’她的丈夫说，‘斯人也而有斯姓也……那一定是上帝的审判了。’”

不知道和原意可有错误，因为我是从日本文重译的。书的原名是 *Mammonart*，在 California 的 Pasadena 作者自己出版，胃口相近的人们自己弄来看去吧。Mammon 是希腊神话里的财神，art 谁都知道是艺术。可以译作“财神艺术”吧。日本的译名是“拜金艺术”，也行。因为这一个字是作者生造的，政府既没有下令颁行，字典里也大概未曾注入，所以姑且在这里加一点解释。

十二，二一

文学和出汗

上海的教授对人讲文学，以为文学当描写永远不变的人性，否则便不久长。例如英国，莎士比亚和别的一两个人所写的是永久不变的人性，所以至今流传，其余的不这样，就都消灭了云。

这真是所谓“你不说我倒还明白，你越说我越糊涂”了。英国有许多先前的文章不流传，我想，这是总会有的，但竟没有想到它们的消灭，乃因为不写永久不变的人性。现在既然知道了这一层，却更不解它们既已消灭，现在的教授何从看见，却居然断定它们所写的都不是永久不变的人性了。

只要流传的便是好文学，只要消灭的便是坏文学；抢得天下的便是王，抢不到天下的便是贼。莫非中国式的历史论，也将沟通了中国人的文学论欤？

而且，人性是永久不变的么？

类人猿，类猿人，原人，古人，今人，未来的人……如果生物真会进化，人性就不能永久不变。不说类猿人，就是原人的脾气，我们大约就很难猜得着的，则我们的脾气，恐怕未来的人也未必会明白。要写永久不变的人性，实在难哪。

譬如出汗吧，我想，似乎于古有之，于今也有，将来一定暂时也还有，该可以算得较为“永久不变的人性”了。然而“弱不禁风”的小姐出的是香汗，“蠢笨如牛”的工人出的是臭汗。不知道倘要做长留世上的文字，要充长留世上的文学家，是描写香汗好呢，还是描写臭汗好？这问题倘不先行解决，则在将来文学史上的位置，委实是“岌岌乎殆哉”。

听说，例如英国，那小说，先前是大抵写给太太小姐们看的，其中自然是香汗多；到十九世纪后半，受了俄国文学的影响，就很有些臭汗气了。那一种的命长，现在似乎还在不可知之数。

在中国，从道士听论道，从批评家听谈文，都令人毛孔痉挛，汗不敢出。然而这也许倒是中国的“永久不变的人性”吧。

二七，一二，二三

文艺和革命

欢喜维持文艺的人们，每在革命地方，便爱说“文艺是革命的先驱”。

我觉得这很可疑。或者外国是如此的吧；中国自有其特别国情，应该在例外。现在妄加编排，以质同志——

1. 革命军。 先要有军，才能革命，凡已经革命的地方，都是军队先到的：这是先驱。大军官们也许到得迟一点，但自然也是先驱，无须多说。

（这之前，有时恐怕也有青年潜入宣传，工人起来暗助，但这些人们大抵已经死掉，或则无从查考了，置之不论。）

2. 人民代表。 军官们一到，便有人民代表群集车站欢迎，手执国旗，嘴喊口号，“革命空气，非常浓厚”：这是第二先驱。

3. 文学家。 于是什么革命文学，民众文学，同情文学，飞腾文学都出来了，伟大光明的名称的期刊也出来了，来指导青年的：这是——可惜得很，但也不要紧——第三先驱。

外国是革命军兴以前，就有被迫出国的卢梭，流放极边的珂罗连珂……

好了。倘若硬要乐观，也可以了。因为我们常听到所谓文学家将要出国的消息，看见新闻上的记载，广告；看见诗；看见文。虽然尚未动身，却也给我们一种“将来学成归国，了不得呀！”的预感——希望是谁都愿意有的。

十二月二十四夜零点一分五秒

谈所谓“大内档案”

所谓“大内档案”这东西，在清朝的内阁里积存了三百多年，在孔庙里塞了十多年，谁也一声不响。自从历史博物馆将这残余卖给纸铺子，纸铺子转卖给罗振玉，罗振玉转卖给日本人，于是乎大有号咷之声，仿佛国宝已失，国脉随之似的。前几年，我也曾见过几个人的议论，所记得的一个是金梁，登在《东方杂志》上；还有罗振玉和王国维，随时发感慨。最近的是《北新半月刊》上的《论档案的售出》，蒋彝潜先生做的。

我觉得他们的议论都不大确。金梁，本是杭州的驻防旗人，早先主张排汉的，民国以来，便算是遗老了，凡有民国所做的事，他自然都以为很可恶。罗振玉呢，也算是遗老，曾经立誓不见国门，而后来仆仆京津间，痛责后生不好古，而偏将古董卖给外国人的，只要看他的题跋，大抵有“广告”气扑鼻，便知道“于意云何”了。独有王国维已经在水里将遗老生活结束，是老实人；但他的感喟，却往往和罗振玉一鼻孔出气，虽然所出的气，有真假之分。所以他被弄成夹广告的 Sandwich，是常有的事，因为他老实到像火腿一般。蒋先生是例外，我看并非遗老，只因为 Sentimental 一点，所以受了罗振玉辈的骗了。你想，他要将这卖给日本人，肯说这不是宝贝的么？

那么，这不是好东西么？不好，怎么你也要买，我也要买呢？我想，这是谁也要发的质问。

答曰：唯唯，否否。这正如败落大户家里的一堆废纸，说好也行，说无用也行的。因为是废纸，所以无用；因为是败落大户家里的，所以也许夹些好东西。况且这所谓好与不好，也因人的看法而不同，我的寓所近旁的一个垃圾箱，里面都是住户所弃的无用的东西，但我看见早上总有几个背着竹篮的人，从那里面一片一片，一块一块，捡了什么东西去了，还有用。更何况现在的时候，皇帝也还尊贵，只要在“大内”里放几天，或者带一个“宫”字，就容易使人另眼相看的，这真是说也不信，虽然在民国。

“大内档案”也者，据深通“国朝”掌故的罗遗老说，是他的“国朝”时堆在内阁里的乱纸，大家主张焚弃，经他力争，这才保留下来的。但到他的“国朝”退位，民国元年我到北京的时候，它们已经被装为八千（？）麻袋，塞在孔庙之中的敬一亭里了，的确满满地埋满了大半亭子。其时孔庙里设了一个历史博物馆筹备处，处长是胡玉缙先生。“筹备处”云者，即里面并无“历史博物”的意思。

我却在教育部，因此也就和麻袋们发生了一点关系，眼见它们的升沉隐显。可气可笑的事是有的，但多是小玩意；后来看见外面的议论说得天花乱坠起来，也颇想做几句记事，叙出我所目睹的情节。可是胆子小，因为牵涉着的阔人很有几个，没有敢动笔。这是我的“世故”，在中国做人，骂民族，骂国家，骂社会，骂团体……都可以的，但不可涉及个人，有名有姓。广州的一种期刊上说我只打叭儿狗，不骂军阀。殊不知我正因为骂了叭儿狗，这才有逃出北京的运命。泛骂军阀，谁来管呢？军阀是不看杂志的，就靠叭儿狗嗅，候补叭儿狗吠。阿，说下去又不好了，赶快带住。

现在是寓在南方，大约不妨说几句了，这些事情，将来恐怕也未必另外有人说。但我对于有关面子的人物，仍然都不用真姓名，将罗马字来替代。既非欧化，也不是“隐恶扬善”，只不过“远害全身”。这也是我的“世故”，不要以为自己在南方，他们在北方，或者不知所在，就小觑他们。他们是突然会在你眼前阔起来的，真是神奇得很。这时候，恐怕就会死得连自己也莫名其妙了。所以要稳当，最好是不说。但我现在来“折衷”，既非不说，而不尽说，而代以罗马字——如果这样还不妥，那么，也只好听天由命了。上帝安我魂灵！

却说这些麻袋们躺在敬一亭里，就很令历史博物馆筹备处长胡玉缙先生担忧，日夜提防工役们放火。为什么呢？这事谈起来可有些繁复了。弄些所谓“国学”的人大概都知道，胡先生原是南菁书院的高才生，不但深研旧学，并且博识前朝掌故的。他知道清朝武英殿里藏过一副铜活字，后来太监们你也偷，我也偷，偷得“不亦乐乎”，待到王爷们似乎要来查考的时候，就放了一把火。自然，连武英殿也没有了，更何况铜活字的多少。而不幸敬一亭中的麻袋，也仿佛常常减少，工役们不是国学家，所以他将内容的宝贝倒在地上，单拿麻袋去卖钱。胡先生因此想到武英殿失火的故事，深怕麻袋缺得多了之后，敬一亭也照例烧起来；就到教育部去商议一个迁移，或整理，或销毁的办法。

专管这一类事情的是社会教育司，然而司长是夏曾佑先生。弄些什么“国学”的人大概也都知道的，我们不必看他另外的论文，只要看他所编的两本《中国历史教科书》，就知道他看中国人有怎地清楚。他是知道中国的一切事万不可“办”的；即如档案吧，任其自然，烂掉，霉掉，蛀掉，偷掉，甚而至于烧掉，倒是天下太平；倘一加人为，一“办”，那就舆论沸腾，不可开交了。结果是办事的人成为众矢之的，谣言和谗谤，百口也分不清。所以他的主张是“这个东西万万动不得”。

这两位熟于掌故的“要办”和“不办”的老先生，从此都知道各人的意思，说说笑笑……但竟拖延下去了。于是麻袋们又安稳地躺了十来年。

这回是F先生来做教育总长了，他是藏书和“考古”的名人。我想，他一定听到了什么谣言，以为麻袋里定有好的宋版书——“海内孤本”。这一类谣言是常有的，我早先还听得人说，其中且有什么妃的绣鞋和什么王的头骨哩。有一天，他就发一个命令，教我和G主事试看麻袋。即日搬了二十个到西花厅，我们俩在尘埃中看宝贝，大抵是贺表，黄绫封，要说好是也可以说好的，但太多了，倒觉得不稀奇。还有奏章，小刑名案子居多，文字是半满半汉，只有几个是也特别的，但满眼都是了，也觉得讨厌。殿试卷是一本也没有；另有几箱，原在教育部，不过都是二三甲的卷子，听说名次高一点的在清朝便已被人偷去了，何况乎状元。至于宋版书呢，有是有的，或则破烂的半本，或是撕破的几张。也有清初的黄榜，也有实录的稿本。朝鲜的贺正表，我记得也发见过一张。

我们后来又看了两天，麻袋的数目，记不清楚了，但奇怪，这时以考察欧美教育驰誉的Y次长，以讲大话出名的C参事，忽然都变为考古家了。他们和F总长，都“念兹在兹”，在尘埃中间和破纸旁边离不开。凡有我们捡起在桌上的，他们总要拿进去，说是去看看。等到送还的时候，往往比原先要少一点，上帝在上，那倒是真的。

大约是几叶宋版书作怪吧，F 总长要大举整理了，另派了部员几十人，我倒幸而不在内，其时历史博物馆筹备处已经迁在午门，处长早换了 YT；麻袋们便在午门上被整理，YT 是一个旗人，京腔说得极漂亮，文字从来不谈的，但是，奇怪之至，他竟也忽然变成考古家了，对于此道津津有味。后来还珍藏着一本宋版的什么《司马法》，可惜缺了角，但已经都用古色纸补了起来。

那时的整理法我不大记得了，要之，是分为“保存”和“放弃”，即“有用”和“无用”的两部分。从此几十个部员，即天天在尘埃和破纸中出没，渐渐完工——出没了多少天，我也记不清楚了。“保存”的一部分，后来给北京大学又分了一大部分去。其余的仍藏博物馆。不要的呢？当时是散放在午门的门楼上。

那么，这些不要的东西，应该可以销毁了吧，免得失火，不，据“高等做官教科书”所指示，不能如此草草的。派部员几十人办理，虽说倘有后患，即应由他们负责，和总长无干。但究竟还只一部，外面说起话来，指摘的还是某部，而非某部的某某人。既然只是“部”，就又不能和总长无干了。

于是办公事，请各部都派员会同再行检查。这宗公事是灵的，不到两星期，各部都派来了，从两个至四个，其中很多的是新从外洋回来的留学生，还穿着崭新的洋服。于是济济跄跄，又在灰土和废纸之间钻来钻去。但是，说也奇怪，好几个崭新的留学生又都忽然变了考古家了，将破烂的纸张，绢片，塞到洋裤袋里——但这是传闻之词，我没有目睹。

这一种仪式既经举行，即倘有后患，各部都该负责，不能超然物外，说风凉话了。从此午门楼上的空气，便再没有先前一般紧张，只见一大群破纸寂寞地铺在地面上，时有一二工役，手执长木棍，搅着，拾取些黄绫表签和别的他们所要的东西。

那么，这些不要的东西，应该可以销毁了吧，免得失火。不。F 总长是深通“高等做官学”的，他知道万不可烧，一烧必至于变成宝贝，正如人们一死，讣文上即都是第一等好人一般，况且他的主义本来并不在避火，所以他便不管了，接着，他也就“下野”了。

这些废纸从此便又没有人再提起，直到历史博物馆自行卖掉之后，才又掀起了一阵神秘的风波。

我的话实在也未免有些煞风景，近乎说，这残余的废纸里，已没有什么宝贝似的。那么，外面惊心动魄的什么唐画呀，蜀石经呀，宋版书呀，何从而来的呢？我想，这也是别人必发的质问。

我想，那是这样的。残余的破纸里，大约总不免有所谓东西留遗，但未必会有蜀刻和宋版，因为这正是大家所注意搜索的。现在好东西的层出不穷者，一，是因为阔人先前陆续偷去的东西，本不敢示人，现在却得了可以发表的机会；二，是许多假造的古董，都挂了出于八千麻袋中的招牌而上市了。

还有，蒋先生以为国立图书馆“五六年来一直到此刻，每次战争的胜来败去总得糟蹋得很多”。那可也不然的。从元年到十五年，每次战争，图书馆从未遭过损失。只当袁世凯称帝时，曾经几乎遭一个皇室中人攘夺，然而幸免了。它的厄运，是在好书被有权者用相似的本子来掉换，年深月久，弄得面目全非，但我不想在这里多说了。

中国公共的东西，实在不容易保存。如果当局者是外行，他便将东西糟完，倘是内行，他便将东西偷完。而其实也并不单是对于书籍或古董。

一九二七，一二，二四

拟预言

——一九二九年出现的琐事

有公民某甲上书，请每县各设大学一所，添设监狱两所。被斥。

有公民某乙上书，请将共产主义者之产业作为公产，女眷作为公妻，以惩一儆百。半年不批。某乙忿而反革命，被好友告发，逃入租界。

有大批名人学者及文艺家，从外洋回国，于外洋一切政俗学术文艺，皆已比本国者更为深通，受有学位。但其尤为高超者未入学校。

科学，文艺，军事，经济的连合战线告成。

正月初一，上海有许多新的期刊出版，本子最长大者，为——

文艺又复兴。文艺真正老复兴。宇宙。其大无外。至高无上。太太阳。光明之极。白热以上。新新生命。新新新生命。同情。正义。义旗。刹那。飞狮。地震。阿呀。真真美善。……

同日，美国富豪们联名电贺北京捡煤渣老婆子等，称为“同志”，无从投递，次日退回。

正月初三，哲学与小说同时灭亡。

有提倡“一我主义”者，几被查禁。后来查得议论并不新异，着无庸议，听其自然。

有公民某丙著论，谓当“以党治国”，即被批评家们痛驳，谓“久已如此，而还要多说，实属不明大势，昏聩糊涂”。

谣传有男女青年四万一千九百二十六人失踪。

蒙古亲近赤俄，公决革出五族，以侨华白俄补缺，仍为“五族共和”，各界提灯庆祝。

《小说月报》出“列入世界文学两周年纪念”号，定购全年者，各送优待券一张，购书照定价八五折。

《古今史疑大全》出版，有名人学者往来信札函件批语颂辞共二千五百余封，编者自传二百五十余叶，广告登在《艺术界》，谓所费邮票，即已不赀，其价值可想。

美国开演《玉堂春》影片，白璧德教授评为决非卢梭所及。

有中国的法斯德挑同情一担，访郭沫若，见郭穷极，失望而去。

有在朝者数人下野；有在野者多人下坑。

绑票公司股票涨至三倍半。

女界恐乳大或有被割之险，仍旧束胸，家长多被罚洋五十元，国帑更裕。

有博士讲“经济学精义”，只用两句，云：“铜板换角子，角子换大洋。”全世界敬服。

有革命文学家将马克思学说推翻，这只用一句，云：“什么马克斯牛克斯。”全世界敬服，犹太人大惭。

新诗“雇人哭丧假哼哼体”流行。

茶店，浴堂，麻花摊，皆寄售《现代评论》。

赤贼完全消灭，安那其主义将于四百九十八年后实行。

附　录

大衍发微

三月十八日段祺瑞，贾德耀，章士钊们使卫兵枪杀民众，通缉五个所谓“暴徒首领”之后，报上还流传着一张他们想要第二批通缉的名单。对于这名单的编纂者，我现在并不想研究。但将这一批人的籍贯职务调查开列起来，却觉得取舍是颇为巧妙的。先开前六名，但所任的职务，因为我见闻有限，所以也许有遗漏：

一　徐谦（安徽）俄国退还庚子赔款委员会委员，中俄大学校长，广东外交团代表主席。

二　李大钊（直隶）国立北京大学教授，校长室秘书。

三　吴敬恒（江苏）清室善后委员会监理。

四　李煜瀛（直隶）俄款委员会委员长，清室善后委员会委员长，中法大学代理校长，北大教授。

五　易培基（湖南）前教育总长，现国立北京女子师范大学校长。

六　顾兆熊（直隶）俄款委员会委员，北大教务长，北京教育会会长。

四月九日《京报》云：“姓名上尚有圈点等符号，其意不明。……徐李等五人名上各有三圈，吴稚晖虽列名第三，而仅一点。余或两圈一圈或一点，不记其详。”于是就有人推测，以为吴老先生之所以仅有一点者，因章士钊还想引以为重，以及别的原因云云。案此皆未经开列职务，以及未见陈源《闲话》之故也。只要一看上文，便知道圈点之别，不过表明“差缺”之是否“优美”。监理是点查物件的监督者，又没有什么薪水，所以只配一点；而别人之“差缺”则大矣，自然值得三圈。“不记其详”的余人，依此类推，大约即不至于有大错。将冠冕堂皇的“整顿学风”的盛举，只作如是观，虽然太煞风景，对不住“正人君子”们，然而我的眼光这样，也就无法可想。再写下去吧，计开：

七　陈友仁（广东）前《民报》英文记者，现《国民新报》英文记者。

八　陈启修（四川）中俄大学教务长，北大教授，女师大教授，《国民新报副刊》编辑。

九　朱家骅（浙江）北大教授。

十　蒋梦麟（浙江）北大教授，代理校长。

十一　马裕藻（浙江）北大国文系主任，师大教授，前女师大总务长现教授。

十二　许寿裳（浙江）教育部编审员，前女师大教务长现教授。

十三　沈兼士（浙江）北大国文系教授，清室善后委员会委员，女师大教授。

十四　陈垣（广东）前教育次长，现清室善后委员会委员，北大导师。

十五　马叙伦（浙江）前教育次长，教育特税督办，现国立师范大学教授，北大讲师。

十六　邵振青（浙江）《京报》总编辑。

十七　林玉堂（福建）北大英文系教授，女师大教务长，《国民新报》英文部编辑，《语丝》撰稿者。

十八　萧子升（湖南）前《民报》编辑，教育部秘书，《猛进》撰稿者。

十九　李玄伯（直隶）北大法文系教授，《猛进》撰稿者。

二十　徐炳昶（河南）北大哲学系教授，女师大教授，《猛进》撰稿者。

二十一　周树人（浙江）教育部佥事，女师大教授，北大国文系讲师，中国大学讲师，《国副》编辑，《莽原》编辑，《语丝》撰稿者。

二十二　周作人（浙江）北大国文系教授，女师大教授，燕京大学副教授，《语丝》撰稿者。

二十三　张凤举（江西）北大国文系教授，女师大讲师，《国副》编辑，《猛进》及《语丝》撰稿者。

二十四　陈大齐（浙江）北大哲学系教授，女师大教授。

二十五　丁维汾（山东）国民党。

二十六　王法勤（直隶）国民党，议员。

二十七　刘清扬（直隶）国民党妇女部长。

二十八　潘廷干

二十九　高鲁（福建）中央观象台长，北大讲师。

三　十　谭熙鸿（江苏）北大教授，《猛进》撰稿者。

三十一　陈彬和（江苏）前平民中学教务长，前天津南开学校总务长，现中俄大学总务长。

三十二　孙伏园（浙江）北大讲师，《京报副刊》编辑。

三十三　高一涵（安徽）北大教授，中大教授，《现代评论》撰稿者。

三十四　李书华（直隶）北大教授，《猛进》撰稿者。

三十五　徐宝璜（江西）北大教授，《猛进》撰稿者。

三十六　李麟玉（直隶）北大教授，《猛进》撰稿者。

三十七　成平（湖南）《世界日报》及《晚报》总编辑，女师大讲师。

三十八　潘蕴巢（江苏）《益世报》记者。

三十九　罗敦伟（湖南）《国民晚报》记者。

四　十　邓飞黄（湖南）《国民新报》总编辑。

四十一　彭齐群（吉林）中央观象台科长，《猛进》撰稿者。

四十二　徐巽（安徽）中俄大学校务委员会委员长。

四十三　高穰（福建）律师，曾担任女师大学生控告章士钊刘百昭事。

四十四　梁鼎

四十五　张平江（四川）女师大学生。

四十六　姜绍谟（浙江）前教育部秘书。

四十七　郭春涛（河南）北大学生。

四十八　纪人庆（云南）大中公学教员。

以上只有四十八人，五十缺二，不知是失抄，还是像九六的制钱似的，这就算是足串了。至于职务，除遗漏外，怕又有错误，并且有几位是为我所一时无从查考的。但即此已经足够了，早可以看出许多秘密来——

甲，改组两个机关。

1. 俄国退还庚子赔款委员会；

2. 清室善后委员会。

乙，“扫除”三个半学校：

1. 中俄大学；

2. 中法大学；

3. 女子师范大学；

4. 北京大学之一部分。

丙，扑灭四种报章：

1.《京报》；

2.《世界日报》及《晚报》；

3.《国民新报》；

4.《国民晚报》。

丁，“逼死”两种副刊：

1.《京报副刊》，

2.《国民新报副刊》。

戊，妨害三种期刊：

1.《猛进》；

2.《语丝》；

3.《莽原》。

“孤桐先生”是“正人君子”一流人，“党同伐异”怕是不至于的，“睚眦之怨”或者也未必报。但是赵子昂的画马，岂不是据说先对着镜子，模仿形态的么？据上面的镜子，从我的眼睛，还可以看见一些额外的形态——

1. 连替女师大学生控告章士钊的律师都要获罪，上面已经说过了。

2. 陈源“流言”中的所谓“某籍”，有十二人，占全数四分之一。

3. 陈源“流言”中的所谓“某系”（案盖指北大国文系也），计有五人。

4. 曾经发表反章士钊宣言的北大评议员十七人，有十四人在内。

5. 曾经发表反杨荫榆宣言的女师大教员七人，有三人在内，皆“某籍”。

这通缉如果实行，我是想要逃到东交民巷或天津去的；能不能自然是别一问题。这种举动虽将为“正人君子”所冷笑，但我却不愿意为要博得这些东西的夸奖，便到“孤桐先生”的麾下去投案。但这且待后来再说，因为近几天是“孤桐先生”也如“政客，富人，和革命猛进者及民众的首领”一般，“安居在东交民巷里”了。

这一篇是一九二六年四月十三日作的，就登在那年四月的《京报副刊》上，名单即见于《京报》。用“惟饭史观”的眼光，来探究所以要捉这凑成“大衍之数”的人们的原因，虽然并不出奇，但由今观之，还觉得“不为无见”。本来是要编入《华盖集续编》中的，继而一想，自己虽然走出北京了，但其中的许多人，却还在军阀势力之下，何必重印旧账，使叭儿狗们记得起来呢。于是就抽掉了。但现在情势，却已不同，虽然其中已有两人被杀，数人失踪，而下通缉令之权，则已非段章诸公所有，他们万一不慎，倒可以为先前的被缉者所缉了。先前的有几个被缉者的座前，现在也许倒要有人开单来献，请缉别人了。《现代评论》也不但不再豫料革命之不成功，且登广告云：“现在国民政府收复北平，本周刊又有销行的机会（谨案：妙极）了”了。而浙江省党务指导委员会宣字一二六号令，则将《语丝》“严行禁止”

了。此之所以为革命欤。因见语堂的《翦拂集》内，提及此文，便从小箱子里寻出，附存于末，以为纪念。

一九二八年十月二十日，鲁迅记

且介亭杂文

序　言

近几年来，所谓“杂文”的产生，比先前多，也比先前更受着攻击。例如自称“诗人”邵洵美，前“第三种人”施蛰存和杜衡即苏汶，还不到一知半解程度的大学生林希隽之流，就都和杂文有切骨之仇，给了种种罪状的。然而没有效，作者多起来，读者也多起来了。

其实“杂文”也不是现在的新货色，是“古已有之”的，凡有文章，倘若分类，都有类可归，如果编年，那就只按作成的年月，不管文体，各种都夹在一处，于是成了“杂”。分类有益于揣摩文章，编年有利于明白时势，倘要知人论世，是非看编年的文集不可的，现在新作的古人年谱的流行，即证明着已经有许多人省悟了此中的消息。况且现在是多么切迫的时候，作者的任务，是在对于有害的事物，立刻给以反响或抗争，是感应的神经，是攻守的手足。潜心于他的鸿篇巨制，为未来的文化设想，固然是很好的，但为现在抗争，却也正是为现在和未来的战斗的作者，因为失掉了现在，也就没有了未来。

战斗一定有倾向。这就是邵施杜林之流的大敌，其实他们所憎恶的是内容，虽然披了文艺的法衣，里面却包藏着“死之说教者”，和生存不能两立。

这一本集子和《花边文学》，是我在去年一年中，在官民的明明暗暗，软软硬硬的围剿“杂文”的笔和刀下的结集，凡是写下来的，全在这里面。当然不敢说是诗史，其中有着时代的眉目，也决不是英雄们的八宝箱，一朝打开，便见光辉灿烂。我只在深夜的街头摆着一个地摊，所有的无非几个小钉，几个瓦碟，但也希望，并且相信有些人会从中寻出合于他的用处的东西。

一九三五年十二月三十日，记于上海之且介亭

一九三四年

关于中国的两三件事

一　关于中国的火

希腊人所用的火，听说是在一直先前，普洛美修斯从天上偷来的，但中国的却和它不同，是燧人氏自家所发现——或者该说是发明吧。因为并非偷儿，所以拴在山上，给老雕去啄的灾难是免掉了，然而也没有普洛美修斯那样的被传扬，被崇拜。

中国也有火神的。但那可不是燧人氏，而是随意放火的莫名其妙的东西。

自从燧人氏发现，或者发明了火以来，能够很有味的吃火锅，点起灯来，夜里也可以工作了，但是，真如先哲之所谓“有一利必有一弊”吧，同时也开始了火灾，故意点上火，烧掉那有巢氏所发明的巢的了不起的人物也出现了。

和善的燧人氏是该被忘却的。即使伤了食，这回是属于神农氏的领域了，所以那神农氏，至今还被人们所记得。至于火灾，虽然不知道那发明家究竟是什么人，但祖师总归是有的，于是没有法，只好漫称之曰火神，而献以敬畏。看他的画像，是红面孔，红胡须，不过祭祀的时候，却须避去一切红色的东西，而代之以绿色。他大约像西班牙的牛一样，一看见红色，便会亢奋起来，做出一种可怕的行动的。

他因此受着崇祀。在中国，这样的恶神还很多。

然而，在人世间，倒似乎因了他们而热闹。赛会也只有火神的，燧人氏的却没有。倘有火灾，则被灾的和邻近的没有被灾的人们，都要祭火神，以表感谢之意。被了灾还要来表感谢之意，虽然未免有些出于意外，但若不祭，据说是第二回还会烧，所以还是感谢了的安全。而且也不但对于火神，就是对于人，有时也一样的这么办，我想，大约也是礼仪的一种吧。

其实，放火，是很可怕的，然而比起烧饭来，却也许更有趣。外国的事情我不知道，若在中国，则无论查检怎样的历史，总寻不出烧饭和点灯的人们的列传来。在社会上，即使怎样的善于烧饭，善于点灯，也毫没有成为名人的希望。然而秦始皇一烧书，至今还俨然做着名人，至于引为希特拉烧书事件的先例。假使希特拉太太善于开电灯，烤面包吧，那么，要在历史上寻一点先例，恐怕可就难了。但是，幸而那样的事，是不会哄动一世的。

烧掉房子的事，据宋人的笔记说，是开始于蒙古人的。因为他们住着帐篷，不知道住房子，所以就一路的放火。然而，这是诳话。蒙古人中，懂得汉文的很少，所以不来更正的。其实，秦的末年就有着放火的名人项羽在，一烧阿房宫，便天下闻名，至今还会在戏台上出现，连在日本也很有名。然而，在未烧以前的阿房宫里每天点灯的人们，又有谁知道他们的名姓呢？

现在是爆裂弹呀，烧夷弹呀之类的东西已经做出，加以飞机也很进步，如果要做名人，就更加容易了。而且如果放火比先前放得大，那么，那人就也更加受尊敬，从远处看去，恰如救世主一样，而那火光，便令人以为是光明。

二　关于中国的王道

在前年，曾经拜读过中里介山氏的大作《给支那及支那国民的信》。只记得那里面说，周汉都有着侵略者的资质。而支那人都讴歌他，欢迎他了。连对于朔北的元和清，也加以讴歌了。只要那侵略，有着安定国家之力，保护民生之实，那便是支那人民所渴望的王道，于是对于支那人的执迷不悟之点，愤慨得非常。

那“信”，在满洲出版的杂志上，是被译载了的，但因为未曾输入中国，所以像是回信的东西，至今一篇也没有见。只在去年的上海报上所载的胡适博士的谈话里，有的说，“只有一个方法可以征服中国，即彻底停止侵略，反过来征服中国民众的心。”不消说，那不过是偶然的，但也有些令人觉得好像是对于那信的答复。

征服中国民族的心，这是胡适博士给中国之所谓王道所下的定义，然而我想，他自己恐怕也未必相信自己的话的吧。在中国，其实是彻底的未曾有过王道，“有历史癖和考据癖”的胡博士，该是不至于不知道的。

不错，中国也有过讴歌了元和清的人们，但那是感谢火神之类，并非连心也全被征服了的证据。如果给予一个暗示，说是倘不讴歌，便将更加虐待，那么，即使加以或一程度的虐待，也还可以使人们来讴歌。四五年前，我曾经加盟于一个要求自由的团体，而那时的上海教育局长陈德征氏勃然大怒道，在三民主义的统治之下，还觉得不满么？那可连现在所给予着的一点自由也要收起了。而且，真的是收起了的。每当感到比先前更不自由的时候，我一面佩服着陈氏的精通王道的学识，一面有时也不免想，真该是讴歌三民主义的。然而，现在是已经太晚了。

在中国的王道，看去虽然好像是和霸道对立的东西，其实却是兄弟，这之前和之后，一定要有霸道跑来的。人民之所讴歌，就为了希望霸道的减轻，或者不更加重的缘故。

汉的高祖，据历史家说，是龙种，但其实是无赖出身，说是侵略者，恐怕有些不对的。至于周的武王，则以征伐之名入中国，加以和殷似乎连民族也不同，用现代的话来说，那可是侵略者。然而那时的民众的声音，现在已经没有留存了。孔子和孟子确曾大大的宣传过那王道，但先生们不但是周朝的臣民而已，并且周游历国，有所活动，所以恐怕是为了想做官也难说。说得好听一点，就是因为要“行道”，倘做了官，于行道就较为便当，而要做官，则不如称赞周朝之为便当的。然而，看起别的记载来，却虽是那王道的祖师而且专家的周朝，当讨伐之初，也有伯夷和叔齐扣马而谏，非拖开不可；

纣的军队也加反抗，非使他们的血流到漂杵不可。接着是殷民又造了反，虽然特别称之曰“顽民”，从王道天下的人民中除开，但总之，似乎究竟有了一种什么破绽似的。好个王道，只消一个顽民，便将它弄得毫无根据了。

儒士和方士，是中国特产的名物。方士的最高理想是仙道，儒士的便是王道。但可惜的是这两件在中国终于都没有。据长久的历史上的事实所证明，则倘说先前曾有真的王道者，是妄言，说现在还有者，是新药。孟子生于周季，所以以谈霸道为羞，倘使生于今日，则跟着人类的智识范围的展开，怕要羞谈王道的吧。

三 关于中国的监狱

我想，人们是的确由事实而从新省悟，而事情又由此发生变化的。从宋朝到清朝的末年，许多年间，专以代圣贤立言的“制艺”这一种烦难的文章取士，到得和法国打了败仗，这才省悟了这方法的错误。于是派留学生到西洋，开设兵器制造局，作为那改正的手段。省悟到这还不够，是在和日本打了败仗之后，这回是竭力开起学校来。于是学生们年年大闹了。从清朝倒掉，国民党掌握政权的时候起，才又省悟了这错误，作为那改正的手段的，是除了大造监狱之外，什么也没有了。

在中国，国粹式的监狱，是早已各处都有的，到清末，就也造了一点西洋式，即所谓文明式的监狱。那是为了示给旅行到此的外国人而建造，应该与为了和外国人好互相应酬，特地派出去，学些文明人的礼节的留学生，属于同一种类的。托了这福，犯人的待遇也还好，给洗澡，也给一定分量的饭吃，所以倒是颇为幸福的地方。但是，就在两三礼拜前，政府因为要行仁政了，还发过一个不准克扣囚粮的命令。从此以后，可更加幸福了。

至于旧式的监狱，则因为好像是取法于佛教的地狱的，所以不但禁锢犯人，此外还有给他吃苦的职掌。挤取金钱，使犯人的家属穷到透顶的职掌，有时也会兼带的。但大家都以为应该。如果有谁反对吧，那就等于替犯人说话，便要受恶党的嫌疑。然而文明是出奇的进步了，所以去年也有了提倡每年该放犯人回家一趟，给以解决性欲的机会的，颇是人道主义气味之说的官吏。其实，他也并非对于犯人的性欲，特别表示同情，不过因为总不愁竟会实行的，所以也就高声嚷一下，以见自己的作为官吏的存在。然而舆论颇为沸腾了。有一位批评家，还以为这么一来，大家便要不怕牢监，高高兴兴的进去了，很为世道人心愤慨了一下。受了所谓圣贤之教那么久，竟还没有那位官吏的圆滑，固然也令人觉得诚实可靠，然而他的意见，是以为对于犯人，非加虐待不可，却也因此可见了。

从别一条路想，监狱确也并非没有不像以“安全第一”为标语的人们的理想乡的地方。火灾极少，偷儿不来，土匪也一定不来抢。即使打仗，也决没有以监狱为目标，施行轰炸的傻子；即使革命，有释放囚犯的例，而加以屠戮的是没有的。当福建独立之初，虽有说是释放犯人，而一到外面，和他们自己意见不同的人们倒反而失踪了的谣言，然而这样的例子，以前是未曾有过的。总而言之，似乎也并非很坏的处所。只要准带家眷，则即使不是现在似的大水，饥荒，战争，恐怖的时候，请求搬进去住的人们，也未必一定没有的。于是虐待就成为必不可少了。

牛兰夫妇，作为赤化宣传者而关在南京的监狱里，也绝食了三四回了，可是什么效力也没有。这是因为他不知道中国的监狱的精神的缘故。有一位官员诧异的说过：他自己不吃，和别人有什么关系呢？岂但和仁政并无关系而已呢，省些食料，倒是于监狱有益的。甘地的把戏，倘不挑选兴行场，就毫无成效了。

然而，在这样的近于完美的监狱里，却还剩着一种缺点。至今为止，对于思想上的事，都没有很留心。为要弥补这缺点，是在近来新发明的叫作“反省院”的特种监狱里，施着教育。我还没有到那里面去反省过，所以并不知道详情，但要而言之，好像是将三民主义时时讲给犯人听，使他反省着自己的错误。听人说，此外还得做排击共产主义的论文。如果不肯做，或者不能做，那自然，非终身反省不可了，而做得不够格，也还是非反省到死则不可。现在是进去的也有，出来的也有，因为听说还得添造反省院，可见还是进去的多了。考完放出的良民，偶尔也可以遇见，但仿佛大抵是萎靡不振，恐怕是在反省和毕业论文上，将力气使尽了吧。那前途，是在没有希望这一面的。

答国际文学社问

原问——

一、苏联的存在与成功，对于你怎样？（苏维埃建设的十月革命，对于你的思想的路径和创作的性质，有什么改变？）

二、你对于苏维埃文学的意见怎样？

三、在资本主义的各国，什么事件和种种文化上的进行，特别引起你的注意？

一，先前，旧社会的腐败，我是觉到了的，我希望着新的社会的起来，但不知道这“新的”该是什么；而且也不知道“新的”起来以后，是否一定就好。待到十月革命后，我才知道这“新的”社会的创造者是无产阶级，但因为资本主义各国的反宣传，对于十月革命还有些冷淡，并且怀疑。现在苏联的存在和成功，使我确切的相信无阶级社会一定要出现，不但完全扫除了怀疑，而且增加许多勇气了。但在创作上，则因为我不在革命的旋涡中心，而且久不能到各处去考察，所以我大约仍然只能暴露旧社会的坏处。

二，我只能看别国——德国，日本——的译本。我觉得现在的讲建设的，还是先前的讲战斗的——如《铁甲列车》《毁灭》《铁流》等——于我有兴趣，并且有益。我看苏维埃文学，是大半因为想绍介给中国，而对于中国，现在也还是战斗的作品更为紧要。

三，我在中国，看不见资本主义各国之所谓“文化”；我单知道他们和他们的奴才们，在中国正在用力学和化学的方法，还有电气机械，以拷问革命者，并且用飞机和炸弹以屠杀革命群众。

《草鞋脚》

（英译中国短篇小说集）

小　引

在中国，小说是向来不算文学的。在轻视的眼光下，自从十八世纪末的《红楼梦》以后，实在也没有产生什么较伟大的作品。小说家的侵入文坛，仅是开始“文学革命”运动，即一九一七年以来的事。自然，一方面是由于社会的要求的，一方面则是受了西洋文学的影响。

但这新的小说的生存，却总在不断的战斗中。最初，文学革命者的要求是人性的解放，他们以为只要扫荡了旧的成法，剩下来的便是原来的人，好的社会了，于是就遇到保守家们的压迫和陷害。大约十年之后，阶级意识觉醒了起来，前进的作家，就都成了革命文学者，而迫害也更加厉害，禁止出版，烧掉书籍，杀戮作家，有许多青年，竟至于在黑暗中将生命殉了他的工作了。

这一本书，便是十五年来的，“文学革命”以后的短篇小说的选集。因为在我们还算是新的尝试，自然不免幼稚，但恐怕也可以看见它恰如压在大石下面的植物一般，虽然并不繁荣，它却在曲曲折折地生长。

至今为止，西洋人讲中国的著作，大约比中国人民讲自己的还要多。不过这些总不免只是西洋人的看法，中国有一句古谚，说：“肺腑而能语，医师面如土。”我想，假使肺腑真能说话，怕也未必一定完全可靠的吧，然而，也一定能有医师所诊察不到，出乎意外，而其实是十分真实的地方。

一九三四年三月二十三日，鲁迅记于上海

论“旧形式的采用”

“旧形式的采用”的问题，如果平心静气的讨论起来，在现在，我想是很有意义的，但开首便遭到了耳耶先生的笔伐。“类乎投降”“机会主义”，这是近十年来“新形式的探求”的结果，是克敌的咒文，至少先使你惹一身不干不净。但耳耶先生是正直的，因为他同时也在译《艺术的内容和形式》，一经登完，便会洗净他激烈的责罚；而且有几句话也正确的，是他说新形式的探求不能和旧形式的采用机械地分开。

不过这几句话已经可以说是常识；就是说内容和形式不能机械地分开，也已经是常识；还有，知道作品和大众不能机械地分开，也当然是常识。旧形式为什么只是“采用”——但耳耶先生却指为“为整个（！）旧艺术捧场”——就是为了新形式的探求。采取若干，和“整个”捧来是不同的，前进的艺术家不能有这思想（内容）。然而他会想到采取旧艺术，因为他明白了作品和大众不能机械的地分开。以为艺术是艺术家的“灵感”的爆发，象鼻子发痒的人，只要打出喷嚏来就浑身舒服，一了百了的时候已经过去了，现在想到，而且关心了大众。这是一个新思想（内容），由此而在探求新形式，首先提出的是旧形式的采取，这采取的主张，正是新形式的发端，也就是旧形式的蜕变，在我看来，是既没有将内容和形式机械的地分开，更没有看得《姊妹花》叫座，于是也来学一套的投机主义的罪案的。

自然，旧形式的采取，或者必须说新形式的探求，都必须艺术学徒的努力和实践，但理论家或批评家是同有指导，评论，商量的责任的，不能只斥他交代未清之后，便可逍遥事外。我们有艺术史，而且生在中国，即必须翻开中国的艺术史来。采取什么呢？我想，唐以前的真迹，我们无从目睹了，但还能知道大抵以故事为题材，这是可以取法的；在唐，可取佛画的灿烂，线画的空实和明快，宋的院画，萎靡柔媚之处当舍，周密不苟之处是可取的，米点山水，则毫无用处。后来的写意画（文人画）有无用处，我此刻不敢确说，恐怕也许还有可用之点的吧。这些采取，并非断片的古董的杂陈，必须溶化于新作品中，那是不必赘说的事，恰如吃用牛羊，弃去蹄毛，留其精粹，以滋养及发达新的生体，决不因此就会“类乎”牛羊的。

只是上文所举的，亦即我们现在所能看见的，都是消费的艺术。它一向独得有力者的宠爱，所以还有许多存留。但既有消费者，必有生产者，所以一面有消费者的艺术，一面也有生产者的艺术。古代的东西，因为无人保护，除小说的插画以外，我们几乎什么也看不见了。至于现在，却还有市上新年的花纸，和猛克先生所指出的连环图画。这些虽未必是真正的生产者的艺术，但和高等有闲者的艺术对立，是无疑的。但虽然如此，它还是大受着消费者艺术的影响，例如在文学上，则民歌大抵脱不开七言的范围，在图画上，则题材多是士大夫的故事，然而已经加以提炼，成为明快，简捷的东西了。这也就是蜕变，一向则谓之“俗”。注意于大众的艺术家，来注意于这些东西，大约也未必错，至于仍要加以提炼，那也是无须赘说的。

但中国的两者的艺术，也有形似而实不同的地方，例如佛画的满幅云烟，是豪华的装璜，花纸也有一种硬填到几乎不见白纸的，却是惜纸的节俭；唐伯虎画的细腰纤手的美人，是他一类人们的欲得之物，花纸上也有这一种，在赏玩者却只以为世间有这一类人物，聊资博识，或满足好奇心而已。为大众的画家，都无须避忌。

至于谓连环图画不过图画的种类之一，与文学中之有诗歌、戏曲、小说相同，那自然是不错的。但这种类之别，也仍然与社会条件相关联，则我们只要看有时盛行诗歌，有时大出小说，有时独多短篇的史实便可以知道。因此，也可以知道即与内容相关联。现在社会上的流行连环图画，即因为它有流行的可能，且有流行的必要，着眼于此，因而加以导引，正是前进的艺术家的正确的任务；为了大众，力求易懂，也正是前进的艺术家正确的努力。旧形式是采取，必有所删除，既有删除，必有所增益，这结果是新形式的出现，也就是变革。而且，这工作是决不如旁观者所想的容易的。

但就是立有了新形式吧，当然不会就是很高的艺术。艺术的前进，还要别的文化工作的协助，某一文化部门，要某一专家唱独角戏来提得特别高，是不妨空谈，却难做到的事，所以专责个人，那立论的偏颇和偏重环境的是一样的。

一九三四年五月二日

连环图画琐谈

"连环图画"的拥护者，看现在的议论，是"启蒙"之意居多的。

古人"左图右史"，现在只剩下一句话，看不见真相了，宋元小说，有的是每页上图下说，却至今还有存留，就是所谓"出相"；明清以来，有卷头只画书中人物的，称为"绣像"。有画每回故事的，称为"全图"。那目的，大概是在诱引未读者的购读，增加阅读者的兴趣和理解。

但民间另有一种《智灯难字》或《日用杂字》，是一字一像，两相对照，虽可看图，主意却在帮助识字的东西，略加变通，便是现在的《看图识字》。文字较多的是《圣谕像解》《二十四孝图》等，都是借图画以启蒙，又因中国文字太难，只得用图画来济文字之穷的产物。

"连环图画"便是取"出相"的格式，收《智灯难字》的功效的，倘要启蒙，实在也是一种利器。

但要启蒙，即必须能懂。懂的标准，当然不能俯就低能儿或白痴，但应该着眼于一般的大众，譬如吧，中国画是一向没有阴影的，我所遇见的农民，十之九不赞成西洋画及照相，他们说：人脸那有两边颜色不同的呢？西洋人的看画，是观者作为站在一定之处的，但中国的观者，却向不站在定点上，所以他说的话也是真实。那么，作"连环图画"而没有阴影，我以为是可以的；人物旁边写上名字，也可以的，甚至于表示做梦从人头上放出一道毫光来，也无所不可。观者懂得了内容之后，他就会自己删去帮助理解的记号。这也不能谓之失真，因为观者既经会得了内容，便是有了艺术上的真，倘必如实物之真，则人物只有二三寸，就不真了，而没有和地球一样大小的纸张，地球便无法绘画。

艾思奇先生说："若能够触到大众真正的切身问题，那恐怕愈是新的，才愈能流行。"这话也并不错。不过要商量的是怎样才能够触到，触到之法，"懂"是最要紧的，而且能懂的图画，也可以仍然是艺术。

一九三四年五月九日

儒 术

元遗山在金元之际，为文宗，为遗献，为愿修野史，保存旧章的有心人，明清以来颇为一部分人士所爱重。然而他生平有一宗疑案，就是为叛将崔立颂德者，是否确实与他无涉，或竟是出于他的手笔的文章。

金天兴元年（一二三二），蒙古兵围洛阳；次年，安平都尉京城西面元帅崔立杀二丞相，自立为郑王，降于元。惧或加以恶名，群小承旨，议立碑颂功德，于是在文臣间，遂发生了极大的惶恐，因为这与一生的名节相关，在个人是十分重要的。

当时的情状，《金史》《王若虚传》这样说——

“天兴元年，哀宗走归德。明年春，崔立变，群小附和，请为立建功德碑。翟奕以尚书省命，召若虚为文。时奕辈恃势作威，人或少忤，则谗搆立见屠灭。若虚自分必死，私谓左右司员外郎元好问曰，‘今召我作碑，不从则死，作之则名节扫地，不若死之为愈。虽然，我姑以理谕之。’……奕辈不能夺，乃召太学生刘祁麻革辈赴省，好问张信之喻以立碑事曰，‘众议属二君，且已白郑王矣！二君其无让。’祁等固辞而别。数日，促迫不已，祁即为草定，以付好问。好问意未惬，乃自为之，既成，以示若虚，乃共删定数字，然止直叙其事而已。后兵入城，不果立也。”

碑虽然“不果立”，但当时却已经发生了“名节”的问题，或谓元好问作，或谓刘祁作，文证具在清凌廷堪所辑的《元遗山先生年谱》中，兹不多录。经其推勘，已知前出的《王若虚传》文，上半据元好问《内翰王公墓表》，后半却全取刘祁自作的《归潜志》，被诬攀之说所蒙蔽了。凌氏辩之云："夫当时立碑撰文，不过畏崔立之祸，非必取文辞之工，有京叔属草，已足塞立之请，何取更为之耶?"然则刘祁之未尝决死如王若虚，固为一生大玷，但不能更有所推诿，以致成为"塞责"之具，却也可以说是十分晦气的。

然而，元遗山生平还有一宗大事，见于《元史》《张德辉》传——

"世祖在潜邸……访中国人材。德辉举魏璠，元裕，李冶等二十余人。……壬子，德辉与元裕北觐，请世祖为儒教大宗师，世祖悦而受之。因启：累朝有旨蠲儒户兵赋，乞令有司遵行。从之。"

以拓跋魏的后人，与德辉请蒙古小酋长为"汉儿"的"儒教大宗师"，在现在看来，未免有些滑稽，但当时却似乎并无訾议。盖蠲除兵赋，"儒户"均沾利益，清议操之于士，利益既沾，虽已将"儒教"呈献，也不想再来开口了。

由此士大夫便渐渐的进身，然终因不切实用，又渐渐的见弃。但仕路日塞，而南北之士的相争却也日甚了。余阙的《青阳先生文集》卷四《杨君显民诗集序》云——

"我国初有金宋，天下之人，惟才是用之，无所专主，然用儒者为居多也。自至元以下，始浸用吏，虽执政大臣，亦以吏为之……而中州之士，见用者遂浸寡。况南方之地远，士多不能自至于京师，其抱才缊者，又往往不屑为吏，故其见用者尤寡也。及其久也，则南北之士亦自町畦以相訾，甚若晋之与秦，不可与同中国，故夫南方之士微矣。"

然在南方，士人其实亦并不冷落。同书《送范立中赴襄阳诗序》云——

"宋高宗南迁，合淝遂为边地，守臣多以武臣为之。……故民之豪杰者，皆去而为将校，累功多至节制。郡中衣冠之族，惟范氏，商氏，葛氏三家而已。……皇元受命，包裹兵革……诸武臣之子弟，无所用其能，多伏匿而不出。春秋月朔，郡太守有事于学，衣深衣，戴乌角巾，执笾豆罍爵，唱赞道引者，皆三家之子孙也，故其材皆有所成就，至学校官，累累有焉。……虽天道忌满恶盈，而儒者之泽深且远，从古然也。”

这是“中国人才”们献教，卖经以来，“儒户”所食的佳果。虽不能为王者师，且次于吏者数等，而究亦胜于将门和平民者一等，“唱赞道引”，非“伏匿”者所敢望了。

中华民国二十三年五月二十日及次日，上海无线电播音由冯明权先生讲给我们一种奇书：《抱经堂勉学家训》（据《大美晚报》）。这是从未前闻的书，但看见下署“颜子推”，便可以悟出是颜之推《家训》中的《勉学篇》了。曰“抱经堂”者，当是因为曾被卢文弨印入《抱经堂丛书》中的缘故。所讲有这样的一段——

“有学艺者，触地而安。自荒乱已来，诸见俘虏，虽百世小人，知读《论语》《孝经》者，尚为人师；虽千载冠冕，不晓书记者，莫不耕田养马。以此观之，汝可不自勉耶？若能常保数百卷书，千载终不为小人也。……谚曰，‘积财千万，不如薄伎在身。’伎之易习而可贵者，无过读书也。”

这说得很透彻：易习之伎，莫如读书，但知读《论语》《孝经》，则虽被俘虏，犹能为人师，居一切别的俘虏之上。这种教训，是从当时的事实推断出来的，但施之于金元而准，按之于明清之际而亦准。现在忽由播音，以“训”听众，莫非选讲者已大有感于方来，遂绸缪于未雨么？

“儒者之泽深且远”，即小见大，我们由此可以明白“儒术”，知道“儒效”了。

一九三四年五月二十七日

《看图识字》

凡一个人，即使到了中年以至暮年，倘一和孩子接近，便会踏进久经忘却了的孩子世界的边疆去，想到月亮怎么会跟着人走，星星究竟是怎么嵌在天空中。但孩子在他的世界里，是好像鱼之在水，游泳自如，忘其所以的，成人却有如人的凫水一样，虽然也觉到水的柔滑和清凉，不过总不免吃力，为难，非上陆不可了。

月亮和星星的情形，一时怎么讲得清楚呢，家境还不算精穷，当然还不如给一点所谓教育，首先是识字。上海有各国的人们，有各国的书铺，也有各国的儿童用书。但我们是中国人，要看中国书，识中国字。这样的书也有，虽然纸张，图画，色彩，印订，都远不及别国，但有是也有的。我到市上去，给孩子买来的是民国二十一年十一月印行的"国难后第六版"的《看图识字》。

先是那色彩就多么恶浊，但这且也不管他。图画又多么死板，这且也不管他。出版处虽然是上海，然而奇怪，图上有蜡烛，有洋灯，却没有电灯；有朝靴，有三镶云头鞋，却没有皮鞋。跪着放枪的，一脚拖地；站着射箭的，两臂不平，他们将永远不能达到目的，更坏的是连钓竿、风车、布机之类、也和实物有些不同。

我轻轻的叹了一口气，记起幼小时候看过的《日用杂字》来。这是一本教育妇女婢仆，使她们能够记账的书，虽然名物的种类并不多，图画也很粗劣，然而很活泼，也很像。为什么呢？就因为作画的人，是熟悉他所画的东西的，一个"萝卜"，一只鸡，在他的记忆里并不含糊，画起来当然就切实。现在我们只要看《看图识字》里所画的生活状态——洗脸，吃饭，读书——

就知道这是作者意中的读者，也是作者自己的生活状态，是在租界上租一层屋，装了全家，既不阔绰，也非精穷的，埋头苦干一日，才得维持生活一日的人，孩子得上学校，自己须穿长衫，用尽心神，撑住场面，又那有余力去买参考书，观察事物，修炼本领呢？况且，那书的末叶上还有一行道：“戊申年七月初版”。查年表，才知道那就是清朝光绪三十四年，即西历一九〇八年，虽是前年新印，书却成于二十七年前，已是一部古籍了，其奄奄无生气，正也不足为奇的。

孩子是可以敬服的，他常常想到星月以上的境界，想到地面下的情形，想到花卉的用处，想到昆虫的言语；他想飞上天空，他想潜入蚁穴……所以给儿童看的图书就必须十分慎重，做起来也十分烦难。即如《看图识字》这两本小书，就天文，地理，人事，物情，无所不有。其实是，倘不是对于上至宇宙之大，下至苍蝇之微，都有些切实的知识的画家，决难胜任的。

然而我们是忘却了自己曾为孩子时候的情形了，将他们看作一个蠢材，什么都不放在眼里。即使因为时势所趋，只得施一点所谓教育，也以为只要付给蠢材去教就足够。于是他们长大起来，就真的成了蠢材，和我们一样了。

然而我们这些蠢材，却还在变本加厉的愚弄孩子。只要看近两三年的出版界，给“小学生”“小朋友”看的刊物，特别的多就知道。中国突然出了这许多“儿童文学家”了么？我想：是并不然的。

五月三十日

拿来主义

中国一向是所谓“闭关主义”，自己不去，别人也不许来。自从给枪炮打破了大门之后，又碰了一串钉子，到现在，成了什么都是“送去主义”了。别的且不说吧，单是学艺上的东西，近来就先送一批古董到巴黎去展览，但终“不知后事如何”；还有几位“大师”们捧着几张古画和新画，在欧洲各国一路的挂过去，叫作“发扬国光”。听说不远还要送梅兰芳博士到苏联去，以催进“象征主义”，此后是顺便到欧洲传道。我在这里不想讨论梅博士演艺和象征主义的关系，总之，活人替代了古董，我敢说，也可以算得显出一点进步了。

但我们没有人根据了“礼尚往来”的仪节，说道：拿来！

当然，能够只是送出去，也不算坏事情，一者见得丰富，二者见得大度。尼采就自诩过他是太阳，光热无穷，只是给予，不想取得。然而尼采究竟不是太阳，他发了疯。中国也不是，虽然有人说，掘起地下的煤来，就足够全世界几百年之用。但是，几百年之后呢？几百年之后，我们当然是化为魂灵，或上天堂，或落了地狱，但我们的子孙是在的，所以还应该给他们留下一点礼品。要不然，则当佳节大典之际，他们拿不出东西来，只好磕头贺喜，讨一点残羹冷炙做奖赏。

这种奖赏，不要误解为“抛来”的东西，这是“抛给”的，说得冠冕些，可以称之为“送来”，我在这里不想举出实例。

我在这里也并不想对于“送去”再说什么，否则太不“摩登”了。我只想鼓吹我们再吝啬一点，“送去”之外，还得“拿来”，是为“拿来主义”。

但我们被“送来”的东西吓怕了。先有英国的鸦片，德国的废枪炮，后有法国的香粉，美国的电影，日本的印着“完全国货”的各种小东西。于是连清醒的青年们，也对于洋货发生了恐怖。其实，这正是因为那是“送来”的，而不是“拿来”的缘故。

所以我们要运用脑髓，放出眼光，自己来拿！

譬如吧，我们之中的一个穷青年，因为祖上的阴功（姑且让我这么说说吧），得了一所大宅子，且不问他是骗来的，抢来的，或合法继承的，或是做了女婿换来的。那么，怎么办呢？我想，首先是不管三七二十一，“拿来”！但是，如果反对这宅子的旧主人，怕给他的东西染污了，徘徊不敢走进门，是孱头；勃然大怒，放一把火烧光，算是保存自己的清白，则是昏蛋。不过因为原是羡慕这宅子的旧主人的，而这回接受一切，欣欣然的蹩进卧室，大吸剩下的鸦片，那当然更是废物。“拿来主义”者是全不这样的。

他占有，挑选。看见鱼翅，并不就抛在路上以显其“平民化”，只要有养料，也和朋友们像萝卜白菜一样的吃掉，只不用它来宴大宾；看见鸦片，也不当众摔在茅厕里，以见其彻底革命，只送到药房里去，以供治病之用，却不弄“出售存膏，售完即止”的玄虚。只有烟枪和烟灯，虽然形式和印度，波斯，阿剌伯的烟具都不同，确可以算是一种国粹，倘使背着周游世界，一定会有人看，但我想，除了送一点进博物馆之外，其余的是大可以毁掉的了。还有一群姨太太，也大以请她们各自走散为是，要不然，“拿来主义”怕未免有些危机。

总之，我们要拿来。我们要或使用，或存放，或毁灭。那么，主人是新主人，宅子也就会成为新宅子。然而首先要这人沉着，勇猛，有辨别，不自私。没有拿来的，人不能自成为新人，没有拿来的，文艺不能自成为新文艺。

六月四日

隔 膜

清朝初年的文字之狱，到清朝末年才被从新提起。最起劲的是“南社”里的有几个人，为被害者辑印遗集；还有些留学生，也争从日本搬回文证来。待到孟森的《心史丛刊》出，我们这才明白了较详细的状况，大家向来的意见，总以为文字之祸，是起于笑骂了清朝。然而，其实是不尽然的。

这一两年来，故宫博物院的故事似乎不大能够令人敬服，但它却印给了我们一种好书，曰《清代文字狱档》，去年已经出到八楫。其中的案件，真是五花八门，而最有趣的，则莫如乾隆四十八年二月“冯起炎注解易诗二经欲行投呈案”。

冯起炎是山西临汾县的生员，闻乾隆将谒泰陵，便身怀著作，在路上徘徊，意图呈进，不料先以“形迹可疑”被捕了。那著作，是以《易》解《诗》，实则信口开河，在这里犯不上抄录，惟结尾有“自传”似的文章一大段，却是十分特别的——

“又，臣之来也，不愿如何如何，亦别无愿求之事，惟有一事未决，请对陛下一叙其缘由。臣……名曰冯起炎，字是南州，尝到臣张三姨母家，见一女，可娶，而恨力不足以办此。此女名曰小女，年十七岁，方当待字之年，而正在未字之时，乃原籍东关春牛厂长兴号张守忭之次女也。又到臣杜五姨母家，见一女，可娶，而恨力不足以办此。此女名小凤，年十三岁，虽非必字之年，而已在可字之时，乃本京东城闹市口瑞生号杜月之次女也。若以陛下之力，差干员一人，选快马一匹，克日长驱到临邑，问彼临邑之地方官：‘其东关春牛厂长兴号中果有张守忭一人否？’诚如是也，则此事谐矣。

再问：‘东城闹市口瑞生号中果有杜月一人否？’诚如是也，则此事谐矣。二事谐，则臣之愿毕矣。然臣之来也，方不知陛下纳臣之言耶否耶，而必以此等事相强乎？特进言之际，一叙及之。”

这何尝有丝毫恶意？不过着了当时通行的才子佳人小说的迷，想一举成名，天子做媒，表妹入抱而已。不料事实结局却不大好，署直隶总督袁守侗拟奏罪名是“阅其呈首，胆敢于圣主之前，混讲经书，而呈尾措辞，尤属狂妄。核其情罪，较冲突仪仗为更重。冯起炎一犯，应从重发往黑龙江等处，给披甲人为奴。俟部复到日，照例解部刺字发遣。”这位才子，后来大约终于单身出关做西崽去了。

此外的案情，虽然没有这么风雅，但并非反动的还不少。有的是鲁莽；有的是发疯；有的是乡曲迂儒，真的不识讳忌；有的则是草野愚民，实在关心皇家。而运命大概很悲惨，不是凌迟，灭族，便是立刻杀头，或者“斩监候”，也仍然活不出。

凡这等事，粗略的一看，先使我们觉得清朝的凶虐，其次，是死者的可怜。但再来一想，事情是并不这么简单的。这些惨案的来由，都只为了“隔膜”。

满洲人自己，就严分着主奴，大臣奏事，必称“奴才”，而汉人却称“臣”就好。这并非因为是“炎黄之胄”，特地优待，锡以嘉名的，其实是所以别于满人的“奴才”，其地位还下于“奴才”数等。奴隶只能奉行，不许言议；评论固然不可，妄自颂扬也不可，这就是“思不出其位”。譬如说：主子，您这袍角有些儿破了，拖下去怕更要破烂，还是补一补好。进言者方自以为在尽忠，而其实却犯了罪，因为另有准其讲这样的话的人在，不是谁都可说的。一乱说，便是“越俎代谋”，当然“罪有应得”。倘自以为是“忠而获咎”，那不过是自己的糊涂。

但是，清朝的开国之君是十分聪明的，他们虽然打定了这样的主意，嘴里却并不照样说，用的是中国的古训：“爱民如子”“一视同仁”。一部分的大臣，士大夫，是明白这奥妙的，并不敢相信。但有一些简单愚蠢的人们却上了当，真以为“陛下”是自己的老子，亲亲热热的撒娇讨好去了。他哪里要这被征服者做儿子呢？于是乎杀掉。不久，儿子们吓得不再开口了，计划居然成功；直到光绪时康有为们的上书，才又冲破了“祖宗的成法”。然而这奥妙，好像至今还没有人来说明。

施蛰存先生在《文艺风景》创刊号里，很为“忠而获咎”者不平，就因为还不免有些“隔膜”的缘故。这是《颜氏家训》或《庄子》《文选》里所没有的。

六月十日

《木刻纪程》小引

中国木刻图画，从唐到明，曾经有过很体面的历史。但现在的新的木刻，却和这历史不相干。新的木刻，是受了欧洲的创作木刻的影响的。创作木刻的绍介，始于朝花社，那出版的《艺苑朝华》四本，虽然选择印造，并不精工，且为艺术名家所不齿，却颇引起了青年学徒的注意。到一九三一年夏，在上海遂有了中国最初的木刻讲习会。又由是蔓衍而有木铃社，曾印《木铃木刻集》两本。又有野穗社，曾印《木刻画》一辑。有无名木刻社，曾印《木刻集》。但木铃社早被毁灭，后两社也未有继续或发展的消息。前些时在上海还剩有 M. K. 木刻研究社，是一个历史较长的小团体，曾经屡次展览作品，并且将出《木刻画选集》的，可惜今夏又被私怨者告密。社员多遭捕逐，木版也为工部局所没收了。

据我们所知道，现在似乎已经没有一个研究木刻的团体了。但尚有研究木刻的个人。如罗清桢，已出《清桢木刻集》二辑；如又村，最近已印有《廖坤玉故事》的连环图。这是都值得特记的。

而且仗着作者历来的努力和作品的日见其优良，现在不但已得中国读者的同情，并且也渐渐的到了跨出世界上去的第一步。虽然还未坚实，但总之，是要跨出去了。不过，同时也到了停顿的危机。因为倘没有鼓励和切磋，恐怕也很容易陷于自足。本集即愿做一个木刻的路程碑，将自去年以来，认为应该流布的作品，陆续辑印，以为读者的综观，作者的借镜之助。但自然，只以收集所及者为限，中国的优秀之作，是决非尽在于此的。

别的出版者，一方面还正在绍介欧美的新作，一方面则在复印中国的古刻，这也都是中国的新木刻的羽翼。采用外国的良规，加以发挥，使我们的作品更加丰满是一条路；择取中国的遗产，融合新机，使将来的作品别开生面也是一条路。如果作者都不断的奋发，使本集能一程一程的向前走，那就会知道上文所说，实在不仅是一种奢望的了。

一九三四年六月中，铁木艺术社记

难行和不信

中国的“愚民”——没有学问的下等人，向来就怕人注意他。如果你无端的问他多少年纪，什么意见，兄弟几个，家景如何，他总是支吾一通之后，躲了开去。有学识的大人物，很不高兴他们这样的脾气。然而这脾气总不容易改，因为他们也实在从经验而来的。

假如你被谁注意了，一不小心，至少就不免上一点小当，譬如吧，中国是改革过的了，孩子们当然早已从“孟宗哭竹”“王祥卧冰”的教训里蜕出，然而不料又来了一个崭新的“儿童年”，爱国之士，因此又想起了“小朋友”，或者用笔，或者用舌，不怕劳苦的来给他们教训。一个说要用功，古时候曾有“囊萤照读”“凿壁偷光”的志士；一个说要爱国，古时候曾有十几岁突围请援，十四岁上阵杀敌的奇童。这些故事，作为闲谈来听听是不算很坏的，但万一有谁相信了，照办了，那就会成为乳臭未干的吉诃德。你想，每天要捉一袋照得见四号铅字的萤火虫，那岂是一件容易事？但这还只是不容易罢了，倘去凿壁，事情就更糟，无论在哪里，至少是挨一顿骂之后，立刻由爸爸妈妈赔礼，雇人去修好。

请援，杀敌，更加是大事情，在外国，都是三四十岁的人们所做的。他们那里的儿童，着重的是吃，玩，认字，听些极普通，极紧要的常识。中国的儿童给大家特别看得起，那当然也很好，然而出来的题目就因此常常是难题，仍如飞剑一样，非上武当山寻师学道之后，决计没法办。到了二十世纪，古人空想中的潜水艇，飞行机，是实地上成功了，但《龙文鞭影》或《幼学琼林》里的模范故事，却还有些难学。我想，便是说教的人，恐怕自己也未必相信吧。

所以听的人也不相信。我们听了千多年的剑仙侠客，去年到武当山去的只有三个人，只占全人口的五百兆分之一，就可见。古时候也许还要多，现在是有了经验，不大相信了，于是照办的人也少了。——但这是我个人的推测。

不负责任的，不能照办的教训多，则相信的人少；利己损人的教训多，则相信的人更其少。“不相信”就是“愚民”的远害的堑壕，也是使他们成为散沙的毒素。然而有这脾气的也不但是“愚民”，虽是说教的士大夫，相信自己和别人的，现在也未必有多少。例如既尊孔子，又拜活佛者，也就是恰如将他的钱试买各种股票，分存许多银行一样，其实是哪一面都不相信的。

七月一日

买《小学大全》记

线装书真是买不起了。乾隆时候的刻本的价钱，几乎等于那时的宋本。明版小说，是五四运动以后飞涨的；从今年起，洪运怕要轮到小品文身上去了。至于清朝禁书，则民元革命后就是宝贝，即使并无足观的著作，也常要百余元至数十元。我向来也走走旧书坊，但对于这类宝书，却从不敢作非分之想。端午节前，在四马路一带闲逛，竟无意之间买到了一种，曰《小学大全》，共五本，价七角，看这名目，是不大有人会欢迎的，然而，却是清朝的禁书。

这书的编纂者尹嘉铨，博野人；他父亲尹会一，是有名的孝子，乾隆皇帝曾经给过褒扬的诗。他本身也是孝子，又是道学家，官又做到大理寺卿稽察觉罗学。还请令旗籍子弟也讲读朱子的《小学》，而“荷蒙朱批：所奏是。钦此。”这部书便成于两年之后的，加疏的《小学》六卷，《考证》和《释文》《或问》各一卷，《后编》二卷，合成一函，是为《大全》。也曾进呈，终于在乾隆四十二年九月十七日奉旨：“好！知道了。钦此。”那明明是得了皇帝的嘉许的。

到乾隆四十六年，他已经致仕回家了，但真所谓“及其老也，戒之在得”吧，虽然欲得的乃是“名”，也还是一样的招了大祸。这年三月，乾隆行经保定，尹嘉铨便使儿子送了一本奏章，为他的父亲请谥，朱批是“与谥乃国家定典，岂可妄求。此奏本当交部治罪，念汝为父私情，姑免之。若再不安分家居，汝罪不可逭矣！钦此。”不过他预先料不到会碰这样的大钉子，所以接着还有一本，是请许“我朝”名臣汤斌范文程李光地顾八代张伯行等从祀孔庙，“至于臣父尹会一，既蒙御制诗章褒嘉称孝，已在德行之科，自可从祀，非臣所敢请也”。这回可真出了大岔子，三月十八日的朱批是：“竟大肆狂吠，不可恕矣！钦此。”

乾隆时代的一定办法，是凡以文字获罪者，一面拿办，一面就查抄，这并非着重他的家产，乃在查看藏书和另外的文字，如果别有“狂吠”，便可以一并治罪。因为乾隆的意见，是以为既敢“狂吠”，必不止于一两声，非彻底根究不可的。尹嘉铨当然逃不出例外，和自己的被捕同时，他那博野的老家和北京的寓所，都被查抄了。藏书和别项著作，实在不少，但其实也并无什么干碍之作。不过那时是决不能这样就算的，经大学士三宝等再三审讯之后，定为“相应请旨将尹嘉铨照大逆律凌迟处死”，幸而结果很宽大：“尹嘉铨著加恩免其凌迟之罪，改为处绞立决，其家属一并加恩免其缘坐”就完结了。

这也还是名儒兼孝子的尹嘉铨所不及料的。

这一回的文字狱，只绞杀了一个人，比起别的案子来，决不能算是大狱，但乾隆皇帝却颇费心机，发表了几篇文字。从这些文字和奏章（均见《清代文字狱档》第六辑）看来，这回的祸机虽然发于他的“不安分”，但大原因，却在既以名儒自居，又请将名臣从祀：这都是大“不可恕”的地方。清朝虽然尊崇朱子，但止于“尊崇”，却不许“学样”，因为一学样，就要讲学，于是而有学说，于是而有门徒，于是而有门户，于是而有门户之争，这就足为“太平盛世”之累。况且以这样的“名儒”而做官，便不免以“名臣”自居，“妄自尊大”。乾隆是不承认清朝会有“名臣”的，他自己是“英主”，是“明君”，所以在他的统治之下，不能有奸臣，既没有特别坏的奸臣，也就没有特别好的名臣，一律都是不好不坏，无所谓好坏的奴子。

特别攻击道学先生，所以是那时的一种潮流，也就是“圣意”。我们所常见的，是纪昀总纂的《四库全书总目提要》和自著的《阅微草堂笔记》里的时时的排击。这就是迎合着这种潮流的，倘以为他秉性平易近人，所以憎恨了道学先生的谿刻，那是一种误解。大学士三宝们也很明白这潮流，当会审尹嘉铨时，曾奏道：“查该犯如此狂悖不法，若即行定罪正法，尚不足以泄公愤而快人心。该犯曾任三品大员，相应遵例奏明，将该犯严加夹讯，多受刑法，问其究属何心，录取供词，具奏，再请旨立正典刑，方足以昭炯戒。”后来究竟用了夹棍没有，未曾查考，但看所录供词，却于用他的“丑行”来打倒他的道学的策略，是做得非常起劲的。现在抄三条在下面——

“问：尹嘉铨！你所书李孝女暮年不字事一篇，说‘年逾五十，依然待字，吾妻李恭人闻而贤之，欲求淑女以相助，仲女固辞不就’等语。这处女既立志不嫁，已年过五旬，你为何叫你女人遣媒说合，要他做妾？这样没廉耻的事，难道是讲正经人干的么？据供：我说的李孝女年逾五十，依然待字，原因素日间知道雄县有个姓李的女子，守贞不字。吾女人要聘他为妾，我那时在京候补，并不知道；后来我女人告诉我，才知道的，所以替他做了这篇文字，要表扬他，实在我并没有见过他的面。但他年过五十，我还将要他做妾的话，做在文字内，这就是我廉耻丧尽，还有何辩。

“问：你当时在皇上跟前讨赏翎子，说是没有翎子，就回去见不得你妻小。你这假道学怕老婆，到底皇上没有给你翎子，你如何回去的呢？据供：我当初在家时，曾向我妻子说过，要见皇上讨翎子，所以我彼时不辞冒昧，就妄求恩典，原想得了翎子回家，可以夸耀。后来皇上没有赏我，我回到家里，实在觉得害羞，难见妻子。这都是我假道学，怕老婆，是实。

“问：你女人平日妒悍，所以替你娶妾，也要娶这五十岁女人给你，知道这女人断不肯嫁，他又得了不妒之名。总是你这假道学居常做惯这欺世盗名之事，你女人也学了你欺世盗名。你难道不知道么？供：我女人要替我讨妾，这五十岁李氏女子既已立志不嫁，断不肯做我的妾，我女人是明知的，所以借此要得不妒之名。总是我平日所做的事，俱系欺世盗名，所以我女人也学做此欺世盗名之事，难逃皇上洞鉴。”

还有一件要紧事是销毁和他有关的书。他的著述也真太多，计应“销毁”者有书籍八十六种，石刻七种，都是著作；应“撤毁”者有书籍六种，都是古书，而有他的序跋。《小学大全》虽不过“疏辑”，然而是在“销毁”之列的。

但我所得的《小学大全》，却是光绪二十二年开雕，二十五年刊竣，而“宣统丁巳”（实是中华民国六年）重校的遗老本，有张锡恭跋云：“世风不古若矣，愿读是书者，有以转移之。……”又有刘安涛跋云：“晚近凌夷，益加甚焉，异言喧豗，显与是书相悖，一唱百和……驯致家与国均蒙其害，唐虞三代以来先圣先贤蒙以养正之遗意，扫地尽矣。剥极必复，天地之心见焉。……”为了文字狱，使士子不敢治史，尤不敢言近代事，但一面却也使昧于掌故，乾隆朝所竭力“销毁”的书，虽遗老也不复明白，不到一百三十年，又从新奉为宝典了。这莫非也是“剥极必复”么？恐怕是遗老们的乾隆皇帝所不及料的吧。

但是，清的康熙，雍正和乾隆三个，尤其是后两个皇帝，对于“文艺政策”或说得较大一点的“文化统制”，却真尽了很大的努力的。文字狱不过是消极的一方面。积极的一面，则如钦定四库全书，于汉人的著作，无不加以取舍，所取的书，凡有涉及金元之处者，又大抵加以修改，作为定本。此外，对于《七经》《二十四史》《通鉴》，文士的诗文，和尚的语录，也都不肯放过，不是鉴定，便是评选，文苑中实在没有不被蹂躏的处所了。而且他们是深通汉文的异族的君主，以胜者的看法，来批评被征服的汉族的文化和人情，也鄙夷，但也恐惧，有苛论，但也有确评，文字狱只是由此而来的辣手的一种，那成果，由满洲这方面言，是的确不能说它没有效的。

现在这影响好像是淡下去了，遗老们的重刻《小学大全》，就是一个证据。但也可见被愚弄了的性灵，又终于并不清醒过来。近来明人小品，清代禁书，市价之高，决非穷读书人所敢窥觐，但《东华录》《御批通鉴辑览》《上谕八旗》《雍正朱批谕旨》……却好像无人过问，其低廉为别的一切大部书所不及。倘有有心人加以收集，一一钩稽，将其中的关于驾御汉人，批评文化，利用文艺之处，分别排比辑成一书，我想，我们不但可以看见那策略的博大和恶辣，并且还能够明白我们怎样受异族主子的驯扰，以及遗留至今的奴性的由来的吧。

自然，这决不及赏玩性灵文字的有趣，然而借此知道一点演成了现在的所谓性灵的历史，却也十分有益的。

七月十日

韦素园墓记

韦君素园之墓。

君以一九又二年六月十八日生，一九三二年八月一日卒。呜呼，宏才远志，厄于短年。文苑失英，明者永悼。弟丛芜，友静农，霁野立表；鲁迅书。

忆韦素园君

我也还有记忆的，但是，零落得很。我自己觉得我的记忆好像被刀刮过了的鱼鳞，有些还留在身体上，有些是掉在水里了，将水一搅，有几片还会翻腾，闪烁，然而中间混着血丝，连我自己也怕得因此污了赏鉴家的眼目。

现在有几个朋友要纪念韦素园君，我也须说几句话。是的，我是有这义务的。我只好连身外的水也搅一下，看看泛起怎样的东西来。

怕是十多年之前了吧，我在北京大学做讲师，有一天，在教师预备室里遇见了一个头发和胡子统统长得要命的青年，这就是李霁野。我的认识素园，大约就是霁野绍介的吧，然而我忘记了那时的情景。现在留在记忆里的，是他已经坐在客店的一间小房子里计划出版了。

这一间小房子，就是未名社。

那时我正在编印两种小丛书，一种是《乌合丛书》，专收创作，一种是《未名丛刊》，专收翻译，都由北新书局出版。出版者和读者的不喜欢翻译书，那时和现在也并不两样，所以《未名丛刊》是特别冷落的。恰巧，素园他们愿意绍介外国文学到中国来，便和李小峰商量，要将《未名丛刊》移出，由几个同人自办。小峰一口答应了，于是这一种丛书便和北新书局脱离。稿子是我们自己的，另筹了一笔印费，就算开始。因这丛书的名目，连社名也就叫了“未名”——但并非“没有名目”的意思，是“还没有名目”的意思，恰如孩子的“还未成丁”似的。

未名社的同人，实在并没有什么雄心和大志，但是，愿意切切实实的，点点滴滴的做下去的意志，却是大家一致的。而其中的骨干就是素园。

于是他坐在一间破小屋子，就是未名社里办事了，不过小半好像也因为他生着病，不能上学校去读书，因此便天然的轮着他守寨。

我最初的记忆是在这破寨里看见了素园，一个瘦小，精明，正经的青年，窗前的几排破旧外国书，在证明他穷着也还是钉住着文学。然而，我同时又有了一种坏印象，觉得和他是很难交往的，因为他笑影少。“笑影少”原是未名社同人的一种特色，不过素园显得最分明，一下子就能够令人感得。但到后来，我知道我的判断是错误了，和他也并不难于交往。他的不很笑，大约是因为年龄的不同，对我的一种特别态度吧，可惜我不能化为青年，使大家忘掉彼我，得到确证了。这真相，我想，霁野他们是知道的。

但待到我明白了我的误解之后，却同时又发见了一个他的致命伤：他太认真；虽然似乎沉静，然而他激烈。认真会是人的致命伤的么？至少，在那时以至现在，可以是的。一认真，便容易趋于激烈，发扬则送掉自己的命，沉静着，又啮碎了自己的心。

这里有一点小例子——我们是只有小例子的。

那时候，因为段祺瑞总理和他的帮闲们的迫压，我已经逃到厦门，但北京的狐虎之威还正是无穷无尽。段派的女子师范大学校长林素园，带兵接收学校去了，演过全副武行之后，还指留着的几个教员为“共产党”。这个名词，一向就给有些人以“办事”上的便利，而且这方法，也是一种老谱，本来并不稀罕的。但素园却好像激烈起来了，从此以后，他给我的信上，有好一晌竟憎恶“素园”两字而不用，改称为“漱园”。同时社内也发生了冲突，高长虹从上海寄信来，说素园压下了向培良的稿子，叫我讲一句话。我一声也不响。于是在《狂飙》上骂起来了，先骂素园，后是我。素园在北京压下了培良的稿子，却由上海的高长虹来抱不平，要在厦门的我去下判断，我颇觉得是出色的滑稽，而且一个团体，虽是小小的文学团体吧，每当光景艰难时，内部是一定有人起来捣乱的，这也并不稀罕。然而素园却很认真，他不但写信给我，叙述着详情，还作文登在杂志上剖白。在“天才”们的法庭上，别人剖白得清楚的么？——我不禁长长的叹了一口气，想到他只是一个文人，又生着病，却这么拼命的对付着内忧外患，又怎么能够持久呢。自然，这仅仅是小忧患，但在认真而激烈的个人，却也相当的大的。

不久，未名社就被封，几个人还被捕。也许素园已经咯血，进了病院了吧，他不在内。但后来，被捕的释放，未名社也启封了，忽封忽启，忽捕忽放，我至今还不明白这是怎么的一个玩意儿。

我到广州，是第二年——一九二七年的秋初，仍旧陆续的接到他几封信，是在西山病院里，伏在枕头上写就的，因为医生不允许他起坐。他措辞更明显，思想也更清楚，更广大了，但也更使我担心他的病。有一天，我忽然接到一本书，是布面装订的素园翻译的《外套》。我一看明白，就打了一个寒噤：这明明是他送给我的一个纪念品，莫非他已经自觉了生命的期限了么？

我不忍再翻阅这一本书，然而我没有法。

我因此记起，素园的一个好朋友也咯过血，一天竟对着素园咯起来，他慌张失措，用了爱和忧急的声音命令道："你不许再吐了！"我那时却记起了伊孛生的《勃兰特》。他不是命令过去的人，从新起来，却并无这神力，只将自己埋在崩雪下面的么？……

我在空中看见了勃兰特和素园，但是我没有话。

一九二九年五月末，我最以为侥幸的是自己到西山病院去，和素园谈了天。他为了日光浴，皮肤被晒得很黑了，精神却并不萎顿。我们和几个朋友都很高兴。但我在高兴中，又时时夹着悲哀：忽而想到他的爱人，已由他同意之后，和别人订了婚；忽而想到他竟连绍介外国文学给中国的一点志愿，也怕难于达到；忽而想到他在这里静卧着，不知道他自以为是在等候痊愈，还是等候灭亡；忽而想到他为什么要寄给我一本精装的《外套》？……

壁上还有一幅陀思妥耶夫斯基的大画像。对于这先生，我是尊敬，佩服的，但我又恨他残酷到了冷静的文章。他布置了精神上的苦刑，一个个拉了不幸的人来，拷问给我们看。现在他用沉郁的眼光，凝视着素园和他的卧榻，好像在告诉我：这也是可以收在作品里的不幸的人。

自然，这不过是小不幸，但在素园个人，是相当的大的。

一九三二年八月一日晨五时半，素园终于病殁在北平同仁医院里了，一切计划，一切希望，也同归于尽。我所抱憾的是因为避祸，烧去了他的信札，我只能将一本《外套》当作唯一的纪念，永远放在自己的身边。

自素园病殁之后，转眼已是两年了，这其间，对于他，文坛上并没有人开口。这也不能算是稀罕的，他既非天才，也非豪杰，活的时候，既不过在默默中生存，死了之后，当然也只好在默默中泯没。但对于我们，却是值得记念的青年，因为他在默默中支持了未名社。

未名社现在是几乎消灭了，那存在期，也并不长久。然而自素园经营以来，绍介了果戈理（N. Gogol），陀思妥耶夫斯基（F. Dostoevsky），安特列夫（L. Andreev），绍介了望·蔼覃（F. van Eeden），绍介了爱伦堡（I. Ehrenburg）的《烟袋》和拉夫列涅夫（B. Lavrenev）的《四十一》。还印行了《未名新集》，其中有丛芜的《君山》，静农的《地之子》和《建塔者》，我的《朝花夕拾》，在那时候，也都还算是相当可看的作品。事实不为轻薄阴险小儿留情，曾几何年，他们就都已烟消火灭，然而未名社的译作，在文苑里却至今没有枯死的。

是的，但素园却并非天才，也非豪杰，当然更不是高楼的尖顶，或名园的美花，然而他是楼下的一块石材，园中的一撮泥土，在中国第一要它多。他不入于观赏者的眼中，只有建筑者和栽植者，决不会将他置之度外。

文人的遭殃，不在生前的被攻击和被冷落，一瞑之后，言行两亡，于是无聊之徒，谬托知己，是非蜂起，既以自衒，又以卖钱，连死尸也成了他们的沽名获利之具，这倒是值得悲哀的。现在我以这几千字纪念我所熟识的素园，但愿还没有营私肥已的处所，此外也别无话说了。

我不知道以后是否还有记念的时候，倘止于这一次，那么，素园，从此别了！

一九三四年七月十六之夜，鲁迅记

忆刘半农君

这是小峰出给我的一个题目。

这题目并不出得过分。半农去世，我是应该哀悼的，因为他也是我的老朋友。但是，这是十来年前的话了，现在呢，可难说得很。

我已经忘记了怎么和他初次会面，以及他怎么能到了北京。他到北京，恐怕是在《新青年》投稿之后，由蔡孑民先生或陈独秀先生去请来的，到了之后，当然更是《新青年》里的一个战士。他活泼，勇敢，很打了几次大仗。譬如吧，答王敬轩的双镄信，“她”字和“牠”字的创造，就都是的。这两件，现在看起来，自然是琐屑得很，但那是十多年前，单是提倡新式标点，就会有一大群人“若丧考妣”，恨不得“食肉寝皮”的时候，所以的确是“大仗”。现在的二十左右的青年，大约很少有人知道三十年前，单是剪下辫子就会坐牢或杀头的了。然而这曾经是事实。

但半农的活泼，有时颇近于草率，勇敢也有失之无谋的地方。但是，要商量袭击敌人的时候，他还是好伙伴，进行之际，心口并不相应，或者暗暗的给你一刀，他是决不会的。倘若失了算，那是因为没有算好的缘故。

《新青年》每出一期，就开一次编辑会，商定下一期的稿件。其时最惹我注意的是陈独秀和胡适之。假如将韬略比作一间仓库吧。独秀先生的是外面竖一面大旗，大书道：“内皆武器，来者小心！”但那门却开着的，里面有几支枪，几把刀，一目了然，用不着提防。适之先生的是紧紧的关着门，门上粘一条小纸条道：“内无武器，请勿疑虑。”这自然可以是真的，但有些人——至少是我这样的人——有时总不免要侧着头想一想。半农却是令人不觉其有“武库”的一个人，所以我佩服陈胡，却亲近半农。

所谓亲近，不过是多谈闲天，一多谈，就露出了缺点。几乎有一年多，他没有消失掉从上海带来的才子必有“红袖添香夜读书”的艳福的思想，好容易才给我们骂掉了。但他好像到处都这么的乱说，使有些“学者”皱眉。有时候，连到《新青年》投稿都被排斥。他很勇于写稿，但试去看旧报去，很有几期是没有他的。那些人们批评他的为人，是：浅。

不错，半农确是浅。但他的浅，却如一条清溪，澄澈见底，纵有多少沉渣和腐草，也不掩其大体的清。倘使装的是烂泥，一时就看不出它的深浅来了。如果是烂泥的深渊呢，那就更不如浅一点的好。

但这些背后的批评，大约是很伤了半农的心的，他的到法国留学，我疑心大半就为此。我最懒于通信，从此我们就疏远起来了。他回来时，我才知道他在外国抄古书，后来也要标点《何典》，我那时还以老朋友自居，在序文上说了几句老实话，事后，才知道半农颇不高兴了，“驷不及舌”，也没有法子。另外还有一回关于《语丝》的彼此心照的不快活。五六年前，曾在上海的宴会上见过一回面，那时候，我们几乎已经无话可谈了。

近几年，半农渐渐地据了要津，我也渐渐地更将他忘却；但从报章上看见他禁称“蜜斯”之类，却很起了反感：我以为这些事情是不必半农来做的。从去年来，又看见他不断的作打油诗，弄烂古文，回想先前的交情，也往往不免长叹。我想，假如见面，而我还以老朋友自居，不给一个“今天天气……哈哈哈”完事，那就也许会弄到冲突的吧。

不过，半农的忠厚，是还使我感动的。我前年曾到北平，后来有人通知我，半农是要来看我的，有谁恐吓了他一下，不敢来了。这使我很惭愧，因为我到北平后，实在未曾有过访问半农的心思。

现在他死去了，我对于他的感情，和他生时也并无变化。我爱十年前的半农，而憎恶他的近几年。这憎恶是朋友的憎恶，因为我希望他常是十年前的半农，他的为战士，即使“浅”吧，却于中国更为有益。我愿以愤火照出他的战绩，免使一群陷沙鬼将他先前的光荣和死尸一同拖入烂泥的深渊。

八月一日

答曹聚仁先生信

聚仁先生：

关于大众语的问题，提出得真是长久了，我是没有研究的，所以一向没有开过口，但是现在的有些文章觉得不少是“高论”，文章虽好，能说而不能行，一下子就消灭，而问题却依然如故。

现在写一点我的简单的意见在这里：

一，汉字和大众，是势不两立的。

二，所以，要推行大众语文，必须用罗马字拼音（即拉丁化，现在有人分为两件事，我不懂是怎么一回事），而且要分为多少区，每区又分为小区（譬如绍兴一个地方，至少也得分为四小区），写作之初，纯用其地的方言，但是，人们是要前进的，那时原有方言一定不够，就只好采用白话，欧字，甚而至于语法。但，在交通繁盛，言语混杂的地方，又有一种语文，是比较普通的东西，它已经采用着新字汇，我想，这就是“大众语”的雏形，它的字汇和语法，即可以输进穷乡僻壤去。中国人是无论如何，在将来必有非通几种中国语不可的运命的，这事情，由教育与交通，可以办得到。

三，普及拉丁化，要在大众自掌教育的时候。现在我们所办得到的是：（甲）研究拉丁化法；（乙）试用广东话之类，读者较多的言语，做出东西来看；（丙）竭力将白话做得浅豁，使能懂的人增多，但精密的所谓“欧化”语文，仍应支持，因为讲话倘要精密，中国原有的语法是不够的，而中国的大众语文，也决不会永久含糊下去。譬如吧，反对欧化者所说的欧化，就不是中国固有字，有些新字眼，新语法，是会有非用不可的时候的。

四，在乡僻处启蒙的大众语，固然应该纯用方言，但一面仍然要改进。

譬如“妈的”一句话吧，乡下是有许多意义的，有时骂骂，有时佩服，有时赞叹，因为他说不出别样的话来。先驱者的任务，是在给他们许多话，可以发表更明确的意思，同时也可以明白更精确的意义，如果也照样的写着“这妈的天气真是妈的，妈的再这样，什么都要妈的了”，那么于大众有什么益处呢？

五，至于已有大众语雏形的地方，我以为大可以依此为根据而加以改进，太僻的土语，是不必用的。例如上海叫“打”为“吃生活”，可以用于上海人的对话，却不必特用于作者的叙事中，因为说“打”，工人也一样的能够懂。有些人以为如“像煞有介事”之类，已经通行，也是不确的话，北方人对于这句话的理解，和江苏人是不一样的，那感觉并不比“俨乎其然”切实。

语文和口语不能完全相同；讲话的时候，可以夹许多“这个这个”“那个那个”之类，其实并无意义，到写作时，为了时间，纸张的经济，意思的分明，就要分别删去的，所以文章一定应该比口语简洁，然而明了，有些不同，并非文章的坏处。

所以现在能够实行的，我以为是（一）制定罗马字拼音（赵元任的太繁，用不来的）；（二）做更浅显的白话文，采用较普通的方言，姑且算是向大众语去的作品，至于思想，那不消说，该是“进步”的；（三）仍要支持欧化文法，当作一种后备。

还有一层，是文言的保护者，现在也有打了大众语的旗子的了，他一方面，是立论极高，使大众语悬空，做不得；另一方面，借此攻击他当面的大敌——白话。这一点也须注意的。要不然，我们就会自己缴了自己的械。专此布复，即颂时绥。

迅上。　八月二日

从孩子的照相说起

因为长久没有小孩子，曾有人说，这是我做人不好的报应，要绝种的。房东太太讨厌我的时候，就不准她的孩子们到我这里玩，叫作“给他冷清冷清，冷清得他要死!”但是，现在却有了一个孩子，虽然能不能养大也很难说，然而目下总算已经颇能说些话，发表他自己的意见了。不过不会说还好，一会说，就使我觉得他仿佛也是我的敌人。

他有时对于我很不满，有一回，当面对我说：“我做起爸爸来，还要好……”甚而至于颇近于“反动”，曾经给我一个严厉的批评道：“这种爸爸，什么爸爸!?”

我不相信他的话。做儿子时，以将来的好父亲自命，待到自己有了儿子的时候，先前的宣言早已忘得一干二净了。况且我自以为也不算怎么坏的父亲，虽然有时也要骂，甚至于打，其实是爱他的。所以他健康，活泼，顽皮，毫没有被压迫得瘟头瘟脑。如果真的是一个“什么爸爸”，他还敢当面发这样反动的宣言么?

但那健康和活泼，有时却也使他吃亏，九一八事件后，就被同胞误认为日本孩子，骂了好几回，还挨过一次打——自然是并不重的。这里还要加一句说的听的，都不十分舒服的话：近一年多以来，这样的事情可是一次也没有了。

中国和日本的小孩子，穿的如果都是洋服，普通实在是很难分辨的。但我们这里的有些人，都有一种错误的速断法：温文尔雅，不大言笑，不大动弹的，是中国孩子；健壮活泼，不怕生人，大叫大跳的，是日本孩子。

然而奇怪，我曾在日本的照相馆里给他照过一张相，满脸顽皮，也真像日本孩子；后来又在中国的照相馆里照了一张相，相类的衣服，然而面貌很拘谨，驯良，是一个道地的中国孩子了。

为了这事，我曾经想了一想。

这不同的大原因，是在照相师的。他所指示的站或坐的姿势，两国的照相师先就不相同，站定之后，他就瞪了眼睛，觑机摄取他以为最好的一刹那的相貌。孩子被摆在照相机的镜头之下，表情是总在变化的，时而活泼，时而顽皮，时而驯良，时而拘谨，时而烦厌，时而疑惧，时而无畏，时而疲劳……照住了驯良和拘谨的一刹那的，是中国孩子相；照住了活泼或顽皮的一刹那的，就好像日本孩子相。

驯良之类并不是恶德。但发展开去，对一切事无不驯良，却决不是美德，也许简直倒是没出息。“爸爸”和前辈的话，固然也要听的，但也须说得有道理。假使有一个孩子，自以为事事都不如人，鞠躬倒退；或者满脸笑容，实际上却总是阴谋暗箭，我实在宁可听到当面骂我“什么东西”的爽快，而且希望他自己是一个东西。

但中国一般的趋势，却只在向驯良之类——“静”的一方面发展，低眉顺眼，唯唯诺诺，才算一个好孩子，名之曰“有趣”。活泼，健康，顽强，挺胸仰面……凡是属于“动”的，那就未免有人摇头了，甚至于称之为“洋气”。又因为多年受着侵略，就和这“洋气”为仇；更进一步，则故意和这“洋气”反一调：他们活动，我偏静坐；他们讲科学，我偏扶乩；他们穿短衣，我偏着长衫；他们重卫生，我偏吃苍蝇；他们壮健，我偏生病……这才是保存中国固有文化，这才是爱国，这才不是奴隶性。

其实，由我看来，所谓“洋气”之中，有不少是优点，也是中国人性质中所本有的，但因了历朝的压抑，已经萎缩了下去，现在就连自己也莫名其妙，统统送给洋人了。这是必须拿它回来——恢复过来的——自然还得加一番慎重的选择。

即使并非中国所固有的吧，只要是优点，我们也应该学习。即使那老师是我们的仇敌吧，我们也应该向他学习。我在这里要提出现在大家所不高兴说的日本来，他的会模仿，少创造，是为中国的许多论者所鄙薄的，但是，只要看看他们的出版物和工业品，早非中国所及，就知道“会模仿”决不是劣点，我们正应该学习这“会模仿”的。“会模仿”又加以有创造，不是更好么？否则，只不过是一个“恨恨而死”而已。

我在这里还要附加一句像是多余的声明：我相信自己的主张，决不是“受了帝国主义者的指使”，要诱中国人做奴才；而满口爱国，满身国粹，也于实际上的做奴才并无妨碍。

八月七日

门外文谈

一　开头

听说今年上海的热，是六十年来所未有的。白天出去混饭，晚上低头回家，屋子里还是热，并且加上蚊子。这时候，只有门外是天堂。因为海边的缘故吧，总有些风，用不着挥扇。虽然彼此有些认识，却不常见面的寓在四近的亭子间或搁楼里的邻人也都坐出来了，他们有的是店员，有的是书局里的校对员，有的是制图工人的好手。大家都已经做得筋疲力尽，叹着苦，但这时总还算有闲的，所以也谈闲天。

闲天的范围也并不小：谈旱灾，谈求雨，谈吊膀子，谈三寸怪人干，谈洋米，谈裸腿，也谈古文，谈白话，谈大众语。因为我写过几篇白话文，所以关于古文之类他们特别要听我的话，我也只好特别说的多。这样的过了两三夜，才给别的话岔开，也总算谈完了。不料过了几天之后，有几个还要我写出来。

他们里面，有的是因为我看过几本古书，所以相信我的，有的是因为我看过一点洋书，有的又因为我看古书也看洋书；但有几位却因此反不相信我，说我是蝙蝠。我说到古文，他就笑道，你不是唐宋八大家，能信么？我谈到大众语，他又笑道：你又不是劳苦大众，讲什么海话呢？

这也是真的。我们讲旱灾的时候，就讲到一位老爷下乡查灾，说有些地方是本可以不成灾的，现在成灾，是因为农民懒，不戽水。但一种报上，却记着一个六十老翁，因儿子戽水乏力而死，灾象如故，无路可走，自杀了。老爷和乡下人，意见是真有这么的不同的。那么，我的夜谈，恐怕也终不过是一个门外闲人的空话罢了。

飓风过后，天气也凉爽了一些，但我终于照着希望我写的几个人的希望，写出来了，比口语简单得多，大致却无异，算是抄给我们一流人看的。当时只凭记忆，乱引古书，说话是耳边风，错点不打紧，写在纸上，却使我很踌躇，但自己又苦于没有原书可对，这只好请读者随时指正了。

一九三四年，八月十六夜，写完并记

二　字是什么人造的?

字是什么人造的？

我们听惯了一件东西，总是古时候一位圣贤所造的故事，对于文字，也当然要有这质问。但立刻就有忘记了来源的答话：字是仓颉造的。

这是一般的学者的主张，他自然有他的出典。我还见过一幅这位仓颉的画像，是生着四只眼睛的老头陀。可是要造文字，相貌先得出奇，我们这种只有两只眼睛的人，是不但本领不够，连相貌也不配的。

然而做《易经》的人（我不知道是谁），却比较的聪明，他说："上古结绳而治，后世圣人易之以书契。"他不说仓颉，只说"后世圣人"，不说创造，只说掉换，真是谨慎得很；也许他无意中就不相信古代会有一个独自造出许多文字来的人的了，所以就只是这么含含糊糊的来一句。

但是，用书契来代结绳的人，又是什么角色呢？文学家？不错，从现在的所谓文学家的最要卖弄文字，夺掉笔杆便一无所能的事实看起来，的确首先就要想到他；他也的确应该给自己的吃饭家伙出点力。然而并不是的。有史以前的人们，虽然劳动也唱歌，求爱也唱歌，他却并不起草，或者留稿子，因为他做梦也想不到卖诗稿，编全集，而且那时的社会里，也没有报馆和书铺子，文字毫无用处。据有些学者告诉我们的话来看，这在文字上用了一番工夫的，想来该是史官了。

原始社会里，大约先前只有巫，待到渐次进化，事情繁复了，有些事情，如祭祀，狩猎，战争……之类，渐有记住的必要，巫就只好在他那本职的“降神”之外，一面也想法子来记事，这就是“史”的开头。况且“升中于天”，他在本职上，也得将记载酋长和他的治下的大事的册子，烧给上帝看，因此一样的要做文章——虽然这大约是后起的事。再后来，职掌分得更清楚了，于是就有专门记事的史官。文字就是史官必要的工具，古人说：“仓颉，黄帝史。”第一句未可信，但指出了史和文字的关系，却是很有意思的。至于后来的“文学家”用它来写“阿呀呀，我的爱哟，我要死了！”那些佳句，那不过是享享现成的罢了，“何足道哉”！

三　字是怎么来的？

照《易经》说，书契之前明明是结绳；我们那里的乡下人，碰到明天要做一件紧要事，怕得忘记时，也常常说：“裤带上打一个结！”那么，我们的古圣人，是否也用一条长绳，有一件事就打一个结呢？恐怕是不行的。只有几个结还记得，一多可就糟了。或者那正是伏羲皇上的“八卦”之流，三条绳一组，都不打结是“乾”，中间各打一结是“坤”吧？恐怕也不对。八组尚可，六十四组就难记，何况还会有五百十二组呢。只有在秘鲁还有存留的“打结字”（Quippus），用一条横绳，挂上许多直绳，拉来拉去的结起来，网不像网，倒似乎还可以表现较多的意思。我们上古的结绳，恐怕也是如此的吧。但它既然被书契掉换，又不是书契的祖宗，我们也不妨暂且不去管它了。

夏禹的“岣嵝碑”是道士们假造的；现在我们能在实物上看见的最古的文字，只有商朝的甲骨和钟鼎文。但这些，都已经很进步了，几乎找不出一个原始形态。只在铜器上，有时还可以看见一点写实的图形，如鹿，如象，而从这图形上，又能发见和文字相关的线索：中国文字的基础是“象形”。

画在西班牙的亚勒泰米拉（Altamira）洞里的野牛，是有名的原始人的遗迹，许多艺术史家说，这正是“为艺术的艺术”，原始人画着玩玩的。但这解释未免过于“摩登”，因为原始人没有十九世纪的文艺家那么有闲，他的画一只牛，是有缘故的，为的是关于野牛，或者是猎取野牛，禁咒野牛的事。现在上海墙壁上的香烟和电影的广告画，尚且常有人张着嘴巴看，在少见多怪的原始社会里，有了这么一个奇迹，那轰动一时，就可想而知了。他们一面看，知道了野牛这东西，原来可以用线条移在别的平面上，同时仿佛也认识了一个“牛”字，一面也佩服这作者的才能，但没有人请他作自传赚钱，所以姓氏也就湮没了。但在社会里，仓颉也不止一个，有的在刀柄上刻一点图，有的在门户上画一些画，心心相印，口口相传，文字就多起来，史官一采集，便可以敷衍记事了。中国文字的由来，恐怕也逃不出这例子的。

自然，后来还该有不断的增补，这是史官自己可以办到的，新字夹在熟字中，又是象形，别人也容易推测到那字的意义。直到现在，中国还在生出新字来。但是，硬做新仓颉，却要失败的，吴的朱育，唐的武则天，都曾经造过古怪字，也都白费力。现在最会造字的是中国化学家，许多原质和化合物的名目，很不容易认得，连音也难以读出来了。老实说，我是一看见就头痛的，觉得远不如就用万国通用的拉丁名来得爽快，如果二十来个字母都认不得，请恕我直说：那么，化学也大抵学不好的。

四　写字就是画画

《周礼》和《说文解字》上都说文字的构成法有六种，这里且不谈吧，只说些和“象形”有关的东西。

象形，“近取诸身，远取诸物”，就是画一只眼睛是“目”，画一个圆圈，放几条毫光是“日”，那自然很明白，便当的。但有时要碰壁，譬如要画刀口，怎么办呢？不画刀背，也显不出刀口来，这时就只好别出心裁，在刀口上加一条短棍，算是指明“这个地方”的意思，造了“刃”。这已经颇有些办事棘手的模样了，何况还有无形可象的事件，于是只得来“象意”，也叫作“会意”。一只手放在树上是“采”，一颗心放在屋子和饭碗之间是

“盗”，有吃有住，安盗了。但要写“寧可”的寧，却又得在碗下面放一条线，表明这不过是用了“盗”的声音的意思。“会意”比“象形”更麻烦，它至少要画两样。如“寶”字，则要画一个屋顶，一串玉，一个缶，一个贝，计四样；我看“缶”字还是杵臼两形合成的，那么一共有五样。单单为了画这一个字，就很要破费些工夫。

不过还是走不通，因为有些事物是画不出，有些事物是画不来，譬如松柏，叶样不同，原是可以分出来的，但写字究竟是写字，不能像绘画那样精工，到底还是硬挺不下去。来打开这僵局的是“谐声”，意义和形象离开了关系。这已经是“记音”了，所以有人说，这是中国文字的进步。不错，也可以说是进步，然而那基础也还是画画儿。例如“菜，从草，采声”，画一窠草，一个爪，一株树：三样；“海，从水，每声”，画一条河，一位戴帽（?）的太太，也三样。总之：如果要写字，就非永远画画不成。

但古人是并不愚蠢的，他们早就将形象改得简单，远离了写实。篆字圆折，还有图画的余痕，从隶书到现在的楷书，和形象就天差地远。不过那基础并未改变，天差地远之后，就成为不象形的象形字，写起来虽然比较的简单，认起来却非常困难了，要凭空一个一个的记住。而且有些字，也至今并不简单，例如“鸾”或“凿”，去叫孩子写，非练习半年六月，是很难写在半寸见方的格子里面的。

还有一层，是“谐声”字也因为古今字音的变迁，很有些和“声”不大“谐”的了。现在还有谁读“滑”为“骨”，读“海”为“每”呢?

古人传文字给我们，原是一份重大的遗产，应该感谢的。但在成了不象形的象形字，不十分谐声的谐声字的现在，这感谢却只好踌躇一下了。

五　古时候言文一致么?

到这里，我想来猜一下古时候言文是否一致的问题。

对于这问题，现在的学者们虽然并没有分明的结论，但听他口气，好像大概是以为一致的；越古，就越一致。不过我却很有些怀疑，因为文字愈容易写，就愈容易写得和口语一致，但中国却是那么难画的象形字，也许我们的古人，向来就将不关重要的词摘去了的。

《书经》有那么难读，似乎正可作照写口语的证据，但商周人的的确的口语，现在还没有研究出，还要繁也说不定的。至于周秦古书，虽然作者也用一点他本地的方言，而文字大致相类，即使和口语还相近吧，用的也是周秦白话，并非周秦大众语。汉朝更不必说了，虽是肯将《书经》里难懂的字眼，翻成今字的司马迁，也不过在特别情况之下，采用一点俗语，例如陈涉的老朋友看见他为王，惊异道："夥颐，涉之为王沉沉者"，而其中的"涉之为王"四个字，我还疑心太史公加过修剪的。

那么，古书里采录的童谣，谚语，民歌，该是那时的老牌俗语吧。我看也很难说。中国的文学家，是颇有爱改别人文章的脾气的。最明显的例子是汉民间的《淮南王歌》，同一地方的同一首歌，《汉书》和《前汉纪》记的就两样。

一面是——

一尺布，尚可缝；
一斗粟，尚可舂。
兄弟二人，不能相容。

一面却是——

一尺布，暖童童；
一斗粟，饱蓬蓬。
兄弟二人不相容。

比较起来，好像后者是本来面目，但已经删掉了一些也说不定的：只是一个提要。后来宋人的语录，话本，元人的杂剧和传奇里的科白，也都是提要，只是它用字较为平常，删去的文字较少，就令人觉得"明白如话"了。

我的臆测，是以为中国的言文，一向就并不一致的，大原因便是字难写，只好节省些。当时的口语的摘要，是古人的文；古代的口语的摘要，是后人的古文。所以我们的做古文，是在用了已经并不象形的象形字，未必一定谐声的谐声字，在纸上描出今人谁也不说，懂的也不多的，古人的口语的摘要来。你想，这难不难呢？

六 于是文章成为奇货了

文字在人民间萌芽，后来却一定为特权者所收揽。据《易经》的作者所推测，“上古结绳而治”，则连结绳就已是治人者的东西。待到落在巫史的手里的时候，更不必说了，他们都是酋长之下，万民之上的人。社会改变下去，学习文字的人们的范围也扩大起来，但大抵限于特权者。至于平民，那是不识字的，并非缺少学费，只因为限于资格，他不配。而且连书籍也看不见。中国在刻版还未发达的时候，有一部好书，往往是“藏之秘阁，副在三馆”，连做了士子，也还是不知道写着什么的。

因为文字是特权者的东西，所以它就有了尊严性，并且有了神秘性。中国的字，到现在还很尊严，我们在墙壁上，就常常看见挂着写上“敬惜字纸”的篓子；至于符的驱邪治病，那就靠了它的神秘性的。文字既然含着尊严性，那么，知道文字，这人也就连带的尊严起来了。新的尊严者日出不穷，对于旧的尊严者就不利，而且知道文字的人们一多，也会损伤神秘性的。符的威力，就因为这好像是字的东西，除道士以外，谁也不认识的缘故。所以，对于文字，他们一定要把持。

欧洲中世，文章学问，都在道院里；克罗蒂亚（Kroatia），是到了十九世纪，识字的还只有教士的，人民的口语，退步到对于旧生活刚够用。他们革新的时候，就只好从外国借进许多新语来。

我们中国的文字，对于大众，除了身份，经济这些限制之外，却还要加上一条高门槛：难。单是这条门槛，倘不费他十来年工夫，就不容易跨过。跨过了的，就是士大夫，而这些士大夫，又竭力的要使文字更加难起来，因为这可以使他特别的尊严，超出别的一切平常的士大夫之上。汉朝的扬雄的喜欢奇字，就有这毛病的，刘歆想借他的《方言》稿子，他几乎要跳黄浦。唐朝呢，樊宗师的文章做到别人点不断，李贺的诗作到别人看不懂，也都为了这缘故。还有一种方法是将字写得别人不认识，下焉者，是从《康熙字典》上查出几个古字来，夹进文章里面去；上焉者是钱坫的用篆字来写刘熙的《释名》，最近还有钱玄同先生的照《说文》字样给太炎先生抄《小学答问》。

文字难，文章难，这还都是原来的；这些上面，又加以士大夫故意特制的难，却还想它和大众有缘，怎么办得到。但士大夫们也正愿其如此，如果文字易识，大家都会，文字就不尊严，他也跟着不尊严了。说白话不如文言的人，就从这里出发的；现在论大众语，说大众只要教给"千字课"就够的人，那意思的根柢也还是在这里。

七　不识字的作家

用那么艰难的文字写出来的古语摘要，我们先前也叫"文"，现在新派一点的叫"文学"，这不是从"文学子游子夏"上割下来的，是从日本输入，他们的对于英文 Literature 的译名。会写写这样的"文"的，现在是写白话也可以了，就叫作"文学家"，或者叫"作家"。

文学的存在条件首先要会写字，那么，不识字的文盲群里，当然不会有文学家的了。然而作家却有的。你们不要太早的笑我，我还有话说。我想，人类是在未有文字之前，就有了创作的，可惜没有人记下，也没有法子记下。我们的祖先的原始人，原是连话也不会说的，为了共同劳作，必需发表意见，才渐渐地练出复杂的声音来，假如那时大家抬木头，都觉得吃力了，却想不到发表，其中有一个叫道"杭育杭育"，那么，这就是创作；大家也要佩服，应用的，这就等于出版；倘若用什么记号留存了下来，这就是文学；他当然就是作家，也是文学家，是"杭育杭育派"。不要笑，这作品确也幼稚得很，但古人不及今人的地方是很多的，这正是其一。就是周朝的什么“关关雎鸠，在河之洲，窈窕淑女，君子好逑”吧，它是《诗经》里的头一篇，所以吓得我们只好磕头佩服，假如先前未曾有过这样的一篇诗，现在的新诗人用这意思作一首白话诗，到无论什么副刊上去投稿试试吧，我看十分之九是要被编辑者塞进字纸篓去的。“漂亮的好小姐呀，是少爷的好一对儿！”什么话呢？

就是《诗经》的《国风》里的东西，好许多也是不识字的无名氏作品，因为比较的优秀，大家口口相传的。王官们检出它可作行政上参考的记录了下来，此外消灭的正不知有多少。希腊人荷马——我们姑且当作有这样一个人——的两大史诗，也原是口吟，现存的是别人的记录。东晋到齐陈的《子夜歌》和《读曲歌》之类，唐朝的《竹枝词》和《柳枝词》之类，原都是无名氏的创作，经文人的采录和润色之后，流传下来的。这一润色，流传固然流传了，但可惜的是一定失去了许多本来面目。到现在，到处还有民谣，山歌，渔歌等，这就是不识字的诗人的作品；也传述着童话和故事，这就是不识字的小说家的作品；他们，就都是不识字的作家。

但是，因为没有记录作品的东西，又很容易消灭，流布的范围也不能很广大，知道的人们也就很少了。偶有一点为文人所见，往往倒吃惊，吸入自己的作品中，作为新的养料。旧文学衰颓时，因为摄取民间文学或外国文学而起一个新的转变，这例子是常见于文学史上的。不识字的作家虽然不及文人的细腻，但他却刚健，清新。

要这样的作品为大家所共有，首先也就是要这作家能写字，同时也还要读者们能识字以至能写字，一句话：将文字交给一切人。

八　怎么交代？

将文字交给大众的事实，从清朝末年就已经有了的。

“莫打鼓，莫打锣，听我唱个太平歌……”是钦颁的教育大众的俗歌；此外，士大夫也办过一些白话报，但那主意，是只要大家听得懂，不必一定写得出。《平民千字课》就带了一点写得出的可能，但也只够记账，写信。

倘要写出心里所想的东西，它那限定的字数是不够的。譬如牢监，的确是给了人一块地，不过它有限制，只能在这圈子里行立坐卧，断不能跑出设定了的铁栅外面去。

劳乃宣和王照他两位都有简字，进步得很，可以照音写字了。民国初年，教育部要制字母，他们俩都是会员，劳先生派了一位代表，王先生是亲到的，为了入声存废问题，曾和吴稚晖先生大战，战得吴先生肚子一凹，棉裤也落了下来。但结果总算几经斟酌，制成了一种东西，叫作“注音字母”。那时很有些人，以为可以替代汉字了，但实际上还是不行，因为它究竟不过简单的方块字，恰如日本的“假名”一样，夹上几个，或者注在汉字的旁边还可以，要它拜帅，能力就不够了。写起来会混杂，看起来要眼花。那时的会员们称它为“注音字母”，是深知道它的能力范围的。再看日本，他们有主张减少汉字的，有主张拉丁拼音的，但主张只用“假名”的却没有。

再好一点的是用罗马字拼法，研究得最精的是赵元任先生吧，我不大明白。用世界通用的罗马字拼起来——现在是连土耳其也采用了——一词一串，非常清晰，是好的。但教我似的门外汉来说，好像那拼法还太繁。要精密，当然不得不繁，但繁得很，就又变了“难”，有些妨碍普及了。最好是另有一种简而不陋的东西。

这里我们可以研究一下新的“拉丁化”法，《每日国际文选》里有一小本《中国语书法之拉丁化》，《世界》第二年第六七号合刊附录的一份《言语科学》，就都是绍介这东西的。价钱便宜，有心的人可以买来看。它只有二十八个字母，拼法也容易学。“人”就是 Rhen，“房子”就是 Fangz，“我吃果子”是 Wo ch goz，“他是工人”是 Ta sh gungrhen。现在在华侨里实验，见了成绩的，还只是北方话。但我想，中国究竟还是讲北方话——不是北京话——的人们多，将来如果真有一种到处通行的大众语，那主力也恐怕还是北方话吧。为今之计，只要酌量增减一点，使它合于各该地方所特有的音，也就可以用到无论什么穷乡僻壤去了。

那么，只要认识二十八个字母，学一点拼法和写法，除懒虫和低能外，就谁都能够写得出，看得懂了。况且它还有一个好处，是写得快。美国人说，时间就是金钱；但我想：时间就是性命。无端的空耗别人的时间，其实是无异于谋财害命的。不过像我们这样坐着乘风凉，谈闲天的人们，可又是例外。

九　专化呢，普遍化呢?

到了这里，就又碰着了一个大问题：中国的言语，各处很不同，单给一个粗枝大叶的区别，就有北方话，江浙话，两湖川贵话，福建话，广东话这五种，而这五种中，还有小区别。现在用拉丁字来写，写普通话，还是写土话呢？要写普通话，人们不会；倘写土话，别处的人们就看不懂，反而隔阂起来，不及全国通行的汉字了。这是一个大弊病！

我的意思是：在开首的启蒙时期，各地方各写它的土话，用不着顾到和别地方意思不相通。当未用拉丁写法之前，我们的不识字的人们，原没有用汉字互通着声气，所以新添的坏处是一点也没有的，倒有新的益处，至少是在同一语言的区域里，可以彼此交换意见，吸收智识了——那当然，一面也得有人写些有益的书。问题倒在这各处的大众语文，将来究竟要它专化呢，还是普通化？

方言土语里，很有些意味深长的话，我们那里叫"炼话"，用起来是很有意思的，恰如文言的用古典，听者也觉得趣味津津。各就各处的方言，将语法和词汇，更加提炼，使他发达上去的，就是专化。这于文学，是很有益处的，它可以做得比仅用泛泛的话头的文章更加有意思。但专化又有专化的危险。言语学我不知道，看生物，是一到专化，往往要灭亡的。未有人类以前的许多动植物，就因为太专化了，失其可变性，环境一改，无法应付，只好灭亡。——幸而我们人类还不算专化的动物，请你们不要愁。大众，是有文学，要文学的，但决不该为文学做牺牲，要不然，他的荒谬和为了保存汉字，要十分之八的中国人做文盲来殉难的活圣贤就并不两样。所以，我想，启蒙时候用方言，但一面又要渐渐的加入普通的语法和词汇去。先用固有的，是一地方的语文的大众化，加入新的去，是全国的语文的大众化。

几个读书人在书房里商量出来的方案，固然大抵行不通，但一切都听其自然，却也不是好办法。现在在码头上，公共机关中，大学校里，确已有着一种好像普通话模样的东西，大家说话，既非“国语”，又不是京话，各各带着乡音，乡调，却又不是方言，即使说的吃力，听的也吃力，然而总归说得出，听得懂。如果加以整理，帮它发达，也是大众语中的一支，说不定将来还简直是主力。我说要在方言里“加入新的去”，那“新的”的来源就在这地方。待到这一种出于自然，又加人工的话一普遍，我们的大众语文就算大致统一了。

此后当然还要做。年深月久之后，语文更加一致，和“炼话”一样好，比“古典”还要活的东西，也渐渐的形成，文学就更加精彩了。马上是办不到的。你们想，国粹家当作宝贝的汉字，不是化了三四千年工夫，这才有这么一堆古怪成绩么？

至于开手要谁来做的问题，那不消说：是觉悟的读书人。有人说：“大众的事情，要大众自己来做！”那当然不错的，不过得看看说的是什么角色。如果说的是大众，那有一点是对的，对的是要自己来，错的是推开了帮手。倘使说的是读书人呢，那可全不同了：他在用漂亮话把持文字，保护自己的尊荣。

十　不必恐慌

但是，这还不必实做，只要一说，就又使另一些人发生恐慌了。

首先是说提倡大众语文的，乃是“文艺的政治宣传员如宋阳之流”，本意在于造反。给带上一顶有色帽，是极简单的反对法。不过一面也就是说，为了自己的太平，宁可中国有百分之八十的文盲。那么，倘使口头宣传呢，就应该使中国有百分之八十的聋子了。但这不属于“谈文”的范围，这里也无须多说。

专为着文学发愁的，我现在看见有两种。一种是怕大众如果都会读，写，就大家都变成文学家了。这真是怕天掉下来的好人。上次说过，在不识字的大众里，是一向就有作家的。我久不到乡下去了，先前是，农民们还有一点余闲，譬如乘凉，就有人讲故事。不过这讲手，大抵是特定的人，他比较的见识多，说话巧，能够使人听下去，懂明白，并且觉得有趣。这就是作家，抄出他的话来，也就是作品。倘有语言无味，偏爱多嘴的人，大家是不要听的，还要送给他许多冷话——讽刺。我们弄了几千年文言，十来年白话，凡是能写的人，何尝个个是文学家呢？即使都变成文学家，又不是军阀或土匪，于大众也并无害处的，不过彼此互看作品而已。

还有一种是怕文学的低落。大众并无旧文学的修养，比起士大夫文学的细致来，或者会显得所谓"低落"的，但也未染旧文学的痼疾，所以它又刚健，清新。无名氏文学如《子夜歌》之流，会给旧文学一种新力量，我先前已经说过了；现在也有人绍介了许多民歌和故事。还有戏剧，例如《朝花夕拾》所引《目连救母》里的无常鬼的自传，说是因为同情一个鬼魂，暂放还阳半日，不料被阎罗责罚，从此不再宽纵了——

"哪怕你铜墙铁壁！

哪怕你皇亲国戚！……"

何等有人情，又何等知过，何等守法，又何等果决，我们的文学家做得出来么？

这是真的农民和手业工人的作品，由他们闲中扮演。借目连的巡行来贯串许多故事，除《小尼姑下山》外，和刻本的《目连救母记》是完全不同的。其中有一段《武松打虎》，是甲乙两人，一强一弱，扮着戏玩。先是甲扮武松，乙扮老虎，被甲打得要命，乙埋怨他了，甲道："你是老虎，不打，不是给你咬死了？"乙只得要求互换，却又被甲咬得要命，一说怨话，甲便道："你是武松，不咬，不是给你打死了？"我想：比起希腊的伊索，俄国的梭罗古勃的寓言来，这是毫无逊色的。

如果到全国的各处去收集，这一类的作品恐怕还很多。但自然，缺点是有的。是一向受着难文字，难文章的封锁，和现代思潮隔绝。所以，倘要中国的文化一同向上，就必须提倡大众语，大众文，而且书法更必须拉丁化。

十一　大众并不如读书人所想象的愚蠢

但是，这一回，大众语文刚一提出，就有些猛将趁势出现了，来路是并不一样的，可是都向白话，翻译，欧化语法，新字眼进攻。他们都打着“大众”的旗，说这些东西，都为大众所不懂，所以要不得。其中有的是原是文言余孽，借此先来打击当面的白话和翻译的，就是祖传的“远交近攻”的老法术；有的是本是懒惰分子，未尝用功，要大众语未成，白话先倒，让他在这空场上夸海口的，其实也还是文言文的好朋友，我都不想在这里多谈。现在要说的只是那些好意的，然而错误的人，因为他们不是看轻了大众，就是看轻了自己，仍旧犯着古之读书人的老毛病。

读书人常常看轻别人，以为较新，较难的字句，自己能懂，大众却不能懂，所以为大众计，是必须彻底扫荡的；说话作文，越俗，就越好。这意见发展开来，他就要不自觉的成为新国粹派。或则希图大众语文在大众中推行得快，主张什么都要配大众的胃口，甚至于说要“迎合大众”，故意多骂几句，以博大众的欢心。这当然自有他的苦心孤诣，但这样下去，可要成为大众的新帮闲的。

说起大众来，界限宽泛得很，其中包括着各式各样的人，但即使“目不识丁”的文盲，由我看来，其实也并不如读书人所推想的那么愚蠢。他们是要智识，要新的智识，要学习，能摄取的。当然，如果满口新语法，新名词，他们是什么也不懂；但逐渐的检必要的灌输进去，他们却会接受；那消化的力量，也许还赛过成见更多的读书人。初生的孩子，都是文盲，但到两岁，就懂许多话，能说许多话了，这在他，全部是新名词，新语法。他哪里是从《马氏文通》或《辞源》里查来的呢，也没有教师给他解释，他是听过几回之后，从比较而明白了意义的。大众的会摄取新词汇和语法，也就是这样子，他们会这样的前进。所以，新国粹派的主张，虽然好像为大众设想，实际上倒尽了拖住的任务。不过也不能听大众的自然，因为有些见识，他们究竟还在觉悟的读书人之下，如果不给他们随时拣选，也许会误拿了无益的，甚而至于有害的东西。所以，“迎合大众”的新帮闲，是绝对的要不得的。

由历史所指示，凡有改革，最初，总是觉悟的智识者的任务。但这些智识者，却必须有研究，能思索，有决断，而且有毅力。他也用权，却不是骗人，他利导，却并非迎合。他不看轻自己，以为是大家的戏子，也不看轻别人，当作自己的喽啰。他只是大众中的一个人，我想，这才可以做大众的事业。

十二　煞尾

话已经说得不少了。总之，单是话不行，要紧的是做。要许多人做：大众和先驱；要各式的人做：教育家，文学家，言语学家……这已经迫于必要了，即使目下还有点逆水行舟，也只好拉纤；顺水固然好得很，然而还是少不得把舵的。

这拉纤或把舵的好方法，虽然也可以口谈，但大抵得益于实验，无论怎么看风看水，目的只是一个：向前。

各人大概都有些自己的意见，现在还是给我听听你们诸位的高论吧。

不知肉味和不知水味

今年的尊孔，是民国以来第二次的盛典，凡是可以施展出来的，几乎全都施展出来了。上海的华界虽然接近夷（亦作彛）场，也听到了当年孔子听得“三月不知肉味”的“韶乐”。八月三十日的《申报》报告我们说——

“廿七日本市各界在文庙举行孔诞纪念会，到党政机关，及各界代表一千余人。有大同乐会演奏中和韶乐二章，所用乐器因欲扩大音量起见，不分古今，凡属国乐器，一律配入，共四十种。其谱一仍旧贯，并未变动。聆其节奏，庄严肃穆，不同凡响，令人悠然起敬，如亲三代以上之承平雅颂，亦即我国民族性酷爱和平之表示也。……”

乐器不分古今，一律配入，盖和周朝的韶乐，该已很有不同。但为“扩大音量起见”，也只能这么办，而且和现在的尊孔的精神，也似乎十分合拍的。“孔子，圣之时者也”，“亦即圣之摩登者也”，要三月不知鱼翅燕窝味，乐器大约决非“共四十种”不可；况且那时候，中国虽然已有外患，却还没有夷场。

不过因此也可见时势究竟有些不同了，纵使“扩大音量”，终于还扩不到乡间，同日的《中华日报》上，就记着一则颇伤“承平雅颂，亦即我国民族性酷爱和平之表示”的体面的新闻，最不凑巧的是事情也出在二十七——

“（宁波通讯）余姚入夏以来，因天时亢旱，河水干涸，住民饮料，大半均在河畔开凿土井，借以汲取，故往往因争先后，而起冲突。廿七日上午，距姚城四十里之朗霞镇后方屋地方，居民杨厚坤与姚士莲，又因争井水，发生冲突，互相加殴。姚士莲以烟筒头猛击杨头部，杨当即昏倒在地。继姚又以木棍石块击杨中要害，竟遭殴毙。迨邻近闻声施救，杨早以气绝。而姚士莲见已闯祸，知必不能免，即乘机逃避……”

闻韶，是一个世界，口渴，是一个世界。食肉而不知味，是一个世界，口渴而争水，又是一个世界。自然，这中间大有君子小人之分，但“非小人无以养君子”，到底还不可任凭他们互相打死，渴死的。

听说在阿拉伯，有些地方，水已经是宝贝，为了喝水，要用血去换。“我国民族性”是“酷爱和平”的，想必不至于如此。但余姚的实例却未免有点怕人，所以我们除食肉者听了而不知肉味的“韶乐”之外，还要不知水味者听了而不想水喝的“韶乐。”

八月二十九日

中国语文的新生

中国现在的所谓中国字和中国文，已经不是中国大家的东西了。

古时候，无论哪一国，能用文字的原是只有少数的人的，但到现在，教育普及起来，凡是称为文明国者，文字已为大家所公有。但我们中国，识字的却大概只占全人口的十分之二，能作文的当然还要少。这还能说文字和我们大家有关系么?

也许有人要说，这十分之二的特别国民，是怀抱着中国文化，代表着中国大众的。我觉得这话并不对。这样的少数，并不足以代表中国人。正如中国人中，有吃燕窝鱼翅的人，有卖红丸的人，有拿回扣的人，但不能因此就说一切中国人，都在吃燕窝鱼翅，卖红丸，拿回扣一样。要不然，一个郑孝胥，真可以把全副“王道”挑到满洲去。

我们倒应该以最大多数为根据，说中国现在等于并没有文字。

这样的一个连文字也没有的国度，是在一天一天的坏下去了。我想，这可以无须我举例。

单在没有文字这一点上，智识者是早就感到模糊的不安的。清末的办白话报，五四时候的叫“文学革命”，就为此。但还只知道了文章难，没有悟出中国等于并没有文字，今年的提倡复兴文言文，也为此，他明知道现在的机关枪是利器，却因历来偷懒，未曾振作，临危又想侥幸，就只好梦想大刀队成事了。

大刀队的失败已经显然，只有两年，已没有谁来打九十九把钢刀去送给军队。但文言队的显出不中用来，是很慢，很隐的，它还有寿命。

和提倡文言文的开倒车相反，是目前的大众语文的提倡，但也还没有碰到根本的问题：中国等于并没有文字。待到拉丁化的提议出现，这才抓住了解决问题的紧要关键。

反对，当然大大的要有的，特殊人物的成规，动他不得。格理莱倡地动说，达尔文说进化论，摇动了宗教，道德的基础，被攻击原是毫不足怪的；但哈飞发现了血液在人身中环流，这和一切社会制度有什么关系呢，却也被攻击了一世。然而结果怎样？结果是：血液在人身中环流！

中国人要在这世界上生存，那些识得《十三经》的名目的学者，“灯红”会对“酒绿”的文人，并无用处，却全靠大家的切实的智力，是明明白白的。那么，倘要生存，首先就必须除去阻碍传布智力的结核：非语文和方块字。如果不想大家来给旧文字做牺牲，就得牺牲掉旧文字。走哪一面呢，这并非如冷笑家所指摘，只是拉丁化提倡者的成败，乃是关于中国大众的存亡的。要得实证，我看也不必等候怎么久。

至于拉丁化的较详的意见，我是大体和《自由谈》连载的华圉作《门外文谈》相近的，这里不多说。我也同意于一切冷笑家所冷嘲的大众语的前途的艰难；但以为即使艰难，也还要做；愈艰难，就愈要做。改革，是向来没有一帆风顺的，冷笑家的赞成，是在见了成效之后，如果不信，可看提倡白话文的当时。

九月二十四日

中国人失掉自信力了吗

从公开的文字上看起来：两年以前，我们总自夸着“地大物博”，是事实；不久就不再自夸了，只希望着国联，也是事实；现在是既不夸自己，也不信国联，改为一味求神拜佛，怀古伤今了——却也是事实。

于是有人慨叹曰：中国人失掉自信力了。

如果单据这一点现象而论，自信其实是早就失掉了的。先前信“地”，信“物”，后来信“国联”，都没有相信过“自己”。假使这也算一种“信”，那也只能说中国人曾经有过“他信力”，自从对国联失望之后，便把这他信力都失掉了。

失掉了他信力，就会疑，一个转身，也许能够只相信了自己，倒是一条新生路，但不幸的是逐渐玄虚起来了。信“地”和“物”，还是切实的东西，国联就渺茫，不过这还可以令人不久就省悟到依赖它的不可靠。一到求神拜佛，可就玄虚之至了，有益或是有害，一时就找不出分明的结果来，它可以令人更长久的麻醉着自己。

中国人现在是在发展着“自欺力”。

“自欺”也并非现在的新东西，现在只不过日见其明显，笼罩了一切罢了。然而，在这笼罩之下，我们有并不失掉自信力的中国人在。

我们从古以来，就有埋头苦干的人，有拼命硬干的人，有为民请命的人，有舍身求法的人……虽是等于为帝王将相作家谱的所谓“正史”，也往往掩不住他们的光耀，这就是中国的脊梁。

这一类的人们，就是现在也何尝少呢？他们有确信，不自欺；他们在前仆后继的战斗，不过一面总在被摧残，被抹杀，消灭于黑暗中，不能为大家所知道罢了。说中国人失掉了自信力，用以指一部分人则可，倘若加于全体，那简直是诬蔑。

要论中国人，必须不被搽在表面的自欺欺人的脂粉所诓骗，却看看他的筋骨和脊梁。自信力的有无，状元宰相的文章是不足为据的，要自己去看地底下。

九月二十五日

“以眼还眼”

杜衡先生在“最近，出于‘与其看一部新的书，还不如看一部旧的书’的心情”，重读了莎士比亚的《凯撒传》。这一读是颇有关系的，结果使我们能够拜读他从读旧书而来的新文章：《莎剧凯撒传里所表现的群众》（见《文艺风景》创刊号）。

这个剧本，杜衡先生是“曾经用两个月的时间把它翻译出来过”的，就可见读得非常仔细。他告诉我们：“在这个剧里，莎氏描写了两个英雄——凯撒，和……勃鲁都斯。……还进一步创造了两位政治家（煽动家）——阴险而卑鄙的卡西乌斯，和表面上显得那么麻木而糊涂的安东尼。”但最后的胜利却属于安东尼，而“很明显地，安东尼底胜利是凭借了群众底力量”，于是更明显地，即使“甚至说，群众是这个剧底无形的主脑，也不嫌太过”了。

然而这“无形的主脑”是怎样的东西呢？杜衡先生在叙事和引文之后，加以结束——决不是结论，这是作者所不愿意说的——道——

“在这许多地方，莎氏是永不忘记把群众表现为一个力量的；不过，这力量只是一种盲目的暴力。他们没有理性，他们没有明确的利害观念；他们底感情是完全被几个煽动家所控制着，所操纵着。……自然，我们不能贸然地肯定这是群众底本质，但是我们倘若说，这位伟大的剧作者是把群众这样看法的，大概不会有什么错误吧。这看法，我知道将使作者大大地开罪于许多把群众底理性和感情用另一种方式来估计的朋友们。至于我，说实话，我以为对这些问题的判断，是至今还超乎我底能力之上，我不敢妄置一词。……”

杜衡先生是文学家，所以这文章做得极好，很谦虚。假如说，“妈的群众是瞎了眼睛的！”即使根据的是“理性”，也容易因了表现的粗暴而招致反感；现在是“这位伟大的剧作者”莎士比亚老前辈“把群众这样看法的”，您以为怎么样呢？“巽语之言，能无说乎”，至少也得客客气气的搔一搔头皮，如果你没有翻译或细读过莎剧《凯撒传》的话——只得说，这判断，更是“超乎我底能力之上”了。

于是我们都不负责任，单是讲莎剧。莎剧的确是伟大的，仅就杜衡先生所绍介的几点来看，它实在已经打破了文艺和政治无关的高论了。群众是一个力量，但“这力量只是一种盲目的暴力。他们没有理性，他们没有明确的利害观念”，据莎氏的表现，至少，他们就将“民治”的金字招牌踏得粉碎，何况其他？即在目前，也使杜衡先生对于这些问题不能判断了。一本《凯撒传》，就是作政论看，也是极有力量的。

然而杜衡先生却又因此替作者捏了一把汗，怕“将使作者大大地开罪于许多把群众底理性和感情用另一种方式来估计的朋友们”。自然，在杜衡先生，这是一定要想到的，他应该爱惜这一位以《凯撒传》给他智慧的作者。然而肯定的判断了那一种“朋友们”，却未免太不顾事实了。现在不但施蛰存先生已经看见了苏联将要排演莎剧的“丑态”（见《现代》九月号），便是《资本论》里，不也常常引用莎氏的名言，未尝说他有罪么？将来呢，恐怕也如未必有人引《哈姆雷特》来证明有鬼，更未必有人因《哈姆雷特》而责莎士比亚的迷信一样，会特地“吊民伐罪”，和杜衡先生一般见识的。

况且杜衡先生的文章，是写给心情和他两样的人们来读的，因为会看见《文艺风景》这一本新书的，当然决不是怀着“与其看一部新的书，还不如看一部旧的书”的心情的朋友。但是，一看新书，可也就不至于只看一本《文艺风景》了，讲莎剧的书又很多，涉猎一点，心情就不会这么抖抖索索，怕被“政治家”（煽动家）所煽动。那些“朋友们”除注意作者的时代和环境而外，还会知道《凯撒传》的材料是从布鲁特奇的《英雄传》里取来的，而且是莎士比亚从作喜剧转入悲剧的第一部；作者这时是失意了。为什么事呢，还不大明白。但总之，当判断的时候，是都要想到的，又未必有杜衡先生所预言的痛快，简单。

单是对于“莎剧《凯撒传》里所表现的群众”的看法，和杜衡先生的眼睛两样的就有的是。现在只抄一位痛恨十月革命，逃入法国的显斯妥夫（Lev Shestov）先生的见解，而且是结论在这里吧——

“在《攸里乌斯·凯撒》中活动的人，以上之外，还有一个。那是复合底人物。那便是人民，或说‘群众’。莎士比亚之被称为写实家，并不是无意义的。无论在那一点，他决不阿谀群众，做出凡俗的性格来。他们轻薄，胡乱，残酷。今天跟在彭贝的战车之后，明天喊着凯撒之名，但过了几天，却被他的叛徒勃鲁都斯的辩才所惑，其次又赞成安东尼的攻击，要求着刚才的红人勃鲁都斯的头了。人往往愤慨着群众之不可靠。但其实，岂不是正有适用着‘以眼还眼，以牙还牙’的古来的正义的法则的事在这里吗？劈开底来看，群众原是轻蔑着彭贝，凯撒，安东尼，辛那之辈的，他们那一面，也轻蔑着群众。今天凯撒握着权力，凯撒万岁。明天轮到安东尼了，那就跟在他后面吧。只要他们给饭吃，给戏看，就好。他们的功绩之类，是用不着想到的。他们那一面也很明白，施与些像个王者的宽容，借此给自己收得报答。在拥挤着这些满是虚荣心的人们的连串里，间或夹杂着勃鲁都斯那样的廉直之士，是事实。然而谁有从山积的沙中，找出一粒珠子来的闲工夫呢？群众，是英雄的大炮的食料，而英雄，从群众看来，不过是余兴。在其间，正义就占了胜利，而幕也垂下来了。”（《莎士比亚》〔剧〕中的伦理的问题）

这当然也未必是正确的见解，显斯妥夫就不很有人说他是哲学家或文学家。不过便是这一点点，就很可以看见虽然同是从《凯撒传》来看它所表现的群众，结果却已经和杜衡先生有这么的差别。而且也很可以推见，正不会如杜衡先生所预料，“将使作者大大地开罪于许多把群众底理性和感情用另一方式来估计的朋友们”了。

所以，杜衡先生大可以不必替莎士比亚发愁。彼此其实都很明白：“阴险而卑鄙的卡西乌斯，和表面上显得那么麻木而糊涂的安东尼”，就是在那时候的群众，也“不过是余兴”而已。

九月三十日

说“面子”

“面子”，是我们在谈话里常常听到的，因为好像一听就懂，所以细想的人大约不很多。

但近来从外国人的嘴里，有时也听到这两个音，他们似乎在研究。他们以为这一件事情，很不容易懂，然而是中国精神的纲领，只要抓住这个，就像二十四年前的拔住了辫子一样，全身都跟着走动了。相传前清时候，洋人到总理衙门去要求利益，一通威吓，吓得大官们满口答应，但临走时，却被从边门送出去。不给他走正门，就是他没有了面子；他既然没有了面子，自然就是中国有了面子，也就是占了上风了。这是不是事实，我断不定，但这故事，“中外人士”中是颇有些人知道的。

因此，我颇疑心他们想专将“面子”给我们。

但“面子”究竟是怎么一回事呢？不想还好，一想可就觉得糊涂。它像是很有好几种的，每一种身份，就有一种“面子”，也就是所谓“脸”。这“脸”有一条界线，如果落到这线的下面去了，即失了面子，也叫作“丢脸”。不怕“丢脸”，便是“不要脸”。但倘使做了超出这线以上的事，就“有面子”，或曰“露脸”。而“丢脸”之道，则因人而不同，例如车夫坐在路边赤膊捉虱子，并不算什么，富家姑爷坐在路边赤膊捉虱子，才成为“丢脸”。但车夫也并非没有“脸”，不过这时不算“丢”，要给老婆踢了一脚，就躺倒哭起来，这才成为他的“丢脸”。这一条“丢脸”律，是也适用于上等人的。这样看来，“丢脸”的机会，似乎上等人比较的多，但也不一定，例如车夫偷一个钱袋，被人发现，是失了面子的，而上等人大捞一批金珠珍玩，却仿佛也不见得怎样“丢脸”，况且还有“出洋考察”，是改头换面的良方。

谁都要“面子”，当然也可以说是好事情，但“面子”这东西，却实在有些怪。九月三十日的《申报》就告诉我们一条新闻：沪西有业木匠大包作头之罗立鸿，为其母出殡，邀开“贳器店之王树宝夫妇帮忙，因来宾众多，所备白衣，不敷分配，其时适有名王道才，绰号三喜子，亦到来送殡，争穿白衣不遂，以为有失体面，心中怀恨……邀集徒党数十人，各执铁棍，据说尚有持手枪者多人，将王树宝家人乱打，一时双方有剧烈之战争，头破血流，多人受有重伤。……”白衣是亲族有服者所穿的，现在必须“争穿”而又“不遂”，足见并非亲族，但竟以为“有失体面”，演成这样的大战了。这时候，好像只要和普通有些不同便是“有面子”，而自己成了什么，却可以完全不管。这类脾气，是“绅商”也不免发露的：袁世凯将要称帝的时候，有人以列名于劝进表中为“有面子”；有一国从青岛撤兵的时候，有人以列名于万民伞上为“有面子”。

所以，要“面子”也可以说并不一定是好事情——但我并非说，人应该“不要脸”。现在说话难，如果主张“非孝”，就有人会说你在煽动打父母，主张男女平等，就有人会说你在提倡乱交——这声明是万不可少的。

况且，“要面子”和“不要脸”实在也可以有很难分辨的时候。不是有一个笑话么？一个绅士有钱有势，我假定他叫四大人吧，人们都以能够和他扳谈为荣。有一个专爱夸耀的小瘪三，一天高兴的告诉别人道：“四大人和我讲过话了！”人问他“说什么呢？”答道：“我站在他门口，四大人出来了，对我说：滚开去！”当然，这是笑话，是形容这人的“不要脸”，但在他本人，是以为“有面子”的，如此的人一多，也就真成为“有面子”了。别的许多人，不是四大人连“滚开去”也不对他说么？

在上海，“吃外国火腿”虽然还不是“有面子”，却也不算怎么“丢脸”了，然而比起被一个本国的下等人所踢来，又仿佛近于“有面子”。

中国人要“面子”，是好的，可惜的是这“面子”是“圆机活法”，善于变化，于是就和“不要脸”混起来了。长谷川如是闲说“盗泉”云：“古之君子，恶其名而不饮，今之君子，改其名而饮之。”也说穿了“今之君子”的“面子”的秘密。

十月四日

运　命

有一天，我坐在内山书店里闲谈——我是常到内山书店去闲谈的，我的可怜的敌对的“文学家”，还曾经借此竭力给我一个“汉奸”的称号，可惜现在他们又不坚持了——才知道日本的丙午年生，今年二十九岁的女性，是一群十分不幸的人。大家相信丙午年生的女人要克夫，即使再嫁，也还要克，而且可以多至五六个，所以想结婚是很困难的。这自然是一种迷信，但日本社会上的迷信也还是真不少。

我问：可有方法解除这夙命呢？回答是：没有。

接着我就想到了中国。

许多外国的中国研究家，都说中国人是定命论者，命中注定，无可奈何；就是中国的论者，现在也有些人这样说。但据我所知道，中国女性就没有这样无法解除的命运。“命凶”或“命硬”，是有的，但总有法子想，就是所谓“禳解”；或者和不怕相克的命的男子结婚，制住她的“凶”或“硬”。假如有一种命，说是要连克五六个丈夫的吧，那就早有道士之类出场，自称知道妙法，用桃木刻成五六个男人，画上符咒，和这命的女人一同行“结俪之礼”后，烧掉或埋掉，于是真来订婚的丈夫，就算是第七个，毫无危险了。

中国人的确相信运命，但这运命是有方法转移的。所谓“没有法子”，有时也就是一种另想道路——转移运命的方法。等到确信这是“运命”，真真“没有法子”的时候，那是在事实上已经十足碰壁，或者恰要灭亡之际了。运命并不是中国人的事前的指导，乃是事后的一种不费心思的解释。

中国人自然有迷信，也有“信”，但好像很少“坚信”。我们先前最尊皇帝，但一面想玩弄他，也尊后妃，但一面又有些想吊她的膀子；畏神明，而又烧纸钱作贿赂，佩服豪杰，却不肯为他作牺牲。崇孔的名儒，一面拜佛，信甲的战士，明天信丁。宗教战争是向来没有的，从北魏到唐末的佛道二教的此仆彼起，是只靠几个人在皇帝耳朵边的甘言蜜语。风水，符咒，拜祷……偌大的“运命”，只要化一批钱或磕几个头，就改换得和注定的一笔大不相同了——就是并不注定。

我们的先哲，也有知道“定命”有这么的不定，是不足以定人心的，于是他说，这用种种方法之后所得的结果，就是真的“定命”，而且连必须用种种方法，也是命中注定的。但看起一般的人们来，却似乎并不这样想。

人而没有“坚信”，狐狐疑疑，也许并不是好事情，因为这也就是所谓“无特操”。但我以为信运命的中国人而又相信运命可以转移，却是值得乐观的。不过现在为止，是在用迷信来转移别的迷信，所以归根结蒂，并无相同，以后倘能用正当的道理和实行——科学来替换了这迷信，那么，定命论的思想，也就和中国人离开了。

假如真有这一日，则和尚，道士，巫师，星相家，风水先生……的宝座，就都让给了科学家，我们也不必整年的见神见鬼了。

十月二十三日

脸谱臆测

对于戏剧，我完全是外行。但遇到研究中国戏剧的文章，有时也看一看。近来的中国戏是否象征主义，或中国戏里有无象征手法的问题，我是觉得很有趣味的。

伯鸿先生在《戏》周刊十一期（《中华日报》副刊）上，说起脸谱，承认了中国戏有时用象征的手法，“比如白表‘奸诈’，红表‘忠勇’，黑表‘威猛’，蓝表‘妖异’，金表‘神灵’之类，实与西洋的白表‘纯洁清净’，黑表‘悲哀’，红表‘热烈’，黄金色表‘光荣’和‘努力’”并无不同，这就是“色的象征”，虽然比较的单纯，低级。

这似乎也很不错，但再一想，却又生了疑问，因为白表奸诈，红表忠勇之类，是只以在脸上为限，一到别的地方，白就并不象征奸诈，红也不表示忠勇了。

对于中国戏剧史，我又是完全的外行。我只知道古时候（南北朝）的扮演故事，是带假面的，这假面上，大约一定得表示出这角色的特征，一面也是这角色的脸相的规定。古代的假面和现在的打脸的关系，好像还没有人研究过，假使有些关系，那么，“白表奸诈”之类，就恐怕只是人物的分类，却并非象征手法了。

中国古来就喜欢讲“相人术”，但自然和现在的“相面”不同，并非从气色上看出祸福来，而是所谓“诚于中，必形于外”，要从脸相上辨别这人的好坏的方法。一般的人们，也有这一种意见的，我们在现在，还常听到“看他样子就不是好人”这一类话。这“样子”的具体的表现，就是戏剧上的“脸谱”。富贵人全无心肝，只知道自私自利，吃得白白胖胖，什么都做得出，于是白就表了奸诈。红表忠勇，是从关云长的“面如重枣”来的。

“重枣”是怎样的枣子，我不知道，要之，总是红色的吧。在实际上，忠勇的人思想较为简单，不会神经衰弱，面皮也容易发红，倘使他要永远中立，自称“第三种人”，精神上就不免时时痛苦，脸上一块青，一块白，终于显出白鼻子来了。黑表威猛，更是极平常的事，整年在战场上驰驱，脸孔怎会不黑，擦着雪花膏的公子，是一定不肯自己出面去战斗的。

士君子常在一门一门的将人们分类，平民也在分类，我想，这“脸谱”，便是优伶和看客公同逐渐议定的分类图。不过平民的辨别，感受的力量，是没有士君子那么细腻的。况且我们古时候戏台的搭法，又和罗马不同，使看客非常散漫，表现倘不加重，他们就觉不到，看不清。这么一来，各类人物的脸谱，就不能不夸大化，漫画化，甚而至于到得后来，弄得稀奇古怪，和实际离得很远，好像象征手法了。

脸谱，当然自有它本身的意义的，但我总觉得并非象征手法，而且在舞台的构造和看客的程度和古代不同的时候，它更不过是一种赘疣，无须扶持它的存在了。然而用在别一种有意义的玩意儿上，在现在，我却以为还是很有兴趣的。

十月三十一日

随便翻翻

我想讲一点我的当作消闲的读书——随便翻翻。但如果弄得不好，会受害也说不定的。

我最初去读书的地方是私塾，第一本读的是《鉴略》，桌上除了这一本书和习字的描红格，对字（这是作诗的准备）的课本之外，不许有别的书。但后来竟也慢慢的认识字了，一认识字，对于书就发生了兴趣，家里原有两三箱破烂书，于是翻来翻去，大目的是找图画看，后来也看看文字。这样就成了习惯，书在手头，不管它是什么，总要拿来翻一下，或者看一遍序目，或者读几叶内容，到得现在，还是如此，不用心，不费力，往往在作文或看非看不可的书籍之后，觉得疲劳的时候，也拿这玩意儿来作消遣了，而且它也的确能够恢复疲劳。

倘要骗人，这方法很可以冒充博雅。现在有一些老实人，和我闲谈之后，常说我书是看得很多的，略谈一下，我也的确好像书看得很多，殊不知就为了常常随手翻翻的缘故，却并没有本本细看。还有一种很容易到手的秘本，是《四库书目提要》，倘还怕繁，那么，《简明目录》也可以，这可要细看，它能做成你好像看过许多书。不过我也曾用过正经工夫，如什么“国学”之类，请过先生指教，留心过学者所开的参考书目。结果都不满意。有些书目开得太多，要十来年才能看完，我还疑心他自己就没有看；只开几部的较好，可是这须看这位开书目的先生了，如果他是一位糊涂虫，那么，开出来的几部一定也是极顶糊涂书，不看还好，一看就糊涂。

我并不是说，天下没有指导后学看书的先生，有是有的，不过很难。

这里只说我消闲的看书——有些正经人是反对的，以为这么一来，就

“杂”！“杂”，现在又算是很坏的形容词。但我以为也有好处。譬如我们看一家的陈年账簿，每天写着“豆付三文，青菜十文，鱼五十文，酱油一文”，就知先前这几个钱就可买一天的小菜，吃够一家；看一本旧历本，写着“不宜出行，不宜沐浴，不宜上梁”，就知道先前是有这么多的禁忌。看见了宋人笔记里的“食菜事魔”，明人笔记里的“十彪五虎”，就知道“哦呵，原来‘古已有之’。”但看完一部书，都是些那时的名人逸事，某将军每餐要吃三十八碗饭，某先生体重一百七十五斤半；或是奇闻怪事，某村雷劈蜈蚣精，某妇产生人面蛇，毫无益处的也有。这时可得自己有主意了，知道这是帮闲文士所做的书。凡帮闲，他能令人消闲消得最坏，他用的是最坏的方法。倘不小心，被他诱过去，那就坠入陷阱，后来满脑子是某将军的饭量，某先生的体重，蜈蚣精和人面蛇了。

讲扶乩的书，讲婊子的书，倘有机会遇见，不要皱起眉头，显示憎厌之状，也可以翻一翻；明知道和自己意见相反的书，已经过时的书，也用一样的办法。例如杨光先的《不得已》是清初的著作，但看起来，他的思想是活着的，现在意见和他相近的人们正多得很。这也有一点危险，也就是怕被它诱过去。治法是多翻，翻来翻去，一多翻，就有比较，比较是医治受骗的好方子。乡下人常常误认一种硫化铜为金矿，空口是和他说不明白的，或者他还会赶紧藏起来，疑心你要白骗他的宝贝。但如果遇到一点真的金矿，只要用手掂一掂轻重，他就死心塌地：明白了。

“随便翻翻”是用各种别的矿石来比的方法，很费事，没有用真的金矿来比的明白，简单。我看现在青年的常在问人该读什么书，就是要看一看真金，免得受硫化铜的欺骗。而且一识得真金，一面也就真的识得了硫化铜，一举两得了。

但这样的好东西，在中国现有的书里，却不容易得到。我回忆自己的得到一点知识，真是苦得可怜。幼小时候，我知道中国在“盘古氏开辟天地”之后，有三皇五帝……宋朝，元朝，明朝，“我大清”。到二十岁，又听说“我们”的成吉思汗征服欧洲，是“我们”最阔气的时代。到二十五岁，才知道所谓这“我们”最阔气的时代，其实是蒙古人征服了中国，我们做了奴才。直到今年八月里，因为要查一点故事，翻了三部蒙古史，这才明白蒙古人的征服“斡罗思”，侵入匈奥，还在征服全中国之前，那时的成吉思还不是我们的汗，倒是俄人被奴的资格比我们老，应该他们说“我们的成吉思汗征服中国，是我们最阔气的时代”的。

我久不看现行的历史教科书了，不知道里面怎么说；但在报章杂志上，却有时还看见以成吉思汗自豪的文章。事情早已过去了，原没有什么大关系，但也许正有着大关系，而且无论如何，总是说些真实的好。所以我想，无论是学文学的，学科学的，他应该先看一部关于历史的简明而可靠的书。但如果他专讲天王星，或海王星，虾蟆的神经细胞，或只咏梅花，叫妹妹，不发关于社会的议论，那么，自然，不看也可以的。

我自己，是因为懂一点日本文，在用日译本《世界史教程》和新出的《中国社会史》应应急的，都比我历来所见的历史书类说得明确。前一种中国曾有译本，但只有一本，后五本不译了，译得怎样，因为没有见过，不知道，后一种中国倒先有译本，叫作《中国社会发展史》，不过据日译者说，是多错误，有删节，靠不住的。

我还在希望中国有这两部书。又希望不要一哄而来，一哄而散，要译，就译他完；也不要删节，要删节，就得声明，但最好还是译得小心，完全，替作者和读者想一想。

十一月二日

拿破仑与隋那

我认识一个医生，忙的，但也常受病家的攻击，有一回，自解自叹道：要得称赞，最好是杀人，你把拿破仑和隋那（Edward Jenner，1749—1823）去比比看……

我想，这是真的。拿破仑的战绩，和我们什么相干呢，我们却总敬服他的英雄。甚而至于自己的祖宗做了蒙古人的奴隶，我们却还恭维成吉思汗；从现在的卐字眼睛看来，黄人已经是劣种了，我们却还夸耀希特拉。

因为他们三个，都是杀人不眨眼的大灾星。

但我们看看自己的臂膊，大抵总有几个疤，这就是种过牛痘的痕迹，是使我们脱离了天花的危症的。自从有这种牛痘法以来，在世界上真不知救活了多少孩子——虽然有些人大起来也还是去给英雄们做炮灰，但我们有谁记得这发明者隋那的名字呢？

杀人者在毁坏世界，救人者在修补它，而炮灰资格的诸公，却总在恭维杀人者。

这看法倘不改变，我想，世界是还要毁坏，人们也还要吃苦的。

十一月六日

答《戏》周刊编者信

鲁迅先生鉴：

《阿Q》的第一幕已经登完了，搬上舞台实验虽还不是马上可以做到，但我们的准备工作是就要开始发动了。我们希望你能在第一幕刚登完的时候先发表一点意见，一方面对于我们的公演准备或者也有些帮助，另方面本刊的丛书计划一实现也可以把你的意见和《阿Q》剧本同时付印当作一篇序。这是编者的要求，也是作者，读者和演出的同志们的要求。

祝健！

编者。

编辑先生——

在《戏》周刊上给我的公开信，我早看见了；后来又收到邮寄的一张周刊，我知道这大约是在催促我的答复。对于戏剧，我是毫无研究的，我的最可靠的答复，是一声也不响。但如果先生和读者们都肯预先了解我不过是一个外行人的随便谈谈，那么，我自然也不妨说一点我个人的意见。

《阿Q》在每一期里，登得不多，每期相隔又有六天，断断续续的看过，也陆陆续续的忘记了。现在回忆起来，只记得那编排，将《呐喊》中的另外的人物也插进去，以显示未庄或鲁镇的全貌的方法，是很好的。但阿Q所说的绍兴话，我却有许多地方看不懂。

现在我自己想说几句的，有两点——

一，未庄在哪里？《阿Q》的编者已经决定：在绍兴。我是绍兴人，所写的背景又是绍兴的居多，对于这决定，大概是谁都同意的。但是，我的一切小说中，指明着某处的却少得很。中国人几乎都是爱护故乡，奚落别处的大英雄，阿 Q 也很有这脾气。那时我想，假如写一篇暴露小说，指定事情是出在某处的吧，那么，某处人恨得不共戴天，非某处人却无异隔岸观火，彼此都不反省，一班人咬牙切齿，一班人却飘飘然，不但作品的意义和作用完全失掉了，还要由此生出无聊的枝节来，大家争一通闲气——《闲话扬州》是最近的例子。为了医病，方子上开人参，吃法不好，倒落得满身浮肿，用萝卜子来解，这才恢复了先前一样的瘦，人参白买了，还空空的折贴了萝卜子。人名也一样，古今文坛消息家，往往以为有些小说的根本是在报私仇，所以一定要穿凿书上的谁，就是实际上的谁。为免除这些才子学者们的白费心思，另生枝节起见，我就用“赵太爷”，“钱大爷”，是《百家姓》上最初的两个字；至于阿 Q 的姓呢，谁也不十分了然。但是，那时还是发生了谣言。还有排行，因为我是长男，下有两个兄弟，为预防谣言家的毒舌起见，我的作品中的坏角色，是没有一个不是老大，或老四，老五的。

上面所说那样的苦心，并非我怕得罪人，目的是在消灭各种无聊的副作用，使作品的力量较能集中，发挥得更强烈。果戈理作《巡按使》，使演员直接对看客道：“你们笑自己！”（奇怪的是中国的译本，却将这极要紧的一句删去了。）我的方法是在使读者摸不着在写自己以外的谁，一下子就推诿掉，变成旁观者，而疑心到像是写自己，又像是写一切人，由此开出反省的道路。但我看历来的批评家，是没有一个注意到这一点的。这回编者的对于主角阿 Q 所说的绍兴话，取了这样随手胡调的态度，我看他的眼睛也是为俗尘所蔽的。

但是，指定了绍兴也好。于是跟着起来的是第二个问题——

二，阿 Q 该说什么话？这似乎无须问，阿 Q 一生的事情既然出在绍兴，他当然该说绍兴话。但是第三个疑问接着又来了——

三，《阿 Q》是演给那里的人们看的？倘是演给绍兴人看的，他得说绍兴话无疑。绍兴戏文中，一向是官员秀才用官话，堂倌狱卒用土话的，也就是生，旦，净大抵用官话，丑用土话。我想，这也并非全为了用这来区别人的上下，雅俗，好坏，还有一个大原因，是警句或炼话，讥刺和滑稽，十之九是出于下等人之口的，所以他必用土话，使本地的看客们能够彻底的了解。那么，这关系之重大，也就可想而知了。其实，倘使演给绍兴的人们看，别的角色也大可以用绍兴话，因为同是绍兴话，所谓上等人和下等人说的也并不同，大抵前者句子简，语助词和感叹词少，后者句子长，语助词和感叹词多，同一意思的一句话，可以冗长到一倍。但如演给别处的人们看，这剧本的作用却减弱，或者简直完全消失了。据我所留心观察，凡有自以为深通绍兴话的外县人，他大抵是像目前标点明人小品的名人一样，并不怎么懂得的；至于北方或闽粤人，我恐怕他听了之后，不会比听外国马戏里的打诨更有所得。

我想，普遍，永久，完全，这三件宝贝，自然是了不得的，不过也是作家的棺材钉，会将他钉死。譬如现在的中国，要编一本随时随地，无不可用的剧本，其实是不可能的，要这样编，结果就是编不成。所以我以为现在的办法，只好编一种对话都是比较的容易了解的剧本，倘在学校之类这些地方扮演，可以无须改动，如果到某一省县，某一乡村里面去，那么，这本子就算是一个底本，将其中的说白都改为当地的土话，不但语言，就是背景，人名，也都可变换，使看客觉得更加切实。譬如吧，如果这演剧之处并非水村，那么，航船可以化为大车，七斤也可以叫作“小辫儿”的。

我的意见说完了，总括一句，不过是说，这剧本最好是不要专化，却使大家可以活用。

临末还有一点尾巴，当然决没有叭儿君的尾巴的有趣。这是我十分抱歉的，不过还是非说不可。记得几个月之前，曾经回答过一个朋友的关于大众语的质问，这信后来被发表在《社会月报》上了，末了是杨邨人先生的一篇文章。一位绍伯先生就在《火炬》上说我已经和杨邨人先生调和，并且深深的感慨了一番中国人之富于调和性。这一回，我的这一封信，大约也要发表的吧，但我记得《戏》周刊上已曾发表过曾今可叶灵凤两位先生的文章；叶先生还画了一幅阿Q像，好像我那一本《呐喊》还没有在上茅厕时候用尽，倘不是多年便秘，那一定是又买了一本新的了。如果我被绍伯先生的判决所震慑，这回是应该不敢再写什么的，但我想，也不必如此。只是在这里要顺便声明：我并无此种权力，可以禁止别人将我的信件在刊物上发表，而且另外还有谁的文章，更无从预先知道，所以对于同一刊物上的任何作者，都没有表示调和与否的意思；但倘有同一营垒中人，化了装从背后给我一刀，则我的对于他的憎恶和鄙视，是在明显的敌人之上的。

这倒并非个人的事情，因为现在又到了绍伯先生可以施展老手段的时候，我若不声明，则我所说过的各节，纵非买办意识，也是调和论了，还有什么意思呢?

专此布复，即请

文安。

鲁迅。十一月十四日

寄《戏》周刊编者信

编辑先生：

今天看《戏》周刊第十四期，《独白》上“抱憾”于不得我的回信，但记得这信已于前天送出了，还是病中写的，自以为巴结得很，现在特地声明，算是讨好之意。

在这周刊上，看了几个阿Q像，我觉得都太特别，有点古里古怪。我的意见，以为阿Q该是三十岁左右，样子平平常常，有农民式的质朴，愚蠢，但也很沾了些游手之徒的狡猾。在上海，从洋车夫和小车夫里面，恐怕可以找出他的影子来的，不过没有流氓样，也不像瘪三样。只要在头上戴上一顶瓜皮小帽，就失去了阿Q，我记得我给他戴的是毡帽。这是一种黑色的，半圆形的东西，将那帽边翻起一寸多，戴在头上的；上海的乡下，恐怕也还有人戴。

报上说要图画，我这里有十张，是陈铁耕君刻的，今寄上，如不要，仍请寄回。他是广东人，所用的背景有许多大约是广东。第二，第三之二，第五，第七这四幅，比较刻的好；第三之一和本文不符；第九更远于事实，那时哪里有摩托车给阿Q坐呢？该是大车，有些地方叫板车，是一种马拉的四轮的车，平时是载货物的。但绍兴也并没有这种车，我用的是那时的北京的情形，我在绍兴，其实并未见过这样的盛典。

又，今天的《阿Q正传》上说：“小D大约是小董吧？”并不是的。他叫“小同”，大起来，和阿Q一样。

专此布达，并请

撰安。

鲁迅上。十一月十八日

中国文坛上的鬼魅

一

当国民党对于共产党从合作改为剿灭之后，有人说，国民党先前原不过利用他们的，北伐将成的时候，要施行剿灭是预定的计划。但我以为这说的并不是真实。国民党中很有些有权力者，是愿意共产的，他们那时争先恐后的将自己的子女送到苏联去学习，便是一个证据，因为中国的父母，孩子是他们第一等宝贵的人，他们决不至于使他们去练习做剿灭的材料。不过权力者们好像有一种错误的思想，他们以为中国只管共产，但他们自己的权力却可以更大，财产和姨太太也更多；至少，也总不会比不共产还要坏。

我们有一个传说。大约二千年之前，有一个刘先生，积了许多苦功，修成神仙，可以和他的夫人一同飞上天去了，然而他的太太不愿意。为什么呢？她舍不得住着的老房子，养着的鸡和狗。刘先生只好去恳求上帝，设法连老房子，鸡，狗，和他们俩全都弄到天上去，这才做成了神仙。也就是大大的变化了，其实却等于并没有变化。假使共产主义国里可以毫不改动那些权力者的老样，或者还要阔，他们是一定赞成的。然而后来的情形证明了共产主义没有上帝那样的可以通融办理，于是才下了剿灭的决心。孩子自然是第一等宝贵的人，但自己究竟更宝贵。

于是许多青年们，共产主义者及其嫌疑者，“左”倾者及其嫌疑者，以及这些嫌疑者的朋友们，就到处用自己的血来洗自己的错误，以及那些权力者们的错误。权力者们的先前的错误，是受了他们的欺骗的，所以必得用他们的血来洗干净。然而另有许多青年们，却还不知底细，在苏联学毕，骑着骆驼高高兴兴的由蒙古回来了。我记得有一个外国旅行者还曾经看得酸心，她说，他们竟不知道现在在祖国等候他们的，却已经是绞架。

不错，是绞架。但绞架还不算坏，简简单单的只用绞索套住了颈子，这是属于优待的。而且也并非个个走上了绞架，他们之中的一些人，还有一条路，是使劲的拉住了那颈子套上了绞索的朋友的脚。这就是用事实来证明他内心的忏悔，能忏悔的人，精神是极其崇高的。

二

从此而不知忏悔的共产主义者，在中国就成了该杀的罪人。而且这罪人，却又给了别人无穷的便利；他们成为商品，可以卖钱，给人添出职业来了。而且学校的风潮，恋爱的纠纷，也总有一面被指为共产党，就是罪人，因此极容易的得到解决。如果有谁和有钱的诗人辩论，那诗人的最后的结论是：共产党反对资产阶级，我有钱，他反对我，所以他是共产党。于是诗神就坐了金的坦克车，凯旋了。

但是，革命青年的血，却浇灌了革命文学的萌芽，在文学方面，倒比先前更其增加了革命性。政府里很有些从外国学来，或在本国学得的富于智识的青年，他们自然是觉得的，最先用的是极普通的手段：禁止书报，压迫作者，终于是杀戮作者，五个左翼青年作家就做了这示威的牺牲。然而这事件又并没有公表，他们很知道，这事是可以做，却不可以说的。古人也早经说过，“以马上得天下，不能以马上治之”。所以要剿灭革命文学，还得用文学的武器。

作为这武器而出现的，是所谓“民族文学”。他们研究了世界上各人种的脸色，决定了脸色一致的人种，就得取同一的行为，所以黄色的无产阶级，不该和黄色的有产阶级斗争，却该和白色的无产阶级斗争。他们还想到了成吉思汗，作为理想的标本，描写他的孙子拔都汗，怎样率领了许多黄色的民族，侵入斡罗斯，将他们的文化摧残，贵族和平民都做了奴隶。

中国人跟了蒙古的可汗去打仗，其实是不能算中国民族的光荣的，但为了扑灭翰罗斯，他们不能不这样做，因为我们的权力者，现在已经明白了古之斡罗斯，即今之苏联，他们的主义，是决不能增加自己的权力，财富和姨太太的了。然而，现在的拔都汗是谁呢？

一九三一年九月，日本占据了东三省，这确是中国人将要跟着别人去毁坏苏联的序曲，民族主义文学家们可以满足的了。但一般的民众却以为目前的失去东三省，比将来的毁坏苏联还紧要，他们激昂了起来。于是民族主义文学家也只好顺风转舵，改为对于这事件的啼哭，叫喊了。许多热心的青年们往南京去请愿，要求出兵；然而这须经过极辛苦的试验，火车不准坐，露宿了几日，才给他们坐到南京，有许多是只好用自己的脚走。到得南京，却不料就遇到一大队曾经训练过的“民众”，手里是棍子、皮鞭、手枪，迎头一顿打，使他们只好脸上或身上肿起几块，当作结果，垂头丧气的回家，有些人还从此找不到，有的是在水里淹死了，据报上说，那是他们自己掉下去的。

民族主义文学家们的啼哭也从此收了场，他们的影子也看不见了，他们已经完成了送丧的任务。这正和上海的葬式行列是一样的，出去的时候，有杂乱的乐队，有唱歌似的哭声，但那目的是在将悲哀埋掉，不再记忆起来：目的一达，大家走散，再也不会成什么行列的了。

三

但是，革命文学是没有动摇的，还发达起来，读者们也更加相信了。

于是别一方面，就出现了所谓“第三种人”，是当然决非左翼，但又不是右翼，超然于左右之外的人物。他们以为文学是永久的，政治的现象是暂时的，所以文学不能和政治相关，一相关，就失去它的永久性，中国将从此没有伟大的作品。不过他们，忠实于文学的“第三种人”，也写不出伟大的作品。为什么呢？是因为左翼批评家不懂得文学，为邪说所迷，对于他们的好作品，都加以严酷而不正确的批评，打击得他们写不出来了。所以左翼批评家，是中国文学的刽子手。

至于对于政府的禁止刊物，杀戮作家呢，他们不谈，因为这是属于政治的，一谈，就失去他们的作品的永久性了；况且禁压，或杀戮“中国文学的刽子手”之流，倒正是“第三种人”的永久的文学，伟大的作品的保护者。

这一种微弱的假惺惺的哭诉，虽然也是一种武器，但那力量自然是很小的，革命文学并不为它所击退。“民族主义文学”已经自灭，“第三种文学”又站不起来，这时候，只好又来一次真的武器了。

一九三三年十一月，上海的艺华影片公司突然被一群人们所袭击，捣毁得一塌糊涂了。他们是极有组织的，吹一声哨，动手，又一声哨，停止，又一声哨，散开。临走还留下了传单，说他们的所以征伐，是为了这公司为共产党所利用。而且所征伐的还不止影片公司，又蔓延到书店方面去，大则一群人闯进去捣毁一切，小则不知从哪里飞来一块石子，敲碎了值洋二百的窗玻璃。那理由，自然也是因为这书店为共产党所利用。高价的窗玻璃的不安全，是使书店主人非常心痛的。几天之后，就有“文学家”将自己的“好作品”来卖给他了，他知道印出来是没有人看的，但得买下，因为价钱不过和一块窗玻璃相当，而可以免去第二块石子，省了修理窗门的工作。

四

压迫书店，真成为最好的战略了。

但是，几块石子是还嫌不够的。中央宣传委员会也查禁了一大批书，计一百四十九种，凡是销行较多的，几乎都包括在里面。中国左翼作家的作品，自然大抵是被禁止的，而且又禁到译本。要举出几个作者来，那就是高尔基（Corky），卢那卡尔斯基（Lunacharsky），斐定（Fedin），法捷耶夫（Fadeev），绥拉斐摩维支（Serafimovich），辛克莱（Upton Sinclair），甚而至于梅迪林克（Maeterlinck），梭罗古勃（Sologub），斯忒林培克（Strindberg）。

这真使出版家很为难，他们有的是立刻将书缴出，烧毁了，有的却还想补救，和官厅去商量，结果是免除了一部分。为减少将来的出版的困难起见，官员和出版家还开了一个会议。在这会议上，有几个“第三种人”因为要保护好的文学和出版家的资本，便以杂志编辑者的资格提议，请采用日本的办法，在付印之前，先将原稿审查，加以删改，以免别人也被左翼作家的作品所连累而禁止，或印出后始行禁止而使出版家受亏。这提议很为各方面所满足，当即被采用了，虽然并不是光荣的拔都汗的老方法。

而且也即开始了实行，今年七月，在上海就设立了书籍杂志检查处，许多“文学家”的失业问题消失了，还有些改悔的革命作家们，反对文学和政治相关的“第三种人”们，也都坐上了检查官的椅子。他们是很熟悉文坛情形的；头脑没有纯粹官僚的糊涂，一点讽刺，一句反语，他们都比较的懂得所含的意义，而且用文学的笔来涂抹，无论如何总没有创作的烦难，于是那成绩，听说是非常之好了。

但是，他们的引日本为榜样，是错误的。日本固然不准谈阶级斗争，却并不说世界上并无阶级斗争，而中国则说世界上其实无所谓阶级斗争，都是马克思捏造出来的，所以这不准谈，为的是守护真理。日本固然也禁止，删削书籍杂志，但在被删削之处，是可以留下空白的，使读者一看就明白这地方是受了删削，而中国却不准留空白，必须连起来，在读者眼前好像还是一篇完整的文章，只是作者在说着意思不明的昏话。这种在现在的中国读者面前说昏话，是弗理契（Friche），卢那卡尔斯基他们也在所不免的。

于是出版家的资本安全了，“第三种人”的旗子不见了，他们也在暗地里使劲的拉那上了绞架的同业的脚，而没有一种刊物可以描出他们的原形，因为他们正握着涂抹的笔尖，生杀的权力。在读者，只看见刊物的消沉，作品的衰落，和外国一向有名的前进的作家，今年也大抵忽然变了低能者而已。

然而在实际上，文学界的阵线却更加分明了。蒙蔽是不能长久的，接着起来的又将是一场血腥的战斗。

十一月二十一日

关于新文字

——答问

比较，是最好的事情。当没有知道拼音字之前，就不会想到象形字的难；当没有看见拉丁化的新文字之前，就很难明确的断定以前的注音字母和罗马字拼法，也还是麻烦的，不合实用，也没有前途的文字。

方块汉字真是愚民政策的利器，不但劳苦大众没有学习和学会的可能，就是有钱有势的特权阶级，费时一二十年，终于学不会的也多得很。最近，宣传古文的好处的教授，竟将古文的句子也点错了，就是一个证据——他自己也没有懂。不过他们可以装作懂得的样子，来胡说八道，欺骗不明真相的人。

所以，汉字也是中国劳苦大众身上的一个结核，病菌都潜伏在里面，倘不首先除去它，结果只有自己死。先前也曾有过学者，想出拼音字来，要大家容易学，也就是更容易教训，并且延长他们服役的生命，但那些字都还很烦琐，因为学者总忘不了官话，四声，以及这是学者创造出来的字，必须有学者的气息。这回的新文字却简易得远了，又是根据于实生活的，容易学，有用，可以用这对大家说话，听大家的话，明白道理，学得技艺，这才是劳苦大众自己的东西，首先的惟一的活路。

现在正在中国试验的新文字，给南方人读起来，是不能全懂的。现在的中国，本来还不是一种语言所能统一，所以必须另照各地方的言语来拼，待将来再图沟通。反对拉丁化文字的人，往往将这当作一个大缺点，以为反而使中国的文字不统一了，但他却抹杀了方块汉字本为大多数中国人所不识，有些知识阶级也并不真识的事实。

然而他们却深知道新文字对于劳苦大众有利，所以在弥漫着白色恐怖的地方，这新文字是一定要受摧残的。现在连并非新文字，而只是更接近口语的“大众语”，也在受着苛酷的压迫和摧残。中国的劳苦大众虽然并不识字，但特权阶级却还嫌他们太聪明了，正竭力的弄麻木他们的思索机关呢，例如用飞机掷下炸弹去，用机关枪送过子弹去，用刀斧将他们的颈子砍断，就都是的。

十二月九日

病后杂谈

一

生一点病，的确也是一种福气。不过这里有两个必要条件：一要病是小病，并非什么霍乱吐泻，黑死病，或脑膜炎之类；二要至少手头有一点现款，不至于躺一天，就饿一天。这二者缺一，便是俗人，不足与言生病之雅趣的。

我曾经爱管闲事，知道过许多人，这些人物，都怀着一个大愿。大愿，原是每个人都有的，不过有些人却模模糊糊，自己抓不住，说不出。他们中最特别的有两位：一位是愿天下的人都死掉，只剩下他自己和一个好看的姑娘，还有一个卖大饼的；另一位是愿秋天薄暮，吐半口血，两个侍儿扶着，恹恹的到阶前去看秋海棠。这种志向，一看好像离奇，其实却照顾得很周到。第一位姑且不谈他吧，第二位的“吐半口血”，就有很大的道理。才子本来多病，但要“多”，就不能重，假使一吐就是一碗或几升，一个人的血，能有几回好吐呢？过不几天，就雅不下去了。

我一向很少生病，上月却生了一点点。开初是每晚发热，没有力，不想吃东西，一礼拜不肯好，只得看医生。医生说是流行性感冒。好吧，就是流行性感冒。但过了流行性感冒一定退热的时期，我的热却还不退。医生从他那大皮包里取出玻璃管来，要取我的血液，我知道他在疑心我生伤寒病了，自己也有些发愁。然而他第二天对我说，血里没有一粒伤寒菌；于是注意的听肺，平常；听心，上等。这似乎很使他为难。我说，也许是疲劳吧；他也不甚反对，只是沉吟着说，但是疲劳的发热，还应该低一点。……

好几回检查了全体，没有死症，不至于呜呼哀哉是明明白白的，不过是每晚发热，没有力，不想吃东西而已，这真无异于“吐半口血”，大可享生病之福了。因为既不必写遗嘱，又没有大痛苦，然而可以不看正经书，不管柴米账，玩他几天，名称又好听，叫作“养病”。从这一天起，我就自已觉得好像有点儿“雅”了；那一位愿吐半口血的才子，也就是那时躺着无事，忽然记了起来的。

光是胡思乱想也不是事，不如看点不劳精神的书，要不然，也不成其为“养病”。像这样的时候，我赞成中国纸的线装书，这也就是有点儿“雅”起来了的证据。洋装书便于插架，便于保存，现在不但有洋装二十五六史，连《四部备要》也硬领而皮靴了——原是不为无见的。但看洋装书要年富力强，正襟危坐，有严肃的态度。假使你躺着看，那就好像两只手捧着一块大砖头，不多工夫，就两臂酸麻，只好叹一口气，将它放下。所以，我在叹气之后，就去寻线装书。

一寻，寻到了久不见面的《世说新语》之类一大堆，躺着来看，轻飘飘的毫不费力了，魏晋人的豪放潇洒的风姿，也仿佛在眼前浮动。由此想到阮嗣宗的听到步兵厨善于酿酒，就求为步兵校尉；陶渊明的做了彭泽令，就教官田都种秫，以便做酒，因了太太的抗议，这才种了一点秔。这真是天趣盎然，决非现在的“站在云端里呐喊”者们所能望其项背。但是，“雅”要想到适可而止，再想便不行。例如阮嗣宗可以求做步兵校尉，陶渊明补了彭泽令，他们的地位，就不是一个平常人，要“雅”，也还是要地位。“采菊东篱下，悠然见南山”是渊明的好句，但我们在上海学起来可就难了。没有南山，我们还可以改作“悠然见洋房”或“悠然见烟囱”的，然而要租一所院子里有点竹篱，可以种菊的房子，租钱就每月总得一百两，水电在外；巡捕捐按房租百分之十四，每月十四两。单是这两项，每月就是一百十四两，每两作一元四角算，等于一百五十九元六。近来的文稿又不值钱，每千字最低的只有四五角，因为是学陶渊明的雅人的稿子，现在算他每千字三大元吧，但标点，洋文，空白除外。那么，单单为了采菊，他就得每月译作净五万三千二百字。吃饭呢？要另外想法子生发，否则，他只好“饥来驱我去，不知竟何之”了。

“雅”要地位，也要钱，古今并不两样的，但古代的买雅，自然比现在便宜；办法也并不两样，书要摆在书架上，或者抛几本在地板上，酒杯要摆在桌子上，但算盘却要收在抽屉里，或者最好是在肚子里。

此之谓“空灵”。

二

为了“雅”，本来不想说这些话的。后来一想，这于“雅”并无伤，不过是在证明我自己的“俗”。王夷甫口不言钱，还是一个不干不净的人物，雅人打算盘，当然也无损其为雅人。不过他应该有时收起算盘，或者最妙是暂时忘却算盘，那么，那时的一言一笑，就都是灵机天成的一言一笑，如果念念不忘世间的利害，那可就成为“杭育杭育派”了。这关键，只在一者能够忽而放开，一者却是永远执着，因此也就大有了雅俗和高下之分。我想，这和时而“敦伦”者不失为圣贤，连白天也在想女人的就要被称为“登徒子”的道理，大概是一样的。

所以我恐怕只好自己承认“俗”，因为随手翻了一通《世说新语》，看过“娵隅跃清池”的时候，千不该万不该的竟从“养病”想到“养病费”上去了，于是一骨碌爬起来，写信讨版税，催稿费。写完之后，觉得和魏晋人有点隔膜，自己想，假使此刻有阮嗣宗或陶渊明在面前出现，我们也一定谈不来的。于是另换了几本书，大抵是明末清初的野史，时代较近，看起来也许较有趣味。第一本拿在手里的是《蜀碧》。

这是蜀宾从成都带来送我的，还有一部《蜀龟鉴》，都是讲张献忠祸蜀的书，其实是不但四川人，而是凡有中国人都该翻一下的著作，可惜刻的太坏，错字颇不少。翻了一遍，在卷三里看见了这样的一条——

> “又，剥皮者，从头至尻，一缕裂之，张于前，如鸟展翅，率逾日始绝。有即毙者，行刑之人坐死。”

也还是为了自己生病的缘故吧，这时就想到了人体解剖。医术和虐刑，是都要生理学和解剖学智识的。中国却怪得很，固有的医书上的人身五脏图，真是草率错误到见不得人，但虐刑的方法，则往往好像古人早懂得了现代的科学。例如吧，谁都知道从周到汉，有一种施于男子的“宫刑”，也叫“腐刑”，次于“大辟”一等。对于女性就叫“幽闭”，向来不大有人提起那方法，但总之，是决非将她关起来，或者将它缝起来。近时好像被我查出一点大概来了，那办法的凶恶，妥当，而又合乎解剖学，真使我不得不吃惊。但妇科的医书呢？几乎都不明白女性下半身的解剖学的构造，他们只将肚子看作一个大口袋，里面装着莫名其妙的东西。

单说剥皮法，中国就有种种。上面所抄的是张献忠式；还有孙可望式，见于屈大均的《安龙逸史》，也是这回在病中翻到的。其时是永历六年，即清顺治九年，永历帝已经躲在安隆（那时改为安龙），秦王孙可望杀了陈邦传父子，御史李如月就弹劾他“擅杀勋将，无人臣礼”，皇帝反打了如月四十板。可是事情还不能完，又给孙党张应科知道了，就去报告了孙可望。

“可望得应科报，即令应科杀如月，剥皮示众。俄缚如月至朝门，有负石灰一筐，稻草一捆，置于其前。如月问，‘如何用此？’其人曰，‘是揎你的草！’，如月叱曰，‘瞎奴！此株株是文章，节节是忠肠也！’既而应科立右角门阶，捧可望令旨，喝如月跪。如月叱曰，‘我是朝廷命官，岂跪贼令！？’乃步至中门，向阙再拜。……应科促令仆地，剖脊，及臀，如月大呼曰：‘死得快活，浑身清凉！’又呼可望名，大骂不绝。及断至手足，转前胸，犹微声恨骂；至颈绝而死。随以灰渍之，纫以线，后乃入草，移北城门通衢阁上，悬之。……”

张献忠的自然是“流贼”式；孙可望虽然也是流贼出身，但这时已是保明拒清的柱石，封为秦王，后来降了满洲，还是封为义王，所以他所用的其实是官式。明初，永乐皇帝剥那忠于建文帝的景清的皮，也就是用这方法的。大明一朝，以剥皮始，以剥皮终，可谓始终不变；至今在绍兴戏文里和乡下人的嘴上，还偶然可以听到“剥皮揎草”的话，那皇泽之长也就可想而知了。

真也无怪有些慈悲心肠人不愿意看野史，听故事；有些事情，真也不像人世，要令人毛骨悚然，心里受伤，永不痊愈的。残酷的事实尽有，最好莫如不闻，这才可以保全性灵，也是“是以君子远庖厨也”的意思。比灭亡略早的晚明名家的潇洒小品在现在的盛行，实在也不能说是无缘无故。不过这一种心地晶莹的雅致，又必须有一种好境遇，李如月仆地“剖脊”，脸孔向下，原是一个看书的好姿势，但如果这时给他看袁中郎的《广庄》，我想他是一定不要看的。这时他的性灵有些儿不对，不懂得真文艺了。

然而，中国的士大夫是到底有点雅气的，例如李如月说的“株株是文章，节节是忠肠”，就很富于诗趣。临死作诗的，古今来也不知道有多少。直到近代，谭嗣同在临刑之前就做一绝“闭门投辖思张俭”，秋瑾女士也有一句“秋雨秋风愁杀人”，然而还雅得不够格，所以各种诗选里都不载，也不能卖钱。

三

清朝有灭族，有凌迟，却没有剥皮之刑，这是汉人应该惭愧的，但后来脍炙人口的虐政是文字狱。虽说文字狱，其实还含着许多复杂的原因，在这里不能细说；我们现在还直接受到流毒的，是他删改了许多古人的著作的字句，禁了许多明清人的书。

《安龙逸史》大约也是一种禁书，我所得的是吴兴刘氏嘉业堂的新刻本。他刻的前清禁书还不止这一种，屈大均的又有《翁山文外》；还有蔡显的《闲渔闲闲录》，是作者因此“斩立决”，还累及门生的，但我细看了一遍，却又寻不出什么忌讳。对于这种刻书家，我是很感激的，因为他传授给我许多知识——虽然从雅人看来，只是些庸俗不堪的知识。但是到嘉业堂去买书，可真难。我还记得，今年春天的一个下午，好容易在爱文义路找着了，两扇大铁门，叩了几下，门上开了一个小方洞，里面有中国门房，中国巡捕，白俄镖师各一位。巡捕问我来干什么的。我说买书。他说账房出去了，没有人管，明天再来吧。我告诉他我住得远，可能给我等一会儿呢？他说，不成！同时也堵住了那个小方洞。过了两天，我又去了，改作上午，以为此时账房也许不至于出去。但这回所得回答却更其绝望，巡捕曰："书都没有了！卖完了！不卖了！"

我就没有第三次再去买，因为实在回复的斩钉截铁。现在所有的几种，是托朋友去辗转买来的，好像必须是熟人或走熟的书店，这才买得到。

每种书的末尾，都有嘉业堂主人刘承干先生的跋文，他对于明季的遗老很有同情，对于清初的文祸也颇不满。但奇怪的是他自己的文章却满是前清遗老的口风；书是民国刻的，"仪"字还缺着末笔。我想，试看明朝遗老的著作，反抗清朝的主旨，是在异族的入主中夏的，改换朝代，倒还在其次。所以要顶礼明末的遗民，必须接受他的民族思想，这才可以心心相印。现在以明遗老之仇的满清的遗老自居，却又引明遗老为同调，只着重在"遗老"两个字，而毫不问遗于何族，遗在何时，这真可以说是"为遗老而遗老"，和现在文坛上的"为艺术而艺术"，成为一副绝好的对子了。

倘以为这是因为"食古不化"的缘故，那可也并不然。中国的士大夫，该化的时候，就未必决不化。就如上面说过的《蜀龟鉴》，原是一部笔法都仿《春秋》的书，但写到"圣祖仁皇帝康熙元年春正月"，就有"赞"道："……明季之乱甚矣！风终《豳》，雅终《召旻》，托乱极思治之隐忧而无其实事，孰若于臣祖亲见之，臣身亲被之乎？是编以元年正月。终者，非徒谓体元表正，蔑以加兹；生逢盛世，荡荡难名，一以寄没世不忘之恩，一以见太平之业所由始耳！"

《春秋》上是没有这种笔法的。满洲的肃王的一箭，不但射死了张献忠，也感化了许多读书人，而且改变了"春秋笔法"了。

四

病中来看这些书，归根结蒂，也还是令人气闷。但又开始知道了有些聪明的士大夫，依然会从血泊里寻出闲适来。例如《蜀碧》，总可以说是够惨的书了，然而序文后面却刻着一位乐斋先生的批语道："古穆有魏晋间人笔意。"

这真是天大的本领！那死似的镇静，又将我的气闷打破了。

我放下书，合了眼睛，躺着想想学这本领的方法，以为这和“君子远庖厨也”的法子是大两样的，因为这时是君子自己也亲到了庖厨里。瞑想的结果，拟定了两手太极拳。一，是对于世事要“浮光掠影”，随时忘却，不甚了然，仿佛有些关心，却又并不恳切；二，是对于现实要“蔽聪塞明”，麻木冷静，不受感触，先由努力，后成自然。第一种的名称不大好听，第二种却也是却病延年的要诀，连古之儒者也并不讳言的。这都是大道。还有一种轻捷的小道，是：彼此说谎，自欺欺人。

有些事情，换一句话说就不大合式，所以君子憎恶俗人的“道破”。其实，“君子远庖厨也”就是自欺欺人的办法：君子非吃牛肉不可，然而他慈悲，不忍见牛的临死的觳觫，于是走开，等到烧成牛排，然后慢慢的来咀嚼。牛排是决不会“觳觫”的了，也就和慈悲不再有冲突，于是他心安理得，天趣盎然，剔剔牙齿，摸摸肚子，“万物皆备于我矣”了。彼此说谎也决不是伤雅的事情，东坡先生在黄州，有客来，就要客谈鬼，客说没有，东坡道：“姑妄言之！”至今还算是一件韵事。

撒一点小谎，可以解无聊，也可以消闷气；到后来，忘却了真，相信了谎。也就心安理得，天趣盎然了起来。永乐的硬做皇帝，一部分士大夫是颇以为不大好的。尤其是对于他的惨杀建文的忠臣。和景清一同被杀的还有铁铉，景清剥皮，铁铉油炸，他的两个女儿则发付了教坊，叫她们做婊子。这更使士大夫不舒服，但有人说，后来二女献诗于原问官，被永乐所知，赦出，嫁给士人了。

这真是“曲终奏雅”，令人如释重负，觉得天皇毕竟圣明，好人也终于得救。她虽然做过官妓，然而究竟是一位能诗的才女，她父亲又是大忠臣，为夫的士人，当然也不算辱没。但是，必须“浮光掠影”到这里为止，想不得下去。一想，就要想到永乐的上谕，有些是凶残猥亵，将张献忠祭梓潼神的“咱老子姓张，你也姓张，咱老子和你联了宗吧。尚飨！”的名文，和他的比起来，真是高华典雅，配登西洋的上等杂志，那就会觉得永乐皇帝决不像一位爱才怜弱的明君。况且那时的教坊是怎样的处所？罪人的妻女在那里是并非静候嫖客的，据永乐定法，还要她们“转营”，这就是每座兵营里都去几天，目的是在使她们为多数男性所凌辱，生出“小龟子”和“淫贱材儿”来！所以，现在成了问题的“守节”，在那时，其实是只准“良民”专利的特典。在这样的治下，这样的地狱里，作一首诗就能超生的么？

我这回从杭世骏的《订讹类编》（续补卷上）里，这才确切的知道了这佳话的欺骗。他说：

“……考铁长女诗，乃吴人范昌期《题老妓卷》作也。诗云：‘教坊落籍洗铅华，一片春心对落花。旧曲听来空有恨，故园归去却无家。云鬟半亸临青镜，雨泪频弹湿绛纱。安得江州司马在，尊前重为赋琵琶。’昌期，字鸣凤；诗见张士瀹《国朝文纂》。同时杜琼用嘉亦有次韵诗，题曰《无题》，则其非铁氏作明矣。次女诗所谓‘春来雨露深如海，嫁得刘郎胜阮郎’，其论尤为不伦。宗正睦㮮论革除事，谓建文流落西南诸诗，皆好事伪作，则铁女之诗可知。……”

《国朝文纂》我没有见过，铁氏次女的诗，杭世骏也并未寻出根底，但我以为他的话是可信的——虽然他败坏了口口相传的韵事。况且一则他也是一个认真的考证学者，二则我觉得凡是得到大杀风景的结果的考证，往往比表面说得好听，玩得有趣的东西近真。

首先将范昌期的诗嫁给铁氏长女，聊以自欺欺人的是谁呢？我也不知道。但“浮光掠影”的一看，倒也罢了，一经杭世骏道破，再去看时，就很明白的知道了确是咏老妓之作，那第一句就不像现任官妓的口吻。不过中国的有一些士大夫，总爱无中生有，移花接木的造出故事来，他们不但歌颂升平，还粉饰黑暗。关于铁氏二女的撒谎，尚其小焉者耳，大至胡元杀掠，满清焚屠之际，也还会有人单单捧出什么烈女绝命，难妇题壁的诗词来，这个艳传，那个步韵，比对于华屋丘墟，生民涂炭之惨的大事情还起劲。到底是刻了一本集，连自己们都附进去，而韵事也就完结了。

我在写着这些的时候，病是要算已经好了的了，用不着写遗书。但我想在这里趁便拜托我的相识的朋友，将来我死掉之后，即使在中国还有追悼的可能，也千万不要给我开追悼会或者出什么纪念册。因为这不过是活人的讲演或挽联的斗法场，为了造语惊人，对仗工稳起见，有些文豪们是简直不恤于胡说八道的。结果至多也不过印成一本书，即使有谁看了，于我死人，于读者活人，都无益处，就是对于作者，其实也并无益处，挽联做得好，也不过挽联做得好而已。

现在的意见，我以为倘有购买那些纸墨白布的闲钱，还不如选几部明人，清人或今人的野史或笔记来印印，倒是于大家很有益处的。但是要认真，用点工夫，标点不要错。

十二月十一日

病后杂谈之余

——关于“舒愤懑”

一

我常说明朝永乐皇帝的凶残，远在张献忠之上，是受了宋端仪的《立斋闲录》的影响的。那时我还是满洲治下的一个拖着辫子的十四五岁的少年，但已经看过记载张献忠怎样屠杀蜀人的《蜀碧》，痛恨着这“流贼”的凶残。后来又偶然在破书堆里发现了一本不全的《立斋闲录》，还是明抄本，我就在那书上看见了永乐的上谕，于是我的憎恨就移到永乐身上去了。

那时我毫无什么历史知识，这憎恨转移的原因是极简单的，只以为流贼尚可，皇帝却不该，还是“礼不下庶人”的传统思想。至于《立斋闲录》，好像是一部少见的书，作者是明人，而明朝已有抄本，那刻本之少就可想。记得《汇刻书目》说是在明代的一部什么丛书中，但这丛书我至今没有见；清《四库全书总目提要》将它放在“存目”里，那么，《四库全书》里也是没有的，我家并不是藏书家，我真不解怎么会有这明抄本。这书我一直保存着，直到十多年前，因为肚子饿得慌了，才和别的两本明抄和一部明刻的《宫闺秘典》去卖给以藏书家和学者出名的傅某，他使我跑了三四趟之后，才说一总给我八块钱，我赌气不卖，抱回来了，又藏在北平的寓里；但久已没有人照管，不知道现在究竟怎样了。

那一本书，还是四十年前看的，对于永乐的憎恨虽然还在，书的内容却早已模模糊糊，所以在前几天写《病后杂谈》时，举不出一句永乐上谕的实例。我也很想看一看《永乐实录》，但在上海又如何能够；来青阁有残本在寄售，十本，实价却是一百六十元，也决不是我辈书架上的书。又是一个偶然：昨天在《安徽丛书》第三集中看见了清俞正燮（1775—1840）《癸巳类稿》的改定本，那《除乐户丐户籍及女乐考附古事》里，却引有永乐皇帝的上谕，是根据王世贞《弇州史料》中的《南京法司所记》的，虽然不多，又未必是精粹，但也足够“略见一斑”，和献忠流贼的作品相比较了。摘录于下——

“永乐十一年正月十一日，教坊司于右顺门口奏：齐泰姊及外甥媳妇，又黄子澄妹四个妇人，每一日一夜，二十余条汉子看守着，年少的都有身孕，除生子令做小龟子，又有三岁女子，奏请圣旨。奉钦依：由他。不的到长大便是个淫贱材儿?”

“铁铉妻杨氏年三十五，送教坊司；茅大芳妻张氏年五十六，送教坊司。张氏病故，教坊司安政于奉天门奏。奉圣旨：分付上元县抬出门去，着狗吃了！钦此!”

君臣之间的问答，竟是这等口吻，不见旧记，恐怕是万想不到的吧。但其实，这也仅仅是一时的一例。自有历史以来，中国人是一向被同族和异族屠戮，奴隶，敲掠，刑辱，压迫下来的，非人类所能忍受的楚毒，也都身受过，每一考查，真教人觉得不像活在人间。俞正燮看过野史，正是一个因此觉得义愤填膺的人，所以他在记载清朝的解放惰民丐户，吧教坊，停女乐的故事之后，作一结语道——

“自三代至明，惟宇文周武帝，唐高祖，后晋高祖，金，元及明景帝，于法宽假之，而尚存其旧。余皆视为固然。本朝尽去其籍，而天地为之廓清矣。汉儒歌颂朝廷功德，自云‘舒愤懑’，除乐户之事，诚可云舒愤懑者：故列古语琐事之实，有关因革者如此。”

这一段结语，有两事使我吃惊。第一事，是宽假奴隶的皇帝中，汉人居很少数。但我疑心俞正燮还是考之未详，例如金元，是并非厚待奴隶的，只因那时连中国的蓄奴的主人也成了奴隶，从征服者看来，并无高下，即所谓“一视同仁”，于是就好像对于先前的奴隶加以宽假了。第二事，就是这自有历史以来的虐政，竟必待满洲的清才来廓清，使考史的儒生，为之拍案称快，自比于汉儒的“舒愤懑”——就是明末清初的才子们之所谓“不亦快哉！”然而解放乐户却是真的，但又并未“廓清”，例如绍兴的惰民，直到民国革命之初，他们还是不与良民通婚，去给大户服役，不过已有报酬，这一点，恐怕是和解放之前大不相同的了。革命之后，我久不回到绍兴去了，不知道他们怎样，推想起来，大约和三十年前是不会有什么两样的。

二

但俞正燮的歌颂清朝功德，却不能不说是当然的事。他生于乾隆四十年，到他壮年以至晚年的时候，文字狱的血迹已经消失，满洲人的凶焰已经缓和，愚民政策早已集了大成，剩下的就只有“功德”了。那时的禁书，我想他都未必看见。现在不说别的，单看雍正乾隆两朝的对于中国人著作的手段，就足够令人惊心动魄。全毁，抽毁，剜去之类也且不说，最阴险的是删改了古书的内容。乾隆朝的纂修《四库全书》，是许多人颂为一代之盛业的，但他们却不但捣乱了古书的格式，还修改了古人的文章；不但藏之内廷，还颁之文风较盛之处，使天下士子阅读，永不会觉得我们中国的作者里面，也曾经有过很有些骨气的人（这两句，奉官命改为“永远看不出底细来”）。

嘉庆道光以来，珍重宋元版本的风气逐渐旺盛，也没有悟出乾隆皇帝的“圣虑”，影宋元本或校宋元本的书籍很有些出版了，这就使那时的阴谋露了马脚。最初启示了我的是《琳琅秘室丛书》里的两部《茅亭客话》，一是校宋本，一是四库本，同是一种书，而两本的文章却常有不同，而且一定是关于“华夷”的处所。这一定是四库本删改了的；现在连影宋本的《茅亭客话》也已出版，更足据为铁证，不过倘不和四库本对读，也无从知道那时的阴谋。《琳琅秘室丛书》我是在图书馆里看的，自己没有，现在去买起来又嫌太贵，因此也举不出实例来。但还有比较容易的法子在。

新近陆续出版的《四部丛刊续编》自然应该说是一部新的古董书，但其中却保存着满清暗杀中国著作的案卷。例如宋洪迈的《容斋随笔》至《五笔》是影宋刊本和明活字本，据张元济跋，其中有三条就为清代刻本中所没有。所删的是怎样内容的文章呢？为惜纸墨汁，现在只摘录一条《容斋三笔》卷三里的《北狄俘虏之苦》在这里——

“元魏破江陵，尽以所俘士民为奴，无分贵贱，盖北方夷俗皆然也。自靖康之后，陷于金虏者，帝子王孙，官门仕族之家，尽没为奴婢，使供作务。每人一月支稗子五斗，令自舂为米，得一斗八升，用为餱粮；岁支麻五把，令缉为裘。此外更无一钱一帛之入。男子不能缉者，则终岁裸体。虏或哀之，则使执爨，虽时负火得暖气，然才出外取柴归，再坐火边，皮肉即脱落，不日辄死。惟喜有手艺，如医人绣工之类，寻常只团坐地上，以败席或芦藉衬之，遇客至开筵，引能乐者使奏技，酒阑客散，各复其初，依旧环坐刺绣：任其生死，视如草芥。……”

清朝不惟自掩其凶残，还要替金人来掩饰他们的凶残。据此一条，可见俞正燮入金朝于仁君之列，是不确的了，他们不过是一扫宋朝的主奴之分，一律都作为奴隶，而自己则是主子。但是，这校勘，是用清朝的书坊刻本的，不知道四库本是否也如此。要更确凿，还有一部也是《四部丛刊续编》里的影旧抄本宋晁说之《嵩山文集》在这里，卷末就有单将《负薪对》一篇和四库本相对比，以见一斑的实证，现在摘录几条在下面，大抵非删则改，语意全非，仿佛宋臣晁说之，已在对金人战栗，嗫嚅不吐，深怕得罪似的了——

旧抄本	四库本
金贼以我疆场之臣无状，	金人扰我疆场之地，边城
斥堠不明，遂豕突河北，	斥堠不明，遂长驱河北，
蛇结河东。	盘结河东。
犯孔子春秋之大禁，	为上下臣民之大耻，
以百骑却虏枭将，	以百骑却辽枭将，

彼金贼虽非人类，而犬豕亦有掉瓦怖恐之号，顾弗之惧哉！	彼金人虽甚强盛，而赫然示之以威令之森严，顾弗之惧哉！
我取而歼焉可也。	我因而取之可也。
太宗时，女真困于契丹之三栅，控告乞援，亦卑好甚矣。不谓敢此眦睨中国之地于今日酿患也。	太宗时，女真困于契丹之三栅，控告乞援，亦和恭甚矣。不谓竟酿患滋祸一至于今日也。
忍弃上皇之子于胡虏乎？	忍弃上皇之子于异地乎？
何则：夷狄喜相吞并斗争，是其犬羊狺吠咋啮之性也。唯其富者最先亡。	
古今夷狄族帐，大小见于史册者百十，今其存者一二，皆以其财富而自底灭亡者也。	（无） 之意。
今此小丑不指日而灭亡，是无天道也。	
褫中国之衣冠，复夷狄之态度。	遂其报复之心，肆其凌侮
取故相家孙女姊妹，缚马上而去，执侍帐中，远近胆落，不暇寒心。	故相家皆携老襁幼，弃其籍而去，焚掠之余，远近胆落，不暇寒心。

即此数条，已可见“贼”“虏”“犬羊”是讳的；说金人的淫掠是讳的；“夷狄”当然要讳，但也不许看见“中国”两个字，因为这是和“夷狄”对立的字眼，很容易引起种族思想来的。但是，这《嵩山文集》的抄者不自改，读者不自改，尚存旧文，使我们至今能够看见晁氏的真面目，在现在说起来，也可以算是令人大“舒愤懑”的了。

清朝的考据家有人说过，“明人好刻古书而古书亡”，因为他们妄行校改。我以为这之后，则清人纂修《四库全书》而古书亡，因为他们变乱旧式，删改原文；今人标点古书而古书亡，因为他们乱点一通，佛头着粪：这是古书的水火兵虫以外的三大厄。

三

对于清朝的愤懑的从新发作，大约始于光绪中，但在文学界上，我没有查过以谁为“祸首”。太炎先生是以文章排满的骁将著名的，然而在他那《訄书》的未改订本中，还承认满人可以主中国，称为“客帝”，比于嬴秦的“客卿”。但是，总之，到光绪末年，翻印的不利于清朝的古书，可是陆续出现了；太炎先生也自己改正了“客帝”说，在再版的《訄书》里，“删而存此篇”；后来这书又改名为《检论》，我却不知道是否还是这办法。留学日本的学生们中的有些人，也在图书馆里搜寻可以鼓吹革命的明末清初的文献。那时印成一大本的有《汉声》，是《湖北学生界》的增刊，面子上题着四句集《文选》句：“抒怀旧之积念，发思古之幽情”，第三句想不起来了，第四句是“振大汉之天声”。无古无今，这种文献，倒是总要在外国的图书馆里抄得的。

我生长在偏僻之区，毫不知道什么是满汉，只在饭店的招牌上看见过“满汉酒席”字样，也从不引起什么疑问来。听人讲“本朝”的故事是常有的，文字狱的事情却一向没有听到过，乾隆皇帝南巡的盛事也很少有人讲述了，最多的是“打长毛”。我家里有一个年老的女工，她说长毛时候，她已经十多岁，长毛故事要算她对我讲得最多，但她并无邪正之分，只说最可怕的东西有三种，一种自然是“长毛”，一种是“短毛”，还有一种是“花绿头”。到得后来，我才明白后两种其实是官兵，但在愚民的经验上，是和长毛并无区别的。给我指明长毛之可恶的倒是几位读书人；我家里有几部县志，偶然翻开来看，那时殉难的烈士烈女的名册就有一两卷，同族里的人也有几个被杀掉的，后来封了“世袭云骑尉”，我于是确切的认定了长毛之可恶。然而，真所谓“心事如波涛”吧，久而久之，由于自己的阅历，证以女工的讲述，我竟决不定那些烈士烈女的凶手，究竟是长毛呢，还是“短毛”和“花绿头”了。我真很羡慕“四十而不惑”的圣人的幸福。

对我最初提醒了满汉的界限的不是书，是辫子。这辫子，是砍了我们古人的许多头，这才种定了的，到得我有知识的时候，大家早忘却了血史，反以为全留乃是长毛，全剃好像和尚，必须剃一点，留一点，才可以算是一个正经人了。而且还要从辫子上玩出花样来；小丑挽一个结，插上一朵纸花打诨；开口跳将小辫子挂在铁杆上，慢慢的吸烟献本领；变把戏的不必动手，只消将头一摇，辟拍一声，辫子便自会跳起来盘在头顶上，他于是耍起关王刀来了。而且还切于实用：打架的时候可以拔住，挣脱极难；捉人的时候可以拉着，省得绳索，要是被捉的人多呢，只要捏住辫梢头，一个人就可以牵一大串。吴友如画的《申江胜景图》里，有一幅会审公堂，就有一个巡捕拉着犯人的辫子的形象，但是，这是已经算作“胜景”了。

住在偏僻之区还好，一到上海，可就不免有时会听到一句洋话：Pig-tail-猪尾巴。这一句话，现在是早不听见了，那意思，似乎也不过说人头上生着猪尾巴，和今日之上海，中国人自己一斗嘴，便彼此互骂为“猪猡”的，还要客气得远。不过那时的青年，好像涵养工夫没有现在的深，也还未懂得“幽默”，所以听起来实在觉得刺耳。而且对于拥有二百余年历史的辫子的模样，也渐渐的觉得并不雅观，既不全留，又不全剃，剃去一圈，留下一撮，又打起来拖在背后，真好像做着好给别人来拔着牵着的柄子。对于它终于怀了恶感，我看也正是人情之常，不必指为拿了什么地方的东西，迷了什么斯基的理论的（这两句，奉官谕改为“不足怪的”。）

我的辫子留在日本，一半送给客店里的一位使女做了假发，一半给了理发匠，人是在宣统初年回到故乡来了。一到上海，首先得装假辫子。这时上海有一个专装假辫子的专家，定价每条大洋四元，不折不扣，他的大名，大约那时的留学生都知道。做也真做得巧妙，只要别人不留心，是很可以不出岔子的，但如果人知道你原是留学生，留心研究起来，那就漏洞百出。夏天不能戴帽，也不大行；人堆里要防挤掉或挤歪，也不行。装了一个多月，我想，如果在路上掉了下来或者被人拉下来，不是比原没有辫子更不好看么？索性不装了，贤人说过的：一个人做人要真实。

但这真实的代价真也不便宜，走出去时，在路上所受的待遇完全和先前两样了。我从前是只以为访友作客，才有待遇的，这时才明白路上也一样的一路有待遇。最好的是呆看，但大抵是冷笑，恶骂。小则说是偷了人家的女人，因为那时捉住奸夫，总是首先剪去他辫子的，我至今还不明白为什么；大则指为“里通外国”，就是现在之所谓“汉奸”。我想，如果一个没有鼻子的人在街上走，他还未必至于这么受苦，假使没有了影子，那么，他恐怕也要这样的受社会的责罚了。

我回中国的第一年在杭州做教员，还可以穿了洋服算是洋鬼子；第二年回到故乡绍兴中学去做学监，却连洋服也不行了，因为有许多人是认识我的，所以不管如何装束，总不失为“里通外国”的人，于是我所受的无辫之灾，以在故乡为第一。尤其应该小心的是满洲人的绍兴知府的眼睛，他每到学校来，总喜欢注视我的短头发，和我多说话。

学生们里面，忽然起了剪辫风潮了，很有许多人要剪掉。我连忙禁止。他们就举出代表来诘问道：究竟有辫子好呢，还是没有辫子好呢？我的不假思索的答复是：没有辫子好，然而我劝你们不要剪。学生是向来没有一个说我“里通外国”的，但从这时起，却给了我一个“言行不一致”的结语，看不起了。“言行一致”，当然是很有价值的，现在之所谓文学家里，也还有人以这一点自豪，但他们却不知道他们一剪辫子，价值就会集中在脑袋上。轩亭口离绍兴中学并不远，就是秋瑾小姐就义之处，他们常走，然而忘却了。

“不亦快哉!”——到了一千九百十一年的双十，后来绍兴也挂起白旗来，算是革命了，我觉得革命给我的好处，最大，最不能忘的是我从此可以昂头露顶，慢慢的在街上走，再不听到什么嘲骂。几个也是没有辫子的老朋友从乡下来，一见面就摩着自己的光头，从心底里笑了出来道：哈哈，终于也有了这一天了。

假如有人要我颂革命功德，以“舒愤懑”，那么，我首先要说的就是剪辫子。

四

然而辫子还有一场小风波，那就是张勋的“复辟”，一不小心，辫子是又可以种起来的，我曾见他的辫子兵在北京城外布防，对于没辫子的人们真是气焰万丈。幸而不几天就失败了，使我们至今还可以剪短，分开，披落，烫卷……

张勋的姓名已经暗淡，“复辟”的事件也逐渐遗忘，我曾在《风波》里提到它，别的作品上却似乎没有见，可见早就不受人注意。现在是，连辫子也日见稀少，将与周鼎商彝同列，渐有卖给外国人的资格了。

我也爱看绘画，尤其是人物。国画呢，方巾长袍，或短褐椎结，从没有见过一条我所记得的辫子；洋画呢，歪脸汉子，肥腿女人，也从没有见过一条我所记得的辫子。这回见了几幅钢笔画和木刻的阿Q像，这才算遇到了在艺术上的辫子，然而是没有一条生得合式的。想起来也难怪，现在的二十岁上下的青年，他生下来已是民国，就是三十岁的，在辫子时代也不过四五岁，当然不会深知道辫子的底细的了。

那么，我的“舒愤懑”恐怕也很难传给别人，令人一样的愤激，感慨，欢喜，忧愁的吧。

十二月十七日

一星期前，我在《病后杂谈》里说到铁氏二女的诗。据杭世骏说，钱谦益编的《历朝诗集》里是有的，但我没有这书，所以只引了《订讹类编》完事。今天《四部丛刊续编》的明遗民彭孙贻《茗斋集》出版了，后附《明诗钞》，却有铁氏长女诗在里面。现在就照抄在这里，并将范昌期原作，与所谓铁女诗不同之处，用括弧附注在下面，以便比较。照此看来，作伪者实不过改了一句，并每句各改易一二字而已——

教坊献诗

教坊脂粉（落籍）洗铅华，一片闲（春）心对落花。旧曲听来犹（空）有恨，故园归去已（却）无家。云鬟半挽（亸）临妆（青）镜，雨泪空流（频弹）湿绛纱。今日相逢白司马（安得江州司马在），尊前重与诉（为赋）琵琶。

但俞正燮《癸巳类稿》又据茅大芳《希董集》，言“铁公妻女以死殉”；并记或一说云，“铁二子，无女。”那么，连铁铉有无女儿，也都成为疑案了。两个近视眼论匾额上字，辩论一通，其实连匾额也没有挂，原也是能有的事实。不过铁妻死殉之说，我以为是粉饰的。《弇州史料》所记，奏文与上谕具存，王世贞明人，决不敢捏造。

倘使铁铉真的并无女儿，或有而实已自杀，则由这虚构的故事，也可以窥见社会心理之一斑。就是：在受难者家族中，无女不如其有之有趣，自杀又不如其落教坊之有趣；但铁铉究竟是忠臣，使其女永沦教坊，终觉于心不安，所以还是和寻常女子不同，因献诗而配了士子。这和小生落难，下狱挨打，到底中了状元的公式，完全是一致的。

二十三日之夜，附记

河南卢氏曹先生教泽碑文

夫激荡之会，利于乘时，劲风盘空，轻蓬振翮，故以豪杰称一时者多矣，而品节卓异之士，盖难得一。卢氏曹植甫先生名培元，幼承义方，长怀大愿，秉性宽厚，立行贞明。躬居山曲，设校授徒，专心一志，启迪后进，或有未谛，循循诱之，历久不渝，惠流遐迩。又不泥古，为学日新，作时世之前驱，与童冠而俱迈。爰使旧乡丕变，日见昭明，君子自强，永无意必。而韬光里巷，处之怡然。此岂辁才小慧之徒之所能至哉。中华民国二十有三年秋，年届七十，含和守素，笃行如初。门人敬仰，同心立表，冀彰潜德，亦报师恩云尔。铭曰：

华土奥衍，代生英贤，或居或作，历四千年，文物有赫，峙于中天。海涛外薄，黄神徙倚，巧黠因时，鹖枪鹊起，然犹飘风，终朝而已。卓哉先生，遗荣崇实，开拓新流，恢弘文术，诲人不倦，惟精惟一。介立或有，恒久则难，敷教翊化，实邦之翰，敢契贞石，以励后昆。

会稽后学鲁迅谨撰

阿　金

近几时我最讨厌阿金。

她是一个女仆，上海叫娘姨，外国人叫阿妈，她的主人也正是外国人。

她有许多女朋友，天一晚，就陆续到她窗下来，“阿金，阿金！”的大声的叫，这样的一直到半夜。她又好像颇有几个姘头；她曾在后门口宣布她的主张：弗轧姘头，到上海来做啥呢？……

不过这和我不相干。不幸的是她的主人家的后门，斜对着我的前门，所以“阿金，阿金！”的叫起来，我总受些影响，有时是文章做不下去了，有时竟会在稿子上写一个“金”字。更不幸的是我的进出，必须从她家的晒台下走过，而她大约是不喜欢走楼梯的，竹竿，木板，还有别的什么，常常从晒台上直摔下来，使我走过的时候，必须十分小心，先看一看这位阿金可在晒台上面，倘在，就得绕远些。自然，这是大半为了我的胆子小，看得自己的性命太值钱；但我们也得想一想她的主子是外国人，被打得头破血出，固然不成问题，即使死了，开同乡会，打电报也都没有用的——况且我想，我也未必能够弄到开起同乡会。

半夜以后，是别一种世界，还剩着白天脾气是不行的。有一夜，已经三点半钟了，我在译一篇东西，还没有睡觉。忽然听得路上有人低声的在叫谁，虽然听不清楚，却并不是叫阿金，当然也不是叫我。我想：这么迟了，还有谁来叫谁呢？同时也站起来，推开楼窗去看去了，却看见一个男人，望着阿金的绣阁的窗，站着。他没有看见我。我自悔我的莽撞，正想关窗退回的时候，斜对面的小窗开处，已经现出阿金的上半身来，并且立刻看见了我，向那男人说了一句不知道什么话，用手向我一指，又一挥，那男人便开大步跑掉了。我很不舒服，好像是自己做了甚么错事似的，书译不下去了，心里想：以后总要少管闲事，要炼到泰山崩于前而色不变，炸弹落于侧而身不移！……

但在阿金，却似乎毫不受什么影响，因为她仍然嘻嘻哈哈。不过这是晚快边才得到的结论，所以我真是负疚了小半夜和一整天。这时我很感激阿金的大度，但同时又讨厌了她的大声会议，嘻嘻哈哈了。自有阿金以来，四围的空气也变得扰动了，她就有这么大的力量。这种扰动，我的警告是毫无效验的，她们连看也不对我看一看。有一回，邻近的洋人说了几句洋话，她们也不理；但那洋人就奔出来了，用脚向各人乱踢，她们这才逃散，会议也收了场。这踢的效力，大约保存了五六夜。

此后是照常的嚷嚷；而且扰动又廓张了开去，阿金和马路对面一家烟纸店里的老女人开始奋斗了，还有男人相帮。她的声音原是响亮的，这回就更加响亮，我觉得一定可以使二十间门面以外的人们听见。不一会儿，就聚集了一大批人。论战的将近结束的时候当然要提到"偷汉"之类，那老女人的话我没有听清楚，阿金的答复是：

"你这老×没有人要！我可有人要呀！"

这恐怕是实情，看客似乎大抵对她表同情，"没有人要"的老×战败了。这时踱来了一位洋巡捕，反背着两手，看了一会儿，就来把看客们赶开；阿金赶紧迎上去，对他讲了一连串的洋话。洋巡捕注意的听完之后，微笑的说道：

"我看你也不弱呀！"

他并不去捉老×，又反背着手，慢慢的踱过去了。这一场巷战就算这样的结束。但是，人间世的纠纷又并不能解决得这么干脆，那老×大约是也有一点势力的。第二天早晨，那离阿金家不远的也是外国人家的西崽忽然向阿金家逃来。后面追着三个彪形大汉。西崽的小衫已被撕破，大约他被他们诱出外面，又给人堵住后门，退不回去，所以只好逃到他爱人这里来了。爱人的肘腋之下，原是可以安身立命的，伊孛生（H. Ibsen）戏剧里的彼尔·干德，就是失败之后，终于躲在爱人的裙边，听唱催眠歌的大人物。但我看阿金似乎比不上瑙威女子，她无情，也没有魄力。独有感觉是灵的，那男人刚要跑到的时候，她已经赶紧把后门关上了。那男人于是进了绝路，只得站住。这好像也颇出于彪形大汉们的意料之外，显得有些踌躇；但终于一同举起拳头，两个是在他背脊和胸脯上一共给了三拳，仿佛也并不怎么重，一个在他脸上打了一拳，却使它立刻红起来。这一场巷战很神速，又在早晨，所以观战者也不多，胜败两军，各自走散，世界又从此暂时和平了。然而我仍然不放心，因为我曾经听人说过：所谓"和平"，不过是两次战争之间的时日。

但是，过了几天，阿金就不再看见了，我猜想是被她自己的主人所回复。补了她的缺的是一个胖胖的，脸上很有些福相和雅气的娘姨，已经二十多天，还很安静，只叫了卖唱的两个穷人唱过一回"奇葛隆冬强"的《十八摸》之类，那是她用"自食其力"的余闲，享点清福，谁也没有话说的。只可惜那时又招集了一群男男女女，连阿金的爱人也在内，保不定什么时候又会发生巷战。但我却也叨光听到了男嗓子的上低音（barytone）的歌声，觉得很自然，比绞死猫儿似的《毛毛雨》要好得天差地远。

阿金的相貌是极其平凡的。所谓平凡，就是很普通，很难记住，不到一个月，我就说不出她究竟是怎么一副模样来了。但是我还讨厌她，想到"阿金"这两个字就讨厌；在邻近闹嚷一下当然不会成什么深仇重怨，我的讨厌她是因为不消几日，她就摇动了我三十年来的信念和主张。

我一向不相信昭君出塞会安汉，木兰从军就可以保隋；也不信妲己亡殷，西施沼吴，杨妃乱唐的那些古老话。我以为在男权社会里，女人是决不会有这种大力量的，兴亡的责任，都应该男的负。但向来的男性的作者，大抵将败亡的大罪，推在女性身上，这真是一钱不值的没有出息的男人。殊不料现在阿金却以一个貌不出众，才不惊人的娘姨，不用一个月，就在我眼前搅乱了四分之一里，假使她是一个女王，或者是皇后，皇太后，那么，其影响也就可以推见了：足够闹出大大的乱子来。

昔者孔子"五十而知天命"，我却为了区区一个阿金，连对于人事也重新疑惑起来了，虽然圣人和凡人不能相比，但也可见阿金的伟力，和我的满不行。我不想将我的文章的退步，归罪于阿金的嚷嚷，而且以上的一通议论，也很近于迁怒，但是，近几时我最讨厌阿金，仿佛她塞住了我的一条路，却是的确的。

愿阿金也不能算是中国女性的标本。

十二月二十一日

论俗人应避雅人

这是看了些杂志，偶然想到的——

浊世少见“雅人”，少有“韵事”。但是，没有浊到彻底的时候，雅人却也并非全没有，不过因为“伤雅”的人们多，也累得他们“雅”不彻底了。

道学先生是躬行“仁恕”的，但遇见不仁不恕的人们，他就也不能仁恕。所以朱子是大贤，而做官的时候，不能不给无告的官妓吃板子。新月社的作家们是最憎恶骂人的，但遇见骂人的人，就害得他们不能不骂。林语堂先生是佩服“费厄泼赖”的，但在杭州赏菊，遇见“口里含一支苏俄香烟，手里夹一本什么斯基的译本”的青年，他就不能不“假作无精打采，愁眉不展，忧国忧家”（详见《论语》五十五期）的样子，面目全非了。

优良的人物，有时候是要靠别种人来比较，衬托的，例如上等与下等，好与坏，雅与俗，小器与大度之类。没有别人，即无以显出这一面之优，所谓“相反而实相成”者，就是这。但又须别人凑趣，至少是知趣，即使不能帮闲，也至少不可说破，逼得好人们再也好不下去。例如曹孟德是“尚通侻”的，但祢正平天天上门来骂他，他也只好生起气来，送给黄祖去“借刀杀人”了。祢正平真是“咎由自取”。

所谓“雅人”，原不是一天雅到晚的，即使睡的是珠罗帐，吃的是香稻米，但那根本的睡觉和吃饭，和俗人究竟也没有什么大不同；就是肚子里盘算些挣钱固位之法，自然也不能绝无其事。但他的出众之处，是在有时又忽然能够“雅”。倘使揭穿了这谜底，便是所谓“杀风景”，也就是俗人，而且带累了雅人，使他雅不下去，“未能免俗”了。若无此辈，何至于此呢？所以错处总归在俗人这方面。

譬如吧，有两位知县在这里，他们自然都是整天的办公事，审案子的，但如果其中之一，能够偶然的去看梅花，那就要算是一位雅官，应该加以恭维，天地之间这才会有雅人，会有韵事。如果你不恭维，还可以；一皱眉，就俗；敢开玩笑，那就把好事情都搅坏了。然而世间也偏有狂夫俗子；记得在一部中国的什么古“幽默”书里，有一首“轻薄子”咏知县老爷公余探梅的七绝——

红帽哼兮黑帽呵，风流太守看梅花。

梅花低首开言道：小底梅花接老爷。

这真是恶作剧，将韵事闹得一塌糊涂。而且他替梅花所说的话，也不合式，它这时应该一声不响的，一说，就“伤雅”，会累得“老爷”不便再雅，只好立刻还俗，赏吃板子，至少是给一种什么罪案的。为什么呢？就因为你俗，再不能以雅道相处了。

小心谨慎的人，偶然遇见仁人君子或雅人学者时，倘不会帮闲凑趣，就须远远避开，愈远愈妙。假如不然，即不免要碰着和他们口头大不相同的脸孔和手段。晦气的时候，还会弄到卢布学说的老套，大吃其亏。只给你“口里含一支苏俄香烟，手里夹一本什么斯基的译本”，倒还不打紧——然而险矣。

大家都知道“贤者避世”，我以为现在的俗人却要避雅，这也是一种“明哲保身”。

十二月二十六日

附　记

第一篇《关于中国的两三件事》，是应日本的改造社之托而写的，原是日文，即于是年三月，登在《改造》上，改题为《火，王道，监狱》。记得中国北方，曾有一种期刊译载过这三篇，但在南方，却只有林语堂、邵洵美、章克标三位所主编的杂志《人言》上，曾用这为攻击作者之具，其详见于《准风月谈》的后记中，兹不赘。

《草鞋脚》是现代中国作家的短篇小说集，应伊罗生（H. Isaacs）先生之托，由我和茅盾先生选出，他更加选择，译成英文的。但至今好像还没有出版。

《答曹聚仁先生信》原是我们的私人通信，不料竟在《社会月报》上登出来了，这一登可是祸事非小，我就成为“替杨邨人氏打开场锣鼓，谁说鲁迅先生器量窄小呢”了。有八月三十一日《大晚报》副刊《火炬》上的文章为证——

调　和

——读《社会月报》八月号

绍　伯

“中国人是善于调和的民族”——这话我从前还不大相信，因为那时我年纪还轻，阅历不到，我自己是不大肯调和的，我就以为别人也和我一样的不肯调和。

这观念后来也稍稍改正了。那是我有一个亲戚，在我故乡两个军阀的政权争夺战中做了牺牲，我那时对于某军阀虽无好感，却因亲戚之故也感着一种同仇敌忾，及至后来两军阀到了上海又很快的调和了，彼此过从颇密，我不觉为之呆然，觉得我们亲戚假使仅仅是为着他的“政友”而死，他真是白死了。

后来又听得广东A君告诉我在两广战争后战士们白骨在野碧血还腥的时候，两军主持的太太在香港寓楼时常一道打牌，亲昵逾常，这更使我大彻大悟。

现在，我们更明白了，这是当然的事，不单是军阀战争如此，帝国主义的分赃战争也作如是观。老百姓整千整万地做了炮灰，各国资本家却可以聚首一堂举着香槟相视而笑。什么“军阀主义”“民主主义”都成了骗人的话。

然而这是指那些军阀资本家们“无原则的争斗”，若夫真理追求者的“有原则的争斗”应该不是这样！

最近这几年，青年们追随着思想界的领袖们之后做了许多惨淡的努力，有的为着这还牺牲了宝贵的生命。个人的生命是可宝贵的，但一代的真理更可宝贵，生命牺牲了而真理昭然于天下，这死是值得的，就是不可以太打浑了水，把人家弄得不明不白。

后者的例子可求之于《社会月报》。这月刊真可以说是当今最完备的“杂”志了。而最“杂”得有趣的是题为“大众语特辑”的八月号。读者试念念这一期的目录吧，第一位打开场锣鼓的是鲁迅先生（关于大众语的意见），而“压轴子”的是《赤区归来记》作者杨邨人氏。就是健忘的读者想也记得鲁迅先生和杨邨人氏有过不小的一点“原则上”的争执吧。鲁迅先生似乎还“嘘”过杨邨人氏，然而他却可以替杨邨人氏打开场锣鼓，谁说鲁迅先生器量窄小呢？

苦的只是读者，读了鲁迅先生的信，我们知道“汉字和大众不两立”，我们知道应把“交通繁盛言语混杂的地方”的“大众语”的雏形，它的“字汇和语法输进穷乡僻壤去”。我们知道“先驱者的任务”是在给大众许多话“发表更明确的意思”，同时“明白更精确的意义”；我们知道现在所能实行的是以“进步的”思想写“向大众语去的作品”。但读了最后杨邨人氏的文章，才知道向大众去根本是一条死路，那里在水灾与敌人围攻之下，破产无余……“维持已经困难，建设更不要空谈。”还是“归”到都会里“来”扬起小资产阶级文学之旗更靠得住。

于是，我们所得的知识前后相销，昏昏沉沉，莫名其妙。

这恐怕也表示中国民族善于调和吧，但是太调和了，使人疑心思想上的争斗也渐渐没有原则了。变成“戟门坝上的儿戏”了。照这样的阵容看，有些人真死的不明不白。

关于开锣以后“压轴”以前的那些“中间作家”的文章特别是大众语问题的一些宏论，本想略抒鄙见，但这只好改日再谈了。

关于这一案，我到十一月《答〈戏〉周刊编者的信》里，这才回答了几句。

《门外文谈》是用了“华圉”的笔名，向《自由谈》投稿的，每天登一节。但不知道为什么，第一节被删去了末一行，第十节开头又被删去了二百余字，现仍补足，并用黑点为记。

《不知肉味和不知水味》是写给《太白》的，登出来时，后半篇都不见了，我看这是“中央宣传部书报检查委员会”的政绩。那时有人看了《太白》上的这一篇，当面问我道：“你在说什么呀?”现仍补足，并用黑点为记，使读者可以知道我其实是在说什么。

《中国人失掉自信力了吗》也是写给《太白》的。凡是对于求神拜佛，略有不敬之处，都被删除，可见这时我们的“上峰”正在主张求神拜佛。现仍补足，并用黑点为记，聊以存一时之风尚耳。

《脸谱臆测》是写给《生生月刊》的，奉官谕：不准发表。我当初很觉得奇怪，待到领回原稿，看见用红铅笔打着杠子的处所，才明白原来是因为得罪了“第三种人”老爷们了。现仍加上黑杠子，以代红杠子，且以警戒新作家。

《答〈戏〉周刊编者信》的末尾，是对于绍伯先生那篇《调和》的答复。听说当时我们有一位姓沈的“战友”看了就呵呵大笑道：“这老头子又发牢骚了!”“头子”而“老”，“牢骚”而“又”，恐怕真也滑稽得很。然而我自己，是认真的。

不过向《戏》周刊编者去“发牢骚”，别人也许会觉得奇怪。然而并不，因为编者之一是田汉同志，而田汉同志也就是绍伯先生。

《中国文坛上的鬼魅》是写给《现代中国》（*China Today*）的，不知由何人所译，登在第一卷第五期，后来又由英文转译，载在德文和法文的《国际文学》上。

《病后杂谈》是向《文学》的投稿，共五段；待到四卷三号上登了出来时，只剩下第一段了。后有一位作家，根据了这一段评论我道：鲁迅是赞成生病的。他竟毫不想到检查官的删削。可见文艺上的暗杀政策，有时也还有一些效力的。

《病后杂谈之余》也是向《文学》的投稿，但不知道为什么，检查官这回却古里古怪了，不说不准登，也不说可登，也不动贵手删削，就是一个支支吾吾。发行人没有法，来找我自己删改了一些，然而听说还是不行，终于由发行人执笔，检查官动口，再删一通，这才能在四卷三号上登出。题目必须改为《病后余谈》，小注“关于舒愤懑”这一句也不准有；改动的两处，我都注在本文之下，删掉的五处，则仍以黑点为记，读者试一想这些忌讳，是会觉得很有趣的。只有不准说“言行一致”云云，也许莫名其妙，现在我应该指明，这是因为又触犯了“第三种人”了。

《阿金》是写给《漫画生活》的；然而不但不准登载，听说还送到南京中央宣传会里去了。这真是不过一篇漫谈，毫无深意，怎么会惹出这样大问题来的呢，自己总是参不透。后来索回原稿，先看见第一页上有两颗紫色印，一大一小，文曰“抽去”，大约小的是上海印，大的是首都印，然则必须“抽去”，已无疑义了。再看下去，就又发现了许多红杠子，现在改为黑杠，仍留在本文的旁边。

看了杠子，有几处是可以悟出道理来的。例如“主子是外国人”，“炸弹”，“巷战”之类，自然也以不提为是。但是我总不懂为什么不能说我死了“未必能够弄到开起同乡会”的缘由，莫非官意是以为我死了会开同乡会的么？

我们活在这样的地方，我们活在这样的时代。

一九三五年十二月三十日，编讫记